中国古典文学名著丛书

兰花梦奇传

[清] 吟梅山人 著

华夏出版社
HUAXIA PUBLISHING HOUSE

图书在版编目（CIP）数据

兰花梦奇传／（清）吟梅山人著. —北京：华夏出
版社，2013.01（2024.09重印）

（中国古典文学名著丛书）

ISBN 978 - 7 - 5080 - 6392 - 8

Ⅰ．①兰… Ⅱ．①吟… Ⅲ．①章回小说 – 中国 – 清代

Ⅳ．①I242.4

中国版本图书馆 CIP 数据核字（2011）第 074493 号

出版发行：华夏出版社

（北京市东直门外香河园北里 4 号　邮编 100028）

经　　销：新华书店

印　　制：永清县晔盛亚胶印有限公司

版　　次：2013 年 01 月北京第 1 版

2024 年 09 月北京第 2 次印刷

开　　本：670×970　1/16 开

印　　张：23

字　　数：346 千字

定　　价：46.00 元

前　　言

　　《兰花梦奇传》，又名《兰花梦》，是清代吟梅山人所著的一部较有艺术特色的才子佳人类小说。现存最早的版本刊发于清光绪三十一年（1905 年）。作者的真实姓名及生平虽已无从考证，但在争奇斗艳的晚清小说中，《兰花梦奇传》堪称翘楚，不仅赢得了许多藏书家的一致喜爱，而且在后世的研究中得到了相当高的评价。

　　才子佳人类小说，是明清小说发展的一个重要分支，其发展的高峰期是清代前期和中期，其间涌现出大量的作品，鱼龙混杂，既有如《红楼梦》、《儿女英雄传》、《玉娇梨》等名著作品，也有许多海淫海盗、奇艳色情的粗俗之作。与或郎才女貌、情缘美满或儿女英雄、江湖侠侣的传统套路所不同的是，《兰花梦奇传》另辟新径，以一位完善的艺术典型女杰人物松宝珠的奇特非凡的经历，叙述了一对才子佳人的失败婚姻，由此对儿女情长、夫唱夫随、男尊女卑的封建伦理提出了质疑和控诉。主人公松宝珠自幼女扮男装，十五岁中进士，点探花，十八岁挂帅平南，因战功赫赫被皇帝封为公主。这样一个智勇兼备、屡建奇勋的传奇女子，却在下嫁状元许文卿后，深受封建夫权淫威的折磨，由于宝珠的文才武略变成了在家庭中对夫权的威胁，引起了丈夫的妒嫉并导致夫妻之间的权力之争。具有强烈夫权思想的许文卿，在强烈的占有欲和嫉妒心支配下百般虐待妻子松宝珠，终于让曾经的一代女杰十九岁时即蕙折兰摧，含恨身亡。小说在才子佳人大团圆之后，以悲剧的结局突破了这类小说的程式化设计，是对传统小说模式的创新与改造，也是对封建夫权思想和家庭伦理的声讨与批判。《兰花梦奇传》在艺术表现上较为圆熟，情节结构上较为工巧，人物个性鲜明，生活气息浓郁。

　　《兰花梦奇传》在成书发行之后，曾多次重印，在当时有一定的影响，但之后因此书被清代朝廷划归为禁毁小说之列，致使该书长期以来鲜有人去关注。作者吟梅山人更是被湮没无闻。直至近些年来，才在重新整理中为人们所知。

这次再版,经多位学者的整理校勘,对书中大量的疑难字词与疏漏错误一一做了更正,对原书原来缺字的地方用□表示了出来,以方便不同层次的读者进行阅读欣赏。期望得到专家和读者的意见和建议,以使我国传统文学发扬光大。

编　者
2011 年 3 月

序

　　前人每谓扶舆清淑之气,不钟于男子,而钟于妇人,殆有所激而云然耶? 窃怪叔季之世,须眉所为,不啻巾帼,傥亦小人道长,君子道消,阴阳颠倒,有如是耶! 吟梅山人撰《兰花梦奇传》,离奇变幻,信笔诙谐,草创均出心裁,花样全翻旧谱,可以资谈柄,可以遣睡魔。而前人有激而云之旨,即寓乎其中。有识者均能辨之,或无俟鄙人之赘论也。兹因麈尘山人以序属,爰题数语,弁之简端。

　　　　　　　　　　　　光绪御极三十一载乙巳元旦日
　　　　　　　　　　　　烟波散人题于沪江窗明几净斋

目　录

第 一 回
小才女家学绍书香　老学士文心沉渭水

词曰：

男子赋形最浊，女儿得气偏清。红闺佳丽秉纯阴，秀气多教占尽。崇嘏①连科及第，木兰②代父从军。一文一武实超群，千古流传名姓。

调寄《西江月》

从来天地绮丽之气，名花美女，分而有之。红闺佳丽，质秉纯阴，性含至静，聪明智慧，往往胜过男人。所以词上说男子重浊，女儿纯清。贾宝玉道得好："男子是泥做的，女儿是水做的。"足见女胜于男，昭然不爽。至于椒花献颂③，柳絮吟诗④，那些曹大家⑤、贾若兰⑥等人，我也记不清楚。单看这词上一文一武，留名千古，又有哪个男人及得她？看官莫谓她两个，就空前绝后，听我说个奇女子，文武全才，尤为出色。我非但说一个，还要说两个，竟是一个克绍书香，一个守成家业，不但生同斯世，而且萃于一门。

朝中有个内阁学士，姓松名晋，号叫仲康。原籍钱塘江人，是个世家，

---

① 崇嘏（gǔ）——黄崇嘏，古代有名的才女。
② 木兰——花木兰，文学故事人物。曾女扮男装，代父从军。
③ 椒花献颂——《晋书·列女传·刘臻妻陈氏》："刘臻妻陈氏者，亦聪辩能属文，当正旦献《椒花颂》。"
④ 柳絮吟诗——东晋著名女诗人谢道韫有咏雪名句："未若柳絮因风起"，也称"咏絮才女"。
⑤ 曹大家——即汉班昭。班彪之女，班固、班超之妹。嫁曹世叔，早寡，屡受召入宫，为皇后和诸贵人教师，号曰大家。
⑥ 贾若兰——古代才女。

七代簪缨①,祖孙宰相,兄弟督抚,父子都堂,叔侄鼎甲,家财千万,自不必说。这位松学士,家世本是经章学术,十九岁就登第,入了词林。有一位乃兄,也曾中过举人,十余岁就去世了。到了松学士,已是三代单传。夫人李氏,亦是巨族之女,兄弟荣书、麟书,皆为显宦。生下了二子二女,长女宝林,长子松筠,是夫人生的;次女宝珠,次子松蕃,是妾所生。宝珠生时,松公梦人送他一枝兰花,只道是个儿子,逢人夸张,谁知生下来是个女儿!

那年松公又是四十大庆,他就将错就错,告诉人生了儿子。皆因望子心殷,不过聊以自慰,徒做个热闹生日。后来虽然有了儿子,松公仍不能说破。宝珠五岁就请了先生,同姐姐上学。两个姿色聪明,俱皆绝世,几年之中,文章盖世,学问惊人。松公见儿子尚小,就把她作为儿子抚养,不许裹脚梳头,依然男装束,除了几个亲人之外,一概不知,都叫她做大少爷。

光阴易过,宝林十四岁,就不进书房,松公将内外总账叫她一人管理。宝珠十三岁,与两个幼弟仍在馆中诵读。也是事有定数,松公忽发狂念,见内侄李文翰附大兴籍考试,暗想自己的虽是假儿子,何不也去观观场?就替她取名松俊,号秀卿,遂一同报名进去。他两个本是聪明宿才,俱皆高标出来。

八月乡试,又是文星照命,文翰中在二十九名,宝珠倒高高的中了一名经魁②! 合家欢喜,自不必说。唯有宝珠心中不快,只是何故? 她今年也有十多岁,知识已开,想自家是个女身,如何了局? 每常凭花独坐,对月自伤。她做房在夫人套间里,两进前三间做书房,后三间两厢作卧房,收拾得富丽辉煌,与绣房香闺,一般无二。有两个丫环,叫做紫云、绿云。紫云与她同岁,还大两个月,绿云小两岁。

紫云姿容美丽,性格聪明,能知宝珠各事之意,私对宝珠道:"小姐今年岁数不小,虽说中了举人,究竟有个叶落归根。老爷、太太俱不想到此,只图眼前热闹,不顾小姐日后终身。就如大小姐,现在与李少爷结亲下

---

① 簪(zān)缨——簪和缨,古时达官贵人的冠饰,用来把冠固定在头上。泛指做官显贵者。

② 经魁——明代科举中有以五经取士,每经各取一名为首,名为经魁。

礼,何等风光!小姐又不好自说心事,依我看来,不如先将脚裹好,日后要改妆,也就容易。不然,再过两年,一双整脚,就是吃亏,也裹不下来。"宝珠道:"就是裹脚,我也不便说。"紫云笑道:"裹脚何必告诉人?我替小姐裹就是了。只要靴子里衬些棉絮,就好走路。但裹的时候,要忍些疼痛呢!"

从此紫云就替宝珠裹脚,正正裹了一年,也亏忍疼得起,竟裹小了,虽有五寸长,竟然端正。日间在外,仍是男妆,晚间回房,方改女妆。她姐姐素性严厉异常,妹子兄弟以及家中奴仆,无不怕她,所以账目等件,笔笔分清,谁敢欺心!宝珠见两个兄弟已过十岁,要将改妆之意露在姐姐面前,一者惧怕,不敢启齿,二者害臊,不便开言。

且说松学士内有女儿理事,外有假儿子应酬,倒也有趣。春闱①点了副总裁,女婿儿子,遵例回避。及自出闱之后,松公受了风寒辛苦,病了几天,就去世了。可怜松学士五十二岁,百万家财,一身荣贵,化一场春梦。家内妻子儿女,哭泣不休,还亏有个假儿子治丧,宝林内理调处,井井有法,更有李公父子,也来相助。宝珠作为长子,承继大房,服制只有一年。从来说人在人情在,不是有个举人儿子,也就冷淡了,宝珠见家中无人,父亲去世,改妆之事,则弄得欲罢不能。月下灯前,常常堕泪,一则思念父亲,二则感叹自己,三则家资无数,兄弟又小,虽有姐姐精明,总之是个女流,不能服众,倒弄得心里千回百转,就借着父亲的灵床,哭自家的苦气。宝林最是留心,久已窥见妹妹之意,晚间无事,常到套间里来劝她,说:"父亲已死,两个兄弟太小,外事在你,内事在我,你我二人,缺一不可。你须念父母之恩,代领小兄弟成人。而且家财又大,外面生理虽有,我总理大权,究竟是个女儿家,人不怕事。你如今是个举人,可以交接官场,书香仍然不断,人就不敢弄鬼子。"姊妹们谈到伤心之处,不免也相抱痛哭。宝林又道:"我劝你明年除了降服②,恩科还要会试,遮人耳目。你的心事,我也知道,候兄弟长成,你也不过十八九岁,我自然同母亲说,总叫你得所罢了。"二人复又抱哭。

---

① 春闱(wéi)——明清时会试在春季举行,故称"春闱"。
② 降服——旧时指丧服降低一等。如子女为父母应服三年之丧;其已出嗣的,则由三年降为一年的称为"降服子"。

　　夫人知道，格外关心，有时也劝她们两句，无如愁人说与愁人，转增一番伤感。松公七中①，免不得开丧受吊，百官上祭，也还成个局面。他家做官多年，就外边立了坟墓，离城不远。宝珠领了两个兄弟，将父亲安葬好了，回家守制，足迹不出门外，只在家内同姐姐料理些家务，连房屋也整理一番。松府住宅甚大，本是他祖太爷的相府，八字门墙，门楼里面，鼎甲匾额，以及尚书宰相、翰詹科道②的匾额，不计其数。进仪门一条甬道，一眼无际，厢房两边甚多，上面就是大厅，过穿堂、二厅、三厅，住宅七进，后楼花园，中间明巷，左边住宅，是住厅、大厅、二厅、花厅、船房、书房；右边还有两个住宅，前面轿房、马房等屋，俱在其内，外有厨房。

　　松公在日，账房在右边宅子，松筼兄弟书房在左首照厅上。宝林商议更章，将书房移在船室内，账房移在照厅上，右首空下来的宅子，着各执事家人分住。中间正宅第一进住宅，作为内账房，第二进，两个小公子对房居住，夫人仍居第三进，宝林在第四进。对房里排列些砚台笔墨、大小帐簿等件，自己的卧房内外，收拾得十分精致，床帐被褥、桌椅器用，华美异常，真是香闺似海，金屋藏娇。

　　有两个贴身女，一名彩云，一名彩霞，是宝林的心腹，小账目等情，彩云等多可做主，所以她的侍儿格外有权，人都怕他几分。后进宅子，是姨娘领的奴仆居住。后楼锁断，着家人带火器弓矢在上面防夜。当日松公还请了两教习来保家，也就住在楼上。

　　宝珠仍在夫人内房，由厢房六扇小格子进去，方方的一小间，有四扇白粉屏风，天井内回廊曲槛，亚字栏杆，上三间一带玻璃窗格，陈设精雅，当中挂一幅《汉宫春晓》，左右有一副盘龙金笺，对联是墨卿的大笔：

　　　　桂子秋风天上，
　　　　杏花春雨江南。

两边都有短栏隔开，左一间排列许多书橱，以及各样花卉盆景；右一间笔砚琴书，布置楚楚。上面一带书架，列成门户，中间屏风反隔断了。

---

①　七中——旧时人死后七日，方可祭祀一次，至七七四十九日而止，称为"做七"。其第一个七，也称"七中"。

②　翰詹科道——古代负责占卜的一种官职，叫詹启官，科道指科道官，指科道两衙门。

　　由右首书架暗门转进去，就是里间厢房，对面也是一重书架，当中嵌一面穿衣大镜，有西洋关楗①。推开来就到三间内房，外面皆用玻璃环绕的。挂窗上首，宝珠隔着卧房，右首摆着一排紫檀椅子，有张大炕，几席华美。

　　炕后有个小房，乃紫云、绿云做卧室，挂一个中堂，是个墨笔洛神②。香几桌上，周彝鼎器，匙箸炉瓶，西洋钟表，无不备具。桌椅机凳，花梨紫檀，垫褥被围，云锦顾绣，一带书橱衣架，排列俨然，一个精工落地。

　　房里面一张玻璃大床，帐幔被褥，锦绣妆成，金钩金铃，各件俱备。两边红须有数尺多长，灿烂辉煌，似一片云锦。壁上四幅群仙高会图，洋镜挂屏，布满窗前，一张长大理石桌，排设工雅。厢房里镜箧③珠箔，金翠辉煌。在玻璃内看天井里，有各色花草，兰蕙最多。

　　此处房子，宝珠取其紧慎，一时改个女妆，没得闲人看见。只有大小姐时常进来，连夫人、姨娘，无事总不到的，两个小公子，更不敢擅入。此刻宝林、宝珠姊妹，商量要事，皆在其内。

　　且说宝林、宝珠二人，本非同胞姊妹，性情自然各别，一般总是国色的面貌，更有不同，宝珠是柔媚一路，瘦瘦的身子，长长的脸儿，春山横黛，秋水含情，杏靥④桃腮，柳腰莲步，犹如海棠带雨，杨柳迎风，软温温无限丰韵，娇滴滴的一团俊俏，且有一种异人之处，满身兰花香气，醉魄销魂，到了暖天，淌出汗来，格外芬芳竞体，真有沉鱼落雁之容，羞花闭月之貌。论她的性情，聪明不露，宠辱无惊，奸滑非常，权变已极。到底是个女子，又在髫年⑤，未免失之柔弱，将来阅历下来，自然也要好些，不然后来那番功业，也干不来。

　　宝林则又不然，生得花容月貌，腰细身长，宜喜宜嗔，似羞似怒，柳眉晕杀而带媚，凤眼含威而有情。性气躁烈异常，生小娇痴已惯，且好的是洁净，美的是风流，敢作敢为，有才有智，出言爽快，作事刚方，家内人怕

―――――――――

　①　楗(lì)——机纽。

　②　洛神——即洛水的女神洛嫔。曹植作为《洛神赋》。

　③　箧(qiè)——箱子一类的东西。

　④　靥(yè)——嘴两边的小酒窝儿。

　⑤　髫(tiáo)年——幼年。

她,自不必说,就是各业的老年管事,见她也是服服贴贴,不敢仰视。她行事说话,也处处服人,人亦不敢弄鬼欺她,就欺她亦欺不过去。虽是个小女孩子,比历练老到的人,还要精明百倍呢!至于那算法小技,尤为精工入神,所以她如今掌家,百事振作,倒比松公在日,反有些头绪起来。

转眼之间,一年已过,却好去年有个闰月,宝珠二月初旬已起了服。一日,李文翰同了一个年家之子到来,这人姓许名翰章,号文卿,是新科亚元①,生得风流出众,矜贵②不凡,齿白唇红,神清骨重,好比潘安③再世,宋玉④重生。再论胸中才学,竟是才高八斗,学富五车,同墨卿比较起来,品貌文章,真是一对,还觉稍胜半筹。他父亲也是朝臣,与松府本是世交,与宝珠又是同案,前次也曾会过,如今同墨卿来约宝珠,一齐去会试⑤。不知宝珠去是不去,且看下回分解。

---

① 亚元——仅次于状元的第二名,称为亚元。
② 矜(jīn)贵——庄重尊贵。
③ 潘安——古代有名的美男子。
④ 宋玉——战国时楚辞赋家,以才貌双全而有名。
⑤ 会试——科举制度中,聚集各省举人到京会考,称为会试。

第 二 回

松小姐钦点探花①郎　佳公子共作寻香客

话说李、许二位，来约会试，宝珠不便推辞，只得收拾，同他们进场。三场完毕，彼此看了文章，果然是篇篇锦绣，字字珠玑，互相赞叹。

到了放榜的日期，李文翰中了会元②，许翰章、松俊皆五十名之内，两人又是同门。三家新贵，喜不可言。转瞬殿试③，一个个笔花墨彩，铁画银钩，金门万言，许翰章竟大魁天下，榜眼④是个姓桂的，镶黄旗人，宝珠探花及第⑤，墨卿二甲第一，是个传胪⑥。琼林赴宴，雁塔题名，好不有兴！

松府夫人见儿子、女婿，皆点鼎甲，欢喜非常，究竟有些美中不足，却把个假儿子，当为珍宝看待。大凡仕途，最是势利，人见松家中了探花，又是十五岁的小孩子，将来未可限量。哪个不来恭维？与松公在日，仍然一样热闹，更觉新鲜些。宝珠授了职，就在翰林院供职走动。

日复一日，到了冬末春初，忽然星变异常，皇上下诏：文武百官，皆许进言。松俊呈言二十余条，缕晰详明，有关政治。圣心大悦，召宝珠便殿见驾。宝珠乃是个柔弱的女子，来至殿前跪下，不觉羞羞涩涩，满面的飞红。

皇上见她年纪太小，面目娇羞，又怜又爱，只道她害怕，和着颜色安慰她道："孩子，你不须惧怕。好好儿奏答，自有恩典到你。"宝珠一条条奏

---

① 探花——科举制度中，殿度一甲第三名，为探花。
② 会元——科举制度中，会试第一名称为会元。
③ 殿试——科举制度中，皇帝对会试取录的贡士，在殿廷上亲发策问的考试叫殿试。
④ 榜眼——科举制度中，殿试第一甲第二名，叫榜眼。
⑤ 探花及第——殿试中的一甲三名，即状元、榜眼和探花，皇帝赐进士及第，故有探花及第之称。
⑥ 传胪(lú)——科举制度中，状元、榜眼、探花为一甲；次于一甲者为二甲；又次于二甲者为三甲。二甲第一名，通称传胪。

明,果然才识兼优,机宜悉中。奉旨:

松俊年纪虽轻,经术甚足,且家学渊源,可胜封宪之任。其父原任内阁学士松晋,亦当简赏,以示朕慎重人材之至意。外翰林院修撰①许翰章、庶吉士②李文翰,言多可采,着一体加恩。钦此。

发下内阁来,松俊掌河南道监察御史,赏加三品卿衔,巡视南城,其父松晋,追赠尚书。许翰章授侍读学士,李文翰升右庶子。宝珠心中也觉得意,夫人道:"人家儿子,替祖增光,你这个女儿,胜过儿子十倍了。你父亲有知,亦当欣慰,真不枉他这番做作,倒合着一句《长恨歌》:'不重生男重生女了!'"

宝珠本来温和得体,喜怒不形,朝中大臣,皆爱其聪明美丽,个个与她往来,每以一亲香泽为荣,一见颜色为幸。一日,春风和暖,李荣书来看姐姐,宝珠陪她闲谈,见仆妇手里取了一封全帖进来,说:"门上来回,家乡有人来,是本家少爷。"宝珠接来一看,叫做依仁,送与母亲。夫人道:"远房本家,是个当刑名③的,你父亲在日,还代他荐过事的,你就出去见见。"宝珠吩咐仆妇:"你去叫门上引他东边二厅上见罢!"仆妇答应去了。

李公见有人来,也就起身。宝珠送过舅舅,就到二厅上来,一眼瞧见依仁,面目颇为奸滑,衣服不甚时新,约有三十岁年纪,只得上前相见。依仁见宝珠出来,细细一看,见她还是个小孩子妆束,华美异常,耳朵上穿了四个环眼,带了一对金秋叶,一对小金圈,珠神玉貌,比美人还标致几分,遂满堆脸下笑来,抢步上前,半揖半叩的跪将下去,宝珠还礼不迭。二人见过礼,依仁要进去见婶母,宝珠引他由明巷入内。

依仁一路走着,暗暗羡慕:好一处房子! 我浙江抚院衙门,总不及这样宏壮富丽。到里边,宝珠请夫人出堂,依仁恭恭敬敬拜了几拜,说:"家母甚为挂念,命小侄特来请安。"夫人也问了他母亲好,就对宝珠迫:"请大哥外边坐罢,就在东厅耳房里住下。"宝珠答应,依仁谢了,随宝珠到东厅坐下,家人送茶,二人寒暄几句,依仁道:"叩日期,年底就该到了,因路

---

① 修撰(zhuàn)——科举制度中,翰林院为人才集中的最高机构。一甲第一名(即状元)例授翰林院修撰。

② 庶(shù)吉士——翰林院的一种职称,代于修撰,但统称翰林。

③ 刑名——古代官署中负责处理刑事判牍的幕友。

上雨雪阻住,所以迟了一个月。"宝珠道:"去年雨雪,本来太多。"

依仁道:"在家闻得叔父天去,甚是伤感。后来又看题名录,知吾弟高发,不胜欣喜,真是家门有幸!我们族下谁不沾光?愚兄连年失馆,就是谋事,也容易些,此番来京,全仗贤弟栽培!"宝珠谦了几句。到有一桌洗尘的酒席,宝珠叫出两个兄弟来一同陪着。依仁总是一团的恭维,哄得两个小公子颇为欢喜他。席散,宝珠吩咐家人几句话,辞了依仁,领着兄弟入内。依仁叫小使在房铺设床帐,从此就在府中安息住下了。

再说李、许二公子,与宝珠原是至交友好,还有二三个同年,时常来往,依仁都见过了。他见两个公子风流富贵,刻刻巴结。两个公子,与他虽非同调,觉得此人无甚可厌,不过一时拿他取取笑。他有时也将些风月之事,引诱他们。宝珠是个女子,本不动心,李、许二位,说得甚为投机,津津有味。

那天饭后,李、许到来,他两个是来惯的,不消门上传报,直走进花厅坐下,适值宝珠在内濯①足,才扎缚停当,愁眉泪眼的,用手握住金莲,坐在炕上不肯出去。依仁赶忙来陪,说道:"南小街新来一家,有三个姑娘,我昨日同人去过一次,排场甚大,是扬州来的,有个月卿最小,更比两个姐姐美貌。诸君有兴,何不同去走走?"

文卿被他说动了火,即刻要走,墨卿道:"且等秀卿出来,再为商酌。大约这位道学先生,还未必从权。"文卿道:"此事在我,不怕不去!"依仁道:"舍弟前千万别说我的意思!"正说着,宝珠慢慢踱进厅来。各人笑面相迎,起身让坐。墨卿道:"秀卿如此游移,在房中梳头还是裹脚,累我们久候,是要罚你的。"文卿笑道:"罚你一台花酒!"宝珠道:"弟从来不惯风月,诸兄莫作此想。在我家小酌,倒可奉陪。"文卿道:"你就算个姑娘,陪陪我们,比那残花败柳好多着呢!"

宝珠见他两个说话,不像意思,忙用话支吾开了。文卿道:"前天南边来了一位画士,住在南小街,本领笔法颇佳,舍亲荐在我处,今日正要去会他。秀卿专爱此道,何不同去一游?"大家道:"好!一同去无疑。"就要起身。宝珠道:"车还没有伺候,倒走了么?"墨卿道:"我们来未坐车,是走来的,你到底还是姑娘家怕见人?还是脚疼不好走?我看你明日,放外

---

① 濯(zhuó)——洗。

任,作封疆,怎么好?"

宝珠笑道:"奇谈!做封疆不是当塘汛①,你瞧见哪个做封疆要跑路的?"依仁道:"舍弟并无他意,恐怕失了官体,所以孔圣人当日说:'以吾从大夫之后,不可徒行也。'"众人大笑。宝珠道:"我真不能走,我腿脚上常患湿气。"文卿笑道:"裹紧了,放松些就好的。"墨卿道:"你看春光明媚,大地皆成文章,只当踏青的,我们扶着你走,好在没有多路。"

宝珠尚在迟移,文卿焦躁道:"秀卿好像深闺处女,真有屏角窥人之态。"扯住宝珠就走,宝珠无奈,只得也带了两名小书童出门,缓步而行。不多一刻,已到南小街,依仁指了门,书童去敲了几下,里面答应,出来一个小女使,认得依仁是昨日来过的,笑道:"松老爷来了。"宝珠问:"她如何认识你?"问了两遍,依仁笑而不言。

宝珠心知奇异,也就不问了。小环把众人打量一番,就满面添花,让众人进去,请房里坐下。房中洁净清雅,壁上贴多少斗方诗句,有副对子:

　　翠楼妆罢春停绣,红袖添香夜校书。

宝珠明白是个妓家,口内不言,心中是知道依仁引诱。有人将门帘放下,送进茶来,忽闻一阵笑声,进来三个美人,时新妆束,也还觉得可人。见过众人,道:"还没问少爷们贵姓?"

众人还未开言,依仁忙答道:"此位许少爷,是尚书的公子;这位李少爷,是侍郎的公子,就是我妹丈;那边坐的是我舍弟,新升的都老爷,皆是同科鼎甲。"三人也问了三个的芳名,亦是依仁代答,长翠红,次玉柳,三月卿。三人见三个阔少爷,格外巴结,待依仁也就好多了许多,很为亲热。宝珠笑道:"文卿如今真会撒谎,不是令亲做画工,倒是家兄做牵头。"说得众人大笑。

文卿笑道:"谁叫你出来迟了?原说罚你一台花酒,令兄怕人把你作姑娘,故牵你到此。若说明白了,你肯来吗?"依仁道:"我替舍弟作东,奉陪诸位。"墨卿道:"何能扰你?我比他两人僭长②一二年,从我吃起,明日是他,后日是他,可好么?"依仁大乐道:"老妹丈调处得极妙。她们姊妹三个,配你三位少爷,刚刚却好。"墨卿道:"叫你一人坐隅,如何是好?"宝

---

①　塘汛——明清时驻军的两种大小不同的关卡。

②　僭(jiàn)长——谦词,意为多余或无用地比别人年长。

珠道:"派我一个让与家兄罢。"依仁道:"岂有此理！他见你们少年富贵,怎肯有心于我？况你们是新贵阔少,我是个区区幕宾,自然要吃些亏。"

说着,自己先笑,于是拉过翠红来,送到墨卿怀里,又将玉柳,送与文卿,月卿送与宝珠。少刻,炕上开了烟灯,轮流吸了几口。月卿就去上了一口烟,笑向宝珠道:"都老爷吸烟。"宝珠道:"欠学。"墨卿道:"你太欠学了,难道一口吸不得？连当日圣人也吸烟,不过不上瘾罢了。"宝珠道:"笑话！"墨卿道:"你没有念过书吗？可记得'二三子以为我为隐乎？吾无隐乎尔。'不吸烟,这些门人就疑他有瘾么？"众人大笑。

宝珠吸了两口,文卿笑道;"墨卿讲解,也同松老大不可徒行差不多,你们两位都用古人化。"墨卿道:"搁起你那贫嘴！"大家又笑说一会。依仁道:"我们要吃酒,就早些罢,舍弟还要回去巡夜呢。"

于是排开桌子,大家让依仁坐了首席,对面李、许二位,上首宝珠、月卿,下首翠红、玉柳,三姊妹送酒。饮了一会,又来了一回拳,唱了几支曲子。玉柳道:"我出个令罢。今年二月十五,是个望日,月色团圆,月卿妹子又与都老爷团圆,就用月字飞觞①吃杯酒,好不好？"墨卿道:"难道我们不是团圆么？"依仁道:"妹丈同他团圆,文卿先生要恼呢？"文卿道:"我倒不恼,你们弟兄只怕要告他停妻娶妾呢！"

玉柳道:"我先起句:二十四桥明月夜。松大老爷吃酒。"送上一杯。文卿道:"你一总吃罢！梵王殿前月轮高。"墨卿道:"这些句子,是你最爱的。"文卿笑了一笑。依仁道:"好！我吃酒,不怕你们捉弄！"墨卿道:"吾兄既爱吃酒,一发借重了,"说道:"一帘凉月夜横琴。"依仁道:"很好！愈多愈妙！"

三杯吃下,笑向月卿道:"贤弟妇,怎么样！"倒把宝珠脸羞红了,月卿怡然自若,笑道:"我也得罪大老爷罢,我是:风清月朗夜深时。"依仁对宝珠道:"一客不烦二主,外人尚且如此,一家人敢不效劳？快说,我并起来喝,才爽快呢！"宝珠笑而不言。文卿道:"难得他的好意,你就说。"宝珠笑道:"大哥既勉谕谆谆,兄弟遵命,我叫人陪你一杯:二月杏花八月桂。"大家好笑,依仁依次都饮了酒。

墨卿道:"轮到我了。我说句出色的,你们三个是美人,我说个月明

---

①　觞(shāng)——古代喝酒用的器物。

林下美人来,岂不大妙!"众人大笑,玉柳道:"又是一杯送上。"依仁道:"怎么又是我吃?我来数数看。"把指头才点了一点,一句也不开言,把酒干了,又摇摇头道:"岂有此理,我竟被你们弄昏了!"

众人见他光景,又笑起来。翠红道:"我来陪松大老爷一杯,收令是唐伯虎的《花月吟》:月自恋花花恋月。"依仁忙斟了一杯,送与翠红道:"我也瞧人吃酒!"翠红饮干,也回敬一杯道:"松大老爷,陪陪我!"依仁推住酒,起身大嚷。不知吃是不吃,且听下回分解。

第 三 回

见美色公子起淫心　赋新诗宝珠动春兴

话说翠红送上酒来，依仁大嚷道："我吃过五六杯，也没个人陪我。我为什么要陪你？连你也来欺负我！"翠红道："应该你老人家吃呢！"依仁道："没有的活！"翠红道："请大老爷把诗句子念念，再数一数，就知道了。"

依仁口里念着诗，手指着翠红，一个个数去，轮到自己，果然是个月字，道："晦气！今天运气不佳，让了你们罢！"取杯饮干，又笑道："万事无如杯在手，还算我便宜，大家用了几箸①莱。"依仁又笑道："谁说个笑话，我再吃三杯。"文卿道："叫你兄弟说给你听。"墨卿道："秀卿向来安于简默，笑话二字，非其所长。"依仁正色道："舍弟是贵人少语，诸君不可太轻了。"墨卿道："姑娘腔罢了，什么贵人？倒是个佳人。"

宝珠听了此话，似乎有些惊心，桃花脸上两朵红云，登时飞起。文卿已有酒意，目不转睛，越看越爱，拍桌狂言："奇哉秀卿！娇媚如此，若是女，吾即当以金屋贮之！"宝珠看了他一看，带愧含羞，低头无语。那墨卿只道她有气，笑道："文卿狂言，未免唐突良友，罚你三杯，请秀卿说个笑话解秽。"文卿道："该吃！该吃！"当真饮了三杯。

宝珠挡不过众人逼迫，笑道："笑话只有一个，诸兄不必见怪。"文卿笑道："恕尔无罪。"墨卿道："不过是骂我们，只要骂得切当，那又何妨！"宝珠道："有个老教官到任，各秀才总去谒见②，教官道：'岁考功令森严，老夫备员师保，先考考诸兄的大才。我有个对子，不知诸兄可否能对？'各秀才齐声道：'请老师指教。'教官道：'对子就拿我说，我老而且穷，是：老教谕，穷教谕，老当益壮，穷且益坚，老穷壮坚教谕。'秀才们哪里对得出来？想了半天，再想不出，一个个低着头，闭着口，屁也放不出一个，只

---

① 箸（zhù）——筷子。

② 谒（yè）见——拜见。

落了两个白眼，翻来翻去。还是个新进的少年说道：'门生倒对了一个，不知可用不可用，求老师更改。'教官道：'少年英俊，文才必高，请教罢！'少年道：'献丑了。'"

宝珠说着用手指李、许二位道："'大年兄，小年兄，大则以王，小则以霸，大小王霸年兄。'"李、许二人笑道："好兄弟，骂起老仁兄来了！该罚多少？"宝珠道："我原告罪在先，你们说不怪的。"文卿笑道："我被你骂罢了，你骂墨卿王八，未免留令姊余地。"墨卿道："你们别小觑①她，她是皮里阳春，其毒在骨。今日听他笑话，就知她为人同官箴②了。"依仁在旁，只管点头赞叹。月卿道："都老爷好才学，出口成章，求你老人家赐副对子，以为终身之荣，不知赏脸不赏脸？"李、许二位道："我们各人，都该送一副，明日就送来，秀卿谅不推辞。"三姊妹起身道谢。笑笑谈谈，也有更鼓以后，宝珠的家人各役，带了灯笼火把，拉着空车，来请巡城。依仁道："舍弟有正经事，先请罢。"

宝珠正要起身，只见进来两个少年，跟着三四个家人，多远的一个笑声道："众位年兄，在此大乐，也不知会我一信儿，今日被我闯着了！"诸人认得是乡榜同年刘三公子，那个是陪堂柏忠。这刘公子名浩，父亲是个宰相。他专在外眠花卧柳，倚势欺人，无恶不作。目不识丁，上科夤缘③中了一名举人。更有柏忠助纣为虐，官场中人都怕他，看他父亲面子，不肯同他较量。

他同李、许、松三家，总有世谊，虽然彼此往来，恰不是同调。今日他既到来，大家只行让坐。宝珠道："有时候了，我要去巡城，不可奉陪诸位了。"柏忠道："松大人恶嫌我们公子，所以要走了。"刘公子道："都是至交，千万不可外我！"宝珠道："兄不可多心，弟有正事在身，本来就要走的。"李、许二位也道："刘年兄勿疑，你瞧，高灯都点上了！"柏忠赔笑道："门下取笑的言语。松大人既有公务，何能耽搁？明日我们少爷在此，洁诚奉请罢！"刘公子道："也好！明日专候，在局诸君，缺一不可。再不来，就真外我了。"说着，一副色眼钉在宝珠身上。

---

① 觑（qù）——看，窥探。

② 官箴（zhēn）——百官对君王所进的箴方。箴：劝告，劝诫。

③ 夤（yín）缘——攀缘上升，喻拉拢关系，向上巴结。

宝珠应了，有人送上衣冠。公子道："兄头上这宝石，好明亮！"宝珠道："先君遗下来的。"文卿笑道："你这耳朵，两对秋叶，同金圈儿平时恰好更显妖媚。穿上补褂，未免不甚雅观。前天老师还背地说笑你呢！"宝珠脸红红的不语。依仁忙道："我们家乡风俗，从小戴惯的，要到娶妻生子，方可除去，就连项下金锁练子，也是除不得的，忌讳最要紧。"文卿笑道："一句话总要你替她辩白，真是个好哥子！"宝珠起身，大家相送，一揖而别。

刘公子扯众人从行入房，又饮了一个更次。依仁同柏忠颇谈得合式，从此订交。李、许两家车也来接，刘公子道："我今日就住在此，明天恭候诸兄罢。"二人齐说是必来的，一同上车而回。依仁只得带了小使，步回府中，才到门口，恰好宝珠巡城已回，随从护拥，正在下车。依仁上去说了两句话，说到刘三公子今夜在翠红那里宿歇，明日一定要请客，托我致意请你。宝珠说了一句"明天看光景"，就进去了。

依仁回房去睡，心里暗想："我是个穷幕友，今日接交多少贵人，到底京城里有些际遇，将来是要靠他们发财的！"又想翠红姊妹，人物标致，心火大动。前日我去，甚为冷落，今见我同些阔少爷去，就亲热了许多。我明天也做个东，请请诸人，一来可以拉拢，二来可以交接刘三公子，三来他姊妹也看得起我。但是银子如何设处？一刻欢喜，一刻烦愁，真弄得七上八下。

且说宝珠进内，在夫人房中谈了几句闲话，说到蕃儿还好，筠儿不肯用心读书，夫人只是叹息。宝珠道："娘不必烦心，我明天请姐姐劝谕他就是了。"夫人道："你父亲去世太早，留下两个孩子来，没有管教，我也不中用，倒累你们两个了，将来不知如何呢！"

夫人这句话，提起宝珠的心事，只不好在夫人面前露相，反说了两句宽解话。夫人道："你进房去歇息罢！"宝珠答应起身，早有紫云拿了绛纱灯照住，宝珠入内，进房坐下。紫云泡了一杯浓茶，送上漱盂漱了一口，绿云装了两袋水烟，起身脱去袍服，紫云来将靴子拉去，露出一双窄窄金莲，雪青绣花鞋，瘦不盈握，不过觉得稍长些，套上大脚红缎镶边裤子，随意穿了一件玉色绣袄，向妆台坐下。

紫云启了镜奁，宝珠对镜理发。她的头发本来留得低，紫云将她上边短发梳下来，恰好刷成两边兰花鬓，梳了一个懒梳妆，戴上金钗翠钿，耳朵上除掉小金圈,换了一对明珰①,淡淡施些脂粉,向妆台内随手取了一枝绒球蝴蝶,插在鬓边,天然妩媚。宝珠本是个国色,再妆束起来,格外风流俊俏。向镜中一照,不觉长叹一声道:"我松宝珠,颜色如花,岂料一命如叶乎?"

对镜坐了一会,想到日间之事,与现在所处之境界,如同做梦一般。又羡慕李、许两个,真风流少年,一段细腻温柔,令人芳心欲醉,我姐姐可谓得人的了。细比起来,许文卿尤觉得美貌些,他今年十七岁,长我一年,格外相当相对,若是与我配合,他年不小,做媒的接踵而来,他皆不合式,万一有个佳人,中了他的意,我再要想此等人物,就点灯笼也没有处寻呢!他日间说我若是个女郎,当以金屋贮之,可见属意于我,若知我是个女郎,绝然不肯放过。

又想:姐姐严厉,就有心事,何敢多言?兄弟又不肯上进,要歇手,如何歇手?不知将来是何了局,想到此处,愈觉动情伤心!真是一缕柔思,几乎肠断!叫紫云收拾镜台,取笔砚过来,想做月卿的对子。趁着春兴勃然,取过一张花笺,信手写了几句,连自己都不知写的什么。

> 每届花锦却生愁,十五盈盈未上头。
> 诗句欲成先谱恨,风情初解尚含羞。
> 香痕永夜怜红袖,春色撩人冷翠楼。
> 自是梦魂飞得到,银屏珠箔耐勾留。
>
> 二八闺娃娇可怜,不知情在何处边?
> 要无烦恼须无我,欲了相思未了怨。
> 草草莺花春似梦,沉沉风雨夜如年。
> 旁人未必传心事,修到鸳鸯便是仙。
>
> 娇羞莫上晚妆台,脂水凝香界粉腮。
> 罗帐四垂红烛冷,背人低唤玉人来。
> 而今自悔觅封侯,一缕相思一缕愁。
> 怕见陌头杨柳色,春风不许上妆楼。

---

① 珰(dāng)——妇女戴在耳垂上的装饰品。

又写了一副对子：

月自恋花花爱月，卿须怜我我念卿。

宝珠写成诗句对子，一遍也没有看，把笔一掷，觉得心头很不自在，起身到床沿边呆呆的坐了一会，和衣而卧，就昏昏的睡去。紫云见他光景，就猜着她几分心事，见她睡下，不敢惊动，替她盖上锦被，下了绿罗帐子，慢慢放下金钩，走上镜屏，到桌上挑了灯，烛光剪剪，垂下大红顾绣门窗，同绿云出了外间、掷升官图耍子。

再说宝林在房中算了一回账，觉得长芦盐务，今年亏空多了，要同宝珠商量，请管事的来京，问问那边光景。看看约有三更多天，钟上打过两点，遂将各账收起，捧了一枝水烟袋，轻移莲步，蹀进夫人房中，见夫人尚在炕上吸烟，就在对过坐下，说道：“娘吸烟呢，不知妹妹睡没有。”夫人道：“你妹妹巡城才回来一刻，我方才着金子送莲子给她的。”宝林道：“我同妹子商量件事去。”就站起身来。夫人道：“她辛苦了，你留她早些睡罢。”宝林道：“不妨，我知道。”

推开小格子入内，过屏风，到天井，见一轮明月当空，如同白昼。走进玻璃窗子，中间挂一张玻璃盏，灯光闪闪。右间桌上，残灯半明半暗，也有一枝红蜡烛，花倒有半寸多长。宝林用手剔亮了，走进书案暗门，见对面穿衣镜半掩着，推开来，看见紫云、绿云正掷得高兴，二人抬头见是大小姐，一同起身，低低的道：“大小姐，此时还没睡么？”宝林道：“还早。你小姐呢？”二人道：“小姐改了妆，写了一回字，和衣睡着了。”说着将门帘打起来，让宝林入内。

宝林进房一看，斐几银缸，光彩耀目。向妆台上一望，厢房内点了一枝书烛，笔砚狼藉。坐下来，见有一幅花笺，从头看到了尾，心里暗想：我妹妹春心动了，本来也有岁数了。想了一会，不觉心内动起气来，将花笺笼在袖中，走上床来。不知宝林有甚话说，且听下回分解。

第 四 回
见诗句阿姊肆娇嗔　正家法闺娃遭笞辱

话说宝林上床,见宝珠玉山推倒,云护香封,叫道:"宝珠,宝珠! 醒醒罢!"连叫两声。宝珠从梦中惊醒,开眼看时,见是姐姐,赶忙坐起身来,一手掠着鬓鸦,含笑说道:"姐姐此刻怎么来的?"紫云已送上茶来。

宝珠被宝林上下细细一看,见她云鬓微松,脸潮犹晕,一段风流娇媚,令人魂消。暗想这等一个美貌,如何不动情? 也不能怪她。但是她终日在外边,与男人相处,若不驾驭一番,将来弄出笑话来就迟了。冷笑一声道:"好女孩子,做得好事! 还不替我跪下来!"宝珠一时不知头绪,只道日间事犯了,吓得站起身来道:"姐姐,妹妹没有干错了事。"宝林将案桌一拍,道:"你还不跪么?"

宝林气性严厉非常,妹子兄弟,要打就打。此刻见她动怒,怎敢违拗? 只得对住她双膝跪下。宝林问她:"你知罪么?"宝珠道:"妹子实在不知道。"宝林道:"取戒尺来,打了再告你!"宝珠道:"好姐姐,妹子真没有犯法,不知所为何事?"宝林道:"你敢不服么?"将花笺在袖中取出,向地一掷,道:"好女孩子,太不顾体面!"宝珠拾起来一看,不觉两颊飞红,半言不发。

宝林不容分说,将她手扯过来,重重的打了二十。可怜春笋尖尖,俱皆青赤,在地下哭泣求饶。宝林哪里肯听? 紫云两个都吓呆了。宝林向紫云道:"出去取家法来伺候!"她二人怎敢不遵? 就忙忙的出去,到大小姐房内,取了家法,走到正房,见夫人正在解手,急急地说了一句道:"太太不好了,大小姐打小姐呢!"夫人又不得就进去,心中空自着急,说道:"又为什么事? 林儿真不安分!"

再说宝珠见取了家法进来,格外惧怕,哀求道:"好姐姐! 都怪妹子不是,饶我一次罢! 妹子身子不好,打不得了!"宝林喝令紫云、绿云将春凳移过来,扶起宝珠,伏在凳上,二人按定。宝林取过家法来动手,宝珠实在忍痛不过,哀求道:"好姐姐! 妹子年纪轻,就有天大的不是,求你还看爹的分上罢！"又哭道："妹子实情受不起！姐姐定不肯饶恕,就取带子勒死我罢！"

宝林只当不听见。宝珠急了,痛哭道："爹呀！你到哪里去了？你这重担子,我也难挑。你不如带了我去罢！一点不是,姐姐非打即骂,她哪里知道我的苦楚？"宝林听见此话,不觉心里一酸,手就软了,将家法一掷,回身坐下,也就落下泪来。

紫云扶起宝珠,仍然跪下,低头只是哭泣。宝林用手帕拭去泪痕,勉强问道："谁叫你不顾体面？下回还敢不敢？"宝珠道："真不敢了！如再有不是,姐姐就打死妹子,总不敢怨的！"正说着,只听外间说道："先打死我,再打死她！我同苦命的孩子一搭儿去,让你们好过受用日子！"

夫人带哭带嚷,跌跌的跨进房来,不由分说,向地下拉起宝珠,望椅子上一拉,把宝珠搂在怀里,道："打坏哪里了？"又指着宝林,气喘喘的道："我的姑太太！你就留我多活几年罢！"又对宝珠道："好孩子,姐姐得罪你,你看娘分上,娘赔不是！到底为着何事？我不懂得。"宝珠流泪道："娘说哪里话来！是我的不是,不怪姐姐。但是我的爹哪里去了？娘！我要爹爹呢！"

夫人心如刀割,泪如泉下,道："孩子！你很心痴！爹去了,把你同娘撇下来。如有他在,你也不得受人欺负！"说着,母子相抱大哭。宝林见妹子如此,也难为情,似乎今日太打重了,听见母亲言语,又不敢辨白,此刻也是泪垂满面。紫云见三个难解难分,又不敢上前解劝,只得暗暗出去,请了姨娘进来。姨娘取了一杯桂圆汤,送到夫人面前,金子拧了一把毛巾伺候。紫云捧支水烟袋站在一边。姨娘忙赔笑道："太太别为她们操心。孩子不好,也是要打的,姐姐管的是正理。"

夫人此时舍不得宝珠,又不便过于责备宝林,一肚脾气,正无处发泄。听见姨娘说话,不由大怒,用手巾拭了泪痕,接过烟袋,吸了一袋,劈面对姨娘啐了一口,道："你得了失心病,还是做春梦？你的肚皮好,生下好孩子来,人不如你！我这宝珠,胜过儿子百倍,真比宝贝还贵重,我全家靠她过日子呢！她有点长短,我先是个死！你只知道打牌吃饭,知道享的谁的福？"骂得姨娘闭口无言,只得回身来劝大小姐出去。

夫人代宝珠拭了泪,劝她吃了两口龙眼汤,见无人在面前,对宝珠道："好孩子,你不要生气！这个坏丫头,在家能有几天？明年李家就要娶了。那时让你为尊,谁敢委屈你!"宝珠道:"娘说什么话! 姐姐是家里不能少的,等兄弟大了才能放她出阁,娘千万不可错了主意! 若没有她,我更难处置了。"夫人又劝了许多言语,哄她住了哭,要候她睡下,方才出去。宝珠不肯,夫人就亲手替她除花卸朵,脱了衣服,解去鞋脚,看她上床,将锦被替她盖上,又拍了几下,说:"睡罢,我去了。"宝珠道:"娘走好了!"

夫人答应出房,又叮嘱紫云几句,吩咐今夜不要关门。金子掌灯照着,紫云一直送至正房,回去各处检点一番,同绿云进房,说道:"今日不要睡,太太是必来的,我们下象棋罢!"到了四鼓以后,果然夫人又来一回,问了紫云两句话,也就出去了。宝珠在床,睡了片时,想起心事,又哭了一会。次日十点钟,方才起身。梳洗已毕,闷闷地坐在房中。

夫人进来闲谈,一同吃了饭,夫人就在右首炕上吸烟。只听云板声敲,紫云、金子两个出来一看,见夫人房中寿儿在外说道:"姑老爷来了,请姐姐回一声。"原来宝珠房中,闲人不敢擅入,事事来回,都敲云板。紫云进来回了,夫人又替宝珠更衣,随着夫人一同出来。到了正房,李墨卿上前见了姑母,又与宝珠见过,吃了一回茶烟,谈了几句闲话,对宝珠道:"文卿一同来的,在花厅上,你令兄陪着他呢,我们出去坐罢!"辞过夫人,二人起身。

宝珠又进去叫了一声姐姐,与墨卿到了花厅,大家相见让坐。宝珠见桌上两副对子,问道:"谁的对子?"墨卿道:"你倒忘了么? 请你改正改正。"宝珠笑道:"好快当。"展开一看,李墨卿的是集《西厢》两句:

　　翠裙鸳绣金莲小,红袖鸾绡玉笋长。

再者文卿的,也是集句:

　　秋水为神玉为骨,芙蓉如面柳如眉。

宝珠看过,微微笑道:"过誉了。"文卿道:"你的写成了没有?"宝珠道:"我没有做,我倒忘了。"文卿道:"你太无趣! 过日入时快写起来,去赴老刘之约。"宝珠道:"你们请罢,我懒得去。"墨卿道:"你不可过于执意,昨日又是你先走,今日再不去,老刘面子下不来。"文卿道:"谁愿去吗? 刘三是个恶人,有造祸之才,也不可过于削他面子。"宝珠道:"倒委屈你了。"随唤书童喜儿取了对子来,宝珠提笔,一挥而就,又落款巡花都御史。二人道:"妙极! 妙极!"又朗诵一遍道:

月自恋花花恋月,卿须怜我我怜卿。

墨卿笑道:"秀卿于月卿,有情极了,还在我们面前假惺惺的! 看这副对子,可被我们识破了。"依仁道:"才情二字是联的,舍弟有才,所以就有情了。"坐了一会,吩咐套车。宝珠叫家人也替依仁备了车,自己入内,禀过夫人,又在姐姐面前撒个谎,才放出来,同众人上车,还是两个书童跟随到南小街来。

再说刘三公子同翠红宿了一夜,起身也有午后。柏忠进来陪住烧烟,刘公子道:"今日可要着人邀他们一邀。"柏忠道:"可以不必,他们大约必来的。"刘公子道:"小松儿实在标致! 我少爷喜欢她。我看她,倒像个女子。"柏忠微微笑道:"少爷看她像女子,门下看她未必是个男人。她的面貌声音,都是美人态度,而且腰肢柔媚,体态娇娜,男子家哪有这样丰韵? 更有一件可疑,她走路与人不同,步子总不能放开,又端不实,似乎脚疼,大约是裹过的,以门下细看,定然是一双窄窄金莲呢!"

翠红等道:"说破了,果然可疑。她年纪虽小,已是做官的人,怎么还戴耳坠子呢?"刘公子道:"我少爷同她顽一顽,就是死也甘心! 柏忠,你想个法子,我有重赏!"柏忠道:"少爷,今日且试她一试,看怎样?"刘公子道:"怎么试法?"柏忠道:"少爷今日踹她的脚,故意装做失脚的光景,看她怎样? 她是双小脚,必要疼痛的。再诱她睡下吸烟,捻她一捻,就知道了。那时门下再想个法子,不怕她不双手送来把少爷受用!"

刘公子大乐道:"好计好计! 但小松儿是个御史,不好惹的。"柏忠道:"我们的声势,还怕人么? 就有点小事,老大人当朝一品,岂怕她新进的一个无知也乎!"说着,把鼻子掠了一掠。刘公子大笑道:"胡乱通文,又该打了!"柏忠道:"区区小事,你的门下须要带点子书气呢!"正说得高兴,外面忽报诸位少爷到了。

只见李、许、松等四人蹀进来,刘公子同三姊妹赶忙出迎,笑道:"信人,信人!"三姊妹也见过了,大家叙坐。柏忠道:"诸位大人在此,哪有门下坐位?"刘公子道:"都是我的同年世交,不必拘礼,赏你坐罢。"墨卿道:"年兄快人,出口如箭。"刘公子见了宝珠,格外亲热,不住的问长问短。

文卿叫书童取过对子来,说道:"献丑了!"大家一看,赞不绝口。三姊妹谢了又谢。刘公子道:"我也每人送你们一副,但是不耐烦做。老忠时常咬文嚼字的,今日罚你做两副对句。"柏忠道:"门下受公子厚恩,虽汤火亦所不避。至于文墨之事,非我所长,只得有妨台命了!"刘公子道:"你方才还讲甚书气的?"宝珠笑道:"唯其有了书气,所以书有诗气。"刘公子道:"敢不做? 把他扠出去!"

柏忠道:"少爷莫急! 我来想。我还小时候做对子,是对过的,七个字实在不曾问津。"刘公子道:"你何不学诸年兄用个诗句子呢?"柏忠道:"这还可以。我念过两本《千家诗》的,连年有了事,就不在诗上讲究了。我就说个云淡风轻近午天,待少爷对一句罢。"公子道:"放你的屁! 我少爷,对你的诗么?"柏忠道:"果然。果然不敢劳尊。"刘公子道:"这句也不好,没有他们名字在内,重来重来!"

柏忠道:"就难了,留我细细的思索。"又唧唧哝哝的道:"又要诗句子,又要有他们名字在内,哪里有这么巧呢?"闭着眼,摇着头,想了一会,忽然大笑道:"有了,有了! 我想了一句好的。"不知好的是谁。且看下回分解。

第 五 回

开酒筵花街杀风景　舒忿恨松府打陪堂

话说柏忠想了半日，忽笑道："有了有了，人家门上常贴，又吉利又切题，又有一个月字在内。"朗吟道："天增岁月人增福。"李、许、松三人大笑道："这匪夷所思。"刘公子道："下联呢？"柏忠道："就此一句，真费了门下许多心思。再对下联，就难死门下了，而且好句不可多得。"刘公子道："胡说！没有下联成个什么对子呢？"柏忠道："真是苦我所难，肚里打不出油来，我请松大先生替我对罢。"

依仁道："有个什么案件，还可以妄参末议，诗句对联也荒疏久了，不能相代。"柏忠道："好人好人，成全我罢。"依仁道："不敢允你，只好想想看。"起身背着手踱来踱去。一会工夫，笑道："对了一句，倒还自然。"刘公子道："请教请教。"依仁颇有喜色，念道："我爱芳卿你爱钱。"墨卿等笑得打跌道："真亏他想得到。"

依仁只道赞他真好，脸上颇为得意道："舍弟的对子，怜他我就爱他，都是怜香惜玉之人，莫笑幕宾不通。我们案件上，批个批语，也还用四六联呢。"刘公子还不住地问是谁的诗句。依仁道："就是我的诗句，知道是谁的？"刘公子道："你的句子，不现成用不得。"柏忠着了忙道："今人也是诗，古人也是诗，只好的就是了。少爷不信，问三位大人，可好不好？"

三人笑道："好极了，连我们也要退避三分呢。"刘公子道："我看也不见得，哪能如年兄们的是真好呢。"柏忠道："少爷莫看轻了，这副对子，我们报效少爷足了。门下家贫，谋衣谋食，诗词歌赋无暇及此。记得十年前的诗，连张山人还赞我的好，说我再做两年，也就同他一样，可以做得个小山人了。诸位大人是知道的，张山人是个大诗翁，人家何等敬他，我像他也就好了。"宝珠道："既要做山人，就该在山中，为何在宰相门下呢？"众人大笑。

柏忠虽是副老脸，也就羞红了。刘公子吩咐摆酒，因依仁是宝珠哥子，年纪又长，大家让他首坐，依仁谦之再三，只得坐了，刘公子在酬酢①之际，故意将宝珠靴子一踹，宝珠双眉紧皱，一手扶着椅子，一手摸着靴尖，捏了一会，那种可人的媚态，画也画不出来。

刘公子失口叫了一声"好"，同众人又谦了一会，仍照昨日坐法，刘公子主席，柏忠末坐，欢畅饮呼。翠红姊妹敬歌唱曲，好不高兴。刘公子道："李年兄是松年兄姊丈，松年兄的令岳是谁家？"宝珠道："尚在未订。"刘公子道："我来执柯②。我有个姨妹，今年十六岁，同松年兄年岁相当，才色二字，也还得过去，我们就她一门亲戚不好吗？不知年兄意下如何？"

宝珠尚未回答，李、许二位道："此是美事，全仗玉成。"刘公子道："年兄现有几位尊宠？"宝珠道："一个没有。"刘公子道："通房丫头，定是好的。"宝珠摇头，也不言语。墨卿道："你那个丫头紫云，光景同她有一手呢，人品真美。"宝珠急了道："什么话？使唤的村丫头，你……你们也要取笑。"墨卿道："你说村，那就没有俏的了？"

刘公子道："诸兄不知，我兄弟圣经却一句记不清，嫖经是通本背的，上面有两句道得好：'妻不如妾，妾不如婢。'婢的好处，真不可言语形容呢！家母房中有个玉簪，兄弟同她最好，没有事闲着，就叫她到书房内去见一面，并无别故，说的是人间艳语淫词，对答如流，均不能入耳，只张嘴儿，真正是会说，等我明日讨来，送与松年兄，同她试试，就知道她厉害了。"

宝珠听他艳语淫词，谈得津津有味，也就羞得无地自容，又说要将淫婢赠她，两颊飞红，低着头只不开口，心想避他一避，遂起身向炕上躺下烧烟。刘公子看见，正中心怀，说道："松年兄逃席了。"说着，走近炕沿，用手把宝珠靴子一捏，虚若无物，心里明白八九，笑道："年兄靴子大了，也是你脚太小些。"宝珠赶忙缩回，无言可答，心里跳个不住。

此时刘公子胆就大了许多，上前一把将宝珠一只尖松松的手拉住道："起来陪我吃酒。"宝珠见他如此，吓得心惊胆战，一点不敢违拗，起身跟他入席。刘公子心想把她灌醉了，验出真假来，即可上手。叫人取大杯来，满满斟了一杯，送与宝珠道："罚你一杯。"自己也斟一杯道："我也陪

---

① 酬酢(chóu zuò)——主客互相敬酒。

② 执柯(zhí kē)——做媒。

你。"遂一饮而尽。

宝珠从来在外不敢多饮,推辞道:"小弟量浅,不能奉陪。"翠红道:"都老爷海量,何必推辞?"刘公子出席,到宝珠面前道:"那不能,我的酒已喝过了,你不能下我的面子。"宝珠见他双眉轩动,两眼圆睁,有些怕他,说道:"年兄请坐,我慢慢的吃。"刘公子道:"使得。"依旧下坐。宝珠将酒饮一半下去,刘公子道:"酒凉了,我代了罢。"举起杯来,一口吸尽,还呷一呷道:"好香!"又斟一杯送来。宝珠道:"万不能饮了,请年兄原谅。"

李、许二位也替她讨情,刘公子哪里肯依?柏忠走过来道:"松大人酒量虽浅,我少爷情义方长,看门下的薄面,干一干罢。"宝珠道:"不要胡闹,我是不能多饮的。"柏忠将帽子一除,取了酒杯,放在头顶上,双膝跪下道:"请吃我家的酒,就是我家的人了,大人快干了罢,赏门下一个脸,愿你老人家做大官,发大财,身藏大元宝,日进一条金罢。"说着叩头不止,引得众人大笑,倒把宝珠的粉面羞得通红。

翠红等不知厉害,也随着取笑几句。李、许两个心里暗想,老刘为何欺负秀卿?看他挟制的光景,颇为动气,只见柏忠怪模怪样,也不言语,看他到底怎样。到是依仁说道:"舍弟年轻面嫩,受不得玩笑,你们不识他性格,闹急了是要生气的。"柏忠只当不听见,又说道:"大人不吃酒,门下只好跪穿此地了。"

宝珠无奈,只得在他头上接了酒杯,放在面前。柏忠道:"好了,救命王菩萨开恩了。"起身拍一拍灰道:"男儿膝下有黄金,就是我门下的几个狗头,也值几两银子呢。"刘公子道:"你也陪一杯。"宝珠只得又饮了一半,见他们闹得不成体统,再看看天已不早,乃将书童叫过来,咐耳说了几句,书童匆匆出去。刘公子执着一大杯,送到宝珠面前,深深一揖道:"只一杯是实情酒,我要你高攀。"直送宝珠唇边,翠红低低笑道:"我来做媒。"

刘公子说着,脸儿笑着,身子偎在宝珠一旁坐下,把酒送至宝珠口边。宝珠用手推开道:"实在量窄,不必啰嗦。"刘公子将她两个秋叶捏了一捏,又在他脸上闻了一闻道:"粉花香,我少爷爱极了。"宝珠羞得一句话说不出来,几乎要哭出来,翠红姊妹也在一旁附和。

此时书童已将各役传到,宝珠见护从已经伺候,欲将发作,又不好变脸。谁知柏忠见宝珠柔软可欺,不知好歹,走过来帮腔道:"松大人吃的是喜酒,你同我少爷正是才貌相当的。"宝珠借此发作,不觉大怒道:"好大胆的奴才,也来胡说! 你仗谁的势,也来欺我? 你这奴才可还了得? 我定要你的脑袋,明日同你在主子面前讲话。"

说罢将杯撇在地下,不别众人,吩咐伺候,竟出来上车。家人上马,各役点了高灯火把,簇拥而去。此时刘公子大为没趣,李、许二位道:"柏先生言太重了,不怪他有气。"刘公子一团高兴,弄得冰冷。众人俱皆不欢而罢,向刘公子谢过上车。依仁还周旋刘公子两句话,也就去了。刘公子送过客,一肚子脾气无可发泄,将柏忠叫到面前,怪他多嘴,说道:"才有点意思,要你来放屁,弄决裂了。"气一回,想一回,又把柏忠臭一顿骂,骂了四五场。到三更时候,才放他回去,灯笼也不许他点,又不许人送他,叫他黑走,遇见巡城的好挨打。不想话说巧了。

再说宝珠上车巡城,一路暗想,又气又愧,他捏我的脚,大约知道我是女孩子,所以敢调戏我,以后各事,更要小心。又想他既识破我,怎么放得我过呢? 罢了,从此不同他往来就是了,好在没有实迹他拿了。翠红姊妹也帮他取笑我,处置他们也是易事。还有柏忠尤其可恶,明日想个法子,重重地办他。

心中想着,已到南小街口。一对藤棍在前开路,高灯上是监察御史,巡视南城。适值柏忠冒冒失失由巷里钻将出来,正撞个满着。各役一把扯住道:"什么人狂夜!"柏忠酒也多了几杯,回道:"是我,怎么样?"众人将他拥至车前道:"都老爷在此,还不跪下?"柏忠不服,众人乱推乱拉,将柏忠按倒在地。宝珠见是柏忠,大怒道:"你这奴才是谁? 敢于黑夜独行直步,若不直供,刑法伺候!"

柏忠向上一望,见是宝珠,叫道:"松大人,你不认识我了? 方才你与同席的。"宝珠道:"该死的奴才! 一派胡言,打嘴!"各役不由分说,两三个服侍一个,把柏忠打了二十个嘴巴,打得柏忠满口流血,如杀猪一般的叫。宝珠又问道:"你这奴才,究竟姓什么?"柏忠只得回道:"松大人既推不认识,我姓柏,叫做柏忠,是刘相府的。"

宝珠冷笑道:"你原来仗着宰相势,你可知王侯犯法,我总是一体办的。你既是相府的,我也不打你了,明天真要同你在主子面前讲话。"吩咐带着各役,取过铁练套上。可怜柏忠崭新的一身衣服,锁在车尾子上,跟着儿跑。宝珠回到府中门首下车，吩咐将犯人锁在耳房里，听候发落，回身一直进去了。

其时依仁在房未睡，他的小使说道："柏先生被少爷锁回来了。"依仁道："所为何事？在哪里呢？"小使道："在耳房内。"依仁道："我去瞧一瞧。"走到耳房，果然见是柏忠，问了原由，方知是犯夜。这一夜倒亏依仁照应。

且说宝珠入内，到母亲姐姐房中走了一走，回自己房中，换了女装，向妆台闷坐，不觉流下泪来。紫云问了备细，宝珠将今日之事，气愤愤的细述一遍，紫云就听呆了。又说："冤家路窄，我把他打了二十，锁回来了，依我的气，明早上一本连姓刘的齐办，你看好不好？"紫云沉吟道："小姐，不能由你的性儿。刘家势大，如今做官的省事为佳，且缓一天，看他如何。你打了柏忠，也算得出气了。"宝珠深以为然，谈了一会，收拾睡下。

次日，一早起身，梳洗方毕，外面传进一封书信，一张名帖，宝珠一看，是刘相的名字。将书取出，见是刘三公子的信，前半说柏忠犯夜，感恩没有重办，后半说柏忠专倚弟家之势，在外横行，请年兄代为整治，重重责罚，再为释放云云，

宝珠看过，笑了一笑，递与紫云，细看一遍，也说道："罢了，卖个人情罢！俗说冤家宜解不宜结。"宝珠道："原信内说他打了再放，我气他不过，要看两条狗腿呢。"紫云道："别打人罢，我害怕呢。"宝珠道："只个人情不能讲，那天我挨姐姐打了，怕不怕？"紫云道："我都替你怕死了。"宝珠叫绿云取衣冠来穿戴，又吩咐出去伺候，自己缓缓踱出来，在夫人烟炕上坐下。一会儿，外面进来回说，各役都齐，上堂伺候。不知后事如何，且看下回分解。

第 六 回

俏丫环偷看佳公子　松宝珠初识张山人

话说宝珠出厅坐下，有人将柏忠带来，跪在阶前。宝珠道："柏忠，你这狗仗人势的奴才，可知罪吗？"柏忠叩头道："求大人开恩，愿大人朱衣万代。"宝珠道："本当重重办你，看你主子面上，姑饶一次，以后再犯在我手里，那就真要你脑袋了！"柏忠道："大人恩典，小人再不敢无礼了。"宝珠叫取大棍，重打四十。各役一齐动手，将柏忠拖翻，一五一十只管数。

柏忠跪在地下，哭一回，说一回，又求一回，可怜打得皮开肉绽，鲜血淋漓。宝珠吩咐挟出去，众人带拖带扯的，赶出大门。宝珠退堂，到内书房坐下，写了一张谕帖，仰兵马司将翠红姊妹逐出境外，房屋封锁入官。兵马司接到都老爷的谕帖，自然雷厉风行，下了一支火签，差了一名吏目，带上十名番役，到南小街打进去，不分皂白，一个个都逐出门外，将前后门上了封皮。可怜翠红一家，箱笼物件，一件没有出来，不敢存留，空身人出京去了。

吏目到松府复令，适值宝珠在姐姐房中闲谈，仆妇进来说："门上回说，兵马司吏目在外边回说，翠红家房屋，已经封锁，人都逐出境外。"宝珠道："你去对门上讲，说我知道了，叫他回衙理事罢。"宝林道："什么案件？"宝珠不敢说出真话，支吾道："是个娼家，有人告发的。"宝林笑道："娼家媚人，犹之乎和尚骗人。京城甚大，此辈甚多，谅也禁止不住，可以含糊了事的，也不必过于顶真。"宝珠答应。

不题姊妹谈心，再讲柏忠一步一跌的爬了回去，进相府，到书房见了公子，哭道："门下吃苦了，求公子要替我出气呢！"刘公子道："打得好，打得有趣，我少爷叫打的。昨日一天的好事，被你这奴才闹掉了。今日打了多少？"柏忠道："不瞒少爷说，昨晚一见面，就是二十个透酥的薄脆，夜间竟把门下陷于缧绁①之中，今日午堂四十大棍，在门下撅臀上整整打了好

---

① 缧绁(léi xiè)——捆绑犯人的绳索，指牢狱。

一会呢。"

刘公子道："他说些么来?"柏忠道："她口口声声叫门下奴才,借你的尊臀,打你主人的薄面。又对我拱拱手,说得罪得罪,借重大力,改日还要赔礼。我说敝上心领了,门下代为致意罢。奈她一定不行,说不是打的你,打的你家主人。少爷不知,可煞作怪,打在身上,果然一些不疼,不知少爷脸上疼不疼?"

刘公子听罢,一口臭痰吐了柏忠一脸道："放你妈的狗臭屁!你谎都撒脱节了。小松儿是看我的金面,不曾重办你,真同我少爷有情。不然,你还有命吗?她打你,是怪你昨日闹了我们的好事。你当什么,你再敢挑唆,我拿帖送你到小松儿那里,敲断你的狗腿。"又回头道："书房里人在那里呢?替我把老忠拽出去,我看见这副苦鬼脸,我怕他呢。"柏忠原想主人出气,谁知倒挨一场臭骂,只得跋了出去。

刘公子吩咐套车,到松府传进帖去,说是面谢大人的,门上一会出来说："少爷到都察院去了,改日到府谢步罢。"刘公子少兴,就到南小街翠红家。到了门首一看,兵马司封皮横在上面,再问问左右邻舍,都说兵马司奉松都老爷的谕帖,逐出境了。刘公子大为诧异,只得回去。心里痴想道："是了,她见我同翠红好,大约是吃醋呢。"回到书房闷坐,倒弄得胡思乱想,废寝忘餐。次日又去,宝珠仍然不见。一连数次,不是说有恙①,就是说有事。又请过几次酒,也是辞谢。刘公子无法可想,妄想道："难道有气,连我都怪了?"想到闷处,就叫柏忠来大骂一顿。

再说宝珠自在翠红家生些闷气,又着了些惊恐,身子不爽快,告了十天假,在房中静养,足不出户。许文卿到来要见,宝珠因是至交,不妨相会,请到内账房坐下,自己慢慢改装出来。文卿见宝珠恹恹②娇态,弱不胜衣,笑道："年兄玉体违和,还不怎样?"宝珠道："受了风了,也无甚大事。"文卿笑道："秀卿太为薄情,月卿待你甚好,你为何倚势欺人?我们要不依你呢?"

宝珠笑道："你们不依么?我就一同办,就说你们窝娼,要你们顶戴。"文卿笑道："果然厉害。打柏忠手段,谁不知道?相府的人,尚且如

---

①　恙(yàng)——病。

②　恹恹(yān)——有病的样子。

此,我们没有势力的,还敢强么? 怪不得行人相怪避撞马御史呢。"宝珠道:"既知道害怕,就小心些,不可犯法。"文卿笑道:"老刘只管犯法,也不害怕,也没个人敢办他。足见恶人有人怕,我们善人就有人欺了。"

宝珠脸一红道:"你别忙,看罢了。"文卿道:"前天老刘想是发疯病呢,将你竟当做女郎取笑,那些言谈光景,令人真下不来,我同墨卿颇为动气。那个柏忠更不是个东西,只知道奉承主人,全不顾一些体面,打得很好,不但你可以出气,连我们心里也觉爽快。最有见识是打了就放,真有许多的便处呢。"宝珠道:"依我的意思,连老刘上一本,紫云劝我说不必。次日一早,老刘有书信求情,所以含糊了事,没有深究。"文卿笑道:"原来还是尊宠意思的。如夫人不但有貌,而且有才,真是才貌双全的了。你在气头上,谁敢劝你? 是如夫人一言,解勉不可。足见枕边言语,是最动听的。"

宝珠尚未回答,只见进来一个美丽女,若有十三四岁。一身俊俏,媚态动人,手里拿着一件竹青洋绉长袖马褂,笑嘻嘻道:"紫姐姐恐怕少爷凉,请少爷换件衣裳呢。"宝珠道:"不凉,你拿进去罢。"文卿呵呵大笑道:"你进去请紫姐姐放心,房里没有风,别这样操心太过。你去对她讲,不要忘了。"绿云笑着点点头。文卿笑道:"你叫什么?"绿云道:"婢子叫绿云。"文卿道:"你少爷待你好不好?"

绿云脸一红,低头就进去了。文卿道:"秀卿真有香福,房中竟有两个美人,怪不得你不想夫人呢。但不知比老刘家那个玉簪如何。"宝珠忍不住好笑。文卿道;"他明日讨来赠你呢,究竟同你二位如夫人较个高低。"宝珠道:"我也被你欺落够了,你今日来有何话说,难道来尽说混账话的?"文卿笑道:"话也有一句,却不要紧。二十六,墨卿小生日,你去不去?"宝珠道:"二十六我也要消假了,是要去的。"

再说绿云进去将文卿的言语向紫云说了一遍,紫云暗想,小姐常说许少爷好,今日在此,我去瞧瞧,究竟面貌如何。遂走到屏风后,望了一会,心里赞道:"果然好风流年少,一团英气逼人,比李少爷还要好些。"就细细的赏鉴,听他闲谈。文卿瞥见屏后有个金装玉裹的美人在内窥视,不知是谁,恐怕是他姐姐,不敢多说话。忽听内里叫道:"紫姑娘,大小姐叫你呢。"只见一个花蝴蝶一闪,又听得履声细碎,一路进去了。

文卿虽未曾看明白,见她回头一笑,百媚俱生,一团俊俏风流,几与秀卿相埒①,想道:怎么标致人都出在她家? 她那姐姐久已闻名,美貌极了,李墨卿可谓有福。想我至今尚无配偶,就如紫云这种人物,也就罢了,那个绿云也还可爱,过一二年,同秀卿讨来做小。我们如此深交,谅不好回我,但不知秀卿可欢喜她? 同秀卿一房相处,自然占去头筹。不语不言的胡思乱想。宝珠明白,她看见紫云,暗暗好笑,文卿人物是好极了,但过于好色些,也不说破她。二人又谈了一会,文卿辞去。

再说二十五,李府着家人仆妇到来请姑太太,大小姐,以及三位少爷。松府年例,皆有礼物,不过衣料玩器等件。次日,夫人起身得早,十二点钟,已装束齐备。宝珠一早起来道:"今日应酬甚多,庄御史放浙江巡抚,是要送的;刘通政五十寿;吴子梅生儿子,总是要去的。"紫云送上莲子一杯,宝珠吃了一半,递与紫云吃了。绿云将补褂取出,宝珠套上靴子,扎缚停当,穿了衬衣,加上线皱开气袍,束了玉带,穿了元青缎外褂。

紫云道:"这个獬豸补服②,口里喷火通红的,配这挂蜜蜡珠子还好。但是珊瑚纪念配了色了,换挂翡翠的罢。"宝珠道:"也是,红纪念不如茄楠的翡翠纪念好。"紫云道:"太素了。"宝珠道:"不妨,有金补服衬起来,怕什么?"紫云在书架内取出来,替她换上。因为南城获盗,宝珠新换一枝花翎,此时戴起来,就如旁插一朵鲜花,天然俊俏。绿云先出去传伺候。

紫云拿了漱盆、面盆、衣包、水烟袋等件,交与内跟班。宝珠出来上车,家人上马,各处应酬已毕,到李府已交一点多钟。却好夫人在堂后下轿,宝珠上来扶着母亲,到二厅内里,李夫人以及姨娘、小姐,一齐迎将出来。到了内堂,大家见礼道喜。众女眷花团锦簇,翠绕珠围。李墨卿进来叩见姑母,又与宝珠平拜了,就请宝珠外边坐。

到了花厅,只见亲友甚众,宝珠也有认识的,也有不曾谋面的,两个兄弟也在座。墨卿道:"文卿在大书房里,你那边坐罢。"宝珠随着墨卿,弯弯曲曲,到大书房来,各人起身让坐。宝珠一看,总是一班同年交好。依仁也随进来。墨卿指着首座一个老者道:"此位是张先生。"原来这老翁,就是张山人。他本是一个老名士,今年九十六岁,精神颇佳,天文地理,三

---

①　相埒(liè)——相同。

②　獬豸(xiè zhì)补服——獬豸:传说中的异兽,能辩曲直。补服:旧时的官服,清代的都御史、按察使的官服,绣有獬豸的图案。

教九流，以及诗词歌赋，书画琴棋，无不精通。朝中大臣，个个同他来往，是个热闹场中最有趣的人。

宝珠见张山人童颜鹤发，如蔼如春，不像个近百岁的人，暗想果然名不虚传，真是个有道之士。忙致敬道："老先生名士班头，骚坛牛耳，在晚闻名向慕，觌面①无从，今企末尘，曷胜②欣幸！"张山人笑道："世兄兰台清品，阆苑③奇葩，今幸相逢，不胜起敬。今日裙屐风流，英才会合，而寒皋野鹤，亦可翔翱其中乎？"

张山人口中说着，将宝珠细看一番，暗想此人秀丽非常，定然早年发达。但她是个风宪官，怎么一点雄风英气没有，纯是一团娇柔之态？看她体度，观她气色，好像是个女儿。宝珠见张山人不转睛看她，心里倒有些疑惧，脸色通红，转回头同旁人讲话去了。张山人再看她举动，细听她声音，心中俱已猜透，暗赞道："不意小小女郎，竟是出人头地，干出这种大事业来，松仲康竟不亚于蔡中郎矣！"老翁心里颇为羡慕。

又想她偏又生出这等一副美丽姿容，非有仙骨，不能如此等事。我虽看破，也不可明言，若说出来，即有天大的祸事了！况我是她祖辈，还是替她包容。此时席已排齐，主人请客入座。不知席间有何话说，且听下回分解。

---

①　觌（dí）面——相见。
②　曷（hé）胜——怎么禁得起。
③　阆（làng）苑——传说中的神仙住处。

第 七 回

行酒令名士庆生辰　沐皇恩美人作都宪①

　　话说大书房都是墨卿几个至交同年,除了张山人、文卿、宝珠、依仁之外,还有四位,一个赵璞,是刘三公子的妻舅;一个洪鼎臣,是同乡;又有两个旗人,是弟兄两个,一个叫桂荣,一个叫椿荣。主宾共是九人,席是两桌。张山人道:"我们都是至好,不尚繁文,用个圆桌,大家好谈心。"众人齐声说好。

　　遂让山人首席,宝珠就坐在张山人旁边。老翁与她颇为亲厚,谈到当日同她乃祖太傅公是最好,又说令叔祖冢宰公征苗匪,曾请我运筹帷幄。又把宝珠一只纤纤玉手看了一会,暗暗好笑,嬉嬉的道:"这一道纹,将来必生贵子的。"

　　宝珠一听大惊,脸上羞得飞红,心中一动,将手赶忙缩回来。文卿笑道:"敝年兄尚未娶亲,老先生怎么说到生子?请老先生看她何时喜星照临?"张山人笑道:"也不远了,婚姻大约还有几年。前推吾兄的贵造,与松世兄的喜期,倒增差不多。松世兄可将贵造开明,待老夫效劳推算。"宝珠被她道着几句,满面含羞,低头不语。

　　张山人见她害羞,倒觉得不好意思,自悔失言,笑道:"世兄今年贵甲子了?"宝珠羞涩涩的道:"十六岁了。"张山人笑道:"正是芳春二八。华诞是哪天?"宝珠知道张山人算法非常,怕她算出他的马脚来,不敢开口,文卿代答道:"八月十五日生,时辰却不知道。"墨卿道:"她是亥时罢,我听姑母讲过的。"

　　张山人默默的手中推了一推,果然是个坤造,倒是个夫人局格,惜乎没寿。又替她同文卿的八字合了一合,真配得相当相对。心里喜道:"我原想替他两人作合,不意果是天生定的。罢了,我来做个撮合山,成就他郎才女貌罢。但二人的红鸾,俱皆未动,还得两年。"

---

① 都宪——明,都察院,都御史的别称。

　　又吃了一巡酒，墨卿在外厅应酬一会，进来在众人面前敬了一杯，道："我们行个令罢。"文卿道："还是飞觞罢，像那天也还有趣。"墨卿道："今日没有妙人，有何趣味呢？"众人道："就请老先生出个令罢。"张山人笑道："诸兄不必太谦，老夫还是附骥尾。"墨卿道："我新办一副骰子，酒令是公子章台走马，老僧方丈参禅，少妇闺阁刺绣，屠沽市井挥拳，妓女花街卖俏，乞儿古墓酣眠。今日试他一试，看闹出些什么笑话来。"

　　张山人道："我有个道理，我见人行过一次令，是用骰子掷个骨牌名，有是什么色样，下面接一句五言诗，一句曲词，一句曲牌名，一句《毛诗》，要关合骰子的意思，又要贯串押韵。我们如今把骨牌名丢开，用这副骰子掷，照他的格式，要说得凑拍，好的贺三杯。"众人道："好虽好，就是太难些，请老先生说个样子。"

　　张山人取过副骰盆来，掷了一掷，是妓女方丈酣眠，笑道："这个妓女也下流极了，竟去偷和尚！"笑道："诸兄莫笑话。"遂念道：

　　　　妓女方丈酣眠，春色满房栊，门掩重关，萧寺中，花心动，甘与子同梦。

　　众人大赞道："接得一点痕迹都没有，我们是甘拜下风的了。"公贺三杯。张山人将骰子送到二席，是洪鼎臣，掷了个老僧市井参禅，倒想了好一会，说："曲词要《西厢》么？"张山人道："只要是曲子皆可。"洪鼎臣道："捏了几句，不好。"众人道："愿闻。"洪鼎臣念道：

　　　　老僧市井参禅，归来每日斜，亦任俺芒鞋破衲，随缘化，五供养，谁谓女无家？

　　众人也赞了几句，贺了酒。以下是赵璞，赵璞道："我这些杂学一概不能，就是曲牌名，一个也不知道，我吃三杯，求那位年兄代说罢！"众人笑道："我们自顾不暇，何能代庖①？"赵璞求之再三，文卿道："你先掷下看看。"赵璞道："掷得下来，说不出来。"文卿道："你别怕，掷下就是了。"赵璞道："我掷，年兄代说。"先把三杯一口气吃了，才把骰子掷下，看是妓女花街卖俏，众人笑道："骰子倒掷得巧呢！"文卿也没有思索，随口说道：

　　　　妓女花街卖俏，杨柳小蛮腰，翠裙鸳绣金莲小，步步娇，顾我则笑。

────────────

　　①　代庖（páo）──替人处理或担任事情。

众人大赞道："真妙极了！我们当贺三杯。许年兄竟是个风流人物！"李墨卿笑道："他是久惯风月，所以描写得入情。"骰子到桂荣面前，掷了个乞儿闺阁卖俏。众人道："了不得了，花夫竟闯到房里卖起俏来了！我们看桂年兄怎么办法。"桂荣想了一想道："我也无法可施，只好让他讨点便宜。"说道：

乞儿闺阁卖俏，春眠不觉晓，想俺这贫人，也有个时来到，玉美人，与子偕老。

众人笑道："好是好极了，但这个便宜被他讨去，尊夫人心中未免不自在。"一个个哄然大笑。桂荣笑道："你们还替我留点地步。"椿荣道："我来掷个好的骰子。"落盆是乞儿古墓酣眠，笑道："我们弟兄怎么撞见花夫！"众人道："花夫讨了便宜，自然又来。"椿荣："不必糊闹了，听我献丑罢！"念道：

乞儿古墓酣眠，长夜影迢迢，讨得些剩酒肴，月儿高，河上乎逍遥。

众人道："好！令兄把便宜他讨，你就赏他酒肴，怪不得花夫跟着你贤昆玉。"桂荣道："一句话都搁不下来，实在讨厌。"众人又笑。骰子到了依仁，依仁道："这是捉弄我了。我一句也不能，莫讲诗词，就是曲词，也没有一句。不然说句小唱儿，还可以。今天一定要难死我了！"宝珠见他光景可丑，说道："你掷，我说罢。"依仁欣然道："好极了。"取过骰子要掷，众人道："三杯酒是要罚的。"依仁道："我家里人代说，还要罚么？"众人道："自然。"依仁吃了酒，掷的妓女闺阁刺绣，宝珠顺口念道：

妓女闺阁刺绣，照见双鸳鸯，红袖鸾绡玉笋长，傍妆台，可以缝裳。

众人道："端庄不佻，不像个妓女的身份。这个妓女，一定从良的了。"宝珠任凭众人取笑，只不开言。依仁道："你们的贺酒还没吃呢！"就替众人将酒斟满。文卿将骰子一掷，是公子闺阁酣眠，并不思索，念道：

公子闺阁酣眠，床前明月光，我与多情小姐同鸳帐，蝶恋花，中心养养。

众人笑道："年兄真是个趣人，怎么就说得如此入情？无怪乎墨卿说你久惯风月。"文卿道："不必笑话，聊以塞责罢了！你们听秀卿的，才真妙呢！"就把骰盆送过来，宝珠也不言语，掷了个少妇章台卖俏。墨卿笑道："这个少妇不是个东西，必定是个偷香妙手。"众人对着宝珠大笑。宝珠脸上飞红,倒弄得说不出来。张山人看她羞得什么似的,暗赞好个有廉耻的女儿,把她混在男人队里,真委曲她了。怜爱之心,不觉随感而发,说道:"松世兄,你不必睬他,你说你的!"宝珠含着娇羞说道:

　　少妇章台卖俏,是妾断肠诗,这叫做才子佳人信有之,惜奴娇,蟒首蛾眉。

　　众人赞不绝口,道:"五句如一句,风流香艳,兼而有之。"文卿笑道:"好个少妇,竟想佳人配才子,所以跑倒章台之上来卖俏。"宝珠低着头,也不回答。文卿又笑道:"你那个紫云,不愧为佳人,你就是个才子。我那天见她半面,真是蟒首蛾眉,娇态可爱。"墨卿笑道:"你怎么看见的?真妙极了,你看好不好?"文卿道:"怎么不好?那时秀卿有恙,告假在家,我去会她,她请我在内账房坐着,见她尊宠在屏后一闪,好个妙人!秀卿福也享尽了,把我也爱煞了!到如今夜间闭上眼,还想呢!"

　　说罢,自己大笑。宝珠道:"什么话?粗使丫头,你们也糊闹来,太没意思了!说一回有趣,常说就讨厌了!"文卿笑道:"护小老婆,不可放在面子上,叫人笑话!"宝珠瞅了他一眼,低下头去了。墨卿笑道:"这种媚态,都是学的她如夫人。"张山人见宝珠颇不自在,道:"李世兄还没掷呢,不必讲笑话了。"墨卿笑着,掷了个老僧方丈酣眠,随口念道:

　　老僧方丈酣眠,凝情思悄然,将一座梵王宫,化作武陵源,秃厮儿,不醉无归。

　　众人大笑,赞道:"李年兄说得有意思,和尚被你骂尽了。"众人贺了酒道:"我们收令罢。"数了数,共是九个。张山人道:"九个不成体段,李、松、许三位,每位再说一个,凑成十二条,才是个编幅呢。"文卿道:"很好。"不由分说,取过骰子就掷,看是屠沽花街挥拳,笑道:"这个屠沽还了得!我不依他。"说道:

　　屠沽花街挥拳,波澜动远空,吉叮咚敲响帘栊,好姐姐,亦不女从!

　　众人大赞道:"蛮劲儿是行不去的,这个姐姐有些志气!"文卿把骰子送到宝珠面前道:"请罢。"宝珠道:"我不说了,你们取笑我呢。"文卿笑道:"你这话把我都说软了,真爱煞人!"宝珠道:"我还没有说,你倒闹了。"众人道:"有我们,不许他闹就是了。"宝珠掷的公子闺阁挥拳,念道:

　　公子闺阁挥拳,莺梦起鸳鸯,全没有半星儿惜玉怜香,骂玉郎,人之无良！

文卿忽然大嚷，正色说道："你不必骂！我们是惜玉怜香，最有良心的，不肯挥拳打你。"众人倒怔住了，既而大笑起来。宝珠急了，道："太没有趣味，玩笑两句就罢了。"墨卿道："翠红月卿都骂你没有良心呢！"张山人笑道："翠红、月卿，又是谁？"文卿道："是她贵相知。"宝珠两颊通红，道："老先生别理他们，有正经话讲么？都是拿我开心。"文卿道："谁教你生出这种美貌来？令人可爱呢！"众人道："别玩笑罢，天也不早了，李年兄收令罢！"墨卿掷下一个公子章台走马，大家都说："掷得好！快说罢。"墨卿道："我倒不耐烦了，勉强说两句。"道：

公子章台走马，谁为表予心？我这里飏去万种风情，醉花阴，萧萧马鸣。

众人都道："收得更好。我们酒也多了，吃面罢。"正在散席，只见松府家人进来回道："内阁有旨意下来，有人来送信，请少爷回去。"宝珠不知何事，只得别过众人，进去同母亲说了，又辞了舅舅、舅母，墨卿同兄弟送出来，上车去了。

回到家中，门上人上来叩喜，送上报条，并抄来的上谕。宝珠进厅坐下，看了一看：

内阁奉上谕：

庄廷栋升浙江巡抚，所遗左副都御史缺，着松俊补授，钦此。

同日奉上谕：

大理寺正卿员缺，着侍读学士许翰章升授。大理寺少卿赵洪达年老昏庸，才力不及，勒令休致，所遗之缺，着左庶子李文翰补授，钦此。

这赵洪达就是刘三公子的岳翁，赵璞的父亲。宝珠看罢，就进去了。次日早朝谢恩，三家贺客盈门，个个称羡。李、许二位做了同寅，欢喜自不必说。只有宝珠心中不喜，想自己是个女儿家，官升大了，格外难以罢手。松夫人道："想你父亲当日仕途，并不甚利，十九岁点翰林，四十岁外才升到三品，五十岁才换上红顶。你小小年纪，已是三品，不要二十岁，还怕不是极品么！"叹口气道："但是……可惜！"说着伤感起来。宝珠也不言语，宝林忙用闲话岔开。

从此，松府热闹非常，也有贺喜的，也有请酒的，不计其数。不知宝珠升了官怎么，且看下回分解。

第 八 回

深心叵测①奸计通同　一味歪缠作法自毙

如今说到刘三公子在家思念宝珠，倒弄出相思病来，因为岳翁休致，常去替老人家解个闷儿。那天赵璞请到书房坐下，谈了一回闲话，赵璞道："老爷子年来玩小老婆玩昏了，皇上说他昏庸，是不错的。但小李儿我恨他极了，恨不得我拿刀子砍他！他老人家好好的个官，被他夺了去，如今很少些出息呢！小李儿脸蛋子好，皇帝老儿欢喜他呢！"刘公子道："皇帝应了《隋唐》上两句话：'恶老成，喜少年。'"赵璞道："怎么不是！你看小许儿，小松儿，都是美貌，所以个个升官。"

这句话提起刘三公子的心事来，说道："小松儿真爱煞人！她那种媚态，令人销魂！你知她是谁？她是个女子！"赵璞道："你如何知道呢？"刘公子眼都笑细了，说道："你不要声张，我告诉你。那天我同他们几个在南小街翠红家吃酒，我同她取笑，她那光景，害羞的了不得。我先端她的脚，她那神情真好了，我也形容不来。"

刘公子说到此处，竟笑得拢不起口来。笑了好一会，又说道："我又捏她的脚，竟是一双瘦小金莲，我就同她饮酒取乐，她倒很有情于我。正有点意思，谁知我家柏忠这奴才上来说了几句混话，弄决裂了，大约因人多，脸上下不来了。我次日去会她，没有会着，一连去过几次，她总不见我。请她又不来，不知为着何事心里恼了。把我真想坏了！"赵璞道："原来如此。我看她一团姑娘腔，我也疑心，你说破了，一点不错。前天我同她在小李儿家拜寿，我心里还想的，就带相公，也没有这种妙人。那天酒席真快乐，你要见她么？"刘公子道："怎么不想她？心都想空了！"赵璞道："不难！在我身上。"刘公子道："吾兄有何妙计？"

赵璞附耳说了几句，刘公子乐得了不得，连声道："好计好计！全仗玉成。事成之后，当有厚报！"赵璞道："你我至亲，莫讲套话。"又谈了一

---

①　叵（pǒ）测——不同推测。

会,刘三公子辞去。

次日,赵璞坐车到松府拜会,没有会见。午后又来,说有要话面见大人,门上传进去,宝珠想:他有甚话说?着门子请了进来,到二厅坐下。宝珠出来相见,赵璞先道了喜,笑嘻嘻的恭维一番。谈到刘三公子,赵璞拂然道:"年兄不知,我们虽是至亲,却不是同调。不知什么缘故,性气大合不来。而且他的行为,小弟也看不入眼,所以不大往来。"又道:"年兄高升,小弟尚未尽情。明日姑苏会馆备一两样小菜,万望赐光。日间恐年兄有公干,申刻候教罢!"宝珠道:"你我也不拘俗套,明日家母舅约定了,吾兄的盛意,心领罢。"赵璞道:"年兄说哪里话!弟就知道年兄不赏脸,所以亲来奉请,务必成全薄面。明日不得闲,就是后日。"

说着,又打了两恭。宝珠见他出于至诚,只说他是巴结意思,况且面情难却,问道:"同席还有何人?"赵璞道:"不敢另请外人,致挠清兴。"宝珠问这句,是怕席上有刘三公子。今见他说没有一个外人,就慨然允了道:"年兄既勉谕谆谆,后日定来叨扰。"赵璞心里欢喜,又打一恭,告别而去。

隔了一日大早,赵璞就有帖来邀过两次,午后又有人来。至五点钟,宝珠上车,到姑苏会馆,赵璞远接出来,邀了进去,直到后边一个玻璃房里叙礼坐下。宝珠道:"此地倒还幽静。"赵璞道:"在外边恐有俗客闯进来,所以内里觉得好清雅些。"有家人送上茶来,二人寒温几句,排上酒来。赵璞定席,喜孜孜一团和气,不住的说长说短,想出些话来恭维。约有上灯的时候,只听外面一阵脚步进来,喊道:"哪一处不寻到,原来在此请客呢!"

宝珠一看,见是刘三公子,心中大惊,只得起身让坐。刘公子道:"松年兄,你把我想煞了!"说着,送上一杯酒来,道:"年兄满饮此杯,也不枉我一番情意!"宝珠颇为动气,明知两人同谋作祟,暗想:"今日落他圈套,如何是好呢?"

刘公子吩咐家人暖一壶酒来,说:"你们众人都退出去,不奉呼唤,不许进来!有人来偷瞧,我少爷是不依的!"家人答应,赶忙出去。宝珠见他喝退家丁,心中格外害怕,粉面上红一阵,白一阵,低头不语,转一念道:"不可乱了方寸!凭着胸中谋略,对付他就是了。"

刘公子见无人在面前,笑道:"前天柏忠不知轻重,得罪了你,我倒很过不去。你也打过他了，可以出气。你千万别要怪我，你同我是最好的!"宝珠故意笑了一笑，道:"他也太孟浪了，不怪我恼他，人稠众广的，像个什么意思呢!"刘公子心花都开了，笑道:"我的人儿! 我说你不恼我，我就知道你的心。"宝珠道:"我恼你干什么?"

遂斟一大杯酒，送到刘三公子面前，微微笑道:"你饮了罢!"刘公子心里喜欢，接过来一口饮尽，还把杯照了一照，道:"干!"宝珠又送一杯与赵璞，赵璞道:"我量浅，半杯都不能。"刘公子道:"人家的好意，你也不能下人面子!"逼着他饮干。刘公子道:"你也吃一杯。"宝珠道:"我吃，你要陪我吃呢!"刘公子道:"很好。"自己斟上一杯，又代赵璞斟酒，先催赵璞吃干，自己也就吃尽。宝珠将酒吃了一口，递与刘公子道:"你吃我这杯残酒。"说着，嘻嘻的笑了一笑。

刘公子大乐得当不得，又吃尽了。宝珠又送上一大杯道:"你把这杯吃了，我有话对你讲。"刘公子道:"你先讲。"宝珠把眼睛一笑道:"我不依。"刘公子见她媚态横生，真是见所未见，身子如提在云端里，心里早已就醉了，又加上四大杯急酒，心内有些糊涂，说道:"该吃，该吃。"倒把一大壶酒，抱在怀里，也不要人灌，左一杯，右一盏，只管吃了不住，大叫:"来人! 送上十壶暖酒进来! 你们就出去，不许在房里伺候!"家人送酒，随即走开，刘公子还叫把门闭上。

此时，刘公子已有八九分酒意，说道:"我的人儿，你有话，可以讲了。"宝珠在刘三公子耳边说道:"我怕赵年兄听见呢，你再进他两钟酒，我就讲了。"赵璞见他两人玩得有趣，呆呆的望着。刘公子执着一大杯酒过来道:"你再吃一杯。"赵璞道:"万万不能!"刘公子也不多言，直送到他唇边一灌。赵璞这杯热酒下去，顷刻天旋地转，瘫在椅上。宝珠笑道:"他酒量就不如你，你的量好，我倒要瞧你能吃多少!"

遂将酒壶取在手中，走了几个俏步，到刘公子身边坐下。刘公子喜得骨软筋酥，笑不拢口。宝珠撒娇撒痴的，将酒壶套在他嘴上，只顾往下灌。刘公子道:"慢的也好。"宝珠道:"我喜欢看人吃爽快，看你不吃，我就恼了!"刘公子咕嘟咕嘟一口气吃下大半壶去，已有十分大醉，还说道:"我的……人儿，爱你……我……不"一把将宝珠扯到膝头上坐下。

宝珠究竟柔媚，挣扎不得，心里着急，反笑道:"你把赵年兄送上床去睡，我们再玩。他睁着眼看我呢，我不喜欢他。"刘公子听见宝珠说话，如父命一般,卖了若干力气,将赵璞拖上炕去,又替他拉了靴。宝珠道:"我同你替他盖上衣服,别叫凉着。"刘公子才爬上去,宝珠在后用力一推,刘公子一个头眩,滚进去了,再也不得起来,倒反睡着了。

宝珠看见好笑,说道:"何苦如此! 我得罪了,让你二位同上阳台罢!"走出来,将门仍然闭上,一直到外边,吩咐套车,又对刘、赵家人道:"你们不奉呼唤,进去不得的。我有正事,一会子还来呢!"众家人答应,又不敢多问,不知他们什么意思,只得在外伺候。宝珠上车回去,进房将此事述与紫云听,心里气极,倒反笑了一回。紫云道:"你以后处处要留神,不是当耍的!"宝珠道:"这些庸才,又何足惧!"紫云道:"不是这等讲,恶人有造祸之才,外边物议也是难听的。"

不题宝珠回家,再说刘、赵二人,睡到二更以后,家人又不敢进来,烛也灭了,一盏残灯,半明半暗。刘公子先醒,坐起身来,呆呆的想,不知在什么地方。又要撒尿,下床来摸夜壶,摸了半日,摸着赵璞一只靴,撒了一泡大黄尿,倒又上炕来坐下,心里模模糊糊,记不得在何处吃酒的。再看旁边有个人睡着,细细看了一会,再认不出谁来。想想又看,看看又想,倒被他想起来了:"我今日用计赚小松儿的,被我弄上了手,这睡的是——是小松儿了。"

此时心里一喜,遂将赵璞急急抱住,口口声声:"我的人儿,我少爷乐得受不得了!"用手去扯他衣服,扯也扯不下来。格外用力,赵璞一件衣裳,撕得粉碎,一片片挂将下来。刘公子见寻不出门户,把住赵璞只管抖,又将舌头伸在他嘴里,倒把赵璞抖醒了,酒气上拥,嘴一张,一阵醃酱东西随口吐出来。刘公子正将舌头伸在他嘴里,却好对准吐了一脸,满满敬人一个皮杯,花花绿绿,堆有半寸多厚,一股臭味,闻不下去。

刘公子把头两边摇,口里乱吐道:"这个丫头,了不得! 倒了马桶了。"此刻赵璞已醒,见人搂着他,骂道:"谁在少爷炕上!"刘公子道:"你还假充少爷呢! 你这作怪的丫头,我识破你了,你还敢强么?"赵璞听见人口口声声叫丫头,心中大怒,道:"谁是丫头! 你这王八蛋是谁?"刘公子道:"你还赖呢,快从我少爷,跟我回去做小!"

赵璞大怒,一手打去,正打在刘公子脸上,倒把手沾得湿搭搭的,闻了一闻道:"这王八羔子,好个臭脸蛋子!"刘公子笑道:"你这丫头,怎么就打起少爷来? 我少爷想升官发财呢!"赵璞急了,极力用手一推,刘公子不提防，一跤跌下炕来，坐在地下大骂。赵璞喊道："我的人在哪里呢？放这王八羔子在少爷炕上胡闹，快些替我打出去！"

众家人在外，听见主人叫唤，大家进来，见这两个好模样，忍不住好笑。将烛台点起，见地下坐着一个花脸，指手画脚，还在那里骂人。炕上一个就同花子一般，身上披一片，挂一片，也在那里乱骂。众家人不知是何缘故，只得站立一旁。赵璞道："你们进来，还不把他捉出去！"家人回道："奴才们不敢。"赵璞问道："他究竟是谁？"家人道："姑老爷。"赵璞道："他又怎么来的？只怕未必真，你们细看看。"刘公子道："我少爷谁认不得？你装不认识，才好打我呢！你这怪丫头，不要支吾罢。"家人道："没有什么丫头，这是我们少爷。"刘公子道："哪个少爷？"家人道："赵二少爷。"刘公子道："我不信！你们充他来吓么？"

爬起来，向赵璞脸上一认，赵璞也在刘公子脸上细望，这副龌龊脸，看不下去，七孔都堆平了，只见两个眼睛在里头翻来翻去，二人不觉好笑起来，问家人道："松大人呢？"家人道："一晚去了，说有正事，一会就来的。少爷吩咐不许进来，只好在外伺候。不是我家少爷叫，还不敢来呢。"刘、赵二人说不出苦来，只有暗暗会意。家人送上水来，刘公子洗了脸。

赵璞见炕上糟踏得同茅厕一样，看看身上，撕得不成人形，也不好开口。坐在炕边，将靴子取来一蹬，只听咕吱一声，套裤袜子都浸透了，一股骚气，冲得人都要呕了。赵璞恨道："这是怎么的！糟了糕子了！"家人上来，赶忙褪下，只见脚上湿淋淋的。

刘公子想了一想，不觉大笑。赵璞又好笑，又好气，说道："我真被你坑死了！"刘公子道："我还怪你呢，是你的妙计！"彼此埋怨一番，不免又好笑起来。家人同看会馆的借了一双靴袜，把赵璞换了。赵璞道："谅来不得成，丢了这条肠子罢！"刘公子道："今日怪我大意了。这个冤家，她不上我手，我也不见你！"看表上已有两点多钟，二人只得上车回去。正是乘兴而来，败兴而返。不知刘三公子可肯罢休，且看下文分解。

第 九 回

堂前闲话妙语诙谐①　冰上传言书呆拘执

　　且说宝珠自受了这番惊恐,到处留心,同宝林商议,将家中小厮松勇做了亲随。原来松勇是个家生子,他母亲是夫人的陪房。松勇今年十九岁,从小有四五百斤蛮力,又同保家教习学了几年武艺,手脚颇精,而且飞墙走壁,如履平地;虽则一团侠气,做事精细异常,宝珠将他作为护卫。

　　宝珠也把昨日刘三公子之事,在姐姐面前,细说一遍。宝林道:"外边坏人太多,你也生得美丽了,令人动疑,你自己不觉得,你走路的步法,身段的体态,全现了女孩子相了,我看还宜收敛为是,倘有点子长短,不见人还是小事,你是三品大员,有大乱子闹呢,不是当耍的。"

　　正谈着,彩霞进来道:"舅老爷来了。"宝林虽同表兄结亲,并不回避,姊妹二人,即出房,到前进来见了舅舅。李荣书见她两人,笑眯眯的问长问短,道:"你舅母想你们的了不得,大姑娘全不肯到我家去走走了,家里老亲怕什么?"宝珠掩着口儿,只是笑。

　　李公对夫人道:"我你几家儿女,都还出色。前天在许月庵家,见有两三个女孩子,个个美丽,我问他,总说是他女公子。第二个是他夫人所生,那两个是庶出的,但是比较起来,总不如我们大姑娘。"松夫人道:"承舅舅谬赞。我前天在家,见红鸾、翠凤出落得格外标致了。"李公道:"红鸾性气还好,翠凤被他娘惯得不成样子了。"松夫人道:"十三四岁的孩子,还小呢。"李公道:"秀卿明天会见文卿,探探他口气,我要他家一个女孩子,配你二哥呢。"

　　原来李公两个儿子,李墨卿之下,还有一个兄弟,叫做文彬,十六岁,是妾所生,还在家中读书,也曾捐过一个部郎。宝珠见李公托他执柯②的意思,满口应承道:"一有好音,即来舅舅处报命。"少刻,松筠、松蕃来见

---

　　① 诙谐——滑稽。
　　② 执柯——指作媒。

舅舅,作了揖,一旁坐下。李公一看,都是翩翩少年,也还彬彬儒雅。李公道:"两个孩子也好了,有大人气了。"松夫人道:"无用的东西,一个十四岁,一个十三岁,一点的功名还没有;他的哥哥十三岁倒中了经魁了。"李公道:"功名迟早总是有的,要如我们秀卿,天下哪有第二个?"宝林道:"功名倒不在乎迟早,但不肯读书,哪来功名呢? 蕃儿还好些,我看诗赋文章,还可得下去;筠儿这下流东西,我也没嘴说他。"

李公最爱这个媳妇,而且从小闹惯的,笑道:"还了得,这个姐姐还比娘厉害,日后出了阁,是不接她回家的。"宝林脸一笑,道:"这是个舅舅讲的话?"李公大笑。松夫人道:"舅舅是知道的,我家不是有个林儿,笤帚还要舞呢!"李公笑道:"如此说,你家少她不得了。"松夫人道:"怎么不是,万不可少。"李公道:"我家要人,怎么呢?"松夫人也笑道:"那也要商量商量,多告几年假呢。"李公笑道:"我把文翰送上门来,大姑娘愿意么?"宝林瞅了一眼,起身入房。

李公笑着一把扯住道:"别走罢,舅舅老了,言语有些颠倒,大姑娘莫恼罢。我有句话同你讲,我把翠儿给你蕃儿,要不要?"宝林道:"问我干什么? 有娘呢。"李公笑道:"问她不中用,家里是你做主,不要推辞罢。"宝林道:"舅舅既肯俯允,一言为定的了。"李公笑道:"我几时敢同大姑娘扯过谎的? 我不要胡子?"松夫人道:"就怕我们孩子配不过二姑娘。"李公道:"没有的话。"

说着,将宝林扯到膝上坐下,拉着一只纤手,闻了一闻道:"舅舅几根骚胡子,戳手呢。"宝林半睡在李公怀里,笑道:"舅舅是美髯公。"李公笑道:"戒指上好长链子,借与舅舅,明天出门会客,壮壮观也好。"宝林笑道:"一嘴的胡子,好像个老妖精。"李公笑道:"你别小觑我。我胡子掩起来,还能妆小旦呢。"说得个个都大笑。

松夫人笑道:"你把孩子惯成了,明日同你没人相,可别生气。"李公道:"我家的人,不干你事。"松夫人笑道:"那就是了。"宝珠道:"舅舅今天在此吃了下顿去罢。"李公道:"今天不得闲,改日罢。"宝林道:"我知道舅舅不赏脸,我也不留。"李公笑道:"姑奶奶别挖苦罢,舅舅当不起。"适值紫云送水烟袋出来,看见李公,忙上前来叫道:"舅老爷。"李公道:"姨奶奶。"

紫云满面羞得飞红,将支水烟袋向宝珠手里一递,转身就进房去了。李公还大笑不止。宝林笑道:"舅舅太没意思,不拘什么人,耍耍闹闹。"

李公道："承教了。你问你娘，舅舅小时候才讨嫌呢。"宝林道："年纪大了，也该好些。"李公笑道："舅舅是下愚不移。"说着大笑，推开宝林起身，向夫人作辞。夫人、宝林送至穿堂，宝珠同两个小公子直送上车。

次日宝珠到都察院，见无甚事，同些属下御史谈了几件公事，就吩咐伺候，到许府来。她是往来惯的，不等通报，下车一直进书房来坐下。书童见是宝珠，赶忙送茶，赔笑道："少爷还没下衙门呢。"宝珠道："也该回来了，我坐一会子。你二老爷呢？"书童道："也没有在家。"宝珠向书架上取了一本书消遣。小喜儿装了几袋水烟。正值许月庵在家，没有到部，从屏后踱将出来，宝珠忙趋上前请安。

许公看见，满脸推下笑来道："年兄今日没进衙门么？"宝珠道："小侄从衙门里来，要会文卿谈谈的。"许公道："小儿尚未回来，我陪年兄谈谈，但是老头儿不入时了。"说罢，笑嘻嘻的扯宝珠坐下道："这几天见令母舅没有？"宝珠道："昨日午后在舍下的。"许公道："你二位令弟还好？"宝珠道："都不肯用心读书。"许公道："闻得你令姊颇为有干，家中事件，全是她料理。"宝珠道："是。就是两个舍弟，也还亏家姊督责。"许公道："不意世间也有这种有才志的闺女，听说模样儿，也是美极的，李君真可谓佳儿佳妇矣。你令母舅处两位表兄，我知道的了，还有几位表姊妹？"宝珠道："两个表妹。"许公道："多少岁数了？"宝珠回道："一个十五岁，是舅母生的；一个十四岁的，同二表兄一母所生。"许公道："许人家没有？"宝珠道："还没有。"

宝珠谈着，心中暗想舅舅托我做媒，何不探探此老的口气？问道："年伯有几位世姊？"许公道："我倒有三个，大的今年十六岁，还有十四，十二两个。第二个是老妻所生，那两个是小妾生的。"宝珠道："有几位受聘了？"许公道："婚姻大事，些微不慎，必致失身匪人，终身抱恨。"又摇摇头叹道："俗子颇多，英才难选！"

宝珠见他一团书气，暗想好个迂人，比我舅舅就大不相同，怎么生出个文卿来，倒是个风流人物呢？遂笑了一笑道："小侄冒昧，有句话，求年伯切莫推托。"许公道："好说。你我通家，我当日同尊翁，真是道义之交呢！"宝珠道："家母舅那二位表兄，年伯是常见的，同大、二两位世妹，年岁也还相配，门第格外相当，小侄意欲多件事，如蒙年伯俯允，小侄致意家母舅，过来相求。"

许公听了,沉吟不语,只是点头,半晌方说道:"年兄不知,第二个小女才貌兼优,口舌颇利,愚夫妇最是钟爱,不肯轻易许人。我意中有个心许的人,久已中选,同小女正是一双两好,我此时又不便明言,少不得年兄日后自知。至于你二表兄,人品还可取,我将大小女许他,尚可商量。但他还没有发过科第,未免不中我的意思。"宝珠道:"家表兄文才是好的,科第是囊中之物,年伯先许下了,俟大登科后,再为小登科,也还不迟,况年纪都轻。就是家姊,家母暂时也不放她过门呢,舍下亦少她不得。"许公道:"也待我同老妻辈商量停当了,自然有以报命。"遂不住的问:"你二表兄才学何如?"宝珠总是答应一个好。

说说谈谈,文卿已下衙门了,与墨卿一同踱进来。见宝珠正同许公讲得高兴,就走上来见过,墨卿也见了许公,许公扯他们坐下。许公也不藏隐,开口就对墨卿道:"你令表弟在此替你令弟说亲,我瞧各事都还相当,我就为你令弟不曾发过科第,所以尚在游移。令表弟说俟登科再娶,也可使得,究竟你令弟文才何如,至此不妨直言。"弄得个李墨卿深浅不是,回答不出。

许公又对文卿说:"你是见过二世兄文学的,可配得过你大姊丈?"文卿道:"二哥品行文才都好,我们素来佩服的。"许公道:"我也要同你母亲商量商量。"又低着头道:"要如我意中之人,便无可推敲矣。"文卿抿着嘴,对宝珠笑个不住。宝珠暗想,也觉好笑,我代人做媒的,倒反要被人缠住了。他那个意中人,非我其谁?许公对宝珠拱拱手道:"另奉复。"又同墨卿哈一哈腰,就大摇大摆的进去了。墨卿道:"适才年伯问我舍弟的文才,叫我如何回答呢?"宝珠笑道:"我在年伯面前力保。"文卿笑道:"还是我在家母面前力保,方有成意。"

墨卿深深一揖道:"全仗玉成。"文卿又问道:"连日可曾会见老刘?"墨卿道:"听说病着呢。"宝珠就用话支吾道:"你们今日回来得迟,衙门里事多么?"墨卿道:"在桂柏华那边谈了好一会子呢。"宝珠道:"他令弟椿仲翁,大后日寿期,你们去不去?"文卿道:"生日彼此都有往来的,万不能不去。"

谈谈笑笑,就在许府用了午膳,又话了一回闲话,二人一同辞了文卿,出来上车。宝珠道:"舅舅不知可在家,我同你一搭儿走罢。"墨卿道:"很好。"二人进了金牌楼,到李宅下车。不知后事如何,且听下回分解。

第 十 回

警芳情密言传心事　夸大口无意露奸谋

话说宝珠到了李府，墨卿邀请入内，到上房，见了舅母问好，又谈了几件家事。李夫人道："我新得一个戒指的花样，倒也好看，上边金链子有一尺多长呢。还有些小坠脚，是翡翠玛瑙洗的，小玩意儿，我在宝和楼打了十几对，明日着人来送大姑娘两对，送你紫云一对。"宝珠起身谢道："又要舅母费心。"

正谈着，李公已蹀进来，宝珠忙上前相见。李公笑道："来了一会子了?"宝珠道："适才同大哥一齐来的。"李公道："在你家来的么?"宝珠道："在许文卿处吃了饭来的。"李公道："见许月庵没有?"宝珠道："谈了好一会子呢。"李公笑道："同那个书呆子谈心，你头也该疼了。"宝珠也笑道："真有点子腐气。我倒将二哥的喜事提了一句，老人家竟有许多推敲，好容易说得有点意思，说大世姊还可，要二哥发过科甲，才许过门。二世妹竟是个天仙化人，世界上少有的，轻易不肯许人家。"

李夫人道："难道比我们大姑娘还好吗?"李公笑道："同那个书呆子讲什么? 秀卿、文翰明天托文卿在内里周旋，只要他夫人肯了，不怕此老作难。"墨卿笑道："已同文卿说过的了。"李公道："我明日再请张山人去走一趟。我家翠儿昨日已与你姐姐面订过了，也请张山人为媒罢。要热闹就再请几位，即如正詹事吴子梅，内阁学士周伯敬，左都御史赵砚农，都是几代世交，可以一约就到的。"

宝珠答应，李夫人定要留宝珠吃晚膳，宝珠道："回去迟了，姐姐讲话呢。"李夫人道："不妨，有我呢。"宝珠道："舅母一定留我，着人回去说一声。"李夫人笑道："你胆子太小，怕她干什么，她究竟怎么厉害?"宝珠笑道："打得厉害呢。"李夫人道："你倒做了官，她还打你么? 你就给她打!"宝珠道："敢吗? 记得那天二更以后，到房里打我，把衣服脱了，单留个小裈子，拿藤条子乱打。我扬着袖子，让了下子，她倒说我回手，捆我起来，打了还要跪半会子呢。"李公笑道："看她一个柔媚女郎，怎么倒有这些狠处,文翰明日格外小心为是,听听可怕不怕?"李夫人道:"男人没个女人收管,还要上天呢。"李公大笑。

闲谈一会,就在堂前用了晚饭。李公道:"早些送她回去罢,恐她姐姐讲话,就是她母亲也不放心呢。"宝珠谢了舅舅、舅母,墨卿送出来上车,跟班上马,李府又派了几名家丁送去。

宝珠回府,进了宅门,见内账房里灯烛辉煌,再到房门首一望,两旁丫环仆妇,手中执着家法,排列两行,宝林俊眼圆睁,长眉倒竖,恶恨恨坐在中间,松筠一言不发,两泪交流,惨凄凄跪在地下。原来松筠连日被依仁勾引在外玩耍,宝林知道了,正在问口供呢。

宝珠看见,吓得心惊胆碎,又不敢多问,更不敢插口,只得进来叫了一声姐姐。宝林道:"怎么这时候才回来呢?"宝珠面如土色,回答不来。宝林知她胆小害怕,又见她低头而立,倒心里怜惜起来,反和着一分颜色,问了一句:"怎么不言语?"宝珠战兢兢的答道:"舅母定要留吃晚饭,扯住不放我,曾着人回来告诉姐姐的。"宝林点点头。

宝珠慢慢退了出去,到后边夫人房中来,见夫人正在落泪,宝珠不知头绪,只得呆呆的站在一旁。夫人命他坐下,一长一短,说依仁引诱筠儿出去玩笑,在大账房里私用五十多两银子,你姐姐盘账知道的,对起来,筠儿没有话讲,只得招认,你姐姐把他带到内账房去了,打死了倒干净些,你去对姐姐讲去。宝珠道:"筠儿原是不好,也要慢慢的管教,万一打出事来,怎么对得起爹爹呢?"说着,也就用帕子拭泪。

夫人叹道:"这种下流东西,也丢爹的脸,还累你姊妹两个呢。"宝珠劝了两句,进去请他生母到来,劝宝林替筠儿讲情,自己就回房去了。改了妆,坐在案上看看公事,又同紫云闲谈,下了两盘棋。约有三更时候,着紫云先出去探看,众人可曾都睡。紫云进来说:"都睡熟了。"

宝珠轻移莲步,踱出房来,紫云提着绛红灯、水烟袋随在后边。到夫人房内,见大丫金子正替夫人烧烟,宝珠并不回避他们,夫人见宝珠出来,道:"好孩子,此时还不睡么?"宝珠道:"还同姐姐说话儿去。"夫人道:"不早了,快去快来罢。"宝珠答应。

走到后面,见两边房里几支大烛,照得满室光明,一人不见。宝珠到对房账桌上坐下,将账看了一看,又把书一翻,见有几幅花笺,宝珠取过来看,是词句,微吟道:

可怜我水晶帘下懒梳妆,算尽风流账。撤了金钗,换了罗衣,解了明,背了银钲。但见那光分宝镜花容瘦,却不道响振金铃锦帐。香阳台上,撩人夜色凉。只怕梦魂中,何处见檀郎。

《倾杯玉芙蓉》

凝妆上翠楼,春光半收娇羞。笑解金翠裘,懒催鹦鹉唤梳头。亦任红绡遗恨,绿窗掩羞。曾记得背人隐语蹑莲钩,镜启菱花怕见容颜瘦,可怜春来绿水流,春归碧草愁,泪湿了咱衫袖。

《楚江罗带》

落款龙纹女史戏笔。宝珠看罢,口中不言,心里暗笑,好个正经人!那天我做了两首诗,就打得那么厉害,我今日也拿她起来,臊臊她的脸。又想使不得,她是得罪不得的,不必多事罢,对紫云道:"你瞧!"紫云也看了一遍,微微而笑道:"别惹她罢,没有好处。"

宝珠反复观玩,暗道姐姐才学真好,我们虽会做诗、填词,究竟总不如她说得有意味。她如妆个男人,还要胜我几倍呢!正看得出神,听见外间脚步细碎,已进房来,宝珠忙把花笺藏过。起身见彩云在前,提一盏明角灯,宝林淡妆素服,着一件藕白色罗衫,玉色百摺绸裙,袅袅婷婷的走来。宝珠道:"姐姐哪里去的?"宝林坐下道:"在内账房查账。你才来么?"宝珠道:"才进来。"

彩云送上茶来,紫云正要装烟,宝林道:"你把烟袋给她自己吃罢。你同彩云到那边坐去罢。"紫云就知道她姊妹有要话商量,就扯了彩云一同出房。这里姊妹两个上炕,对面盘腿坐下,宝林道:"你今天何处去的?"宝珠道:"早间在许年伯那边,替舅舅家二哥说媒。"宝林道:"允没有?"宝珠道:"似有允意,还未定实呢。午后又同墨卿一齐回去见舅舅复命,舅舅说请张山人去再说呢。又对我讲蕃儿亲事,也请张山人为媒。"

宝林点点头,沉吟半晌道:"筠儿全不要好,在你看如何呢? 同诗书是对头,专爱抡枪使棒,常随着几个保家的教习,同松勇在圈子里乱舞乱跳,连日又被五房大哥引诱出去,私用大账房里五十八两银子。我看账知道了,被我狠打一顿,知会帐房里,一文不许私付。又把门上老头儿松顺,叫进来痛骂一场,发出去叫总管打了四十。从此门口出入号簿,格外吩咐严紧,晚间上锁时交进来,再着总管内外查点人数,一点子疏防没有。就是家里这些账房、管事,以及家丁人等,有几个很不妥当,我得暇总来着实整饬①一番。你明天在五房大哥面前也要说几句。"宝珠道:"他本来不是人,虽说亦未必有用,他也不爱脸。"宝林道:"我倒替你愁,没有个接手的,你如何收场呢?"宝珠低着头,不说一句话。

宝林又叹口气道:"妹妹,我真舍不得你,终日提心吊胆,受人戏侮,为的谁来?"说着眼眶一红。宝珠一阵心酸,泪珠点点道:"姐姐也别为我操心,我顾一天是一天,各尽其心,对得住爹爹罢了。就是姐姐,也不可灰心,还照应他们,岁数大了,也该好些,万一到那顾不住的时候,也只好付之无可如何的了。"宝林道:"你的事总有我,你放心就是了。你的心事,除我之外,连娘都未必知道。好在你今年才十六岁,还小呢。"宝珠一句总不回答。

宝林叫道:"彩云,拧把手巾来。"彩云、彩霞赶忙进来,送手巾的,送茶的,紫云也来装烟。宝林道:"我们南小街那个银号管事的,甚不安分,明日换一个罢。"宝珠道:"那个管事的名叫蔡殿臣,是我们保定当铺里姓刘的荐的,我听他声名不好,久已想说,却不敢在姐姐面前多嘴,倒同崇年伯说过两次。"

宝林道:"你是什么话,难道我一个人的事么? 我就看出他光景来,你既如此说,就便宜行事罢了。如暂时没有人,可着松勇的父亲权管几天。第一叫蔡殿臣交明白了账要紧。至于崇年伯,年纪也有了,我们家里事太多,他倒有些忙不来,单是盐务同这许多当铺,就够他忙的了。他也只好当个总办的虚名,奉行故事罢了,究竟离不了我操心,疏忽一点子,就有乱子闹。前天老人家交盐务总账进来,狠碰我个大钉子呢,他一句没有敢言语。"宝珠道:"崇年伯告诉我的,他年来多病,不要紧的事,就委他之令郎了。"

谈了一会,宝林留她吃了莲子。只见金子笑嘻嘻的进来道:"太太说:二小姐有话明天讲罢,天不早了,请回房早些睡呢,就是大小姐,也请安歇罢。"宝林道:"真不早了,你就去罢。"宝珠起身,紫云点上纱灯,金子随后,彩云等要送,宝珠止住。走到夫人房内,夫人笑道:"打过三点钟,别坐了,睡去罢。"宝珠答应,遂一直走进自己卧室,少不得还有些琐事,不必尽言。次日早间,仍旧进衙门办事不提。

---

①　整饬(chì)——整顿。

再说依仁在府中，一住半年，原拟进京发财，不料仍旧画饼，宝珠总是淡淡的，正是三餐老米饭，一枕黑甜乡，终日游手好闲，颇不得意。先见李、许二位可以巴结，遂刻刻恭维，此时也冷落了。后又有个刘三公子，声势甚大，如今同宝珠又不来往，遂无阶可进。两日引诱松筠出去，不想家里又知道了，就是昨晚打松筠、松顺，这些事闹得沸反盈天，他岂有不知之理？今早起来，自觉无颜，又怕宝珠来请教他，心想出去走走，到何处去呢？想起柏忠同我颇好，又是同调，何不访他一访？遂出门到金鱼胡同来。

寻到小杂货店间壁一个小门，敲了两下，内里出来一个老妪，问是什么人，来寻谁，依仁道："柏先生可在家？"老婆子道："出去一刻的工夫，到相府里去了。"依仁少兴，只得一步步踱回来，想想不如听戏法罢。走了半箭多路，见柏忠在一家子门首站着，同个老者说话。依仁忙上前问了好，道："适在尊府奉拜。"柏忠道："失迎了，就到舍下坐坐去罢。"依仁道："很好。"

柏忠回头，对老者说，"我此刻同朋友回去，晚间来讨信。大约公子是回不去的，你自己估量估量。"那老儿叹了口气，也不答应。依仁看那老者有五十多岁年纪，衣裳破损，光景甚苦。瞥见门里一个十五六岁的女子，颇有几分姿色，却是旗妆，眉心有个红痣，有豆子大小，如胭脂一般。依仁问道："什么人家？"

原来柏忠因宝珠之事，刘三公子大为恼他，一见就骂。柏忠无法可施，人急计生，见他巷口一家姓英的旗人，夫妻两口，只有一个女儿，叫做宝玉，有八分姿容。柏忠以为可欺，就在刘三公子面前极力保荐，要讨他做小。老夫妻同女儿相依为命，立意不行。刘三公子原是个色鬼，就将此事委把柏忠包办。柏忠只顾讨好赎罪，全不顾他人骨肉分离。

今见依仁问他，就一长一短却说出来。此事在别人面前，再说些也不妨，在依仁面前说了，就有一场大祸。未知后事如何，且看下文分解。

第 十 一 回
打茶围淫鬼闹淫魔　发酒兴恶人遭恶报

话说柏忠将前事告诉依仁,扬扬得意,又道:"他好说,必不得行,我意思晚上带相府几个家丁前去,好说话就随意赏他几两银子,如其不肯,就硬抢他回去,谅他老夫妻有何本领,同相府要人? 不瞒吾兄说,就是小弟仗着公子势力,在这街坊上也算一霸呢!"

谈着已踱到门首。敲开门来,柏忠邀依仁入内,到小客座坐下。依仁细看房屋,是对合两进,厨灶在厢屋里,上三间做内室,下三间一间门楼,两间客座,也还齐整。有老婆子送茶上来。

二人谈了一会,依仁谈到在府里,全无出息,又无别处可投,谋事更是难的。柏忠道:"吾兄不讲,弟不敢言。我看令弟为人,反面无情,而且不知好歹。兄弟骨肉尚无好处,无怪乎前天待弟那番举动。我想同公子商量,转至老中堂,办她个罪名,又碍着吾兄的面子,我不同兄交好就罢了。那天晚间,还承照应。"依仁道:"说哪里话! 你我自好,那天我也很劝了一番,无如她总不肯听,孩子家是会闹脾气的。"柏忠道:"她闹脾气,小弟的敝臀,没有得罪,她竟当做大鼓敲了玩,虽然他有个隐情在内,不是敢打我,究竟同我有些痛养相关呢。"依仁大笑。

柏忠笑道:"有人说你令弟是个女孩子,这话确不确?"依仁道:"没有的话。是谁讲的? 她不过生得娇柔,妆束得华丽些。我知你的意思,见她戴着金坠子,金链子,心里疑惑,那是我们南边风俗,我叔太爷得子迟,把她妆做女孩,取其好长的,那里当真是个女孩子!"柏忠微微一笑,也就不问了。

依仁连日赚了松筠几两银子,胆就壮了,对柏忠道:"有好地方,我们坐坐去。"柏忠道:"很好,半截胡同有一家子,我最熟,就到他家去罢。"遂同依仁到半截胡同来。上前敲门,一个老妈出来,见是柏忠,道:"还没有房呢。"柏忠也不答,同依仁一直走进内里,见上首有个空房,就攒进去,自己将门帘放下。向床上一睡。

依仁坐在椅上,见走进一个小女孩子,来望了一望,冷笑一声道:"柏老爷倒又来了。"柏忠道:"你姐姐在哪里? 他想我呢。"小孩子哼了哼道:"她怪想你的。"柏忠道:"她在内里有什么事? 知道我来,还不可来么!"小孩子也不答应,就走出去了。依仁看他光景,甚为可恶,也不开口。又停了半晌,才有人送上茶来。柏忠道:"我瘾来了,要吃烟呢,快开灯来。"那人微笑道:"烟脱了,要煮呢。"头也不回,就出去了。

坐了一顿饭的工夫,见帘子一揪,进来一位五短身材,脸皮微黑,还有几点雀斑,倒是双小脚,跨进门,口中含糊叫了两声老爷,就在椅子上坐了。柏忠道:"桂香呢?"那女子道:"有事呢。"依仁道:"还没请教芳名。"柏忠道:"他叫桂琴。"就指着依仁道:"此位姓松,是副都御史松大人的令兄,也着你妹子出来陪陪。我同他是老相交,原不较量,今日有新客呢。"桂琴也不开口。柏忠问道:"你的妹子,哪里去了?"桂琴道:"不瞒你说,云少爷在后边呢。"柏忠道:"那个云少爷?"桂琴道:"就是木都统家少爷。"

此时柏忠颇下不来,只得说:"我到同他不拘形迹,外人不知道,只说冷落我呢。快把烟灯开出来,你烧口烟罢,松老爷是爱躺躺的。"桂琴道:"适才云少爷要烟,还没有呢。"柏忠道:"拿钱去挑,我这里有。"桂琴无奈,出去一回,有人送进一个破灯盘,一支瓶子枪,一个竹根子里有三四分烟,灯罩子都是打碎了,三五片凑成的,浮在灯上,很不成模样。柏忠请依仁过来自烧。连那个桂琴都不见了。

二人谈谈,每人吃了两小口烟,已完了,灯里油也不足,昏昏的提不上来,一上一下,这个破灯罩子,颇为忙人,吃了三四口烟,倒真忙了好一会子。看时刻,已有未正,只见桂琴同着一个女子进来。依仁细看那女子,长挑身材,圆圆的脸儿,觉得比桂琴好几分。满面笑容道:"你来了。"柏忠颇为得意,道:"来了来了。"对依仁道:"他就是桂香。"又对桂香道:"这位松老爷,是御史的令兄,同我至好。"

桂香看了一眼,哼了一声,笑嘻嘻的道:"有件事对不起你们,云少爷今天要在此摆酒。你知道的,我家房屋窄,意思要请你们让下房子。柏老爷就同家里人一样,我也不说套话,倒得罪这位松老爷了。"柏忠大难为情,老脸通红道:"我们是逢场作戏,只要有房,我们坐就罢了。"桂香当做不听见,站立等候。

依仁见他刻不容缓的逐客,心里颇为有气,又听那个桂琴道:"你们横竖也闲着,过一天再来也是一样。"柏忠也装不听见,坐着不言语。依仁想了想,心里又算一算,道:"我们也摆一台酒,可好不好?"柏忠道:"我今日没有多带银钱,这些地方我是不欠账的。"依仁道:"银子我这里有。"

原来柏忠在他家玩了三个多月,只用过三吊京钱,弄得屎嫌屁臭,今听见依仁有银子作东,胆子就大了许多,喉咙更高了两调,脸一沉道:"我今天同客来,你们偏下我的面子,什么云少爷,雨少爷,难道他是大钱,我在你家用的是小钱么? 今日偏要吃酒。"又对依仁道:"拿出银子她瞧瞧。"依仁赚了松筠二十多两在腰内,一齐取出,放在桌上一大包。

桂香等见大包银子,也就软了,笑道:"不让罢了,生什么气? 还是熟人呢。"柏忠此时兴会了许多,不住的要茶,要烟,闹得不亦乐乎。少停排开桌子,大家入席,柏忠、依仁同两个妓女嬉笑怒骂,信口胡闹,又搳了一回拳,唱了两个小唱,笑也有,说也有,吃得呕吐狼藉,臭气熏人,还不肯歇。

柏忠、依仁两个花酒是不轻易有得吃的,纵或有时入席,也是陪人。今日自尊自大,不吃个淋漓尽致,如何肯罢休? 一直吃到上灯后,吐过几次,还不住的讨酒要肉,不可开交。

且说桂香有个相好,是京营副都统木纳庵的侄儿,带了三五个跟随,还有几个朋友,也在此吃酒,就在对面房里摆席。吃了一会,桂香、桂琴也轮班陪过几次。谁知两边都有酒意,彼此要争,桂香到这边来,那边乱叫,到那边去,这边狂呼。柏忠仗着相府势头,欺人惯的,就对那边骂了几句。那个云少爷如何怕你? 跳起身来骂道:"是哪个王八羔子,在这里混骂人? 是汉子出来讲话!"柏忠虽不敢出头,还在里间发威。外面骂一句,他也在房中回一句。

云少爷恼极了,就闯进房,先将酒席一脚踢翻,杯盘打得粉碎,一手将柏忠揪住。云少爷身材高大,又是个将门之子,把柏忠提过来,就同饿鹰抓鸡一般,桂香等众人来劝,哪里劝得住? 柏忠只叫:"有话松下手来讲!"云少爷也不理他,大声叫道:"我的人呢?"外面五六个旗丁,最喜生事的,听得主人叫唤,一窝蜂进房。

依仁见势头不好,才要溜走,早被些旗丁捉住。云少爷将柏忠打了几拳,向地下一掷道:"捆起来!"众旗丁上前将衣服剥下,紧紧缚住,也有人把依仁捆了。柏忠还要说："打得好，我们慢慢儿讲话。"云少爷道："谅你也经不起打，我有法处置你。"着人取两支大蜡烛来，再到剃头铺子里，将刮下来的短发同头皮子取些来。云少爷吩咐动手，柏忠大叫道："那不能，一世的累呢！"

众旗丁哪里睬他？上来一个先将他按定，又对着他尊臀相了一相，用当中一个指头在油灯里一溅，就同个胡萝卜一样，向柏忠屁眼里一抠。可怜柏忠咬着牙，叫了一声"哎呀"，把头望颈项里一挫，满身起了一层皱鸡皮。那旗丁又将指头拔出，取些短头发，只管望里塞，又加上些山药皮，用大蜡烛塞在门口。有个旗丁照样也服侍依仁，依仁口口声声道："不干我事。"众人只当不听见。柏忠此刻口也软了，却也迟了。

云少爷见他二人蜡烛塞好，叫人把他两个爬下来，用人捺定，不许他乱滚，就将蜡烛点起来，油淌淌的，烫得皮破血流。云少爷更恶，还不住的把蜡烛弹走了花，渐渐已卸到根子，二人大叫道："不是当耍的，烫到心了不得呢！"

众人大笑，做好做歹的，放了绑，二人也算晚年失节，起身道："好玩笑，罢了罢了。"又用手在屁股上，擦擦摸摸了一会子。依仁银包也不见了。依仁失去银子，比刚才受苦还要难过，又不敢多言，只得套上裤子，来穿衣服。旗丁道："你还要衣服么？"每人又是一个嘴巴。

众人说情，各人与他一件袄子，依仁鞋子又失去一只，柏忠就同开笼放鸟，得了性命一般先跑出去了。依仁一高一低，也随着走，生怕遇见熟人，又怕遇见巡城的盘问，前车可鉴，屁股是打不得的。两个忙忙如丧家之犬，急急似漏网之鱼，彼此埋怨，直奔到柏忠家，方才放心。

在客座内坐下，可怜后门口焦辣辣的，又疼又痒，坐也坐不安稳，对面站着。依仁道："这个苦吃足了。"柏忠道："原是取乐的，倒弄得乐极生悲。"依仁道："讨些水来，洗洗也好。"柏忠道："小弟的敝臀，真是有用之才，前天令弟当做鼓敲，今日竟能当烛台用，岂非奇事！老哥不必作恼，我明天进相府去，想了小法，他叔子的芝麻官，少不得在我手里包断送。"依仁道："全仗吾兄出气。我家那个是不行的，在她面前，连说也不能说。"

柏忠家里取出水来，洗了一会，依仁道："我听人讲过的，有了东西进去，要趁早掏出来，不然生了毛，为累一世，要成红毛疯呢。"柏忠道："那还了得！你我这副嘴脸，又讨人嫌，哪个肯来下顾？岂不痒死了而后已，不如你我换着掏掏看。"就将屁股一撅送过来。依仁用灯照着道："吾兄洞府颇深，望不见底，用个竹筷子试试看。"柏忠道："也好。"

依仁见桌上一双铜火箸，拿起来才送进去，柏忠大叫使不得，就站起身来，抠抠擦擦道："隔江犹唱后庭花，原是韵事。"依仁道："怎么样？"柏忠道："我想起来了，你我就做个胀头疯，或者遇见个掏茅厕的，还可借此有点子出息呢。吾兄请回罢，吾还要同相府里人去抢亲。"依仁讨了一个小灯笼出门，屁股夹得紧紧的，一步步挨回去了。到家进房睡下，哼了半夜。

次日微雨，依仁借此不出去，起身也迟。吃了饭，在房中坐立不安。只见一起一起家人跑进来道："少爷下来了。"听见宝珠在外叫道："大哥在家么？"依仁急趋出来，笑容可掬道："贤弟，今天下雨，可曾上衙门？"宝珠道："今天无事，来同大哥谈谈。"遂坐下来。就有许多家人站在窗外伺候，送茶装烟。

二人说了些闲话，依仁极力恭维。宝珠开言道："筠儿不长进，不肯读书罢了，又在外边玩笑，大哥知道些风声，也要管教他。"依仁满面羞惭，咕噜了一句，就用话支吾道："贤弟，可知道刘三公子的新闻么？"宝珠道："我不同他来往，他的事我如何得知呢？"

依仁道："昨日在金鱼胡同会见柏忠，见他街头上一家子姓英的同他讲话，我问是谁家，原来是个旗人，老夫妇两个，只有个女儿，颇为标致，刘三爷讨她做小，那家子立意不行，柏忠的主意，昨晚着人抢回去了。不知英家如何处置呢，谅不敢同相府里要人。那个女孩子，我倒瞧见一眼，有十五六岁，长挑身材，眉心里有个豆子大的鲜红的痣，模样儿还罢了。"

宝珠道："老刘倚势欺人，也非一次，都是那个柏忠的指使。无论什么人，遇见不良的人引诱，他就更坏了。"依仁默然无话。今日又是个阴天，屁眼作痒，竟痒得不可开交，连坐也坐不住，起欠欠的。宝珠只见他乏趣，意欲起身。忽见门上传进帖来，未知来者何人，且看下回分解。

第 十 二 回

话不投机焉能入彀①　药非对症反足为灾

话说宝珠看了帖,是张守礼,知道张山人来拜,吩咐快请,别了依仁,就迎出来。到了左首正厅,见执帖的引着张山人,笑嘻嘻已走进来。宝珠上前相见,分宾主而坐。家人献茶,寒温数语,宝珠道:"今日如此大雨,老先生高年的人还蒙光降,负罪良多。"张山人笑道:"老夫今日出来,专为几件正事,要与兄细谈。"宝珠道:"请教。"

张山人道:"令母舅托老夫替令表执柯,适在许大司寇那里,诸位今日又在他那里吃饭,费了许多唇舌,好容易才说成了。他大令嫂与你贵表兄,年岁相当,才貌也是相配的,明日请令母舅订个日子送聘,还要借重吾兄呢。"宝珠道:"一定奉陪老先生。"张山人道:"还有一事,令母舅说将他一位小千金,面许了二令弟,也托老夫为媒,吾兄择个日子,就拉令亲同去走遭。"

宝珠起身一揖道:"全仗老先生玉成,容当厚报。"张山人连称不敢。又笑道:"许公有位二令爱,竟说得天上无双,人间第一,他专属意于你。此老的意思,不是他令爱,足下竟难其妇,不是足下,他令爱亦不得其夫,真是一双两好。叮嘱再三,要老夫成全此事,谅世兄也无可推敲,就请禀明令堂,一言为定的了。"

宝珠听罢,春山半蹙②,秋水无颦③,满面娇羞,低头无语。暗想哪有个女孩儿家,自己讲亲事的?羞愧极了。心里发急,无可如何,只得含羞带愧的道:"老先生此事休题。"说了半句又不说了。张山人道:"世兄是何尊意?不妨谈谈。"宝珠道:"老先生虽是几代通家,怎知在晚的难处?先君去世,兄弟年纪轻,在晚的愚见,要候两个舍弟定亲之后再议。许年

---

① 彀(gòu)——喻牢笼、圈套。

② 春山半蹙(cù)——半皱眉头。

③ 秋水无颦(pín)——双眼无忧。

伯处,还望老先生善为我辞。"说罢,凄然叹息。

张山人已看出光景,又怜又爱,反悔来得冒昧,忙赔笑道:"世兄如此居心,足见孝友,许司寇是个迂人,不能直言,待老夫向他婉婉回复就是。世兄的难处,老夫亦复知之,你我通家,断无不关顾的,世兄只管安心。"宝珠谢了。坐谈一会,起身作辞,宝珠直送出仪门,看着上车。

回到房上,将张山人来做媒的话,向母亲、姐姐说了,夫人也觉欢喜。宝林见妹子不乐,问道:"张山人还有别的话讲么?"宝珠道:"没讲什么。"呆呆的坐了一回,就进自己房里,叫紫云泡了一杯浓茶,吃了半杯放下,向妆台改妆,对紫云把张山人的言语,同她讲了,紫云也觉诧异。梳妆已毕,紫云道:"你同我一齐做的那件藕色夹罗小袖衫子,把你穿罢。"宝珠点点头。

紫云取出来,替她披在身上,笑道:"配大红裤子不好看,穿上玉色百褶裙罢。"宝珠道:"也好。"紫云忙送上来。宝珠系好,走了几步,格外显得国色天香,十分俊俏。在穿衣镜一照,自己也觉得可爱,看了一看,反不自在起来,就上床去闷睡。紫云怕她受凉,道:"虽是气候和暖,下雨的天,可别着了凉,起来玩玩罢。"宝珠道:"全无意兴。"紫云道:"今天闲着无事,洗洗脚罢。"宝珠道:"没有精神。"紫云道:"我替你洗呢,哪一回要你费过事的。"笑着扯她起来,吩咐绿云去取水。

紫云将个盆放在自己面前,自己用小杌子坐在旁边,宝珠解了罗裤,在椅上坐下,绿云伺候倾水。宝珠脱去玉色绣鞋,褪去一钩罗袜,将缠足带一层层抽出,露出一条玉笋尖尖,紫云替她那只也脱了,慢慢的洗濯。宝珠道:"我的脚也算瘦的了,究竟还不如大姐姐苗条。"紫云道:"什么话,她是从小裹的,不过短些,你的脚比她长半寸,脚心还是平的呢。"宝珠道:"我瞧姐姐底平指敛,也是同我一样。"

紫云笑道:"你好明白,这么说她五六岁就裹了。还告诉你,从小裹脚,连疼都不很疼,你赶得上她么?你也算好的了,不是同她一般瘦,你不信,穿她的鞋,就知道了。我一只手捏着两只脚,还没有一握呢了。"宝珠道:"长得难看,你替我裹短些好吗?"紫云道:"不走路了,你在家两个月,别进衙门,我替你裹,但明日走不来路,可别怪我。"又笑道:"有了喜信,再讲究小脚不迟。"

宝珠啐了两口,又将紫云打了两下,紫云笑了一会,宝珠道:"你手太重，轻些也好。"紫云道："是我手里裹惯的，难道疼么？这还想脚小呢！"
宝珠道："我怕疼么？怎样裹小的？"紫云道："也该谢谢我才是。我看你
此刻倒反忍痛不起了。"说着，紫云就替她缠裹，穿上袜套，跂上花鞋，将
黑绸带子捆好。宝珠起身上炕，盘腿坐下。绿云将房中收拾干净，天已晚
了。

　　少刻晚膳摆齐，宝珠呆呆的坐着不动，紫云请了两遍，宝珠道："我懒
得吃，收过了罢。我头痛，要去睡呢！"紫云道："怎么样？"就服侍她睡下，
觉得满身火炭一般的热起来，紫云摸了一会，说道："怎么好呢？"原来张
山人来说亲，宝珠又羞又闷，说不出苦来，又怕许家歪缠，心里更急，刚才
吃了饭，停住食，如今洗脚，又受了凉，身子本来柔弱，此刻竟发作起来。

　　紫云担不起，忙出去禀知夫人、大小姐。夫人一听，吃惊不小，遂同宝
林一齐进来，一路道："阿弥陀佛！怎么好？"到了床前，绿云掀开了帐子，
铃声锵然。夫人道："好孩子，哪里不自在？娘在这里呢。"宝珠道："娘放
心，也无甚大事。"夫人用手在他头上摸了一下，觉得炙手①，夫人大惊，回
身对宝林道："了不得了，你瞧瞧看。"

　　宝林上前，先靠下子头，又摸她身上，其热如火，见她面色通红，眼波
带赤，心里知道有几分病症，却安慰夫人道："娘别慌，妹子不过着了凉，
请王大夫来瞧瞧，吃一两剂药就好的。"夫人传出去，叫快请王大夫，总管
派人随即去请。紫云道："小姐月事到了，总是烧人的。"夫人道："你一向
为何不讲？"恨了一声。紫云道："丸药膏滋，难道不是天天吃？无如没有
用处。"夫人也不言语，在房中坐立不安，一刻儿去床上看看面色，一会儿
向被中摸摸身体。

　　少刻大夫请到，金子进来回了说："王大夫出门，请了一位张大夫来，
说是很好的。"夫人吩咐快请。有总管将大夫引至穿堂，就有小丫环掌灯
来接，走到夫人房门首，又换了金子，紫云捧了玻璃罩子照着大夫入内房。

　　这大夫留心细看，暗想真是人间天上，富贵神仙，就是这两个丫环，也
是目中创见。此刻大夫心里，倒有些迷迷糊糊的起来。及至转过书架暗
门入去，卧室一看，锦天绣地，耀目争光，好不富丽。宝林见大夫来，就避
入床巷玻璃格子里去了，夫人心急如焚，也顾不得回避，就站在玻璃屏外。

----

　　①　炙(zhì)手——手挨近感觉很热。

紫云对大夫道:"这是我们太太。"大夫忙上前请安。夫人道:"倒劳驾了,全仗妙手回春,我改日自有重谢。"大夫连称不敢。

紫云取个杌子向床前放下,从帐子里取出宝珠一只手来,搁在几本书上。大夫见这只春纤玉手,滑腻如脂,心里颇为动情。诊了一回脉,大夫闭了眼,凝了好一会子神,又诊那一只,倒被他暗暗的摩弄一番,对紫云道:"要将帐子挂起来。"大夫用灯烛一照,看见宝珠这副绝代花容,不觉如痴如醉。又见她耳上有秋叶金圈,赏鉴一会,却不敢久留,只得转身对夫人道:"小姐的贵恙,还不妨事,天癸①可调不调?"

夫人听罢,大惊失色,回不出话来。倒是紫云笑道:"尊驾休得胡言,这是我们少爷。"把个大夫的狗脸,羞得通红,说道:"是松大人的少爷么?"紫云道:"就是我们大人的。"吓得大夫一身冷汗,不敢多言,对夫人道:"待晚生外去,拟个方子,请太夫人定夺。"金子仍然掌灯送出房外,自有小鬟送出宅门。

少刻,方子开了进来,夫人同宝林商量吃不吃的话,紫云道:"我看这个大夫,也没有本事,连人都认错了。"宝林道:"那却不然,她原是个女孩子,该不说破她,由她当作女孩儿治,倒可以投门呢。"夫人道:"我看他的药到是补药多,她身子弱,吃下去,谅不妨事。"紫云道:"是。"随即前去火炉上,亲自煎好,捧着银吊子,倾在杯中,到床前来。

夫人掀开锦帐,宝林接过药碗,叫道:"妹妹,吃药罢。"宝珠答应,宝林将药凑在她口边,慢慢吃下去。谁知补药太多了,将恶露补住,睡了片刻,下面的天癸倒干净了,口内胡说,心火上升,夫人上来看她,竟认不出,嘴里乱言道:"要人愿意呢!她女儿没人要了,也不能缠住我。"又冷笑两声道:"岂有此理,真是奇事了。"

此话只有紫云心中明白,夫人、宝林都不知她说些什么。夫人慌极了,不由的泪珠乱落,回身向椅子上一坐,哭出"苦命的儿来"。宝林忙劝道:"娘不要急,妹子不过是虚火太旺,一会儿就好了。"劝住夫人,大家守在床前,连晚饭都无心去吃。少刻姨娘也进来了,夫人心绪正烦,姨娘晦气,说出话来,动辄得咎②。两个小公子是要进来问候,托金子进内致意,

---

① 天癸(kuí)——中医学名词,指女子月事。
② 动辄(zhé)得咎(jiù)——做什么事情都不对,都犯错误。

夫人回道："知道了,叫他们滚出去罢。"

紫云忙对金子道："请你去说一句,有劳两位少爷。"夫人道："先还好些,吃下药去,倒反糊涂了,全不省人事,怎么好呢? 那个大夫,真是个杀人的庸医。我们着人再请王太医去。"宝林道："明天一早再去请,还不迟。"

谁知到了下半夜,宝珠忽然烦躁,发起喘来。夫人害怕,自不必说,就是宝林、紫云也有些慌张,对夫人道："我看妹子不好,着人请王太医来瞧瞧也放心。"夫人不发一言,只是流泪。宝林着彩云传出去："赶快些,我们备车去接罢。"夫人掀开帐子,见宝珠半边嘴歪在枕上,粉面通红,朱唇反白,辗转反侧,气短声嘶。夫人叫了两声："好孩子,你要可怜娘呢!"

宝珠总不答应,倒转过脸去冷笑,及至问她,又不言语。夫人回身倒走出房外,宝林也跟出来。夫人满眼垂泪,蹬了几脚,几乎放出声来。一会儿说："着人快催王太医,家里人这般无用,连太医都请不来,怎么会吃饭的?"一会儿又吩咐："着人去回声舅老爷,请大姑爷把张大夫那个王八羔子,先锁在衙门里,恐他溜走了。"

众人见夫人发急,只好一一答应。夫人坐在外间,饮食不进,烟也不吸,呆呆的流泪。宝林又怕夫人急出事来,出来解劝,夫人倒反咽咽呜呜的哭个不住。宝林道："娘心里难受,不如出去哭两声,别闷着,也要过瘾了。"好容易劝了夫人出去,金子扶着,宝林不放心,也随在后边。夫人回房,向炕上一坐,放声大哭,口口声声"我的亲儿,你若有点子长短,我还要这老命干什么呢?"

宝林已觉伤心,用帕子拭泪,同金子劝了好一会,才住声。金子上了一口烟,夫人吃过,倒又哭了。宝林正色道："娘不要伤心,叫人乱了方寸。妹子也是年灾月晦,一两天就好的,只管哭,也不吉祥。"夫人道："我看孩子这么样,心里不由得苦,她再有个别的缘故,姓松的就拉倒了。你看筠小子两个,赶得上她吗? 这个家,单靠你掌不住也!"

宝林道："娘放心,何至如此?"小丫环来回王太医请到了。不知看了如何,且看下回分解。

第 十 三 回

识病源山人施妙手　图好事箧片①献阴谋

　　话说夫人听得王太医请到，吩咐快请，把烟一掷，起身入内。金子已将王太医引进来。他是来惯的熟人，一路恭维姑娘长，姑娘短，说个不了。进房见过夫人，又见紫云、彩云周旋两句，才诊脉，望闻问切，颇为细至。夫人急急的问道："还不妨事么？"王太医躬身答道："大人的贵恙甚重，至于不妨事的话，晚生却不敢说，多请两位高明，商量商量也好。"

　　夫人听罢，心里一酸，泪如雨下道："适才着人去请尊驾，说是出门去了，请了一个张大夫来，吃他的药，倒反不知人事起来，真被他误尽了。小儿的身体娇怯怯的，好像个女孩子，受得起他那狼虎药吗？请尊驾想个方子，治好了她，要多少谢礼，我都不敢吝惜。我这个孩子，金子也打不起来。"王太医欠身道："晚生无不尽心，看这剂药下去若好些，那就无虑的了。"辞了出去，天已大明。

　　开方配进药来，煎好灌下去，仍然无效。又叫人去请王太医来看，太医不去开方，总叫多请几位斟酌要紧。夫人无法，请李荣书来商议。李公要进去看看，宝林引路，李公进房，暗想："好华丽地方，我还是初到，这些孩子享福尽了。"到了床前，紫云掀开帐幔，李公看过，也没有开口，就走出来，对夫人道："我看外甥有几分病，不是要事。西河沿有个太医，名叫泰伯和，同我有交，是个院使，医理很通，且是我辈的出身，请他来瞧瞧看，怎样？"夫人道："我此刻还有主见吗？舅舅谅不得错。"

　　李公吩咐跟班拿自己片子，又着松府家人，也取了宝珠的帖，一同去请。李公就在夫人房中等候。此时许文卿也知道，同了墨卿来候问，就在堂前坐下，两个小公子陪着。外边亲友来候，以及僚属请安，门上一概辞谢。少刻泰伯和已到，李公出去迎接进来，就陪他入房。细细诊了脉出来，李公陪上东厅，分宾而坐。

---

　　①　箧(miè)片——旧进富豪人家专事帮闲凑趣的门客。

茶罢,李公道:"舍外甥的病症,在吾兄看怎么?"泰伯和道:"贵恙虽重,看来大事无妨。令外甥受了郁闷,着了重凉,气裹住食,胸次不通,加之吃了补剂,虚阳上升,所以不省人事,烦躁乱言。必得先要散了外感,消去痰滞,自然清减。"李公拱手道:"全仗高明。"伯和连称不敢。开方送与李公看过,告辞而去。

李公着人配药,赶忙煎好,还是宝林、紫云灌下去。外边李公同宝林等劝夫人用饭,夫人勉强吃了点子。李公不放心,同儿子也未回去。宝珠睡到将晚,觉得清醒了。夫人摸她头上热,也退了许多,说话也就明白,总觉心里不宽,闷得难受。此刻大家放心。李公到晚饭时,催着人煎了二和药,还叫用药渣揉揉胸口,李公就同墨卿回去。

且说紫云将药渣用新布包好,微微掀开锦被,慢慢揉了一回,宝珠道:"别揉罢,肚子疼呢。"紫云道:"那个怎样? 趁人不在这里,替你收拾下子。"宝珠道:"也好,我倒不知道了。"紫云看了一看,半点全无,骇然道:"怎么倒干净?"宝珠道:"去掉它罢。"

紫云正收拾清楚,夫人、宝林已走进房,夫人坐上床沿道:"好孩子,你此时可大好了。"说着又笑起来。宝珠道:"娘同姐姐操心了。"夫人道:"好了是大家的福。"宝林道:"你如今身子爽快些么?"宝珠道:"就是心闷得慌,还有些喘,肚子又痛了。"宝林劝夫人歇息,夫人不肯,着金子将烟具移在外间炕上,宝林也吸了两口提提神。夫人要取被褥,就在炕上住宿,宝林苦劝道:"娘不要着了凉,如一定不放心,我今夜进来歇罢。"夫人才肯回房。

紫云早将自己铺盖移在绿云床上,又取了两床锦绣被褥叠好,请大小姐安歇。宝林吩咐彩云、绿云守上半夜,紫云、彩霞守下半夜,自己也起来照应几次。夫人不住的进来探看。次日又请泰伯和来看,服了药,外感痰滞虽清,腹胀胸闷,总不得好,人都不知她经水不调,何能见功? 延了几日,夫人又慌起来,仍请李公商议。

李公想了半日,道:"这姓泰的医道也算好的了,其余更不足信。不然,请了张山人来瞧瞧,他是九流三教,医卜星相,无不精通,年纪也高,或者有些见识。"夫人无可无不就,就催李公去请。李公着跟班同松府家人拿帖去了。候至将晚,张山人才到,李公接上厅,略坐片刻,即邀请入内。

张山人慢慢走着,细细赏鉴,好个香闺绣阁,不是这个金屋,也不能贮这个出色美人。小姐见他年老，又是几代通家，又不回避。大家见礼，夫人道："倒劳老先生的驾，改日着小儿登门叩谢。"张山人道："岂敢岂敢。"又看看宝林，也是个夫人品格，但觉得威严太重，蛾眉微竖，眉欲语而含情，凤眼斜睃，眼乍离而仍合，姿容绝世，华光射人，一段风流俊俏，从骨髓里露将出来。张山人暗想光景，虽与她妹子不同，标致却与她妹子一样。

转眼看见几个侍儿，站立一边，个个矜贵不凡，美丽异常，心里暗暗称奇。到床前坐下，宝珠谢了几句，看了脉，又着人将日前所吃的几个药方取来一看，心中猜着八分，但不好出口，笑道："小便通不通?"紫云低头答道："不见得。"张山人已了然明白，起身告辞，同李公出去开方，专用调经的药，如阿胶、牡蛎、川芎①、当归、更有桔红、木香，化痰降气，开了出来，又用藕节做引子。倒坐了好一会，同两个小公子谈谈。暗想两个孩子还好，都是极品相貌，小的是个科甲，脸上气色，今秋有望，大的要由异路出身，方能显达。问了一回学业，赞了几句，也就别去。

李公送进方子，对夫人道："这方子不对症，好像给女人吃的。"宝林过来一看，心里倒吃一惊，也不好措辞，只得笑道："老人家是有见识的，别有用意，好在都是吃不坏的药。"又吩咐人煎起来。宝珠吃下，到半夜里，下路就通了，淋淋漓漓，行得颇畅，腹痛也止，胸口已宽，就嚷饿要吃。夫人以下，个个欢喜。

次日又请张山人加减。但凡看病，就如钥匙开锁一般，投了门，一两剂就可奏功。宝珠吃了张山人三剂药，病已全好。夫人仍不放心，又请张山人来替她调理，养歇半个多月，夫人才许出房。又择了一个吉日，清早公服出来，先在家神祖先堂上进香，来谢了母亲、姐姐。两个小公子，见哥子道喜。

宝珠出门到李府，谈了半日，李府留饭。饭后又到张山人以及许府各亲友、同年处走了一遍，回来也不早了，下大账房坐了一坐，就有许多门客同管事人等进来，趋跄陪待。宝珠略为照应，起身入内。从此仍然进衙门理事不题。

再说刘三公子受了宝珠那番捉弄，也该死心塌地。无如好色人之本性，况宝珠这副勾人魂、摄人魄的绝代花容，任你铁石人见了她，也要意惹

① 川芎(xiōng)——多年生草本植物，茎可入药，产于四川。

情牵，岂有惜玉怜香如刘三公子，倒反轻轻放她得过？刘三公子吃了苦，不怪宝珠毒，反怪自己粗。此时柏忠用计，抢了个美人回来，将功折罪，刘公子也不恼了。如今坐在书房，空想无聊，着人叫他进来，要他想想法。

柏忠思索一会，附刘公子耳边说了几句道："门下此计最善，不怕她飞上天去，还可验出她真假来。"刘公子道："这个美人计虽好，但我同她又没有仇恨，不过想玩她，并不想害她，要这毒计干什么？你想个法子，只要弄她上手就是了。"

柏忠抓耳搔腮的想了半会，蓦然笑道："有计了。"刘公子欣然道："怎么说？"柏忠道："门下这个计成了，求公子多多赏些喜钱呢。"刘三公子道："那自然。"柏忠道："我听她哥子讲，小松儿病了半个月呢。"刘公子喝道："小松儿是你叫的？我不依！"柏忠忙赔笑道："少奶奶好不好？不然就叫姨奶奶。"

刘三公子大笑，乐不可支。柏忠道："公子就说知她有病，没有尽情，着人请她吃酒。"刘三公子道："不行，她断不敢来。"柏忠道："门下原知道她不来，公子就着人挑了酒席，到她家移樽就教，她难道还好回吗？而且在她家里，她必不疑心。公子到半酣时候，着家人送上酒去，用两把鸳鸯壶，认了暗号，一壶好酒，一壶酒母，只要她醉倒了，此时天暖，衣衫单薄，好验的很呢。公子又是捏过她脚的，知道是一双莲瓣，就上去拉掉她的靴子，露出真赃来。"一面做手势道："公子就不走了，拍起令牌来，问她官了？私休？她是三品大员，女扮男妆，是个欺君大罪，不怕她不服服贴贴，让你老人家受用。成功之后，门下喜酒是万不可少的。"

刘三公子听得眉欢眼笑，乐得受不得，只叫快活，大笑道："你竟是我个孝顺儿子，我就依卿所奏，照样而行。"随即吩咐家人，用帖去请，果然不来。次日，刘三公子叫厨房内备办上等酒肴，又同柏忠将酒壶认定，用一对鸳鸯自斟壶，大红顶子是酒，粉红顶子是酒母，安排停当，心想此事晚间才好行呢。到了申刻，自己坐了车，着人挑了酒席，到松府来。家人传进帖去，少刻门上出来挡驾说："少爷进衙门去了。"

刘三公子也不理会，就下了车，向内直走，门上不敢阻挡，只得跟在后面。刘三公子一路说道："我昨日洁诚请你们大人，不赏我脸，我也不敢劳驾，今日洁治一樽，前来就教，谅你大人也不好外我。就是不在家，我也没有事，坐一会儿等等，就等到二更三更，我也要尽情的。"

　　说着,走上厅来坐下。家人没法,只得送茶上来,又将刘府跟班厨役,邀进门房坐。宝珠原是在家,不过怕那刘三公子,不肯相见,今见门上又来回了这番话,心里又惊又气,半晌不言。夫人说道:"他既来了,也难回他,你就出去见见,妨事的吗?"宝珠点点头,进房同紫云商议几句,道:"他既来送死,就怪不得我了。"紫云道:"凡事不可任性,都要小心,见机而作。"宝珠答应,挨到上灯后的时候才出来相会。不知宝珠可曾中计,且看下回分解。

第 十 四 回

出神见鬼相府奇闻　嚼字咬文天生怪物

话说刘三公子见宝珠出来，一身罗绮，更显得衣香人影，娇韵欲流，抢步上前，两个问了好。刘三公子道："知道吾兄贵恙初好，不敢劳尊，今天治了几个小菜，来同年兄畅谈。"宝珠道："多承美情，又累久候，何以克当？"刘三公子道："你我至交，不必客套。"谈谈说说，公子装做正经面孔道："我们早些饮一杯罢。"

宝珠凝神一想道："很好，但此地嘈杂，不如花厅里幽雅，我们里边坐罢。"二人起身，宝珠引他上花厅来。刘公子一看，正中下怀，笑道："此地颇好。"家人排齐酒席，宝珠请刘三公子上坐，刘三公子道："岂有此理，小弟此来做主人的。"宝珠道："在舍下何能有僭？就是序齿也年兄坐。"刘公子立意不行，宝珠也就不同他让，坐了首席。刘三公子送过酒，二人对酌。

刘三公子将一对黄眼珠子凸出来，对着宝珠，只管赏鉴，见宝珠脸色虽清减了些，反觉得世外仙人，总不及她淡妆飞燕。刘三公子越看越爱，故态复萌，有些捏手捏脚的啰唣。宝珠芳心一动，恶念顿生：我索性叫家人退出去，看他怎么样？对两边跟班道："你们送两壶酒来，走了出去，我有话同刘少爷讲呢！"家人答应，将酒送在桌上，就到外面去了。

刘三公子好不欢喜，心痒难挠，便絮絮叨叨，肉肉麻麻，说个不了。宝珠实在厌他，还想灌醉他了事。谁知他立定主意，不肯吃酒。宝珠心慌，微微笑道："你到底想怎样？"刘三公子道："你想罢，你真害死我了。我从那天，想到如今，晚间做梦，倒还是亲亲热热的，很有个趣儿，竟弄下遗精的病症！"宝珠心中生气，只不开言。

刘三公子道："你怎么不言语了？我瞧你总是陌陌生生的，不肯同我拉个交情。那天姑苏会馆吃了你的亏，整整同赵老二闹了半夜，你倒走了。你如今说罢，肯同我好呢，你我两个倒是个好对子。不然，你又何必害我性命呢？我就死了，魂灵儿也是随着你的。"说着，装出许多温柔样子来,更讨人嫌。

宝珠怒极,倒反笑了一笑。刘三公子只道她有意了,骨头没有四两重,鬼张鬼致的做作一番,伸出硬铮铮的一只短而且秃的手,扯住宝珠尖松松的一只雪白粉嫩的手,在脸上擦一擦,还闻一闻,道:"我送你一对金戒指罢。"宝珠急于要缩手,无奈刘三公子男人力大,缩不转来。刘三公子见她纤纤春笋,柔软如绵,心里火动,两腿一夹,将这只手握得死紧的,叫道:"哎呀! 算得春风一度! 到底还是刘三公子称得起,是缘分不浅。"

宝珠看他这种鬼形,有些懂得,粉面羞得通红。正在无可如何之际,只听脚步进来,宝珠忙道:"有人来了,再不撒手,我就恼你!"刘三公子只得放手。见是刘府家人送上两把自斟壶来,一把送与宝珠,一把送与刘三公子,本来在家吩咐过的,到半酣就送上来。宝珠处处留心,见他壶来,大为疑惑,暗想:"吃了半会,为何将酒分开? 其中必有缘故。"再看壶顶子,也有分别。又想:"他不论有意无意,我宁可乖些的好!"心里踌躇①,听见刘三公子道:"你我谈谈心事,不便着人进来斟酒。我同你各执一壶,省得费事,你道好不好?"宝珠道:"很好! 我敬你一杯。"将自己壶里酒斟了一杯,送到刘三公子面前,刘三公子哪里肯吃? 笑推道:"你先请!"

宝珠见他推得什么似的,心里明白,倒不强他,笑道:"罢罢,送进暖酒来,你一杯不饮,我倒想酒吃呢!"刘三公子道:"我敬你!"宝珠道:"我不要人敬,自己会斟,总得你陪我一杯。"就将刘三公子的酒壶取在手里,又取一个空杯,趁刘三公子起身谦让,转眼将壶盖换个转儿,斟了一杯,先将酒壶送过去,使他不生疑,就走过去,笑眯眯的将酒送到刘三公子唇边,道:"好哥哥,你饮了这杯酒,我才欢喜呢!"

刘三公子见她这个娇媚样子,温柔口声,就是一杯毒药,也不肯回不吃。况亲眼见她在大红顶子壶里斟下来的,一点不疑,清水流流的,张着大嘴,等了酒到口边,一吸就干。宝珠又在壶内斟满,再灌一杯。原来这酒母是酒的精华,一大杯炼成一滴,刘公子一连两杯,足有六七斤酒,饶到刘三公子大量,也就支持不住,瘫将下来,两个白眼,红丝缕缕的睁大了,望着宝珠发喘。宝珠笑道:"自作自受,今日叫你认得我就是了。"遂走出厅来,将门反闭起来。

----

① 踌躇(chóu chú)——犹豫,拿不定主意。

到了东厅,着家人传进刘府跟班来道:"你少爷醉了,懒得动,我留他住下,还有话讲呢,你们先回去罢。"家人尚在迟疑,经宝珠再三催迫,不敢有违,只得回去。宝珠又将松勇叫来,吩咐了几句,松勇答应去了。宝珠又踱进厅来坐下,看看刘三公子,已醉得不省人事。

少刻松勇同两个心腹家人进来,手里取着衣服、绳索、颜料等件。松勇领头,将刘三公子扯起来,把戏房里取来的一件蓝袍替他穿上,腰里用带子束紧,又把手扣了,衣袖底下穿两个孔,将扣手的绳子透出来,紧紧绑在腰带上,叫他亦抬不上来。脸上用五彩颜色,画了一副鬼脸,头发散开,梳了一个高髻①,戴上许多纸花,背上驮一大捆纸钱箔锭②,妆束起来,分明一个活鬼,好不怕人!众人看见,个个发笑。

守到半夜,将他扛进一辆破车,还怕他说话,用个麻弹子塞在口里。松勇点起灯火,一直送到刘府。时已四更,松勇叫取一块石头,把大门乱敲。老门公听见,不知何事,起身出来,隔着门问是谁,外面说:"内阁有紧要事来回老中堂的。"门上不敢怠慢,说:"请少待,我去取钥匙来。"松勇叫道:"快些!"说着,将刘三公子扶下车来,站在门首,带众人一溜烟走了。

这里门上开了大门,问是哪个。只见一个活鬼踱③进来,老门公一吓,跌了一跤,将个烛台摔了一丈多远,大声喊道:"兄弟们快起来!不好了!"门房里有人听见,赶忙穿衣起来,见老人家坐在地下揉腿,口里喘吁吁的也说不明白,只把个手望里乱指。有几个人进去一看,见一个蓝袍活鬼在前跌跌踉踉的乱撞,已上大厅。众人大惊,发一声喊,把内外人都惊醒了。胆小的不敢出头,胆壮的都走来看。内里传出话来,着火夫厨子会同轮班人役捉鬼,各执棍棒,赶进厅来。

有个大胆轿夫,先上前一棍,打得活鬼跳了一跳。众人齐上,棍棒交下,活鬼已倒。轿班上来压住,取绳索过来,想要把他背剪,扯他膀子,哪里扯得动?众人道:"这个鬼力气不小呢!"又来脱他袍服,才知他手捆在腰带上,替他解下来。刘三公子挨打之时,酒已醒了,但是口不能言,手不

① 高髻(jì)——梳在头顶上的发结。

② 箔(bó)锭——敷上金属粉末的纸做的钱。

③ 踱(duó)——慢步行走。

能动。如今松下手来,忙将口内麻弹子摘掉,大喝道:"你们这些瞎眼的奴才,连人都不认识!"众人见活鬼说话,很吃一惊。有个家人,听出口音,问道:"是少爷吗?"刘三公子道:"正是我!"

众人慌了,连忙扶起,搀进上房。刘相与夫人听说话鬼是儿子装的,大为诧异,也就起身来问。见了这个模样,都吓呆了。讨水洗脸,脱去破蓝衫,摘去头上纸花;纸钱锞锭,久已打掉了。刘三公子头面青肿,已有八分伤,扶他上床睡了,哼声不止。刘相夫妇来问备细,公子只得一长一短,将前后的事都说出来。

刘相大怒,不怪儿子寻苦吃,反怪别人使毒计,口里说:"不长进的东西,自取其辱!"长叹一声,就进去了,心内却深恨宝珠,就想害她,捉她的错处。又想她圣眷正隆,一时害她不到,只好慢慢留意,少不得有个狭路相逢。就做了两句口号,在外传扬道:

"不愿到天上蕊珠宫,但愿一见人间大小松。"

着人四处传说,坏她的声名。在人面前,常说她是个女儿,讽科道奏明参劾。无如松府为人好似刘府,交情甚广,阔亲更多,宝珠谦谦自守,人都爱她。知她圣眷又隆,谁敢将没影响的事,来混渎天听?从此松、刘两家,成为水火。

再说松筠自从宝珠有病,忙乱之中,无人理论,他同几个小朋友,又在外边玩笑。如今宝珠病好,只得在家闲坐,心里颇为耐闷。连日宝珠因衙门公事回来得迟,他捉了空儿,想出去闲走走,在师父面前撒了谎,叫了两名书童,在马房里牵了一匹劣马,出后门上马。心里踌躇,不如还到樱桃巷月仙家去。加上一鞭,绿儿、寿儿跟着,飞也似的来到了樱桃巷门口。绿儿接马,寿儿敲门,有人开了,松筠一直进去,匆匆的就进月仙的房,撒开门帘,跨进去一只脚,抬头见有人在内,倒弄得进退两难。

月仙看见,笑道:"二少爷么?"松筠也笑一笑。那人问道:"哪个二少爷?"月仙道:"松大人家二少爷。"那人就起身道:"都是世交,何不进来同乐?"月仙来扯,松筠只得在房弯一弯腰,道:"贵姓?"那人道:"坐!我好讲。"

松筠坐下,细看那人,生得一个黑圆脸,浓眉近视,身材阔而且扁,倒是一脸的书气,问道:"请教!"那人道:"小弟姓刘,行四,赋字雨三。尊姓是松,秀卿先生是令兄么?"松筠道:"正是家兄。"刘四公子道:"还没有请教雅篆①。"松筠道:"草字友梅。"刘四公子道:"高雅极矣!寻花问柳之事,吾兄还时常高兴者乎?"松筠心里好笑,答道:"闲时来过两次。"月仙接口道:"二少爷是贵人,轻易不踏贱地。"松筠道:"我还在家读书,不能常出门。烟花之中,不过逢场作戏,安能如雨三先生钟情娇艳,惯作风月中人乎?"

刘四公子此时扬扬得意,把一副眼镜除下来,又把近视眼擦了一擦,道:"兄弟喜欢访翠,最爱眠香,家君性慈,不加管束。所以风月之事,得遂其愿者也!"二人谈了一会,刘四公子又咬文嚼字的一回,松筠只是笑来不住。刘四公子道:"今日天朗气清,惠风和畅,岂可无酒与吾兄为欢者乎?"就吩咐摆酒。停了片刻,有人进来排席,刘四公子推松筠上座,松筠推辞不得,只得坐了,刘四公子文绉绉的说长说短,松筠听他满口胡訾②,就不大理他,倒同月仙谈笑取乐。

月仙见松筠俊俏风流,比刘四公子来,竟是戏台上的岑彭马武,神色之间,就显出高低来了,待刘四公子竟冷冷的,同松筠调得火一般热。刘四公子大为不悦,他原是个废物,那有度量藏得住句话?拂然道:"吾今者费其钱钞,请吾兄吃其酒而赏其花,而兄反争其风,割其靴勒③。斯人也,竟不可以同处也明矣!今日之钱,吾其不认!"说罢,起身就走。不知刘四公子去了如何,且听下回分解。

---

① 雅篆(zhuàn)——对别人名字的敬称。

② 胡訾(zǐ)——胡说八道。

③ 靴勒(xuē yào)——靴子的筒。

第 十 五 回

翻新样状词成笑话　写别字书信寄歪文

话说刘四公子起身就走，月仙上来扯他，哪里扯得住？袖子一摔，匆匆的去了。月仙道："这不是没意思吗？"松筠道："这个厌物，走了很好。"二人重新坐下，畅谈快饮。原来松筠在此，月仙虽然爱他，鸨儿①却不欢喜。从来说的粉头爱的俏，鸨儿爱的钞。松筠私自出来，身边并无银钱，来过三次，尚未用过分文，鸨儿颇为厌他。

今见刘四公子为他走了，又恼去一个财神爷，格外雪上加霜，恨上加恨，就进来发话，骂月仙道："你人鬼都不认识，瞎眼的小东西！好端端的个刘四少爷，难道在你身上钱用少了？你反去得罪他！他是相府里公子，明日惹出祸来，那我可吃不起，而且一家子，开门七件事，虽是老娘承管，总要出在你身上，哪里有白大把人顽？替我滚进去罢！不稀罕你接客了。"

松筠听她七夹八夹的，心里颇为生气，冷笑一声道："你嘴里放干净些，这些讲给谁听？"大凡京都开窑子的，总是市井无赖，这鸨儿是出名的母老虎，哪里怕你小孩子？说道："我们门户人家，将父母遗体，就的几个钱，接客也要吃饱了接，打也来，骂也来，不使钱是不来的。莫见恼的恼，都像你少爷，我们这碗饭吃不成了，只好喝西北风罢。"

一席话，说得松筠满面飞红，哪里容得？大骂道："大胆的奴才，你瞎了眼了！把你少爷当做谁？"说着，手一抬，一张桌子飞了多远，碗盏家伙打得粉碎，酒菜拨得满地。进来两条大狗，在地下抢吃，乱咬乱叫，打成一处。母老虎见打翻桌子，也就急了，嚷道："不给钱，还打我东西吗？"话未说完，一张椅子又在头上过去，正打在窗格上，脱脱落落，这一声更响得有趣。

母老虎大怒，大叫道："杀人了！"一头撞过来。松筠身子一偏，顺手

① 鸨(bǎo)儿——开设妓院的女人。

一个嘴巴，一个狗吃屎，跌有一丈多远，松筠趁势将一张木炕一摔，连炕几都瘫将下来。房中这些器用物件，哪里经得他动？一时刻功夫，打得落花流水。又打出来，索性将外边桌椅陈设，以及板壁等类，打个干净，只剩房子没有拖坍①，那个月仙已躲得不知去向。有几个捞毛火夫人等来解劝，上来一个，跌一个，上来两个，倒跌一双。

两个小书童虽无大用，碰碗盏、掀桌椅也是会的。松筠已是打个畅快，出门上马，还回头指道："你家小心些，在坊里同你讲话。"打着马去了。

母老虎见松筠已去，爬起来，头已擦破，睛鼻一样平，血淋淋的，用手一抹，涂成一个鬼脸，坐在地上，放声大哭道："我同你这个小杂种拼命！着人快去请刘少爷来，同他商量话呢！"打杂的赶忙去了。

少刻，刘四公子到来，见打得这般光景，又听母老虎哭诉一番，心里大动其气，高声叫道："汝力不能肆松筠于市朝，亦必与之偕亡。你就到兵马司里告他一状，连他哥子的官都没有了！"母老虎道："还要请人写状子呢。"刘四公子道："不必请人，有砚台笔墨，我来写罢。"有人送上笔砚，就摇头闭目，咋嘴动腮的，写一两句，抹去又重写，整整半日工夫，才写成功。念一遍与母老虎听道：

今有恶棍松筠，专门花柳陶情，从来没有钱使，而且最爱打人。老身名为母老虎，其实并不吃人，终日只想糊口，在京开了堂名，但接王孙公子，不接下贱愚民。谁知松筠太毒，打得不成人形，头上打个大洞，可怜鲜血淋淋。伏望老爷做主，将其活捉来临，把他狗头打破，办他一个罪名，老身方得心快，敢求立刻遵行。

刘四公子念了又念，颇为得意道："你去告他，见了我这状辞，自然准的。我还写封书到他哥子呢。"刘相公回去写信不题。母老虎到兵马司去告，兵马司知道松府势大，又见状辞不成模样，白字连天，赶出衙去不肯收。母老虎又到府尹、九门提督两处，也是不准。母老虎无法，只得到那部里去叫冤，却正值少司寇李公在部知道，比即将状词权且收下，着人暗暗调处，半哄半吓，带硬带软，才说得了事，也赏了一二百金，把状词退回。李公就抄成一个底稿，改日与宝珠看。

① 坍（tān）——盖或推起的东西倒塌。

那天宝珠在花厅同许文卿闲谈，门上传进一封书信，就是刘相府送来的。宝珠取过来，文卿也起身同看，见信面上写道："秀卿世兄大人升"，下款是"刘相府拜托"。又写着"酒资照例"。二人见字迹歪斜，也就好笑。再看到酒资照例，不觉大笑起来，"家人来信，还给酒钱吗？"宝珠道："且看信上写什么，不知道多少笑话呢。"取出信来，二人念道：

秀卿世兄大人阁下：敬禀者，凡三品大员副都御史，赫赫戚然，定然福禄寿财喜；矫矫虎臣，必做公侯伯子男。至于百僚之长，才貌双全，又其余事耳。弟象君作宰，童子何知，在府中无事，遂去名妓月仙家，寻花问柳者也。谁知令弟友梅，亦有同心焉矣！弟看事交情义，待他颇好。孔子云："独乐乐，不如与人乐乐。"此天之公心者，弟则大公无我焉。岂料令弟竟不念世交情义，待他反情无义者乎？行其炕气，与其真风，是可忍也，弟则兹不悦。无余他何，只得趋而避之可也。他在娼家，竟挥其拳而打其人，冲其房而砸其破。此等恶棍，最难悠容。万望吾兄开天高地厚之恩，施济扶为之术，言加管束，令彼不得其门而出，庶几哉真豆无人，而弟遂不安者也。非然者，不先齐其家，欲治其国也难矣！肃此，敬请坤安。伏乞。萱帏朗照不宜。

愚弟刘沐百叩首泪并书

二人看罢，哈哈大笑。文卿道："这是老刘的孽弟，天下竟有这种废物，同他乃兄真是难兄难弟。不通，同白字，不必讲了，怎么用起'坤安''萱帏'来了？他令尊到处说你是个女子，他如今又把你当做娘子，岂不是件奇事？"说着，大笑不止。宝珠笑得如花枝乱颤，听得文卿话，又笑得伏在桌上，羞得抬不起头来。

停了半晌，用手帕子擦了脸，叹口气道："不料舍弟竟作狃邪之游，闹出祸来，不是耍处。"文卿道："玩笑原不要紧，但是刘氏昆玉，万不可以同处。况且他尊翁很不愿意你，看他那神情，常想捉你的空儿。必得小心些，不可授之以隙。令弟年轻，不知厉害。"宝珠点头，深服其论，二人谈论一回，文卿辞去。

宝珠回房，将信与紫云看，紫云也笑得了不得。宝珠道："姐姐面前，还是告诉不告诉呢？倒难住我了。"紫云道："别说罢，大小姐知道那个乱子，就不小呢。也不能就这么不问，你背后给他书信瞧，看他怎么说。你的脾气我知道，断不敢教训兄弟，不如劝劝他罢。"宝珠道："他同刘氏兄弟来往,总无益处。"紫云道:"笑你好糊涂东西,这封恶札到你,从此还有来往么?"宝珠笑道:"说得是,但恶札两字,切贴不移。"二人笑了一回。

隔一日,李公请宝珠到家,将状词底稿与宝珠看,又告诉他如何了事的话。宝珠自然谢了又谢,说改日奉还银子。回家踌躇,还是不敢在姐姐面前提起,背后倒着实劝了几回兄弟。谁知宝林耳朵甚长,竟有风闻,叫宝珠、松筠两个去问明白了,打了一顿,用链子将松筠锁起来,早间牵进书房读书,晚间方许牵进卧房睡觉。连宝珠都是骂了一场,几乎也被打几下。

如今且说张山人生日,宝珠一早也去拜寿。因为那天是他表叔庆宗丞家有事,张山人款留不住,只好放她去了,约定午刻必来。这里李墨卿、许文卿等人都留住了。日已过午,宝珠才到,众人已等了一会,主人就吩咐排席。论张山人交游广,来祝寿的阔人也数不清。李墨卿等叙了一桌相宜的,在小书房内是七人,李、许、松三位之外,还有桂荣,椿荣,内阁中书潘兰湘,右赞善云竹林,大家推潘兰湘年长,坐了首席;次席原该桂荣,因桂、椿二位同张府关点亲,就让墨卿,许、松、坐对席,桂荣兄弟坐上横头,云竹林是张山人的孙婿,坐在末位。都是少年英雄,谈谈笑笑,颇为有趣。

还有些老朋友,如大司寇许月庵,少司寇李竹真,正詹事吴子梅,光禄司卿朱祝三,阁读学士周伯声,九门提督晋康,都统呐兴阿、兀里木诸人,总在花厅上坐。

且说小书房里众人,吃了一回酒,桂荣道:"那天在李年兄处祝寿,行的那个令还有趣,就是难些,我被你们取笑够了。今天何不也行一行?"潘兰湘问是什么令,墨卿一一说明。潘兰湘笑道:"好是好,过于费心些。我有个令,直捷了当。"诸人道:"请教。"兰湘遂饮了门杯道:"我是一口一杯,诸君各说唐诗二句。"众人道:"你先说两句,给我们听听。"

兰湘想了一想道:"美人卷珠帘,深坐颦蛾眉。"众道:"底下人哪个说呢? 还是叙次了。"兰湘道:"不拘,有卷先交。"宝珠道:"他说五言,君自故乡来,应知故乡事。"云竹林道:"我就是来日绮窗前,寒梅著花未?"对桂荣道:"贤昆玉快说罢。"桂荣道:"我说什么呢? 我说功盖三分国,名成八阵图。好不好?"椿荣道:"我偏与你们不同,说两句七言:二十四桥明月夜,玉人何处教吹箫。"文卿道:"我看少说几个字的好,令官是五言,我们不可违背。夫子何为者,栖栖一代中。"墨卿道:"你这话很是。我是席上生风,绿醅①新蚁酒,红泥小火炉。"

众人说完,兰湘用手一算道:"松大哥四杯,云年兄只有一杯,桂老太苦了,共是七杯。"桂荣嚷道:"什么话,我吃这许多酒干什么?"兰湘道:"你忙什么? 我说给你听,你图字就是四杯呢。"文卿道:"哦,我知道了,有个口字,就是一杯酒,他所以说一口一杯。"将自己的诗句念一遍道:"我只有何字,一杯。"

兰湘数过椿荣四杯,墨卿一杯。椿荣道:"不来不来,你们弄松我的。"兰湘道:"我原说一口一杯,谁叫你们不悟出来呢? 就算是我捉弄你们,令是你们自己说的。酒令严于军令,谅你也赖不去!"逼着他饮干,众人也都饮尽。

宝珠笑对桂荣弟兄道:"就是我们吃亏。"桂荣道:"这个令不好,又不公道,我是不行了。"云竹林道:"有个令,我们老泰山常同人行令,还有点意思。"对家人道:"你进去向老太大说,把那副新酒令取出来。"家人答应。少刻取到,见满满的一大筒牙筹。不知筹上是什么玩意儿,且看下回分解。

---

① 醅(pēi)——没过滤的酒。

第 十 六 回

生辰会令集红楼梦　美人计酒醉玉堂春

　　话说云竹林接过筹筒来，摇了一摇道："这一筒，共是一百根，都是《红楼梦》的目录以及故事。吃酒的法子，是我们老泰山化出来的，各抽一根，照筹上注法饮酒，是最公道的。"桂荣高兴，就要来抽。竹林道："你也慢些，叙次来才是。"就将筹送到首席来。

　　潘兰湘抽了一枝，上面一行隶字，是史湘云醉眠芍药圃；下一行小行书，是对坐力晴雯，先搲①三拳，湘云用鸭头两字飞觞，晴雯用桂花两字飞觞。大家看过，都说有趣。竹林笑道："也有几个没趣的在内，抽到了就有笑话了。"兰湘看对席坐的是许文卿，就搲了三拳，胜了两拳，输了一拳，飞了一句："鸭头春水绿。"顺衣领数去，该是自己一杯，墨卿一杯。文卿也飞一句道："冷露无声湿。"桂荣、云松二人各一杯。佳荣道；"别依次叙了，就逆行罢。"顺手抢了一技，贾宝玉品茶栊翠庵，下注同对杯酒。

　　众人笑道："好个出家人，也不戒酒。"桂荣道："胜者为宝玉，负者为妙玉，宝玉吃茶，妙玉吃酒。"搲了三拳，桂荣输了，吃了三杯酒，竹林陪了三杯茶。众人笑道："好个出家人，也不戒酒，只怕要走火入邪魔了。"竹林道："这故事里面也有的。"椿荣道："就是我来了。"抽出筹来，是猜灯谜，贾政悲谶语②，下注说谜一个，给合席猜，猜得着，自饮一杯，猜不着，合席饮一杯。椿荣道："叫我说什么？"众人笑道："听凭你说。"椿荣想了一会："我有一首七绝，打件物事。"念道：

　　　　弹指韶华即梦乡，茹毛饮血古风光。

　　　　谋生惯作依人计，一曲琵琶隐凤阳。

众人正想，宝珠笑道："我猜着了。真是好心思。椿二哥吃酒，我说给你听。"椿荣尚未回答。文卿笑道："好像是虱字。"宝珠道："一点不错，令人

---

①　搲（huá）拳——喝酒时划拳。

②　谶（chèn）语——迷信的人指将来要应验的预言，预兆。

测摸不着。"椿荣一笑,吃了一杯,对许文卿道:"请抽罢。"文卿道:"我抽好的。"取来一看,自己先笑了,众人看时,一行大字,贾宝玉通灵会金锁。下注一行,是并者为宝钗,对坐者为黛玉,宝玉吃令酒。宝钗使个眼色,叫他不吃,宝玉就将残酒送到宝钗唇边,又用手摸着宝钗金锁。宝钗装着羞态,黛玉要装作怒色。众人笑道:"全要神情装得像呢。"宝珠赪颊①无言,俯头手捻衣角。

众人笑道:"令还没有行,秀卿倒装羞态了。"墨卿笑道:"这是她的故态,不消装得。巧得很,偏偏她戴着金锁呢。"竹林道:"我见别人行这个令,解开纽扣就算的,偏他真有金锁,那就更妙极了。"宝珠粉脸低垂,凭人说笑。文卿道:"只好借重了。"

宝珠只不开口。众人道:"刚才讲的,酒令严于军令,万不能更改的。"墨卿道:"秀卿,怎样?只得委屈些儿。"宝珠摇摇头。众人见她光景,又笑起来,遂你一言,我一语,宝珠被逼不过,也就肯了。众人还说要做作得好呢,文卿取杯,饮了一口,宝珠把头略抬一抬,秋波转,众人道:"好!"文卿将酒送到宝珠唇边,笑道:"宝姐姐吃酒。"宝珠才要吃,听他叫一声,反把头又低下去,脸上起了一层红晕。文卿又凑进些,笑嘻嘻的道:"不要害羞,你饮了罢。"宝珠勉强吃了一口。众人道:"真好温柔劲儿,这个交杯吃得有趣。"又道:"取出锁来才算呢。"

文卿伸手来取,宝珠心想,倒不必强,摸到胸前,不是要处,就把头来抬起,让他来取。文卿在她项下,慢慢理出金练子来,掏出一把二三寸长的金锁,倒细看了好一会。众人个个羡慕,都道:"有趣,香艳已极,羞态本来有的,不消妆了。"对席潘兰湘道:"我来装怒容。"就把脸沉了一沉,令就完了。众人甚为高兴,只有宝珠含羞带愧,低头无言。文卿以筹筒送过来道:"这回抽支好的罢。"宝珠只得抽了一支,看了一看道:"不来了。"就起身要走。竹林一把扯住道:"到底是什么?"

众人来看,又大笑起来。原来是蒋玉菡情赠茜香罗,下书一行,是并肩为宝玉,下首为薛蟠,同薛蟠搳一拳,无论胜负都是薛蟠吃酒,玉菡敬宝玉一杯,宝玉用手扯着玉菡裤带。众人笑道:"准是薛蟠呢?"文卿道:"自然是云竹翁。"竹林道:"总是我吃酒,也不必搳拳了。"众人道:"那不能,

---

① 赪(chēng)颊——脸红。

令是一点乱不得的。"竹林就同宝珠搳拳，也是竹林输了。众人道："快敬酒。"斟了一杯，递到宝珠手里，宝珠羞涩涩的，来敬文卿，又怕他要掀衣服，裤下也挂大红绦子，送将出来。

文卿一手扯住须带，一手按杯饮酒，看见宝珠微微露出大红洋绉裤子，正在偷瞧，忽闻一阵甜香，从鼻子里直透人心坎里去，荡魂消魄，倒觉得迷迷糊糊的了，握住绦子，意不忍释手。宝珠赶忙一扯，低低的道："难星也过了。"引得众人又笑。云竹林抽了一支庆生辰群芳开夜宴，下注合席满饮双杯。众人道："好，又即景，又像个做主人的。"

竹林在众人面前，敬了两杯。宝珠道："怎么人家就这样爽快，我们就这样累赘①呢！"桂荣道："别人也不陪。"宝珠就不言语了。竹林道："李大哥抽一支收令罢。"墨卿抽出一支来看，对宝珠道："你今天好运气。"就把筹递过来。宝珠细看大字，是熙凤贾瑞起淫心，下注对席是王熙凤，贾瑞过来一斟，敬一杯酒，扯出手来道："嫂子戴的什么戒指？"凤姐姐道："放尊重些。"贾瑞又捏凤姐姐鞋尖，熙凤道："别胡闹，人瞧见成个什么模样！"宝珠见要捏她脚尖，立意不肯行这个令。大家逼着，七言八嘴的。墨卿道："众怒难犯，就过来送酒。"宝珠也就饮了。

墨卿扯住宝珠的手笑道："嫂子你戴的什么戒指？"宝珠满面通红，羞得一字说不出口。文卿笑道："你不先叫我哥哥，他如何肯答应？"宝珠瞅了他一眼。众人大笑道："快说罢！"宝珠心里想叫姐夫，只管扯往手，也不成意思，不如说了罢！低低的道："放尊重些。"墨卿弯下腰去，捏着宝珠脚尖，宝珠赶忙缩起来，口里又说不出来。众人道："怎么不开口，就算了吗？"

宝珠还是不言语。墨卿道："你又不是个女孩子，当真做凤姐儿么？不说，料想是过不去的。"众人道："如其不说，就重来，这回不算。"宝珠真羞得无地自容，就嚷出急声来道："别闹罢，人瞧见不成模样。说过了，还有什么说的呢？"

众人大笑道："今日实在有趣，还比瞧游戏好百倍呢！就是秀卿吃亏了，怎么今天都是她上当？"桂荣笑道："别人也装不出来这种娇柔样子来。"竹林道："秀卿怎么这样害羞，我不怕得罪你，你倒真有些姑娘腔。

---

①　累赘(zhuì)——麻烦、啰唆、没完没了。

要是我,就老起脸来,凭他们笑话,又待如何?"

宝珠听众人议论,满面娇嗔,起身道:"今日还有点小事,不能陪了。"说着就要想走。竹林拉住道:"秀卿真有气了,这不过玩意儿,你这样倒是恼我了。你走了,我们老泰山岂不怪我?"众人都道:"从此不许说笑话,再玩笑一句,就罚他。""天也不早了,不必再行令,倒是谈谈的好。"你一言,我一语的苦留。

宝珠还站着不肯坐。墨卿道:"要走也候吃了面走,你教张老先生面上过得去吗?又闹孩子脾气了。"宝珠只得坐下,还是不言不语的。众人解释一番,宝珠勉强吃了半碗面。

竹林心中颇过不去,想出话来跟她周旋。才散席,宝珠就吩咐套车,大家留她不住,竹林送出来,李、许二位,也跟着送宝珠到花厅上。张山人面前谢了一声,又见了舅舅同些老前辈。张山人也留了一会,见他立意不肯,只得说晚间一定候驾,宝珠含糊答应,张山人直送出来。李、许、云三位也是谆嘱晚间必来的话,宝珠带理不理的,点点头。看她上车,盘好腿,对人弯了弯腰,家人都上了马,风驰电闪的去了。

如今要说那刘三公子在家养伤,睡了半月,方能出来走动。到了今日,方知宝珠是赚他的,心里恨极,反爱为仇,常想报复,无如没个计较。同柏忠商量好几次,只得仍行前计。安排已定,就着人去请松大人,有要事面议。宝珠见刘府来请,是中堂的片子说请议事,酉刻候驾,宝珠虽然疑虑,既是中堂传请,没个不去的理,只得答应。

到了酉刻,将松勇唤到,吩咐几句,教他总不可远离,就上车到相府里来。门上传进去,说请,宝珠下车,随着传事的进去,到大厅后一座垂花门入内,就是花厅。才上台阶,刘相笑眯眯的接下来,宝珠抢步上前请安,刘相双手扶定,拉了手,请宝珠上坐。宝珠不肯,师生礼坐了。家人送茶,刘相殷殷勤勤,叙了一番寒温,谈了许多闲话。刘相道:"有件要事,欲与年兄细谈,请里面坐罢。"宝珠道:"已到了中堂,有言不妨明示。"刘相道:"内里清静些。"就站起身,让宝珠道:"老夫引道罢。"

宝珠无奈,只得随后进来。松勇也就跟定,曲曲弯弯,走了许多路,到了底处院落,洞房曲槛,好像内室的光景。左首隔着一间,门帛垂下,陈设颇为精雅,酒席业已摆齐,刘相就上席,宝珠推辞道:"小侄前来,原为中堂有事见教,万不敢叨扰盛筵。如有什么使令,请中堂明言,小侄还有点小事,不能久陪。"刘相道:"年兄说哪里话? 老夫同尊府几代世交,几个小菜,笑话死人了。况且今日还有件要事面议,正好借此细谈,就请坐罢。"

宝珠不便再辞,说道:"既蒙盛意,只得领情。"刘相大喜,推宝珠上坐。宝珠道:"小侄何敢僭越? 中堂勿大谦。"刘相道:"年兄是客,老夫是主人,况且老夫舍下,不比朝堂叙爵,年兄但坐何妨?"就带推带拉,把宝珠捺在首席上,宝珠说声"有罪了"。刘相送过酒来,对面坐下,笑对宝珠道:"老夫同尊府几代通家,年兄刚才这个称呼,是以世俗之见待我了,要罚三杯才是。"说罢大笑,不住的恭维。

宝珠细看神情,总有些疑惑,也看不出破绽来,但是处处留心。吃了一巡酒,蓦见左首门帘一动,有个女子在门边张望,对她笑了一笑,使个眼色,一闪就进去了。宝珠看那女子,颇有几分姿色,虽未看真,眉心里这个红痣,甚为刷目。宝珠沉吟一会,心里彻底明白,暗笑道:"原来又使美人计来害我。刘家父子,真是个蠢才。我若怕他,也不叫个宝珠了!"

只听刘相对家人道:"请少爷出来。"家人答应去了。刘相瞥见松勇站立窗外,问家人道:"这是谁,放他在此?"宝珠起身道:"这是小价①。中堂如有要言,不妨着他退去。"随即出来,在松勇耳畔说了几句,又吩咐道:"你听我咳嗽为号,你再下来;不然,总伏着,别动手。"松勇一一答应,出去行事。不知宝珠怎得脱身,且看下文。

———————————

　①　小价(jiè)——旧时指派遣去送东西或传达事情的人,也指随从。

第 十 七 回
将计就计假作温存　昧心瞒己终当败露

　　话说松勇出相府,先到李、许两处,请墨卿、文卿将柏忠拿赴法司。李、许两人不知头绪,只得依他,差人前去锁拿。却好柏忠由相府来家,一个捉定,差人交签。二人心里颇放不下,就坐车到松府来问信,见宝珠在相府未回,知道又闹出乱子来了,只得坐候消息。

　　松勇回来,又将情节禀明大小姐,宝林大为诧异,着实不放心。知道夫人胆小,不敢告诉,同紫云商议了一会,着松勇多带几个家丁去,将金鱼胡同英家老夫妻拿来,交与总管锁在闲房里,不必惊吓他。松勇领令前去,事毕之后,已有更鼓,就到相府围墙边,飞身上屋,过了几处,到后进对面屋上一望,见灯烛辉煌,觥筹交错,宝珠同刘相父子,正在劝酒,也就伏着不动。

　　且说刘相陪宝珠吃酒,想着些不要紧言语,同他支吾。宝珠故意告辞,刘相哪里肯放?看看时刻,也有二更以后,刘相起身更衣。又饮几杯,刘三公子道:“不好,小弟肚腹疼痛,意欲告辞,进去解手,年兄宽坐,就来奉陪。”宝珠微笑道:“年兄只管请便。”

　　刘三公子也就起身。宝珠见人都走了,连家人都不见了一个,站起来,前后走了几步,望了一会,见门户都闭得铁桶一般,心里也有些惧怕;但是骑虎之势,只好由他。他进来坐下,吃了两袋水烟,见房里走出一个人来,婷婷袅袅,走路颇为风骚,望着宝珠含笑而立,细细的赏鉴一番,也是情不自禁,就在宝珠身边坐下了,格格的笑。宝珠心里明白,并不惊慌,将她一只纤手扯过来,笑道:“你是谁,来干什么的?”

　　那女子也不开口,只是笑个不住。宝珠就同她温存一番,那女子就拉宝珠进房。宝珠不拒,跟他进来,二人在炕沿上同坐。宝珠看房里,虽然富丽,觉得俗臭不堪,笑道:“你我今日有缘,也是三生定数,你不要嫌我粗鲁,你我早些睡罢。”那女子羞涩涩的,反低下头来。宝珠道:“也没有别人,害羞什么?我要吃茶呢。”

那女子就去泡杯茶来,递与宝珠,宝珠笑道:"你拿着我吃,我才吃呢。"那女子果然送到宝珠口边,笑道:"吃罢。"宝珠吃了两口,顺手将女子扯到怀里,脸上闻了一闻,做出多少肉麻样子来;又将她一只金莲,握在手里,倒有五六寸长,还装着高底,就捏了一把。那女子怕疼,赶忙一缩。宝珠笑道:"如今旗人也有许多裹脚的了。"那女子道:"我是到这里来才裹的。"

宝珠看她的脚虽长,倒是尖尖瘦瘦的,轻轻握住,惋惜道:"还没多时呢,倒亏你裹好了,你还想着你父母么?"那女子见宝珠百般俊俏,万种温柔,迷人的人倒被人迷住了。听她问话,随口就答出来道:"怎么不想?要得出去呢?"宝珠道:"你跟我出去罢,就见着你父母了。你进来的一段故事我也知道,我倒见你可怜。"

那女子叹了口气,宝珠也就叹道:"我不但怜你,而且爱你,我也没有娶少奶奶,房里又没有个得用人,要像你这种人有一个就好了,可惜我没有刘年兄的福气。"说着伸手在她袖子里摸了一会,那女子见他这副尊容,又听他这番说话,焉得不入其彀中? 主意已定,反推开一句道:"只怕大人敌不过相府的势头。"宝珠道:"那倒不妨,他也是抢你进来的,这种暧昧事,他还怕我们官知道呢! 怕你心上不愿意,那就不必谈了。总怪我缘浅福薄,这段好事,只好结在来生罢!"

说罢长叹一声,把眼睛看那女子,只见她颜色惨淡,沉吟一会,就跪下来,欲言又止。宝珠作惊慌,连忙扶起,搂到膝上坐下,赔笑道:"我是同你取笑话,不要作恼。"那女子感激到十二分,泪流满面,说道:"大人,我此刻竟是你家的人了。"宝珠道:"不要折坏我罢。"那女子道:"大人说哪里话来? 他家父子请你吃酒是好意吗?"宝珠笑道:"将酒劝人无恶意。"女子道:"无恶意呢,公子同你有仇,想要害你,教我引诱你进房,明天早上,就说你强奸他妹子,同你面圣。你说毒不毒?"

宝珠听她言语,一点不忙,笑道:"我与你得遂其愿,就教我死也是甘心!"那女子叹道:"你的心我知道了,但我怎么忍于累你? 我放你出去,你再想法子来救我。"宝珠道:"那反不便,而且我也舍你不得。我出去,他就要难为你也,我心何安? 倒有个两全的法子,你我总可无事,反能成全美事。"那女子道:"好极了。"宝珠道:"总要你依我。"那女子道:"我既是你的人,还有什么不依你的话呢?"宝珠道:"那就好了,明天早上,我也不同他辨白，只要你到三法司里，照直说出来，我包管你无事。"女子道：
"那个不难。"宝珠又教了她几句话。

二人倒反欣然，又坐谈一刻，那女子忍不住求欢，宝珠又推辞起来，笑
道："不性急，我们日子正长呢！今天有厉害在内，许多的不便，而且有了
实事，那就不好说了。我先那么急呢，此时一想，万万使不得的。你的话
不错，倒是我的人了。日后真正干，夜里的话，不可忘却了呢！"那女子也
就不来缠扰。谈谈笑笑，天已大明，宝珠笑道："快来了——"

话未说完，只听后门一响，刘三公子进来，见宝珠同那女子坐下在一
处，装作大怒，骂道："我好意请你吃酒，你闯到妹子房里来干什么！"宝珠
对他笑一笑，也不言语。刘三公子急得暴跳，道："还了得吗？着人快请
老爷进来！"此刻，前门已开，有人答应去了。

刘三公子气得仰在椅上摇头，道："反……反……反了，交接不得人
了！"说着，用手在胸口捶了两下。虽然做作得像那木瓜脑袋吓人，鸡肋
身材却不动。

少刻，刘相入来，喘嘘嘘的嚷道："大胆的小东西！我这个寡女，在家
贞节异常，你今日坏她的名节，我与你怎肯甘休！同与你面圣去！"就要
来扯，宝珠道："中堂何须生气？真假到圣前自有辨白。"刘相道："我知你
圣眷隆重，老夫拼着这个宰相不要，总不肯折这口气！"宝珠喝道："不必
多言，同你就去！"遂起身前走，刘相随出来，外边轿马已备。松勇带了众
跟班，也将车套来伺候。

二人进朝上殿，刘相哭奏一番，总说宝珠仗着圣眷隆重，只说乞见欺
负他，好意请他吃酒，他趁醉闯进寡女房子强奸云云。及至皇上问到宝
珠，宝珠又无别话，奏道："此事发下法司，只问他寡女，自知虚实，如果是
真，臣情甘认罪。"皇上细看刘相神情，倒像是真，宝珠理屈词穷，是个情
虚的光景，倒代他耽惊。沉吟半晌，无可如何，就发下大埋寺推问回奏，二
人各归府。

却再说宝林、紫云，见宝珠一夜不回，着实牵挂，也就不曾睡觉，今见
宝珠道他告状，大理寺接到圣旨，大家赶忙来问，宝珠细说一遍，二人又惊
又喜，专候大理寺的信息。又将英老夫妻叫出来，安慰一番。就着李、许
二位，坐堂审问。

二人差人到相府请小姐，刘府只得将宝玉妆束起来，坐了车，奔大理

寺衙门。宝玉就将真情供出,说怎么公子同松大人有仇,怎么使美人计,想法害她。又说:"我并不是他女儿,父母姓英,住在金鱼胡同,是他抢回来的,总是柏忠的奸计。"一一说得分明,有人录了口供。许、李二人正要回奏,英老夫妻又告状,二人只得将状词夹在奏章内,呈上去了。

皇上大为震怒,传旨将刘浩先行下狱,女子着伊①父母领回,柏忠严加拷问,毋得循情。大理寺奉旨,锁了刘三公子,下在狱中。晚间审了一堂,柏忠矫辩异常,不肯招认。也上了些刑具,仍然无供。李、许二位,只得退堂,明日再审。看看天色还早,文卿道:"我们也该瞧瞧秀卿去。"墨卿欣然上车。到松府来,门上不须通报,就引进花厅。

少刻,宝珠出来,二人道了喜,宝珠也向二人道谢。文卿就将口词以及回奏的底稿,递与宝珠看了一遍,宝珠起身道:"真费了心,凡事还要仰仗。"二位齐道:"什么话,我们至好,还作客套吗?"墨卿笑道:"我不解那个女子,怎么顺你的呢?"文卿笑道:"那沾的美貌的光了。"宝珠脸一红,微微而笑。墨卿道:"这件事坏也坏在美貌,好也好在美貌。"宝珠笑道:"我倒是沾的家兄的光。"

二人诧异,忙问道:"怎么说?"宝珠就将柏忠同依仁相好,依仁知道他用计抢亲,如何回来告诉我,说女子怎么甚美,眉心里有个红痣的话,从头细说一遍。又笑道:"昨日我才进去,见她在门帘里一望,我就彻底明白,所以晚间着松勇出来,将情节禀明家姊,就将英老儿夫妇接来家,安排已定,才敢在他家过夜的。"

二人啧啧叹服。墨卿笑道:"你记得魏忠贤赞王尚书的话? 看你妩媚如闺人,竟有此种阴谋诡计! 我今日听你的说话,竟是成竹在胸,并非行险侥幸。"文卿笑道:"你这一夜,乐够了?"宝珠如今回头一想,倒羞得桃花满面,回答不来。

二人鼓掌大笑道:"这叫做周郎妙计安天下,赔了夫人又折兵。"文卿道:"那女子也还可人,她又同你好,我当堂断与你罢。"墨卿道:"有个人不依。"宝珠瞅了一眼道:"什么话,玩笑得没趣了。"二人大笑不止。墨卿道:"别闹罢,讲正经话了。柏忠那个奴才不肯招供,如何定罪呢?"文卿道:"奴才这张狡口,我们竟辩他不过。"宝珠道:"连这奴才的供都问不出

---

① 伊(yī)——代彼、他、她,是旧时的称谓。

来,还做官呢!"文卿笑道:"承教了! 但不能白白受你教训,有什么好主见,教教我们也好。"

宝珠想了想,笑道:"我倒有个主见,与两兄商议。"就在二人耳边说了几句,二人拍案叫绝。文卿道:"教训得不冤,你果然有才有貌。"宝珠道:"我好意教导你,又来说混话了。"墨卿进内去见姑母,夫人嘱托自不必说。出来又谈一会,天不早,一同辞去。不知后事如何,且看下回分解。

第 十 八 回

刘公子充发黑龙江　松小姐喜动红鸾宿①

话说次日晚堂,提出柏忠,当堂跪下。才要审时,遥看见个家人上来,在文卿耳畔低低说了几句话,就在外说:"送机密信的要面见大人。"只见文卿道:"既有要紧,领他进来就是了。"家人出去,就带进一人来。柏忠在地下偷瞧,见他背着脸,看不见是个什么人,远远的见他由旁边慢慢的转上去,向文卿请了安,说话也听不真。见他贴肉取出一封文书送上,文卿看过,递与墨卿。

只听家人说:"我们相府的人,还怕什么? 有谁来做对头!"又听墨卿道:"立毙死这囚徒就是了!"又见文卿道:"你回去,请中堂放心。"家人道:"我老爷改日定当面谢。"这几句说得略高些。只见那来的人,匆匆的出去了。

柏忠心里暗想,府里有人来说情了。听得上面问道:"柏忠,你招不招?"柏忠道:"小的实在不知,实情冤枉! 小的同英家是街邻,也不能做这种没天理的事! 或者家下有人,言语之间,得罪了他,他有意来害我,也未可知。就是敝上公子,从来并不做不法之事。求大人格外施恩,愿大人朱衣万代!"说罢,叩头不止。

墨卿喝道:"问他讲什么!"就飞下签来道:"作实重打,不必计数!"各役上来动手,柏忠叫道:"大人天恩!"文卿在上面说道:"柏忠你这奴才! 你招了还可有命,如其不招,顷刻为杖下之鬼! 看你枉自熬刑受苦,我倒怜你无辜,我教你死得心服就是了!"就把书信往下一掷,吩咐道:"等他看过,再为动刑。"

柏忠在地下,拾起书信一看,吓得面如土色。原来信上是请许、李二位,将柏忠处死灭口,相府做主,没得人要人的活。柏忠此时,冷汗淋身,暗想:"我为他受刑不招,他倒要害我性命! 也怪不得我了。"主意已定,

---

① 　红鸾宿(luán xiù)——旧时星象家所说的吉星,主婚配等喜。

叫道："二位大人在上,小人情愿直供!"墨卿怒道:"你休得多言!"文卿道:"你且说来。"柏忠就将前后事情,一长一短,直招出来,所有自己主谋,一概推在刘三公子身上。

文卿叫他画了供,道:"你既直招出来,我总开活了你。况你也不犯死罪,是你主人指使。"柏忠叩谢,跪在一旁。随即提出刘三公子,审问一番,把柏忠的口词与他看过,刘三公子也就没得说,只好从直招认,画了口供。许、李同回奏,旨意下来,大略说刘捷纵子为恶,擅抢良家女子,不法已极!又复冒认为女,设计陷害大臣为诡谲①。柏忠助纣为虐②,倚势横行,深堪痛恨!刘捷罚俸一年,降三级,仍留内阁办事。刘浩革去举人,发往黑龙江效力。柏忠重责枷号,期满递解回籍。

大理寺点了解差,押刘三公子上路。又将柏忠重打四十,头号一面大枷,许、李二位恭维,就将他发在松府头门外示众。刘府用了几两银子,让刘三公子回去一走,父母妻妾,哭得难解难分。奉旨钦犯,解差何敢久留?推他上路。刘相同松、李、许三家,更添仇恨,竟是不共戴天了!气到无可发泄之处,又着人在外放风说:"松御史委实是个女儿,在我家饮酒,饮醉了,被我们已经识破,我家公子才带进内室,还睡了一夜呢!她恼羞成怒,就同公子有仇!"又夸她的脚怎么好、瘦得可爱,你们不信,看她走路,还有些女相呢!一个传十个,十个传百个。竟当做新闻谈起来,弄得人人疑惑,个个传扬。

宝珠心里也有许多的不安,朝臣之中,虽不敢戏侮,宝珠究竟有愧于心,倒不大同人来往。即如宝珠的至亲好友,许、李几家也曾听人传说,心里总不肯信。只说刘家同她有仇,见她年轻貌美,就生出些混话来糟踏她,倒反付之一笑。也有相信的,说定然是个女人,男人哪有这种美丽?又有不相信的,说定然是个男人,女人哪有这种作为? 正是疑者半,信者亦半。

只有张山人知道宝珠是女子,听得物议难堪,倒替哪捏一把汗,暗想:"如落在别人手里,反为不美,倒不如趁此成就他们的姻缘。"主意想定,

---

① 诡谲(jué)——诡诈。

② 助纣为虐(nüè)——比喻帮助坏人做坏事。纣:纣王,商朝的最后一个王,有名的暴君。

就坐车到许府来。却好那一天许公在部,只有文卿在家,接进书房,谈了几句,张山人道:"老夫有件要事面商。"说着,目视左右,文卿会意,屏退家丁。

张山人起身一揖,道:"老夫今日特来讨杯喜酒吃吃,不知世兄尊意如何。"文卿道:"不知老先生说的哪家? 容晚禀明家君再议。"张山人道:"此事必须吾兄自为之。"文卿道:"请教究竟是谁家,还求明示。"张山人道:"就是松家小姐。"文卿道:"松家小姐许了李墨卿,没有小姐了。"张山人笑道:"亏你天天同人往来,也不知道人家是个小姐!"

文卿又惊又喜,站起身来,不由的笑道:"秀卿真是个女儿吗? 那就好极了! 只怕不确。"张山人道:"怎么不确? 老夫生辰九十余年,眼睛错看过人的么? 我初次见她,已经识透,但是不敢轻言。如今物议难堪,不能再隐,特来成全世兄。倘为他人识破,恐捷足者先得之矣! 况我推你们八字,也是相对相当。世兄不可失此机会!"

文卿喜得说不出话来,只是欢笑,对张山人道:"我明日就请老先生为媒,去走一趟。如其得成,容晚当效犬马。"说罢,连连作揖。张山人道:"不是老夫推辞,就去说,她也不认,而且也不好出口。"文卿道:"怎么好呢? 那就害死我了!"又抓耳搔腮的道:"有什么法想呢? 有什么计较呢?"张山人道:"世兄不要性急,老夫倒有个章程。"就在文卿耳边,说了几句。文卿笑着,只是点头,又将茶几一拍道:"非此不可!"就对张山人作了两个揖。张山人笑道:"别要被懵①住了,就是事成,也不可声张。"文卿连连答应。

张山人告辞而去,文卿坐在书房,想一回,笑一回,弄得像呆子一般。偏偏事有凑巧,门上来回:松大人到了。文卿这一喜,深似寒儒乍第,穷汉发财,从天上掉下一个宝贝来,赶忙叫请,自己就迎出来,接上花厅。文卿并不开言,忍不住对着宝珠只是傻笑。宝珠道:"我今天有甚可笑之处? 你这般见哂!"文卿仍不回答,笑个不住,宝珠也就笑了。

文卿见他这一笑,眉舒杨柳,唇缩樱桃,果然倾国倾城,千娇百媚,身子都软瘫了! 挣扎一会,起身道:"我想出一句要话来问你,里面坐罢。"宝珠心里算计一番,就随进来,到内书房坐下。文卿自己出去,把门锁了

———————

① 懵(měng)——迷惑,哄骗。

进来，又对她傻笑。宝珠颇为疑惑，问道："你今天笑得有因。"文卿笑道："我心里乐得受不得！"宝珠道："你乐的什么事？"

文卿又不言语，只是发笑，宝珠道："说半句留半句，最是闷人。"文卿道："我说了，你要作恼呢。其实，你也该欢喜呢！"宝珠道："什么鬼话？我不懂！再不说，我就走了。"文卿道："只怕你今日难走呢！我门都上了锁了。"宝珠知道话里有话，桃花脸上两朵红云，登时现出。

文卿忍不住，就在宝珠身边坐下来，笑道："妹妹，我爱煞你了！"宝珠忙起身道："你今酒吃醉了！"文卿道："我酒倒没有醉，色倒迷住了。"宝珠已惊得无话可说，只得冷笑道："常时混闹，也觉无趣。"文卿正色道："谁同你再强口？我着人来验你，看你脸面何存！"

宝珠吓得半晌无言，低低的道："你疯了！"文卿道："你不必赖，你的隐事，我都知道，不如爽快认了，还于你有益多着呢！"宝珠道："认什么？"文卿道："你别糊涂，一定要我说明白吗？你放心，我都不替你传扬。"宝珠此刻也就低着头，不敢言语。文卿道："怎么样？你认是不认？"问了几声，宝珠总不回言，泪珠满面。

文卿心里颇为不安，倒安慰道："你别要伤心！你我是至交，我难为你吗？"说着，走到旁边坐下，替她拭泪。宝珠又呜呜咽咽的哭起来，文卿扯她坐在怀里，只敢用好言抚慰。忽见宝珠推开文卿，站起身来道："我的行藏，被你识破，我也不敢强。但我也是不得已的苦衷，求你还要原谅我一点脸，就是你的交情。你今日一定要逼我，于你也无甚好处，何苦来呢！"说罢，又流下泪来。文卿道："我并非逼你，不过是爱你！你如果依我，一点都不向人说，就连墨卿，我也不告诉。"宝珠道："依什么？"文卿笑道："你是聪明人，还不懂吗？"宝珠大怒道："那个话头，可以砍头！你把这事，是断不行的！"

文卿哪里肯听，笑嘻嘻的又挨过来，要想搂她。宝珠急道："你把我当谁！你见没人在此，就可以随心所欲吗？今天若有半点苟且，我这几年的清名，付之东洋大海了！"文卿还是歪缠，宝珠哭道："罢了，今天是我死期了！"说着，将头望柱子上撞去，文卿吓慌，一把扯住，急声都叫出来，喊道："我不敢！我不敢！听你使，随你的意思！"宝珠坐下，还是哭个不休。

文卿也坐在椅上喘气，停了一会，叹道："人非草木，不能无情。今日就是你身立其境，见这等绝世无双的人物，也不动心的吗？你这样贞烈性子,谅我也不敢强你。我颇不自量,意思要同你订下百年之好,还肯不肯呢?"问了几十遍,宝珠总不答应,文卿发急道:"肯也说一句,不肯也说一句,好教我放心。"宝珠无奈,只得回道:"我也做不得主,要问娘同姐姐呢。"文卿道:"你心里愿不愿?"

宝珠粉颈频低,秋波慵盼,一言不发,双颊飞红,那欲言又止的神情,令人可怜可爱。文卿道:"说是必定不肯,你就点下头也可以。"宝珠挨了一挨,微微点头。文卿大喜,又笑起来,酣酣的道:"我件件都如意,只有一件不放心,你脚是裹过的么?"宝珠又点了点头,文卿就挨过来道:"我瞧瞧,好不好?"伸手来拉她靴子,宝珠红泛桃腮,用手微拦,文卿道:"你别强。"

将靴子里带子替她解下,慢慢脱下来,露出一对尖尖瘦瘦、追魂夺命小金莲,绣鞋翘然,纤不盈指,握在手中,玉软香温,把玩一番,竟不忍释手,心里又大动起来。无如见她性子太烈,不敢惹她,又把靴子替她穿好。宝珠道:"你可放我回去了。"文卿道:"那不能,话还没有讲定呢! 你先请到我家母房里坐坐,包你没有外人,我还有要言同你相商。"宝珠无法,只好依他,随了进去。不知进去有何说,且看下文分解。

第 十 九 回

关门赎当快订良姻　所欲随心已偿私愿

　　话说文卿将宝珠领进内室，许夫人一见，大为诧异，意欲回避，文卿扯住道："不必不必！"就邀进房，直到套间坐下。夫人不解其故，也随进来。宝珠倒也官样，起身一揖，叫道："伯母，常礼了。"夫人还礼道："这是松少爷，就请她坐了。"夫人也不好多问，看看二人神情，见儿子一团和气，满面春风，只是要笑，松少爷是俊眼含颦，长眉蹙黛，还微微带点泪痕。心里格外疑惑，忍不住问道："你请松少爷进来干什么？"文卿笑道："娘不必问，请你看样东西。"就走来脱宝珠的靴子。

　　宝珠此时竟呆了，转侧由人，被他将靴子拉掉，一对窄窄金莲，露在外面，宝珠赶忙盘起腿来。夫人笑倒，吃一惊，只管对着宝珠细看，怜爱之心，不由的随感而发。文卿道："娘看见没有？"夫人笑道："看见了。外人的话，竟是真的吗？你怎么知道的？松少爷又怎么肯告诉你的？"文卿道："她肯告诉我呢，费了许多的事，才被我识破，好容易问出口供来的。"夫人道："你说给我听。"文卿细说一遍，说她如何贞烈，我不过讲了一句玩话，她就寻死觅活，几乎吓煞我！又说我必定娶她，除她之外，天仙都不要。

　　夫人听得喜笑颜开，赞不绝口道："也要人家愿意呢！"文卿道："她是愿意，不敢做主，要问她令堂令姊。我想：放她回去，就有推托，不如留她在家，着人去请她令堂令姊过来，当面求亲，方可定准。"夫人笑道："痴儿，你倒硬来了。"文卿笑道："只好如此。"就出来吩咐家人几句话，着他同松府跟来的人，一同回去请夫人、小姐。

　　自己忙走进来，在宝珠身旁坐下，细细赏鉴。见她如海棠带雨，娇柔欲堕，心里暗喜。这种美人，莫说同她做夫妻，同床共枕，就是同她坐一坐，在她面前站一站，也有许多香福，只怕几生还修不到呢！越想越喜，就是前日中状元，也没有这种乐法！

　　宝珠心里，却另有一段心意，思想从前的光景，如同做梦一般，总怪父亲死得太早,将我娇柔造作起来,弄得欲罢不能,今日被人识破,出乖露丑,女儿家面目何存?恨不得有个地洞钻将进去。低着头,流泪不止。文卿倒不住的问长问短,不是饿了吃些点心,就是凉了说加件衣裳。宝珠哪里睬他?由他捏手捏脚的啰唣①。

且说许府家人,出来对宝珠的跟班道:"你们大人在内书房里,谈得好好的,平空嚷心痛,就坐不住了,连我们太太都出来看过,把你大人扶在炕上躺下,此刻竟人事不知。我们太太担不起,吩咐我请你们前去,请你家太太、小姐。"跟班吓慌,也不再问情由,跨上马,随他就走到家,一直进去,找着仆妇说明,禀夫人、小姐。

夫人一听,心里一阵抖,倒说不出来。宝林在她背上拍了几下,夫人噎了一口气,呆呆的流下泪来。宝林道:"娘不必忙,在我看,另有情节。妹子好好出去的,断不至于如此!横竖是要去的,娘去看看,就知道了。"夫人道:"要你同去,我才好呢!"宝林道:"自然。"忙吩咐打轿套车,就着紫云、彩云跟去。紫云、彩云也慌忙出来,扶夫人上轿,宝林上车。紫云、彩云领着一群丫环仆妇都坐车,随后派了一名老年管家,骑顶马,还有许多跟班,一齐上马到许府来。

母女两个到穿堂下车,许夫人早接上来,拉手问好,宝林也来相见。松夫人不暇寒温,就问道:"小儿在何处呢?"许夫人道:"就在后面,待妹子领路。"松夫人同宝林就跟进来,只带了紫云、彩云两个。一直引进套房,夫人心里疑惑,及至到里边一望,见宝珠盘腿坐着,粉颊惨淡,珠泪纵横,蹙蹙春山,尚压盈盈秋水也。

夫人大为诧异,正要问时,文卿上来作揖,夫人还礼。文卿又与宝林见了,宝林此刻也难回避,只得回礼,心里已彻底明白。紫云、彩云叩见许夫人。松夫人走到宝珠面前道:"你好了?心里还不怎样么?"宝珠不答,泪流满面。夫人还问个不住。许夫人看说母女,见夫人是个慈善模样,宝林也是个国色,却与他妹子不同,娇羞体态,浅淡梳妆,正是明月梨花,一身缟素②,看她艳如桃李,却凛若冰霜,一种英明爽辣的光景,令人可爱可畏。就是这两个侍儿,也是千中挑一的,竟爱得目不转睛的赏鉴。文卿是

---

①　啰唣(zào)——乱动乱闹。
②　缟(gǎo)素——白色衣服。

不必说,更上了山阴道了。

许夫人见宝珠总不开口,就笑道:"太太同大小姐请坐,待妹子细细奉申。"大家入坐,许夫人就委委婉婉将情节说了一遍。夫人惊得面如土色,不觉两泪交流。许夫人道:"太太不必惊疑,我们一团美意,断然不敢传扬。不过,因二小姐人也大了,将来总有个叶落归根。小儿也没有定亲,他们同年,平时最好。所以不揣冒昧,想要高攀,只得扯了谎,请太太、小姐到舍下面订下来,做个亲戚来往,求太太、小姐赏个脸面。"说罢,福了两福。

松夫人竟口答不来,宝林沉吟一会,只得说道:"伯母倒肯赏脸,我们没有个不识抬举的。但先君去世得早,两个舍弟年纪太轻,不得已将我这个妹妹妆出来支持家务。如今既被尊府识破,实在惭愧的了不得。但既然在尊府手里,不允亲?料想出不去。然而有句话要先讲明了,总得多告几年假,要早娶,是万万不能的!"

许夫人听她这几句爽快锋利的话,又惊又爱,大笑道:"小姐的话,教我们如何当得起?既然这么说,我们无不遵命,就一言为定的了!"宝林道:"哪有什么反悔呢?只求伯母多宽些限,凡事谨慎些。"松夫人道:"我这孩子,今年才十六岁,再迟了三五年,也不要紧。"许夫人道:"是了,就等两位少爷得了官,再娶罢!"宝林道:"伯母做主,不问年伯了?"许夫人道:"可以不消。这种好孩子,谁还不满意吗?就求一件物为信。"

宝林冷笑道:"伯母不放心么?那不难!"走过来,将宝珠手上一只金钏除下来,望许夫人手里一递。许夫人大喜,也将金镯子送与宝林,各人收好。许夫人对她母女拜了几拜,又着文卿过来,叩见岳母。话已说定,许夫人就留她母女三人宽坐便饭。松夫人不好推却,宝珠立意要走,许夫人苦留不住。宝林道:"我这妹子有些孩子气,从来逆不得的。伯母倒不必勉强她。"

许夫人一笑,放她走了,文卿直送出来,宝珠头也不回,匆匆上车而去。夫人不放心,吩咐紫云赶了回去,换金子来伺候。许夫人请她母女坐下,吩咐喜红换了一道茶,摆了十六盘精致细点,许夫人陪着。坐了一会,松夫人道:"家门不幸,太太不要笑话!"许夫人道:"如今是一家人了,还说套话吗?这种出色的小姐,古往今来,能有几个?只怕除黄崇嘏就要算他。我还怕黄崇嘏没有她这样模样儿呢!连我们面上也有光辉。妹子有三个小女,第二个是叫银屏,是妹子生物,我们钟爱的了不得,就以为好了,比起两位令爱来,真赶不上脚跟上泥呢!"

松夫人道:"太太过谦了!"许夫人道:"有句话要同太太商量定了,我们就外边坐罢。"松夫人道:"请教。"许夫人喜孜孜道:"这位二小姐,我心爱得什么似的,要她常到我面前来走走,就先做我个干儿,我家银屏就把太太做干女儿,彼此做个干亲,先热闹起来不好吗? 太太以为如何?"松夫人道:"太太的意思好极了! 就这么说。"许夫人让她母女们出来,笑道:"这事不必提起了。"

大家到堂前让坐,又请出三位小姐来见礼。许夫人指道:"这个大小女,叫做金铃,就是太太的内侄媳妇了。"松夫人道:"好几位小姐!"许夫人又教银屏拜了干娘。松宝林早吩咐家人飞马回去,取了八色厚礼来,都是珠宝绸缎。松夫人道:"些须微物,小姐留着赏人罢!"许夫人、银屏起身来道谢,少刻摆酒,众人入席,谈谈说说,到晚才散。

许夫人送过客,同儿子整整议论几个时辰,说宝珠怎样好,她姐姐怎样标致。夫人笑道:"那个大姑娘说出话来,比刀子还利,我竟有些怕她。"文卿道:"可不是! 就是貌也是娥嵋中带些威光杀气,令人可畏可爱,明日李墨卿罪受不了的呢!"夫人笑道:"就是这位二姑娘,我见她不好说话,刘家就算是模样,你也留点子神。"文卿道:"我从此振作些就是了。"夫人道:"现在已爱得什么似的,难道还舍得难为她吗?"文卿道:"赏是赏,罚是罚,虽然爱她,总不能由她性子胡闹!"夫人笑道:"就怕到那时不中用。"文卿笑道:"看罢了。"母子相对大笑。

适许公已走进房,坐下来道:"有何事可笑?"夫人就将日间之事,以及定亲的话,告诉一遍。许公吓得站起身道:"奇哉,奇哉! 女子如此,男人不足道矣!"不住的击节赞叹,蓦然拍案道:"定亲之话,可以免言。此人文章经济,比我还高。而且品格清奇,姿容秀媚,作有仙骨,不能如斯。儿子有何德何能,可以相配?"夫人道:"我看你越过越呆了,这种好孩子,哪里去选? 况是送上门来的交易,何能当面错过? 你的意思,到三家寻个黄毛丫头配儿子,你才欢喜呢! 这件事,我做主的了,也不怕你不依!"许公道:"娇揉造作,真令寒鸦配鸾凤矣!"

夫人发急道:"文绉绉的,讨人嫌死了! 我还没有闲工夫同你咬文嚼字呢。桂儿,睡觉去罢。"文卿回房,欢喜一夜,也没合眼,细想宝珠模样,由头至足，想到了竟是个全璧，无一处不好。还有个紫云，也是美人，总是我修来的艳福。从前在他家看见紫云、绿云，那样羡慕，谁知竟总是我口中之食，岂不令人乐煞！

不说这边快乐，再说那边愁烦。夫人、宝林回府，见宝珠卧在床上，哭得如醉如痴。紫云说她回来就哭到此刻，一点子饮食都不进。夫人惋惜一番，劝解几句，不由的也觉伤心。宝林道："哭什么呢！事已如此，也只好付之无可无何了。幸喜还是他家，要落在外人手里，格外的难为情了。我瞧这位许少爷，人物很好，我知道你们最合得来的，就是他家太太也慈善。至于门第，亦复相当，今日这一来也罢了，倒成就了百年大事。好在他家也不传扬，你还做你的官，等两年兄弟大了，你也没个不嫁的理。"宝林整整的劝了半日，才劝住了。

宝珠在家，病了十多天，方出门走动。一日，门上进来回话说："英老儿来过五六次，我们知道少爷给假不见人，回他去了，今日又来求见。"宝珠沉吟道："着他进来。"门上忙去领了进来，跪在地下叩头。宝珠就命他起身，老儿谢了一声，站立一旁。

宝珠道："你来见我，有甚话讲?"老儿道："大人明见，奴才因同刘府做了对头，城里不能存身，想到保定投个亲戚，不意我女儿立定主意，不肯出京，总要进来服侍大人，总是大人允定她的，寻死觅活，闹得奴才无法可施，特来求大人做主。"宝珠道："当日同你女儿原有这句话，但是耳目要紧，有许多的不便。你回去，还是劝劝你女儿，不可执意。"

老儿双眼流泪，又跪下求道："大人恩典，奴才只有这个女儿。大人如其不允，一定就是个死！奴才老夫妻没有倚靠，也是没有性命。大人只当积点阴功，收留下来为奴为婢，就成全奴才一家性命了。"说罢，叩头不止。

宝珠想了一会，道："你先回去，明天来候信就是了。"老儿又求了多少话，才走出去。不知宝珠可肯要他女儿，且看下文分解。

第 二 十 回

未过门刑于施雅化　做主试巾帼掌文衡

话说宝珠回后,蹀进夫人房中,恰好宝林也在房内,宝珠道:"有件奇事,英老头儿今日来说他女儿,一定要进来伺候,在家寻死觅活的。老儿无法,求求我,岂不是件笑话?"夫人道:"哪个英老头?"宝珠道:"就是刘三家抢亲的那个人,用美人计害我的。"宝林道:"她是爱你标致了,你当日赚她,一定允过她的。"

宝珠脸一红,道:"那个何能作准呢?"宝林道:"她就当真了。你如何处置呢?"宝珠道:"我何必教她进来误她一世?"宝林道:"那也不然。但此刻寻了死,你也对不住她。她在大理寺里,很替你出过力,而且是你亲口许她的,也不可失信。教她进来,我自有处置,日后总有个受主罢了。"宝珠低头不语。夫人道:"姐姐的话,一点不差。"

次日,英老儿来候信,宝珠同他说定,今晚悄悄来接,不可声张,老头叩谢而去。到晚,宝珠吩咐总管,派人套车去接了回来,他母亲要送,由后门入内,叩见夫人、小姐,母女们哭了一场,别去自往保定不题。

紫云、绿云领了宝玉进房,教了她许多的规矩。少刻宝珠回房,到镜台改换女妆,把个宝玉都吓呆了。宝珠笑道:"你还爱我不爱? 枉辜负你的心了! 不然,还送你回去。"宝玉道:"大人说什么话? 奴才受大人厚恩,提出火坑,粉身难报! 今日既进来,没个再出去的理,就请随着紫姐姐服侍大人。"宝珠道:"你既愿意,就住下罢了。但你的名字,同我们倒像姊妹,恐怕姐姐讲话,我替你改做红玉罢。"紫云教她道谢。从此红玉在府里,各事倒也体心。

此刻正当夏令,天气甚暖,宝珠起身也早,家人报李公到来,宝珠忙到夫人房中,见了舅舅,谈了几句。宝林也进来相见。李公道:"我们几家孩子,都要下场,日期也近了,但试差没有定准的,我们如点了主考,就误了孩子功名。我昨日同许月庵商议,想着孩子回去。下场已定了日期,坐轮船动身,又稳又快。筠儿、蕃儿,不如也同去罢。"宝林道:"舅舅说话不

错,我也这么想。"宝珠道:"二哥哪天去?知会一声儿就是了。"夫人道:
"两个小孩子,太远的何能去呢?"宝林道:"不妨,着松勇的父亲跟去就放
心了。"李公又坐了好一会才去。

连日格外天热,宝珠因衣衫单薄,甚不便当,而且她身上淌汗,扑鼻芬
芳,怕人有疑惑要取笑她,非公事从不出门,就在家料理两个小公子起身
乡试。有多少亲友送行预贺,一同就请宝珠,也有领情的,也有辞谢的。

那天李府请酒,万不能回,席上会见许文卿,宝珠羞惭满面,口都不敢
多开,就如见了上司一般,不知不觉的心里怕他。文卿待她亦甚倨傲,有
些装模做样。墨卿颇为疑心,也不好多问。也有些同年,如桂、潘等人,是
同宝珠取笑惯的,文卿神色之间,甚是不乐,有时还教训宝珠几句。宝珠
总是低着头,脸红红的,不敢回话。

次日就是潘、桂诸同年公请,宝珠意欲不去,又却不过人家的情面,只
好赴约。就在姑苏会馆,宝珠领着两个兄弟,到午刻才来。客已到齐,叫
了许多相公,唱一出独占鳌头,放过了赏,大家入席,就有相公来陪酒。桂
荣将一个顶红的小旦叫翠宝,是春台班的,推在宝珠怀里,笑道:"你们正
好配个对儿。"

宝珠一手推住,回头把文卿一望,见他满面秋霜,一团杀气,目不转睛
的看着,自己心里有些怕,脸上就羞红了,赶忙把翠宝推开。当不起桂荣
一定不依,翠宝又撒娇撒痴的倚在怀里,不肯起身。宝珠无奈,只好由他,
常抬起头来看看文卿气色。无如翠宝不识时务,缠个不清,文卿气得什么
似的,推腹痛起身出席,到后边一间玻璃房内,躺下就烧烟。着人来请宝
珠说话,请过两次。宝珠怕他,不敢去,文卿亲自来唤,宝珠何敢有违?只
得随他入内。

文卿怒不可遏,坐下来道:"好好替我跪下!"宝珠哪里睬他,一手扶
着椅子,站立不动。文卿道:"你忘了本来面目了?你把个男人搂在怀
里,太不顾体面!依我的性儿,就要打你几下,才出气呢!我是留你面子
的,你不开口就算了吗?我着人请你两次,还不肯来,你太像意了!"

骂得宝珠粉面通红,不敢回答。文卿道:"什么不言语,还候打呢!"
宝珠羞涩涩的道:"桂兄他们推把我的,教我也无法。"文卿大怒,站起身
指定宝珠:"放屁!你可认得自己了,我明日去告诉你母亲、姐姐,看你可
过得去?"宝珠吓得倒退两步,又羞又怕,不免流下泪来。文卿道:"哭就

怕你吗？你到底怎样说！"宝珠仍是低头不语。文卿将桌案一拍，道："你说不说？"

宝珠吓了一跳，道："我的祖太爷！你教我说什么？人家听见，成何体统？你也给我留点脸。"文卿道："不怕人听见，不是这样儿待你了。我总不能眼睁睁的看你同人相好！"宝珠低低道："什么话！我就回去，好不好？"文卿道："使得，替我就走。"宝珠拭泪转身，文卿道："慢着。你不走，那可别怪我！"宝珠只得点点头，出来上席，又在家人耳边吩咐几句。那个翠宝又来伺候，可怜宝珠哪里还敢理他！

少刻，家人来回："衙门里请少爷有事。"众人还不肯放，宝珠立意要走，众人出来送上车去。宝珠进房，就把此事说与紫云知道，紫云笑道："好醋劲儿！也怪不得他，他还没有受用，倒被人占去头水，自然作忙。"宝珠啐了一口。到日就是两个小公子动身日期，夫人、小姐再三叮嘱，宝珠骑马直送出城。过了一日，浙江正主考官却好放了桂伯华，宝珠心里欢喜。连日李公有些小恙，宝珠常去请安。

那天正回来，在门口下车，见多少人拥在门首，正要问时，有几个人上来叩头，道："恭喜大人，钦点顺天大主考！"宝珠教人赏了报子，进来先替母亲、姐姐贺喜。夫人大喜："到底你舅舅有见识，不然，又要遵什么例回避了。"宝珠收拾进贡院，全副执事，迎将进去，好不威风！转眼三场完毕，中了多少英才，放榜复命。回府有些举人来见座师，宝珠也自欢喜，暗想：我一个女孩儿家，竟得了多少门墙桃李，岂不好笑！此时浙江榜也放了，有人送报到来，四人俱皆中式：

松筠却好撞见宝林当日窗课，竟中了第一名解元，李、许二位是经魁，松蕃中在二十名之外。各家热闹，如花似锦。唯有宝珠更乐，比自己中举快活百倍。夫人、宝林，也是喜气洋洋，贺客盈门，忙个不了。门上报许府二小姐来了，宝珠害羞，躲了进去。宝林接进堂内，银屏见夫人道喜请安，又同宝林平拜了。夫人问了她母亲好，银屏道："家母本要自己过来，替干娘请安，因连日有些不自在，天气又热，恐妨起居。如今气候稍凉，先着女儿来替干娘、姐姐道喜。"

夫人道："好说。我也常想你太太，同你谈谈，久已要请过来聚一两天。几个小儿，动身的动身，放差的放差，闹得我不得了。今日小姐来正好，就在这里多住几天，可别嫌简慢否。"银屏笑道："承干娘美意，女儿在家也曾同母亲说过,意思要同干娘多玩几天,还要领领大姐姐的教呢!"宝林在旁边,细细看她,果然言词轻俏,容貌娇羞,潇洒风流,有大家气度,听他说到领教的话,忙答道:"不嫌轻渎,妹子陪姐姐作个平原十日之欢。"银屏笑道:"干娘,听姐姐这个称呼,可是外我了。我比她小得三岁,怎么叫我姐姐呢!"宝林道:"我也不能坐家欺人。"银屏道:"名分不可紊乱。"

夫人听她丫头颇俐,笑道:"你们都不必过谦,两个正是个对儿!"少刻,排上点心,宝林陪她坐下。这位小姐大方已极,毫不拘束,就同在家一样进房来替夫人烧烟,干娘长、干娘短,谈个不住,有说有笑,洒脱异常。饭后,就将随来的侍女、老婆子都教回去,恐她们在此不便,所以不留一个。又到宝林房里坐了一坐,低低问道:"我家二姐姐呢?"

宝林笑道:"她知道你来,躲着去了。"银屏道:"怕我干什么?家里姊妹,难道不见面的了?大姐姐,我同你去见见她,躲在哪里呢?"宝林笑道:"我不知道。"银屏道:"好姐姐,告诉我罢!"宝林道:"在娘套房里。"银屏扯住宝林,要她同去,宝林道:"我去不便,她要怪我呢。不如你自去见她,我随后再来。"银屏笑着,来到夫人房里,推开小格子要进去,夫人道:"她害臊呢,你别进去罢!"银屏笑道:"家里姊妹,怕什么?"就走里边。过了屏风,走天井绕栏杆,一路赏鉴,轻移莲步,蹀进雕窗,见琴书排列精雅非常,暗暗称赞,果然是个雅人。

望了半天,寻不出门户来,好容易摸到书架暗门,过去,迎面一架镜屏掩着,推了几下,巧巧推着关棍,自然闪开。银屏一看,三个女郎,金妆玉裹,一色的打扮,围着掷升官图。三人见她进内,忙站起身。银屏看那三个,个个美貌,不知哪个是的。原来宝珠虽去过许府套房,因许夫人作事慎密,不容别人偷瞧,所以银屏并未见过宝珠,还不认识。紫云又是同宝珠一齐走的。也是不曾见过,只得问道:"谁是二姐姐?"紫云笑道:"我们小姐在房里呢!小姐里边坐罢。"

绿云就打起大红绉门帘,银屏入内,见锦天绣地,翠羽珠帘,金碧交辉,说不尽十分华丽。宝珠坐在窗前,手里拿着闲书消遣,见进来一个女郎,知道就是银屏,把书放下,徐徐起身,粉颈发赧,垂头而立。银屏一看,心里赞好,果然与众不同,竟是无双绝世!笑眯眯的走到面前道:"我的嫂子,你躲我什么?也被我寻着了!"

宝珠羞得回答不来。紫云进来送茶,笑道:"小姐请坐,我们小姐面嫩得很呢。"银屏道:"那我不管,谁教她躲我呢? 我哥哥特地教我来瞧瞧的。"说着,大笑不止。紫云请她坐下,宝珠只好也坐下来,还是低头不语。倒是紫云陪她谈谈,银屏夹七夹八的,说笑不住。宝林进来,请她出去坐罢。不知银屏走是不走,且看下回分解。

第二十一回

小拍清歌花能解语　灯红酒绿玉自生香

话说宝林来请银屏出房去坐,她哪里肯走?倒把宝林扯了坐下来闲谈。蓦①见桌上有一副玉棋子,就硬拉宝珠同她下棋,宝珠不肯,她就再三央告道:"好嫂子,你虽是我家人,但我到你家是个客,你不要嫌我才好,不然,你也要看我哥哥的面子。"哈哈的又笑起来。

宝珠此刻才觉熟识些,正要起身,听她这一番话,脸一红,又坐下来。宝林笑道:"你尽管同她闹笑话,她怎么好意思呢?你倒真是个趣人。"银屏道:"再敢戏耶?好嫂子,来罢!"就将宝珠扯过来,坐下道:"我今天替哥哥代印,来点你这只眼!"紫云等止不住个个大笑,宝林笑道:"我不怕唐突你,她也没有改妆,你同个男人拉拉扯扯的,不成模样。我妹子口嫩,她要拿你开句心,你就下不去了。"银屏道:"吾有什么下不去?这种有名无实的男人,怕她干什么!"宝林笑道:"原来妹妹总讲究得实的。"紫云等又大笑起来。

银屏自知失言,脸就红了,道:"到底是个姐姐好。我也是你妹子,帮帮我,也佩服你。"宝林笑道:"我是济弱锄强,你还要人帮吗!"宝珠同银屏下了两盘棋,互相胜负。天已晚了,房中上灯,但见银钉斐儿②,灿烂生辉,灵盖朱缨,灯彩无数。外边金子进来说:"太太备了几样小菜,请小姐坐坐。"银屏道:"嫂子也出去陪我。"宝林道:"她同你一桌吃酒,你虽然不得实济,外观就不雅了。"银屏道:"很好,你只管拿我取笑,我会同嫂子算账。何不将酒席取进来吃,大家有些兴?"宝珠道:"我这房里,不容外人进来。"银屏道:"就摆在前边不好吗?"

宝林只得吩咐在前边摆席,着宝珠的乳母在屏后接酒递茶。席已摆齐,三人入席,说说谈谈,颇为高兴,宝珠已不是从前羞涩涩。吃了几巡

---

① 蓦(mò)——突然,忽然。

② 斐(fěi)儿——漆有文采的桌子。

酒,猜了一回拳,银屏道:"我们行个令罢。"宝林道,"悉听尊意。"银屏道:"我见《红楼梦》上宝玉行的那个《女儿悲》的令,倒还有趣,我们何不照样也说几个玩玩?"宝林道:"很好。"银屏道:"他是悲愁喜乐四字,我想仄声念在口里不好,不如将喜乐换做娇痴,再添上女儿蘩、女儿羞,都是平韵,念起来铿铿锵锵,才入调呢! 姐姐以为如何?"宝林道:"妹妹见解不差,请先说罢!"银屏道:"是要序齿的。"

宝林道:"妹妹是客,我们何敢有僭?"银屏道:"家里姊妹,什么谁宾谁主?"就将门杯送到宝林口边,宝林只得一饮而尽,笑道:"一定先要我献丑,你们可别笑话!"银屏道:"姐姐爽快些,别谦虚罢!"宝林笑了笑,说道:

女儿悲,良辰美景奈何天!
女儿愁,抱得轻衾上玉搂。

银屏道:"好极了! 传神之笔。"宝林道:

女儿娇,残妆和泪湿红绡。
女儿痴,才子佳人信有之。
女儿蘩,从此萧郎是路人!

宝珠对她微微而笑,银屏转身,冒冒失失问宝珠道:"你知道李墨卿悔亲了吗?"宝珠嘻嘻一笑。宝林故作不听见,又说道:

女儿羞,烟花三月下扬州。

银屏道:"那急得还了得! 真正使不得的。"宝林道:"你是没有好话讲的,留点神了,这是有报复的!"银屏道:"还要一句,席上生风,再唱一个小曲,就完令了。"宝林道:"哪来这些累赘东西?"银屏道:"你不信? 翻出《红楼梦》来瞧瞧。"说看起身,向书架上乱翻,见有一支笛子在上,随手取下来,笑道:"原来你们还有这种好长技,今天一定请教。大姐姐快说句诗,好唱曲子。"宝林道:"诗还可以,曲子不会。"

银屏哪里肯依,闹得什么似的。宝林被她缠得没法,道:"姑太太,你请坐下罢,我就唱是了。"随手夹了一箸燕窝道:"海燕双栖玳瑁梁①。"对宝珠道:"你弹套琵琶,我唱个小曲罢。"银屏道:"不行! 大姐姐唱大曲,嫂子唱小曲。"宝林被逼不过,只得教宝珠吹起笛来,唱了一支《楼会》上

_____

① 玳瑁(dài mào)梁——画有玳瑁花纹的屋梁。

的《楚江情》，银屏赞不绝口。宝林道："别挖苦人，你也要照样的。"银屏道："那自然。嫂子先来，我是附骥①。"宝林道："你这称呼，真不妥当，可以请你更改更改。"银屏道："名分所关。"宝林笑道："你不改口，她是不说。"银屏只得叫声二姐姐，宝珠道："我不得僭你。"宝林道："你别引她多讲罢！"宝珠道：

> 女儿悲，玉堂春在洞房先。

宝林瞅了她一眼。银屏道："切贴不移，现身说法，换不到第二个女儿身上去。"宝珠道：

> 女儿愁，春日凝妆上翠楼。
>
> 女儿娇，辜负香衾是早朝。

宝林、银屏同声赞好道："只有你合用这句子，别人也不配！"宝珠道：

> 女儿痴，半夜无人私语时。

银屏微笑，咳了一声。宝珠想到女儿鞏，思索一会，也是情不自禁，说道：

> 女儿鞏，圣主朝朝暮暮情！

宝林冷笑道："你没有说了！"宝珠脸一红，不言不语。银屏哪里还放得过？笑道："原来你的官这么做的，我今天才知道。怪不得我哥哥常说你圣眷好呢，谁知有个隐情在内！你虽不愿意，有些鞏蹙不安，无如回不过去的事，只好委屈些儿。"宝林笑道："你只顾说得爽快，也替你令兄留点地步。"宝珠红泛桃腮，手拈衣角。宝林说："索性说完它了事！"宝珠随口道：

> 女儿羞，蜻蜓飞上玉搔头。

宝林道："快吃酒，说一句诗罢。"宝珠将门杯饮干，拿了一颗莲子道："露冷莲房坠粉红。"银屏一笑，才要开口，宝林赶忙道："我来弹琵琶，将你自己做的那个《红楼梦》的《满江红》唱来。"宝珠不敢违她，唱道：

> 可叹奴，生辰不偶，家运多难。到如今，寄人篱下，更觉凄凉。潇湘馆鸟啼花落春无恙，绿阴低罩苫纱窗。金玉良缘知早定，木石前盟未必真。详菱花镜，可怜辜负在妆台上，斜抱罗衾，闷对着银釭憔悴。玉容娇不起，鹦鹉无言，暗泣斜阳。最怜那，残红满地谁人葬？春光

---

① 附骥——谦词。比喻依附贤者或有才能的人。

容易玉生香。曾记得春困把那幽情发,绿竹生凉离恨天。折尽风流账,空教我金钗十二,撩落人间! 海棠菊花标诗句,半窗风雨助秋光。相思病三更梦红红绡帐,旅梦儿绕家乡。焚诗槁,空留一片痴情况。宝玉呀,才知你是铁石心肠!

真个唱得响遏行云,风回气转。这面琵琶,就如风吟檐马①,沙击晨钟,叮当嘹亮。和叫起来,一回儿像尽是唱,一会儿像尽是琵琶,把个银屏爱得笑不拢口,赞不绝声。宝林道:"我们要请教令官了。"银屏笑道:"饶了我罢,我是不会的!"宝林道:"没有这种便宜事儿,快些罢! 难道还要抱上轿吗?"银屏道:"不过笑话罢了,我就放个屁儿你们听听。"念道:

女儿悲,楼上花枝笑独眠。

宝珠笑道:"这是姻伯母的不是,耽误你青春了。"银屏道:"好么,你取笑我,那可怪不得我了!"又道:

女儿愁,悔教夫婿觅封侯!

宝林道:"贾宝玉就是用的这句,不与同的!"银屏笑道:"就是'嫁得萧郎爱远游'。"众人大笑。银屏怕人取笑,她忙道:

女儿娇,芙蓉帐暖度春宵。

宝珠道:"这句好,香艳已极!"宝林对宝珠一笑,不做声。银屏道:

女儿痴,劝君惜取少年时。

女儿騃,楚腰一捻掌中轻。

女儿羞,细草春香小洞幽。

宝珠低着头,只是笑,紫云等一个个含笑而立。宝林道:"我这个妹子,真个颠狂欲死,教我们倒不好取笑你了。请唱罢!"银屏饮过门杯,说道:"明月小桥人钓鱼。唱是不能的,没有学过。"宝林道:"不唱,罚十大杯!"银屏道:"那不要醉死了!"宝林道:"我们姐妹两个,灌也灌你下去!"银屏道:"如此说,我落在你们手里了,还要把我缠死了呢!"宝林道:"不消开心,不唱是过不去的!"银屏道:"既要小生唱曲,请二位美人代板。"宝林道:"别要理她,不怕她不唱!"

宝珠、紫云两个吹起笛来,银屏唱了一支《小宴》,也是香温玉软,婉

---

① 檐(yán)马——挂在屋檐下的风铃,也叫"玉马"、"铁马"。袁枚《随园诗话》卷二:"自从环佩无消息,檐马了当不忍听。"

转可听。众人赞了几句，又吃了几样菜。银屏道："我们刚才都是用的陈句，何不大家自出心裁，将这六个当做诗题，做几首诗，却好每人分两个。"宝林道："你怎么这样高兴？你倒不怕费神么？"银屏道："横竖闲着，再不借此消消遣，吃下饮食也不消化。"宝珠道："依我还是集他几句。"银屏道："也好，自己做两首七绝，大家也见见心思。"宝珠道："明天交卷罢。我一时可想不出来，而且也不耐烦。"银屏道："我们今日先分定了题目，不好吗？"

随唤紫云将六个题目写起来，圆成纸团儿，三个各拈两个。宝珠道："此刻且不必看，做出诗来，再看未迟。"三人各看一看，就在灯上烧了。宝林道："依我的愚见，不如将女儿两个字改作美人，有生发些。"银屏道："你不过想个男人，要他在里边，你说得快活些。就任凭你扯两个男人来说说，也不甚要紧。"宝林急了，道："银丫头，看我来撕你的嘴！"

银屏再三央告，宝珠也替她讨饶。银屏道："还是我家人好，真像个嫂子。"宝珠道："你只有欺我，不感激我罢了，还来取笑我，真是人心难问！"银屏道："我这么说你好，还要怎样？"宝林劝她两杯酒，谈谈笑笑。银屏逼着宝林合唱了一出《寻梦》，又紫云等三人唱了几支小曲，方才能得用饭散席。银屏道："我今日同嫂子睡罢。"宝珠不言语，宝林道："妹妹在我小套间里住，宽展些。"银屏道："那不能，我今日原说替哥哥代印。"宝珠道："你教人看，谁是个男人？"银屏道："我说落点便宜，好不好？"就同宝林出来，在夫人房中谈了一会。

回房见宝珠正在改妆，紫云、绿云两旁侍立，她就要来帮忙，宝珠笑道："姑太太饶了我罢，我可当不起！"银屏笑道："我来做个画眉人，停回还要索口脂香呢！"宝珠道："别闹罢，请那边坐坐。"银屏笑道："我这个风流张敞①，同你正是女貌郎才。"宝珠也笑道："你也该知道年伯托张山人说媒，要将你送上门来把我，我就立意不要。谁知你倒会自荐，不消年伯费心。"银屏道："我原会自荐，坐在人家套房里不起身，候成了才肯走呢，不然也不放心。"

宝珠满面娇羞道："玩笑得无趣了！"银屏道："谁教你惹我的！"宝珠

① 张敞——西汉河东平阳（今山西临汾西南人），有才情，有政绩，曾任京兆尹。其在闺中为妻画眉，留为千古佳话。

妆束已毕，换了一身艳服，银屏细细赏鉴，果然是花貌雪肤，天姿国色，正如五雀六燕，轻重适匀；燕瘦环肥，纤浓合度。绝胜青娥之降世，恍疑绿珠之返魂。这一对金莲，那几个俏步，好似春云冉冉，飞来离恨天边；垂柳纤纤，到软红深处。银屏爱得目不转眼的细看，自知不及，暗暗羡慕。想我哥哥，真好风流香福！

宝珠见她看得出神，笑道："你不认得我么?"银屏道："我看你侧媚旁妍，变态百出，如花光宝气，映日迎风，教人眼光捉不定，越看越不得清楚。"宝珠啐了一口。二人煮茗清谈，直到三更才睡。银屏要同宝珠同衾，宝珠立意不肯。紫云已拿了一床棉被铺在里边，银屏道："你明日还不同我哥哥睡呢?"宝珠也不理她，二人上床，一宿无话。不知后事如何，且看下文分解。

第二十二回
许银屏名园观画景　松宝林高阁理瑶琴

前回说宝珠、银屏同榻，一觉醒来，天已大明。红玉送上两盏冰燕汤，二人吃过，停了一会，起身梳妆。银屏梳头匀面，宝珠仍是男妆，教紫云取出袍服来，要上衙门。银屏道："今日陪我谈谈。"宝珠道："一会功夫就回来的。"宝林起身最早，已经妆饰齐整进来，大家让他坐。银屏道："大姐起得这么早?"宝林道："妹妹也不迟。"宝珠道："姐姐，吃过点心没有?"宝林道："早已吃过了。"宝珠道："天不早了，拿莲子进来吃罢。"绿云将两碗莲子送了上来。

宝林道："娘吩咐厨房里，替你们下面了。"宝珠道："教他们赶快些，我吃了还要进衙门呢!"银屏道："我教嫂子陪陪我，她一定要出去。停回同我们去逛逛园子。"宝林道："一刻就回来的。至于逛园，不甚便当，外人瞧见，成个什么意思? 我同紫云陪你罢。"三人到前边吃了面。宝珠教外边传伺候，辞了银屏、姐姐出去。银屏拉了紫云、宝林出房，到夫人面前，谈了片刻，对宝林道："我还到大姐姐房里细看看。"宝林道："没有看头，蜗居的很!"

银屏先走，宝林、紫云随着到后进来，宝林道："那边是账房，这边坐坐罢。"银屏进内一看，是明三暗五，还有两个套房，收拾得十分富丽。中间一带玻璃屏，隔着外间，净几明窗，排着琴棋书画。转进里间去，上面一个紫檀落地罩，一张玻璃大床，锡帐金钩，红须绣带，床上罗衾鸳被，叠有二三尺厚，五彩炫目，香气袭人，衣柜书架，陈设得灿烂辉煌。推开一扇镜屏，内里有个小天井，玻璃篷罩，作向套房里一望，迎面一张大炕，几上摆着个大玉瓶，一枝孔雀翎，有五尺多长；宝镜妆台，其精工华丽，同宝珠房里大同小异。

银屏略看一回，赞了几句，转身在正房坐下，见处处房里挂着宝剑，问："这许多剑，有何用处?"紫云道："这是大小姐最爱的东西。"银屏道："姐姐会舞剑?"宝林道："不会。"银屏不信，紫云道："是真不会舞。"银屏道："究竟这些剑可有好的？真宝剑想来是寻不出的。"宝林道："我床栏杆挂的，同壁上是一对。这支虽不是宝，也就削铁如泥，吹毛可过。"银屏道："取下来瞧瞧。"

宝林将壁上一支剑取在手中，递过来。银屏细看，见鞘子是金镶玉嵌，七宝装成，却拔不出来，道："怎么不得出来呢？"宝林道："我来。"随手掣①出，其亮如雪，其利如风。银屏有些害怕，忙道："套起来罢！"宝林一笑，将剑入鞘。银屏道："倒没有人敢闯进来做混账事呢。"宝林啐道："你真是狗口里生不出象牙来！"彩云等送过茶，银屏道："我们逛园去罢。"

宝林吩咐彩霞出去传话，着花儿匠以及各处院中执事人，齐教出来，只留老园丁在内；又传几个老婆子都进园伺候茶水，带了紫云还有五六个小，慢慢由明巷踱进园门。过了几层亭园，狂花扑鼻，香草勾衣，一带疏篱花障，委委曲曲。顺着走了一会，到一座小亭，略看一看，那边就是一带长堤，桃柳相间，河面并不甚宽，隔岸绿竹丛丛、看不见那对岸景致。沿堤走着，过一座小红桥，接连一株松树，密密层层。转出松林，假山隔住，好像没有路径。由山洞入去，就是一条石路，仰视上边，微微露着天；俯视石池，中有几个金色鲤鱼，穿来穿去，深处有张石桌石床。

宝林道："转弯罢，那里上月台，没有什么意思。"银屏道："我们瞧瞧再回来。"上了月台，一望看见并不是来的这条路，但见长廊曲槛，画栋雕梁，好鸟醍醐②，名花摇曳，犹如身入画图。又下了台阶，出了石洞，一带画廊，进一个月亮门，是座花厅，三面五色玻璃窗，当中挂个猩红夹纱金线帘子。

彩云将帘子打起，吊在个点翠银蝴蝶上面，里边陈设雅致，悬着匾额，是"松风馆"，四人坐下歇息，早有老婆子送茶进来，小丫接了献上。四人坐了一会，起身慢踱，穿过花厅，见一面峭壁，一面是水，而且河面甚阔。银屏道："没有船，如何得过去呢？"宝林道："那不妨，紫云，你引路罢。"紫云就前走，众人随后，顺着峭壁，走有几十步，有个花栅遮住，绕过山脚，现出一条羊肠小路，曲曲折折，竟看不见水了。不多远，又到一处，是个船

① 掣（chè）——拉。
② 醍醐（tí hú）——古时指从牛奶炼出来的精华，佛教比喻最高的佛法。此处指描绘精美的佛教图画。

室,题着"枕流吟舍"。四人入内,在窗一看,只见流水滔滔,鸣泉琮琮。四人凭窗闲眺,玩了一回。

走出船室,又到长堤,一座大石桥,高而且阔,两边红栏。四人上桥,见两行衰柳,低罩波心,几点浓阴,平铺水面;桥下五色金鱼,往来游泳,不减画上平桥景致。四人倚栏而望,心荡神怡。紫云指道:"那边芙蓉,今年倒开得盛呢!"银屏道:"我们何不去赏玩一番?"宝林道:"有船去近,岸上绕了去,有好半天走,只怕那金莲要疼呢!"银屏道:"这园子如此曲折,不知是谁的布置。"宝林道:"本是个老园子,还是我们曾祖老太爷的赐第,在我们祖大爷手里,托张山人修过一次,改了几处。前年你二姐姐丁忧在家无事,我们商议,改造了许多。"

银屏点头道:"你们胸中,真有丘壑①!"见旁边有个鱼竿,就拿起来钓鱼,停了一会,顺手扯起个金色鲤鱼来,众人大笑。银屏四面观望,见对面是个半山亭,颇为轩敞,面前一带梧桐,环列如屏,背后一堆危石,叠成高峰,恰有十几丈,好像香炉峰的模样。峰头上一道瀑布,由亭角边喷珠漱玉,就如在树顶上倒飞下来,向东一个大宽转,泻进竹林中去了。银屏道:"好呀!唯有源头活水来。我们既寻过源,何不再去溯流?"

于是下了石桥,随着泉水走去。远看这道水,好像碍路,及至行到近处,水却流进石洞里过去。进竹林深处,有一条花阵,列着人纹,六曲雕栏,排成亚字,上面一所庭院,明三暗五,玻璃西洋房,窗格尽糊绿纱,映得几席皆青,须眉尽绿。摆列炉瓶等件,十分古拙。后边有几间小小退步,四人由后进出去,满地下草铺茵,绣鞋踹在上边,绵软可爱。

正在赏玩,见一只白鹭从面前飞过去,银屏忙看时,见他飞到一个楼槛上,歇了一翅,又飞回来,到菊花丛里不见了。银屏道:"有趣,有趣!那高楼所在是什么? 好像宝塔,怎的那么高?"紫云道:"是四宜阁。"银屏道:"这命名,是何取意?"宝林道:"这有什么难解,不过取四时皆宜的意思。楼有三层,园中景致,看得一大半呢!"银屏道:"园里有多少亭台?"宝林道:"正经名胜,也不过二十余处。"银屏道:"今天游不完,我脚倒走疼了,大姐姐倒还能走呢。"

宝林笑道:"我也是勉力奉陪。"银屏道:"不如到楼上望望去,倒可以

① 壑(hè)——山沟。

收览名闺秀气。"宝林道："好虽好,也还有一会去呢。你教紫云扶住你罢。"银屏道："可以不消。"宝林道："你不要,由你,我是要人扶的了。"紫云道："本来怪不得,大小姐的脚,太瘦很了,脚下没有劲,站立不稳。"银屏道："那也不然,你小姐的脚还不瘦吗?她还在外边走动呢!"紫云道:"瘦虽一般瘦,比大小姐长多着呢,也是不能多走。"彩云道："这也有个习惯自然。"宝林目视众人,大家会意,不言语了。

四人谈着,分花拂柳,度水穿林,过了几处峰峦,绕了许多亭阁,已到四宜阁前。这阁是园中的主楼,虽是个三层,连下面一层,算共是四层。向上一望,飞檐挫角,直矗云霄。半边依山,半边傍水,有个白石台基,一带的石栏绕护。面前是个十亩芳塘,还有些芙蓉,开得深深浅浅,清风一动,流水皆香。上边有细银丝,穿成帘子。

四人进内,见是十六间,作个八面样式,面面开窗,都用厚的大玻璃镶嵌。内里也隔作八处,又分出阴阳明暗,各成形势,竟是迷楼的款式样子。宝林道："你们领着我,还出不去呢!"紫云道："我也不甚清楚,彩姐姐还认得点。"银屏道："索性上去走走。"吩咐小丫头在下伺候茶水,于是转上楼梯,上第二层,是十二间,空出一转回廊,作了六面样式,也是雕窗石槛,分作六处。一处一样的摆设,有雅淡的,有奢华的,有古拙的,有堂皇的,有简洁的,有富丽的,各不相同。游了一会,又上第三层,是八间,分作四面,外面又空一转回廊,也有石栏环绕,中间分作四处,窗格雕镂精工,陈设格外清雅,此处地势既高,襟怀更爽,凭栏远望,满园景致,大概俱在目下。

俯视下边,池水清涟,飘红泛绿,石堤絮绕,好似玉带一般。一条短短红栏,直入松林里面。对岸是一片宽阔地面,尽是竹林遮住。竹林内隐隐露出多少秋花,红红紫紫,辨不出什么花来,但觉得红绿相间,颇为可人。西北上是幽香谷,丛桂山房,接连小龙山,梅花岭,那边桃花源,杏花村,以及渔庄蟹舍。这些近处名胜,如在目前。还有些远处,同背山的地方,看不明白。但见修竹成林,奇林拂影,好花欲笑,怪石凌空,山似列屏,水如环带,有连有续,不犯不重,多处不见其繁,少处不嫌其略。

四人细细赏鉴,如在山阴道上,目不暇给。银屏道："欲穷千里目,更上一层楼。我们一发上去玩玩。"四人又转上来,却是四间,分作亚字式,里边陈设不多,俱皆古雅,正中一张石桌,一个大铜鼎,一张瑶琴。众人在窗口一望,觉得此身如在空中,飘飘然有凌云之想,果然飞阁流丹,下临无地。银屏道:"很有个趣儿!"再看园中台榭,罗列如星,远处人家,间阎①扑地。

宝林进来,坐下道:"我倒有些害怕了。"银屏笑道:"我是你个知音,何不弹套琴我听听? 就弹个《凰求凤》。"宝林道:"这高处不要胡说,恐怕天上听见。"银屏道:"什么鬼话?"宝林笑道:"你可知道'不敢高声语,恐惊天上人'两句么?"银屏道:"笑话! 那我不管,你快些来弹罢!"不知宝林弹是不弹,且看下回分解。

---

① 间(lú)阎——古代平民居住的地区。

第二十三回

诸大臣会议论军情　三小姐清谈成雅集

话说银屏要宝林弹琴,宝林笑道:"我不会,晚上教宝珠弹给你听。"银屏道:"好姐姐,不要做作了,请弦弹两声罢!"宝林道:"怎么叫做两声?外行话,不怕讨人笑?紫云,你过来弹罢。"紫云道:"我弹得不好。"银屏策板,再三央告,紫云只得和了弦,弹了一曲《良宵》引一曲套,声和韵细。紫云弹起来,清清泠泠,真个清风徐来,水波不兴。银屏听得高兴,哪里肯罢休?又逼着宝林弹《平沙落雁》还要弹《归去来兮》,闹得不可开交。

紫云笑道:"不弹是过不去的,大小姐弹套《平沙落雁》罢!"宝林道:"你就吹起箫来。"正襟危坐,理动琴弦,紫云吹箫相和,格外好听。激烈处,就如冯夷①击鼓,列子御风;幽咽处,又似赤壁吹箫,湘江鼓瑟。弹了好一会才完,宝林起身,银屏欢喜不尽。宝林道:"是时候了,我们下去罢。"四人下楼,银屏还要去逛,宝林不肯,说道:"明天再来。"银屏脚也难走,只得依了。穿过一个山洞,就是石堤,银屏道:"又不是我们才来的这条路了。"宝林道:"此刻从这边过来,是拣近路走的,那里就是半山亭的后身。"

用手指道:"你不见那ं滋泉水么?"又走了几步,见柳荫之下,着两匹白马,锦鞍绣辔,金勒银环,神骏异常,原来就是宝林、宝珠的坐马。姊妹两个游园,一时嫌路远难走,就骑马前去。那边也有个射圃,连两个小公子还进去习习弓马。今天马夫知道大小姐逛园,恐怕要马,一时来不及,就备起两匹马来,先拴在这里伺候,是个备而不用的意思。宝林道:"谁吩咐备马的?"紫云回说不知道。彩云道:"马夫恐小姐要马,伺候不及的,所以先预备着。"

宝林哼了一声,银屏道:"大姐姐会骑马呢,真是文武全才。请上马跑这么一趟,不好吗?"宝林道:"是宝珠的马,你教她骑去。"银屏道:"姐姐凡事都是推她,可不无趣?我知道你要人拉皮条牵马呢!"笑对紫云

---

①　冯夷——古代传说中的水神。曹植《洛神赋》:"冯夷鸣鼓、女娲清歌。"

道:"你肯不肯?紫姐姐是个老手。"宝林笑道:"你理她呢,她这嚼蛆的,是取笑我们。"彩云道:"这个东西,我怪怕他的。"银屏大笑,又逼着彩云去牵。彩云就去树上解了丝缰,拉过一匹劣马来。银屏道:"请乘骑。"

宝林笑了一笑道:"我今天被你闹够了。"就将一件藕花洋绉衫子脱下来,交与小丫头,里边穿一件大红洋绉小袖襦①,把玉色洋绉裙子分开,两边扎好,露出鲜滴滴的大红镶边大脚裤,紧了绣鞋上的兜跟带。彩云带过马来,她一手在鞍心稳了稳,一只小金莲在金镫上微微一搭,飞身上马。彩云上前理好裙幅,宝林一笑,对银屏道:"我失陪了!"银屏道:"那不能,一同回去。"宝林也不理她,催开坐马,沿着长堤雾滚烟飞的去了。银屏喊道:"快别跑!跌下水,不是耍处!"宝林哪里看见?倒转弯去了。紫云道,"不妨,骑惯了不会跌的。"

说着,慢慢踱回来。有个书童在明巷里牵马出来,紫云问道:"大小姐才进么?"书童道:"进去一会子了。"银屏等到了内房,见宝林已在夫人房中。银屏道:"大姐姐你好,也不等等我!"宝林低鬟一笑。彩云在小丫头手中取过衣服,替宝林穿好。夫人道:"林儿这光景,又跑过马了?"宝林笑道:"二妹妹放得过我么!"紫云道:"不知可曾开过饭呢,少爷也该回来了。"夫人道:"今天还早,你少爷才回来。"银屏道:"一心记挂着少爷,真像个姨奶奶。"

紫云一笑,就进去了,银屏也拉进宝林来。三人进到了内间,宝珠正在房里看书,红玉、绿云在外拌嘴,宝珠也不理论,二人你一言,我一语,刺刺不休,正吵得热闹,见了宝林进来,都静悄悄的,侍立一旁。银屏等三人进房,宝珠放下书本,起身笑面相迎,道:"银妹妹去游园,可曾寻梦么?"银屏道:"怎么没有?关门赎当,把个杜平章气得不认女儿了!"

宝珠脸一红,不言语。宝林道:"你今天回来得迟些?"宝珠道:"今天会议苗疆事件,耽误了好一会子工夫。"宝林道:"苗疆什么事?"宝珠道:"有个海寇叫做邱廉,自称众义王,在澎湖沿海劫勒②客商。刘总兵剿过几次,散而复聚。如今勾连苗蛮,居然攻城掠地,水陆并进,声势甚大。总兵官挡不住,告急上省,督抚会同提镇了几处兵,全不济事,已失去几个城池,势如破竹。督抚上本到京,昨夜三更才到的。主子震怒,着诸大臣商

---

① 襦(bó)——又叫袯,古时农夫穿的蓑衣谷类。

② 劫勒——指强温,抢劫。

议,差人前去,不知如何。"

宝林等听罢,个个惊心。银屏道:"怎么好呢? 离此地有多远?"宝林道:"远多着呢! 同我们家乡倒是邻省。"宝珠道:"他尽用轮船,由海到天津也快。"银屏道:"我家舅太爷,不久放的我们那里巡抚。这差倒放坏了!"宝林道:"你舅太爷是谁?"宝珠道:"姓庄,姐姐该知道。"宝林道:"提起来我知道,我们六房里那件事还亏他呢! 前天在你房里,见有他封信,卖情的了不得。可叫做庄廷栋?"

宝珠点点头,笑道:"正是他。"银屏道:"现在朝廷可有能人? 你同我哥哥保举几个去灭贼。"宝珠道:"哪来能人呢? 这些做官的不过念几句烂时文,作个敲门砖,及至门敲开来,连诗云子曰都忘记了,哪个有实在经济? 看今天会议的神情,就知道了。个个都是纸上谈兵,书生之见,议论多而成功少。"银屏笑道:"骂得厉害! 你讲的什么来?"宝珠道:"我听他们讲罢了。"宝林道:"究竟会推哪个去?"宝珠道:"还没定呢。"银屏道:"这是你们做官的报国之秋,你何不讨个差去走走? 定下来,既可为将来辨罪,又可以千古留名。"

宝珠笑道:"多少前辈先生,缩手无策。我个小小女郎,既得甚事? 不遗臭万年够了,还想留名千古呢!"银屏也笑道:"竟是会推你去,你怎样呢?"宝林道:"那也说不得了,逼着要去。"银屏道:"那还了得? 不知想坏多少人呢! 就是主子也舍你不得。"宝林道:"你才怕什么似的,倒又来胡说!"银屏道:"我一个人愁什么! 何必因未然之愁烦,误我眼前之快乐? 不许再说了,我们想件案事排遣排遣,解了闷儿。"宝林道:"你要解闷,我们是不中用的。"

银屏笑道:"这个也怪我么?"宝林笑道:"好妹妹,我的不是。"银屏道:"想起来了,我们昨日分的题目,还没交卷,何不写出来看看?"宝林道:"我们还没有做。"银屏道:"几句诗,拿笔来一挥就成功的。不过借此消遣,不然,哪来许多话谈呢?"就自去翻了几张花笺,取过三支笔来。宝林道:"你真不怕费心,我们做诗,十年九不会,一时未必写得出来呢!"宝珠道:"就写几名陈诗,集首七绝罢。"

三人在案前坐下,奋笔疾书。宝林先写出来,银屏、宝珠也是一挥而就。先看宝林的,是美人娇、美人颦:

美人娇

悄说低声唤玉郎,罗衣欲换更添香。

大街夜色凉如水,乞借春阴护海棠。

美人颦

银釭斜日解明瑞,香雾空蒙月转廊。

说与旁人浑不解,为郎憔悴却羞郎。

宝珠先赞道:"温、李①摩艳,庾、鲍②风流,好在谑③不伤雅。"银屏笑道:"你别替你姐姐盖面子罢!为人想得憔悴了,只怕连相思病都想出来,就早些把李墨卿教回来,乞借春阴护海棠不好吗?"宝林满面飞红道:"你看说得可寒酸,这个丫头不爱脸极了!"银屏笑道:"原不爱脸,不然倒不把实话告诉人了。"宝林道:"我来瞧瞧你的,别开出笑话来给人瞧!"说着看题目,是美人悲、美人痴:

美人悲

一片花飞减却春,繁华事散逐风尘。

新愁旧恨都难说,从此萧郎是路人。

美人痴

疑是蟾宫④降谪仙,良辰美景奈何天。

花飞莫遣随流水,愿作鸳鸯不羡仙。

宝珠笑了一笑。宝林道:"未免可怜,竟想嫁得很了!你看第二首,生恐名花无主,倒不如自己付与东风。"宝珠微笑道:"第一首更觉可怜,新愁旧恨,闷闷在心,说不出口。末了一句,好像有过一个人似的。"宝林大笑着,连紫云等个个都齿灿起来。银屏脸上也觉羞惭,辩了几句。又看宝珠的诗,却是美人愁、美人羞,同样两首:

美人愁

---

① 温、李——指唐朝诗人温廷筠,李商隐。二人极负才名,作品辞藻华丽,情致婉曲。

② 庾、鲍——指北周文学家庾信和南朝宋文学家鲍照。二人极有才名,诗赋风格俊逸。

③ 谑(xuè)——戏谑:开玩笑。

④ 蟾(chán)宫——指月亮。

绣檀回枕玉雕锼,珍簟新铺翡翠楼。

鹦鹉不知侬意绪,水晶帘下看梳头。

银屏道:"好富丽气相,就是心里闷些。"

美人羞

妖娆意绪不胜羞,深锁春光一夜愁。

云髻半偏新睡觉,暗传心事放心头。

银屏道:"你这一觉,快活极了!到底睡着了没有?"再看下边:

美人愁

纱窗日落见黄昏,粉蝶如知合断魂。

约略君王今夜事,除非鹦鹉对人言。

美人羞

相见时难别亦难,月移花影上栏杆。

平阳歌舞新承宠,常得君王带笑看。

银屏道:"你究竟同主子有一手呢!夜里同你怎样?你好好儿讲明白了,我饶你!"宝珠道:"什么话!这等讲法,就十成死句了。"银屏道:"诗以言志,你赖不去!"宝林道:"你本来不好,怎么写出这些诗来,讨她笑话?我不懂你这诗总不脱君王两字,是为什么呢?"

宝珠满面含羞道:"是紫云前日做的宫词,我一时想不出,就拿他来塞责。后来又做出两首来,我就一齐写了。"银屏笑对宝珠道:"她是看得动火了,你明天带她进去走走,又可以替我哥哥加道官衔。"宝林笑道:"你也不怕你令兄怪吗?"银屏道:"是我哥哥修来的香福,一正一副,个个才貌双全。"

正在说笑,绿云来请用饭。三人到前进坐下,吃毕了饭,就到宝林内房妆台上漱口匀面。宝林道:"我倒想好茶吃,何不将你那副茶具取进来,煮茗清谈,免得她胡言乱语,尽拿人取笑。"宝珠笑道:"姐姐真是个雅人。"随唤紫云等由前进取来。红玉先在外间地毯上放下一个大铜盘,紫云、绿云抬进一座古铜炉来,是个八角炉,身大口小,上面铸就八卦,在铜火盆里夹些炭在内,顷刻一炉活火。紫云又取出一对描金大磁瓮,一把时大宾刻字提梁大壶,贮满了水,放在炉上。一会的工夫,水就开了。

绿云取茶叶泡好,用三只碧霞杯,托在个小白铜盘里,每人面前送了一碗,尝了一尝,香美异常。银屏道:"好香!替我用那大玛璃斗凉一斗也好。怪热的,有什么意思?"宝林笑道:"品茶品茶,茶要品呢。你凉下来吃,就是牛饮了。"银屏道:"这定是天水了?"宝珠道:"天水有这清纯?我是去年梅花上扫下来的雪,装了几坛,埋在梨花树下,前天开了一坛。你当什么? 倒不像你这雅人了。你连香味,都不闻见么?"

银屏道:"说起香味来了,你床上薰的什么香? 并不像寻常香气,一般甜香,很有意味。"不知宝珠说出什么香来,且看下回分解。

第二十四回

怨鬼魂黑夜诉沉冤　称神明青天断奇案

话说银屏问宝珠床上薰的什么香,宝珠道:"我从来不爱薰香。"银屏道:"你别哄我,好像兰花似的。"宝林微微一笑。银屏道:"笑什么?"宝林道:"你不知道,这是她的异人处。她身上一股兰花香,夏天有汗,格外芳芬竞体。"银屏笑道:"天生尤物,迥不犹人!"说着,心里也甚羡慕,微微又笑一笑道:"果然是个宝贝,怪道你们芳名总不脱宝字。不知你们究竟有多少宝物在身?"宝珠笑道:"你问我么? 我说给你听。"银屏道:"倒要请教。"

宝珠笑道:"香温玉软,意绿情红,是为宝色;玉骨冰肌,柳腰莲步,是为宝体;明眸善睐①,巧笑工颦,是为宝容;千娇百媚,闭月羞花,是为宝态;长眉蹙黛,媚眼流波,是为宝情;珠银刻翠,金佩飞霞,是为宝妆;经天纬地,保国安民,是为宝才。有这许多的宝也够了,要听还有——"宝林道:"不知胡说些什么!"银屏道:"还有两件,你没说完。"宝珠道:"你断无好话,我不爱听!"银屏道:"你不听,我是要说的:风流出众,月下偷期,是为宝林;搔头弄姿,工谗善媚,是为宝珠。"二人啐了一口,忍不住好笑。

谈谈天已晚了。其时正当秋审,三法司案件甚多,宝珠道:"晚间看看案卷,教紫云陪银屏下棋。"自己到前边右间坐下,点上两支画烛,还有些西洋灯彩,照耀如同白昼。翻出两件案来细看了两遍,心内沉吟,吩咐绿云进去取茶,一人独坐凝思。忽窗外一阵冷风,吹得檐前铁马叮当乱鸣,窗格一响,飞进一团黑气来,在中堂前,盘旋不已。

宝珠此刻毛发皆张,看着呆了,口却噤住,不能出声。见许多灯火,光焰发碧,案上两支画烛,吹成豆子大小。再看黑气,滚来滚去,欲进欲退,似乎想上来,又不敢上来的意思,滚到栏杆边,又转回去,倒有几十遍。这回又到栏边,黑气一分,现出一个人来,长大身材,面目清楚,有了胡子,左

---

① 睐(lài)——看。

耳边垂下一条白东西,有二三尺长,不知是什么东西,看不清白。见他跪在门首,哭声隐隐,低声道:"求大人伸冤,保全后嗣①!"

说罢,叩了几个头,一阵黑风,旋出去了。宝珠却如梦方醒,吓得大汗淋身,见灯光仍然明亮,大声叫道:"紫云快来!"紫云在内,听见宝珠喊声诧异,赶忙叫了红玉一同出来,见宝珠粉面凝青,朱唇泛紫,满脸是汗。紫云忙问道:"怎样?有甚事?"宝珠道:"进去罢。"

紫云取了烛台,照宝珠进内坐下,仍是喘息不定。紫云见她神色变异,心里大疑,问什么缘故,取过茶来,送到宝珠口边,宝珠吃了一口,道:"奇事!刚才明明白白,见个鬼跪在我面前。"银屏道:"我胆子小,你可别吓我!"宝珠道:"谁吓你?我都吓死了。"就将所见的情形,说了出来,众人听罢,个个害怕。绿云道:"我是不到前面去了。"银屏道:"我们今夜多着几个人进来上宿,不然,怎么敢睡觉呢?"

还是紫云有见识,道:"这怕什么!光景是来告状的。常在这里吗?我看定有冤枉在内,小姐倒要替他伸冤。也不说明白,不知是什么人。"宝珠道:"你出去请大小姐进来商议商议。"紫云道:"绿云是不敢去的了,红姐姐同我去罢。"宝珠道:"怕什么!我要不是改过妆,倒自己出去了。"银屏道:"你们都出去,留我们三个人在房里,不怕吗?"紫云道:"不要紧,一会就来的。"拉了红玉就走。

少刻,宝林带着彩云同紫云等进来,坐下道:"我才算账,什么事叫我?又是银妹妹有话说了?"银屏也不言语。

宝林见众人失色的光景,问道:"看你们这神情,总又是别缘故?"宝珠就把刚才所见,细述一遍,道:"这件事,真难明白,不得主意,请姐姐进来商量。"宝林听了,也觉奇怪,道:"你看的什么案件?或者就是案内之人。不然,明天可以有人来告状,也未可知,你总留点神。他既来求你,必有因由。"宝珠点头,就将看的两件案卷,着紫云、红玉出去取进来,送与宝林。

宝林接过来细看,一件是小妾害死亲夫,正室出首;一件是大伯告弟妇紊乱宗支。宝林看过,说道:"不必疑惑,就是这个案件,明天细细的审问,自然明白,而且有多少情节不符,我看这两案,都有冤屈。"说着,就指

---

① 后嗣(sì)——子孙后代。

出几处来。宝珠道："我也疑心，所以沉吟一会，不能透彻。经姐姐这一驳，真是彻底澄清！"银屏道："这个刑名师爷多少银子一年？"大家一笑。

谈到三更，宝林起身，宝珠轻移莲步，直送到前进天井，宝珠止住，还是紫云、红玉送出去。宝珠回房，同银屏两个卸了妆，又吃些茶点，上床安息。

次日进衙门，专提这两案晚堂听审，就到和亲王府贺喜。原来和亲王自己上本，愿出去平定苗疆，皇上就放他做了大经略兵部尚书，潘利用帮办军务，三日后就要出兵。宝珠又到潘府走了一趟，贺客甚多，匆匆一见，倒在书房里同兰湘谈了半会。家去已是未末申初，进房宽坐，又同银屏谈谈。约有更鼓，就传伺候。宝珠改服出来上车，四个跟班，两名书童，都上了马，望都察院来。前面有一对高灯，还有些球灯火把，松勇骑了顶马，在前开路。到衙门下车，入内歇了一歇，传鼓升堂。

刑部有两个司员，在堂口伺候。宝珠向公座上坐下。刑部司员上来打恭，各犯俱已提到。有人将案卷送在公堂上，是害死亲夫一事，在宛平县地界。宝珠细看，是告为通奸家奴害死亲夫。

原告刘氏，告妾吴氏与家奴喜儿通奸。大略说妾与她素来不睦，因此另居，离有半里之远，本夫徐福康，在外贸易，久不回家。那天有人在吴氏住宅旁边废井内，看见浅水中有个赤淋淋的无头尸首，已泡得不成模样，腐烂不堪，就告诉刘氏知道。刘氏看见，却认得是她丈夫，就叫起屈来，随领乡保，到吴氏宅里去问缘由。吴氏推不知道，刘氏就着乡保搜检，到屋后草堆里，果然人头在内，刘氏就告她杀死亲夫，掷下井中。

赴乡检验，将吴氏、喜儿问过几堂，起先不认，后来用刑，拷供出来，招喜儿同妾通奸，丈夫晚间回来，就将他杀死，扔下井去，把头埋在草堆里是实。定下剐罪。经司里审过，也不曾翻供，其中有个老婆子，已拖死了不论，吴氏等照原详定案。偏偏事有凑巧，喜儿舅舅跟了京官进京，就在都察院告了一状，说喜儿才十六岁，其中有冤，求都察院提审。

宝珠看了一会，先提刘氏上来，问了一遍，刘氏口供同状词上大略相同，哭着说着，颇为动情。又叫带吴氏，上堂跪下，看他才有十几岁，虽然蓬头垢面，也觉娇媚惊人，心里未免怜惜，有些狐兔之悲。

宝珠拍案叫道："吴氏！你将害丈夫的情由，好好直供出来！如有半句支吾，大刑与尔不利！"吴氏泪流满面道："大人在上，小妇人也没有多话可说。此心唯天可表,求大人照原案定罪就是了。料想世间也没有个龙图再生,这个冤枉,只好在阎君面前再申的了!"

宝珠怒道:"好大胆的奴才,你敢藐视官长!本院在此,就是青天,你有言词,何妨直说?"吴氏只是噜噜苏苏,说不明白,倒哭得泪珠点点。

宝珠见她欲言又止,知道她怕受刑法,反安慰道:"吴氏,本院知你身体娇柔,受刑不起,你只管直供,本院并不难为你。你在此再不伸冤,也是无辜送死。你见过多少阎君替人间管事的?"说着,倒和着颜色,问了几遍。

吴氏道:"大人既是青天,小妇人只得实说了。我今年才十六岁,父亲还是个秀才,因母亲早死,父亲将我寄在舅舅家过活,他就到河南做馆,谁知一病就死了!舅舅把我卖与徐家为妾,正室不容,闹了几次,打过数回。丈夫见不能安稳,就把小妇人搬在前村庄房里另住,有个小使叫喜儿,一个老婆子听用。过了半年,正室又来打闹四五次,丈夫气她不过,同她闹了一场,就出门去了。今年二月初三,忽然传说宅边枯井里有个尸首,多少人去看,小妇人也想出去瞧瞧,听说刘氏在此,我就不敢出来。一会的工会,刘氏领着乡保进来,问我要丈夫,我茫然不解,回答不来。她就打我几个嘴巴,带人搜检,果然搜到宅后草堆里,竟有个人头在内。"

宝珠听到此处,哼了一声,两旁人役吆喝住口。宝珠问道:"这草堆在屋里?还是屋外!"吴氏道:"是在外屋。"

宝珠点点头,吩咐再讲。吴氏道:"刘氏见有个人头,就把小妇人交与乡保锁着,一口咬定我与喜儿有奸,同谋杀害。我去县里鸣冤,可怜问过几堂,苦打成招,只好招认。她又不许送饭,将家财尽行搬去。我又不肯在监中乞食,忍饥受冻,耐尽凄凉,只求早死为幸。到了司里,原想反供,一来受刑不起,二来没有亲人。就活出命来,也无安身之处。所以情愿屈死,不愿偷生。此是小妇人实供,一些没有虚假的,求大人秦台明断,以雪覆盆。小妇人生则铭恩,死当结草。"

宝珠听罢,点首叹息,教提喜儿。上来一看,心里好笑,是个又麻又秃无用的小子,眼睛是大红镶边,好似朱笔圈了两圈。跪在堂上,只是发痴。宝珠暗想:吴氏颇有几分姿色,这个小厮倒是不全,难道还爱上他不成?断无此理!问了几句,那小厮话也讲不清,在威严之下,抖得不可了结。倒是他舅舅陈贵跪上来,代辩了两句。

宝珠叫上刘氏来，将公案一拍，骂道："我看你这奴才凶恶，凶手就是你！好好直言，还可开释。"刘氏道："大人此言，小妇人不懂得。解府出司，经过多少官员，问罪定案，无得更改。大人平空问出这种话来，教小妇人也不好回答。也求大人看看案情，详详情理。"口里虽是强硬，面上却有些失色。

宝珠听他这番言语，不觉大怒，眉稍微皱，面色一沉道："这奴才，竟敢责言本院！"吩咐掌嘴，左右吆喝一声，上来动手。刘氏喊道："大人天恩，从来没有打告主的理！"

各役哪里听她，一连打了十个嘴巴，打得刘氏满口流血，两边嘴巴，好像个向阳的桃子似的。宝珠道："快招上来！再要支吾，看大刑伺候！"刘氏道："不知大人教小妇人招什么供？"宝珠道："你这利口的奴才，本院不说出明白来，你也不肯心服。"不知宝珠说出什么，且看下文分解。

第二十五回

悬明镜卓识辨奸情　雪覆盆严刑惩恶棍

却说刘氏不肯招供,宝珠怒道:"本院不说明白,你如何心服? 吴氏颇有几分颜色,这秃厮儿如此模样,自然不是个对子。这是千人一见的,且不必论。你丈夫出外半年,你怎么见了无头死尸,就知是你丈夫? 况在水中已泡烂了,又无衣服可认,更无面目可凭,你就以为认得真? 拿得稳? 骤然就到吴氏宅中搜检,偏偏墙外草堆里就有个人头在内? 这光景是你预先知道的了。不知你杀的更有何人? 吴氏、喜儿今年才十六岁,还是个孩子家,加之使用的是个老婆子,这三个人何能害人? 本院看得明白,你同那个同谋,速速招来! 如再不直言,徒然受苦!"

刘氏见说着隐情,真真切切,如同眼见的一般,吓得面如土色,口里支吾,不敢像前番硬挺。宝珠道:"你宅子里有何人与你同住? 几个下人?"刘氏道:"门口有个老头子,六十余岁,还有两个丫头,余外没有别人。"宝珠道:"你两个使女,可曾带来?"刘氏道:"只有一个在寓里。"

宝珠随手取了一支火签,差人前去。顷刻提到,跪下,差人销签。宝珠见十七八岁大丫头,虽生得粗鲁,倒也风骚,细看一看,两乳丰隆,双眉散乱,问刘氏道:"这丫头你丈夫用过没有?"刘氏道:"没有。"宝珠道:"她平日还安分么?"刘氏道:"她们两个是一刻不离我身边,自小养成,如同女儿一样。"宝珠冷笑道:"好大胆没廉耻的奴才,随着你主母同人通奸!"吩吩大刑伺候。

左右吆喝一声,如雷响一般。两旁人役,早将拶①子取过来,那丫头哪里见过这等威严? 都吓呆了,口里咕噜一句,也听不清。宝珠道:"你说不说?"丫头挣了半天,迸出一句话来,道:"不曾……同人……通奸。"宝珠道:"你敢强口! 现有凭据:你的乳高眉散,股撅腰掀,哪里是个处女? 你主母在此已说出来,你还敢抵赖? 想是要打了才招呢!"

_____

① 拶(zǎn)——旧时夹手指的刑具。

刘氏怕丫头不会讲话,被官唬出马脚来,代说道:"或者是丈夫收过,也未可知。他们从不出门,我家又无男子,外遇是一定没有的。"宝珠道:"你这吃醋的东西,妒到极处,一小妾尚容不得,容丫头与丈夫有私么?替我打嘴!"左右上来抓住那丫头,打了四五下。

丫头哭道:"大人别打罢,我说就是了。我同舅太爷通奸,并不是私偷,奶奶是知道的。"宝珠道:"你舅太爷叫甚名字?"丫头道:"叫赵品三,是奶奶的表兄。"宝珠道:"你奶奶既知你同舅太爷通奸,你奶奶自然更同舅太爷有奸了。"丫头点点头,不敢言语。宝珠道:"刘氏,你听见没有?奸情既有,人命一定无疑了。"刘氏叩头道:"大人恩典,小妇人真是冤枉难招!"

宝珠吩咐上了刑具,刘氏忍痛不起,只好招供:"因同表兄有私,丈夫晚间回家撞见,只得先发制人,将他杀死,尸首扔在枯井里。怕人认出来,就把人头埋在吴氏住宅后草堆之内,遣害于他。所供是实。"宝珠教录了口词,就用吴氏刑具代刘氏上将起来,俟获到赵品三定案。吴氏先交官媒,喜儿起保。

宝珠吩咐提第二案。原告生员赵保昌,芦沟桥人氏,告弟妇周氏紊乱宗支。兄弟赵保杰,是个五品职衔。生了一子两岁大,今年身故。过了几日,有个陈大来认儿子,口称儿子是他生的,周氏贿赂稳婆,用五十两银子,买回认为亲生。陈大因妻子有病,家道又穷,只得割爱。如今妻子病好,小生意也做得顺当,可以养活儿子,情愿退还原银,领回己子。保昌以为他人之子,不能乱我宗支,就要弟妇把儿子与他领去。周氏立意不肯,一定说是自己生的,保昌就去县里告状。审过几堂,陈大一口咬定是他儿子,有凭有据,稳婆就是见证。周氏虽辩他不过,儿子总不肯退还,托兄弟周旋,请了三学朋友,上了公呈,县官不能断决。保昌又在都察院告了。

宝珠取过案卷,细细一看,先带原告问了几句,保昌说:"儿子真假,我也难辨,不是陈大认宗,连生员都不知。现在生员两个儿子,尽可承继,我们读书人家,何能容外人乱宗? 望大人明察!"宝珠问道:"你同兄弟,还是同居? 还是另住?"保昌道:"同住。"宝珠道:"有多少房屋?"保昌道:"两个宅子,一边五进,另有花厅,书房在内。"宝珠道:"你兄弟生过儿子么?"保昌道:"生过两胎,没有生存。近来兄弟烟瘾重,不归内房,就在花厅上吃烟,连死都在花厅上,从来不进内室,这个儿子何处去生呢?"

　　宝珠笑了笑，吩咐跪过一边。带周氏上堂，问道："你儿子今年几岁？是哪天生的？"周氏道："去年六月初三午时生的。"宝珠点点头道："既是你亲生，陈大为何无缘无故的来认子呢？稳婆又怎么肯做见证呢？"周氏道："小妇人生这个孩子，有多少亲人看见。如是假的，当时何能瞒得众人耳目？今年七月，丈夫好好在花厅上房里吃烟，小妇人在他那里，坐到二更回房，叫丫环替他带上房门，他还同小妇人讲话，吩咐好生照管孩子。次日早晨，大伯进来叫我，说兄弟死了。小妇人赶忙去看，竟是果然。不知什么急病，也不知是受了煤毒？才过头七，就有个陈大来认儿子，话是说得活龙活现，闹得不可开交。依大伯之意，就要把他领去，小妇人想丈夫只有这点根芽，况且实在是我亲生的，与他，如何舍得？大伯见我不听他的言语，就告起状来，说小妇人紊乱宗支。县里审过几堂，也不能明白，他又告到大人台前。求大人详情明断，存没沾恩。"

　　宝珠听罢，又带上陈大。陈大说："当日家贫有病，无法，将儿子卖与赵家，是稳婆过手。原说平时常有照应，不料卖去，一点子好处全无。如今妻子病也好了，生意也顺了，不忍把儿子落在人家，情愿退银领子。"云云。宝珠问："是那天日期？"陈大回说："六月初三午时。"又带稳婆问了一回，大略说当日给他五十两银子，代他觅一个儿子，恰值陈大生子，就买成了，包好了送进去，原不敢声张，今被陈大执住，不得不说实话。

　　宝珠微微一笑，问道："这个孩子在哪里呢？"周氏回道："现在外面，不奉呼唤，不敢带进来。"宝珠回头对松勇道："你出去将孩子收拾干净，抱来我看。"又在耳边说了几句。松勇答应，出去一会工夫，抱个孩子进来。宝珠抱在手中，坐在膝头上，细细一看，眉清目秀，说："好个孩子！"说也奇怪，这儿子一点不怕生，对着宝珠舞着小手，只管笑。宝珠引他玩笑，将他举了起来，把只小鞋袜掉下。

　　宝珠将孩子一只脚拿得高高的，对左右道："替他穿上。"松勇答应，慢慢拾起鞋袜，上前穿好。宝珠又同他玩了好半会。众人跪在地下，呆呆的等候，心中好笑，暗想大人到底年轻，是个孩子气，不知是审案，还是玩孩子，谁敢催促？只好由她。宝珠将孩子着松勇抱下去，那孩子不肯，倒反哭了。宝珠叫他娘来，才抱过去。

　　宝珠道："陈大，这孩子既是你的，可有什么记认呢？"陈大道："那时匆匆的，也没有看得亲切。"宝珠道："胡说！大白日里，难道一点看不清?"陈大想了一想,道:"有是有的,当日虽未看得真细,记得左脚底有两个大黑痣,倒有小拇指头大小呢。"宝珠道:"我说不能一点记认没有。"稳婆道:"真实不错,我也看见过的,说开来,我就想起来了。"宝珠道:"既然如此,本院就好断了。"对陈大道:"脚下有黑痣,就是你儿子,你领回去。"陈大道:"大人天恩,使小人骨肉团圆,回去只有供奉大人长生禄位。"说罢,叩头不止。

宝珠点点头,对周氏道:"周氏,如果当堂验出痣来,本院是要把孩子断还人家的。"周氏道:"大人恩典,孩子真是小妇人亲生的。大人如果断离,小妇人就死在九泉,也无颜见丈夫之面!"说罢大恸①。

宝珠故意将公案一拍,道:"本院公断,何能遂得你的私心!你可知道刑法厉害么?"喝令将左脚鞋袜替孩子脱下来验看。果然不大不小,脚心里有两个小指头顶大的黑痣,众人个个看见。陈大跪上两步道:"小人从来是不会说谎的,求大人验看就是了。"此时保昌欣然得意,面有喜气;周氏魂飞天外,心里诧异。正要上来哀求辩白,宝珠对陈大道:"没有黑痣,自然不是你的儿子,既有黑痣,无疑是你儿子了。"陈大叩首道:"大人明见万里!"

宝珠脸色一沉,冷笑一声道:"好大胆奸滑奴才!你是瞧见孩子脱鞋袜的时候,脚心有两个黑点,你就当做两个黑痣了。你既然说得这般真切,你道着真有黑痣的么?是本院故意试你的。"吩咐左右,与他细看。松勇下来,将孩子脚心用手巾一拭,原来是黑墨点的。陈大面如土色,不敢开言。

宝珠道,"奴才!瞧见没有?案情上面失枝脱节的颇多,本院何难一言决断?料你这奸奴必不肯服,定有许多强辩,故意先试你一试,果然就试出来。本院再将尔情弊竟行说破:教你死心塌地。你这孩子,说是六月初三午时生的,天气大暖的时候,一个老婆子身上怎么藏得过孩子?且是青天白日,瞒得谁的眼目?由大门进去,三五进房子,难道碰不见一个人?一年多,你也不同她要儿子,她丈夫才死,你欺负她孤儿寡妇。奴才,受了谁的指使?好好供出人来,本院可开活得你,不然,你这罪名也是你受用了。"

---

①　恸(tòng)——极悲哀。

陈大此刻,理屈词穷,磕头供认道:"小人该死! 不该信赵保昌的话来,做这没天理的事! 小人得他五十两银子,是他买嘱小人的。只求大人笔下超生!"宝珠冷笑,对稳婆道:"你怎么样? 可要受刑?"稳婆连连摇手道:"不要不要! 他既说了,老妇人也是真言拜上。赵太爷也送我五十两,请我帮帮腔,老妇人原不肯的,无如面情难却,又看银子分上,只说做个见证不要紧,谁知你老人家小小年纪,这么清白,竟辨出真假来了,我又如何与他赖得过? 如今银子还未用,在老妇人床头边,我也不想发这个意外之财,明天拿来,送大人买果子吃罢!"

宝珠喝道:"胡说!"两旁吆喝一声。宝珠道:"你这两人罪名,就该重办! 本院格外施恩,吩咐左右,着实重打!"将一筒签子倒撒下来。陈大四十头号,稳婆四十嘴巴,打完放了出去。二人虽未定罪,就这四十下也就够了。都察院刑法最重,陈大也爬不起来,稳婆一口牙齿都吐出来。不知赵保昌如何发落,且看下回分解。

第二十六回

都察院御史巧伸冤　城隍庙鬼魂亲写字

话说宝珠问出隐情,对赵保昌道:"你知罪么?"保昌叩首道:"生员罪该万死!"宝珠道:"读书人既如此存心,还有甚发达之期? 我且不定你罪名,还要问你一件大事,你兄弟是怎样死的?"保昌道:"是急病,头一天还好好的,次日一早,我进房去,见他也没气了。"宝珠道:"他怎么会死的?"保昌道:"这个……生员如何知道?"宝珠道:"你又怎么会教他死的呢?"

左右各役听了这句,个个发笑,暗道她年轻,问问就有些糊涂,说出孩子话来了。就连两个司员,坐在堂口,也觉担心。可是赵保昌心中一动,面色就变下来,还强口道:"生员倒不明白大人的话,人是可以会教他死的?"宝珠冷笑道:"不到那光景,你如何肯招呢? 你这等巧口奸奴,不见个明白,你也不服。"保昌道:"生员心里真是不服,倒求大人教导教导。"宝珠道:"你这奸滑奴才,还敢称生员!"吩咐左右,将他衣衿①革了。

有人过来,把他帽子除下,送在公案上。保昌道:"生员何罪,大人斥革衣衿?"宝珠对周氏道:"明日本院着司员开棺,替你丈夫伸冤!"周氏此刻深感宝珠恩德,倒反替他耽惊,回道:"大人在上,小妇人丈夫是病死的,没有被害的情形,求大人三思要紧。"宝珠也不理她,吩咐进堂。

进内坐下,司员上来见过,道:"大人何以知道有冤? 司员看来,大人还宜详察。"宝珠笑道:"此非贵司所知也! 明天带齐人役,前来伺候。"司员答应。宝珠也就回府,早有人知会县里去了。此时个个替宝珠害怕,说案已审清就罢了,又引出事,到底孩子家脾气,不晓事体,大约总要闹出乱子来。

不说众人议论,再说宝珠到家,进房请姐姐来商议,二人谈到四更才睡。银屏见她们有正事,也不来缠扰,先上床了。宝珠道:"夫人,也不等等下官?"两个说笑几句,安息不提。

---

①　衿(jīn)——旧时念书人穿的衣服。

次日早上,宝珠进衙门,司员同县官领着各役,都来伺候。宝珠吩咐前去验明尸伤来回话,自己就在衙门候信。其时左都御史,是大学士德公兼理,原是宝珠老长亲,却好也到衙门,宝珠同他谈了一会,就将案情口供,都禀明了。德公大赞,爱得什么似的,又讲了好些话才去。司员等回来复命,说验得清楚,并没有一点伤痕。

宝珠也不言语,沉吟道:"明天本院亲自去验,如其没伤,本院当以官徇之!"各人辞去。宝珠回府,又同宝林商量道:"我分明见个鬼求我伸冤,保全后嗣,无疑是这一案。今天验不出伤来,不知是何缘故?"宝林道:"你不必烦恼,少不得自有伤验出来的。你明日自去走遭,顾不得害怕,倒要亲自细瞧。"宝珠道:"此时各官都有些怪我多事,他哪里知道其中情节?我不替他伸冤,也对不住这个怨鬼!"宝林道:"你瞧赵保昌神色怎样?"宝珠道:"神情实在是个失虚的。"宝林想了想,就向宝珠耳边说了几句,宝珠连连点头道:"我也想到此处,姐姐好见识,先得我心。"姊妹又谈了一会,当夜无话。

天明,宝珠就起身,吃了些点心,随即进衙,各官早到。宝珠今日格外款式,排齐执事,穿了大红披衫,出城而去。到长乐村,早有芦棚搭在那里,赵保昌、周氏远远跪接。宝珠下车,左右跟人拥护着,走进芦棚,到公座坐下,各官列坐伺候。保昌还请了许多有头脸的亲友在旁,外边看的闲人,多不可言,都说好个青年标致官府。更有许多妇女,格外的赞不绝口。

忤作①上来请示,宝珠吩咐检验,验了一会,仍然无伤。宝珠不语,就将赵保昌同周氏带上来,问了一回,茫无头绪。赵保昌倒反言语挺撞,宝珠怒道:"赵保昌!本院今天验不出伤来,本院自有应得之罪。如其有伤,你也难得过去!本院将个官拼你这条狗命!"保昌道:"大人真是明白青天,如验出伤来,小人这条性命,自是没有的。但恐没得伤痕,在大人亦有不便。"宝珠离了公座,各官也就起身。

宝珠粉面含嗔,柳眉倒竖,恶恨恨指着赵保昌道:"如真没有伤,本院情愿反把脑袋结交于你!如果有伤——"说着,哼了一声道:"我把你这奴才锅烹刀铄②!"就走到死尸前,喝令细验。忤作不敢怠慢,又来动手。

———————————

① 忤(wǔ)作——即仵作,旧时官府中检验命案死尸的人。

② 铄(shuò)——熔化金属。

宝珠细看死者，同晚间所见，一些不差，自己也就放心。见几个忤作从头验到脚下，报道："回大人：伤没有。"宝珠冷笑一声道："当真没有伤么？"忤作不敢言语。赵保昌道："大人明见，既报没伤，自然没有伤了。"

宝珠也不理他，吩咐忤作，取他左耳看。保昌听见，吃惊不小，暗想这个小孩子竟是个神仙？有个忤作答应，细看一回，大声道："得了！"就在耳中取出有半斤湿棉絮来，填了尸格。忤作赞了一声道："好精明大人，真是青天！"看的人个个得意，竟不循规矩，大家喊起好来，各役赶忙吆喝。

赵保昌吓得牙齿捉对儿厮打，周氏上来叩了几个响头。宝珠仍上公堂坐下，带赵保昌上来，他倒喊道："大人真正青天，替我兄弟伸冤，感恩不尽！还求大人缉获凶身。"说罢，大哭起来。宝珠微笑，对各官道："看这奴才，真是奸滑！"

本县是个举人出身，书呆子性格，最是古板，听见保昌说话，气得不可开交，大声喝道："大胆奴才！你刚才挺撞大人，同大人赌口，如果无伤，不但要大人的官，还要大人脑袋！有伤，是你认罪！说定的话，人人听见，你此刻又生别的枝节，希图脱身，大人容得你，本县容不得你。"吩咐："与我结实打！"又拍着公堂，连声道："打！打！打！"

各差役只得上来打，将保昌按翻在地，打了四十大板。宝珠道："赵保昌你有甚刁滑言词，趁早好说。"保昌道："那日早间进去有事，见兄弟已是死了。这事必须问我弟妇，或者知些影响。他们是夫妻，没个不晓得的道理。求大人原情鉴察！"宝珠又问了半会，也上了几件刑法，无如保昌颇能熬刑，再不肯招。宝珠吩咐带进衙门，尸首先行入棺。

宝珠进衙门，略坐一坐就回府，将许多情节，告诉姐姐。宝林也觉欣然，道："我的见识如何？既验出伤来，那就不怕他了。"到晚间，银屏一定要贺喜，备了一席酒，在宝珠前进，拉了紫云、彩云同坐，欢呼畅饮，猜拳行令，唱过许多小曲，闹了两个更次。银屏到底灌了他两杯才罢休。

次日，宝珠起来，有些咳嗽，没有出去，一来是在城外受了些风凉，二者昨夜多饮了一杯。休息到晚，宝珠一定要进衙门，紫云再三阻她不住，只好出房，教亲随多包几件衣服。宝珠进衙升堂，带上犯人赵保昌，宝珠道："本院知道你是个凶手，验伤的时候，原说有伤你情甘认罪，本院何难据此定你的罪名？你这奸诈奴才，定有许多辩白。你这意思，不过要攀你弟妇。你可知你兄弟昨夜在我梦中,将一番情节,都告诉明白? 说凶手他自己知道,求我今夜三更,把你们送到城隍庙后殿,他自己前来写字,谁是凶手,身上自有凶手二字,不是凶手,他也不写出来,自然没有冤屈。"

赵保昌听了,似信不信,只好答应,唯有周氏倒深信不疑。宝珠传伺候,到城隍庙来,道士迎接进去。宝珠先拈了香,着松勇带领各役,收拾后殿,将保昌、周氏送进去,窗格尽开,不用灯火,对面不见人。有两张高背椅子,把二人紧紧锁在下面,衣服脱下来,光着脊背,手脚捆定,不肯放松。说:"不能让你摸着背上,少刻鬼来写字呢!"各役将门带好,走了出来。

这里二人对坐,各有心事。周氏暗想:"冤有头,债有主,我没有害丈夫,他断不能害我,定然要来出脱我。"倒反将身子坐上些来,等他写字。保昌却是心虚的人,到了这步地位,阴间怕人,也觉良心发现,虽不深信,暗想鬼神之事,自来有的,他也不能无缘无故的叫我们进来。眼前漆黑,越想越怕,又恐宝珠着人暗算,一个脊背,更无躲处,见是有高背椅子,就将个脊背紧紧贴在椅背上,动也不敢动。

到了四更以后,有人役进来带他们,还是黑着走出来。才到前殿,见灯烛辉煌,摆着公座,宝珠坐在中间,满面秋霜,俊俏中带着一团威光,逼得人不敢仰视。保昌抬起头来,打了一个寒噤。宝珠吩咐先验脊背,周氏身上干干净净,保昌背上白粉写成胡桃大两字,明明白白是凶手。

宝珠道:"你这奴才,还有得说了? 不信,给他自己瞧!"各役就将神前照人心胆那面大镜取过来,又向道士借了一面镜,又照起来,保昌看得清楚,自己也觉诧异,暗想:"我将背脊靠在椅背上,也没有觉得一些影响,这字是哪里来的? 大约真是活见鬼了!"此时情理都穷,天良难昧,就将谋财害命的情节,直招出来。宝珠叫他画供,上了锁钮,带去收监,周氏释放,宝珠上车回府。

这件事,内外城都传遍了,人人赞好,个个称奇,说小小年纪,人家还没有出书房呢! 看她这种美貌娇容,好像个柔弱女子,竟有如此胆量才识,连鬼都显灵了! 你道这字,果真是鬼写的么? 原来又是宝珠的诡计。她用两个高背椅子,椅背上反写凶手二字,知道心虚的,必定害怕,手脚捆住,拴得短短的,身子无处躲藏,要躲只得贴住椅背,却好印了上去,所以不用灯,二更进去,四更就带了出来,神鬼不觉。刁奸做梦也想不到,至死也只说是鬼写的。

闲话少说，宝珠到家，将此事细述一遍，众人好笑，银屏心里暗暗拜服。过一日，许府接小姐回去，自然当做新闻，述与母亲、哥哥听。这个案，文卿虽然知道，却不知这些细情，听见妹子一说，格外欢喜。三家公子从浙江回来，自有一番热闹，请人拜客，忙了一回。却不知不觉早又到岁底。未知松府新年之事如何，且听下回分解。

第二十七回
慧紫云除夕通情话　勇松筠元夜闹花灯

话说松府到了除夕，满堂灯彩，重门大开，照耀如同白昼。宝珠绣衣玉带，领着两个小兄弟，拜家神，祭宗祖，替母亲、姐姐叩喜。就有许多账房门客，以及执事人等，内外家丁，都进来叩贺。上下皆有酒席。真是屏开翡翠，褥设芙蓉，说不尽风光富贵。一夜泥筒花炮，放不绝声。

宝林等姊妹兄弟，陪着夫人，在堂欢喜饮宴，比往年格外有兴。夫人起身散步，宝珠进房，同紫云谈谈。此时房里帏幔被垫等物，总换了一套新鲜的五彩，映着灯光烛影，耀眼争辉。桌上点一对金莲宝烛，架上一个大铜火盆，火光焰焰。烧些松花柏子，香气氤氲，烟云缭绕。紫云等打扮得花枝一般，笑吟吟的，在火盆上泡了一盏百子汤，送到宝珠口边，说道："百子汤吃下去，多生几个儿子。"

宝珠笑了一笑道："就同你生，人都知你是姨奶奶！"紫云笑道："也快生儿子了。两位少爷，也经发达，明年除夜，不知你还在这屋子里么。"宝珠道："我同你总不会离开的。"紫云道："今年太太见两位少爷中了，比往年更觉喜欢，待他两个也就好了许多。"宝珠道："姐姐同我讲，要替筠儿订门亲，教我留心。我想把银丫头说来给他做媳妇，你道可好？"紫云道："好极了！你也清楚多少。"宝珠道："怎么不是？免得这个厌物同我胡闹。"紫云道："人也精明，可以接得大小姐的手。"宝珠道："还有一说，筠儿不是个安分的，要给他娶个狠老婆才好呢！"谈谈笑笑。

宝珠出来陪着夫人，坐了一会，烧了两口烟，又到宝林房里闲谈。宝林道："彩云，你将百子糕取来，我们瞧瞧，好不好？"彩云答应，就在碧纱橱里取出两盘糕，还有十二碟精致果品，在外间炕上摆好，泡了两碗好茶。宝林拉了妹子，到炕上对面盘腿坐下。宝林笑道："你尝尝，如何？这是我自制的。"宝珠吃了一块，香美异常，笑道："是怎样做的？"

宝林道："有几瓶花露，留着没有人吃，我怕白糟蹋了，就取出来蒸糕，是我配成的东西。是那几种呢？就是梅花露、玫瑰露、蔷薇露、桂花露,还加些薄荷露,配上茯苓粉、莲子粉、燕窝粉、首乌粉、琼糜粉、香稻粉各样凑成。再用白蜜冰糖蒸出来,倒还罢了。"宝珠笑道:"姐姐好想头!我有许多花露,只留了几瓶搽脸,其余倒都洒了,就想不出这法来吃他。"宝林道:"你喜欢,我着彩云都送来给你。"谈笑一会,对坐品茶。彩云等许多丫头,个个高兴,拉出紫云、金子来耍钱。

不一刻,天已四更,宝珠回房,换了朝衣朝冠,到前厅敬天地,又在母亲、姐姐面前,领着两个兄弟行礼。宝珠出来,上车入朝,到了紫禁城换马。原来去年刘相府放了许多谣言,说宝珠是个女郎,夸赞她金莲怎样瘦小,弄得内外皆知。皇上是个风流天子,也就惜玉怜香,虽不能辨其真假,倒赐他紫禁城骑马,原来是个暗暗体贴的意思,就是奏对之时,每每有些诙谐的言语,喜动天颜,宠爱无比。

宝珠随班贺朝,回来更衣,就到各处拜年,亲戚朋友,年谊故旧,以及王公大臣,九卿六部,整整三四天才拜完。接着请年酒,会同年,会馆团拜,天天戏酒,忙个不清。夫人在家,也请了两天女客。许府一定请夫人、宝林,玩了一日。银屏来拜年,留住三五天才去。

瞬眼已是灯节,年例大放花灯,与民同乐。皇上在五凤楼前赐宴,宝珠早去伺候。松筠弟兄陪着夫人、宝林,饮了一回家宴。门上来回:许二少爷在门口请二位少爷出去逛灯。松蕃年轻怕生,又生得诚笃,不大高兴。松筠是最喜热闹的,即禀过母亲、姐姐,就要出去。宝林道:"站着!"松筠连连答应。宝珠道:"早些回来,不可又在外边生事。闯出祸来,你的性命就是我的!"松筠连忙答应"不敢",书童已套车伺候。

松筠出来,见许又庵、李莲波两个,坐在车里,探出身子,笑面相迎。松筠笑道:"你们才出来么?"又庵道:"我们逛了两条街,知道姑苏会馆有灯谜,意思去瞧瞧,特来约你同去。令弟为何不出来?"松筠道:"他不高兴。"莲波道:"不必闲讲了,请乘舆①罢。"松筠道:"你看灯月交辉,这样好景,坐在车里有甚意味? 依我的愚见,大家蹓蹓,还可有些奇遇。把车跟在后面,走乏了,原可坐车。"二人道:"好!"

遂一同下车,步上大街。家家户户,都有灯彩,香烟缥缈,火气辉煌,望去好似一条火龙,还妆些龙灯花鼓,在街上走来走去,真是笙箫聒耳,士

---

①　舆(yú)——轿子。

女如云,三人目不暇给。逛了一条街,人多拥挤,三人就有些参前落后。又来了几辆车,却好将松筠拦在车沿外边。

路挤塞了,车开不动,松筠细看车中坐个女子,约有十七八岁,颇有几分姿色,一身艳服,指头咬在嘴里,对着松筠微笑。松筠怎肯辜其来意?也就做出些风流来勾他,四目相注,一对情魂儿联袂出来。又庵在后边,看得清楚,见她灯上填着官衔,一面却不着见,一面是大学士三字,笑问道:"友梅,这美人好不好?"松筠回头一笑。又庵道:"这光景,她倒爱你呢!"松筠道:"安知她心中不是爱你?"又庵笑道:"不像。"莲波挤得远远的,插口道:"友梅原说出来蹓蹓,就有奇遇,不料果然遂心了。但我们同他一搭儿,有许多算不来处。"三人大笑。

你道车中女子是谁?就是刘相的小老婆子,微服私自出来看灯,有多少豪奴拥护。听得三人说笑,哪里容得?开口就骂道:"什么没王法的王八羔子,敢调戏相府小夫人?把他送到兵马司里去!"又一个喊道:"快拿住他,不要放走了!"松筠起初听见,倒吃了一惊,又听说要拿他,哪里容得?暗想:不如先发制人!手一抬,把个跨沿的仆妇,打在车辙里去了。豪奴看见,发声喊道:"还了得!"一齐围上来。

松筠见路窄人多,施展不开,脚一起,把个大白骡子踢了滚在一边,车也翻了,女子倒撞下来。家人妇女,赶忙扶起,在人丛里溜过去,借一家铺面坐了。这里众豪奴大嚷,有的说送信九门提督,有的说快回府里唤人,七嘴八舌,却不敢向前。松筠心里一想:一不做二不休,不如打个爽快的。一阵拳脚,打得落花流水。众豪奴跌跌爬爬,哀声不止,抱着头,只叫打死人了。闲人挤在两头,不敢解劝。街上虽有几个巡兵,见松筠这等品貌服饰随从,知道气焰非常,是个有势力的,也不敢上来弹压。还是许、李二位做好做歹,拉住了三人,跳上车,书童跨沿,跟班上马,赶车的加上一鞭,飞也似的去了。

刘府家丁爬起来,见人都走了,倒反说了许多狠话。无如不知姓名,没处查考,又是私自出来的,回去也就不敢提起。如其知道是松筠,刘府又如何肯罢休?几乎弄出一场大祸。

再说三人又看了一会灯,望姑苏会馆而来。到门前下车,进去到了大厅,见当中挂着一盏方灯,面面都写着灯谜,共是十个。三人看了一会,想了一会,又庵笑道:"那个'君命召不俟①驾而行'打句《四书》,像是'王请度之'。"莲波道:"不错。这首五律打一物,是什么? 我来想想。"三人细看,是"坚直掌翰院,无我不开科,浅水陈泥滑,盘香驿路多。芳容描隐约,瘦影日销磨。千古留遗迹,封侯一梦过。"

三人沉吟一会,莲波道:"我知道了,是笔。"松筠道:"这'午'字打节令,定是上巳。"二人赞道:"亏你想得到!"莲波道:"'子哭之恸'打曲牌名,这个容易,是《泣颜回》"又庵笑道:"'必得其寿'打句《四书》,是'老而不死'。"二人大笑。松筠道:"'朝朝应上望夫山'打《四书》,是'良人出'。这首七绝打四样物件,我也知道了。"二人看诗,是:高山流水系相思,落罢灯花夜已迟。杖策青藜何处是? 不如归去访徐熙。

二人问道:"是什么?"松筠道:"琴、棋、书、画。"又庵道:"'重阳'打个字,好像是旭字。"松筠道:"我们报罢?"莲波道:"索性打完了再报。"又庵道:"很好。"莲波道:"这个'四面不通风,十字在当中,若将田字猜,不通又不通',到底打个什么字?"又庵道:"不许猜田字,真就难了。"松筠道:"我想这'裳'字打官名,又打人名,倒不容易。"又庵道:"官名可是'织造',又叫'尚衣'。"二人点头。莲波骞然笑道:"到底被我想着了!"

二人忙问是什么字,莲波笑道:"是个亚字,当中空心十字,教人如何想得到!"二人拜服道:"你真聪明! 他是用的空心的,你心也用空了。"话言未了,松筠道:"我也有了! 裳字打人名,定然是'寺人披衣'。"又庵笑道:"寺人披衣的字,不如用袈裟二字,似乎比裳字好些。"三个逐个想了一遍,一个个报去,都答应了是,只有五律说不是。莲波又道:"是墨。"里面也答应了。三人进内花厅坐下,有人送上茶来,外面将些纸墨笔砚各样彩头送进来。

三人略看一遍,只有亚字的彩最重,是个汉玉镇纸洗成一个狮子,颇为可爱,吩咐跟班收了。又庵道:"今日几乎闹出乱子来。"松筠道:"怕什么! 他不过说我调戏他小老婆,我今年才交十五岁,知道个什么?"莲波道:"就是家里知道,过不去。"松筠道:"家里除姐姐之外,我还怕谁?"又庵道:"你倒不怕令兄么?"松筠道:"我哥哥待我们最好,又和平,又慈善,不教人怕,但我们自然的不敢得罪她就是了。"

---

①　俟(sì)——等待。

正在说笑,见走进几个人来,手里托着盘盒。又庵道:"谁在里边吃酒呢?"松筠道:"我们何不进去瞧瞧?"三人起身,见腰门紧闭,听见外边送物件进来,才开了锁。三个跟了进去,里面有个广厅,点得灯烛辉煌,搳①拳行令,有多少燕语莺声。

三人望了一望,见朱氏弟兄带了几个相公,还有三四位客,也没细看,就不好意思,上前走到对面三间坐下。有些跟班在内,见他们三人进来,都避出去了。只听上边问道:"谁放闲人进来?"又一个说:"快传看会馆的!"不知三人怎样回答,且听下回分解。

---

① 搳(huá)——划拳。

第二十八回

肆筵设席宾客称觞　论曲谈诗老翁饱学

话说松筠三人，走进三间客位，只听上面发作，休要理他。少刻，会馆里人走来，认识他们三位，先走过来赔着笑脸道："今天朱詹事家两位侄少爷在这里请客，请少爷们那边坐罢。"又庵、莲波冷笑一声，只见那松筠道："胡说！你这里是公所，难道他来得，我们来不得？我今天也要这地方吃酒呢！"那人不识时务，还赔笑，站立不动。松筠双眉戟竖，俊眼斜睃，那人也不看他脸色，笑道："少爷们那边坐，也是一样。"

松筠也不回言，左脚一抬，那人已撞到天井里爬不动，口里叫起屈来。松筠脚一垫，早飞出天井，一足踹住那人脊背，骂道："瞎眼的奴才！你知道少爷是谁"那人好似被泰山压定，口里不住的求饶。松筠举起拳来，打了一下，那人口中鲜血直喷。许、李二位大惊，死命拖住。上边也惊动了，走下来看，内中一人上前连连拱手，笑道："松二哥，不消动气，小弟在此。"

松筠抬头一看，见是桂荣的侄儿魁蓬仙，忙走过来见礼道："原来世兄在这里，小弟粗鲁了！"蓬仙笑道："请里面坐罢。"邀他三人入厅。大家见礼，重行作揖，朱氏昆仲，也是有世谊的，那两位也通了姓名，推李莲波首座，众人谦了一回坐定，几个相公上来敬酒。松筠细问，是金福班的，有个金福，颇为可人，松筠就和他玩笑。这位朱大少爷，有点书气，面上已有了怒容，不言不语。

金福见松筠年少风流，也就着实拉拢。朱大少爷心里，更怀妒意。不耐烦，发起话来，一言半语，就两下争执，松筠是最喜动手的，来得飞快，不知不觉，一拳打来。朱大少爷没有介意，左眼上早已着了一下，打得目睛反背，青肿几眇①。松筠一把拿住他，隔席提了过来。幸喜朱二少爷会说话，上来拖住，赔笑道："二哥放手，有话再讲。家兄为人本来板滞，今天

---

①　眇（miǎo）——瞎了一只眼睛。

又多了两杯,所以冒犯二哥,明日酒醒,小弟同他来登门谢罪。而且玩笑场中,人人都可玩得,何必因个相公,伤了世交的和气?"

魁、许、李三位,也帮着劝解,好容易才拉了松筠出去。到旁边厅上坐了一会,三人起身,魁蓬仙直送上车,说:"请罢,明天再见!"三人道:"明天是老师寿辰,我们是必来叩祝的。"一揖而别。莲波道:"回去尚早,何不进城瞧瞧灯去?"又下车进内城来,见迎着许多部堂灯笼过去,又庵道:"难道老爷子他们倒回去了?"

话未说完,又见一对灯笼头导,藤棍开路,闲人跌跌的闪开。又是一对灯球过去。又庵看灯球上,都察院左副都御史的衔。松筠道:"哥哥也回去了,我也不能过迟。"三人让在一边,只见宝珠的车,风驰电掣的过去,接着就是些大理院的灯球,一拥而过。内城边车填马塞,拥挤不开。三人倒让了一刻,才分手坐车回家。

松筠入内,见宝珠已坐在夫人房中,同宝林闲谈,公服还没有更换,松筠就在旁边坐下。宝珠问了几句,松筠说是同二表兄、许老二到姑苏会馆打灯谜子。宝珠道:"明日是你桂老师生日,你知会蕃儿,明早同我去拜贺。"松筠答应,退出去了。宝林对宝珠道:"筠儿究竟不如蕃儿,性子太暴,真不能给他脸面。我看你倒时常周旋他,大约因他中了解元,所以巴结他了?"说得大家好笑。宝珠回房,更衣改妆,天已不早了,去饰上床。

次日起身甚迟,到午初才出房,坐在夫人房里,着丫环出去请了两位公子进来。宝珠道:"你们去换了衣服,同我拜寿去罢。"二人答应去了。紫云也将衣帽送出来,替宝珠慢慢穿好。夫人见她是挂茄楠素珠,道:"这个珠子不好。"对金子道:"我前日寻出来那挂珠呢?"金子忙去开柜,取出一个锦盒,宝珠接过来一看,是碧霞玺①的,两边纪念,尽是翡翠,辉煌夺目,宝珠颇为欢喜。夫人道:"替她换上罢,这挂珠如今未必有了。我听说还是祖太爷文肃公做两广总督时得的。"

说着,两个公子已穿得齐齐整整,站在一旁,宝珠吩咐伺候。弟兄三个,辞了母亲,又进去向姐姐禀明,出来上车。到了鸣珂里桂府门口下车,有人通报,宝珠领着两个兄弟进来,桂荣已接到厅口。宝珠进厅,同桂荣平拜了。松筠、松蕃上前,见老师叩贺。桂荣也还了礼,就拉宝珠上炕,自

---

① 玺(xǐ)——印,自秦朝后专指皇帝的印。

己对面相陪,让松筠、松蕃上首椅上坐了。大家寒温几句,吃了一杯茶。桂荣起身,邀请三人入内,进了一座垂花门,上了花厅,见大半都是同年世好,个个迎将上来,让宝珠坐下。

松筠、松蕃也有些同年拉去同座,自有魁蓬仙等陪住。李墨卿笑道:"秀卿,今天为何来得迟?"宝珠笑道:"还是你们来得早。"云竹林道:"这是夫人拖住腿了。"墨卿道:"夫人尚没有,是姨奶奶拉扯住了。"椿荣道:"怎么先有姨奶奶呢?"墨卿笑道:"而且不止一个。"众人七嘴八舌的取笑。宝珠因文卿在座,总不敢言。只见张山人从后边踱将出来,宝珠忙上前拉了手。

张山人满面笑容,问了几句闲话,细看宝珠同人都是冷冷的,不似从前热闹,举动之间,时刻抬起头来偷看文卿脸色。老翁心里明白,倒有些可怜她,自己就走开了,笑道:"我今天到这里来,不过吃碗寿面。伯华还放不开,要我替他画条幅,画了不算,又要我题。这些英才在此,偏教我这老朽呕心血!"文卿笑道:"画的什么?"张山人道:"是落花蝴蝶图。"墨卿道:"何不取出来大家瞧瞧?"桂荣道:"午后没有事,再看不迟,还要借重诸君大笔呢!"潘兰湘道:"老先生题的,是诗? 是词?"张山人道:"我搜索枯肠,写了一片《梁州序》,看不得的。"说说笑笑,已摆开桌子。

桂荣请客入座,吃了面,众人散席。桂荣邀了墨卿、文卿、宝珠、张山人、云竹林、潘兰湘进后面书房,见酒席摆在当中,张山人道:"才吃过的,怎么又吃起来?"桂荣笑道:"刚才吃的面,没有多吃酒。如今吃饭了,正好多用两杯,几个知己,大家谈谈。"请张山人首席,兰湘等依次坐下。云竹林因他老泰山在座,不肯僭许、李二位,就同宝珠坐在上横头,桂荣、椿荣主席相陪。桂荣敬了一巡酒,又出来张罗这些亲友们坐,或下棋抹牌,各样玩意儿。有爱清净的,就同几个知己坐着闲谈。

桂荣各处照应了,又来席上每人面前劝了两杯。文卿笑道:"你也留我点量,停回行令再吃也好。"上了几道菜,张山人议论风生,娓娓无倦。诸人将些疑义来叩问他,张山人竟是问到哪里,答到哪里。兰湘道:"老先生真是天文地理,诸子百家,无不精通,至于小技,更不消讲了。"张山人道:"谈何容易! 天气难明,谁能通解? 自开辟以来,清轻上浮者为天,重浊下凝者为地。共工战败,撞倒不周山,就折了天柱,从此天倾西北,地陷东南,后来女娲氏炼石补天。这些话,见诸史策,我看似乎荒唐。人的脑,那来这么结实? 就是补天,又如何下手呢?"

宝珠道:"年代也不符,女娲之后,炎帝六传,才到黄帝,要说舜流共工于幽州,那就更远了。"张山人道:"难讲。"桂荣道:"仓颉①造字,毕竟楷书在先,还是草书在先呢?"张山人道:"草书在先。古人造字之义,不过拟声象形,也有许多不妥处。即如出字两重山,常读重字,重字千里,当读远字;矮字明明委矢,当是射字,射字寸身,自然是个矮字,如今颠倒过来,故字义有些不自然。"

众人大笑道:"一点不错,或者后人弄讹了,也未可知。"墨卿道:"男女之欲,是阴阳配合,自然之气。但女人妆饰,是谁制作出来的呢?"张山人道:"大约轩辕制衣冠,自然也分个男女。后来世风不古,竞尚奢华,越制越精,愈趋愈下,弄得翠羽明珰,粉白黛绿,金莲一动,香气袭人。"

宝珠听他们谈,低头不发一言。文卿道:"缠足之始,是南唐李后主,想来是不错的。就是齐东昏的步步莲花,也还不能算小脚呢!"张山人道:"后主宫中行乐,不过同窈娘取笑,用棉把他脚缠成新月之形,并非紧紧裹小,必使尖如莲瓣。且《杂事秘录》云:辛女莹的脚,跂跗②丰妍,底平指敛,约襪迫袜,收束微如笋然。禁中原是略加缠足,不使散放的意思。女莹的脚,照工部的尺折算,只得五寸四分,也同今日旗人一样。谁知后人相习成风,矫揉造作,量大较小,使小儿女受无量之苦。如今更有多少旗人也改汉妆,虽怪后主作俑,究竟是愚民自寻苦处。"

文卿笑道:"美人非缠足不可,才显得腰肢柔媚,体态妖娆,不能再好的。女人一双大脚,有何意味呢?"椿荣道:"我着缠足一层,不啻③造作诲淫之具。"宝珠满脸通红,手拈衣袖。张山人望了文卿一眼,笑道:"我还有些事不明白,人比小脚是金莲,女子的脚,取其尖瘦,怎么像个金莲? 如果真像个莲花瓣,胖而且圆,也就不甚好看了,真是拟于不伦。"众人大笑。

桂荣道:"刚才老先生题的《梁州序》,音律是讲完的了,我于此道,就不甚好,看见时,也依着牌子填几句,不知可入声调? 还有什么南曲、北

---

① 仓颉(jié)——传说中为黄帝的史官,汉字的创造者。

② 跂跗——脚背。

③ 不啻(chì)——好像、有如。

曲,我一些不懂,究竟有何分别?"

张山人道:"怎么没有分别? 人只知南曲有四声,北曲止有三声,以入声派人平上去三声之内,而不知平去两声,亦有不合。崇字南音曰戎,北读为虫,杜字南音曰渡,北读为妒。诸如此类,不可枚举。且北之别于南者,重在北声,南曲以亢高为法,北曲以字面透足为法。即一韵为音,也有不同,如一东韵东字声长,红字声短,风字声扁,宫字声圆;如三阳七江,江字声阔,减字声狭,堂字声粗,将字声细,择其实者而施之,在人自己会义。分宫立调,是制曲第一要紧。绵绵富贵,则用黄钟;感叹悲伤,则用南吕。其他南曲多连,北曲多断,南曲有定板,北曲有底板;南曲少衬字,北曲多衬字。选词定局,神而明之,存乎其人矣!"

桂荣道:"《九宫谱》可以为法么?"张山人道:"自从《九宫谱》一定,只知改字就声,总不能移宫换羽,真是三代之后乐已亡,故将《乐记》并入《礼记》。"说罢,哈哈大笑,文卿道:"词同诗,竟大有判别呢!"张山人道:"诗词一理,原可以作得词,即如《黄河远上》这一首,我念给诸位听:

黄河远,上白云间一片,孤城万仞山。羌笛何须怨? 杨柳春风,不度玉门关!"

众人听罢,个个点头。文卿道:"请教老先生,古诗以何为宗?"张山人道:"四言以三百篇为宗,太似则剽,太离则诡,故补笙诗不脱晋人俊语。五言自西京诸家,各有一副真面,梁陈之际,体卑质丧,名作寥寥。至唐陈伯玉,扫除积弊。七言权舆,独标丰格,初唐颇尚气韵,李、杜出而始极其变,后有作者等诸自刽无讥可也。"

文卿道:"近体以何为宗?"张山人道:"阴、何、徐、庾,五律之先声也。后主、王、孟,以淡远并辔,李、杜以壮丽齐名。金、崔、李、高,七律之正轨也,浣花如鲸鱼掣海,青莲如健鹤摩空。至于绝句,更难定论,虽工部高才,未传佳句,不得谓葡萄美酒、寂寂花时獭祭者可学步也。"

一席话,说得众人心服首肯。墨卿道:"老先生所题的词,何不取出来给我们学学乖?"桂荣着人取来,众人起身围拢来看。不知画的什么,且看下回分解。

第二十九回

传警报外甥逢舅氏　惩不肖阿姊似严亲

话说众人看这条幅,画着一湾流水,有些落花芳草,两个蝴蝶,一上一下的飞舞,画得秀媚非常,墨卿赞道:"兼工带写,恽寿平、徐熙台为一手。"文卿对宝珠道:"你画得出么?"宝珠摇摇头。张山人道:"她不过不及我老道,还觉得比我秀媚些。"再看题的词是:

阳春有脚,流年似水,一片闲情,空惹红悲绿怨。花开花谢,年年枝头香梦。草际微风,幻相庄生变,韶华如梦无滋味。我欲寻春入洞天,洒尽了胭脂泪。

众人大赞。张山人笑道:"老夫搜尽枯肠,诸兄莫笑,这个就算抛砖,来引诸君珠玉。"众人道:"真是珠玉在前,我们如何落笔呢?"张山人道:"不必太谦!"众人你推我让,推到许文卿,文卿对宝珠道:"你先来。"宝珠道:"怎么轮到我呢? 还是诸位年兄先请。"文卿道:"都是要做的,就先写出何妨? 偏你游游移移,令人不爽快。"又冷笑一声道:"我的言语,你是不肯听的?"

宝珠又不敢驳回,心里不乐,低下头去。张山人忙笑道:"松世兄,你就先来。"文卿这么说着,宝珠满怀委曲,只得信笔就写。有个家人上来回道:"请少爷回去。"宝珠道:"有什么事?"家人道:"没有甚大事。"宝珠道:"谁教你来的?"家人道:"是大小姐传话出来的。"宝珠见说姐姐来叫,就有些慌张,起身告别。

桂荣兄弟哪里肯放? 张山人等也是苦留。宝珠不肯,众人执意不放,宝珠只得实说道:"家姊呼唤,万不能不回去的!"墨卿道:"放她回去罢,你们可别累她受罪!"张山人点点头。文卿笑道:"墨卿明日倒是受不了的罪呢! 令正在家,先拿兄弟炼炼工夫,手头子才快呢!"墨卿笑道:"你威风别使尽了,你不能永不定亲。有这一天,教你如我就是了。"椿荣道:"文卿选到今日,到底要拣个什么美人?"

文卿大笑,宝珠脸一红,一言不发。桂荣道:"你也将这《梁州序》题成功,再会也不迟。"文卿道,"这话不错,不能题一半搁下来,也没有这等忙法。"宝珠奋笔疾书,写成看了一遍,递与张山人道:"没有思索,不知说些什么,请老先生改正。"张山人道:"休得过谦。"因朗诵道:

朝霞一色,春风半面,几处落红庭院。良辰美景,空教蝴蝶双飞。六朝金粉,三月烟花,过眼休轻贱。花飞莫遣随流水,芳草天涯未归,洒尽了胭脂泪!

张山人拍案叫绝,众人赞不绝声。张山人又念两遍,忽然看看宝珠,又看看文卿,不觉长叹一声。宝珠双蛾微锁,低首无言,众人不解,也不好问。宝珠同众人作辞,众人起身要送,宝珠拦住,桂荣弟兄说道:"客不送客,我们愚弟兄代送罢。"众人都约宝珠晚间早来,宝珠答应,又推住椿荣道:"二哥请陪客。"就同桂荣出书房,到前厅叫了两个兄弟,一齐谢了桂荣,桂荣再三相订晚间必来的话。

才到厅口,见执帖领了李荣书进来,宝珠等抢步上前请安,李公笑嘻嘻的拉住了,道:"来迟了。"桂荣:"小侄生日,还劳年伯的大驾。"李公道:"好说。"就踱进来。宝珠等也只得在后,跟随李公上厅,祝了寿,桂荣让他上炕,李公盘腿坐下,笑道:"我真来晚了,面也赶不上吃。你们这意思,吃过面倒要走了?"

宝珠道:"姐姐着人来唤,不知有什么事呢。"李公笑道:"别要理她。有话讲,就说陪勇舅的,她敢不依,舅舅把两根胡子同他拼了!"说罢,仰天大笑,又同桂荣周旋一番。桂荣道:"年伯,晚间赏个光罢?"李公道:"谢谢,改日再扰,今天还有点小事。"桂荣道:"张山人在书房里,年伯何不会会?"李公道:"我也不见他了,而且不能久坐,一会就要去了。"宝珠道:"舅舅忙什么?"

李公道:"我刚才在德二老那里,听得海疆信息不佳,又告急到京。他忙得什么似的,到内阁里去了。"桂荣道:"年伯可知道些情形么?"李公道:"也不甚清楚,德二老还没有见着本章,但听说和亲王大败,元旦就被人偷了营去。"宝珠道:"这是前天就有信的。"李公道:"至今没有打个胜仗,连日天天有报,沿海一带,遍地是贼,又失了两处城池,和亲王退守省城,围得水泄不通,不知如何是好呢!"桂荣道:"亲王过于仁厚,不是个将帅之才。"李公道:"可不是。"谈了几句。

吃了茶起身,宝珠也告辞了,一同上车,桂荣作了一揖。宝珠同李公分手回家,带着兄弟,先进夫人上房,走了一遭,又到宝林房里,叫了一声姐姐。宝林哼了一声,不言语。宝珠见姐姐生气,就站着伺候,不敢坐下。宝林道:"蕃儿出去,没有你的事。筠儿,替我跪下来!"松筠站立不动,宝珠只得代辩道:"他今天没有犯法,姐姐为何生气?"

宝林桌子一拍,道:"糊涂东西! 你还敢替他辩么? 连你也没意思呢!"骂得宝珠闭口无言。宝林道:"松筠! 你跪不跪?"松筠只得跪下。宝林道:"你昨日晚上,很使威风!"宝珠听了,才知道是为的昨日的事,倒替兄弟担心。宝林又问道:"你昨晚在姑苏会馆么?"松筠不敢开言。

宝林喝道:"怎么不言语!"松筠道:"去是去的,不过打了几个灯谜就走的。"宝林道:"打灯谜罢了,谁叫你打人呢?"松筠道:"没有这事。姐姐听了谁的话?"宝珠道:"传来的言语不足信,姐姐,不可轻忽,如今筠儿倒不很放肆了。"宝林冷笑道:"仗着你这糊涂虫的哥子,闹出乱子来,你还不知道呢! 现在人家闹上门来,你真是在梦里呢!"

宝珠诧异道:"谁敢有这胆子闹上门来?"宝林啐了一口道:"人家被你兄弟打坏了,难道还不敢上门来? 当真你是个都御史,人只怕你呢!"宝珠不敢做声。宝林道:"门上进来回话,吞吞吐吐,但说朱詹事家两位少爷要见你,彩云出去说:'少爷到桂大人家去,难道你们门上不知道?'门上说:'原是把这话回去,无奈他不肯去。'彩云问他有什么要事,门上又不敢说。彩云再三问他,才说朱家被筠儿打伤眼睛,要瞎了,等你回来告诉。彩云进来,一长一短的回我,我听见又气又恨,只得传话出去,请账房里王老爷见他。却好崇年伯也在这里,好容易才说开,把他劝走了,你道可恨么!"

宝珠听了,心中不快,道:"怎么动手就打人? 是甚意思呢?"宝林道:"这要问他!"遂喝甚:"你好好直讲,与你有益多着呢!"宝珠也说道:"姐姐问你,不说也过不去。你难道不知厉害么?"松筠只得将昨晚的话,略说几句,总说人家欺负他。宝林道,"人家欺负你,我们也不依,你何不回来告诉我? 我自然着你哥哥去同他家讲理。你如今把人打坏了,还有什么说的呢? 况你也不是受人欺负的。我也不同你多讲。"吩咐小丫环取家法,唤几个粗使仆妇进来。

宝珠代求道:"筠儿是真不好,打是不可少的,请姐姐打几个手板罢。人也大了,求姐姐留他一点面子!"宝林道:"手板是该打,你这个失察的罪名,就算了不成?"宝珠低了头,不敢再说。

少时,仆妇进来,宝林柳眉微竖,杏脸含嗔,喝道:"着实的重打!"众仆妇上前,把松筠按在凳上,彩云上来动手,打了几十下。松筠在宝林面前,一毫不敢撒野,口里哭着求饶。宝珠也替他讨情,宝林不肯,又打了几下,经宝珠苦劝,方才放了,还说要锁起来。宝珠又劝,吩咐因在书房里,仍然不许出门。

宝珠扶了兄弟出去,送他到前边,劝勉几句,安慰一番,仍进宝林房里,恐怕姐姐生气,陪着闲谈。宝林问道:"我着人去叫你,怎么这一会才来呢?"宝珠道:"刚才出门,就遇见勇舅,又跟进去谈谈。我怕姐姐性急,连舅舅叫我同到内阁我都没有肯去。"宝林道:"舅舅到内阁,有什么事?"宝珠道:"打听苗疆信息,说是不甚好。"

宝林道:"你听说怎样?"宝珠道:"我也没听见,只听舅舅说的和亲王从大年初被江贼偷了营去,至今没打个胜仗。如今沿海尽是贼,又失了两处城池,和亲王退保省城,又告急到京来了。"宝林道:"没个有用的人去,如何平定呢?"宝珠道:"满朝的人,也不知谁有真实本领。"宝林道:"娘知道这事么?"宝珠道:"不知道。"宝林道:"我们娘房里坐坐去。"宝珠道可,遂随了姐姐,到夫人房中坐下,就将刚才的话,说了一遍。

夫人颇为害怕道:"我们此地没事么?"宝珠笑道:"远多着呢!"夫人道:"你也该去内阁问问消息。"宝林道:"少刻着人去问声舅舅就知道了。"金子进来道:"门上来回:桂大人家请过两次了,定请三位少爷吃晚酒呢。"宝珠不开口,目视宝林,见姐姐脸沉沉的,就回道:"吩咐门上回他去罢。"宝林起身,宝珠也进房。门上又回:"桂府来请。"宝珠出来,同夫人商议,就说夫人的意思教去的,着金子进来同宝林说。

停一回,金子回房,摇摇头道:"去不成,不答应。"宝珠道:"你怎么说的? 是你说得不好,你该说太太叫去的!"夫人道:"当真不许去么? 是我的意思。"金子道:"说过了,不行呀!"宝珠道:"好姐姐,你再去同彩姐姐商量,请她说一句,倒可以答应。"金子嘻嘻的笑道:"不要忙,好容易说通了,放心去罢!"宝珠笑道:"你好!"金子道:"别要怪我了。"

宝珠也不开言,转身进房,换了衣服出来,上车到桂府,天已晚了。上花厅见张山人等都在内,大家让坐。桂荣道:"二位令弟怎么不来?"宝珠道:"天晚了,家母不放心。"

　　少刻主人请客上席。宝珠道:"潘年兄呢?"桂荣道:"先前令母舅的话,我进来说了,他不放心尊大人,到内阁听信去了。"宝珠点头。席上也行了些令,直饮到二更后方散。

　　次日,宝珠进衙门,听见颇有人传说海疆之事,人心有些慌乱。宝珠打听的实,也觉担心,就到内阁问信。见皇上有旨,传谕各官,陈言灭寇方略,也同前回一样,不论文武,都许进言。宝珠回家,思想一会,吩咐紫云,取过笔砚。不知写些什么,且看下回分解。

第 三 十 回

上封章天子识奇才　掌兵权女儿拜大将

话说宝珠回家，心里有些见猎心喜。坐下来思想一遍，即取文房四宝过来，遂提笔写道：

左副都御史臣松俊为谨上条陈恭呈御览事：窃以海疆多事，圣天子询及刍荛①，臣以为小丑跳梁，无烦廑虑②，谨拟十不足虑之说，为我皇上缕晰陈之。苗兵素无大志，今所以攻城夺地者，内贼诱之也。内贼恃外寇为声援，外寇以内贼为向导，合之则气壮，离之则势孤，破其一路，其余不足破也，此不足虑者一也。苗兵远来，路径不熟，今既深入，进退维艰，此不足虑者二也。苗兵乌合虽众，其性多疑惧；胜则勇往直前，败则彼此不顾，此不足虑者三也。苗兵之附海贼也，为利而来，并非真心相助，日长月久，必生内变，此不足虑者四也。敌兵航海远征，利在速战，旷日持久，兵粮不给，锐气一衰，破之必易，此不足虑者五也。天下承平已久，人不知兵，见烽火而惊心，遇干戈而丧胆，大军既集，人心则安，此不足虑者六也。今城池虽失，贼人奸淫惨戮，不得人心，官兵军民陷于贼中者，必不乐为之用，既有外援，必多内应，此不足虑者七也。且叛者邱廉一人，其余从贼之辈，或为势迫，或为利诱，如其失利，人各一心，何能用命？此不足虑者八也。苗兵之性，畏暖耐寒，方今春去夏来，必有思归之念，天时不利，人事可知，此不足虑者九也。苗蛮出役，宜于山径，今入内地，平川旷野，非其所宜，且海贼争战利于水，苗蛮用兵利在陆，虽云犄角，实不相关，此不足虑者十也。伏乞我皇上，兵宜练精，将宜选勇，帅宜任专，临机应变，通权帷幄之中，决胜千里之外，要在审时而度势，慎勿拘执以鲜通。出奇兵以胜之，神而明之，存乎其人矣。臣本书生，不习戎事，胸

① 刍荛（chú ráo）——割草打柴的人。多做谦词。

② 廑（qín）虑——殷切的关心和思虑。

中臆断,纸上谈兵,伏乞皇上圣鉴施行。谨奏。

宝珠写罢,递与紫云看了一遍,笑道:"好经济,我看不必惹事罢。"宝珠道:"放心,断不致教我这个小孩子去出兵。我也不得不如此,门面是要顾的。"明日早朝,宝珠将本上了。

到晚,又接到紧报,说省城已失,和亲王退到连江,潘尚书殉难。这一报来,各官都慌。宝珠等赶到潘府吊唁,潘府合家号哭,众人正在劝慰兰湘。松府家人进来,对宝珠道:"有旨意立传少爷保和殿见驾。恐怕来不及,大小姐吩咐,连公服都带来,请少爷穿好就去。"宝珠道:"什么事?"家人道:"不知道,是内阁来传的。"宝珠道:"你们套车点灯伺候。"家人道:"早预备了。"少爷连忙穿了公服,辞别家人上车,到保和殿来见驾。

原来皇上细看各官条陈,看到松俊的,大称上意,就到内阁同刘相等商议,说松俊虽是个小孩子,见识很好,上的条陈,颇合机宜,朕想着她去平寇;无如年纪太幼,不便着她前去。刘相心里想起宝珠的旧恨来,倒极力保举一番。后来又得这个紧报,一时没个人去,只得召她来问问。宝珠遂将所奏的十条,细细的奏对,圣心大悦,笑道:"朕着你去平贼,你去不去? 朕看你倒尽可去得。"宝珠不敢言语。

皇上又道:"就着和亲王监军,你为主帅,凡事计议而行,何愁不克?"宝珠叩首道:"主上既命臣去,臣自然尽心报国,不敢惮劳。但主上既要用臣,就别用亲王,若用亲王,臣就不敢去。"皇上道:"为什么呢?"宝珠道:"主上用臣,各事自当让臣专主,若有亲王监军,凡事还是请命好,不请命好,就有许多的掣肘①了。臣愚直之言,望陛下圣鉴。"皇上听宝珠之言,心中大悦,道:"果然有志不在年高,好个帅宜专任!"

遂当面降旨,加兵部侍郎经略大臣,总办海疆军务,便宜行事。各省文武官员,俱受节制,听其调用,有不遵者,先斩后奏。先统神机营大军十万,限三日内起行,星飞去救。宝珠谢恩出朝。皇上回宫,又将各官奏章翻阅,见李文翰的条陈,也还切实,就用做副帅,参赞军机。和亲王召回议处,潘利用优恤。

这道旨一下,真急坏了多少人。松、李两家,早已有信,松夫人急得无可如何,只是哭。暗想:"怎么这种巧法,皇上爱上我家人了? 一个女儿

---

① 掣肘——拉住胳膊,比喻阻挠别人做事。

差了去不算,还要带上个大女婿去。听说苗子厉害,我家两个小孩子去,料定不得回来,不去又不能。连亲王都杀他不过,潘尚书这大年纪,还遇了害。怪老爷当日高兴,把她装个男子,如今这颗掌上明珠,要断在他手里了!"越想越恨,眼泪好似断线珍珠。

宝珠回府,见夫人躺在炕上垂泪,上前叫了一声娘,就挨在旁边坐下来。夫人坐起身,扯住宝珠的手道:"孩子,你这点年纪,怎么能做上经略?主子也太糊涂了。难道就没个人去?教娘如何放得心!"宝珠也就流下泪来道:"娘是哪里话,食君之禄,忠君之事。又道事君能致其身,身子都是君的,敢不替国家办事吗?"

夫人长叹一声道:"我只怪你糊涂爹爹。"金子上来劝慰夫人道:"少爷去定海疆,正是喜事,太太怎么倒伤心?况且几个毛贼,少爷去了,手到擒来。"宝珠道:"姐姐怎么不见?"金子道:"大小姐吗?彩云说她得了这个信,晕了一跌,如今扶她床上睡着呢。"宝珠诧异道:"这是什么意思?我去瞧瞧。"

才要进去,只见宝林飘然而来,进了房,喜笑颜开,对宝珠道:"大喜大喜。"宝珠赶忙招呼坐下。见夫人流泪,笑道:"娘哭什么?这等喜事,人家求之不得的,又升官,又威风,哪个官员不受她节制?平定下来,就可以灭寇之功,为将来辨罪之地。想起来还要欢喜,也图个吉利。"夫人也知道是宽慰之言,只得住了哭,点点头。宝林就拉了宝珠进套房来,姊妹对坐。宝林道:"三天就要起兵,也要收拾收拾。"宝珠道:"我想带了紫云、绿云同去,才便当呢。"宝林道:"那自然。我还有一个人,要你带去。"宝珠道:"可是松勇?万不可少的。"宝林道:"松勇何消说得,是筠儿。"

宝珠诧异道:"这险地带他去干什么?"宝林道:"你知道什么,他在家也不安分,我照管不来,况他中举,不若是你的力,还能中进士吗?他倒会动手动脚的,你带他去立点功,图个出身。"宝珠道:"怕娘不肯。"宝林道:"你不必虑,有我呢。"此刻,外边也有许多亲友来贺喜,门首车马填塞,灯烛辉煌,宝珠一概辞谢。就连夜吩咐紫云等收拾行装,应用的物件,虽不能多带,也有许多省不来的,一切都经紫云过手,大小姐也随时指点。宝林又在夫人面前,极力的说要松筠去立功。夫人始而不肯,经宝珠分剖明白,也就允了。

宝林回房,同两个丫环用元青缎制成两件窄袖小袄,背着人总是流泪，在人面前却一点不形于色。次日，宝珠出门，各处辞行，在李府用了饭，回了神机营，将帅领军各官都来参谒。宝珠吩咐明日天明，在大教军场听点。众官领诺辞出。再说许文卿听见这个旨意，真急得手足无措，暗想好容易费多少心机，才算是我口中之食，谁知倒送把苗子玩去了？再想我天上少世间无的美人，到何处去找？要教她这时候改妆，规避的罪名就当不起，也是没得安稳归我。想来想去，无法可施，一夜不曾合眼。

今天早间，曾到松、李二处走了一遭，松府门上挡驾，心想就进去，也不能讲话，见面反难为情，不如回去罢。到家坐在书房，长吁短叹，饮食都不进。许夫人知道儿子心事，叫进去劝了一番说："银屏明日要去送她，你有甚话说，何不说给你妹子，着她传了去。"文卿道："不便，我想今晚去见她一见，就怕她不肯出来。"夫人沉吟道："你进去先见她太太，说了来意，你坐在她内室里，她也不好回你。"文卿点头。

到了晚间，却说宝珠在母房中同姐商议蕃儿亲事，如舅舅来，姐姐就可说明，请张山人先送了聘，不必等候我回来，是一定准的。又吩咐蕃儿今年会试的话。夫人在旁，只管叮咛，不是说临阵小心，就是说寒暖在意，宝珠只好一一答应。忽见金子飞跑进来道："许少爷进来了，也不候门上通报，拦他不住，说要见太太呢。"

宝林、宝珠慌得赶紧进了内房，这里文卿已摇进来，对夫人一揖，叫了一声："姻伯母！"夫人还礼。文卿又道了喜，夫人请他坐下。小丫头送上茶来，夫人同他寒温几句，问他母亲好。文卿道："家母命小侄过来见姻伯母贺喜。还有一句要话。"意思要见秀卿面达。夫人道："他去见她舅舅，不知有甚话讲呢。"文卿道："小侄没事，不妨候一候。"夫人道："回来晚呢，怕公子不耐烦。"文卿就知是推托之意，笑道："不妨不妨。"将些闲话同夫人谈，请夫人只管用烟，不必陪他。

夫人要叫松筠进来陪，他又再三阻止。延到一二更天，都不肯走。夫人正有心事，好不厌烦。内房宝林也知文卿坐着不走，就对宝珠道："你就见他一见，看他有甚话讲。"宝珠不开口。宝林道："你不见他，是不肯去的。"宝珠道："我可不好见他。"宝林道："奇了，你难道同他没有会过吗？自然他有事才来呢。"回头对紫云道："你去请太太进来。"紫云答应，到正房侍立夫人旁边，低声道："大小姐请太太呢。"

文卿一看，认得也是个可人，心里格外难受，不转眼的看着紫云。大人起身道："公子请坐,就来奉陪。"文卿道："伯母请便。"夫人进内,宝林迎着道："不见他是不肯走的。"夫人道："原是说有要话讲呢。"宝林道："就让他进来,看他怎样。妹妹偏又不肯。"夫人道："也怪不得他。"宝林就在耳边说了几句。夫人点首,长叹一声,出来对文卿道："公子请里坐罢。"

文卿听了,就如奉了军令一般,心中大喜。紫云已拿着纱灯伺候引路,文卿看着她,爱得什么似的,要想句话同她说说,一时又想不出来,过天井,绕栏杆,进了玻璃窗,领她在右间坐下,紫云已进书架暗门。少刻,绿云送茶过来,文卿品着茶,四面观望,啧啧称羡。停了半晌,只听书架内低低的道："出去罢,要什么紧呢?"挨了片刻,才见宝珠慢慢踱将出来。未知文卿见宝珠有何话说,且看下回分解。

第三十一回

美玉郎痴心谈别恨　老夫人家宴感离怀

话说文卿见宝珠出来，满面含羞，一言不发，就到靠窗椅上坐了，低下头去。文卿到站着，候她坐定，才坐下来。两人默默无言的坐了一会。文卿时常抬头，看看她这副绝代花容，格外伤心，有万语千言，一句话也说不出口。又挨了一会，还是文卿先开口，道："你出去，千万要保重。"一句话还没有说完，声气就低了下去，不觉流下泪来。

宝珠也不理他。文卿要想说第二句，喉中如物噎住，再说不出来。淌了好些眼泪，立起身来道："我一腔的心事。不知从何说起。归总一句，你真坑死我了！"说罢，几乎放出声来。宝珠此时也就用帕子拭泪。文卿顿了一脚，又坐下来道："我好恨呀！"长叹一声，手托着腮，呆呆的不言语。紫云又送一杯茶，轻身就进去了，文卿呷了一口，狠狠的将杯子放在桌上，道："你也想想，教我怎么不着急呢？我有一句话嘱咐你，你去捉住那个海贼，替我将他千刀万剐。我的言语，你听见没有？"问了几遍，宝珠点点头。

文卿道："我知你贵人少语，也要明白个遇变通权，你一句不言语，就辜负我的心了。"又流下许多泪来。话没说了几句，工夫倒挨了好一会。文卿道："时刻也不早了，你我谈两句，我是不能不走的。我的心，你知道么？"宝珠摇摇头。文卿道："我不放心你……你知道么？"宝珠点点头。

文卿走到宝珠面前，一把扯出手来道："怎么不言语？真闷煞人，好歹都说出口。"宝珠见他扯着手，缩不转来，又知书架里有人窥伺，不好看相，有些着急道："你要教我有什么说的呢？"站起身，将手一摔。文卿在她手腕上狠捏一把，恨了一声，二人从新坐下，相对无言。对面望一回，又流一回泪，已有三更多天。

夫人着金子进来说道："太太请少爷早些安歇，明天大早，还要去阅兵呢。"文卿坐着，还是不动。金子站一站，只得回来。绿云拧了一把手巾，装了两袋水烟。文卿絮絮叨叨，肉肉麻麻，好不话多，宝珠总不答。金子又来催促,到第三次,道:"请许少爷外边坐罢。"

文卿无奈,叹了两口气,取出一只翡翠镯,套在宝珠手上,将宝珠的金钏自己戴了,道:"话短情长,神驰心碎,唯望勤劳王事,努力加餐。"话未说完,那眼泪不由得点点滴滴落将下来。宝珠起身,也是泪流不止。二人又对站了一会,文卿把心肠一硬,才转身,宝珠不由得跟了几步。文卿一步几回头,走了出去。宝珠倒呜呜咽咽,哭了起来。宝林等拉她进房,劝慰好半会,才住哭声,还是唉声叹气的不乐。这里文卿辞别夫人,回去不提。

第二日清早,会同李墨卿,带了松筠、松勇到教场,神机营里,早发下十万大兵伺候,个个精勇。还有许多随征将佐,各领本部军前来参见。宝珠略看一看,但见旌旗齐整,盔甲鲜明,好不威武。宝珠选二十四个都统为飞虎大将,在帐前护卫,挑了五千精锐做亲兵,号为飞虎军,一色用虎皮软甲,虎皮战裙。命松勇领一万大队,为前部先锋,墨卿也选了十将,三千精锐为帐前护卫,又点一千精勇,着松筠就带。宝珠吩咐大军在皇华亭安营,各营应声如雷。

宝珠起身上马,三个大炮,声震天地。二十四名都统,前遮后拥,飞虎军就随到府门口来驻扎。宝珠回府,已有午后,就留墨卿吃了饭,谈了一会,李公着人叫回去。宝珠将家里账房、门客、总管、各执事家人,以及各业管事,都叫来吩咐一番,挑了许多门客,带去营中听用。依仁再三要求随营,宝珠不便推却,只得应承。门上报道:"张山人来拜会。"宝珠忙迎接入厅,见了礼,分宾主而坐。张山人道:"恭喜世兄,简命邀荣,英年得志,秉蛮邦之节钺①,领海上之湖山,正是水上风樯,皆成阵马,军中粉黛,亦是奇男,朝野具瞻,华夷仰望。"

宝珠听罢,吃了一惊,故作不知,谦了几句,道:"昨日就到老先生处请训辞行,却值公出。今天惠然肯来,必有以教我。"张山人道:"老朽铅刀,百无一能,唯有望世兄奏凯还朝,名标麟阁耳。"宝珠道:"老先生休得太谦。"张山人随在袖中取出一卷纸来,又不是画稿,又不像条幅,一大卷不知什么东西。宝珠道:"请教老先生,此是何物?"张山人道:"这是一幅地图。老夫当日随令叔祖征蛮,将他那边地势路径,画得明白,带回来的。

---

①　节钺(yuè)——符节和斧钺,古代授于将帅,作为加重权力的标志。

上面地理,一一分明,何处可以进取,何处可以藏兵,了如指掌,大可作个向导。今日送来,稍助方略。"

宝珠喜不自胜,展开来一看,见画的明明白白,连地名都注的清楚,谢了又谢。略谈两句,也就告辞。宝珠直送上车,还称谢不已。晚间是夫人、大小姐送行家宴,连松筠、松蕃都入座。又备了一席,在外赏赐松勇。宝林取酒在手,送到宝珠面前道:"兄弟,愿你此去,旗开得胜,马到成功。"说着,眼泪忍不住点点的滴在杯中。宝珠起身道:"多谢姐姐。"也是哽哽咽咽,说不出口来。接过酒杯饮干,回敬宝林一杯酒道:"家里全仰仗姐姐了,娘面前还求姐姐开导安慰,别教闷出事来。"宝林点头,话儿答不出。

宝林又要送松筠的酒,松筠连忙止住,松蕃过来,送了两杯。夫人呆呆的流泪不言,就连宝林支持得住的人,也忍不住时常用帕子拭泪。勉强坐了一回,虽是八珍,也难下咽,酒落愁肠,一滴已醉,大家不欢而散。宝珠回房,姨娘进来谈了一会,道:"人多的时候,我也不敢同你多讲话,你究竟是我亲生的,我放得下心吗?凡事都要小心。你若是个男人,我也不愁了。"叮咛半夜才去,又淌了多少眼泪。

第三日一早,将箱笼物件下船,着松勇同些随征门客,先去张家湾船上伺候。松勇进内叩辞,夫人千叮万嘱,托他照应宝珠,松勇叩头领命。正在忙乱,门上慌慌张张的进来禀道:"圣旨下。"宝珠换了公服,出厅排齐香案,行九叩礼,天使开读圣旨:

奉天承运皇帝诏曰:咨尔松俊,少年投笔,壮志从戎。胜终军之请缨,比班超①而有志。足备干城②之选,堪膺心腹之资。作朝廷之股肱③,领海洋之节钺。草木一战荒凉外,星斗皆寒貔貅④隐。昏黑之天,关河隔断。男儿心存报国,奋迹云霄;丈夫志在封侯,立功沙

① 班超——东汉名将。
② 干城——干:盾牌。干和城都用以防御,比喻捍卫者。《诗!周南》:"赳赳武夫,公侯干城。"
③ 股肱(gōng)——比喻左右辅助得力的人。
④ 貔貅(pí xiū)——比喻勇猛的军队。

漠。高宗遐①方之克,不惮三年;黄帝涿鹿之征,曾经百战。功名盖世,周元老之奇勋,先声夺人,汉嫖姚之大捷。看渠魁之束手,警小丑之跳梁。天上麒麟,自然有种;雪中蝼蚁,又岂能逃? 此时遵海而南,精忠报国,异日凌烟之上,绘像标名。果立不世之勋,自有酬庸之典。赐尔上方宝剑,助尔肤功。颁来御制新诗,壮卿行色。尔其钦哉!

　　校卫羽书飞瀚海,平明吹笛大军行。一身转战三千里,指日苍生颂太平。

　　虏骑闻之应胆慑,指挥若定失萧曹。铁衣远戍辛勤久,朕与先生解战袍。

　　宝珠谢恩毕,与天使相见,就将上方剑,供在香案上。天使道:"老先生此去,主子很不放心,奏凯回来,封侯有日。"宝珠道:"全仗圣天子威灵。"天使道:"主子传旨,王公大臣,九卿六部,以及翰詹科道文武百官,都在皇华亭候送,庄敬王、宜政王代主子把盏。"宝珠道:"天主隆恩,粉身难报。"

　　天使坐了一刻,起身别去,宝珠直送上马。进来,见银屏已在夫人房中,高谈阔论,笑道:"妹妹来了,我竟不知道。"银屏笑盈盈的道:"特来给帅爷叩喜的。"宝珠道:"不敢当,我还没有到干娘面前禀辞。圣命在身,限期又迫,请妹妹致意罢。"银屏道:"不敢劳尊,咫日②得胜还朝,娘说还要来吃喜酒呢。"宝珠谢了,陪着坐谈一会。银屏道:"请自便。"宝珠回房,饭后墨卿来问明日起行时刻,宝珠约定五更辞朝,辰初起马。墨卿别去。宝珠就打发紫云、绿云先走,在船伺候。因明日有百官相送,不好意思同行,点了五百飞虎兵护卫,又带了八名仆妇。

　　紫云、绿云叩辞夫人、大小姐,不免有一番感慨。红玉、金子、彩云、彩霞,一直相送上车才回来。宝珠坐在房里,有些孤凄,宝林、银屏进来陪她闲活。宝珠见银屏在此,心里一想,对宝林道:"姐姐,你头上戴的这支鹤顶红,借把我罢。"宝林道:"你要他有何用处?"宝珠垂泪道:"姐姐,我此去吉凶未卜,如果到那无可如何的地步,女孩儿家有甚别的商量? 这个就作妹子的终局了。"宝林毅然道:"好! 妹妹有志气,应当如此!"就在头上

---

①　遐(xiá)方——远方。

②　咫(zhǐ)日——喻很短的时间。

拔下来道:"拿去。"

宝珠接了,收在袖内,姊妹相抱,痛哭一场。银屏再三劝慰,心里颇为叹服,倒陪了多少眼泪。忽报李公到来,宝珠出来相见,谈谈说说,李公指点这件,关切那件,直到吃了晚饭才去。晚间,母女三人,说个不了,说个不休。又将松筠叫来,叮嘱道:"军中非比家中,凡事当听哥哥号令而行,小心在意,毋自取辱。"松筠唯唯答应。宝林因紫云已去,就同银屏进内房,陪她同睡,谈了半夜。

略睡一刻,五更起身。外边上下人等,这一夜皆没有睡。宝珠净面漱口,吃过点心,李公父子二人早到。宝珠见过舅舅,穿上公服,同墨卿去辞朝。李公也起身道:"我们城外见了。"宝珠道:"何敢劳动舅舅?"李公笑道:"好说,这是圣命,何敢不遵?"宝珠、墨卿辞过朝,顺至李府走了一趟,赶忙回家,不敢耽搁,换了衣妆,见母亲、姐姐、姨娘,叩过头。墨卿也拜别姑母。

此时宝林并不回避。墨卿对她深深一揖,宝林福了一福,二人对面,四目传情,暗中会意,也觉凄然。松筠辞过众人,松蕃上来叩送哥哥,放声大哭。宝林赶紧喝住,吩咐丫环撵他出去:只见彩霞手里托个盘子,到宝珠面前,双膝跪下道:"恭喜少爷此去,海洋令肃,岛屿风清,捷报红旗,名标青史。我家小姐费心,征衣宝剑,请少爷带去,稍助肤功。"

宝珠见是一把宝剑,两件元色缎窄袖小袄,谢道:"多承姐姐费心。"说着,双手扶起彩霞道:"彩姐姐何须多礼。"宝林道:"你兄弟们一人一件,穿在贴身,自有好处。"松筠也谢了。此时自有八名书童,取了出去,交与亲随跟班收了。宝珠挨了一挨,对夫人、宝林道:"娘同姐姐保重,我去了!"夫人一手扯着宝珠,一手扯住松筠,老人家哭不出眼泪来,张着嘴,只是噎噎的,一句话说不出口。又推开松筠,扯过墨卿来,点了点头。

此刻满堂的人,一个个无言相对。宝珠心里,更惨不可言,硬着心肠,洒脱了手就走。回头对宝林道:"姐姐,娘——"说了三个字,底下也说不出来,低着头,匆匆的出去。墨卿、松筠,也一哄随了出去。夫人心如刀割,泪如泉涌,见他们出去,跌跌赶上几步。宝林忙上前扶住,扯进房来。夫人痛哭不住,宝林也忍不住伤起心来。银屏、金子等,再三劝慰,才略住了些,还是有泪无声而泣。不知后事如何,且听下回分解。

第三十二回

兵宜练精将宜选勇　未窥豹略先伏犬韬

话说宝珠走出来,拭去泪痕,有许多门客、账房,以及各管事人等,都迎上前请安的,拉手的,说好话的,不一而足。宝珠略略周旋,同墨卿出门上马,松筠、松勇,八名书童,十六个跟班,各人都上了马。府里众人送出门外,总管领着大小家丁跪送。

三声大炮,二十四名都统,前呼后拥,飞虎军排齐队伍,弓上弦,刀出鞘,明盔亮甲,马壮人强,好不威严整肃。一路出城,到了皇华亭,大队上来跪接。中军叫免,答应一声,如同海水一啸,退了下去。宝珠、墨卿下马,同各官相见。庄敬王、宜政王各递了三杯酒,宝珠、墨卿一齐望阙谢恩。多少前辈大员,同年亲友,都执手说了好些兴会话。李、许二公,格外叮咛嘱咐。松筠也有一班小同年相送。唯有文卿躲在众人背后,不敢出头。松、李二帅辞别各官,吩咐起马。

中军传令,升炮起队,旌旗密密,戈戟层层,浩浩荡荡,望大路而去。桂荣、云竹林几位至好,送了三十余里,宝珠再三辞谢。李荣书父子,许文卿弟兄,同松蕃直送上船。工部早预备十余号轮船,二十号大船,小船不计其数,张家湾河道都挤满了。但见号带风飘,帆樯林立。松勇同众人迎将上来,九个大炮,金鼓齐鸣,船楼上一对号筒,掌起号来,打了扶手;宝珠上一只大头号船,让李公等进舱,墨卿也上这边船来,大家坐下。

李公虽然洒脱,到此刻也不免细叮咛。唯有文卿一言不发,眼眶通红,两行眼泪,包在眼皮里,又怕人笑话,只好忍住。李公恐他们留恋,起身道:"我们也可回去了,今日还赶不进城呢。"宝珠、墨卿、松筠送上船头,又扯着松蕃,吩咐好些话,大家揖过。文卿竟忍不住,放声大哭起来。李公心中诧异,还疑惑他们从小玩惯的,一旦分离,自然伤感,也猜不出别的缘故。又庵着大家扶他上车,他还挣着不肯走。

宝珠见这光景,大不雅观,目视松勇,松勇会意,过来将文卿平抱上车去了。李公众人也就分手。文卿回去,病了一月有余方好。宝珠送过众人，未免又陪些眼泪。少刻，有许多地方官上手本，送酒席，宝珠一概辞谢，对墨卿道："你也上船去检点检点。"墨卿答应，过自己座船去了。宝珠见这船一共五个大舱，走进房舱，紫云笑面相迎，绿云送茶装烟。

宝珠略坐一刻，传出号令，二十只大船，系在轮船之后，其余小船，派与众人乘坐，随在大船之后。墨卿分了五号大船，自己用十五号，松筠、依仁以及各大将，都在上面。自己座船上点了好些兵将护卫，着松勇中军，居于头舱，便于传唤。今天住一夜，明日五鼓开船。宝珠坐在船上无聊，闷闷的躺在炕上，紫云道："请大姑老爷来同你谈谈罢。"宝珠摇摇头。

紫云怕她思家，就笑吟吟的拉她起来下棋，哄着她玩笑。到晚，船楼上掌号三遍，放了三个炮，岸上敲锣击柝，好不热闹。紫云道："吵得真没意思，连觉还睡不安稳呢。"少刻，中军跪在房舱外请口号，派夜巡，宝珠一一吩咐。中军起去，伙食船上送晚膳进来，厨役火夫都是府里带来的。宝珠同紫云吃过，略谈一会，身子困乏，也就睡了。

天明，宝珠还未睡醒，中军找着仆妇进来，请令起兵，仆妇在房舱口说了，紫云恐怕惊醒宝珠，就自己做主道："好琐碎，开船就是了。"中军在外早已听得，诺诺连声，出去传令，扯旗升炮，点鼓开船。宝珠也醒了，紫云等服侍起来，一路无事，倒也清闲。到处有官员迎送，宝珠均皆不见。或请墨卿来叙谈，或同紫云等玩笑，在路非止一日。那天已抵连江，就有各营官兵，合属文武，都来迎接。

此时和亲王将兵将都调在城里护卫，宝珠知道，颇不为然，吩咐各营俱出城驻扎，候本帅将令施行。众兵将见宝珠这副柔媚花容，妖娆体态，个个诧异，暗道皇上怎么派这个小孩子为帅？看她娇声娇气，打扮得不男不女，见了贼不要说害怕，还要羞呢。副经略倒也是一副缥脸，又是个没胡子宰相，岂不误事吗？心里虽如此想，口里只好答应。

宝珠、墨卿入城，见了和亲王，问问贼的情形，和亲王略言大概，就把兵符印花名册，都送过来，倒脱了干系，回京去了。宝珠先点陆营，后点水师，传下号令，众军齐集，选了十余天，陆兵选了十万，水兵选了八万，其余俱留在后营，或派在城内守护。

此时贼兵水陆并进，苗兵居陆，海寇用船，宝珠令墨卿领陆军扎了八十座大营，亲自指点，远近勾连，前后联络，井井有条。自己就船上驻扎，将大船列成门户，小船在内里串通；又用大木做成水关，以防贼人冲突，水底里横着铁索铁锁，并有许多埋伏。水陆两军，声势相接，一望旗帆蔽日，刀枪如林，杀气冲天，威声震地，离贼营不过十里之遥，安营已毕。传鼓聚将，宝珠升坐中军，众将行庭参礼，两旁站立伺候。

宝珠道："本帅一介书生，不谙戎事，蒙圣恩隆重，谬付兵权，唯有竭尽忠诚，勤劳王事。诸公须体本帅之意，努力争功。王法无亲，诸公勿得后悔。今各回汛地安镇本营，不得妄动，如其违令，本帅按七禁令五十四斩施行。"各将官遵令，个个笑她懦弱，只好回营紧守。

再说贼兵，此时骄淫已极，全不把官兵放在心上。原来和亲王为人慈爱，有一处告警，就自己领兵去救，他才去救那边，这边倒被攻破了，及至再退兵回来，两边都救应不着。贼兵知他这个脾气，故意声东击西，将他作为玩物。如今打探换了经略，说是姓松，副帅姓李，都是十几岁的小孩子，大为好笑。每日在营中饮酒庆贺为乐，以为一仗可以成功。所以这边安营，一个也不来讨战。如今营寨已成，倒冲将过来。

宝珠上了船楼坐定，遥望贼兵，见些蓬头赤足、半人半鬼的苗蛮，胡哨一声，直冲下来，一眼无际，也不知有多少，前锋尽是骑马的多，个个都是雪亮的苗刀，喜笑跳跃，飞奔而来。宝珠看他虽无队伍纪律，是有锐气，万挡他不住，传令陆营紧守，如有妄动者，军法从事。各营得令，紧闭营门，齐上土城守御。苗兵冲了三次，没得进来，一个个指着跳骂，又坐在地下歇息一会，就回去了。次日，苗兵又来讨战，依然空回。第三日，水陆并进，约会海寇，一齐进攻。

宝珠见海寇颇有纪律，几十只轮船在前，大小战船继进，直冲水寨，虽是逆水，也就声势惊人，有万马奔腾之状。宝珠只教严守，不必理他，营寨扎得紧慎，军令格外森严，竟冲不破，只得又退回去。海寇无功，苗兵骂了半日，也不能得志。宝珠下楼船，进房舱坐下，皱眉道："海寇水军，比苗兵调度有法，倒是个劲敌，非用谋略，不足以破之。水军既破，陆路不足虑也。"就传令选了五千精勇水师，每人骑了大葫芦，各穿黑油衣裤，手用双刀，飘在水上，不许用船，要出没水中，如履平地，这也非一朝一夕之故。

一连三日，贼人都没动静。谁知到二更多天，忽听得海寇水军炮响，说到就到，快不可言。顷刻，水面上火光烛天，鼓声动地。前哨同夜巡忙到中军飞报，宝珠恐夜晚之间，人心慌乱，就着松勇扶了下船，领众将到前军来，上了大船站定。见水上一派通红，喊声大震，宝珠看左右各将，有些失色,掣剑在手,恶狠狠的道:"本帅在此,何惧贼兵,妄动者斩!"众将士只得齐心协力的守营,果然冲不进来,闹到天明方去。

宝珠回中军歇息,天天只练水军,总不出兵打仗。一天到陆营各寨内巡视一次,号令严明,军威整肃,众将背后虽不服她,当面很有些怕她。苗兵性子最急,见她总不出战,就一齐来猛攻,竟跳过濠沟,望土墙上乱爬。墨卿心慌,就令巡捕来禀知宝珠请令。宝珠吩咐众将守定水寨,又将剑解下来,交与中军,如有不遵法令、擅乱军规者,即行斩首。

急急领了松勇二十四名飞虎将五百兵,亲自上岸,到中军下马。见墨卿皱着眉,背着手,团团的在帐前转,宝珠问道:"怎样?"墨卿摇头道:"不妙。"宝珠冷笑,也不理他,回身上马,飞到前营,见苗兵拼命的拥上来。宝珠亲上土墙,指挥众将守御,自己提刀在手指挥,卓立不动。枪炮如雨点一般,宝珠心里也觉害怕,到此骑虎之势,只好由他,做主帅的一慌,那就全军无主了。况且败下来,格外性命难保,不如硬着头皮抵御。苗兵攻打一天一夜,方渐渐退去。

宝珠乏极,脚下也站不住了。正要歇息,又报苗兵来攻,宝珠又上土城,见对面数十辆冲车,直逼上来,宝珠吩咐用大石滚木飞打,冲车皆折。贼人见破了冲车,又有多少云梯继进。宝珠命将土城凿成几个大穴,见他云梯将到,每穴出一大木,上有铁钩,将云梯抵住,使他推不进,前用铁钩搭住,使他退不回去,又放些喷筒火箭,射上云梯,将布烧断,苗兵跌死无数。打探苗兵又用百匹水牛,头上绑刀,火烧牛尾,要来冲营,宝珠早已安排停当,等他及至冲将过来,他即放出一队狮子老虎去,都是兵丁穿着五色画衣,口喷黄烟,水牛看见,倒吓转身去,冲回自己营中,苗兵被踹死戳伤者,不计其数。

宝珠虽未出兵,倒打了一个胜仗。苗兵深服其智,不敢来攻,把墨卿欢喜得非常。宝珠仍回水营,下马上船,到内房舱,已寸步难移,坐上炕,吩咐紫云拉掉靴子,盘起腿来,双手握住一对金莲,珠泪交流。紫云道:"又来闹孩子脾气了,忍耐些也好,这是欲罢不能的事。你吃什么点心?吃过你就在炕上躺躺去罢。"宝珠不言语。

绿云进来回道:"众将在外请见,中军官来禀过两次。"紫云道:"怎么说?回他们罢。"宝珠恨了一声,套上靴子,慢踱出来。紫云在后道:"挣扎些走,有些出像了。"宝珠升座,众将打恭贺喜。宝珠慰劳几句。众将道:"苗兵今已丧胆,元帅不趁此灭贼,更待何时?"宝珠道:"苗兵几次虽未得志,锐气未衰,不可轻出。"

众将道:"苗兵自相残踏,死伤甚多,当此之时,正好进取,若旷日持久,彼锐意复元,如何能敌? 坐失机宜,小将不敢闻命。"宝珠道:"本帅自有良谋,诸公何须饶舌。"澎湖镇刘斌上前打恭道:"末将不才,今夜愿领本部之兵,去劫贼营,如其不胜者,甘受军法。"宝珠道:"轻举妄动,大非兵家所宜,总戎不可妄动。"刘斌叫道:"从来食君之禄,忠君之事,元帅出兵,将及三月,不曾见一兵一卒临阵交锋,末将等诚有不解。大丈夫得死疆场者,幸也,末将只须精兵一千,同苗兵决一死战,誓当以死报国。"

宝珠听罢,长眉倒竖,粉面通红,厉声喝道:"本帅既握重权,自有奇策破敌。尔敢不遵军令,大胆狂言! 从今以后,再敢多言者,莫谓本帅之剑不利乎?"众将默然而退。从此宝珠防备愈紧,恐怕各营轻出,未免格外操心了。谁知别人倒防得住,自家兄弟却防备不住,竟闹出大乱子来了。欲知事后如何,且再看下回分解。

第三十三回

假正直执法诛亲弟　真侥幸飞剑斫吴方

话说众将归营，到了右军，见松筠带着了众军士们，赌跳濠沟耍子。他现在陆营听差，统带着了一千五百人，扎在右军，离水寨不远。众将中有些与松筠在家中平时相识的，就上前见礼，松筠请众将到了右营，寒暄几句，问众将从何而来？众将就把刚才的话，说了一遍。有几个就撺掇松筠去偷营，又恭维几句。松筠原是个小孩子，哪里知道厉害？只说非他不可，又显本领，又立了头功，这种便宜，哪里去寻？就一口承应。众将各回本营。

松筠到晚饱餐一顿只带了五百亲兵马队，一色的大砍刀，出营去了。赶到苗营，自己当先发一声喊，拔开鹿角，一拥而入。苗兵在睡梦中不曾防备，被他们踹进中军，也杀死他多少苗子。究竟寡不敌众，苗兵越杀越多，将他五百人裹在中间，海寇水军也擂鼓放炮的助威。

松筠带着五百人，一马当先，一口刀左右冲突，无如杀不尽的苗蛮，竟不能脱围而走。再说陆营夜巡官报到中军，说松二少爷领自己亲军杀出去了，墨卿大惊，一面着人打听，一面飞报水军。

宝珠闻报大怒，意欲不救，紫云再三劝解道：“如有失误，回去怎么见太太呢？”就硬做主，传说出去，吩咐松勇领兵，星飞去接应。松勇遵令上岸，坐马提刀，领了一千兵，飞奔前去。到贼营一望，见西北上无数苗兵围绕，远望里边，好像没多几个官兵似的，松勇心慌，就奋力的直冲进来。有些兵将来挡，松勇这一口刀，如砍瓜切菜一般，好不厉害。人少处恐有埋伏，反望人多处直撞，苗兵纷纷倒退，一直杀到西北角，冲进重围。松筠正在狼狈，一见松勇，心中大喜，合拢了一齐杀出。苗兵知道松勇厉害，倒让出路来，二人带着兵突围而去。松筠回营，查点军士，已少一百多人。松勇吩咐各军归队，自己上船复命。

次日一早，宝珠传鼓聚将，各官参见，侍立两旁。宝珠取了一支令箭，对中军道：“你去陆营禀知副帅，将松筠捆缚前来听令。”中军答应一声，众将个个耽惊。紫云在内听见，唬得慌，伏在后舱细听。中军带了捆绑手上岸，到大营见了墨卿，禀明提松筠的话，验了令箭，中军带人到右军去了。墨卿知道光景不妙，忙上马赶到水营，中军已将松筠捆上船来，推进舱中跪下。

宝珠将桌案一拍，喝道："大胆的东西，你敢擅自出兵，乱我军法，与我斩讫报来！"左右答应如雷，将松筠拥上船头。紫云都唬呆了，又不好出来，空自着急。这里众将一齐跪下道："请元帅暂息虎威，小将军不遵军令，理宜制罪。但年纪方轻，不谙军律，求元帅原情饶恕。"宝珠道："国法俱在，何敢徇私？诸公不必多赘。"众将默然。

澎湖总镇刘斌暗想："是我们叫他去的，今日杀他，我等如何过意？"又跪上前求道："未曾出兵，先斩大将，于军不利。元帅一定要杀松筠，恐众将寒心，不肯用命。"宝珠脸一沉道："胡说，左右与我乱棒打出去！"刘斌原是一个直汉，大叫道："松筠系末将等撺掇他去的，元帅要杀松筠，先斩末将。"

宝珠大怒，喝道："绑了！"左右上前动手。刘斌喊道："元帅恩典，容刘斌望阙谢恩。"宝珠冷笑道："不配你。"左右早将刘斌绑缚，推上船头去了，众人谁敢开口？正在无可如何之际，李墨卿已到，上前相见。有人在一旁设了座头，墨卿坐下道："松筠原该斩首，但小孩子家不知道事体，着他戴罪立功罢。"宝珠道："他在陆营，足下不能约束，及至回来，今天也不究罪，我是不能像你这种大度包容。"墨卿道："你杀了他，回去如何见姑母呢？"

宝珠厉声道："如你的说法，外人犯法，就过不去，自己家里人，仅管犯罪的了？你可知道个王法无亲吗？在家里，我知道有母亲，在军中，我就知道有主子了。"将桌案乱拍道："快斩快斩！不必迟延取罪。"刀斧手只是迟延，不敢下手。忽见边巡来报紧急军情，宝珠传进，跪下道："禀元帅，苗营分了一支人马，抄小路杀奔汀州府去了，守将总兵官王宏有文书告急。"

宝珠大惊道："汀州是我军屯粮之所，倘有疏虞，我军危矣。"墨卿道："着人去救才好呢。"众将又跪上去道："就着小将军去接应，如其有误，二罪俱发。"宝珠起初不肯，众将又再苦求，做个人情，教推转来。松筠、刘斌进舱跪下，谢不杀之恩，宝珠道："不看诸公情面，今日必定难饶。"

　　吩咐捆打四十军棍,以警将来。左右打完,宝珠取出一支令箭,唤道:
"帐前副都统木纳庵听令!你同松筠领马步兵一万,飞奔去救,远远扎
营,不可妄动。苗兵攻城,你就起兵,故作袭他后队,他自然不敢向前。待
本帅破了他后队,那边自然解围。"二人遵命去了。

　　宝珠还不放心,又差两员副将,带三千人继进,如其那里无事,就不必
出头,有事再去接应。宝珠吩咐毕,墨卿起身,宝珠送出船头,众将各散。
宝珠回到房舱坐定,紫云送上茶来,宝珠接杯在手,对她一笑。紫云道:
"今天却把我吓坏了,你怎过意?自家兄弟,何苦如此!"

　　宝珠长叹一声道:"箭在弦上,不得不发,知我者自当谅我苦衷也。"
就闷闷的歪在炕上。紫云同她玩笑,也不言语。紫云知她心事,想了些闲
话,替他排遣。再说海寇邱廉,因几次不曾得利,满腹踌躇①,看这小孩
子,倒会守老营,就是水陆两军,都还调度有法,年纪虽轻,很有本领。集
众将商议,说:"姓松的这孩子,倒是个劲敌,诸位将军,有何奇计?"

　　前锋大将吴方忿然道:"王驾为何长他人之志气,灭自己之威风!小
将愿领二十只战船,一千军士,斩开水关,杀他一阵。"邱廉点首道:"全仗
诸君奋勇。"吴方跳在小船,带着一千贼兵,趁着顺风,扯起满篷,望上流
头飞来。前营官兵报到中军,宝珠亲自出营,见对面小船如箭而发,已到
水关。宝珠吩咐松勇,不许乱动,就在松勇耳边说了几句。

　　贼船到了水关面前,发声喊,起来斩关,松勇已着水军拽起千斤索,铁
链上俱是四须铁钩,将贼船钩定,进退两难。又将些火炮喷筒,一齐放去,
贼兵大乱,支持不住,连吴方都慌,只得跳下水走了。众军逃去一半,其余
死伤甚多,二十只船,一只也没有回去。吴方回营请罪,邱廉颇为不乐。
吴方道:"王驾休得动怒,今夜三更,小将前去将松小孩首级取来见驾。"
邱廉道:"将军不可造次。孤看松帅,智勇足备,防护必严。"吴方道:"王
驾勿忧,小将自有方略。"

　　这边宝珠得胜,吩咐众将道:"贼人必不甘心,今夜各宜准备防护。"
传令不许解甲。用过晚膳,传了夜巡进来,叮嘱一番,自己坐在房舱,点了
一对大蜡烛。紫云歪在炕上,听得夜巡放炮摇铃,众军已打三鼓,此时人
声都寂,刁斗无惊。紫云送了一杯茶,才坐下来,忽听顶篷上咯吱一声,对

---

　　①　踌躇(chóu chú)——犹豫不决。

宝珠道:"听见没有? 谁在上边走路呢。"宝珠道:"谁敢在上边走路?"凝神又听,船桅上绳索响了一响。宝珠道:"是刺客!"

紫云满身发抖道:"怎么好呢! 叫醒了绿云罢。"宝珠道:"别要忙,你快出去唤松勇进来。"紫云道:"我不敢去。"宝珠着急道:"无用的东西,怕什么! 在房里倒反不便。"紫云道:"我出去,不放心你。"宝珠道:"快些,不要多话。"紫云移动金莲,飞也似的去了。

宝珠掣剑在手,慢慢走出房舱,只听外边玻璃一响,窗格落地,飞进一个黑球子。宝珠此刻心里也就慌极,暗想先发制人,等他动了手,我如何敌得他过? 趁他还没有落定,不顾好歹,就是一飞剑,用力掷去,只听得哎呀一声,没命的穿出窗外走了。

原来吴方才跳进来,尚未站定,就中了一剑,却正砍在头上,只说也有准备,又不知船上有什么狠人,不敢少留,赶忙逃出,连眉带眼,鲜血淋漓,右眼也睁不开。定定神,正想要走,这里松勇早追上来,大喝道:"大胆的刺客,丢下脑袋再走。"说着,一刀已到,吴方连忙招架。论吴方的本事,不是个魁首他也不来,此时却不敢恋战,一者伤已受重,二者心是虚的,要想跳出圈子下水,无如松勇这一口刀,一点空不让。

心里正急,听见一声信炮,火光烛天,喊声震耳,都说不要走了刺客。吴方心中一慌,手中一乱,被松勇抢进来,一刀正中右肩,支不住往后便倒。众兵丁一拥上前,捆起来了。这一闹,陆营早已得信,墨卿差官来请安。宝珠随即升帐,叫带刺客。众亲兵将吴方推上船头,中舱里灯烛辉煌,刀枪灿烂。两旁将士,护卫森严。宝珠粉面铁青,坐在当中,巍巍不动。任你强梁逆贼,到此也觉寒心;即令奸恶凶徒,见面也应丧胆。令字旗出来提人,众军士拥吴方进舱,从刀枪林中穿过。左右喝声跪下,吴方站立不跪,怒目而视。

宝珠哼了一声,两旁吆喝,有人过来将吴方一摔,竟摔他不倒。宝珠道:"大胆凶徒,见了本帅,还敢抗拒!"吩咐敲他狗腿。左右用铁尺在他腿弯上,打了六七下,吴方倒跳了几尺高,叫道:"性耐刀锯,不耐鞭挞,要斩就斩,跪是万不能的。"宝珠道:"逆贼,你叫什名字?"吴方道:"老子叫做吴方。"宝珠道:"你如此胡为,敢来行刺本帅?"吴方道:"老子特来取你首级,回营下酒。不料老子命运不佳,被你擒住。是我该死,是你不该死。快些杀了老子,二十年后又来同你做对头了。我看你这小兔子,有何能处？我们大王自会捉你替老子报仇！"说罢，骂不绝口。

　　宝珠大怒，吩咐推去，乱刀砍死。刀斧手将吴方推上船头，黑旗一插，一通炮响，先是一阵乱刀，然后枭了首级①，用红盘子盛了，进中舱跪下献头。宝珠细看，见吴方龇牙咧嘴，双眸炯炯射人，微笑一笑道："好个恶贼，拿去前营示众。"宝珠起身，侍卫退去。不知杀了吴方，邱廉怎样，且看下回分解。

---

①　枭（xiāo）了首级——中国古代执行死刑的一种方式，秦代已有。即斩首悬于木杆上示众。

第三十四回

松经略初次立奇功　重义王全军遭大难

话说吴方既已授首，宝珠回到房舱坐下。紫云道："今天真怕杀人。"宝珠道："连我也唬慌了。"紫云道："如果太太在这里，一天却也不能过。"宝珠一笑。紫云又笑道："怪道许少爷不放心，那么哭呢。"宝珠啐了一口。紫云道："我还有一件事问你，你在家里胆子很小，怎么如今任什么不怕呢？吴方那个头好不怕人，我见着点影子，赶忙跑进来了，你还细细的赏鉴他，我真佩服你。"宝珠道："连我也不解，自己觉得心肠都硬了许多。"紫云道："可不是。"

二人闲谈，天已大明。当日接一封家报，说家中平安，松蕃钦赐进士，一体殿试，已点了传胪，自然也是欢喜。且许又庵榜下知县，心中更喜。只是主子因我出兵就赐我兄弟进士，这个传胪，自然也是情面了，如此隆恩，何以图报？唯有早定苗疆，以酬圣德。遂请墨卿过来，将李府家信，交付明明白白。墨卿看了，也觉欢喜。问问昨夜的贼情，宝珠细述一遍，墨卿都唬呆了。从此回营，每夜着人上宿。

此时五月中旬，天气正暴。宝珠将五千水军，已练得精熟，号为靖海军，择定二十六日开兵，传令各营准备。这些将士，养歇四个月，一旦听见出战，好不踊跃！一个个摩拳擦掌，预备厮杀。到二十六日定更之后，军中放了三个大炮，用许多稻草扎成人形，上蒙黑衣，骑在大葫芦上，手执锡箔糊成的枪刀放在水上，用绳索前后联络，往下流慢慢飘去，令众将只在寨内虚张声势的助威。

贼营中听得出兵，火炮烛天，金鼓动地，况此刻淡月未上，疏星微明，也看不真切，但见水中隐隐的，有些穿黑衣的，明晃晃兵器，随流而下，四面八方，炮声接应。众贼大惊，忙报入中军，邱廉因吴方丧命，这两日闷闷不乐。听说劫寨，连忙摆驾到前营，只听江声大振，水里无数的军士，冲波逐浪而来。邱廉传旨，夜晚之间，不知彼军虚实，万不可出战，吩咐枪炮矢石当先打去。

众贼遵命，弓矢如飞蝗一般，枪炮如雨点相似，也有打中水里黑人的，但是打下水去，又慢慢浮上水来。众贼看见，格外慌张，摇头吐舌，无法可施。唯有将些弓箭枪炮不住的乱放，打得些影子在水里或沉或浮，虽然没有打退，也还不敢前进。贼营慌乱，整整闹到五更。对过鸣金才退回去。到日间，仍是水关紧闭，安静如常。夜间放炮擂鼓，又杀过来，又同昨夜一样，天明收兵。

一连三夜，闹得贼营彻夜无眠，人人惧怕。到第三夜天明，未收伪兵，被贼人看见，个个大笑，原来是用稻草扎成草人，蒙着黑衣，竟被他赚了三夜，枉费许多火药，又放他好些箭。到晚又放出那草人来，众贼坦然无惊，安然而睡。如是又是三夜，众贼都笑道："到底有点孩子气，哄人的事，只可一次，识破了就不值钱。"于是贼人都不介意。

宝珠见贼营不做准备，传令五千靖海军，二更天一齐杀出。这些兵丁练得纯熟已极，手取双刀，跨上葫芦，直冲过来。贼营全不准备，就有几个夜巡看见，只道还是假人，也不理论。谁知到了船边，发一声喊，一拥而上，贼人在睡梦中，来不及通报，五千人横冲直撞，如入无人之境，杀得人头乱滚，鲜血直流，连水都红了，贼兵叫苦不迭。一直杀到中军，贼兵虽多，却不敢迎敌，奉了邱廉退避。

宝珠到四更才收兵，整整杀了两个更次，伤的贼兵无算，五千水兵回来，不少一个。宝珠欢喜，记了众人功劳，各有重赏。写了本章入朝，这是出兵以来第一次报捷。邱廉到天明，方回中军，查点人马，死伤甚多，不觉大怒道："姓松的孩子，如此诡计，孤同他势不两立！唯望诸位将军，努力争先，助孤一臂之力。"就自己当先，开动轮船，望上流直冲。

宝珠传令各军，出寨迎敌，大开水关，诸将齐出。对面轮船飞也似的，渐来渐近。宝珠着五千水军，齐跳下水，又着人将稻草芦苇，连及短木长绳，望下流飘去，流到轮船旁边，轮子就绞住了。轮船远来，一股猛劲，水轮上护满稻草，旋转不动，只听天崩地塌一声，几十只轮船，炸去大半，贼兵要下水逃生，也来不及了。还是那邱廉来得快，跳下小船，才得了性命。

宝珠吩咐众将齐出，赶杀一阵，可怜逃不及的贼兵，都被杀死，退了八十余里。官军只追了三十里，就遵令回军。获到大小战船，不计其数。水上死尸，七横八竖，不可胜计。宝珠全胜回营，赏劳众将，此时将士，个个拜服。邱廉又折这一阵，心胆都碎，退到大浦，传旨连夜立寨，严设木关，用心防守,俟锐气养成,再图进取。

次日宝珠去讨战,邱廉紧闭水寨,不肯出兵。宝珠冲了两次,也不能破,心里筹划,贼兵防备甚严,须有奇计,方可破得。想了一会,同紫云商量一回,又到陆营会过墨卿,各营巡视一遍,即吩咐众将,任凭苗兵挑战,不必理他,本帅破了邱廉,苗营自然支持不住。

回到中军聚集众将听令。先取令箭一枝,对松勇道:"你领二十只小船做前锋,前船上尽装茅草、鱼油、松香引火之物,外蒙青布,去烧他水关。"松勇得令。宝珠又取令箭一枝,传上京营都统庆勋、副都统吴琪,吩咐道:"你二人带战船二十只,十员偏将,三千水师,今夜绕小路偷过贼营,在十里外小港内埋伏,候贼兵败下来,不可迎他前锋,只可剪他后队。"庆勋、吴琪遵令。

宝珠连取几枝令箭,吩咐左军提督李文虎领四员偏将,十只小船,接应庆勋。中军大将孙再兴、副将许天麟,带弓矢三千,由小路抄出海口埋伏,贼兵到来,放箭乱射。右营总兵陈豹、副将刘晋升,带领洋炮三千,出海口会合孙再兴。五千靖海军,伏在水底,救应各路,恐贼人由水中逃去,但看火起,一齐杀出。刘斌领本部兵将,随着松勇火船,努力前进,其余将士随营。众将得令,各去行事。

次日天明,九通大炮,金鼓齐鸣,船楼上粗细乐迭奏三番,元帅起兵,各船排齐队伍,江声乱振,纷纷望下流齐进。宝珠坐在中军船楼将台上,中军官手执令旗,后面掌着帅纛①,许多将士分列两旁,船上兵丁布满,杀奔前来。

且说松勇二十只草船,离大寨五里先走,看见贼营不远,就放起火来,望水关前一拥而上。趁着北风,烧破水关,冲进水寨,贼营大乱,一派通红,风乘火势,火助风威,二十只火船,直冲到中军,贼兵烧得焦头烂额,哀声不止。宝珠大队又杀上来,贼兵无处藏躲,只恨没生双翅,一个个望水中乱跳。邱廉着慌,忙下小船,传旨后军速退。贼船纷纷的败将下来,当不起这些烧着的小船顺流而下,接着就烧,天气又暖,烟雾迷天,贼在下风,连眼都睁不开。后面官军紧紧追赶,火光冲天,炮声动地,邱廉领着些残军,只顾逃命。

---

① 纛(dào)——古代军队里的大旗。

约有五七里远近,水面上五千靖海军,截住去路,混战一场,又伤去无数军士,抢夺了许多战船。邱廉夺路飞奔而逃,后面喊声渐远,心下稍安。忽听小港一声炮响,唬得邱廉魂飞天外,吩咐快快逃生。庆勋、吴琪领着战船,冲将出来,将大小战船,一冲两断。邱廉同前军逃去,后面贼船,只得跪下投降。庆勋、吴琪都叫捆缚,丢在水中,也不追扑。

邱廉又折一阵,心慌胆战。李文虎也赶上来,邱廉没命的望海口而逃,沿路还丢了好些船只,逃去多少贼兵,只落得百余只小船跟随在后。正要出海,孙再兴、陈豹带领兵丁,扎定海口两边,弓矢火炮,疾如暴雨,邱廉大哭道:"我命休矣!"旁边有些贼将道:"大王休慌,臣等舍命保驾。"诸将手执团牌,护定邱廉,从矢石火炮林中,忿力冲过,可怜邱廉二十万水军,只剩三只小船五十余人下海。

宝珠大获全胜,各将上前报功,军政司记明功绩,获到大小船只军器刀枪,不计其数。宝珠传令,谓澎湖镇刘斌道:"总戎在此多年,地理熟悉,带领本部之兵,驻扎海口,如贼兵复来,总戎守定要害,不可放他入口。本帅再着孙、陈二将,领弓矢枪炮六千助你,千万小心,不可轻率。"三人得令。宝珠又分一万兵,十员大将,分守上溪、海澄、阳春等处。李文虎领五千精兵,做各路救应。许多营头,一路扎到海口,百余里声势相接,自己大营,就扎在大浦。

次日一早,拜本入都,叙诸将功劳,首荐松勇、刘斌,也替墨卿列了名,又写了一封家信。忽然接到副元帅的报单,说苗兵见海寇大败,连忙退下去了。现在昆山立营,请令定夺。宝珠看罢,带着护者从,排队到陆营来。各营将士兵丁,一齐跪接。墨卿迎进中军,居中坐下。墨卿先贺了喜,道:"我竟不知你是个将才,有这种谋略,我们只好甘拜下风的了。如不是你来,我真无法可治。"宝珠一笑。

墨卿道:"苗兵也吓退了,我今日才放心。"宝珠道:"苗兵未曾撼动,尚在全盛,今天所以去者,非一定为海寇之败,因久处南方,其性耐不得热,今立营于乱山之间,乃取其凉爽。虽然退去,必将复来,吾兄不可轻视,守护格外要严。倘若疏于防闲,恐他乘虚而入。"墨卿道:"然则如何处置?"宝珠道:"我们还照常行事,紧守大营。我这几天也乏极了,正好让这几日伏天也教军士略为休息,养养锐气。而且海寇必不甘心,必然拼命来报恨,还有大干戈在后呢!你倒不可过于率意。"

墨卿双眉紧锁,点了点头,沉吟一会道:"你也该防备才好。"宝珠道:"用兵的事,只好随机应变,哪有个一定的章程? 凭他怎样来罢了。"墨卿道:"你先着人堵住海口的来路。"宝珠笑道:"好谋略,亏你想得到。"正在谈笑,巡捕官进来禀道:"木都统、二少爷在辕门听令。"宝珠吩咐传进来。二人参见,不知有何话说,且听下回分解。

第三十五回

积寒暑松帅染微疴　决雌雄苗兵逢敌手

话说木纳庵、松筠参见二位元戎，禀道："小将到汀州，悄悄在旁立了营寨，苗兵出来攻城，我等就虚张声势，放炮呐喊，要去抄他后队，苗兵果然吓退了。一连几次，都是如此。昨夜忽然拔寨起兵，小将等会同了王总兵，赶杀一阵，伤其大半，其余逃去的，小将等也没有穷追。今日特来缴令。"宝珠慰劳记功。起身巡视各营，仍然吩咐紧守。墨卿送出营，上马回水寨来，一轮赤日当空，热得气都喘不出口。回到中军下船，进房舱，头晕眼花，竟支持不住。

紫云扶他炕上坐了，两件纱衣，香汗都透，紫云替她松了玉带，绿云用扇子过来，微微扇着。宝珠皱眉道："不消。"紫云送上茶来，她也不吃，说道："我竟坐不住，要躺躺呢。"紫云道："觉得怎样？"宝珠道："不要紧，躺一会就好的。"

紫云替她脱了袍服，只穿一件小纱衣，宝珠道："几条金链子，在项上含汗呢，除掉她罢。"紫云道："那不能，忌讳呢！金链耳坠，都是从小带惯的，万除不得，临走太太、大小姐还叮咛我，怕你胡闹。不然就把兜肚上索子除掉，还使得。"宝珠此刻不愿多说话，也不开口，就睡下来，嚷头疼心痛。

宝珠身体本来娇怯已极，香闺绣阁，尊贵惯的，如今这种暖天，在个沙漠之地，陆续受了寒暑，前日在火里打了一仗，格外雪上加霜，况且费尽心机，一刻消闲也没有，此时听从赤日里回来，就一齐发作。

紫云慌做一团，坐在炕边，扯着她的手，只说怎么好呢，请大夫进来瞧瞧罢！宝珠道："你别忙，军中不比别处，是慌不得的，况我是个主帅，不可乱了人心。墨卿又不中用，你不必声张，一会我就好了。"紫云道："你倒自在，大夫是要请的，听说营里现在有几个。"宝珠道："你要请，就吩咐松勇去传说，不是有病，不过天热，怕的受暑，预先吃剂药调理。大夫既来，就不可放他回去，着中军巡捕守定他在舱里，没有泄漏。"紫云亲自出来,同松勇说了,忙到陆营去请不提。

紫云回房舱,见宝珠粉面通红,哼声不止。只管上前来问个不住。宝珠嫌烦,也不理她。紫云道:"你怎么不言语? 太太、大小姐又不在这里,教我怎么放心呢? 这个担子我可担不起。太太、大小姐千叮万嘱,把你这宝贝交与我的。"宝珠听到此,不免想起家来,哭道:"依我的意思,我竟不干了,要你送我回去才好呢。"紫云眼眶一红,听见这番说话,反笑起来道:"真是孩子说话,不像你这明白人讲的。国家大事,来去可以自由的吗?"

宝珠发急道:"什么大事小事,也不能捆在我这个小女孩子身上! 我要不管,就不管了,谁敢奈何我?"紫云见她一腔怨恨,满口胡言,而且知道她娇痴性子已惯成了,平素又有点孩子脾气,闹起来,除了大小姐,没有哪个敢驳她,只得答应道:"是了,果然是不干的好,也要等你身体结实,才能同你回家。你且安心养病。"宝珠道:"我等不得,我顷刻就要到家呢。"紫云道:"胡闹,就这样回去,大小姐要讲话的,你可当得起? 且耐烦些,我替你再想主张。"宝珠道:"好姐姐,你就替我告病,晚上你就写本章。"紫云随口应道:"很好,就这么说。"只听松勇在外叫道:"紫云姐姐呢? 大夫来了。"紫云道了一声请。

松勇不敢进内,仆妇领着大夫进舱。大夫见紫云容颜美丽,衣服鲜华,也不知道是个什么人,忙上前请了一个安。到炕上面前,参见元帅,就在炕沿下跪了一只腿,细细诊脉,对紫云道:"帅爷贵恙还不妨事,不过暑受重了,操心的人,身子又弱,倒要保重。清化疏散,就可无事。"紫云道:"全仗高明,我们少爷自有重酬。"大夫连称不敢。

医官出去到前舱开了方子,松勇拿着送进去,紫云看过,吩咐派了药,紫云亲手煎好,调凉了送到宝珠口边吃下去。停了半日,就清凉许多,头疼已好,紫云大为欢喜。一连吃了三剂药,业已全好,营中一个不知元帅有病的话。调养两日,宝珠就要开兵交战,紫云苦劝,又歇了几天,已到七月中旬天气。宝珠就到陆营,聚集众将,陆续都到,分立两旁。

宝珠升帐,墨卿一旁公座,众将参见。宝珠取了一支令箭,对松筠道:"你带五百亲兵,前去讨战,量力而为,不可勉强,本帅着松勇来接应。"松筠接了令箭,出营上马,五百亲兵都是大刀,跟随在后。松筠这些亲兵,是平日经松勇教练得颇为纯熟,竟可一个当十,十个当百,呐一声喊,护定松筠到沙场来。营中放了一声大炮,松筠到山前骂道:"苗兵听者,大胆的快来会你少爷!"五百人也在后,齐声辱骂。

苗兵在山上,见个少年小子骂战,忙去报到中军。苗营也有两个元帅,一个叫花殿齐,一个叫赫支文礼帮办,二人得报,就同众将出营。向沙场一望,见个美少年,才有十四五岁,白马银刀,在阵前驰骤,有几百兵丁,个个大砍刀,一字儿排列。看他年纪虽轻,英风凛凛,暗暗称羡,对众将道:"哪位将军出马会这小将?"

言未毕,左营大将巴六奇,应声而出,大叫道:"小将愿去生擒此人,献于麾下。"摇着双刀,飞将出来,喝道:"小孩子是谁家子弟,小小年纪出来送死,快些回去,我不忍杀你。"松筠大怒道:"狗蛮奴,问你少爷,洗耳听清! 我是大经略的亲弟二少爷松筠。"

巴六奇笑道:"你哥哥营中,难道没有敢死之士? 却教兄弟出来受人荼毒①。"松筠道:"狗奴才,休得多言! 放马过来领死!"巴六奇马望上撞,双刀当头砍下,松筠不慌不忙,左掀右磕,将双刀逼在一边。两马过门,圈回坐骑,松筠举刀,拦腰一挥,六奇欺他年少,用左手刀来格,却格不开,又用右手刀来格,才推过去。心里早慌,催马过门的时候,松筠快极,举刀转来,大喝道:"蛮囚瞧打。"巴六奇叫声不好,要躲也来不及,一流星结打得脑分六瓣,坠于马下。恼了前部先锋大刀鬼王宜生,飞马向前,更不打话,举叉就刺。

松筠连忙招架,战了八十余合,松筠气力不如,看看不济,松勇催马,叱喝一声道:"二少爷请少歇,待我来斩此逆贼!"松筠听见,跳出圈外,松勇上前举刀,用力就砍。大刀鬼王尽力相拼,不上二十合,松勇手起一刀,将鬼王连肩带背,挥为两段。副帅赫支文礼大怒,手绰长枪,来战松勇。两个正是棋逢敌手,将遇良才,拼了一百余合,不分胜负。宝珠恐松勇有失,鸣金收军。

松筠、松勇回营报功,宝珠大喜,深为赞叹道:"此吾家千里驹也!"录了功劳。墨卿留住午膳,宝珠谈了一会,正要回营,中军报道:"圣旨下了。"二人摆列香案接旨,开读毕,是皇上接到宝珠捷音,知道三场大战杀贼兵二十余万,邱廉逃出海口,圣心大悦,加宝珠太子少保、兵部尚书,墨卿加内阁学士、兵部侍郎,刘斌加提督衔,松勇都司衔,尽先守备,其余有

----

① 荼(tú)毒——喻毒害。

功将士,各各升赏,宝珠率领诸将谢恩。

　　次日,赫支文礼讨战,点名要松勇出头。宝珠亲到营前观阵,见松勇同赫支文礼战了七八十合,精神加倍,各不相下,就传令鸣金。松勇回营道:"我与贼帅才战几合,未见输赢,元帅为何收兵?"宝珠道:"二虎相争,必有一伤,我看贼帅,只可智取,不可力敌,明日本帅必擒此人。"遂唤松筠、木纳庵、赵天爵、刘静唐四人上前,附耳吩咐几句。四人点头答应,自去行事。宝珠又将两旁将士,细细看了一遍,见后营总兵司徒洪,好一条大黑汉,就叫上来,附耳说了几句,道:"一更后你去行事,我自有人来接应。"又传京营都统兀里木、副都统耶律木齐,"各带十员偏将,三千兵马,见贼营火起,就奋力杀进去接应司徒洪。贼兵败走,你们紧紧追赶,不可放松一步!"二将得令。宝珠回营歇息,一夜无话。

　　天明,人报赫支文礼又来骂战,宝珠忙到陆营,吩咐紧闭营门,不要理他。赫支文礼在外辱骂,看看将午,宝珠见是时候了,传令开兵,对松勇道:"今天出兵,本帅只要你败,不要你胜。你如伤了贼人,就休来见我!你同他略战几合,败下去,绕大营西边沿山过去,不足五十里,有一座五虎谷,引他入谷,是你的头功。"

　　松勇听罢,有些不乐之意,但不敢违令,只好答应出马。二人对面,更不多言,交手杀到五十余合,松勇故作狼狈之状,拨转马头,虚晃一刀道:"我今天没有精神,明日再来擒你,留你狗命多活一夜。"说罢,飞马而走,赫支文礼哪里肯舍?放马追来,大叫道:"留下脑袋再走。"背后五千亲兵,见主帅得胜,一窝蜂的跟来。松勇见他赶来,故意着忙,似乎要回营的意思,只见营门已闭,不敢进营,落荒望大营绕西北而去。

　　赫支文礼紧紧追赶,松勇回马,又战几台,放马又逃,大叫道:"好贼奴!我同你又无仇恨,何苦如此穷追!"赫支文礼也不答言,只顾追赶。松勇且战且走,沿着山根约有三四十里,迎面有一大谷口,当中只有一条路,可以五马并行。松勇打马进去,赫支文礼是个有勇无谋的,不知好歹,也就冲了进来。见两边都是高山峭壁,悬崖中间,只有一条石路,心中犯疑。

　　回头一望,见自己兵丁已入谷来,暗想有路无路,他既在前,必定有路可通,即或不然,正好将他擒住,再回头也不迟。主意已定,就放心追来。又跑了五六里远近,见前面谷口已经隔断,松勇已不见了,心下惊慌,吩咐速退。不知不赫支文礼出谷否,且看下回分解。

第三十六回

大元戎智取福州城　小公主兵出罗华岛

话说赫支文礼见松勇不知去向,谷口垒断,心里大惊,吩咐兵丁速退。回转来,见这头山谷也是木石塞定,只听外面喊声炮声,如翻江搅海一般,众苗兵面面相觑。赫支文礼道:"众军士去看谷口,可有别路可通?"众兵正要觅路,只见山顶上箭如飞蝗,射将下来,众军叫苦不迭。赫支文礼道:"不如搬开木石,冲出去罢。"众兵上前,用力将木石推开,才现出路来。不防松筠、木纳庵带领三千枪炮队,久已等候,见苗兵要想开路,吩咐一齐动手,枪炮如雨点般打来。

这些苗兵见山顶上是矢石,对面山谷口是枪炮,进退无路,一个个口称愿降。到了这步地位,凭你喊破喉咙,也没有哪个来理你,不消片刻工夫,赫支文礼同五千苗兵,一个个都没有活命。松勇、松筠等各去报功不提。

再说苗帅花殿齐,见赫支文礼去追赶松勇,到晚不曾回营,心里疑惑起来,为何此刻还不回来? 只怕有些不妙了。又想道就是不好,也没个一个不回之理。又不敢差人探听,只好呆等。看看二更时候,前军报到副元帅回营了。花殿齐大喜,亲到前哨来接。到了寨口,向山前一望,月色微明,远望不甚清楚,当头一个大黑汉子,手执长枪,指着山上叫喊,人声嘈杂,也听不真,后面有数千军士,个个白布缠头,黑布短袄,齐声喊叫开营。

花殿齐看了模样装束,却是自家人,忙传令迎接,大开营门。黑大汉引兵上山,进了营门。黑大汉就动手,两个管营门的偏将,一枪一个结果了,后面众将发一声喊,齐杀进来。原来就是司徒洪妆的,哄开营门,大众一拥而入。苗兵人人害怕,齐喊:"不好了,敌兵杀进营了!"花殿齐心慌,也不敢迎敌,回马就走。元帅既逃,军中无主,谁肯拼命向前? 如潮水一般的退下去了。

司徒洪领军追赶,后面兀里木、耶律木齐领着偏将兵丁,追进苗营,将走不及的苗兵,收罗一空,放起一把大火,苗营烧做赤地。赶过昆山,会合司徒洪,众将拼力向前,杀伤苗兵,不计其数。追了两夜一天,被省城里苗兵接应去了。花殿齐退进省城,紧守不出。三将合队扎了营。其余一路来还有些小城池,如长乐、同安等县,不攻自破,就到元帅处报捷。宝珠欢喜,将水陆两军前队都移到金桥口驻扎。

这金桥口是个大路要道,水陆总口,宝珠占定地势,心中大悦。暗想扎在这个地方,不说进取的话,自己却守得住了;再得攻破省城,就成了犄角之势。带了松勇出营,在城外看了一遍,自己暗暗踌躇,这城池如铁桶一样,怎能得破?想了一想,就指挥众将,围住城池,又派了十员大将,一万精兵,扼定中路,剪断他救兵。一连攻打数日,传令各营少歇。

花殿齐同众军将,困在城内,人多粮少,看看不济,心里着急。锐气伤尽,又不敢出头打仗,整整被困十余天,兵丁都饿坏了,也有要战的,也有愿降的。花殿齐无法可施,心想邱廉虽败,他还有个狠女儿,必然要他复仇的,怎么一直到今,杳无音信?我们是他请来的,也没有让我们独自受罪之理,他若到来,正好里应外合,我们泉州的人马,又被阻住,如何是好?

正在胡思乱想,忽报敌兵撤围而去,花殿齐心中疑惑,大约出了什么事了,八分是邱廉的兵至,他所以不敢来逼我。也不问青红皂白,我们这里正在乏食,先着兵将到城外樵薪打粮,算计已定,即传令各营出城打粮、苗兵在各村庄打了许多粮,还未回城,只听喊声:“不好了,敌兵大队又到了!”众苗兵在城外,都拼命争先,赶入城中,忙把城门紧闭。这里官军又将城池围困,留着南门不围。

谁知二更以后,城中火起,城外大军齐集城下,花殿齐上马来弹压,北门早已大开,宝珠大军入内,花殿齐只得带败兵开南门走了。幸喜这里并不穷追,路上虽有官兵,也不阻挡,赶忙奔到泉州去了。

原来宝珠困他十余天,知他粮尽,故意撤围,放他出来就食,等他打了粮回来,就引兵赶来围城。这里苗兵争先进城,又无查考,宝珠的兵将趁忙乱中,也混进去了。到晚一齐发作起来,里外夹攻,城池立破,宝珠入城,安民已毕,料理三日,知道潘尚书的灵柩在大佛寺,就派了二十名兵丁,代他守灵,候潘少爷来领回。就着李墨卿扎住城中,自己仍在城外水寨。拜本入都,又寄了一封家报,使母姊放心。传令众军,暂且休息。这也是宝珠的作用,知道海贼必将复来,乐得反客为主,天天训练各军。

再说邱廉那天败下海去,只落三只小船,自己思想,不觉大哭起来道:

"孤自出兵以来,势如破竹,杀败和亲王,战死潘兵部,全省已归于我。不料来这姓松的孩子,将孤数百员上将,二十万雄兵,杀得干干净净,岂不可恨可伤!孤败在大将手里还罢了,小孩子都战他不过,有何面目见人!"就拔出剑来自刎。众将扯住宝剑,劝道:"王驾不可!昔日汉高屡败于项王,垓下一战成功,开汉朝四百年基业。况胜败兵家常事,大王何得灰心?现岛中兵马尚多,公主智勇足备,大王回去,请公主领兵前来,又何惧这姓松的小孩子?"劝了一回。

邱廉垂泪驾船,飞奔罗华岛来。原来这罗华岛在海中间,沃野千里,也是苗邦邻境,内中人烟凑集,物产众多,素称富庶。邱廉原是个洋客,因为有些本事,占住岛中,众人就立他为王。他亲丁只有一个女儿,一个侄子,女儿叫做迷香公主,美丽异常,俊俏不过,今年才一十五岁,而且胆智过人,勇略全备,用一枝方天画戟,练就一手的金丸,百发百中,有万夫不挡之勇。扶他父亲独霸一方,倒也快活。无如邱廉静极思动,妄想胡为,在海里劫掠不算,定要勾引苗蛮,到中原来搅乱。迷香公主再三苦谏,都不听从,遂自己守住海口,不肯随征,听凭父亲去胡闹。

今日邱廉败回,也有些赧颜,见了女儿,说不出情由,只有放声大哭,迷香公主倒劝慰了一番。邱廉就要请女儿出兵,替他雪恨,公主默然。邱廉苦求,公主只是不肯。邱廉又讲到这松元帅美貌非常,不啻个千金小姐,年纪同你也差不多。公主听了此话,倒有些活动;却不肯就答应去,只说了个再商量罢。

谁知邱廉经了这番烦恼,受了些三伏重暑,一场大病,几乎不起,直至七月中才好。就要起兵,公主劝他调养几天,择定八月初八日出师,吩咐侄儿守岛。聚集五万人马,公主自领一队女兵,共有八百,个个年轻貌美,妆束鲜华,手用双刀,大脚的步行,小脚的骑马,约着马步各半。这是公主平日亲手传的本事,两口刀精熟异常,护定公主马前马后,十人一杆绣旗,叫做绣旗军。

邱廉因战船前次都已烧去,此时岛中虽有几只船,甚不敷用,把劫来的民船,暂且应急,同女儿上船,在海里赶行。也走了好几天,才到淡水停泊,贼兵来报:"各处要口,俱有重兵把守,请旨定夺。"依邱廉就要去争战,迷香公主道:"父王爷不可造次,我等战船甚少,民船不可冲锋,海口既不得进,何不同苗兵合而为一,声势也壮些。此时已交仲秋,天气不暖,陆地亦复相宜。况我等兵丁也不多,正好偕苗邦的兵马,让我施为。"

邱廉点首称善道:"这些船只,谁人管理呢?"公主道:"船且退下去,靠在栲栳山,那里地方幽僻,官兵是不去的,只留四员偏将,就可照应。又离凤山不远,设有变故,我军也有个退步。"邱廉大喜道:"你真是个奇才,未曾出兵,先算归去之路,精细已极,孤无忧矣。"吩咐童家四兄弟守船,在栲栳山驻扎,就同女儿领兵上岸。着人探听,知道花帅退守泉州,忙领兵去会。花殿齐接进城中,诉说败兵折将的话,邱廉大怒,就要出兵讨战。花殿齐劝他不住,还是公主传话出来,说请王爷莫急,明日公主亲自开兵。

次日天明,花殿齐、邱廉聚众商议,迷香公主出来讨令,带领八百女兵,杀奔沙场要战。宝珠早已有报,说邱廉带了女儿同苗兵合而为一,入城去了。宝珠久闻邱廉的女儿迷香公主是个劲敌,心内踌躇,今日听说要战,亲自出营来看,到底是个什么人品?各将护卫,到了沙场,宝珠举目一观,数百女兵,拥着一员女将,在阵前驰走。看她:

> 长眉掩鬓,美目流波,面貌娇羞,腰支柔媚,态度十分俊俏;头上翠翘抹额,金凤衔珠,一对雉鸡翎,有三五尺长,身穿一件大红窄袖紧身,玉色罗裙,马门分开,露出左右鲜滴滴的大红银边罗裤,一双小金莲,搭在金镫上,瘦不盈指,虽然秀气逼人,也觉英风出众,看年纪不过十四五岁。

宝珠暗暗称羡不已,想这女郎必有本事,她这副美丽花容,虽不如我们姊妹两个,世间却也难选这种美人,比起紫云,堪差伯仲。赏鉴好一会,才问道:"谁敢出去会这女郎?"松筠看她如此美貌,心里却恨不得一马过去,手到擒来,听见哥哥问哪个敢去,等不得一声,跳马而出道:"兄弟去擒来。"忙忙的提刀纵马,冲上沙场,大叫道:"丫头快来,赔你二少爷玩耍玩耍。"

公主听见炮声,出来一个美少年,约有十五六岁。论松筠的面貌,有些厮像宝珠,生得鼻正口方,唇红齿白,长眉微竖,俊眼斜睃,顾盼自雄,风流独赏。公主看了又看,心里好不爱他。不知可否同他动手,且看下文分解。

第三十七回

拒虎将酣战术都统　失龙岩怒斩呐皇亲

　　话说迷香公主看了松筠这个美貌，不觉心反软了下来，遂笑弯秋月，羞晕含霞，喜孜孜的问道："来将留下姓名来纳命。"松筠听她这个娇声，如痴如醉的笑答道："你问我么？我就是大经略的亲弟，叫做二少爷。因为爱你标致，特来捉你回去做个小老婆。你如果愿意，就下马纳降，二少爷舍不得伤你。"

　　公主听见，满面含羞，暗想这个小孩子，人品很好，嘴头子太坏，就喝道："休得胡说，放马过来。"松筠眼都笑细了，应道："来了来了。"举起大刀砍来。公主用方天戟一格，松筠在马上晃了两晃，马过了门，松筠暗想道："好个狠丫头！"二人对了面，公主用戟分心刺来，松筠连忙招架，带推带拨，才让过去。

　　一连三合，松筠满身汗流，支持不住。要想败回来，无如公主这枝戟，神出鬼没，好似蛟龙出水，一点不让。还是公主留情，不然早已挑落下马，就将他在马前，同他玩耍。松筠心里着急，刀法都乱了，满口乱骂，公主笑容可掬，也不嗔怒，也不放松，一枝戟裹定了他。又战了几合，松筠无法可施，口中不住叫道："好狠丫头，初次见面，就这等厉害！"

　　松勇看了，恐怕有失，就在斜刺里一口刀，一匹马，直冲上前，喝声"看刀！"公主把松筠逼来逼去，觉得好玩，并不舍得伤他。正玩得有趣，忽见一个人飞出来，说到就到，倒吃了一惊，忙撇了松筠，来战松勇。拼了七八十回合，气力不如，粉面上微微透出汗来，就虚刺一戟，拔马回营。松勇不舍，追上来道："向哪里走？"不妨公主一金弹迎面打来，松勇眼快，用刀一格，却好打在刀口上，叮当一声，火光乱溅，将刀口打缺了一块。

　　松勇拜服道："好女孩子，有这种本事！"不敢穷追，勒住马，着兵丁拾起金丸一看，有圆眼大小，上面凿就五字，是"瑶珍宝珠氏"，暗想必是她的芳名了。跑马进营，将金丸献与元帅，宝珠暗想称奇，难道她的名字，也叫宝珠？这就奇极了，从此心里格外爱慕。回到水寨，把金丸送与紫云看过,宝珠就将公主人品赞了又赞。紫云笑道:"你倒心喜她,何不擒她回来,做个姨太太?"

宝珠也笑道:"我倒很有这个意思,怕你生气呢。"紫云笑道:"你不必虑,我是大度包容,不吃醋的。"绿云冷笑道:"你不吃醋吗? 记得那天红玉——"才说了半句,被紫云瞅了一眼,啐了一口,就不敢往下再说,三人又笑说了一会安寝。

次日,公主又来讨战,宝珠忙到前军,点将迎敌。左军参将毛金龙,上前讨令,取了钢叉,出马战了十余合,被公主一戟刺死,众军败回。前锋大将刘静唐不服,摇刀出马,公主接战,斗了八十回合,公主诈败,刘静唐追赶,公主一弹打来,正中静唐左眼,坠下马来,众兵舍命救回。恼了飞虎将木都统,大声叫道:"看我来捉这个淫贱!"飞马挺枪出阵。

两人杀在一处,枪来戟架,戟去枪迎,一场好战,两边人都看呆了,也辨不出兵器人马,但见一个银滚子,一个花蛱蝶,飞来滚去,足足拼了一百六十合,并无胜负。公主见赢不得木都统,拨马就走,纳庵大叫道:"好大胆泼贱,你不过想用暗器伤人,人怕你,我不怕你!"紧紧赶上前去。果然不错,一金弹打来,木都统老走沙场,听得弓弦响,身子一偏,早已让过。不防第二个接连又到,连忙躲闪,在耳边擦过,心内一惊,也就拨马回阵。

公主又追回来,纳庵取了一支箭,等公主来近了,将裆劲微松一松,掉回身子,放了一箭。公主俊眼快极,顺手一掉,一支箭已在手中,随手取弓搭上弦,回射过来,纳庵也躲过了。二人对面,又战几十合。公主猛力一戟刺来,纳庵弃枪于地,双手勾住戟杆,两人用力一夺,都撞下马来。公主步下,就不如纳庵,脚步虚浮,身子有些前仰后合,心里着急,使劲一拗,将戟杆折断,各执半截,相对厮打。邱廉恐女儿有失,忙领众将上前接应,这边官兵也是一拥而上,混战一场,都有伤损,各回本营。公主进城,想道:"困守孤城,有何益处? 龙岩州又被官兵得去,未免受他牵制。"

正在踌躇,却好苗王点了五员大将,是弟兄五人,名为曾家五虎,领了十万大兵,前来助战。公主大喜,同邱廉、花殿齐商量,就带曾家五虎,挑选五万兵马,亲自来夺龙岩。守将提督军门马华,告急到大营来。宝珠闻报,大惊道:"龙岩是个要地,倘有疏虞①,如何是好?"忙到省城,来会墨卿

---

① 疏虞——疏忽、大意。

商量。墨卿手足无措，宝珠传鼓聚将，问："哪个敢去救援？"都统呐信阿走上前道："末将愿往，并将这个贱人擒来，见元帅报功。"

原来呐信阿是神机营都统，世袭侯爵，又是皇家懿亲①，颇有几分勇力，胆壮心粗，是个志大言大的人。宝珠沉吟一会，道："龙岩州是个重地，我军门户，如有疏失，不但难破泉州，我军亦复受困。皇亲当此重任，须要小心。"呐信阿道："元帅过虑，末将自有良谋。"宝珠道："皇亲不可轻视，我着提督赵瑾同你前去。赵瑾颇为精明，临事谨慎，可以助你。"

就唤上赵瑾，叮嘱一番道："只要守住龙岩，你二公功劳不小。"呐信阿道："元帅尽管放心，谅此小小城池，有何难守！倘守不住龙岩，末将情甘认罪。"宝珠点点头。二人才出大帐，宝珠又叫回来，再三嘱托，吩咐多带偏将，挑选三万精兵。二人答应，领了兵将，星夜飞奔而去。宝珠暗想：苗营常添人马，我们人马虽多，伤损的亦复不少，但是人多便于调遣，格外热闹威风，岂不有趣？就点两员副将，传谕督抚，调兵催粮。

再说公主领着曾家五虎到龙岩州，马华不敢出头，城门紧闭，公主把城围了。第二日，呐信阿等救兵已到，公主传撤围，放他们进城，自己退十里安营。呐信阿疑惑贼兵见有救援唬退了，心中大喜，即要领兵入城。赵瑾道："我等不如扎兵城外，与城内声势相倚，效前日元帅救汀州之法，庶不致受贼人之困。"呐信阿笑道："你听元帅那些孩子气，你不看见贼兵见了我军，倒吓退了，而且我等是来守城的，进可以战，退可以守，扎在城外，还是顾不到城中。我自有方略，汝勿多言。"赵瑾道："倘贼兵将城围了，我等如何施展？"

呐信阿道："元帅着我等来守城，不是叫我们来打仗，守得住就罢了。"赵瑾道："被困久了，城中无粮，如何是好？元帅将这大任托皇亲来，临行再三嘱咐，必要守住龙岩，方不负元帅之托。"呐信阿大怒道："我是主将，凡事有我做主，你怎么在此乱言，妄自尊大？"赵瑾道："皇亲差矣，彼此都是报国，替元帅干事，说什么谁宾谁主？皇亲既要进城，可分兵一半与我，驻扎城外，还可稍备不虞。"

呐信阿不肯，赵瑾苦求，才肯分三千人，由他自便。赵瑾还求他添兵，他头也不回，竟自去进城了。赵瑾无奈，只得相了地势，扎下营寨。公主

---

① 懿（yì）亲——至亲，古代特指皇帝的宗亲。

见大队入城，留了二三千人马在城外，心中大喜，就到沙场讨战。呐信阿是性急的人，赶出城来迎敌，战了二三十合，公主诈败而去，呐信阿追了五里。次日，呐信阿要战，公主又败五里。第三日，呐信阿领兵冲营，公主紧守，一连攻打三日，公主只是不出。苗兵故作慌张，抵死守御。

呐信阿见攻不破贼营，传令三更劫寨。赵瑾闻知，忙来谏劝，马华也在旁道不可轻率，呐信阿总不肯听。到二更后，将自己带来兵马尽领出城，悄悄往贼营而来。是夜星月微明，金风拂面，呐信阿到贼营，拔开鹿角，发一声喊，杀进营去，却是一座空营。情知中计，忙令退军，只听得四面炮声响，人声鼎沸，直裹上来，呐信阿左冲右突，杀不出营，战了一个更次，敌兵愈杀愈多，官兵越杀越少。正在心慌，回头一望，忽见城中火起，不觉吃一大惊，无心乱战，也顾不得手下的兵将，就奋力冲出重围，不敢进城，落荒而走。

原来公主知道呐信阿性急，几天要战不得，必来劫营，预先准备，又将一支兵伏在城边，等他兵出，就去抢城。点了曾仁、曾义去敌住赵瑾，不得让他救应。赵瑾兵丁甚少，如何敢来相助？只得倒退回营，还亏这支兵扼住中路，挡定贼兵，不然连宝珠大营也要摇动。赵瑾心内甚急，想这几千人，怎挡得住贼人大队，唯有支持一刻是一刻，不如到元帅处告急，请令添兵再为定夺，吩咐手下飞马去报。

且说宝珠自呐信阿去后，终不放心，着人前去探听，所有龙岩一切情形，昨已得报。今早正在筹划，要点将去替呐信阿，忽见两路探马，飞报龙岩州失陷。接连赵瑾的报单又到，说龙岩已失，战死马华，呐皇亲全军覆没。宝珠接到这个紧报，双顿金莲，秋波火出，心中大怒，立刻传令松筠、本纳庵、兀里木、耶律木齐，领一万兵马，二十员偏将，替回赵瑾。四将赶忙前去，赵瑾连夜回营，到宝珠面前请罪。

宝珠怒道：“本帅知你精细，所以托你去助他，你怎么全无计较，听他胡为？今日失去龙岩，你有何面目来见我？”赵瑾匍匐在地，哭诉一番，就将呐信阿定要进城、两下争执的话，细说一遍，又道：“当晚劫营，马提督同小将也曾苦谏，无如都不肯从。小将兵马又少，敌不住贼兵，如其分得兵多，也还可以救应。小将舍命支持中路，不然连元帅大船也不免惊恐。”宝珠哼了一声，喝退赵瑾。

如今说呐信阿当夜冲出贼营，到天明招集残兵，已不足一半，垂头丧气,也回大营,自缚到宝珠船上请死。宝珠传令升帐,护卫森严,呐信阿膝行而进。宝珠粉面通红,眉梢微竖,拍案喝道:"你今日还来见我么?临行之时,本帅如何叮嘱,谁知全不解事!你不听赵瑾忠言,妄自尊大,如今丧师失地,有何理说?"呐信阿跪在下面,默默无言。宝珠吩咐推出斩讫报来。

众将上前跪求,异口同声道,"呐信阿当斩,求元帅念他是皇亲国戚,法外施仁。"宝珠冷笑道:"罪有攸属,王法无亲,本帅帐前,容不得这班无能之辈!"传令速斩,众将无言而退。左右刀斧手,拥呐信阿出来,呐信阿大叫道:"元帅在上,末将家有八旬老母,无人奉养,求元帅格外开恩。"宝珠道:"国法俱在,何敢以私废公!你家既有老母,待本帅班师,奏明皇上,每月照你俸禄,替你养母。你不必多言,好好去罢。"呐信阿大哭。刀斧手推上船头,一声炮响,头已落地。左右献上首级,宝珠吩咐,各营传示,一概凛然。

宝珠传令,自己亲夺龙岩。点了五万精兵,带领二十四名都统,以及护从虎卫军。松筠、松勇领十员大将,三千人马,为前部先锋。叮咛墨卿,坚守营寨。写了谕单,教松筠等四将,夺定中路,以防苗兵救应。又取令箭一支,唤司徒洪、李若水、刘信、黄标听令,四将应声上前。宝珠吩咐道:"漳平当我西南之冲,不得不先取。四位将军,领三千精兵,出营十里驻扎,今夜四更造饭,五更起兵,天明直抵漳平城下,限午前破城。倘有违误差池,提头来见我!"四人面面相觑,又不敢有违,只得接了令箭。

四人出辕门点兵,在十里外安营,大家商议,无法可施。到了二更后,只见西南方火光冲天,炮声动地,四人大惊,连忙着人探听。少刻回来,说在漳平,也不知是添兵,也不知是出队,但见声势浩大,不敢向前。四人诧异,司徒洪道:"元帅今日尚未起兵,待我赶进营,请令定夺。"随即上马,带了三五十兵卒,飞马回营。夜巡问了来历,放进大营,司徒洪直奔元帅大船,见号灯如昼,更鼓频催。

司徒洪见了巡捕,引见中军,说明来意,中军道:"那边夜巡已来禀过,元帅已经安寝。"司徒洪道:"此乃紧急军情,相烦通报。"中军道:"元帅已睡,谁敢去碰这个钉子同脑袋作对呢?"司徒洪说之再三,中军都不肯报。司徒洪道,"你大人既如此小心,待小将自去传鼓。"拿捶要敲。中军大怒,擘手夺过来道:"你多大官儿,在此胡闹!擅闯辕门,该当何罪?

你是差出去的人员,你干你的事罢了,敢在这里放肆? 这是什么地方? 快替我赶出去!"

司徒洪一场没趣,只得上马,赶回自己营中,告诉众人,众人无奈,直到四更,漳平火炮才息,四人结束起队,到了城下,天已大明,只见城门紧闭,动静全无,司徒洪等传令攻城。忽然三声大炮,鼓角齐鸣,城上刀枪一齐竖起,城门大开,城上呖呖莺声道:"四位将军,来得何迟也?"

四人抬头一看,只见帅纛①之下,元帅大笑,四人都吓呆了,忙进城下马,上城相见。宝珠道:"从来兵行诡道,两军阵前,岂无细作探我军情? 本帅故意传令急迫者,正所以安其心也。邱廉的女儿善能用兵,知我来夺漳平,自然分兵救应,倘救兵一到,则无及矣。本帅昨晚领一千铁骑出营,先到漳平,出其不备,连夜夺城,正以攻其无备了。"

说犹未了,忽见探马来报说:"邱廉亲领大队,来救漳平,路上遇见了败兵,知城已失,又回去了。"宝珠大笑道:"诸位将军,以本帅为何如?"众人拜伏在地道:"元帅神机,虽鬼神莫测也。"宝珠道:"亦赖诸将用命耳。我点四位将军来,原为守城之计,非命汝等攻城也,如今城池已得,四位将军用心防守,功亦非轻,本帅即在龙岩去也。"四将送过元帅,屯兵城中。宝珠领一千飞虎军,赶上大队,浩浩荡荡,杀奔龙岩州来。不知胜负如何,且看下回分解。

---

① 纛(dào,同到)——古代军队里的大旗。或古代用毛羽做的舞具或帝王车舆上的饰物。

第三十八回

多愁女絮语诉幽情　可怜宵芳魂惊幻梦

　　话说迷香公主自那日得了龙岩州，自己驻扎城中，着曾仁、曾义领一万人马，扎在城外，颇为严紧。宝珠兵到，离城五里安营，又来城下看了一遍，就着松勇挑战，公主紧守，凭你百般辱骂，都不开兵。宝珠吩咐攻打，攻她营寨，城中来救；攻她城池，营中来援。而且防备甚严，颇中兵法，一连十日，竟无法可施。宝珠要想劫营，知她必有准备，沉吟一会，计上心来，就着松勇带二十名亲兵，到她营中放火升炮，赶紧回头；点了十员大将，吩咐道："你们每人领兵一千，远远埋伏，看他营中火起，等贼兵杀回营去，你们分一半四面守定，分一半从左翼直捣中军，内外夹攻，小心在意。"又差四名飞虎大将，领五千精兵，伏在城外，拦住城里救兵，再着松勇接应。各将领命。日间，宝珠仍然去攻城。

　　到了夜晚，松勇挑选二十名精卒，悄悄进了贼营，果是座空营，就放起一把火来，又放了几个枪炮，飞奔出来。只听四面喊声大起，曾仁、曾义领兵杀回，见中军火光冲天，一个敌军也没有，大家称奇，忙着兵丁，查点奸细。

　　正在诧异之时，忽然喊杀连天，八面大军云集，枪炮乱鸣，又有一支人马，从左翼直撞进来。贼兵措手不及，大乱起来。曾仁禁止不住，正要招呼兄弟迎敌，不防一个炮子飞来，将脑袋打不见了，尸身落马。曾义心慌，领着兵丁，且战且走，奈八面围定，突不出重围，身上中了两枪，连人带马，死于乱军之中，败兵一哄而散。

　　公主在城上望见，忙来救应，松勇带领四都统，五千兵，阻住去路，公主又战不过松勇，只得回城紧守。宝珠大获全胜，把城围住，留着南门不围，让做出路，东西北三面，极力攻打。公主严加防护，井井有条，任你百种机谋，他总应变有法。宝珠心里烦闷，又攻了七八天，竟攻不开，反伤了许多将士。宝珠心急，暗想这个女子真有谋略，要说在我面前，还这般放肆，要换别人，竟无法可施。

　　思索半夜，天明唤松勇进帐，吩咐了几句。松勇答应，自去行事。公主被宝珠困守多日，满腹愁烦，着人速到泉州求救，中路被松筠等守住，不得过去，粮饷看看不敷，每日上城防守，又无一刻消闲。那天在城头一望，见西北上郎官山下，许多粮车纷纷而过，尽打着经略大营粮台的旗号，公主暗喜：我军正在乏食，今夜三更，何不取这些粮来应用？主意已定，夜间带了女兵，又着曾智领三千人随后，留曾礼，曾信守城。

　　是夜月明如昼，公主出城，沿山而来，只见无数粮车，联络成营，上边加着青布，又无更鼓。公主当先闯进来，有几个护卫兵丁，都唬走了。公主叫曾智等抢粮，众兵掀开布帐，哪里是粮？尽是茅草引火之物。公主大惊，传令退军，只听喊声大振，车上一派通红，挡定来路，沿山脚下，施展不开，贼兵自相残踏，公主约束不住。

　　敌兵已到面前，当头一将，白马钢刀，喝道："丫头休走，松勇在此。"公主心虚，不敢恋战，略战几合，拨马就走。松勇不舍，赶上前来，不曾防备，一个金凡，正中左腕，一口刀几乎落地。松勇一惊，第二个又到，将松勇头上戴的个蓝顶子打得粉碎。松勇暗想：这个东西，不是要处，夜晚之间，不如放他回去罢。正勒马回来，曾智到来，只一合，被松勇一刀斩于马下，割了头，自去请功。

　　公主闯出重围，回头看看女兵，也折了好些，颇为恼怒，跑马回城，到了南门外，大叫开城，只听一声炮响，敌楼上闪出一将，大喝道："我奉元帅将令，已取城池，我乃都统吴琪是也。贱人如果不服，明日来拼三百合！"公主听见，怒气填胸，眉梢倒竖，金莲在镫上蹬了两顿，几乎跌下马来，就要攻城。女兵力劝不可，公主只得回马，连忙奔泉州而来。曾礼、曾信已领许多残兵赶到，路上遇见松筠等，大杀一阵，战死曾礼。这边木都统额上中了公主一个金丸、受了重伤，两边混战时，俱有伤损。公主夺路自回泉州去了。

　　宝珠恢复了龙岩，派了吴琪等四员大将，领三万人马驻守，吩咐城外扎两座大营，互相救应。中路只留兀里木、耶律木齐守寨，调回松筠、木纳庵，自己仍回金桥水师。墨卿知宝珠回军，便来相见道贺，众将都来请安，宝珠应酬一番，就进房舱。紫云、绿云迎接，笑道："好手段，辛苦了。"

　　宝珠一笑，倒同紫云说了好些话。紫云道："潘二少爷来了好几天。"

宝珠道："他来领柩①，是哪天到的？"紫云道："二十三就到了，带了两封家信来。"回头对绿云道："点上灯罢。"绿云点上两支画烛，紫云取出书信，递与宝珠。宝珠接过来，一封是母亲谕帖，拆开看时，姐姐的笔迹，不过说家里平安，已知道海疆得胜，颇为欣慰，余外是教她保重身体，紧守军机的话。宝珠细看一遍，递给紫云。

又看那一封信，面上写着"秀卿君侯升启"，知是许文卿的。拆了封皮，里面重重叠叠的，封了甚固，剥了几层封皮，共八张花笺，前半是些套话，说他兄弟已选余杭知县了，又叙了多少分离之苦。后面的话，就有些不像意了，全是讥讽之意。宝珠看了看，满面含羞，一腔怨恨，口也不开，将信折了几折，望桌上一掷。紫云看见诧异，遂取过来看了，微微而笑。宝珠喝令收过一边，自己闷闷的歪在炕上。

少刻，晚膳排齐，紫云来请，宝珠摇摇头。紫云道："少吃些罢。"宝珠道："你去吃就是了，好琐碎，只管来噜嗦，讨人嫌。"紫云笑道："你心里恼，拿我来出气，这是何苦来呢！"宝珠道："我不耐烦同人讲话，又怎样呢？"

紫云低头就走，笑道："不讲话罢了，可别生气。"出来沏了一碗好茶，亲自捧上，自己就去吃饭。宝珠品着茶，又翻出信来，看了两遍，格外动气，不觉长叹一声，呆呆的看着信。紫云进来，见宝珠素脸低垂，秋波含泪。也不敢劝她，就在一旁侍立，又装了两袋水烟。

宝珠指着信道："你瞧这封信，岂有此理，把我当作什么人看待！我要做混事——"说了半句，就停住了。又道："他不见刘三么？"紫云笑道："这位许少爷，也太多疑。"宝珠道："怎么不是，这个醋劲儿也少有。你可记得桂柏华，他们替药儿饯行，那天席上有相公，竟发作起我来。"紫云道："教人听见怎样呢？"宝珠道："原是他同我很有些做作呢。"紫云笑道："威风也太使早了，你竟有了个管头。"

宝珠道："不说了，当日是我错了主意。"紫云道："人品气度是真好。"宝珠道："不过为这事罢了。"紫云道："待你也算有情，那天送上船，就不肯回去，他家二少爷扯他，还挣着不动，未免现像些，就是那一哭，又着甚来由？"宝珠道："舅舅那个神情，就有些疑心呢。"紫云道："不是我说，你

① 柩（jiù）——装着尸体的棺材。

也要振作些,日后才好过得日子。这回家去,还放得过你吗?"宝珠叹道:"人看我虽然安富尊荣,不知我的命苦恼不过。自从十四岁,去了父亲,把我娇柔造作,弄得我欲罢不能,几年之内,不知受了多少风波!只说故人情重,堪托终身,谁知好事未谐,初心已变,日后的好景,尚何忍言?细想起来,还不知如何结局!"说着,泪如雨下。

紫云也就用帕子拭泪道:"那也料不定,你不必预先愁苦。"宝珠道:"怎么料不定?世俗之见,人皆有之,他以为我做了几年官,谅我必定骄傲,不能相安,就先来挫折我,制伏我。他今日这些行为,就是个榜样。不然何以变了个人,不似从前来?"紫云道:"那就在你自己了。"宝珠道:"我么?我是个无用的人,连我也不解什么意思,见了他倒有些怕他似的。"紫云道:"过了门,就不怕了。"

宝珠摇头道:"不见得。"紫云道:"李少爷明日必然怕大小姐,他为人真好,又温厚,又谦和,一点子脾气也没有。"宝珠道:"我也没有姐姐的福气,更不如姐姐的狠处。"紫云道:"你这几年也阔极了,还说没福。虽然是个女身,男人还赶不上你呢。"宝珠道:"有何用处?将来还了本来面目,不过算一场春梦罢了。"紫云道:"人生一梦耳,你这梦还算好梦。绍继书香,提拔兄弟,到后来名遂功成,正好急流而勇退。"

宝珠道:"这回家去,我想上个本章告病,就住在套房里,一个人不见,一步不出来,如同归隐似的一般,你道好不好?我就怕耽误了你。"紫云叹道:"你倒不必替我愁,我是始终跟着你,断离不开的,但恐人家放你不过。"宝珠道:"我告病不出来,他也无可如何了。"紫云道:"好容易,金钏还在人家呢。"宝珠低着头不言语。紫云道,"从来说着女儿身,人生不幸也,凭她沧海桑田,也只好随遇而安。"宝珠点头叹息,把一块大红洋绉手帕,拭去泪痕,口中微吟道:

"最苦女儿身,事人以颜色。"

说罢,又叹了两声,就躺在炕上。耳听营中,秋风飒飒,更鼓频频,心绪如焚,不觉昏然睡去。紫云不敢惊动,用锦被替她盖好,就到外间房舱,吩咐绿云先睡。暖了一壶好茶,知她未进晚膳,预备几样点心伺候。闲坐无聊,将宝珠的一只绣鞋,在灯下慢慢的做起来。

约有三更半夜,忽听宝珠叫道:"紫云,紫云,快来!"紫云连忙答应,丢下针线,移动金莲,忙走进来,见宝珠面容失色,满头香汗,娇喘微微,不胜诧异,问道:"怎么样?"宝珠定了定神道:"哪里放炮?"紫云道:"大约是夜巡。"宝珠道:"你亲自去问一声。"紫云道:"有什么事?"宝珠道:"你不必问,少刻便知。"紫云只得出去,先传松勇,叫进中军,吩咐他上岸查看。

中军回船,隔着玻璃屏,禀了紫云,说是夜巡的放炮。紫云道:"今日夜巡是谁?"中军道:"水军是李文虎,陆营是二少爷。"紫云入内,一一禀明。宝珠道:"叫松筠来见我。"紫云传话出来,吩咐中军,不一刻,中军领了松筠进来。中军到中舱,就不敢再走,松筠转过玻璃屏,看见紫云,不敢轻慢,恭恭敬敬上前,满面堆欢,叫了声:"紫姐姐,哥哥传我么?"紫云笑嘻嘻的回了二少爷,就领他进房舱。

宝珠盘腿坐在炕上,松筠抢步当先请了安,侍立一旁。宝珠道:"适才何处放炮?"松筠躬身道:"是兄弟夜巡。"宝珠道:"没有别的动静么?"松筠道:"没有。"宝珠停了一会,吩咐道:"小心要紧,退出去罢。"又说:"夜深了,多加件衣服。"松筠连连答应,打了一恭,慢慢退出房舱,自己仍去夜巡不表。

紫云问道:"你究竟是什么意思?"宝珠道:"我做了一个幻梦,看来真不是佳兆。"紫云道:"却梦见什么了?"不知宝珠说出什么来,且看下回分解。

第三十九回

重义气仗义救同年　顾私情徇私赦小叔

　　话说宝珠做了个怪梦，说不是佳兆。紫云道："你梦见什么了？"宝珠道："似乎我同你谈了一会，就上岸闲步，但是月白风情，一碧万里，心里颇为爽快。踱过陆营，有一条大路，我正走着，天上落下许多虫蚁来，落得我满头满脸。我忙用帕子扫掉，就起了一阵黑风，变成无数断头缺足的人，随风滚来，哀声不止，他们大叫：'宝珠，还我们性命来。'我吓得手足无措，赶忙望大路上跑去，这些人随后追赶。我跑了几步，足下疼痛，不能行走，又没有一个将士护卫。

　　"正在危急之时，西方忽然飞下一朵红云，落在地上，原来是许多仙女，个个美丽非常，手执花枝，梅、兰、菊、桂，各不相同，用云帚向黑风一拂，那些断头缺足的人，都不见了。我心里很感激，正要拜谢这些仙女，谁知她个个对着我笑，好似熟识一般，叫我道：'兰妹，兰妹，归去。'内中有个仙女，取了一支兰花，要递送给在我手里，我就不肯接她的。众仙齐笑道：'她还有一台庆成宴，一盏合卺杯没有吃，等她吃过了，再接她回来未迟。'

　　"众仙大笑，都道不错。那个仙女，又将兰花收了，对我笑道：'又要我替你忙两个律令，你怎么谢我呢。'众仙因笑道：'让她回去罢。'就一齐对我举举手道：'上帝好生，兰妹须要体仰，前程远大，幸好为之，相见有期，就此别过罢。'驾起红云，大家一笑而去。正要转身，忽听枪炮之声，就惊醒了。你看这个梦，主何吉凶？"

　　紫云听罢，紧皱双眉道："我直说，你可别恼。"宝珠道："什么话，有话只管讲就是了。"紫云道："这兰妹二字有因，你淌下汗来，兰香竟体，就是个征验，我想你不接她这兰花很好。在我的愚见，苗兵是必胜的，这场功劳，定夺得稳，日后之事，就不可问了。"说着，眼眶一红，不忍再说。

　　宝珠点头长叹。紫云问她吃点心，宝珠摇头。紫云也不强她，送上一盏浓茶。宝珠漱口，吃着茶道："这个梦竟说明了，真正事有定数。她说替我两个律令,看来也不甚远。"紫云道:"梦寐之事,也不足凭信。"宝珠道:"梦做到这般光景,万无不验之理。你到忘了,前年我点探花的那天,梦见旌旗仪仗,戈戟刀枪,拥着我到一个去处,牌楼上写着洞天福地,如今不是都验了?到了福建苗洞。至于兰花,更有预兆,生我的时候,老爷就梦人赠兰花一枝,老爷替我取个号,叫梦兰,你也该知道。"

紫云点点头,不由的两泪交流,勉强忍住,叹道:"唯未来之事,黑如漆,富贵寿考,都是积得来的,仙女教你体好生之德,就是指点你的明路,还愁什么呢!以后总不可好杀人,就是前天杀吶都统,你也似乎太过。"宝珠道:"身为大将,国有常刑,掌管几十万人马,威令行才能服众。"又谈了一刻,营中已放明炮,宝珠、紫云同炕略歇一歇,就起身。

已悦公主败回泉州,损了四员大将,折兵大半,心中深恨,同父亲商议,在城外扎了东西两个大营、一东一西,自己防守西营。曾信上帐哭道:"小将兄弟五人,倒被敌人伤去四个,此仇不共戴天,不容不报。小将讨令,誓与敌人决一死战。"公主道:"将军休慌,我军锐气折尽,养息两日,我去替将军报仇,且报龙岩之役。"曾信立意要去,公主阻他不住,只得说道:"将军前去,须要小心。"

曾信取锤上马,领一千人,恶狠狠的到沙场要战。有人报到元帅,宝珠心绪恶劣,懒得出营,吩咐中军请副元帅开兵。中军飞马进城,禀知墨卿,墨卿无奈,只好遵令,忙领众将出城,远远看见曾信,好个大黑汉,骑马摇锤,威风抖擞。墨卿心中害怕,对左右道:"谁敢出去战这黑贼!"松筠道:"小弟愿往。"飞马出阵。墨卿连叫:"小心!不是耍处!"

松筠也不理他,一马冲上前道:"贼囚下马受死,二少爷擒你来了。"曾信声如霹雳,喊道:"你哥哥杀我四个兄长,我就捉你去斩头沥血,替他们雪恨。"话未了,松筠钢刀已砍到,曾信连忙招架,战了五十回合,松筠回马就走。曾信赶来,松筠转身,看得真切,见他来得较近,蓦然回过脸来,一刀将曾信连肩带臂砍为两段。众兵赶上去割了首级,先见墨卿,又到元帅处报功。曾信的败军回营,报与公主,公主格外纳闷。

宝珠自从得了这一封信,做了这个梦,心里愁苦,病了几天才理事。松筠上船,说有机密事面禀,中军禀过,宝珠吩咐传进来。松筠入内,见过礼,旁边侍立,宝珠命他坐下,松筠告坐。紫云出来,松筠忙起身招呼。紫云笑盈盈的叫了一声请她坐下,自己就站立宝珠背后。绿云送上茶来,又来装烟。松筠笑道："把我自己来罢,不敢劳动你。"

绿云一笑,走开去了。宝珠道："你有什么话讲?"松筠道："余杭知县解粮到了。"宝珠道："解来罢了。"松筠道："就是许二哥。"宝珠道："我知道,告诉我什么要紧?"松筠道："误了限期。"宝珠一听,脸上都变了颜色,只教怎么好呢? 松筠道："他现在兄弟营里,不敢上来,总要求哥哥念文卿的交情,开活他才好呢。"宝珠道："他在营务处挂过号没有?"松筠道："一到就去挂号。"

宝珠道："这一来怎好徇情? 军心也不服。误了几天?"松筠道："三天半。"宝珠道："还了得吗? 七刻就是个死罪,何况三四天? 杀定的了。"回头对紫云道："这又不是件难事。"紫云咬着小指头不言语。松筠道："求哥哥法外施仁,看三代世交的情谊。"

宝珠发急道："我岂不看交情? 无如有个国法呢!"松筠跪倒在地,两泪交流道："哥哥救不得许二哥,兄弟也无颜去见他。况且春生秋杀,全是哥哥主持,一个相好的世交,何难救得? 更有何人敢有烦言!"宝珠道:"越是世交,越不便救。"松筠以头触地,痛哭道:"愿将兄弟功劳,抵他一死;不然兄弟即以身代亦何妨!"

宝珠暗赞兄弟很有义气,一手拉他起来,说道:"你别孩子气,等我再商量。还有一件,不知墨卿还肯徇情?"松筠道:"这还是哥哥推诿,军中各事,都听命于哥哥,李大哥几时敢专主来?"宝珠无言可答。紫云道:"我倒有个解救之法,不知可用不可用。"

松筠忙过来,对着紫云深深一揖道:"我的好姐姐,哥哥只听你的话,全仗姐姐方便一言。只要姐姐开恩,又庵就可活命。"慌得紫云退避不迭,笑道:"二少爷的话,说来真正好笑。怎么倒求起我来了? 说得好不嫌疑。"宝珠也笑一笑道:"紫云有主见,不妨讲出来,大家商议。"紫云道:"传见的时候,就说许二少爷路上有病,耽误住了。二少爷再去多约几个有头脸的人,一同求情,求少爷免他个死罪。功名恐怕不稳的了。"松筠喜道:"有了性命,还想功名吗?"宝珠道:"也只好如此,就这么说罢。我今天是看了你的面子。"松筠谢了,自去约人。

次日,宝珠升帐,中军官报道:"余杭知县许炳章,解粮到了。"宝珠叫传进。又庵进来,跪在地下,不敢仰视。军政司将来文拆了封,呈上公案,宝珠看了一遍,哼了一声,两旁吆喝。宝珠问道:"你文书上限你多少日期?"又庵抖得牙齿捉对儿厮打,不敢出声。宝珠道:"你可知道逾限三天么?左右与我斩讫报来。"两边武士,答应如雷。

又庵的声气都变了,战兢兢的答道:"卑职在路途中大病,耽搁了三天,还是勉强而来,至今还未痊愈。"松筠、木纳庵等二十余人,齐齐跪下,都是些提督总兵,以及都统之类,异口同声的道:"许炳章初办军务,年纪太轻,求元帅念他有病在身,原情减罪。"宝珠尚不肯听,众将苦求,宝珠就只得借此下台,道:"不看诸公面情,必定难饶。"吩咐捆打四十军棍,革职离任,留在文案上戴罪立功。做成文书,咨明督抚。左右打完,又庵叩谢。

人报苗营要战,前哨都司胡能讨令出马,只一合,被公主活捉去了。一连战了数日,互相胜负。公主见胜不得官兵,心想兀里木等这支兵阻住中路,牵制我军,大为不便,必须先破了他,方能进取,攻他大营。就将城外大营,都托与父亲照应,自己领兵二万,到中路来攻营。兀里木等大惊,守定营垒,不敢开兵,忙着流星马到大营告急。宝珠忙令松筠、木纳庵会同赵瑾去救应。这里兀里木被攻了一日,心中甚急,专望救兵。

黄昏左侧,只见贼营后队纷纷倒退,有一支人马杀来,兀里木看得清楚,尽是我军旗号,知道救兵已到,接应出来。谁知是公主假装出来,进了营,就一齐动手。兀里木、耶律木齐全军尽没,仅仅逃出个命来。

到了夜间,松筠等才到,营寨已失了多时。次日,松筠三人极力攻打,又将营寨夺回,三人欢喜。不料到二更时分,地下火炮地雷,一齐发作,打得兵丁焦头烂额,死伤甚多。公主又领兵杀到,松筠三人舍命冲出,回大营去了。官军连失两阵,伤了万余兵丁,好几员战将。宝珠心里不快,吩咐紧守,不许开兵。

公主要战不得,也攻打几回,全然不理。心生一计,就叫两员贼将来诈降。二将领了五百兵丁,到宝珠营中投降。巡捕官报进中军,宝珠大喜,以手加额道:"此天赐我成功也。"忙叫传见。中军官出来,约住人马,单领二人进帐跪下。宝珠道:"你二人叫甚名字,因何前来投降?"二人禀道:"小人是同胞弟兄,叫做陶熔、陶化,本是重义王殿前指挥使,今在公主帐下听差。因为赏罚不明,心中不服,所以到元帅麾下,弃暗投明。"宝珠佯为欢喜道:"将军到此,足见知机,本帅自然重用,二位可领本部兵马,帮助副帅李经略守城。"陶熔、陶化推辞道:"小将愿在元帅帐下,稍效微劳,不愿居于闲散之地。"

宝珠彻底明白,笑了一笑道:"如今阴雨连绵,本帅养歇军士,俟天晴开兵,当借重二位做军前先锋队。"二人大喜,以为中计,叩谢而起。宝珠吩咐松勇、木纳庵陪到后营驻扎,暗传巡哨官,小心防备。夜间巡哨官果然获住一个奸细,是陶熔差出去的,在身上搜出一封私书,乃是约迷香公主明日三更来劫营,里应外合。夜巡连夜禀知元帅。不知宝珠有何计较,且听下文分解。

第 四 十 回

以贼攻贼智本如神　知法犯法秃而且毒

话说夜巡官巡哨，获得细作私书，连夜解到大营。宝珠暗喜，就把细作衣服剥下来。一刀斩讫①，将私书改了两处，三更改作二更，又说松帅兵多将广，请公主多领人马，再请王驾接应，万无一失。改成了，仍然封好，叫一名精细小卒，更换衣服，投贼营下书，又在耳边吩咐许多说话。

小军直奔公主营门，贼人问了备细，即领去见了公主。公主将书拆看，问了小卒一番，并不疑惑，即传令二更去劫营，又差人知会父亲随后接应。安排已定，专候二更天行事。

再说宝珠次日升帐，唤齐众将，也布置一番，又传松勇吩咐几句。到晚，松勇、木纳庵请陶熔兄弟进中军讲话，说："元帅今日替二位将军接风，大排筵宴。五百兵丁，也有犒赏，就在帐下饮酒。"约有二更，松勇等自去管正经不提。

这里公主领了许多兵将，人衔枚，马摘铃，从黑暗中冲来。是夜风雨又大，到了大营，就一哄而入。见中军灯烛辉煌，许多酒席，公主一马当先，只叫了一声苦，见陶熔弟兄、五百军士，一个个口角流涎，瘫在地下，动弹不得。

公主忙叫速退，只听四面八方，炮声隐隐。公主更慌，赶忙出营，望原路奔走。迎面遇见邱廉接应兵马，两军一撞，黑暗之中，兼又不敢开口去问，彼此认做敌军，大杀一阵，自家相并，绞做一团。宝珠又着几个军士，赶奔泉州城下，大叫道："我家王爷、公主去劫营，被敌人困住，吩咐我们来求救，请帅爷亲自提兵去救，火速！火速！"说罢，忙忙的去了。

城上忙去报知元帅。花殿齐也知道陶熔二人诈降今夜劫营之事，得了这个消息，深信不疑。随即点齐大兵出城，就令几员偏将守城，自己飞奔来救。风雨之中，又点不住灯火，但见前面有兵马厮杀，只道就是敌军，

① 讫（qì）——完结、终了。

不同青红皂白,赶进来就动手。邱廉、公主同众将杀得昏头耷脑,万料不到城里兵马出城,当他又是官兵,互相掩杀。三路军兵,拼命死斗,直到天明,才晓得自家人杀了一夜。宝珠不用一兵一将,伤了苗兵不计其数,城外两座大营,俱皆失去。

邱廉等招集残兵,合队入城,只见城门紧闭着。军士叫唤,忽听城上一声炮响,松筠公开搪箭板,倚定护心栏,指着下面笑道:"你们何必使这些诡计阴谋? 徒然自寻苦吃呢,今日究竟如何? 你们赶快整顿兵马,前来决个雌雄。如果知道厉害,就下马投降。你这丫头,我少爷很喜欢你,你放明白些,送我做个小老婆,我就饶你们的狗命!"说罢,哈哈大笑。公主怒气冲天,就来攻城,一声炮响,矢石火炮如雨点一般。邱廉等只得倒退,带领残兵败卒,奔回厦门扎营。

宝珠得胜回营,将陶熔、陶化斩首,五百人背剪起来,叫到面前道:"你家公主的诡计奸谋,总不出本帅所料,故将计就计,一战成功。今把陶熔、陶化二人首级与你等带回、教邱廉不必弄斧班门,早些洗头就戮! 你家公主人品才能,我所深爱,你们去致意,着她早早投降,我这里断不加害。至于尔等五百人,本当斩首,但你等总有父母妻子,倚门倚闾,听见打了败仗,一个个血泪皆枯,望穿双眼。本帅体好生之德,放你等回去,慰父母妻子之心,幸好作良民,不必再为贼诱也!"五百人泣谢而去。

宝珠传令移营,也过澎湖来,紧紧逼定。这厦门是个总路要口,宝珠攻打十余日,竟不能破。公主防守有法,宝珠无法可施。那日又去攻打,谁知贼兵不战自乱,就退下去了。众兵将争先向前,宝珠满心疑惑,暗想他这个隘口,死守半月有余,今日擅自退让,其中必定有因。传令众将,不许进营,违令者斩。止住众将士,自己一马当先,带领松勇同几个飞虎大将,绕营看了一遍,见中军土色不均,暗暗的好笑:"原来如此作怪,是赚我们的。"吩咐兵将,一个不准进中军营寨,都在四面驻扎。即点了几员大将,授以密计。

且说公主退十里安营,点齐将士伺候,着人远远探听。黄昏时候,只听对面火炮乱鸣,哀声不止,官军大乱,口称祸事,都说元帅才进中军歇马,忽然跌下陷坑,满营地雷齐发,好容易才救起来,受了重伤,又折了几员大将。元帅传令退回泉州养伤,拔寨连夜过湖。贼兵打听明白,忙报邱廉知道。公主大喜道:"果不出我所料!"传令各将帅,努力向前,务必捉住松小子,或得她首级者,可赏千金,封万户侯。

邱廉指挥众将齐出,果然见官兵纷纷而退。贼兵看得真切,方敢上前追赶。官军绕营望西北去了。邱廉吩咐紧追,正走之间,忽听四面炮声大震,伏兵齐起,大叫道:"贼囚休走!又中我元帅妙计矣!"贼兵经过厉害的,久已胆唬寒了,听见说又中计,众人心里先慌,一个不敢当先,都是潮水一般的,望原路逃走。此时草木皆兵,只恨爷娘少生了双翅。

邱廉、公主还想迎敌,无如军无战心,不由自主,哪里止喝得住?争先恐后,没命的奔逃。后面队伍被前军撞来,冲得七零八落,又不看路径,只顾飞跑。营中许多大坑堑,原是掘下来赚人的,谁知作法自毙,顷刻工夫,都已填满。后来的人,就在人身上跑了过去。官军又围拢来,杀得尸横遍野,血流成河。贼兵哭声不止,惨不可闻。花殿齐已受了重伤,邱廉身中两枪,犹死保住花殿齐奔走。公主金莲上,却带了一支箭,幸喜脚带缠得多,没有伤着皮肉,只好退守台湾。

公主暗想,此计原是赚人的,谁知反害了自己!又白白失去一个要道,岂非自寻苦吃?气得蛾眉要倒竖,凤眼圆睁。这些将士兵卒,胆都破了,替宝珠起了两个名号,叫做簪花太岁,又叫香粉孩儿,称松勇做飞天将军。说起这几个名号,个个寒心。从来行兵之道,原在胆壮气粗,如今贼人锐气馁尽,心胆都碎,格外不是对手了,邱廉等愁烦自不必说。

宝珠得了厦门,欢喜已极,就将前队扎在厦门,水军驻扎澎湖口。中军报说圣旨又到,宝珠忙出来迎接,着人去请墨卿来,一同接旨。先请天使进营,候副帅到来开读。有人请了墨卿飞马到来,忙排香案行礼,是皇上因宝珠屡次报捷,赉①了两件黄马褂,两根紫绒缰来赏赐。虽未加品极,恩荣已到极顶了。松勇尽先游击,松筠分部行走,即用左郎补缺,后以知府用,先换顶戴,都赏花翎。其余有功,俱各升赏,不及细载。

大家谢恩,宽待天使,天使道:"主子屡接捷音,圣心大悦,二位经略的功劳,将来麒麟阁标名,封侯拜相,只在咫尺之间。"二人逊谢。墨卿道:"我真拜服,你这些机谋,哪里来的?就是前日营中的埋伏,你如何就

---

① 赉(lài)——赐、给。

知道呢?"宝珠道:"身为大将,不知天时不明地理,不谙韬略①,不识阵图,是庸才也"墨卿道:"你有这些学问,我在家全不知道,也不见你有甚异人之处。"宝珠笑而不言。

再说邱廉等退守台湾,心中纳闷,无计可施。忽报苗王差国师来助战,领五万人马,五百沙弥,还带了一位道士同来,花帅、邱廉迎将出来,进帐见礼。这国师叫做铁头佛,对花帅、邱廉道:"闻得元帅、天王屡败于松帅之手,老王爷着咱家前来稍助一臂。"又指着道士道:"这位炼师姓王,名平,炼得好剑术,能飞剑取人首级。咱家请他同来作个帮手,以助元帅成功。"花帅、邱廉称谢。

天明,铁头佛带领沙弥兵丁要战,前军忙禀元帅。宝珠问谁敢出马?李文龙讨令,飞马提刀而出,战了二十合、败回本阵。又换了庆勋,战个平手,不防铁头佛是会邪术的,念动真言。顷列天昏地暗,沙灰中无数兵马杀来,庆勋对面不看见,只得领兵倒退。铁头佛冲杀一阵,伤了好些兵丁。次日,铁头佛又来讨战,松勇出迎,战了十合,和尚遮拦不住,松勇一刀当头砍下,砍了一个白迹,碎然有声,松勇大惊,回马就走。铁头佛又放出阴兵来赶杀,松勇又折了一阵,退回本营。

宝珠暗想这个邪术,如何破法?踌躇一会,唤了松勇、松筠、庆勋、木纳庵、兀里木、耶律木齐,齐至面前,吩咐一番。天明开兵,和尚又到来,松勇出马,斗了十余合就走。铁头佛口中念咒,黑气卷来,松勇望澎湖边飞跑。铁头佛领兵追来,约有五六里远,只听炮声不绝,两路伏兵齐起,每人手中都有个竹筒,汲着乌鸡黑犬血,迎面喷来。说又奇怪,一霎时雾散云收,空中纸人纸马纷纷坠地。

铁头佛见破了他的法,不觉大怒,正要冲杀,只见前面箭如飞蝗,后面炮如雨点,进退两难,又在湖边别无去路,反被手下人马挤住。铁头佛只得用禅杖乱打,苗兵、沙弥受伤落水者,不计其数,大半跪倒在地,口称愿降。铁头佛着忙,忽见小渔船一只,男女两个,在水面上慢慢摇来,铁头佛暗想,不如上船避避。大叫道:"渔船听者,快来渡我一渡,我有重赏。"渔船上答道:"岸上杀仗,我们害怕。"铁头佛道:"不妨,有我在此!"

---

①　不谙(ān)韬(tāo)略——指不熟悉或不精通战斗用兵的计谋。三韬、六略;古代的兵书。

　　渔人就摇拢来道:"和尚,你是出家人,兵荒马乱的,要到哪里去? 上流有经略的水师营船,不得过。"铁头佛道:"你不必多言,只要上船,就有生路了。"渔人道:"和尚身体太肥,我的船小,不要到中流翻掉了,那就累了我们。"铁头佛道:"休得胡言,我自然有赏。"就跳上小船。

　　渔人用竹篙一点,小船离岸有一箭之地。摇到湖心,渔人将篙子一侧,小船一歪,船底朝天,铁头佛落水,下面早有几个水军按着,用索子捆定,原来渔船上男女,都是靖海军装的,故意着松勇引他上路,又着众将破了他的法,逼他上船,却好捉住。

　　靖海军把和尚抬进大帐,宝珠吩咐提人。令字旗出来,和尚立而不跪。宝珠笑了一笑道:"这种贼秃,也不必同他多话,赏他一刀就罢了!"众军出营动手,竟杀他不死。来报元帅,说刀砍不入,请令定夺。宝珠大奇,同众将来看。松勇道:"我曾在他头上砍了一刀,刀口都迸坏了,没有能伤他。这个秃驴,必然是怪物!"

　　说罢,就同宝珠要了大小姐送的那支宝剑过来,认定和尚嘴里一戳,和尚就大叫一声,一个舌头全吐出来,有二尺多长,宝珠大笑,松勇又在和尚心口胸腹上,挥了几剑,割下光头,吩咐示众。看宝剑上,一点血迹没有。

　　少刻,松筠、兀里木等齐来缴令,将些降卒缚在营外请示,宝珠教一概斩首。紫云知道,着人传话出来,再三相劝,宝珠才肯放出众人,逐出营外。紫云一言之间,救活了千余人性命。

　　且说和尚首级挂在营门,贼营看见,忙报花帅等知道,众人大惊。王平怒道:"大王、元帅休慌! 山人今夜三更,飞剑前去斩了松帅,彼军无主,自然一战成功矣!"邱廉与花殿齐听了,满心欢喜,谢了又谢,专候晚间要害松帅性命,不知可否成功,且听下回分解。

第四十一回

观星斗良宵得飞剑　冒风雪寒夜捉姣娃

话说道士要替和尚报仇，飞剑去斩松帅，花帅、邱廉称谢不已。邱廉对花帅道："我军屡败，锐气折尽，恐他又来攻打，孤城难守。待孤同公主出城安营，以为掎角之势，方可无虞。"殿齐称善。邱廉同公主在城外立了两个大寨，一在城东，一在城西，相离五六里远近。

到晚，花帅请道士进帐商议，专候三更行事。三人饮酒，谈论一会，军中已打三鼓。王平口中吐出一道白光，便成一把宝剑，剑尖上光芒闪灼。王平要讨花帅的好，取过朱笔来，写了几句道："以己制人，得心应手。飞往大营，斩松帅首！"写毕，呵了一口气，望空中一掷，但见白光如电，飞出去了。

偏偏事有凑巧，也是天数使然。那晚宝珠在船上无聊，同紫云谈笑一会，因为夜气太长，不能成寐，就带了松勇到大营来步月。此时十月望后，天气正寒，宝珠在营外闲踱，只见冷月罩地，寒星在天，凉气侵肤，朔风拂面，满营旌旗弄影，刁斗无声，磷火乱飞，鬼声回起，号灯半明半灭，远远的更鼓频催。宝珠见此凄凉景况，不免想起家来。对松勇道："我万想不到今日到这个地方来！"松勇道："人生之事，是料不定的。"

宝珠又走两步，回头道："不知娘同姐姐，此刻在家曾睡么？"松勇知她不脱孩子脾气，想起家来，就要伤心，闹开了不得开交，任凭什么人劝她不住，忙用话支吾道："少爷可识得天文？不知少爷的将星在于何处。"

宝珠一笑，仰面看天，见天上一道白光，有二三尺长，袅袅的在空中飞舞。宝珠诧异，见它越飞越近，在头顶上盘旋，飞来绕去，却落不下来。你道为何？原来这飞剑是仙气真然炼成的，宝珠是个女郎，身上正不洁净，把飞剑触污住了，所以不得近身。

宝珠凝神一看，心里明白，道："不好！松勇你瞧，这是支飞剑了，不得了，我们快走罢！"松勇抬头道："少爷休慌，走也没用，等我来对付它！"就拔出剑来，见白光下注，松勇用剑一隔，白光又腾上去了，在上边盘旋空际，飞绕不定。松勇并不理它，仰面观看，等就得着，才用剑去敌它。或上或下，一往一来，飞了半个时辰，渐渐的来得慢了。松勇蓦然跃起五丈多高，用力一挥，铿①然有声，将白光打下地去。忙拾起来，是一支宝剑，剑尖上如火甩一般。取在手中，送与宝珠看，宝珠都看呆了。

二人转步，却好遇见夜巡，众兵丁不知是谁，连声喝问，抬头看见是元帅，慌忙匍匐②在地，夜巡官滚鞍下马。松勇使了个眼色，那官儿会意，又上马领兵丁向西去了。

松勇扶着宝珠回船，在灯下细看宝剑，有小字一行，宝珠念了一遍，暗暗吃惊。想了好一会，取过朱笔，替它改了几个字，在松勇耳边吩咐几句。松勇答应，取了剑上岸奔贼营来，悄悄偷到东营，将剑抛在营外，就回船复命。

天明，有贼兵拾了宝剑，来报邱廉。邱廉接过来一看，见上面四句道："以己制人，得心应手。飞去外营，斩邱廉首。"心中大惊：原来这妖道反来害我，不是我福分大，早被他暗算了！不知花殿齐可否知道？随即骑马，多带护从，入城来见，花帅接进中军，讲礼坐定。

邱廉将宝剑送与花殿齐看罢，大为奇诧道："王平昨晚飞剑是杀松帅的，怎么剑倒飞在你的营里？而且上面字迹都换了，却是何故？"邱廉泣道："孤兵败将亡，依栖台下，元帅如不相容，请将孤缚送松营，有何不可，何必用暗器伤人？"殿齐忙道："大王不必多疑，此事只问王平，便知明白。"着人去请王道士。

王平自从昨夜放出飞剑，一夜不归，心内疑惑正纳闷时，元帅来请，忙到大帐见了二人。殿齐把剑递过来道："先生请看。"王平见了宝剑，满心欢喜，知是故物，不消看得，也不问情由，接在手中，呵了一口气，吞下去了。

邱廉更凝目视花帅，殿齐冷笑道："先生飞剑去杀松帅，为何反飞到邱大王营中？上面字迹，还写着要斩邱廉，是何尊意？"王平失惊道："没有此事！"邱廉道："既无此事，先生为何如此慌张，忙将宝剑吞下？这不过怕孤看见红字，所以赶紧灭迹的意思。"王平一时不知头绪，辨白不来。

---

① 铿(kēng)——象声词。

② 匍匐(pú fú)——手足并行地爬。

殿齐吩咐抓下，左右正要动手，王平道："竖子不足与谋！"脚一顿，就不见了，众人慌做一团，满营搜检，哪里去寻？王平已借土遁出城，奔海口而去。

谁知天网难逃。出其不意，被刘斌手下巡查获住。有人认得他是天台山道士，专在江湖上行走，有飞剑邪术，五遁俱全，刘斌恐他逃走，替他穿了胫骨，亲自解进大营。宝珠深恨道士，吩咐带过来，王平跪下。宝珠心内生气，故意和着颜色问道："你既在贼营，今将何往？"王平道："小道年近百岁，颇识玄机，见邱廉等逆天行事，故飞剑去斩他。谁知事败无成，容身不住，意欲仍回天台山修炼。"

宝珠笑道："你原来也知道剑术么？本帅自幼得异人传授，炼就一支宝剑，昨夜飞去，要杀邱廉，及至回来，并无血迹，不知是甚缘故，莫非是你破了本帅的机关？"

王平心中才明白，那支剑是他的，我的剑术被她收去了，这个冤枉，哪里说起？禀道："帅爷的宝剑，是小道收错了。帅爷收的剑，却是小道的。"宝珠道："这是何故？你且说来。"王平竟回答不出，不好说是我飞剑杀你的。这个话，何敢出口？就支支吾吾的。

宝珠也不深追，只说道："原来收错了，怪道有些不像。如今我同你换转了罢。"王平叩谢，口里吐出白光，化成一支飞剑，拭了一拭，递致中军，呈在案上。宝珠接来，嘻嘻的走下公座，对王平道："本帅同你换剑。"走到面前，手起一剑，将道士挥为两段，脑袋滚在一边。宝珠把剑插在他腔子里，笑道："还你飞剑！"叫人取头，去到营前示众。

歇了一日，传令开兵。松筠出马讨战，公主迎敌，战了几合，松筠败走，公主勒马不追。松筠回头，且战且走，公主只是不理。松勇赶来，公主接住，略战数十合，松勇诈败，公主不但不追，倒拍马回营去了。一连三日，总是如此，任你十面埋伏，她不追赶，也无奈何。

宝珠纳闷，暗想："捉不住这个丫头，如何能破贼？无如她乖巧已极，全不上钩，怎生处置？"想了一会，计上心来，颇为欢喜。暗道："任你足智多谋，不怕你不入圈套。"传令松勇、李文虎攻打城东邱廉大营，松筠、木纳庵攻打城西大营，兀里木、耶律木齐攻打台湾城池，三路一齐进兵。赵瑾、庆勋领偏将十员，做各路救应，使各认一处去，对垒攻了四五天，渐渐也懈怠了。

此时正是冬月下旬,北风一紧,飞下一天大雪,堆了二尺多深,好似个玻璃世界,路径不分。到了天明,雪还不止。公主吩咐雪天更要小心。

单讲松筠、木纳庵又来西营攻打讨战,公主在营门一望,见松筠、木纳庵带领一千铁炮,在雪中迤逦①而来,指着营中辱骂。公主倒提方天戟,迎将出来。松筠笑道:"丫头,我少爷想煞你了,你就这么狠心,不肯跟我回去,我少爷就来擒你,不把你做个小老婆,也算不得个松二少爷。"

公主面泛桃花,低头无语,一支画戟,直刺过来。松筠招架,木纳庵上来夹攻,公主全无惧怯。二人战她不住,木纳庵先走,松筠也败下来。公主含笑,对松筠道:"痴孩子转来,你不过引诱我去上埋伏,我是不赶的。是汉子站定了,拼三百个回合!"松筠回头笑了一笑,收兵去了。

黄昏以后,松筠一个领兵又来,公主出战,正在交手。对面炮声不绝,冲出一队兵马,灯球火把,踊跃而过,喊道:"捉住贼首邱廉,东营已破。"公主大惊,抬头观看,见第二队过来,马上坐着一个大汉,身穿锦衣,双手背剪,众兵将簇拥着。那人口里含糊喊道:"快快救我!"一轰望北而去。公主见灯光之下,果然似父亲的模样,心里一急,暗想哪个父亲被擒不去救援之理?此时方寸已乱,不辨真假,娇滴滴的喊了一声道:"我好恨也!"招呼女兵随后,一马冲将出来。

松筠拦住去路,公主大怒,不似前番留情,手中画戟一紧,松筠招架不住,拨马就逃。公主并不追赶,向北杀来,见前面灯火隐隐,还看得见,就飞奔向前,众女兵也随在后。转过一个山湾,灯火走进树林,公主不顾厉害,也赶进来。忽然天崩地塌一声,公主连人带马,跌在陷坑去了。

旁边转过松筠,杀散女兵,吩咐军士,用挠钩搭了出来,把绳索捆定,倒被松筠捻手捻脚的,轻薄了好一会,解到宝珠船上。原来邱廉并未被擒,也是松帅诱敌之计,如今听见公主捉住,又是擒的,格外欢喜。教松勇同中军出来,说元帅请公主相见。众兵丁拥进中舱,松筠跟随在后。

宝珠笑盈盈的,忙下公座,喝退松筠,亲释其缚,延之上座。自己深深一揖,赔罪道:"舍弟年幼无知,冒犯公主,请看本帅薄面,不必介怀。"公主道:"元帅说哪里话来,我既被擒,有死而已,元帅何必如此相待!"宝珠道:"公主才能出众,本帅久已爱慕。失身作贼,甚非所宜。倘他日玉石

_____

① 迤逦(yǐ lǐ)——曲折连绵。

俱焚,未免可惜。"公主道:"元帅良言,我岂不知?但老父尚在,何能就降?既被元帅擒拿,决无放我回去之理,元帅不如杀了我,倒可免心悬两地。"宝珠笑道:"公主差矣!尊大人身为首逆,是个不赦的罪名,他这座孤城,不日可破。公主知机,留在我处,不但保全性命,且有后日的荣华。从来识时务者呼为俊杰,公主还宜三思,不可执迷不悟。"

公主见宝珠这个绝色的美貌,比自己竟高得几倍,看她眉目之间,秀媚中带着一股仙气,又非世间美人所可及。天下竟有这种美男子,令人又惊又爱,就叫我替她折被铺床,我也心愿。又见她和颜悦色,声口留情,格外的芳心活动。又想父亲必败无成,将来没个了局。就低着头,双泪交流,一言不发。宝珠知她心肯,唤了紫云出来,请公主入内,劝说半日,更觉投机。拨了一只大船把她住,又拨两个仆妇过来伺候。公主自然感激,倒反死心塌地,安然住下,同宝珠两个兄姐相称,颇为亲热。

再说邱廉知道女儿被擒,这一急非同小可,就带领大队杀来,恶狠狠的要战,宝珠知他拼命前来,教紧守营寨,不必理他。邱廉闹了一日,只得回去。次日又来叫骂,宝珠点将迎敌,故意败了一阵。连败三天,宝珠暗传号令,天明众兵丁取了许多大锅,一个个顶在头上,冒着枪炮弓弩,直冲过来。松勇当先来战邱廉。不知胜负如何,且看下回分解。

第四十二回

清内地松帅喜成功　征苗疆大兵齐出海

话说兵丁头顶大锅,冒箭冲突,松勇当先来战邱廉,斗了几合,回马就走。邱廉招呼人马随后赶来,松勇倒退四五里路。到了山弯里,一声炮响,兵丁将铁锅一齐丢在地下,邱廉领着马步兵,直追上前,马走快了,哪里留得住?望锅上一冲,马蹄都陷定拔不出来,进退两难,连步兵都挤住了。松勇领兵杀回,松筠等在后一抄,前后夹攻,腹背受敌,山弯里又施展不开,杀得贼兵走投无路,尸积如山。邱廉弃马,杂在小军中,爬山越涧,逃回城里去了。

宝珠趁势将城围定,众贼胆都吓破,一夜数惊。花帅也知孤城难守,要想回兵,无如邱廉不放心女儿,立意不肯。又守三天,实在支持不住,只得开了城门,夺路而去。宝珠传令,紧紧追赶。十停人马,走了七停,一停投降,两停被杀。由诸罗、彰化、凤山等处,一直赶到淡水,七停贼兵中,伤去大半,童家弟兄来接应,苗兵争先上船,落水者不计其数,又把船爬翻了好几只。船上用刀乱砍,手臂却被砍断,哭声震天。

宝珠看见这种狼狈光景,心中也有些不忍,约退军士,吩咐一员偏将,飞马出来,口传号令大叫道:"苗兵听着,元帅体好生之德,穷寇勿追,放尔等一条生路,尔兵等不必惧怕,依次上船,好好回国,传谕苗王,教他早为预备,俺元帅随后来也。"苗兵听见方才放心,一个个歌功颂德,感激不尽,慢慢上船回苗疆去了。

宝珠领兵进台湾,着人搜捡羽党,办理善后事宜。由电报拜本入都,说全省疆土尽行恢复,内地没有一个贼兵,请旨出海,平定蛮方。就同墨卿驻扎台湾,训练士卒,养歇军兵。全省官员都来贺喜,这些地方恭应督抚趋奉的,也说不尽。

不日圣旨下来,着实慰劳,宝珠升协办大学士,赏戴双眼花翎;墨卿兵部尚书,赏戴花翎;松勇总镇衔,尽先副将;松筠尽先即补知府,赏加道衔;刘斌、木纳庵等有功将士,都有封赏;许炳章开复原官,连依仁都有议叙。

宝珠、墨卿领众谢恩，择定十二月初八日出口，留下几员大将，协同地方官守各处城池海口，下谕督抚应付粮草，勿得违误，致于军令。着李文虎替刘斌代印，调刘斌随征。请公主暂住泉州。因赵瑾为人精细，着他领十员副将，做各路防御使，就将公主托他，暗暗留意。

点松勇为正先锋，刘斌为副将，松筠、木纳庵为左右先锋，统五万大军为前队。选五千少年精勇，蜀锦缠头，团花战袄，大红战裙，薄底战靴，各执绣旗一杆，号为锦衣军。又选五千名藤牌手，各穿元青镶裤，裹足缠腿，护定马前马后，就留在船上，宿卫中军，派在二十四名飞虎大将部下领带。后来苗兵见了飞虎龙凤绣旗，都知松帅亲自临阵，人人骇怕，个个寒心，甚至于不战自乱者。这是后话，表过不提。

宝珠分拨已定，水陆大军都上了船，一列舳舻①，千里蔽空，放了九通大炮，奏乐三番，摇旗擂鼓，出海而来。宝珠伏在紫云肩上，凭拦而立，看那外洋风景，大不相同。但见海阔天空，一望无际，冻云压地，波浪接天，军中大小战船，依次而进。宝珠心中爽快，顾紫云笑道："大丈夫不当如是乎？"紫云瞅了一眼，含笑不言。

宝珠在船上无事，细看张山人的地图，暗想好个险峻地方！这狮子口，以及地户、天门两关，如何攻打呢？暗暗筹算，只好随机应变罢了。在路非止一日，那天已抵苗地住船。陆兵上岸，扎了大营，四面探看，不见一个苗兵。原来苗兵已被宝珠杀寒了，不敢出头，守定狮子口的隘口。

宝珠率领诸将，看这狮子口，好个险要所在，两面高山对峙，中间一条小路，只容一人一骑，四围都有乱山，更无别路。听见谷中金鼓齐鸣，人马喧杂，宝珠暗自着急，就这第一要口，把我就难住了，且回大营，再为商酌。再说花帅、邱廉那日败兵出海，邱廉就要回岛，花帅道："我们兵马败回，小松必来征伐。大王且同回我国，再作良图。况我国山川险阻，小松若来送死，正可一战成功，以报前日之恨。"邱廉应许，同到苗疆。

殿齐走马回国，见了苗王，哭诉败兵之事，又替邱廉再三请命。苗王暗想兵来将挡，水来土掩，人家既然杀来，也没有一个不对付之理。传旨仍着花殿齐为帅，教皇侄撒麻监军，又拨了几十员大将，二十万苗兵，前去迎敌。殿齐奉命，会合邱廉兵马，屯扎界口，二人畏宝珠如虎，不敢出兵，

---

① 舳舻(zhú lú)——指首尾相接的船只。

只得谷口立营,以为长守之策。

宝珠回船,心里斟酌,又把张山人的地图,展开观看,由狮子口进去,还有锦江、地户关、天门岭,是险要去处。过这几处,就离国都不远。其余虽有几个小关隘,可以不战而定。这狮子口是苗疆的门户。再看地图上,八面山冈,倒有一条小路,险不可言,人迹不到,其中毒蛇怪物,充实已满,而且荆棘丛生,人也不得进去,这一条路到狮子口背后,只有二十里。

宝珠看了一会,同紫云商量道:"虽有此路可通,但这般险僻,哪个敢去呢? 我是脚不能走,不然倒可以试他一试。如今都怪你替我裹得这一点子脚,教我寸步难行,才知道女人是真无用的。"紫云笑道:"你怪我干什么,我只知道你将来在衽席上交锋,谁知道你今日在疆场上战仗呢!"宝珠啐了一口,道:"我同你讲正经话,你倒来取笑我,你真不是个好人。"

紫云笑得格格如花枝乱颤。宝珠道:"我去走一遭罢。"紫云笑道:"小祖宗,你可别吓我罢! 此刻不必预为愁烦,明日且去攻打,如万不得已,再派人去上这条道路,图个行险侥幸。"宝珠点头。次早天明,点兵进攻。众兵将一拥而入,谷里枪炮弓弩,乱放出来,这条窄路,有半里多长,众人施展不开,退又退不及,倒伤了许多军士。

明日宝珠吩咐众将用挡牌在前,虽可挡些弓矢枪炮,到底一夫当关,万夫莫开,依然无功而回。一连三天,极力攻打,无如他这地势占好了,任你千军万马,全然无法可施。宝珠传令也就不叫攻打了。今日已是十二月二十八日,宝珠大张告示,歇军三日,庆贺新年,初三日开兵,并力征战,不破狮子口不许歇兵。满营布告,又挑着许多美酒,各营分送,欢声如雷。

晚间,宝珠传松勇进内舱,双膝跪下。慌得松勇也跪下来道:"少爷折杀我了,有话请起来讲,松勇在府里受太太、小姐、少爷厚恩,另眼看待,教我赴汤蹈火,都不敢辞,少爷何必如此?"先扶了宝珠起来,自己才敢站起身来。宝珠道:"我有一件事求你。"松勇道:"少爷言重了,无论军中将令,就是少爷的话,我敢违拗的么?"

宝珠道:"不是这等讲。这个狮子口是万万破不开的,破不开这隘口,如何进兵呢? 我现在寻出一条小路,只有二十里,就到狮子口后路,但是幽僻异常,毒蛇怪兽,也不知多少,且有荆棘难行。我想来想去,别人万不能去托他,唯有你是我的心腹,只好仗你的威风,借主子的洪福,如能行险侥幸,是你的平蛮第一大功,我自然极力保举。我这几天大张告示,庆贺新年,不过是先安的人心,攻他个出其不意。你如肯去,我替筠儿做你个帮手,你道好不好?"这句话就是宝珠的奸诈之收拾人心法。

松勇听罢,忙道:"我去就是了。至于二少爷,万不可履此危地,太太亲生,只有一位少爷,倘有疏虞,如何是好呢?"宝珠深深一揖道:"足见你忠君爱主,公私两全。三十日午后,领五百精勇前去,二更到彼,三更天动手,我在外边点齐兵将,专候你信炮接应。"二人说定,松勇要出地图来看了一看,然后辞去。后日黄昏之后,宝珠选了刘斌、木纳庵等十员勇将,三千雄兵,八百名藤牌手,伏在谷口外边,专候动静,一齐进兵。

且说松勇三十日午刻,将自己训练的五百亲兵,传进营中,打开几坛好酒,备了许多美肴,同众席地而坐,大饮大嚼,喜笑欢呼。吃到未末申初,就将此事与众人说明,众人皆有难色。松勇忿然按剑而起道:"我身为大将,尚不惜死,尔等性命独尊贵乎?"众军唯唯听命。松勇道:"大丈夫死于疆场之上,以马革裹尸,方可留名千古。今日之事,有进无退,誓以一死报国! 不同心者当斩而后行!"说罢,掣出剑来,怒目而视。

五百人齐声道:"愿随先锋效死!"松勇大喜,笑道:"贪生怕死者,非松家之军。"于是扎缚停当,带了绳索绒毡硝磺刀斧之类,奔小路来。松勇自己当先,领着五百人掘开乱石,进去果然荆棘如刺,怪石如刀,十分难走。松勇在前,拨开荆棘,不顾高下,望前乱奔,颠踣①无数,松勇全无退志,极力向前。遇见无数蟒蛇猛兽,还有车轮大的虾蟆,用刀斧砍去,并不见血,流出白浆来,只得把枪炮乱打,硝黄乱烘。也有高不可攀处,也有深不见底处,就用绳索牵挂,或用绒毡裹住身躯,滚将下去。爬山越岭,迤逦而行,五百人也拼命追随,还伤了二三十名军士。

二十里路,直走到三更天才到了。个个都有伤痕,或碰破头颅,戳伤脚趾,鲜血迸流,不知疼痛。松勇同众军喘息一会,定了神,放起三个信炮,发一声喊,飞奔杀来。松勇同这些兵丁,都是不顾生死来的,动起手来,怎肯放松? 乱砍乱杀,眼都杀红了。松勇这两口刀,如同砍瓜切菜,周身脑浆护满,好似血人一般。

这里苗兵知道松营庆贺,并不开兵,大家欢喜放心,又是除夜,也就庆贺起来,吃得烂醉如泥,纵然防备,也不过阻住谷口,万不料背后有兵杀

---

① 颠踣——跌倒,仆倒。

来。此时从睡梦中惊醒，只说将军从天上飞来，没一个拈得枪棒的，又听得招呼："松勇来也！"就是那个飞天大将，都经过他的厉害的，连那些兵器也不知在何处，抱头鼠窜而逃；有些醉汉动弹不得的，就被踹死。

宝珠在外候信，到三更还不见动静，深替松勇担心。到了三更半后，才听见信炮发动，传令进兵，宝珠亲自督队，众将下马，各执挡牌短刀，直冲进谷口，里应外合，狮子口立破。花殿齐、邱廉醉卧帐中，听见人声鼎沸①，官军杀进隘口，衣服都穿不及，幸喜众将保护上马，领苗兵败回锦江。

宝珠鸣金，不必追赶，获到马匹器械无数。就将大营移进狮子口驻扎，仍令墨卿监督后军，专折保举松勇，部下四百余人，皆有重赏。传令歇马三日，再为进兵。宝珠自回中军大帐，紫云、绿云也接进来。宝珠吩咐行厨，治了一樽酒，同紫云对酌。不知二人有何话讲，且看下文分解。

① 人声鼎沸——形容人声嘈杂喧闹。

第四十三回

施毒计决水破岩关　乞灵丹求仙寻古庙

　　话说宝珠备了一席,同紫云对饮,紫云道:"你今日真是庆贺筵席,多用一杯。"宝珠道:"许多时不同你乐,今日吃杯团圆酒,以补除日的屠苏。"紫云笑道:"我真被你拖死了。"宝珠笑道:"你可知道,虞美人都是随营的。"紫云道:"你不害羞。"宝珠低头一笑。紫云道:"记得去岁在家里,我说你明年除夕,不知可在这屋子里了,万想不到今年到苗地来督兵。"宝珠笑道:"你的意思,不过说我要——"

　　说到此处,自知失言,脸一红就不说了。紫云道:"我替你说罢,不过说你要嫁人家了,可是不是?"宝珠啐了一口,低声说:"到时你也不免。"紫云笑道:"我去干什么?"绿云在旁侍立,接口道:"你是个姨太太,到处总不空的。"紫云赶来打他,宝珠目视紫云而笑,大家玩笑一回。

　　次日天明,诸将进营,补贺叩喜,大犒三军。第三日拔寨起行,派了大将众兵把守狮子口,并管水军船只,自己领着大队前进。行了一百余里,已到锦江,白浪接天,滔滔大水,江面上片板全无,一个苗兵不见。宝珠暗想:"难道都逃回去了? 一只船没有,总得过去。"带领松勇、刘斌护卫诸将,四面巡视,看看路径。

　　走到一处,对面有座大山,上边竹子长满,粗的一人抱不过来。宝珠大笑,用鞭梢虚指,对松勇道:"这不是过江的船只么?"松勇点头会意,差三千步兵伐竹,结成竹筏,分两路进兵。防他击我半渡,暗想这种险地,紫云走是不便的。吩咐仍用山轿送他们回船。紫云始而不肯,宝珠力劝,紫云只得叮咛再三,洒泪而别。又想墨卿带去,也无用处,他胆子太小,在这贼窟里,万有一个失误,更对不住姐姐,不如着他守船,催赶军需粮饷。即日领兵上了竹筏,摇旗放炮,蔽江而来。

　　到数十里江面,过了中流,就望见对岸旗幡招展,也有许多战船停泊。苗兵见官军结筏渡江,就开船来迎敌,宝珠传令只顾前进。这些战船,哪里当得起竹筏力大? 一撞都翻掉了,刺斜里又冲出一队竹筏来,将战船剪为两段。靖海军当先混战，杀死溺水者不计其数，苗兵大败，没命奔进地户关去了。宝珠收获无数船只，择了地势安营，传令明日攻关。

这地户关在山根底下，同个地穴一般，深不可测，关就在地穴里边，关门离穴口尚有半里之遥，穴外高山矗天，犹如屏障。宝珠亲自至洞口，看了一遍，口面倒不下有十余丈宽，深不见底，里边黑洞洞的，细看有些亮光。回营纳闷，无计可施，虽欲开兵，没处下手，想了一想，全无计较。忽然天又阴了，大雨如注，军士都在泥泞中，苦不堪言，一连三天，雨还不止。宝珠夜里睡不成寐，听见雨声，点点滴滴，好似滴在心里一般，又听锦江中风涛聒耳，蓦然触起机来，想到一个计策。

次日天明，穿了雨衣，带几个亲随将士出帐上马，沿江看了一回，见江水大涨，滚滚波涛，心中暗喜。进帐传松勇吩咐决了各处水口，只说避雨，将营移在高阜处去，传令靖海军准备水器听用。众人不解其故，都说陆地相持，如何用着水军器械？又不敢问，只得依她。宝珠见天阴久了，暂时必不得晴，多停几天，候水涨足了，再用不迟。

一日晚间，松筠、木都统求见，宝珠传进入帐，二人禀道："我二人商议一策，可抵百万雄兵。"宝珠笑道："莫非决水灌关么？"松筠道："连日风雨交加，锦江暴涨，不可失此机会。"宝珠道："谁叫你献策？"木纳庵道："是末将等的愚见。"宝珠笑道："英雄所见，大略相同，本帅安排已定，尔等不必声张。"

又过三日，夜间风雨大作，如瓢泼盆倾。宝珠传鼓聚将，支派一番，着水军上船，自己穿了大红披风，紧身服饰，上船督军。二十四名都统，左右护定，唤松筠立在自己身后。就叫掘开水道，如万马奔腾，平地水深十丈。宝珠冒着大雨，亲自擂鼓。松勇、刘斌各大将，领靖海军在前开路，趁着几丈高的水头，直冲进口。再者水头高过了关头，此刻风雨更大，船上虽有灯火，都不甚明，黑暗之中，军士乱撞。

宝珠传下号令，着五千靖海军一齐水下，所坐船只，放火焚烧。顷刻火光映天，亮如白昼，但见白茫茫一望无际，可怜二十万苗兵，一个个随波逐浪。邱廉本是海贼，识得水性，手下兵将，也还勉强支持，只苦了花元帅，皇侄撒麻同些苗兵。殿齐来得快，抱了一片大板，随着浪头飘到一个山峰下，爬上去，得了性命，只身奔到天门关去了。撒麻同几个将士，湿淋淋的立在一个小山上，见一片汪洋，无路可走，有几个水军，架着一只小船，船头上立一个裨将，在山前过去。撒麻的护卫指挥远洪，飞身跃上船，杀了裨将，又将军士打落水下，夺了船只，众将扶皇侄撒麻上船。

行了两箭之地，迎面木都统领着靖海军，乘一号大战船，直冲过来，趁势一撞，船底朝天，靖海军跳下水去，擒住捉了上船，一个没有走脱，都捆起来，丢在舱板底下。宝珠领军一直杀到天明，方才收兵。教人去开了各处水口，放水归江。宝珠领众拖泥带水的进关，里里外外，死尸如山堆集，不知多少。

这一仗，二十万苗兵不曾逃去一半，还有邱廉部下以及地户关人民，真死得不计其数。宝珠这个毒计，却害了无数的生灵，虽是劫数使然，也觉伤心惨目。宝珠就在关中驻扎，诸将上来报功。木纳庵解撒麻同诸苗将进来，撒麻等跪在地下，不敢抬头。宝珠一笑，问道："从来说乱臣贼子，人人得而诛之，你们反帮扶邱廉，助纣为虐，如今天兵到此，尚不投降，还来抗拒，真是死有余辜。"撒麻叩头道："元帅天恩，这是我皇伯主持，我等不得自主，还请元帅原情恕罪。"

宝珠沉吟一会道："本帅放你回去，传谕你家皇伯，教他早早投诚，将邱廉献出，自然不干他事。倘执迷不悟，本帅天兵一下，杀得你家鸡犬不留。"吩咐放绑，都逐出去。皇侄同众人抱头而去，奔到天门关，会合邱廉、花帅，商量退敌。

松勇对宝珠道："撒麻是苗王的亲侄，既被擒来，元帅为何放去？"宝珠笑道："此等无用之徒，杀之无益，不如放他回国，传播我等威德，以服其心。"众人无不感叹。宝珠退回后帐，更换衣服，可怜连脚带都湿透了，十分疼痛。她哪里吃过这种苦处？不觉长叹一声，双泪交下。

且说花帅、邱廉等陆续逃到天门关，大家聚会，胆战心惊，相对大哭，只得又教撒麻到国中求救。苗王无奈，差了丞相那延洪，添兵来助。宝珠已督大队，浩浩荡荡的杀来。行了一程，迎面有一道溪河阻路。水清见底，却不甚宽，前军停住，松勇、刘斌来报宝珠。有些军士，见水清可爱，就坐在溪边，也有濯足的，也有饮水的，顷刻腹涨如鼓，口吐鲜血，有的双足糜烂，寸步难行。宝珠正来看溪，见了这般光景，无法可施，只得回营，吩咐扎寨，教军士去寻个土人来细问，不可惊吓了他。

去了几个军士，一刻工夫，领着三五个老者到来，叩见元帅。宝珠颇为优礼，请他们坐下，先举手道："本帅征蛮，惊忧你们，颇过意不去。"父老躬身答道："元帅的军士，约束严明，乡村之地，鸡犬无惊，我们乡间人，都称元帅为万家生佛，将来生祠里长生禄位，供奉千秋。"宝珠大喜，谦了几句，问道："前面这道溪叫甚名字？"老者道："叫做落花溪。"宝珠道："溪名颇雅，为何水能毒人？"

老者道："元帅不知，待小的等细禀。这里溪水通着枫山，本来并无毒气，二十年前来了一条怪蟒，为患一方，土人无法治他，就立了一个蟒神庙在枫山背后，觉得平静了些。每天子午二时，蟒神必到溪洗浴汲水，我本地人，俱皆知的，不敢取水溪中。或有外方不知厉害，中了这个毒气，三天却死。"

宝珠满面娇嗔，大怒道："本帅兵权在手，杀人如麻，上至卿相，下及庶人，谁敢不敬？鬼神有灵，亦当畏我，是何妖神，敢伤本帅军士？"就要传令去毁蟒神庙，父老道："元帅暂息虎威，小老等有个解救之法。此地枫山脚下天妃庙中，有位老神，仙术高妙，广施符水济人，但凡中毒的求他，无不立活。"宝珠道："这位老神仙又是何人？"父老道："是个道士，号为松鹤山人，也不知名姓，听说修炼千年，望去不过七八十岁，法力无边，神通广大。如今军士既中毒气，元帅何不枉驾去求他？"宝珠点头。父老告退，宝珠厚赐众人，亲自送出营门，父老欢喜而去。

宝珠骑马，带领两名书童，八名家将，二十四名都统，前遮后拥，紧紧相随。松筠、松勇骑着顶马，在前开路，直奔枫山而来。不过十余里路，已到山前，果然有座天妃庙。家将飞马先去通报，就有两个中年道士出来跪下，家将叫免。宝珠下了马，吩咐众人在外伺候，只带了松筠、松勇及两名书童，慢慢步进山门，屋宇倒还宏敞，就是荒凉不堪。跺上大殿，见两边红格子，东倒西歪，神龛①供桌，都成了死灰色。

道士点齐香烛，宝珠跪下默祷道："女弟子松氏宝珠，奉命征蛮，求圣驾阴空保佑，早定南方，弟子回都，奏明圣上，请旨加封。"叩了几个头起来。两个道士要请她到鹤轩里献茶，宝珠不肯道："闻得有位松鹤山人在此，本帅洁诚前来，愿求一见。"道士禀道："这是小道的二十三世师祖，在内静养，元帅一定要见，待小道通禀一声，再来奉请。"宝珠道："甚好。"就先容道士进去。

一会出来说请，宝珠领松筠、松勇入内，走过一个小门，但见长松夹

---

① 神龛（kān）——供奉神的小阁子。

道,修竹成林,有几间茅屋,里边走出一个老道士来,笑面相迎。宝珠看他不衫不履,飘然有出世之姿,明炯炯一双三角眼,稀疏疏两撇白髭须,满面道气,知道不是凡人,忙抢步上前见礼。老道士笑嘻嘻的道:"花史别来无恙,不知还识得山人否?"宝珠竟回答不来。让了进去,分宾主而坐,松筠、松勇坐在下面。

老道士笑道:"花史今日方来,到令山人久待。"宝珠听这个称呼,有些刺心,暗想这老道士真知未来过去,"花史"二字,明知我是个女郎。又听老道士口里朗吟道:

"同是龙华会上人,相逢何必曾相识?"

宝珠道了几句仰慕的话。老道士道:"花史还记得本来面目么?"宝珠认做讥诮,她脸一红,低头不语。道士大笑道:"少刻请花史后边一看自知。"又对松筠、松勇道:"山人今日何幸,得两位大贵人,可敬呀可敬!"宝珠就将溪水伤人求他救治的话说了。老道士笑道:"山人小术,只得济渡个有缘的,既然花史前来,山人自当为力。"就在袖中取出个小葫芦,递与宝珠道:"任凭取用。"

宝珠谢了,拔开盖子,扑鼻馨香,又盖起,恐身上不洁净,忙交与松勇收好。宝珠道:"蟒蛇为患,老先生何不除他,以救一方百姓?"老道士道:"此非花史所知也。这孽障修炼有年,神通颇大,山人福薄,恐为所伤,必须大根本大福气人,方能有济。山人所以专候花史者,意欲稍助一臂之劳,同除此患。此方百姓安然,岂不念花史的大德? 但此时军务匆忙,不暇及此,候花史奏凯回来,再为商议罢。"

老道士起身邀宝珠等随喜,领进从殿,到了一处,门上有块石头,是"花神祠"三字。老道士引众入内,三间小殿,塑着十二月花神,明眸皓齿,翠羽明,非常美丽。宝珠细看,吃了一惊,暗想这几个,就是我梦中所见之人。内中一个年最少的垂髫仙女,手里执着一朵兰花,眼波若活,娇韵欲流,同自己改妆时,一模一样,虽不及我的丰韵,也觉娇艳惊人。宝珠都看呆了,就连松筠、松勇也看得出来,大家诧异。

老道士笑道:"花史只管赏鉴她什么? 她这朵兰花,依然在手呢! 这是山人十八年前画出图像来,请名手塑的,至今底稿尚存,花史既然爱她,不妨相赠。"宝珠一发相信他是个神仙,无心游玩,又到茅屋里来,问老道士后日的休咎。不知老道士说出什么话来,且看下文分解。

第四十四回

生急智官兵开地道　运神机大炮炸天门

话说在花神祠中,宝珠看了自己本像,无心游赏,又到茅屋里坐下。老道士献了一道松子茶,宝珠就问平南的话。老道士道:"花史此来,势如破竹,数节之后,自然迎刃而解。眼见得大功垂成,又何必问?"宝珠又问后日的休咎。老道士道:"山野之人,有何知识?"宝珠固请,老道士道:"山人有小诗一首,留为后验罢。"就提笔写将出来。宝珠接在手中,看是一首七绝:

卿家记住蕊珠宫,天上人间感慨同。

何事欲归归未得,一年容易又秋风。

宝珠看了一遍,不甚理解,问道:"请老先生怎么解说?"道士笑而不言。宝珠又问,老道士道:"花史将来是一生荣贵,终岁团圆,何劳多问?"宝珠问松筠、松勇的前程,老道士道:"山人早说过了,是两位大贵人,福寿兼备,富贵两全,花史所不及也。"

说罢,取出花神图,双手送与宝珠,就送客起身道:"得意回来再见罢,山人恭候驾临。"宝珠等只得辞出,老道士送了几步,就不送了,还是两个中年道士,送出山门。宝珠上马,快快回营,坐在帐内细想,今日果然遇了神仙,难道我真是个兰花仙女托生的? 前天那个梦,看来竟不是好兆。将诗句看了又看,虽知道些,到底总解不明白,就同花神图包好一处,紧紧收藏。取出葫芦,倾下来是红药,挑了少许散给军士,顷刻就好。

次日,宝珠传令,用竹木搭起五座浮桥进兵,到天门岭下扎寨。关前早有两个大营,许多苗将立在上面,宝珠怕他冲突,吩咐火器当先,徐徐立营。养歇一日,天明开兵,松筠讨令去要战。苗营中那丞相的大儿子那模刚出迎,门旗开处,一将对面交锋,斗了几十合,那模强见哥哥胜不得松筠,飞马出来助战,四口刀裹住,松筠抵敌二人,全无惧怯。一口刀敌住四口刀,施逞精神,大喝一声,那模强落马。那模刚见兄弟坠骑,心里大惊,不敢恋战,跑马回营,松筠马快,直追上来,一刀正中脑后,那模刚撞倒在地,贼兵死命抢回。松筠听见军中鸣金,只得回马。

第二日,松筠又去讨战,达洪出迎,同松筠战个平手。战了百合之上,达洪诈败,松筠追来,达洪看得真切,回身放一暗箭。松筠听见弓弦响,头一低让过。第二支箭又到,松筠顺手绰住,搭上弓弦,回射过来。达洪不防备,正过脸转来望时,却好射中咽喉,翻身落马,松筠就领亲兵,来夺营寨。苗兵紧闭营门,极力守御,矢石枪炮望下乱打。

松筠性起,奋勇当先,跳下马来,口衔利刃,一手执把短刀,一手提着一挂铁练,纵过濠沟,飞身上了短墙,冒着火器,拨开弓矢,顺手一铁练,打三四个人下来,乘势跃上墙头。有个苗将,提刀来迎,松筠将口里这口刀摘下来,劈面飞去,正中那将脸上,劈为两段。松筠用力,只顾乱砍,手起处,衣甲平过,血如涌泉。众亲兵继进,一个个眼中火出,口角雷鸣,短刀相接,杀人如草,顷刻破了一座大营。松勇、刘斌、木纳庵,都接来应。

一营既破,那一营就支持不住,苗兵一逃,哄上关去了。松筠进大帐报功,宝珠大喜,很赞了几声,传令紧逼关前下寨。看这天门关,在半山顶上,有数十丈高,又是个难破的去处,只得且回大营,再作计较。次日,那丞相亲自下关,松筠连日得意已极,目中无人,听见苗将要战,全不知厉害,讨令出来,战了二十合,松筠敌不住,那延洪手一刀,正砍在背上,松筠叫声不好,伏鞍而逃。那延洪追来,纳庵接住,略战数合,大败而回。那丞相连败七八员大将,还是松勇赶上来,战个平手,各自罢兵。

松勇、松筠回见宝珠,说被延洪砍了一刀,幸不曾伤,宝珠看他背上一道刀痕,有一尺多长,衣服都破,直透到紧身元青缎袄,宝珠大惊,叫他脱下来看,原来青缎小袄里面,铺满香云黑油,一缕缕叠成。弟兄两个见了这件小袄,不觉感泣涕零,暗道:"姐姐,你好用心也! 怪道叮咛我们穿在贴身,自有好处。"

不说弟兄闲谈,再说那丞相入关,心中颇为烦恼,我在南方,本事第一,马前无三合之将,敌营竟有能人,同我战成平手,所以屡败我军,势如破竹! 想了一会,就写了几处信,差人到邻邦求救。这两日且不开兵,一来养养锐气,二来等救兵,守定营门,不肯出战。几天之内,到了三处人马,最近的是生番来了两员大将,呼保亨、呼俚交泰叔侄两个,领五千生番,吃人无厌。还有去水、草央两国,也有兵来助阵。去水国是驸马柏护,领军一万,连环马三千;草央国是大将木巴登,领百辆逍遥车,仿古来划车式样做的,开动机关,自然会走,火器喷筒,厉害非常。那丞相、花帅、邱廉迎接进关,心中欢喜,各操必胜之权。

次日开兵,三路齐进,宝珠的将士,哪个能抵敌得住?大败而逃,不是营寨扎得有法,就被冲掉了。宝珠亲督将士死守。苗兵大胜,失去的两座大营又夺回。宝珠防他冲突下营,一夜工夫,绕营开丈余深的濠沟,绵亘数十里,以为固守之计。苗兵天天攻打,宝珠守定大营,不敢出战。暗想:"我军远来,利在速战,旷日持久,就难成功,再要军饷不济起来,那就是坐以待毙。"

想来想去,只有开地道是个一举两便的法则,先破他的车马,然后破关,剩下几个苗子,就会吃人,也无大害。传令松筠、刘斌带三千兵去开地道,由山后开起,不许把苗兵看见,一直开到关下为止;再开左山湾底下,此处却要宽大,格外加深,其余只要五尺宽,六尺深就够了,限二十日为期。松筠、刘斌又展了十天限,如能早成更妙,从今日为始,慢慢开去,任他山根石脚,也要挖通,整整二十七天,才开到关下,松筠、刘斌到中军缴令。

就这一个月的工夫,苗兵时刻来攻打,把个宝珠也就累坏了。知道地道开通,满心欢喜,先叫刘斌用大木桶装了许多火药,以及硫磺、焰硝,在关下塞满,又用砖石堵住,将长竹简打开竹节,引出药线来。吩咐木纳庵、庆勋,连夜在山湾左边,布满绊马索,上用浮土盖好,先派二十名军士,伏在地道内,专听信炮升空,就一齐用力拽倒木架。

天明叫松勇、松筠先去诱敌,刘斌、庆勋、木纳庵、李文龙、兀里木、耶律木齐等众将,分头去埋伏。分拨已定,自己带领二十四都统,全坐在将台上督队,背后高掌帅纛,旄钺旗左右排列,台下藤牌布满,锦衣军分于两行,远远望去,下面一片乌云,上面千层云锦。且说松勇、松筠领兵到关前讨战,关上升炮出兵,连环马在前,逍遥军继进,直冲下来。

二人哪里挡得住?回马就跑,不敢进营,奔山左而走。柏护、木巴登领着车马,催兵追赶,绕了两个山湾,只听一声炮响,埋伏兵马,四面齐起。有人拽起绊马索来,这些连环马走急了,哪里留得住?又锁在一处,分不开来,一齐都倒。后面的马一排排挤将上来,逍遥车又顶住后路,进退不得,山湾之内,地方窄狭,路都塞断了。木巴登吩咐速退,车子还没有转头,忽然天崩地裂一声,好似:

共工愤怒撞倒不周山,力士施椎击破始皇辇①。

一百辆逍遥车,都陷入地洞里去了。马步兵丁,挤在中间,束手待毙。四面埋伏人马齐到,喊杀连天。先是刘斌、庆勋领三千藤牌手,冲上来一卷犹如风扫落叶,雨打残花,排枪硬弩,两头放来,又将火箭喷筒乱射,烧得贼兵焦头烂额,臭气冲人,山湾里死尸堆满,柏驸马、木巴登死于乱军之中。

宝珠大获全胜,教清理道路,也不问死的活的,车子人马,都填在坑里做包心。那丞相知道人马全军覆没,原想来救,被松筠、松勇两个阻定,不得上前,只好退回关中紧守,心中纳闷。黄昏时,忽然地下如雷鸣一般,轰然一声,把个天门关轰塌了半边,伤了军士人民无数。

那丞相、花帅、邱廉吓杀,各带伤痕,正在逃走,松勇、刘斌等各大将,在火里杀进来,枪炮如雨点似的,还夹着些火砖木炭,在空中乱飞,官兵趁着这股猛劲,直卷上来,挡着就伤,碰着就死。那丞相还想勉力支持,无如军无斗志,纷纷退回,那丞相等也只好逃走。官兵紧紧追逐,还亏呼家叔侄领生番死命抵住,那丞相等才逃得性命。一连退下了五十余里,方敢驻扎。

苗兵损伤无数,众人喘息稍定。那丞相的话头,有些埋怨邱廉了,似乎说他遗害东吴的意思。邱廉也不敢回答,寄人篱下,怕他变过脸来,不是耍处,依那丞相的心,就要上本劝苗王投降,花帅还仗着呼家叔侄有五千生番,立意不肯。

再说宝珠轰开天门关,杀上前去,到天明收兵,传令架炮轰关,踏为平地。迤逦前进,行了三十里,探马来报苗兵扎在前面,宝珠吩咐安营,尚未立定寨栅,呼家叔侄已杀回来,众将截住,混战一场,官军稍却,兵丁被生番倒吃了许多。次日,又战一阵,大败而回。这些生番,恶不可言,见人乱吃乱咬,刀斧也不甚惧,官兵很有些怕他,不敢近身。

刘斌奋勇上去,活捉两个过来,解进大帐。宝珠问他口供,说话也不懂,打他又不知疼痛,好像不是打的他。宝珠大怒。吩咐拿去活埋,停了一会,他在土里挣断绳索,又爬出来。众人称奇,从新捆住,来见元帅,宝珠无法,教锁起来,且监在后营。宝珠闷坐中军,想不出个计策,连败几

---

①　辇(niǎn)——皇室坐的车子。

天,也被他吃了好些人马。花帅等以为得意,全仗这支生番作万全之计,见宝珠闭门不出,就来乱攻,宝珠弃营而逃。

生番夺了营寨,胡哨一声,又追上来,宝珠领兵又走。约有二十余里,扎住人马,埋锅造饭。刚才煮熟,生番已到,宝珠同众上马,连锅碗等件,都不要了,望天门岭大路上跑去,丢下饭食,却好与生番受用。呼保亨、呼哩交泰吩咐吃了饭再追。众生番争先取食,谁知这顿饭不是好吃的,内里已下了蒙汗药,不吃犹可,才吃下去,一个个口角流涎,大睁眼,动弹不得,呼家叔侄也瘫下来。

宝珠回军,喝令拿下,整整五千个,一个不曾走脱,兵丁上前细捆得馄饨似的。宝珠暗想这些吃人的怪物,就如畜生一样,留在世间也无用处,叫兵丁伐了若干树木,择了一块平川之地,将这些生番扛出来,连营里两个,一齐叠聚成一大堆子,四面用木柴围住,加上茅草、火药、鱼油、松香引火之物,放起一把火来,可怜烧得些生番皮破血流,伸拳舒腿,臭不可当。宝珠看见,拍手大笑。烧过一天一夜,方才烧完。

宝珠传令进兵,那丞相早已得信,吓得心胆皆碎,忙领残军奔向阳城死守,不敢出头,宝珠就在城下安营。次日开兵骂战,城里都不理会,在城上守护。一连骂了三天,那丞相只做不听见。宝珠同众将商议,硬去攻打,传下号令,各营知悉:今晚黄昏,每军要布帛一方,土一包,在大营交纳,违者立斩。众军答应去了。

二更的时候,宝珠领诸将齐集城下,各营兵丁又来交土,宝珠教抛在城根下,顷刻之间,数十万包土,堆起一座小山来,差不多高与城齐。不知可否得破,且看下文分解。

第四十五回

畏天威乌喜缚渠魁　定蛮方红旗飞捷报

　　话说众军士，每人一包土抛在城下，顷刻堆起一座山来，高与城齐。宝珠一声令下，灯火齐明，众人蜂拥而上，松勇、刘斌、松筠三人，拔刀先发。花殿齐正在巡城，见官兵十分齐集，慌忙就自己用枪来乱刺，被松勇夺住枪杆，用力一拉，顺手一摔，花殿齐哪里当得松勇的神力？直撞下来，跌了十丈多远，掼成一个肉饼子。

　　苗兵见花帅跌烂，一声喧嚷，松筠用刀乱砍，刘斌手执铁尺，打落好些下城。众兵丁蜂屯蚁聚，呐喊助威，苗兵都下城头，保那丞相、邱廉开南门逃走。宝珠入城安民，不许妄杀，暂歇军马，候苗王的动静，苗王见那丞相、邱廉率领残兵回来，知道花殿齐阵亡，大为吃惊，手足无措，对邱廉道："邱大王，你误了寡人，也更可恨花殿齐徒大言劝寡人兴师，到中华扰乱，今日天兵到此，百口何辞？他是死有余辜，教寡人如何处置？"对两班文武道："诸卿有何妙计，以退敌兵？"众人面面相觑。

　　那苗王泣道："平日高爵厚禄，诸卿安然享受，此刻兵临城下，竟无一人为寡人分忧，岂不可叹！倒不如速速投降，以免生灵涂炭。"说罢大恸，各官皆哭。苗王道："诸卿枉读诗书，空谈今古，到此艰难之际，全无应变之方，奈何徒作楚囚，而欲以一哭了臣职耶！寡人在位二十年，又无德政，何忍以余孽遗害子民？尔等速具降笺，到军前投递罢。"

　　旁边转出国舅佟奇角来奏道："王驾休慌，微臣受国厚恩，愿以性命报答，同那丞相前去，决一死战！万一不能成功，再降亦未为晚也。"苗王道："足见爱卿报国的忠心，寡人方寸已乱，不能主持进退之机，诸卿共议。"起身含泪入宫。

　　当晚带两名内侍，私自上城，望了一遍，见北方天都红了。内侍道："此皆松营灯火之光也。"苗王心惊胆战，回宫同国母商议，就差侍卫乌喜，悄悄先将邱廉捉住，怕他溜走，这也是苗王的作用，留个退步。

　　且说国舅佟奇角，丞相那延洪，领了几员将士，收拾三万苗兵，杀出城来。在路遇见宝珠的兵马，两边扎定，刘斌出战，宝珠亲自督军。佟奇角用刀指定骂道："你家尽使诡计，破了我多少关津，我今日前来，与你势不两立，不怕的，快来拼个雌雄！"刘斌大怒，举刀来迎，斗了八十合，松筠出阵助战，当不起国舅舍命死战，刘斌先自败回。

宝珠怒道："今日功已垂成，尔敢失吾锐气！"拔剑欲斩刘斌。众将跪下马前苦求，宝珠总不肯听。瞥见松筠又败下来，连忙收住宝剑道："刘总戎国家栋梁，本帅安忍杀之？不过与之相戏，以试其胆量何如耳。"说罢掷剑大笑，烈烈如鸮①鸣，众将都看呆了。

宝珠在将士手中，夺了一把大刀，纵马冲上沙场，众将勇气百倍，一哄而进。那丞相、佟国舅死命敌住，不肯少却。官兵奋勇争先，木纳庵面门中了一箭，皮垂蔽眼，纳庵用手扯去其皮，血流满面，大叫道："不趁今日杀贼，更待何时！"四个先锋，齐冲入阵。官兵各执长刀如墙而进。宝珠自己下马，抱鼓大擂，又指挥两翼精兵齐出，尽是黑龙江的马队，将苗兵截为三段，彼此不顾，纷纷倒退。官兵乱杀乱砍，斩首二万余级，剩下几个残兵，降的降，走的走，三万人马，只有数百人回城。

那丞相见四面无路，就倒戈请降，兵丁将他捆了。佟国舅还勉力厮杀，兀里木等一些大将围住，又战了一会工夫，支持不住，力竭也被擒拿。宝珠收兵，升座大帐，诸将侍立两旁，今日格外整齐。有武士解佟国舅、那丞相，从刀枪林子里攒进来，喝令跪下。那丞相伏地叩头，哀求乞命，佟国舅立而不跪，乱跳乱骂。

宝珠嫣然微笑，对那丞相道："身为丞相，既不能保国家疆土，而又不肯死命沙场，一味的摇尾乞怜，偷生怕死，徒然贻笑于人耳！这种无用之徒，要你何用。本帅偏教你速死，不许你贪生。"吩咐推出辕门斩首。又教放了佟国舅，送他好好回城，此等忠勇之人，不可轻慢。松勇道："元帅既放国舅，何不连那丞相一齐放去？今日元帅反杀降将，日后将士谁复来降者？"宝珠道："大功已成，何必计及后日。且那丞相决不可留，本帅别有深意，非尔所知也。"说罢，目视松勇而笑。

传令获住的苗兵，投降的将士，尽数放回，写了一张谕帖，并那丞相的首级，与他们带去，劝苗王降顺，决不加害；如果执迷不悟，城池攻破，玉石

---

① 鸮（xiāo）——猫头鹰一类凶猛的鸟。

俱焚。就慢慢拔寨起行，到了城外，立定大营，暂为歇息。

次日，正要去围城，只见城门大开，苗王面缚①舆榇②，背剪着步行出来，后面子侄亲臣，捧着国宝图籍，又有一辆囚车，将邱廉囚在里面。宝珠接进大营，替他解去绑缚，苗王伏地，不敢仰视。宝珠着中军扶起来，同他见礼，分宾主而坐，开口就叫他放心，本帅并不相害，还要上本力保，仍教的永镇南方。苗王叩谢。宝珠着将囚车推进后营，好生看守。苗王就要请宝珠入城，宝珠道："王驾且留此暂宿一宵，明日一早，本帅陪王驾进城便了。"当晚下令各城门，都派了自己将士分守。又吩咐扎了老营，依山傍林，进退曲折，分二十四座旗门，联络三百余里。

次日天明，苗王用大木阔板搭过城头，扎了两座大牌楼，张灯结彩，皇子撒铃进营，跪请三次。宝珠吩咐起马，炮响九通，旗分五色，刀枪剑戟，密密层层，旄钺旌旗，齐齐整整，二十四都统，拥护威严，数十万雄军，无哗肃静。对子马腰悬利刃，中军官手执令旗。八手提炉，香烟直上；半朝銮驾，仪仗平分。龙凤旗，星辰旗，威风旗，督阵旗，遮天蔽日；刀斧手，捆绑手，抬枪手，洋炮手，按部分班。得胜鼓，号令频催；行军乐，凯歌迭奏。马上将士，挂铜悬鞭；部下儿郎，荷戈执戟。先锋开路，人似虎而马如龙；武士排班，弓上弦兮刀出鞘。藤牌军，高超低逐，堆成一片乌云，锦衣队，后拥前遮，裁就千重红锦。孔雀翎密如林立，宝石珍珠似星罗。皂纛旗飘，金铃坠脚；红罗伞罩，绣带翻风。诚一代之伟人，掌三军之司命！桃花马上，争羡他花容月貌俏郎君；细柳营中，谁知纬武经文奇女子！

宝珠率领众将，排齐队伍，苗王在前骑顶马，人声寂寂，鸦雀无闻。只听得马蹄之声，如潮水一般，浩浩荡荡，过了城头。宝珠细看，真好个繁盛城池，烟户稠密，街道宽平，家家户户，挂紫悬红，摆列香案。一直进了朝门，苗王要请宝珠御正殿，宝珠不肯，就在偏殿坐下。侍卫诸将，长戈短戟，分列两旁，丹墀③下亲兵布满。苗王率子侄亲臣，文武各官叩见。宝珠谈了一会，大排筵席，水陆并陈，连城外兵将，都有犒劳④。苗王敬了三

---

①　面缚——反绑双手面胜利者，表示放弃抵抗。

②　舆榇——把棺材装在车上，表示不再抵抗，自请受刑。

③　丹墀(chí)——皇宫里台阶上面的空地。

④　犒(kào)劳——用酒食或财物慰劳。

杯酒,众兵将在下面,欢呼畅饮,宝珠心中亦觉快乐。苗王见宝珠这副绝代花容,也就羡慕,又知他才十八岁,格外称奇,不觉五体投地。

晚间就在偏殿歇宿,调一万锦衣军,扎在宫墙之外。宝珠拜本入都报捷,说苗王投降,邱廉捉获,南方皆平,请旨定夺。点了五万人马,着松勇、刘斌到罗华岛捉邱廉子侄家属。不日捉到,一概上了囚车。又差松筠去接墨卿、紫云、绿云到来。

苗王又有一番管待,只道紫云是元帅的爱姬,更加倍趋,奉送了盛席进来,拨了十名宫女伺候。宝珠来者不拒,都收下来。每日无事,不是到营中巡视,就是同紫云闲谈。晚间入宫,浅斟细酌,高兴起来,还要紫云弹唱。如今四月初六日是紫云的生辰,宝珠替她做寿,大开筵宴,请诸将饮酒。众人谁不奉承,都来拜寿。苗王还是极力的巴结,送戏过来,热闹非常。

宝珠入内,另治一樽,同紫云对酌。紫云道:"你真会玩,这不把我折杀了吗?"宝珠道:"这叫做山中无大树,茅草也为尊。"紫云道:"许多官员,拜我生日,我有多大的福气?"宝珠道:"你是姨太太,谁肯说你,有什么消受不起?"紫云啐了一口。

宝珠笑道:"人不把你当做姨太太,谁肯这样恭维? 今天我这番盛意,似乎不枉你此来辛苦一场。"紫云笑道:"在这地方,还不听你胡闹么? 大姑老爷回去,说开来,成个什么话呢!"宝珠道:"你不必虑,我自有处置。"二人对饮,行令唱曲,闹了一会。紫云道:"你此刻真乐极了。"宝珠笑道:"战士穷边半死生,美人帐下犹歌舞。"

紫云瞅了她一眼,问道:"我们哪天回去呢?"宝珠道:"圣旨一到,就要班师。"紫云道:"太太、大小姐接到喜报,不知怎么欢呢!"宝珠道:"她们也担心够了,也叫她们乐一乐。"紫云道:"还有个人,更要乐呢。"宝珠问道:"是谁?"既而一想,脸一红,不言语。

紫云笑道:"不要害羞,这回家去,人家放你不过去了。"宝珠道:"休得胡说,倒是我放你不过,早些正起名分来,扶你做了正室罢。"紫云急了,赶过来道:"哪来这些疯话,你也配拿我取笑?"两手一呵,伸到宝珠胁窝里来。宝珠笑得如花枝乱颤道:"好姐姐,饶了我罢。"紫云笑道:"你还取笑么?"宝珠道:"可不敢了。"紫云笑道:"便宜你。"

宝珠起身一揖道:"夫人恩典,恕了下官罢。"紫云笑道:"明日许少爷也是这个样儿,不但作揖,还要对你叩头呢!"宝珠啐道:"这是什么玩笑,说说就没意思了。"脸一沉,走了开去。紫云笑道:"我倒怕你生气呢!"宝珠启齿,嫣然回头一笑,吩咐绿云,薰了绣被,放宫女进来,收拾残肴。绿云掌着金莲宝炬,请宝珠、紫云进房,二人对面坐下,吃了两盏浓茶,说一回,笑一回,搂搂抱抱,同入罗幔,真同一对小夫妻一样。

　　次日,王妃又来补祝,见紫云衿贵不凡,颇为爱敬,管待一天,到晚才去。接着二十五是墨卿大寿,格外热闹。又停了两日,圣旨已到,宝珠、墨卿排列香案,叩首开读:

　　　　奉天承运皇帝诏曰:壮哉松俊! 一年劳瘁,百战功勋。内地肃清,临疆立定。渠魁就缚,苗国投诚。威震南方,聊代风雷之用;化行南国,同沾雨露之恩。怀远招携,齐大夫之功烈;心悦诚服,汉丞相之天威。既建不世之奇勋,自有酬庸之盛典。锡尔伯爵,在帝心所有,善后事宜,悉听贤卿主政。邱廉罪深孽重,终难逃戮枭之刑,而蛮王革面洗心,犹不失有苗之格。顺则绥之以德,归命者仍许正位蛮方;逆则讨之以威,负国者自当献俘太庙。一经接旨,旋即班师。贮俟①卿还;毋②劳朕望。

　　另有一个夹片,写着官衔:松俊太子太保,晋爵一等智勇南安伯;李文翰太子少保,兵部尚书,晋爵一等肃毅子;松勇提督军门,遇缺尽先总镇,晋爵一等毅勇男;刘斌福建省水陆军门,晋爵忠靖男,所移澎湖镇缺,即着松俊量材补授;木纳庵亦进男爵;松筠布政使衔,遇缺即补道英勇巴图鲁。其余有功,个个升赏,将福建府库,一半劳军。

　　宝珠领众谢恩,择定吉日班师。不知后事如何,且看下文分解。

---

①　俟(sì)——等待。
②　毋(wú)——不要,不可以。

第四十六回

奉圣旨大经略班师　显神通老道人作法

话说宝珠奉了圣旨，择定五月初十日壬辰班师，大家收拾启行，欢声雷动。宝珠就带皇子撒铃到京为质。苗王送了一份大礼，王妃也有礼物送与紫云，都是明珠美玉，翡翠珊瑚，说不尽奇珍异宝，约值数百万金。墨卿以下各大将都有馈赠，大犒三军。

初十日天明，放了九通大炮，拔寨起程，苗王要送出界，宝珠也不谦让。才出了城，苗王早预备酒席，宝珠、墨卿略略领情。瞥见左首有座大山，一面峭壁，宽平如镜，下面有块石碑，宝珠叫人扪苔剥藓，看了一遍，原来是他乃祖文清公平南立的。宝珠传令，约住三军，要了笔砚，写斗口粗一行大字，吩咐快传石工，勒在石壁之上，要即日成功。众人看写的是：

大经略松氏宝珠，同副帅李文翰、胞弟松筠、大将松勇等，平南到此，时年十有八龄，下书年月日时。

石工忙来动手。军令最严，谁敢怠慢？不消半日工夫，就刻成了。宝珠到峭壁前一看，微微而笑，照样写了几张，叫左右在狮子口以及各隘口地方，都刻其碑。吩咐已毕，就教起马。这回是按站而进，过向阳城，到天门岭，前队离落花溪不远，就传令安营。

次日，宝珠带了松筠、松勇，八员家将，两个书童，到枫山前天妃宫来。未到庙前，见人山人海，宝珠诧异，教家将开路。众百姓知元帅到来，大家拜伏于地，喊道："元帅到此，我们众百姓有福。"宝珠不解，到庙门前下马，见高搭板台，道士坐在上面，看见宝珠，忙迎下来，呵呵笑道："山人算定花史必来，早为预备，已经作法三日矣。"

邀宝珠进庙，仍在茅屋中待茶，老道士道："山人已布下地网天罗，谅这孽畜，无处可逃。至于怎么擒拿，全在花史裁处。"宝珠道："还求老先生赐教。"道士笑而不言。坐了一会，宝珠起身告辞，道士送出茅屋，就不送了。松筠道："这道士太倨傲，怎么远送一步都不能？难道哥哥这身份，他还看不起你吗？"宝珠道："仙家闲云野鹤，岂为世俗所拘？你休得胡言取罪。"大家回营。

宝珠就同墨卿商议捉蛇,墨卿道:"此蛇既已成神,你我何必去惹事?圣人云:'鬼神之为德,其盛矣乎?'我等凡人,不可不敬的。"宝珠又好笑,又好气,道:"亏你还记得几句书,引来做个证见。我也不耐烦同你讲话,看你一天过是一天,总由于胆子太小,各事看不透彻,心想多事不如省事,就拿诗云子曰来搪塞,可是不是?"墨卿被他几句话说笑了。

次日大早,叫了许多百姓,问蛇的窟穴。百姓说:"在枫山背后,有个石洞,蛇就在里边。"宝珠吩咐引路,派了五千兵丁,准备毒箭火枪,在山下埋伏,点五十名精勇,取出葫芦里红药,各服少许,可以避得毒气,用茅草点着了,放烟望洞里熏去。

约有半刻工夫,蛇在洞里飞将出来,头比瓮缸还大,通红两个眼睛,如灯光闪灼,身子有几十丈长,腰大十围,在空中风声如吼。忽然口作人言,叫道:"宝珠丫头,你死期将至,尚不自知,而反与我为难耶!你如此好杀,又为情欲所迷,恐阆院瑶台,不能容你这淫贱也。"

话未说完,松筠一冷箭早到,正中蟒蛇左目。宝珠大笑一声,令下红旗一招,众兵丁发声喊,火枪毒箭,一齐放来,百姓也在山下叱喝助威,蛇要腾空,竟不得上去,在空中摆尾摇头,盘旋不已,见人多了,又不敢落下来,整整两个时辰,才落在山脚下,滚了一个十亩田的深坑,死在地下。

松勇上前,割下头来,取进大帐,劈开来,果然一粒大珠,光华射目。宝珠大喜,交与紫云,同花神图等件,一并收好。又来天妃宫致谢老道士。到花神祠看了一看,发心修理,传工匠看过,估了价目,宝珠等不待落成,就发了银两,留下二员偏将,二名家丁督工,自己等开工破土,就要起马。

众父老百姓,感激宝珠除了后患,就将蟒神庙改成宝珠的生祠,收饰得焕然一新,塑了宝珠的小像,建立石碑,后来添了许多曲槛洞房,到成了一个名胜。

且说宝珠行了好几日,才出狮子口,苗王又备酒席相送,众兵将都有重赏。宝珠同他作别,勉励了一番,苗王唯唯听命。不免同儿子哭别一场。宝珠带了皇子撒铃上船,又吩咐邱廉等囚车,小心在意。众将兵马,大家弃岸登舟,放炮奏乐,天明开船。不日已到台湾,许多将士官员,欣然来接。

宝珠进城,歇了三天,吩咐地方官好生守护要地,就着李文虎署理彭湖总镇,发了令箭,传谕各城守将,凡是本营兵丁都教在省城取齐,着松勇到泉州去接公主。宝珠此回不走原路,由澎湖水道过来。

行了几日,已到金桥口驻扎,赵瑾等各将官领兵都来参见,督抚请了三天酒。宝珠立意起程,将士兵马,俱皆上船,共有三十五万大兵,连夺来海寇的船只,都坐满了。督抚司道备酒送行,宝珠概辞。码头上车填马塞,还有些百姓,执香跪送,大小船只,开着水道,好不威风。制军随营伺候,各官送到交界,唯有刘斌感宝珠提拔之恩,又送一程,宝珠再三相辞,刘斌依依不舍,痛哭叩头而别。

浙省早有官员来接,送礼的,求见的,不一而足。船头上纷纷奔走,拥挤不开。宝珠倒厌烦起来,一概不见。无事就请公主过船闲谈,公主问父亲消息,宝珠不讲实话,只说邱廉逃走出海,追之不及,公主将信将疑,也不好深问。船到杭州,好些本族亲友来见,竟有许多不相识的,依仁也回家去了。宝珠、墨卿两个,迎亲族,会官员,整整忙了大半天。

次日督抚备了执事伺候,宝珠、墨卿上岸,各坐一顶簇新的绿呢大轿,开锣鸣道,排齐队伍入城,先拜督抚,又到各亲族处,走了一道,司道以下,就是差拜了。这位抚院,是宝珠的年伯,论亲戚其实是个舅公,第三日请宝珠下顿,不得不扰。各亲眷及本家,个个相请,宝珠推辞,总说圣命在身,不能耽搁。

第四日,就同墨卿、松筠下乡祭祖,由督抚起,各官都去陪祭。仪仗旌旗,好不荣耀,轰动许多百姓来看,都爱杀了。说松府里本来仁厚,做了好几代的官,又生出这种好后代来,好个品貌,小小年纪,立了大功,已经出将入相,将来不知升到什么位分呢!不题众人七嘴八言,宝珠谢别各官回船。

第五日,抚院请西湖游玩,宝珠是在京都生长的,久闻西湖好景,原想去逛逛,况是年伯相请,也不便辞,因为墨卿昨日下乡受了些暑,在船养息,早已拿帖去辞了,就独自行到湖上来,各官早在湖心亭恭候。亭前搭起一座长桥,抚院知宝珠年少奢华,收饰得十分富丽,满亭中张灯结彩,挂紫悬红。各官见宝珠到来,忙接了进去,叙礼坐定献茶。

庄抚台举手道:"年兄年少俊才,风流逸品,英风盖世,功名贯天,为当代之伟人,作中流之砥柱,华夷仰望,朝野共瞻,圣天子眷注方新,老夫辈望尘莫及。"宝珠道:"小侄才疏学浅,袜线铅刀,圣天子谬附兵权,滥邀简任,犹幸将士用命,侥幸成功,全仗圣天子之威灵,老年伯之庇荫。"二人谈笑几句,又应酬各官一回。

此时天气正暖,亭中窗格齐开,一阵阵荷风,香生满座,庄抚院请宝珠四面玩赏。庄抚院道:"老夫同尊翁是二十年诗友,唱和极多,每当月夕花辰,狂歌豪饮,如今贱齿加长,彩笔还不敢复向骚坛驰骋矣。年兄英年风雅,家学渊源,定然七步高才,何难八叉得句? 况景物因人而盛,若不赠以佳句,徒使湖山笑人。"宝珠道:"小侄赋性愚顽,久惭博雅,年来军务扰攘,笔砚荒疏,何敢在尊长之前,乱涂乱抹?"庄抚台道:"休得太谦。"教人送上笔砚。

宝珠笑道:"小侄放肆了,只得勉强成章,聊以应命罢。"提起笔来,写了几句七绝:

　　双塘烟水一痕新,花影衣香辨未真,

　　生恐鸳鸯不成梦,多情犹是采莲人。

　　月照雷峰起暮潮,平湖风景自迢遥。

　　苏堤杨柳年年绿,杯酒何人话六朝。

写罢送与庄廷栋道:"小侄鄙俚之音,未免班门弄斧耳。"抚台朗诵几遍,大赞道:"阳春白雪,俊逸清心,非有仙才,何能苦此!"就递与司道各官传看,大家拜服,痛赞一番。宝珠道:"小侄在蛮中候旨,终日消闲,不揣冒昧,学写一幅出塞图,欲求年伯的大笔,赠以名言,借一字之褒,加他终身之荣耀。"抚台道:"但恐俗语村言,不足揄扬盛美,何不就取来大家瞻仰?"宝珠忙着家将回船去取。

少刻取到,各官起身同看,画着许多兵将,拥护一个美貌郎君,就是宝珠的小像,写得丰致翩翩,花容绝代,是个出征的光景,各官啧啧称羡。上边已有两首七律,是宝珠自己题的,抚台吟道:

　　海上妖氛一扫空,指挥如意笑谈中。

　　城头画角吹昏黑,箧囊金刀带血红。

　　虎帐陈兵迟夜月,龙池走马动秋风。

　　功成不作封侯想,聊尽愚忠慰九重。

　　江上楼船海上波,将军百战靖干戈。

　　穷边岁月朱颜改,大漠风沙白骨多。

碧血初滋新草木,烽烟顿失旧山河。

伤心自是澎湖水,夜夜悲鸣唤奈何!

庄抚台吟罢,笑道:"宝珠在前,老夫如何着笔呢?"宝珠道:"小侄俚句,只算抛砖引玉。"抚院略为思索,提笔写道:

威名赫赫惊朝野,百战功劳汗马黟。

阴风惨淡阵云昏,一声长啸安天下。

腰悬金印督南征,泠泠草木皆甲兵。

荒岗落日昏无色,败叶西风战有声。

一载功成奏凯归,归来得意马如飞。

眼前报到捷旌旗,脱却征衣挂锦衣。

先声夺人动天地,凌烟阁上标名字。

封侯端的是英雄,而今方遂男儿志。

庄抚台掷笔,大笑道:"老夫拙句无文,年兄不可见笑。"宝珠看了一遍,深深一揖道:"年伯深心见爱,未免滥誉过深。"各官交口附和。抚院定席,各官依次坐下。饮到未末申初,抚台吩咐移席湖船。绿水迢迢,清风习习,香生几席,凉爽衣襟,各处游赏,饮酒畅谈,直到月上花梢,宝珠才谢别抚台,打道回船。

　　紫云接住,问问西湖风景,宝珠道:"水秀山青,花明柳媚,果然名不虚传。明天制军请我游城隍山,意思后日请你同公主,借云林寺烧香为名,也去逛它一天。"紫云笑道:"我不去罢。"宝珠道:"这等名胜地方,不轻易有得见的,去逛逛何妨?"紫云道:"后日再看光景。"

　　第六日,宝珠去游城隍山。李墨卿、松筠、又庵只带几个家将书童,微服到西湖游了一天,倒还比宝珠游得畅快。第七日,宝珠一早就传谕一府两县,吩咐到灵隐寺赶逐闲人,伺候紫云去拈香。不知紫云去是不去,且看下文分解。

第四十七回
慧紫云求签灵隐寺　老制府饮酒莫愁湖

话说宝珠吩咐府县，到灵隐寺赶逐闲人，一面催促紫云请公主同去游湖。紫云等却不过宝珠情意，只得妆饰停当，府县早备了两顶绿呢大轿，一顶蓝呢四轿，十几顶官轿，摆齐全幅执事，开锣鸣道，望西湖而来。又点五百锦衣军护卫，旌旗招展，戈戟森严。紫云暗暗好笑，想我也是玩一玩，乐得威武。公主心中更乐，今日这个光景，非他的妻妾而何？他既如此待我，必定娶我无疑，此时心满意足，乐不可支。

各处游了一回，到了灵隐寺，府县早已伺候，把些和尚都忙坏了，直到山门外，身披袈裟，手执信香，跪在道旁，迎接姨太太。紫云也莫名其妙，只得随遇而安。到了大殿前下轿，苗王送的十名宫女，还有些仆妇小丫，簇拥她三人入殿拈香。紫云同公主谦让一回，拜了佛像，和尚禀请二夫人到方丈献茶。

三人坐了一会起身，各处随喜，见后面有个观音殿，紫云想起了心事，要求一枝签，吩咐侍女点上香烛，紫云跪下通诚，先替宝珠求了一枝，是十九签，中下。和尚忙查出来，远远的送与侍女，接过来呈上。紫云细看签句：

可怜利锁与名缰，转眼浮云梦一场。

离合悲欢皆造化，桂花开遍桂花香。

紫云沉吟一会，暗想签句反复，不甚过明，好歹都说得去，不如再缴一枝。又求了一枝，第六十三签，中平：

棒打鸳鸯得并头，容颜顿改旧风流。

有人问尔真消息，九月重阳八月秋。

紫云摇摇头，暗想又是桂花，又是八月，难道秋天许家就要娶了？神仙奥妙，日后自知。又跪下默祷几句，才摇了两摇，签筒就飞出一支签来，八十二签，上上：

碧玉生来最有缘，绮罗丛里度芳年。

慢言珠宝真无价,还让青云上九天。

紫云暗赞,真是灵验,但是下两句有些不解,嵌着姑娘同我的名字在内。我总不能再比姑娘好些了,这是什么缘故?不免烦碎菩萨,再问一回。求了一枝四十六签,也是上上:

风流富贵占韶华,好景三春最足夸。

堪叹蕊珠入去远,五花官诰待卿家。

紫云仔细思量,再把前后事一想,不觉心里一酸,几乎落下泪来,连忙转身。公主见紫云凝一回神,皱一回眉,暗想紫云定是求子,我何不也将心事,祷告一番?就跪下去,求了两枝,问父亲消息的是五十二签,下下;问自己终身的事,七十八签,上中:

祸福无门,唯人自召。

恶贯满盈,到头有报。

公主蛾眉紧锁,凤眼频低,再看七十八签:

岁寒三友梅开早,绣帐银屏独占先。

笑尔高枝难着手,二分春色伴花前。

公主暗想,这友梅是松筠的表字,看来这个如意郎君,还无我的分,而且签上都说明了,心中十分不乐。紫云、公主两人各有心事,一样的不欢,无心游玩,就传伺候。和尚跑送上轿,出了山门,一直回船。公主辞去,紫云独坐,还是闷闷的。宝珠已到督抚衙门并各处辞行。

少刻回来,紫云不敢提起签来的话,勉强应酬几句,就推身子不快,睡去了。接着就有许多族亲,到来送行,又有送礼的,不一而足。依仁到船上谈了半日,说多蒙保举,预备设法去到省,又谢了二年的扰,说了多少感恩的话,倒恭恭敬敬拜了几拜才去,说明日一早再来候送,宝珠辞了。

一宿无话。天明,各官都来相送,宝珠应酬一会,放炮开船,督抚直送出境,一路的迎送,不能尽言。到苏州又被苏抚请到虎丘、惠泉各处逛了两天。又行了几天,已到京口,各官一概不见,就约了墨卿去游金、焦二山,也留了多少诗句。次日,宝珠同墨卿商议,要到省城看看二舅舅。墨卿原想到叔子任上走走,正中下怀。宝珠就把兵马屯扎京口,只带松筠、松勇、二十四名护卫都统,五千锦衣军,开船同墨卿到南京来。制军将军领文武官员迎接,来请大安,宝珠不好意思,连将军、都统都一概不见。

二人进城到辕,门官连忙通报,原来这位制台就是李荣书的胞弟,名叫麟书,由三十岁放外任,一直升到总督,前年才到两江,有个儿子尚在襁褓。夫人单生一位小姐,名唤惠香,今年十七岁,生得千娇百媚,美丽非常,更兼弄月吟风,描龙绘凤。李公本是风流学士,膝前已有佳儿,后庭尚多内宠,前年在京引见,心里深爱宝珠,就想把女儿许配这个外甥。因为到任匆忙,不暇及此,今日外甥、侄儿得胜,特来省亲,好不快乐!刚才也在码头走了一遭,此时正在书房坐候,听见门官来报,欢喜不胜,忙迎出来。

宝珠等抢步上前请安,李公一把手拉住,又扯了松筠,哈哈大笑道:"我就知道你们必来,果然被我想着了。我还是前年到京时见着你们,如今这等长成了。"说着,松勇上来叩见,李公笑道:"多礼多礼,你如今是大人了,快别如此。"吩咐堂官陪了出去。就邀宝珠等三人入内,一直到上房来见夫人。宝珠、松筠要请舅舅、舅母台座受礼,李公、夫人立定了不肯上去,宝珠兄弟拜了几拜,李公、夫人一定只受半礼。墨卿也拜过叔婶。李公颇为谦和,拉他们坐下。

宝珠要请见表妹、表弟,夫人教侍女请出来,大家见礼。宝珠细看这位表妹,美不可言,暗赞好个女子!乳娘也抱了小公子出来,宝珠、墨卿同他要笑,各人归座。李公眉欢眼笑,不住的问长问短,谈谈苗疆的军事,赞得不可开交,又同墨卿谈些家务,摆上酒肴,欢喜畅饮,直到天晚。李公要留宝珠在署中歇宿,宝珠立意不行,带了兄弟回船,墨卿就在衙门里住下。

晚间,李公与墨卿闲谈,问到宝珠的亲事,墨卿道:"他的亲事是绝口不谈的,有人替她做媒,她就生气。现今房里有个紫云,宠得什么似的,竟是一日不可无此君。"李公笑道:"岂有此理,一个丫头,何能专房擅宠?姑太太也过于糊涂,由着她糊闹。这紫云多少岁数了?人品如何?"墨卿道:"也是十八岁,与她同庚,十分美丽,而且矜贵不凡。"李公点头笑道:"这丫头现在家里呢?"墨卿道:"带出来了,一刻离不开的,现在船上。"

李公大笑道:"怪道不肯住下呢,原来有个可人,放心不下。我明天倒要接她进来瞧瞧,到底怎么样好。"墨卿道:"人是真好。"李公道:"你的媳妇是好极了,你父亲有信给我,常说这个外甥女,才貌双全,德容兼备,姑太太那边,大小事都是由她一人管理,赞得了不得。"墨卿道:"这话也是,姑母家不是这个表妹,也有许多为难呢!就是秀卿弟兄、除了她,就没有人服得住了。"李公笑道:"小小年纪,竟有这等才智,我们李家,可谓有福。你家这个妹子,才情品貌都好,就是脾气惯成了,性子太躁。我意思很爱俊儿,你明天去探探她口气。"墨卿答应。

次日一早,李夫人着仆妇出城,去请紫云,宝珠不便推辞,只得吩咐紫云妆束齐整,随后快来。自己就同兄弟入城,先到将军处回拜,却好墨卿也来回拜,宝珠吩咐巡捕官,其余官员,都送名帖,就跟墨卿一齐到督署来,李公同他二人在上房闲谈。少刻,紫云到来,十个侍女护卫着,金莲细步,慢慢进来,先叩见李公、夫人,又请小姐、姨娘相见。

李公见紫云官方大雅,凝重不佻,一段俊俏风流,隐在骨里,正如海棠含露,芍药笼烟,哪里是个丫头? 比千金小姐,还要尊重百倍! 况且衣服艳丽,妆束鲜华,举止幽闲,言词轻清,更显得温柔妩媚,十分可人。李公夫妇,暗暗赞叹:"好个孩子! 连我家惠儿也赶不上她,无怪乎外甥如此着魔,连亲都不娶。"倒和颜悦色的赏了许多礼面,小姐是格外投机。李公赏了一桌盛席,就着小姐姨娘相陪。

未晚,紫云辞去,宝珠也要辞行,说圣命在身,不敢耽误。李公定要留她一天逛莫愁湖,宝珠只得答应,辞回船去。明日早间,李公着人上船邀请,已刻,就同墨卿到湖上,又等了一会,宝珠弟兄才来。李公领着他们游玩,摆上酒席同饮。宝珠的护卫暨松勇等,都有酒席,另在一处,中军协镇主席陪客。李公同甥侄等觥筹交错①,说话投机,好不有趣。

宝珠谈起西湖景致、庄抚台要她做诗的两话来,李公道:"庄殿臣和我同馆相好,他是我前一科的,长我六岁,今年五十八了。"墨卿道:"他夫人就是前天六十寿,二叔可知道?"李公道:"早已差官去送礼。"松筠道:"又庵该快到了。"墨卿道:"他大约还有两天。"宝珠道:"就是许年伯的二世兄。"李公道:"可是叫做许炳章么?"宝珠道:"是。"

李公笑道:"我瞧京报,知道他解粮的故事,如今也复了官,同你们回京了。"宝珠道:"他现在还在浙江,等拜过他舅太太的生日才来。知道我们路上有耽搁,他后来可以赶得上。"李公道:"前年我到京,有人替你表妹说媒,配合许月庵的大令郎,我因为月庵是个迂人,有些不合脾气,又忙忙的出京,也没有理论。如今他同谁家结亲了?"

宝珠桃花两颊,满面娇羞,口里吞吞吐吐的答道:"他家里的事,我们

---

①　觥(gōng)筹交错——形容很多人聚在一起饮酒的热闹情形。

也不清楚。"墨卿笑道："没有他中意的人,除非仙女临凡,方能中选呢!"李公笑道："他也同尊翁的一样迂阔么?"墨卿道："风流潇洒,翩翩少年,与许年伯大不相同。"李公点头。

宝珠忙用话支吾道："这位庄年怕,也有点子书气,论起诗来,津津有味,刺刺不休。"墨卿笑道："吃他几杯酒,还要收索枯肠,真不上算。我那天辞他,倒也罢了,第二天同友梅玩得颇为爽快。"李公笑道："庄殿臣杂学很好,你们做的诗,何不念给我听听?"宝珠先念庄抚台的古风,又将自己做的也念出来。李公大赞道："我于诗词一道,本来荒疏,后来匏系①一官,格外的不谈此调。贤甥既有如此仙才,何不在这地方也题两首?我就替你刻在石山,也令我光辉光辉。"

宝珠不敢推却,只得信手写了两首:

十里平湖号莫愁,天教此地占风流。
谁家短笛三更月,古寺残钟六代秋。
脂粉香迷新绿水,琵琶声断小红楼。
何如携酒同归去?重话南朝忆旧游。

秣陵②王气久成空,六代烟云一梦中。
梁院楼台芳草路,秦淮箫鼓落花风。
南朝粉黛随波绿,北地胭脂带泪红。
击碎唾壶敲铁板,狂歌高唱大江东。

李公痛赞别此慨当以慷,声韵欲流,令人把酒问天,拔剑斫③地,我们当浮一大白!自己送酒到宝珠面前道："聊敬一杯,以为润笔。"宝珠忙起身,接过来饮干,将杯子照了一照,回敬一杯。李公又问墨卿、松筠,可有佳句?二人略加思索,各写两首七绝。李公先看墨卿的:

秦淮金粉紧相思,沉醉东风酒一卮④。
湖上画船湖外柳,月中箫鼓自归迟。

---

①　匏(páo)系——旧时用来比喻不得出仕,或久任微职不得升迁。

②　秣(mò)陵——今南京一带。

③　斫(zhuó)——砍削。

④　卮(zhī)——古代的酒器。

兰舟露落旧琵琶，镜里姿容水上家。

莫采莲花桃叶渡，羞将桃叶比莲花。

再看松筠诗：

荆棘铜驼古道愁，可怜萧瑟六朝秋。

无情最是秦淮月，惯照降帆出石头。

满湖风月送兰舟，十里笙箫上画楼。

共得年华消得恨，只知歌舞不知愁。

李公赞赏一番，朗诵几遍，笑道："你们这些诗，好在深意包罗，不泥定莫愁湖着笔。"于是每人各饮三杯，直游到晚。宝珠回船，墨卿也上船来，将李公要他为婿的话，婉言一遍。宝珠微笑道："这时候也不暇计及，此事回去禀知母亲，大约是必答应的。"

墨卿欢喜，忙去回复叔子。李公就重托他回京致意乃兄，务必玉成此事，专候好音，墨卿应允。次日，宝珠一早就同兄弟来辞行。不知后事如何，且听下文分解。

第四十八回

立功扬名加官晋爵　一门将相四代荣封

话说宝珠、墨卿、松筠见李公、夫人告辞,李公直送上船,又谈了好一会,夫人有礼物送来,还有送松夫人的物件。宝珠称谢,送了李公上岸,就升炮开船。回到京口,又庵早到。领兵渡江到扬州,船在徐凝门官厅前停泊,各官迎接,码头上热闹非常。

过了一宿,宝珠要逛平山堂。同墨卿、松筠更换便衣,叫了三顶小轿,跟了两名书童,四名家将,进城出天宁门,就在阁部祠、天宁寺游了一会。宝珠到底脚下不稳,逛了没多几处,金莲有些疼痛,坐下来歇息片时。三人又上轿,见下街无甚意味,就一直走了,路上一片荒凉。少顷过了观音山,到平山堂,景致就好了。一带蜀冈,长松夹道,今日天气阴阴的,并无日色,松林里清风徐来,颇为凉爽。

书童扶宝珠上山,游了多少洞房曲槛,又看了三层楼,并欧阳公的真迹,就有个知客和尚来陪。见她气宇不凡,知是贵客,吩咐泡茶,请她们坐下。和尚再把宝珠一看,魂灵都飞掉了,暗想我在这个名胜地方,见过人千万,这个美人,眼中却没有见过,商家小姐少奶奶,也比不上此人的脚跟,大约这就是个绝色了。目不转睛的细看,虽不敢存邪心,但是这一对骨碌碌的眼睛,生在个光头之上,格外出相。

见宝珠穿着湖色罗衫,藕色夹纱背心,一双粉底小皂靴,耳朵上戴一对金秋叶,项上几道金练子,不知她何等样人,就问道:"还没有请教,三位老爷贵姓?"墨卿道:"我姓李,他两个姓松。"和尚道:"贵处哪里?上敝地有何公干?"墨卿道:"我们是京都人,到南京到省的。"和尚道:"三位贵人,失敬失敬!现在寓在哪里?"墨卿道:"还住在船上。"

和尚道:"如今河道难走呢!松宫保得胜班师,河下兵船都塞满了,已过了三五天,经略大人船昨日才到。这位经略才学大呢,她同我们城里许府关点子亲,前天许五老爷在这里观牡丹,还讲到大人的话,说苗兵海寇,两路人马狠得了不得,和亲王都战他不过,一个省城失去大半个,松宫保才走了去,苗兵海寇见她个影儿,就都吓退了,奔回本国,永远不敢出头。松宫保赶了去,一个个杀尽,单把苗王、海贼头捆住,带他们进京,听万岁爷发落。这就叫做'旗开得胜,马到成功'。我们只说这位大人三头六臂,不知怎么狠法?谁知她还是个小孩子,今年才交十八岁。昨日有人见她在船上,送客出来,十分美貌,同千金小姐一样娇柔。你们三人说奇是不奇?这不是天上金童星临凡,就是玉女降世,人间岂当有的?"

宝珠嫣然含笑道:"你见过没有?"和尚舌头一伸道:"我的大老爷,你是什么话,我们出家人,就在她前面站一站,也没有这等福分。"说得三人好笑。和尚请他们各处游赏,又看第二泉。这和尚在宝珠身旁,不住的挨来挤去,错后参前,殷殷勤勤,指点景致,遇着石径难行地,还要搀一把,扶一把,又仰面望空嗅嗅香气。宝珠好不厌他,他倒笑嘻嘻的说长说短。宝珠也不理他,就要了笔砚,题诗两首:

> 烟花自古说扬州,为访平山尽日游。
>
> 最是隔江好风景,万峰青到画楼头。

> 酒思诗情总未消,名泉遥接广宁潮。
>
> 玉人今夜归何处?明日空留廿四桥。

落款三军司令松氏宝珠。墨卿笑道:"你在狮子口各处署名,都是宝珠,是何意见?"宝珠道:"这是我的外号,难道我还用名字么?"墨卿笑道:"我不同你闹笑话,你这个外号,好像是你姐姐的妹子。"宝珠脸一红,也不辨白。和尚见了这个款,也有些疑心,虽不敢问,不觉恭敬了许多,要留她三人吃素面,三人立意不肯,和尚送出山门,暗暗的问轿夫,是哪里抬来的?轿夫说:"元帅船上来的。"和尚明白,都吓呆了,暗想今日几乎闹出大乱子来。

再说宝珠等回船,已有下晚的时候。次日起行,船到邵伯,宝珠对紫云道:"邵伯常患水灾,我进京上个条陈,大兴水利,叫这个地方永庆安澜。"紫云点头微笑。又行了几日,已到清江浦,漕台也有世谊,清酒送礼,极力恭维。

宝珠到王家营,领兵上岸,漕台送了两顶绿呢大轿,宝珠、墨卿乘坐,紫云、绿云、公主都有大轿,其余仆妇丫环,具是骡车,队伍整齐,旗幡招展,戈矛耀日,金鼓喧天,正是:

"鞭敲金镫响，人唱凯歌还。"

比水路格外威武。十八站旱路，晓行夜宿，地方官伺候公馆，非常供应，在路无词。

今日八月十三，前军已到芦沟桥扎定，宝珠尚在保定，就着家将回去报信。夫人、大小姐非常之喜，吩咐松蕃来接。松蕃带着许多家人，在城外候着，接连就有些亲友到来，李莲波、许文卿等都来。宝珠兼程而进，次日午刻就到。

皇上亲率文武大臣，郊迎二十里，见各营人强马壮，如潮水拥将上来，静悄悄的，规矩森严，军威整肃，皇上叹道："真将军也！"众人啧啧称羡，把个许文卿乐得说不出话来，倒反板板的不开口。又见旌旗簇簇，戈戟层层，许多大将一对对排列，鼓角齐鸣，凯歌迭奏。中军五千杆龙凤绣旗，遮天蔽日，耀眼争辉。二十四都统骑着十二对马，分列两行。松勇、松筠在中间，打着顶马。麾①盖之下，宝珠、墨卿白马金鞍，紫缰绣辔，背后高掌帅纛白旄，黄钺金节，全副仪仗，前后围绕。知道圣驾来迎，连忙约住军士，二人下马步行，抢步上前见驾，拜伏在地。

皇上亲手扶起，着实慰劳。宝珠转身同各大臣相见，许月庵、李荣书各长辈面前，宝珠一一请安。墨卿也见过父亲。各官称功颂德，交口赞扬，唯有文卿见宝珠丰姿如旧，美丽依然，心花都开了！走上来，一把拉住纤手，眉欢眼笑，好不快乐。宝珠粉面通红，勉强应酬，又同松蕃谈了几句，传令兵将，都扎在城外。自己随驾入城。

皇上御殿，宝珠、墨卿从新朝拜，皇上吩咐平身，锦墩赐坐，问了些战争的事务。宝珠一一对答，圣心大悦，很赞了几句。传下旨意：

二卿功高劳苦，今晚在武英殿先赐庆成功宴，然后献俘，三品以上，皆得陪侍，命宜政王、庄敬王主席。

宝珠、墨卿谢恩，到武英殿，早已摆设齐整，灯火辉煌。宝珠、墨卿分左右二席，皇亲国戚，宰相公侯，都不敢僭他两个。二王各敬三杯，说不尽山珍海错，玉液金波，体面已极。当时席散，宝珠、墨卿仍在城外营中歇宿，松筠、紫云、绿云、公主、同些侍女仆妇，都先回去。

天明，宝珠、墨卿率领各大将，摆齐队伍，自己马前列着邱廉叔侄的囚

---

①　麾（huī）——古代指挥用的旗子。

车,刀枪剑戟,后拥前遮,看热闹的人山人海,挤塞不开。宝珠到太庙献
俘,然后入朝,领皇子撒铃见驾,就缴还帅印。

皇上笑道:"大队人马驻扎城外,无人管束,未免生事,烦卿仍掌帅
印,督理军机,另日候旨,卿其毋辞。"当面封赠松俊太子太保,协办大学
士兼都察院左都御史,一等南安智勇伯加一等轻车都尉,荣封四代,总督
神机营军务,各省军马,俱受节制。李文翰太子少保,兵部尚书,一等肃毅
子,赏换双眼花翎,帮办神机营军务,荣封三代。各赏假三个月。其余随
征将士,候叙功升赏,大犒三军。

宝珠奏道:"臣灭罗华岛,获到伪宫女六百余名,资财一千三百万,请
旨定夺。"皇上笑道:"尽以赐卿,以示朕酬劳之意。"宝珠力辞,皇上不许,
传旨都送与帅府。后来宝珠在宫女之内,尖上选尖,美中求美,拣了八十
名,其余都分赐有功将士。又拨银子一万两,劳赏大功,所有殁于王事之
家,请旨优恤。人情欢洽,朝野沾恩。此后话表过不题。

宝珠、墨卿当日退朝,将撒铃安于宾馆之中,二人各回府第。宝珠到
家,内外人等,都来迎接,松筠、松蕃出来接了进去,见夫人、大小姐在廊
下,宝珠抢行几步,叫道:"我回来了,娘和姐姐好呀!"一手扯了夫人,一
手扯住宝林,脸上要笑,不由的眼泪点点滴滴,落将下来。夫人要笑要哭
的,一句话也说不出口,将宝珠的手握得紧紧的,拉进堂中,姨娘也走出
来,宝珠一一拜见,夫人一把扶起。彩云、红玉等大小丫环,都来叩见,宝
珠扯住,夫人教都走出去,此刻不许来噜嗦。

就将宝珠扯到怀里坐下,对着她的脸,看了一看,口口声声道:"好孩
儿,想不到娘又见着你了! 我没有接到你的信,就知道你要班师了。"宝
珠笑道:"娘如何就知道呢?"夫人叹道:"我哪天夜里,不梦见你两次?"宝
珠回头对宝林道:"姐姐,瞧我们脸上瘦多少?"夫人又将她膀子拉住,怜
惜一番。宝林道:"瘦是瘦了些,怎么一点风霜没有? 还同在家里一样的
丰致。"

夫人笑一回,哭一回,讲说不了。宝林道:"娘也放她散散,谈的时候
多着呢。"夫人也问了松筠几句话,就叫同松蕃退出去,自己扯着宝珠进
房,母女姐妹,谈谈说说,就竟笑的时候多了。宝林问问公主的根底,宝珠
细说一番,笑道:"好个人儿,我的意思带回来,配合筠儿。"宝林笑道:"恐
怕人家不愿意,她未必不属意于你。"宝珠脸一红,不言语。

宝林笑道:"我昨日晚间,就教她宿在你房里。"宝珠道:"这倒有些不便当呢。"宝林道:"正中她的下怀,有什么不便呢?"夫人、宝珠都笑起来。夫人教宝珠进房看看。

松勇进来叩见夫人、小姐,夫人道:"你如今是个官了,我们也不能照常待你。"松勇道:"太太什么话,有官没官,都是个奴才,况且这个官也是少爷的恩典。"夫人道:"少爷倒亏你照应,得你多少力,我还感激你呢!就是你父母,都有封诰的人了,我们自然抬举他。"松勇叩谢,退了出来。

再说紫云、绿云陪着宝珠进房,见公主坐在窗下看书,笑道:"妹妹用功得很呢,可称文武全才了。"公主起身笑道:"闲着没事,借此消遣。"宝珠道:"你在海外有这些好书看么?"公主微微含笑。

宝珠各处看了一遍,见陈设依然,不胜今昔之感。进房坐下,绿云送上茶来,宝珠就同公主闲话。今日本是宝珠寿辰,外边无数的亲友来拜贺,宝珠一概不见,说改日谢步。少刻,墨卿也来拜寿,见过姑母,夫人留他吃晚饭,谈到二更才去。宝珠同两个兄弟,回房陪母姊闲谈,经宝林再三催促,才回套房。

公主只道她今晚就要收房,心中又愁又喜,见宝珠说说笑笑,好不有兴,只管取笑开心。宝珠走过来,挨在公主身边坐下,嘻嘻的笑道:"今夜团圆佳节,上好的良辰,你我不可辜负,早些同上阳台罢。"公主含羞,低头不语。宝珠笑道:"这是千里姻缘,百年大事,妹妹何必含羞?"

站起身勾住公主的香肩,笑道:"既是妹妹执意,等我先睡,你随后快来。"就将长衫脱去,单穿白罗绣花夹橙。紫云上来拉掉靴子,露出大红镶边缎裤,下面一对窄窄金莲,尖而且瘦,藕色洋绉绣鞋,纤不盈指。

公主看见,很吃一惊。宝珠笑道:"妹妹,我负了你这番心了! 只恨我前生未修,无福消受,则天乎已酷,人也奚辜!"紫云等大笑,公主不觉也笑起来,心里格外拜服。暗想"我自信是个女中英俊,谁知女子中还有这种奇人,胜我百倍,我说男人那能这般娇艳? 但是我穷海孤身,飘蓬无定,不上不下,将来不知如何。前日那枝签,果然灵验,心中甚是愁烦。"

宝珠见公主沉吟,早看出来,笑道:"我虽不能执画眉的彩笔,还可以抛系足的红丝,自然代觅个风月主人,断不能名花无主也。"紫云等又笑起来,就请公主同紫云一房歇宿,一宿无话。不知后事如何,且看下文分解。

第四十九回

授显官二人同上任　传喜信两侄各求亲

话说宝珠次日一早出门拜客，就有许多亲友来请洗尘，几个至亲好友，如李荣书、桂柏华等处，都扰了，其余一概辞谢，也还忙了好几日，才得消闲。从此英名盖世，势焰熏天，干进者接踵①而来，门庭如市。

其时内阁已奉圣旨，松勇提督军门，特授天津总镇，一等毅勇男，又念他狮子口大功，加一等轻车都尉，赏穿黄马褂，松筠布政使衔，长芦盐运使司英勇巴图鲁，赏穿黄马褂；许炳章兵部武选司郎中；木纳庵、兀里木等叙功赏爵，不及细载。

宝珠不胜欢喜。兄弟松筠都得了实缺，又不甚远，但即日到任，没有个内助，如何是好呢？就同姐姐商议，要托李公为媒，将银屏说给松筠为配。宝林道："这个意思原好，谅许府也不好推辞，但一时来不及，何不先将公主给他带去，做个房里人，筠儿也有个拘束。"宝珠拍手笑道："我久有此心，但不敢在姐姐面前提起。"宝林道，"先请舅舅去说媒，再探探公主的意思。"宝珠答应，就到李府说了来意，李公慨然允许。

晚间，宝珠进房，同公主说明，公主心中未曾不喜。松筠口里不好答应，倒反推辞几句，经宝珠劝了一番，也就允了。当日公主初见松筠，原是十分爱慕，后来见了宝珠，未免别有一番奢望。如今宝珠已是个中看不中吃的，不得不降格以求，思及其次了。

且说宝林叫了松筠进房，将公主给他的话说一遍，说是宝珠的意思，知你的任上无人，给你个房里人带去，帮助帮助。松筠冷笑一声道："她留着罢。"宝林道："为什么？"松筠道："多承她的好意，我没这个福分。"宝林道："不识抬举的东西，难道这种有才干的美人儿，配你不过吗？"松筠道："人各有心，何能相强。"说着，起身就要走出来。

宝林大怒，拍案喝道："站着！"松筠立定脚，不敢走动。宝林道："你

---

① 踵(zhǒng)——脚后跟。

好好儿讲过明白出来再走,不然,你替我仔细些。"松筠只得又到宝林身边,垂手侍立。宝林道:"没良心的孩子,你的功名富贵,全是她手里出的。你今天一句话都不依她,况是一团美意。你这混账,行事也该知道个好歹!"松筠道:"什么美意!"宝林长眉微竖,俊眼斜睃,桃花脸上,登时飞起两朵红云,喝道:"怎么不是美意?为什么不是美意?"

松筠忙赔笑道:"姐姐不必生气,听兄弟细禀。"宝林道:"你讲,如讲不出个道理来,……"说着哼了一声,用手指定松筠道:"你今日就是死!你有蚂蚁大的官,回来制伏姐姐了?"

松筠道:"姐姐什么话,我敢制伏姐姐呢?我告诉明白,姐姐自然知道。公主当日原是我擒回来的,就该赏给兄弟,才是正理。她把她留在水寨,常叫上船同她玩笑,哥哥妹子,亲热得了不得,知她清白不清白?她是个大元帅,谁敢说个不字?况她最爱杀人,哪个去讲她的闲话,同性命作对呢?如今带了回来,收在房里,许多天玩得厌烦了,大约有什么不合意,无处安置她,就来赏给兄弟。她不给我,我倒还不气,拿个败柳残花来,沽名钓誉,我可不领她这白情。姐姐明见,就是外人知道,也不雅。"

宝林听他这番话,颇为有理,竟不能驳他,微笑道:"你休得胡言乱语,出口伤人,她知道是不依你的。你不要罢了,将来被别人得去,那就追悔不来。"松筠道:"这有什么后悔,请姐姐善为我辞。"宝林冷笑一声道:"滚出去罢,我怕同你这糊涂虫讲话。"松筠慢慢退了出去。

宝林进房,将松筠话细说一遍,宝珠大笑不止。宝林道:"如今且由他,日后必须着实难他一难,再给他不迟,不可轻易便宜这猴儿崽子。"宝珠含笑点头。宝林道:"你说媒的话,求过舅舅没有!"宝珠道:"早说过了,果然银屏怎么不来的?"宝林道:"听说病着呢。"宝珠笑道:"不是病着,又要来混闹了。从今以后,看她还敢来不敢来。"宝林道:"你起身之后,娘倒亏她解多少闷的,自从你走的那天,娘哭出一场病来,几乎不保,有她在此,很替我分忧。"宝珠道:"媒说成了,娘更要喜欢呢。也可放姐姐帮手,将来主持家务。"宝林道:"这一正一副,明日也够筠儿受用了。筠儿没个人管束,还了得吗?"宝珠低头一笑。

从此宝珠在家,颇为消闲,有事出城,到营中走走,无事就同宝林、紫云闲谈,又添个公主,格外有兴。公主名字本叫做宝珠,瑶珍是她的外号,因为与宝珠相同,此刻府里都称他为珍姑娘。每天晚间,夫人进套房在外间炕上，同公主谈谈海外的风景，宝珠又将平南的话，和战仗的事，说与夫人听，夫人惊一日，笑一回，喜一回，总要谈到三更才睡。合家欢乐异常。

且说李公到许府说亲，许月庵心中暗想：二儿子性命，是他家救的。而且我家不日就要娶她家人了，万一不允亲，她家的人，竟不把我家娶，又将如何呢？那时恼了交情，人反说我们忘恩负义。松筠今年才交十六岁，已做了运使，也不辱没女儿。许公本是个书呆，平时糊涂已极，今日忽然明白起来，思量及此，想了一会，就慨然应允。又当面求红鸾为媳，李公倒不便推辞，也就许了。

李公回复松夫人，宝林、宝珠俱皆欢喜，择日送聘，颇为热闹。松勇、松筠已择吉期，要去到任，早有许多亲友，请酒送行，锦上添花。宝林派了松勇的父亲，同松筠到任，上长芦去。松勇的母亲，本是夫人的陪房，如今在府里，现做掌家婆，看上金子美丽端庄，求了太太、大小姐，要她做媳妇。

金子是夫人的最得意第一个丫环，除外虽有几个，却不能如她，心中有些舍她不得，然而现成的个一品夫人，不得不让她去做，只得答应了。又说此时，却不许过门，候家里娶了少奶奶，多备些妆奁，再给你娶不迟。

到了起程前一日，宝珠叫松勇、松筠进来，吩咐了好些话。又道："我帐前有一千虎卫军，一半校刀手，一半藤牌手，个个能征惯战，本事高强，都是二十岁的少年精壮。我在四五十万人里边，只选了一千名，百试无差，一可当百，很立些功绩，我都赏了花翎都司，留在这里，也是闲着，尔等两个，各领五百到任上去，或有用他之处，必须恩威并济，以结其心，不可以兵卒待之。天津近海口，松勇可将五千靖海军，再带去听用。"二人拜谢。

次日一早，松勇、松筠叩谢众人，夫人勉励一番，宝珠，宝林又叮咛松筠几句，松蕃直送出城，他两人分头赴任去了。一日，宝珠在桂柏华家多饮了两杯酒，到晚回来，觉得身子不快，头痛发烧。夫人不放心，着人请太医来看，吃了一服药，次日又好些，总是懒进饮食胸中烦闷，到晚又觉烧人。或好或歹，请大夫服药，全不见功，延了十余日，竟吐起红来。夫人、宝林吓杀，又唤大夫瞧看，都说用心太过，积劳所致，身体过于娇柔，一时难得见效，必须静养多时，方可望好。

宝珠上本请宽假养病，皇上知她劳苦成疾，颇为过意不去，温旨抚慰，赐了几斤人参，并各样珍物。宝珠的病，有增无减，天癸几月不到，夫人、宝林烦不可言,无法可治。夫人每夜焚香叩头悲泣,后来还是宝林有主意,请了张山人来,服了两剂药,才算定住,月经也就通行,直到十月中旬,才调理复元,合家欢喜,自不必说。

且说许文卿见宝珠班师回来,乐得了不得,就想要娶她,又没个主见。在家议论几次,意见不合,来会张山人商量,倒是张山人阻住,说:"不可太急,她才到家没多几天。"文卿只得忍耐。后来见她又病了,急得不可开交,终日长吁短叹,抓耳挠腮,连觉都睡不着。如今知她好全,哪里放得过她? 又来同母亲相问。

许夫人道:"这倒是件难事呢。"文卿发急道:"不能由她罢了,我费了许多心机,才定下的。这种文武全才的美人,哪里去寻第二个? 我死也丢不开她。"许公道:"痴儿且不必着忙,依我的意思,明天先请她舅舅来,同他说明,看他怎样,李竹君都该知道。"文卿道:"大约不知,看墨卿的光景,就明白了。"夫人道:"无论他知道不知,你对他讲了,问他什么主意,就请他同张山人为媒。"三人议了半夜。

次日,许月庵下了衙门,就着人去请李荣书。少刻,李公到来,许公接进花厅,寒温几句,屏退家人,就将宝珠的事如何识破,如何定亲,细述一遍。李公大惊诧异,吓得摇头吐舌,站起身来笑道:"真瞒得好! 我们竟在梦中,一点都不知道。前日舍弟有信到,还要我招她为婿呢!"又叹道:"竟是一个奇女子,做出这么一番大事业来,我们须眉,真愧死矣!"许公就求他为媒,托他设法。

李公沉吟道:"这事倒难住我了。"许公道:"就是令甥女,年纪也不甚小,将来不是个了局。青春几何,不教他白头之叹吗?"李公道:"倒是有些难处,关系非轻,有个欺君的罪名在内呢!"许公道:"原是我也知道厉害,所以来请教高才。"李公道:"我姑太太糊涂异常,而且过于溺爱。儿子倒不要紧,女儿是了不得的。就是我这个媳妇,说娶两年了,还是不肯给我娶。提起来就生气,也不知碰过多少钉子。前天又在那里当面讲,全不答应,倒说家里少她不得。我说十九了,再不过门,更待何时? 说之再三,除非招亲,才有商议。家里老年姊弟,我也不忍过于拂她的意思,只好依她罢了。我这边斟酌个日子,大约总在年内了。"

许公道:"当日定亲,原说明要俟兄弟成立,方许过门,如今友梅、子康,都得了官,也没有什么推托了。"李公想了一想道:"在我的愚见,说是一定不行,只有一个主意,我们联名硬上一本,求主子天才酌夺,如能赐婚,那就不怕她作难了。这一着,总是不可少的,终久都要闹到主子面前呢。"许公道:"我也这么想法,倘或天怒不测,如何是好呢?"李公笑道:"真是书呆子见识,你不知道她的圣眷么?"许公道:"本上怎么措辞?"

李公道:"这有何难!直叙就是了。不过说她尊翁年老无子,将女儿权充个假子,聊以自慰,后来父亲早死,家里无人,兄弟又小,弄得欲罢不能,情愿纳还官爵赎罪。谅主子总可成全,断舍不得难为她。"许公道:"好原好,但定亲这一段,也要叙入呢。"李公道:"这个,你们贤乔子另上一本,就求主子赐婚。"

许公听了这番明白晓畅的话,乐不可支,连连作揖道:"事就这么办,令姊处全仗玉成。"李公道:"理当效劳,此刻我就去。"李公起身,许公直送上车,又叮咛几句,李公点头。坐车到松府来,在夫人房中坐下,宝珠病才养好,是不出门的,同宝林出来见过舅舅。李公笑对宝珠道:"舅舅今日来,有句闲话同你母亲谈谈,你有事只管请便,我不要你陪。"宝珠知道事有蹊跷,凝神一想道:"失陪舅舅了。"回身走进套房。

李公就将许府的话,委婉陈词,说了出来。夫人呆呆的无言可答。宝林道:"他家什么意思呢?"李公笑道:"他有什么意思,不过要人罢了。"夫人听到这句,蓦然落下泪来。不知夫人意下如何回复李公,且看下文分解。

第 五 十 回

破机关宝珠还本相　试清白美玉竟无瑕

话说夫人听见李公说许府要娶人,流泪满面,道:"舅舅是知道的,宝珠虽是个女孩子,我儿子也没有她强。出兵两年,几乎把我想杀了。如今回家不多几天,好容易骨肉团聚,他家倒来要娶人,也太不近人情了!哪里有这种不讲理的人家?"李公道:"不是这等讲,既许了人家,就是人家的人了。"夫人道:"你说这话,大有深意存焉。你知道我情愿许给他家的吗?我并不赖婚,迟了十年八年,难道犯法不成?"李公笑道:"男大当婚,女大当嫁,再过十年,甥女倒快三十岁了,她自己心里也不愿意。"

夫人借此发作,勃然变色道:"笑话!我家孩子不是那种人,倒不要舅舅白操心!"李公自知失言,忙赔笑道:"姑太太不必疑心,别会错了意。"夫人道:"我竟不给他娶,看他奈何我怎样,难道还是从前硬做么?"李公笑道:"他竟闹开来,甥女还能做官吗?"夫人冷笑:"就不做官,有甚要紧?你们看得个官重得了不得呢!我姓松的,做了八九代官,倒厌烦了,家里还有几亩薄产,没有这点子升斗之禄,也够养活我的孩子了。人家舅舅,总仗着许多势,我家孩子命苦,父亲死得早,又没有撞着好舅舅,尽替人家说话。我四个孩子,也不会要亲戚养活过一天半日,这样看不得我,何苦来呢!"说罢,悲不自胜。

李公哈哈大笑,起身作辞。宝林送出房来,李公笑道:"姑太太还是这个脾气,五十多岁的人,一点事都不懂,同个小孩子一样说话。"宝林道:"舅舅不要生气。"李公笑道:"哪里来的话,我们从小就淘气惯了的,闹了五十多年了,要见气,还没有这大肚皮呢!"

李公去后,夫人、宝林同进套房,夫人也无话而说,一把扯住宝珠的手,呜呜咽咽哭泣不休。宝珠心内明白,也就落下泪来。宝林劝她坐下,就将李公来意,说与宝珠听,宝珠也甚伤感。夫人拭泪道:"我原不肯误你青春,但回来才有几天,又要分别,生巴巴割我一块心头肉去,叫我如何舍得,许家也过于狠心了!"

宝林道："舅舅此去回复许年伯，他家必定上本求婚，那才没有推托呢！依我的意，不如答应他招亲，万一主子赐了婚，那这就好过门的了。总之这事必要闹穿了，妹子的官，万万不能再做，倒不如让她早早有个归着。既做个女子，断无不嫁之理。娘虽说爱她，也要替她踌躇终局，总不能以私情而废大体，不是爱她，反是害她了。妹妹同紫云在这里听着，想想我的话，可是不是？"夫人只管点头，长叹一声道："我究竟离不开她。"宝林道："同在一个城里，有什么为难，要见她，接回来就是了。"

不说母女商量，再说李公回府，当件新闻说与夫人听，合家个个惊奇，还有人不肯相信。次日，李公到许府回复说："我就知道不妥，然而这个白话，不得不去说。"许公道："如今只好上本了。"李公道："只得如此。"二人议了半日，做成两个本章，约定明早上朝去，不必由通政司挂号。李公回来着人叫了松蕃来，要他列名。

松蕃将本稿细看一遍，都惊呆了，半晌答道："这件事，外甥一点都不知道。至于列名，却不敢做主，要回去请大姐姐的示呢。"李公笑道："你不敢罢了，也不能怪你。"李公就硬列了松筠、松蕃的名字。

次日天明早朝，拜舞已毕，许、李二公领着儿子跪下，将本章呈上御案。天子细看，大为惊讶，暗想："原来是个女子，怪道这等美丽娇柔，旷世无匹！"又转一念道："可惜为捷足者得去，不然倒是一件好事。"将本章看了几遍，又将许、李二位问了一番，陡然想起心事来，传旨着松俊改妆见驾。中贵飞马而去。

许、李二公捏着一把汗，不知宣她是福是祸，但看天子和颜悦色，不像个奈何她的光景。一个文卿，更同热锅上的蚂蚁一般，心里突突的跳着。一班年谊故旧，个个担心。如今说内侍到松府门上，连忙通报，宝珠吃了一惊，夫人大小姐也不知何事，大家立在屏后细听。宝珠无奈，走出厅来，同内官见礼，问他何事。

内官笑眯眯的道："主子有旨，请小姐改妆见驾。"宝珠一听，好似一块大石头望下一落，粉面涨得通红，回身走了进去。夫人、大小姐已听明白，随她进房，不敢违旨，只得教紫云替她改妆，打扮齐整，不好就用品级服饰，仍是处女梳妆。宝珠颇为乏趣，不好意思。厅口上轿，同内监入朝，午门外下轿。宝珠满面桃花，含羞带愧，低着头，轻移莲步，到金阶跪下，不发一言。

　　皇上见她改了妆，风流香艳，比从前格外美丽，好是一朵芍药花，开在碧纱笼里，花情花韵，隐隐露在外边；又是一对窄窄金莲，婷婷的走上殿来，皇上目不转睛，看了一看，两旁文武，个个羡慕，无数的眼睛，盯在她一人身上，只说飞下个九天仙女来，看得众人口角流涎，眼中出火。

　　皇上和着颜色问道："松俊，你瞒得朕好呀！"宝珠羞涩涩的奏道："主子天恩，臣妾罪该万死！"皇上道："你不必害怕，须将始末根由，奏朕知道。"宝珠不慌不忙，启朱唇翻贝齿，奏道：

　　"臣妾幼承父命，强改男妆，原不过暂慰亲心，权宜从事。不意严君①见背，弱弟无知，只得接续书香，以持家务。后来屡加恩宠，弄得欲罢不能。勉强从戎，希图效死，一身转战，万里长征，犹幸侥幸以成功，聊尽涓埃以报也。臣妾寒暑不避，星夜而归，原择日傍天颜，稍伸私愿。在臣妾方将图报，而他人转不相容，虽陛下错爱有心，亦难调众口矣。自怜命薄，辜负隆恩，反不如战死沙场，南征不返耳！事已如此，情何以堪！天也？命也？夫何由焉！臣妾纳还官爵，聊赎罪愆②。从此遁迹空门，长斋绣佛，以修来世，以祝圣躬。"

　　奏罢，泪如雨下，正如微风振箫，呜咽欲泣。皇上既看了这副追魂夺命的容颜，再听她这番悦耳动情的言语，眼睛看着她，耳朵听着她，一句句，一字字，从耳门中直打入心坎里去；又见她两行珠泪，一脸娇羞，说不出那可怜可爱的光景，心里大为不乐，深怪众人。大声浩叹道："孩子，朕知你一片忠心，无如众人多事，作尽了对头，朕倒容得你，人偏容不得你。这也就奇了！这也就奇极了！"又问："许翰章同你如何结亲，明白奏朕。"宝珠又说了一番半边词。

　　皇上天威震怒，冷笑道："婚姻大事，原要人家情愿，不能用强。许家未免欺人太甚，可知他父子平日不法极矣！"许公父子吓得汗流浃背，只是叩头。皇上道："如今事已至此，也不必言了。"又对宝珠道："朝廷用人，不过要忠心报国，既能为朝廷出力，就是朕的贤臣，又何分什么男女？念你平昔居官，也还能事，又有平南的大功，朕亦何忍罪你？就是官爵，也不消纳还，伯爵赏给许翰章，轻车都尉赏赐给松筠，教他两家都沾你的光，

────────────

　　①　严君——《易·家人》："家人有严君焉，父母之谓也。"后专指父亲。

　　②　罪愆(qiān)——罪过，过失。

得个世袭。我说认你做个继女,封你为升平公主。"

宝珠赶忙叩谢,李荣书等都来谢恩。皇上道:"许翰章,便宜了你。"文卿叩首道:"臣虽肝脑涂地,难报皇恩。"皇上道:"许芳辉,你这个媳妇,朕所钟爱,你须青目视之,如有凌虐等情,以违旨论!况未曾过门,替你家争个世爵,也要算得个好媳妇。你要明白,她这功名也不是容易得的,除了她之外,旁人亦未必能。"许公连连答应道:"自当曲意承顺,以礼圣主之心。"

皇上见宝珠垂头,无那脉脉含情,又惨然道:"朕德凉薄,这种股肱良臣,无福消受。"宝珠无言可答,只管用手帕拭泪,皇上大不胜情。刘相见天子这般眷注,心中不快,又想起儿子仇恨,暗骂道:"作怪的贱人,你原来是个女子,为何同我儿子那么假惺惺,装模做样,害得出口充军?"越想越恨,意欲寻一件事故,报复她一番。

沉吟半晌,出班奏道:"松俊身为女妾作大臣,主子天恩,不加罪责。但她日在衣冠之列,不无瓜李之嫌,既为许翰章识破,柳下惠能有几人?老诚愚昧,不能信其他。"皇上闻奏不语,目视宝珠。宝珠道:"臣妾心同金石,节凛冰霜,自信清白之身,绝无暧昧之事,愿明此志,请点守宫。"

皇上大喜道:"这个何难!"分别传旨,取办玉珠来,并取守宫砂伺候。有内官取来,皇上叫宝珠到面前,亲手将一粒明珠,眉间晕了几晕,宝珠双眉紧结不散。皇上笑嘻嘻的,又取出宝珠手来,搜他大袖子,望上一抹,露出半截霜雪一般白而且腻的小膀子,将守宫砂点了一点,豆子大一粒腥红透入肌里。皇上赞叹道:"真处女也!刘捷三以小人度君子矣!"各官个个点头叹服,把个文卿乐得眉欢眼笑,李荣书等面大有光辉,只有宝珠的粉面凝霜,似羞似怒。

皇上问道:"孩子,你有甚委曲,只管对朕说来。"宝珠低头,又用手帕拭泪。皇上更觉凄惨,抚慰道:"你忠君恋主,朕已知之矣,切勿过于悲伤,致损身体。"皇上又问宝珠:"两个兄弟,可有亲事?"宝珠一一奏明。又奏还有个姐姐,许配表兄李文翰,就将宝林的好处,细说一番。皇上大加叹赏道:"不道两个奇女子,竟萃于一门!"微微笑道:"你姐姐也该出阁了。"李公忙奏道:"臣已择定十一月二十日吉期。"皇上点头,传钦天监问:"十二月中旬,可有吉期?"钦天监奏:"初六日,就是个良辰。"皇上降旨,赐宝珠初六日完姻。

　　皇上退朝,教内官引宝珠进宫,朝见太后。国母赏赐许多珍物,好不有光。宝珠回府,李公已在夫人房中,将朝内各事,说与夫人细听,合家个个欢喜。夫人又喜又愁,喜的是女儿见驾,不但无罪,而且加恩;愁的是女儿要嫁,离别日长,承欢日短。李公进来,见宝珠笑道:"公主的体面,无以复加,但是难为我们了。方才奏对之时,也该替舅舅留点地步。"说罢哈哈大笑。

　　宝珠满面含羞,低头无语,走进套房,在妆台前坐下,对镜照见容颜,叹道:"固一世之雄也,而今安在哉!"不觉流下泪来。紫云送上一杯茶,看他光景也有些替她难受,自己心里,更难为情,只得劝解道:"你还伤什么心,你的际遇也好极了,做男人是功臣,做女人是公主,还有谁赶得上你? 应该欢喜呢!"

　　宝珠总是闷闷不乐。吩咐松蕃代缴帅印,并尚方宝剑。皇上留下帅印,上方剑仍旧赐还。神机营军务,着宜政王总理。过了两日,李公已送吉期过来,订于十一月二十日入赘①。夫人吩咐备办妆奁②,姊妹两人,无分厚薄。夫人的意思,以为家私亏姊妹执掌,要把他四人平分,宝林、宝珠立意不肯,说出许多大义,夫人才肯中止,总之三五百万,是再下可少的了。宝林、宝珠商议,也要替兄弟娶亲,择定正月初十日,同日成婚,送吉期到许、李两府。许公父子,早已预备嫁娶的喜事,合家忙乱,而且他家这媳妇,格外非比寻常。

　　不日,李府也送吉期过来,择定正月二十四日,要娶金铃。许公暗想,索性将喜事办完,也了件心事,就送吉期过来,二月十二日娶红鸾。三家十二件喜事,也就忙不可言。幸喜多是大家,钱多人众,各事易办。转眼已是十一月中旬,宝林、宝珠布置了多少家务,所有家私,一概造册。宝珠抚今思昔,十分悲伤,红症又发了两次。夫人、宝林不许她问一件家事,只教他在房中静养。

　　忽报圣旨下来,宝珠同松蕃接旨,天使道:"还有一位大小姐,芳名宝林的,是令姊吗?"松蕃道:"正是。"天使道:"请出来一同接旨。"松蕃连忙进去,请宝林出厅,三人行礼,开读圣旨:宝林、宝珠既许氏银屏,都封一品

---

①　入赘(zhuì)——男到女家,俗称招女婿。

②　妆奁(lián)——女子梳妆用的镜匣,泛指嫁妆。

夫人,李氏翠凤,三品淑人。又念宝珠的大功,恩及其弟,升松筠为顺天府尹,也是个体贴之意,松蕃升左庶子;又赐宝珠两首诗,同前回一样的集句:

　　　碧栏干外绣帘垂,此是新承恩泽时。
　　　约略君王今夜事,人间天上两情痴。

　　　九华宫殿语从容,人在蓬莱第一峰。
　　　朝罢归来香满袖,替卿端是紫泥封。

　　三人谢恩。宝珠看了诗句,心中不乐,含羞带愧的,默然无语。松蕃陪着天使,姊妹入内,宝林对着宝珠,横波一笑,宝珠不好意思,走进套房。将诗句念与紫云听,紫云笑道:"倒是个风流天子,但那人知道,又要生气了。"宝珠脸一红,不言语。不知后事何如,且看下文分解。

第五十一回
亲上亲嫁女又婚男　乐中乐佳人配才子

这回说到松筠到任，年纪虽幼，颇有政声。一则松勇的父亲办事明白，二则他是有钱，一钱不要，自然格外清正。奉到上谕，已知升授府尹，心中娱乐。日前看见京报，又接到兄弟家信，宝珠的事，早已知道，才晓得大哥哥是姐姐，大为诧异。想到公主之事，懊悔已极，怪道大姐姐说一团美意呢！总是我见识低微，不知好歹。

细想起来，两个姐姐真是好人，如同慈母，我家富贵功名，全出她二人手内。她们如今已要出阁，留下现成基业，让我兄弟受用，越想越见好处，不觉感激泪零。再想公主身上，又愁又喜，暗想此事有些不妥了，二姐姐出阁，自然带了她去。许文卿是个好色之徒，乐得快活，除非要同二姐姐先讨过来，才得稳妥。但我回绝了不要的，此刻怎么说出个要来？心里着急。又想好在是自家姐姐，有何妨碍？我设有不是，任凭姐姐责备一番，也不甚要紧。况且二姐姐为人最温和，平日待我弟兄最好，断不作难。倒是大姐姐不好说话，知道我要公主，她必定不依，着实有气受呢！他不答应，莫说二姐姐不敢做主，连母亲都拗她不过，不如去先求大姐姐，预备辱骂一场，只要她肯了事，就可以成功。

心里想得停停当当，却好接到这道恩旨，乐不可支，吩咐速办交盘事件，赶忙交印，束装起行，到京面圣。就回家见母，夫人甚欢喜。松筠接印到任，理理公事，也忙了好几天。那天晚间二更以后，走进宝林房中，外间高烧红烛，到里间玻璃屏边探身一望，见宝林卸了晚妆，云鬟①腻绿，粉面搓酥，耳朵上换了一对小金坠儿，上身穿件绿洋绉小袖皮褂，下面单穿着大红缎裤子，盘腿坐在炕上，手中捧个银手炉，用铜火箸夹火。彩云立在炕旁装水烟，面前铜火盆内，火光焰焰。

松筠偷看一会，才要进去，早被宝林看见，问道："谁在这里？"松筠忙

---

① 云鬟（huán）——形容古代妇女梳的环形的发鬟，浓密卷曲如云。

应道:"姐姐在家呢。"宝林道:"要来就来,鬼头鬼脑的干什么?"松筠道:"恐怕姐姐有事,瞧一瞧才敢进来。"宝林教他坐下,问道:"半夜三更闯进来,有甚话讲?"松筠只是笑。宝林道:"谁同你嬉皮笑脸的,好没正经,有甚话快说。"松筠道:"有件事要拜求姐姐。"宝林道:"我从来不替人多事。"松筠道:"自家兄弟,又不是外人,况这件事也非姐姐不可。"宝林道:"你且说来,为什么事?"

松筠欲言又止。宝林道:"有话快讲,吞吞吐吐的我不耐烦。"松筠笑道:"就是公主事。"宝林笑道:"公主你不要罢了,还待怎样呢?"松筠笑嘻嘻的道:"原是此刻想要呢。"宝林怒道:"不爱脸,亏你说得出口,一会儿不要,一会儿又要,还由不得你的性儿!"松筠道:"好姐姐,全仗你成全,兄弟就感恩不尽。"宝林道:"你不必要,你没有这个福分。"松筠道:"兄弟挺撞姐姐,如今知罪了,姐姐赏我罢。"宝林道:"这才是无缘无故的人。是他带回来,我怎能做主?"松筠道:"只要姐姐吩咐一句,谁敢不依?"

宝林道:"就是你也不肯依我的话,如果早依我,人到久已是你的了,如今有甚挽回呢?"松筠道:"姐姐不肯赏我,也是便宜别人,还是成全兄弟好。"宝林道:"你别缠我,只要她肯,我都不作难。"松筠连连作揖。宝林回头对彩霞道:"你去请二小姐来。"彩霞答应,笑着去了。

一刻工夫,宝珠带着绿云、红玉,移步进房,松筠抢步上前道:"二姐姐没有睡呢。"宝珠点点头。宝林让她上炕对坐,彩云等几个送茶装烟,一旁侍立。宝林笑道:"筠儿来求我,想要公主,同我缠不清。我所以请妹妹进来,肯不肯,你当面回他,免得和我胡闹。"宝珠会意,冷笑道:"没有这种容易事,今日又想了,当日也该给人留点体面。"松筠只是赔笑赔罪。

宝珠道:"你不要她,我倒不气,这种残花败柳的,可不要你领我白情!"松筠道:"二姐姐也挖苦够了,饶了我罢。"宝林道:"谁教你当日挖苦人呢?"松筠道:"我再不敢。"宝珠道:"此刻假小心,未免迟了。"松筠叹道:"我原知道迟了,二姐姐不过替姐夫留着,何不分惠把兄弟?况且姐夫已有了三四个,过多也用不着。"

宝珠脸颊通红,用手摸着绣鞋,低头无语。宝林喝道:"你有求于人,还敢挺撞人,我不依你!",松筠连忙赔笑道:"我不过取笑的话,姐姐们倒当真了。"宝林道:"谁和你取笑!"松筠道:"从此不取笑就是了。"宝林道:

"很不顾体面。"松筠道："请教姐姐，要怎样作难才肯赏给兄弟？"宝林道："你自己着意。"松筠道："负荆请罪，好不好？"就取了一枝门闩，走到宝珠面前，请了一个安，宝珠到笑了。

松筠又到宝林面前请过安，彩云等大笑。宝林道："不识羞的东西，你还没有挨过打吗？今天做出这种丑态来。"松筠道："真的，从小到如今，不知挨过多少打，二姐姐更狠，还要杀我。"宝林也笑道："亏你好意讲出来，为个小老婆，也合配这么求人？"松筠道："家里姐姐，我才这样的，如果别人，我肯去求他呢！"宝林道："别人怎样，可以倒使蛮劲儿了？"松筠笑着，谢了一声出去。宝林笑道："也取笑他够了。"宝珠闲谈一会，也回房安息。次日就将公主给松筠收房，两情欢洽。

转瞬宝林吉期将到，合家忙乱，陈设妆奁，批了一千顷田，拨了四个庄头，其余物件，不能细载。各处张灯结彩，挂紫悬红。新房里翠绕珠围，花团锦簇，真是屏开孔雀，褥设芙蓉，说不尽风流富贵。三日前李府送官诰到来，笙箫迭奏，彩缎横披，热闹已极。头一天暖房，就有许多亲友来贺，松筠弟兄接待。松勇又回来了。内里夫人备了酒席，请出宝林，母女两个，大哭一场，宝林略坐，宝珠劝慰，饮了两杯就散席。宝珠选了二十名美女，送给宝林。

正日这一天，文武百官，都来道喜，拥挤不开。黄昏时分，大媒先到，是两位朝贵，松学士同年。少刻墨卿摆齐全副执事，开锣鸣道而来，门前下轿，请亲发出来，迎接上厅，大家见礼，音乐齐作。送过三道茶。墨卿绣衣玉带，骨秀神清，好个风流佳婿，亲友个个称羡。请新人出堂，同拜天地，坐床撒帐，吃百子汤，饮交杯酒。墨卿偷看一眼，宝林美丽如仙，格外欢喜。厅前酒席摆齐，诸客入座，墨卿当中一席，阶下粗细乐吹吹打打，饮到更鼓后席散，送入洞房，女貌郎才，真不知几生修到！二人同入罗帏，如鱼得水，果然千般恩爱，万种风情。

次日早起，拜见姑母，随同二位阿舅平拜了。又请见阿姨，宝珠羞涩涩的，同墨卿见礼，墨卿对她微微而笑。墨卿礼毕，宝珠头一低，忙走进去。夫人含笑，就请墨卿房中坐了一会。三期倒回门，李公夫妇见了媳妇，非常众喜，请了多少亲友，好些女客陪新，到晚双双回家。第四日，松府请会亲，又热闹一日。从此朝欢暮乐，你贪我爱，一个是才人魁首，一个是仕女班头，或评花醉月，觅句裁诗，更有彩云、彩霞，在房中助兴，好不快乐。

时光易过,已到腊月初一,皇上就有恩旨,赐了许多珍奇,还有珠冠蟒服,玉带衮裳,八对宫灯,两对金莲宝炬,传旨文武百官,都要去贺喜。夫人的陪奁,早已齐备,也是一千顷田,四房家人媳妇,紫云、绿云、红玉之外,又选二十四个美女。松筠立意定要将直隶四个当铺,陪送两个姐姐,每人两个。至于珠玉珍奇,陈设铺垫,以及衣服、被褥、箱笼、桌椅、器皿物件,不计其数。

送奁那一天,用五千名人夫。松夫人犹以为薄,对不住女儿,于铺箱时又添了十万白银,五万黄金,十串明珠,还要将征南带来的好宝物,并罗华岛的赀①材与宝珠带去。宝珠立意不受,说留在家里,要用来取。夫人就着墨卿同几个内亲送奁,一路大吹大擂,好不风光。五千名人夫,也就同出兵一样,挤满了街道。到了许府,有些亲友迎接新亲,墨卿等进去,众家人领着夫头,纷纷搬运,整忙了一天,将新房铺设得锦天绣地,金碧交辉,珠箔银屏,鸾衾鸳被。新房就在左手副宅子里,共是九进,预备他弟兄做洞房的,此刻已摆满了。

墨卿辞了众人回来。晚间夫人备酒席,同宝珠谈了半夜,宝珠十分伤心,母女相抱痛哭,合家陪去多少眼泪。到了吉期,贺客盈门,貂裘满座,门外全副仪仗执事排满。午后,文卿行亲迎礼,松筠弟兄同众亲友接待,文卿一品服,宝石顶,双眼花翎,就用宝珠的品级,更显得骨格清高,丰神都雅,珠光宝气,风举霞轩,真正是持重如金,温润如玉,人中鸾凤,正好配这个女中丈夫。

家人相陪坐了一会起身,张山人、李荣书两位大媒,领着出门上轿,紫云、绿云、红玉等同二十四个侍女,前走一步,排开执事,好不威光!当先一对奉旨完姻的金牌,鸣锣开道,玉棍拦街,单是衔牌,共有几百对。宝珠自己的官衔,也就不少,阔不可言。其余并着写的,如祖孙宰相,父子尚书,弟兄督抚,叔侄翰林,还有些举人进士,主考试官的牌科,分总写在一起,再加上许府迎亲的全副仪仗,排了三五里长。

又有京营许多将帅,挂刀护卫,松勇骑着顶马,背上一匹黄缎子,系着尚方宝剑,一对对黄执事,拥着诰亭子,龙凤旌旗,白旄黄钺,排列森严。

---

① 赀(zī)——资产财物。

八对宫灯,十六对提炉,引着八人花轿,笙箫鼎沸,仪从纷纭。一路车填马塞,锦簇花团。进了府门,轿子登堂,请出新人,同拜花烛。洞房中宝炬光摇,金炉香袅,灯彩鲜丽,照耀生辉,说不尽风流香艳,富贵荣华。坐床撒帐,文卿心花都开了。

外面文武百官,衣冠剑佩,东厅上是张山人、李荣书两位大媒,同庆宫保、刘中堂、周尚书、赵侍郎、朱祝山、吴子梅一班老辈;二厅上是翰詹科道,六部九卿;花厅上是些旗员,同些提镇官并京营将帅,正厅上王公大臣,侯伯驸马;花园里都是文卿、宝珠的同年相好。酒席不计其数,内里也有好些女客。用过酒席,桂柏华、云竹林等人拉了文卿来,同看新人,又吩咐移过一桌酒席进房。

柏华等走进内间,见宝珠坐在玻璃屏外,花冠绣帔,玉带衮裳①,凝重不佻,清华尊贵,越显得千娇百媚,国色天香,果然仙子临凡,花神降世,人间无其丽也!觉得容光射人,不可逼视。一群侍女,分列两旁。诸同年上前,也有叫年兄的,也有称宫保的,大家狂笑起来。柏华道:"松年兄,今天为什么不理我们?难道忘了年家情分了?"竹林笑道:"此刻同秀卿讲不得交情,文卿在这里,就不依你。"

众人取过一枝红烛,一定要看新人。文卿道:"你们不混闹,难道没有见过她么?"众人道:"那不能,平日不如今日好看。"洪鼎臣笑道:"她又是谁?你怎么不叫秀卿了?"柏华笑道:"如今要叫芳卿、可卿才是。"文卿道:"胡说什么。"众人看了又看,个个目定口呆,神魂颠倒。

桂柏华憨跳异常,定要掀起绣裙,看看小脚,罗袜一钩,瘦不盈指,还被柏华在脚尖上捻一把。文卿弟兄上前,拖了众人入席,传杯弄盏。椿荣道:"松年兄何不来用一杯?"竹林道:"人也没理你,真正没意思。"椿荣道:"你不必忙,松年兄时常同我们会饮,我敬她的酒,必定肯赏脸。"说着,便要起身。文卿一把扯住道:"多谢盛情,我代饮罢。"椿荣道:"干你甚事?都是同年,何分厚薄出来越俎。"又庵笑道:"世叔这说,未免有些上当了。"众人大笑。椿荣道:"好吗?你倒取笑我了,莫怪我们给你马桶盖顶。"众人又笑起来。

众人道:"我们行个吉庆酒令,热闹些也好。"柏华道:"要行令,还是

---

①　衮(gǔn)裳——古代君王的礼服。

那个《红楼梦》的故事,倒很有趣。"竹林道:"说起那个令,秀卿那天也够受用了,气得了不得,连面都不肯吃,只管说要走。"柏华道:"事由前定,偏偏叫她抽到那几个故事,做出好模样来给人瞧,竟弄假成真了。"正在说笑,家人通报,李宫保进来。不知墨卿进来怎样,且看下文分解。

第五十二回

闹新房灵机生雅谑　排喜宴卯酒荐辛盘

话说诸同年正在新房中说笑。只见李墨卿笑嘻嘻的走了进来,众人起身让座。文卿道:"怎么这时候才来?"墨卿道:"候那边散了酒席,我就赶来的,并未耽搁。"文卿扯他坐下,敬他一大杯。竹林道:"我见墨卿,想起一个笑话来,说给你们听听。"众人道:"请教。"

竹林道:"海里有条大鳅鱼,成了精,兴风作浪,损坏许多海船。龙王知道,带领虾兵蟹将去拿他,费了无限气力,才将他捉住。龙君奏凯回来,犒劳兵丁,封赏将士,光是乌鱼上前,龙君道:'很好,看你铁盔铁甲,勇力过人,头上还有七星,封你铁甲将军。'乌鱼谢恩。白鱼上殿,龙王道:'更好,你银盔银铠,宝气珠光,美丽异常,尤为可爱,就封你伯爵。'白鱼拜毕,鲤鱼又来。龙王道:'鲤鱼带子跳龙门,是一员大将,就赏你子爵,镇守龙门。'鲤鱼谢了才下去,只见王八慢慢爬了上来。

"龙君道:'你来干什么?'王八说:'也来请个封典,光辉光辉,免得人欺负。'龙君道:'你这怪物,还想封赠,也不合配。'王八道:'为什么不配?锦衣荣龟,最有体面的。'龙君道:'胡说不通,快撺出去!'王八还不肯走,侍卫下来撺他,谁知龟力大似山力,哪里扳得他动?龙君大怒,吩咐取箭射他,左右得旨,乱箭射来,王八头脑上中了两箭,他倒得意洋洋的出去。众人道,'叫你不必进去,那有封典到你?'王八说,'怎么没有封?我也沾个光,弄枝双眼花翎去戴戴。'"众人哄然大笑。

墨卿道:"你这促狭①鬼,要打趣多少人!"文卿道:"戴翎子的也不少,你不可得罪别人。"竹林:"你要挑唆?你再听清了,我说的是双眼花翎,此地只有两枝。这笑话要在正厅上说,就得罪人多了。"墨卿道:"文卿,你还记得王八年兄那个笑话?"

文卿微笑,对他使眼色。柏华道:"你们大家吃一杯,我也讲一个笑

---

① 促狭(xiá)——爱捉弄人。

话。"文卿道："免劳照顾。谅你没有好话讲。"众人要听笑话,忙吃了酒,催促他说。柏华说道："有个大帅,最惧内——"文卿道："你们讲来讲去,总有一个题目。"柏华笑道："自然本地风光。"众人大笑。

柏华道："这大帅南征北讨,英勇非常,但见了老婆,就吓软了,跪地板,舐脚丫,这些差使,也当够下。实在没有法子,就想聚集众将,要商议个主见,回去制服老婆。对众将说道:'本帅惧内,罪都受足了,温柔乡好似活地狱,竟成了个怕老婆都元帅,这样日子怎样过呢,意思要请诸位将军,助我一臂,同去将那泼妇照军法从事,方快我心;如能侥幸成功,本帅自有重赏。'诸将道:'愿随大元帅效死,舍命向前。'大帅大喜,穿了戎装,排齐队伍,摇旗呐喊的杀了回来。大帅当先,恶狠狠提刀进房,他老婆瞧见,站起身来喝道:'干什么?'大帅满身发抖,忙跪下来道:'请太太阅兵。'"

众人笑得打跌。椿荣道："跪地板还罢了,舐脚丫,倒教文卿为难呢。"文卿道："嚼你的舌头,你是舐惯的。"大家谈谈说说,直饮到三更才散。临别柏华还笑道："秀卿是战场上个老手,文卿今夜要杀得大败亏输。"文卿道："胡说!"就进了洞房坐下。紫云送茶,绿云装烟,文卿左顾右盼,目不暇给。紫云就替宝珠卸了妆。

文卿吩咐侍女退出,自己起身,走到宝珠身边,勾住香肩道："今日可被我想着了。"又笑嘻嘻道："你也同我讲几句知心话儿。"就取一杯茶,送到宝珠唇边。宝珠低着头,让了开去。文卿笑道："到如今还害羞么?"将宝珠抱了过来。宝珠体弱力微,挣扎不得,被他一把扯到怀里,膝上坐下,不住的亲嘴度足,闹个不清,宝珠只是不理。

文卿就将他拖入绣帏,兰桂芬芳,荡人心魄,罗襦①乍解,爇②香四流,璧合珠联,鸾颠凤倒,真是闺房之乐,有过于画眉者。宝珠的愁思,怕的风和雨,文卿的情兴,偏施雨和风。一点花心,被文卿采战不休,宝珠只得咬齿忍受,云情雨意,初未知也。少刻,云收雨散,文卿看白绫帕上,浸了几点花,心满意足。

二人交项而眠,直到红日射窗才起。文卿还坐着不动,赏鉴新人梳

---

① 襦(rú)——短衣,短袄。

② 爇(ruò)——点燃,焚烧。

妆,见宝珠侧媚旁妍,颦眉浅笑,较却扇①之夕初见时尤媚绝也。越看越爱,若有万种恩情,千般恩爱,仙郎玉女,才子佳人,占尽人间香福矣。

许夫人请了李荣书的夫人,桂柏华的夫人,李墨卿的夫人松大姑奶奶,请女客来陪新,吃扶头卯酒。

再说宝林因婆婆来知会,不得不去,早上起来梳妆,彩云等在房伺候。墨卿走到妆台前坐下,笑道:"不知二妹心里此刻怎样?昨晚我见她那光景,满面愁容,很不自在。"宝林道:"也不能怪她,实在难以为情。"墨卿道:"夜里就乐了。"宝林冷笑道:"亏你做姐夫的说出这种话来,还是表兄呢!不日你妹子也嫁她老二,等到回门,你可以去问她乐不乐。"彩云等微笑,挤眉弄眼的羞他。墨卿碰了一个大钉子,出房去了。

宝林妆罢更衣,打扮得十分香艳,带了彩云、彩霞,同六个侍女四名仆妇。此时天气寒冷,彩云见天阴阴的,恐怕下雪,包了几件大毛衣服,一个锦箧,装些花朵脂粉之类。松筠拨了一个营员骑顶马,八名家人骑跟班马。宝林辞过夫人,到垂花门上车,另有车道,才出大厅,家人上马,后随八辆大鞍车,坐了群婢,雕轮绣辖,似流水一般的到了许府,众女客亦已到齐。

许夫人闻报,接了下来,仆婢扶着宝林进来,莲步轻移,香风已到。许夫人一见,真是嫦娥离月殿,仙女下瑶池,走上台阶,许夫人笑面相迎,一把挽住了手。众夫人出座迎接,宝林有意无意,略略照应。家人佣妇,铺下红毡,请许夫人拜见。许夫人哪里肯受?谦之再三,宝林拜,许夫人答拜。宝林先见了李夫人,才与众客相见,不过代理不理,淡淡招呼。然后请出宝珠来见礼,又与各位夫人对拜了。

彩云等见夫人、宝珠等,皆叩头贺喜,一个个珠翠盈头,五彩炫耀,把个女厅挤得满满的。阶下鼓乐喧天,笙歌遍地。新人正席居中,两旁分了十二席,许夫人定席,定要李夫人首席,李夫人笑道:"亲母怎么将家里人当做客来?自然先尽外客。"

许夫人笑道:"不是这等讲来,一来亲母年尊,是个长辈,二来又是个新亲,首席是一定无疑的。况且亲母坐在下面,教大姑奶奶怎么坐呢?"李夫人道:"小孩子家更不能僭越。"谦了一会,李夫人又让众客。

桂柏华的夫人道:"叙齿也是你老人家坐,我们不但不僭你老人家,

---

①　却扇——古代行婚礼时新妇用扇遮脸,交拜后去久。后用以指完婚。

就连大姑奶奶,我们也不敢僭。"李夫人道:"太太这就太谦了,小辈子也同他拘礼。"桂夫人道:"伯母大人这话差了,叙起年谊来,我们不是平辈么?"许夫人定扯了李夫人首席,西边首席让桂夫人。桂夫人还同宝林谦,宝林说:"婆婆在此,不好抗礼。"就在东边第二席坐了首座,其余叙次坐定。

许夫人各处送酒,见媳妇这般天姿国色,美丽如仙,比当日未改妆时标致百倍,心中欢喜已极。再看看宝林,真是姊妹一样的娇嫩动人,犹如两朵鲜花,争奇吐艳。但看宝林眉目间晕几分杀气,虽然婉而多姿,却是凛乎难犯。李夫人已是个中年人,却骨格风华,仪容娴雅,穿衣打扮,还同少年人一般,英明爽辣的光景。桂夫人同众女客,都是体态端庄,姿容秀美。

酒过三巡,李夫人道:"我想亲母有天大福分,二位少爷已成了名,三位小姐,个个美丽幽娴,只怕你老人家是王母下凡,天仙降世,所以有这些仙郎仙女跟了下来。我们虽非瑶池会上人,今日也就沾了多少光儿。"许夫人笑道:"亲母过誉了,我哪里及得亲母?大少爷二十岁年纪,已封了爵位,二少爷又是个词林。这位二东床还是垂髫之年,倒开过坊了,只有我们孩子配不上。"

李夫人欣欣的笑起来道:"亲母说哪里话,倒是我的孩子配不上我这个外甥。自小我们姑老爷,就惯得了不得,我们姑太太,更不必讲了,虽不是她亲生的,这两个女孩子比儿子要紧百倍,替她改了妆,连脚都舍不得替她裹,还亏孩子要好,背地里把脚裹小了,不然如今就为难呢。再美貌些也遮不得这丑。偏偏后来又作了官,一点委屈都没受过,孩子脾气惯成了,总求亲母,各事海涵。"

许夫人笑道:"我这个媳妇也非寻常,走遍天下难选第二个,不用说品貌才情,是我们久已爱慕,单讲一件,未曾过门,就先替我家争个世爵,不但小儿沾光,我家世世代代,谁不受他的惠?就讲这件陪奁,是天下没有的,从古至今,也不曾见过。我们方自庆有福,亲母倒说出这种谦词。"宝林道:"我妹子的性气不好,都要太亲母教导,妹夫包容。"

许夫人道:"大姑奶奶,只管放心,小儿同令妹几年交情,可称莫逆,彼此都知道情性,没有个不合式的。况他这妻子,也是心爱的,还敢给她受委屈吗?至于我,更不必虑,我见她饭都要多吃两碗,莫说她做我的媳妇,就教我给她做媳妇,我也愿意。"说罢,自己先笑,众女客也都哄然。

李夫人道："亲母过于言重了，不折坏孩子吗？"

椿荣的夫人道："怪不得伯母喜欢，这位令媳，不知怎样修来的？大老爷最不服人，讲到令媳，真是五体投地，晚间无事，弟兄两个谈起津津有味，好像说鼓儿词的话……"话犹未说完，掩着口笑，桂夫人对他使个眼色。新人坐了一坐，早已告退。这边众女客，讲得好不投机。彩云等另有下席，到坐了几十桌。正席上听了几句戏，放了赏散席。有些女客随宝林进房，同她妹子讲了好一会的话，候李夫人去了，也就告辞，带了一群丫环仆妇，登车而去，许夫人一一相送。

三朝松府请回门，也请了李夫人、桂夫人许多女客。且说宝珠晨起梳妆，要想早早回家，不知文卿什么意思，有些不愿意，装模作样的不肯动身。宝珠拗他不过，心里甚不欢喜。直挨午正，才排齐全副执事出门，松府已请过三次。二人上轿回来，行了礼，文卿被墨卿、松筠请上前厅。

宝珠进房，拉着夫人一只手，不由得珠泪交流，夫人自然也哭了，问她又不肯说。宝林倒看出妹子光景来，不好说破，只得劝慰几句。上过酒席，文卿就要同回，着人进去催促几次，宝珠只是恋恋的，不敢开口。夫人大为不悦，道："时刻尚早，急得什么？"教人出来说："太太留二小姐谈谈呢。"文卿竟不奉命，且出恶声，仍然来催迫，夫人还不肯放。宝林也问过彩云底细，早晨情形已知道清楚，就来劝道："娘让妹子早些回去也好，今日人稠众广，忙忙的不好谈心，不如早早放她回家，明天谢酒，教她早早回来就是了。"夫人未尝不明白，长叹一声，点了头。

文卿进来辞行，宝珠含珠泪登舆而去。次日谢酒，也来得早，去得早，夫人无可如何。许府请会亲，夫人也不肯去。从此文卿待宝珠，暴戾非常，宝珠暗中时常掉泪，当面俯眉承接，曲意逢迎。要说文卿不喜欢宝珠，不必这等朝思暮想，事为何才到手，又闹起脾气来？一则文卿本是公子性儿，二则其中也有个缘故，只可意会，不可言传。况文卿是个状元之才，自有一番作用，旁人也猜不出来。许夫人待媳妇是好极了，比待儿女还高百倍，千般体恤，万种爱怜，连饮食寒暖，都照应到了，真是含在口里也不好，拿在手里也不好，一点规矩没有，见面就同媳妇闹笑话，引她开心。小姑之中，却还相得，银屏尤其相爱。

宝珠本来品格温和，性情柔软，兼之聪明不露，皮里阳秋，貌若真诚，心怀权诈，出言行事，处处可人，合家都同她说得来，赞她一点脾气没有，不像个掌兵权做显官的人。文卿得了一妻三妾,心满意足,乐不可言。日间作赋吟诗,晚间围炉饮酒,温柔乡无限风情,享尽闺房之乐。不知后事如何,且看下文分解。

第五十三回

真贤良小心全妇道　浅见识百意振夫纲

话说文卿娶了宝珠,如意遂心,朝欢暮乐。过了几天,落下一天大雪,世界光明,楼台皎洁。文卿、宝珠着貂裘,黄昏时候,房中下了珠帘,绣幙①炕上,设着叠褥重茵。夫妻对坐,摆下酒肴,红炉暖酒,炕前烧两个火盆,紫云、绿云在旁行酒。文卿调笑玩耍,又教群婢小拍清歌,好不有兴。文卿笑道:"倚翠偎红,浅斟低唱,正是人间天上,富贵神仙,堪笑人家锦帐中,旨酒羔羊,终不脱武夫气象矣。"宝珠低头一笑。文卿道:"我今天高兴,在书房中写了一幅对子赠你,取来你看如何?"回头着小环到外边同书童要来。

少刻取到,吩咐紫云挂在壁上。宝珠一看,泥金盘龙笺纸,写着对句是:

"帐启九华迎宝扇,妆窥半面卷珠帘。"

落款是簪花学士书,赠宝珠可人。宝珠看罢,心中不悦,微笑道:"这是什么顽皮,你把我当谁,未免错会了意。快收起来,被人瞧见,成什么意思?"

文卿冷笑道:"谁敢管我?偏要挂在这里!"宝珠道:"挂就是了,须知你面上也不甚好看。"文卿道:"我前日见人行那顶针续麻的令,很为有趣,你能赢得我,就把对子收掉。"宝珠道:"怎么行法?"文卿细说一遍,宝珠道:"这也容易,你先起句。"文卿想了想,道:"福履绥之。"宝珠道:"之子于归。"文卿道:"归哉归哉。"宝珠道:"哉字难接呢。"文卿道:"接不来,吃一杯。"宝珠道:"什么接不来,哉生明。"文卿道:"明明在上。"宝珠道:"上天之载。"文卿道:"载驰载驱。"宝珠道:"驱马悠悠。"文卿道:"悠悠苍天。"宝珠道:"天降玄鸟。"文卿道:"鸟鸣嘤嘤。"宝珠道:"嘤其鸣矣。"

---

① 幙(mù)——古同幕。

文卿思索好一刻,接不上来道:"这令没甚意味,我不来了。"宝珠道:"不来吃一杯罚酒。"文卿冷笑一声,宝珠已将酒送到面前。文卿变色不语。紫云取过杯子来道:"我代了这一杯罢。"笑着一饮而尽,文卿才笑了一笑。又饮了几杯,文卿道:"我又想着个好令,我们何不行一行?"宝珠道:"任你什么令,总难不倒我。"文卿瞅了她一眼。宝珠自知失口,俯首无言。

文卿道:"集词牌儿,我先说个样子。"念道:

月儿高,系裙腰,十二栏干步步娇。

宝珠道:"很好,我只怕说不来。"文卿颇为得意,赔笑道:"说不来,罚酒就是了。"宝珠笑道:"也待我想想看。"略略思索道:"有倒有一个,就是不好,万不如你的。"文卿道:"你说给我听。"宝珠念道:

意难忘,骂玉郎,沉醉东风锦帐香。

文卿不由得叫起好来,又说道:

金缕曲,清平乐,鱼游春水西江月。

宝珠大赞道:"更妙,凑拍已极,而且香艳绝伦。"文卿道:"你再说个好的。"宝珠道:"我哪有好的说出来? 不过聊以塞责罢了。"随口念道:

念奴娇,惜奴娇,海棠月上玉楼宵。

文卿拍案叫绝道:"词出佳人口,愈觉俊逸清新,我竟愧不如也,我再说一个。"因念道:

醉花阴,楚江情,双劝酒待奴剔银灯。

宝珠道:"底下换了八字,不知我可说得出来。"笑了笑说:

玉芙蓉,一点红,如梦令巫山十二峰。

文卿听她越说越好,心里反不乐起来,再想想自己的实在不如,不免有些妒意,脸上颜色,大为不和。说道:"我同你比酒量,一口一杯,没有巧讨。"回头对紫云道:"暖十壶酒来伺候。"

宝珠道:"那使不得,我不能多饮。"文卿道:"那不能。"就斟一大杯来敬宝珠,宝珠推住杯子道:"请自饮罢,我实在量浅,不能奉陪。"

文卿走过来,将宝珠搂在怀里道:"你不饮这杯,就是瞧不起我,我即刻不依你。"宝珠道:"这是什么脾气,究竟是玩笑还是认真!"文卿道:"说玩笑就是玩笑,说认真就是认真。这杯是你吃定了!"宝珠道:"吃就是了,何必生气呢! 你也慢慢让我吃。"文卿道:"我候干呢!"宝珠只得做了几口吃下去。

文卿倒又斟了一杯送来，宝珠道："真吃不得了，你饶了我罢。"文卿哪里肯依！紫云怕他们争竞起来，忙赔笑道："从来说将酒劝人无恶意，我们小姐理当领情，但是量窄，勉强不来，方命之愆，还求姑老爷原谅。况且红症初好，就是她要多饮，姑老爷还要阻拦她。"

文卿道："既不吃酒，我也不强你，好好唱支曲子，我就替你代饮这杯。我叫紫云吹笛子。"宝珠道："你几时见我唱过来？这不是无缘无故的缠人？"文卿道："你不必瞒我，快些唱好多着呢。"宝珠道："什么话，我也不好意思，家里人多多的，听见了成个什么规矩！你也给我留点脸。"

文卿厉声道："宝珠！请你放明白些，今天看谁拗得过！"宝珠道："你今日奇了。你把我当作什么人看待？"文卿道："我知道你是个大经略，出将入相，但是在我面前，少要使架子，那些威风如今用他不着了。"

宝珠粉面已红，冷笑道："你吃醉了。"紫云见这光景，忙上前笑道："姑老爷要听那支曲子，我来代唱。我们小姐连日受了风，嗓子哑了，唱不上来。不然，姑老爷要唱，有什么难呢。"文卿道："你知道什么，可别来讨没意思！快去吹笛子，也不必怕她不唱。"

宝珠此时，满面娇嗔，一腔怒气，又不敢发作，低着头默默无言。文卿道："难伺候呢，究竟唱是不唱？"宝珠还是不语，不免落下泪来。紫云过来，使个眼色，取过笛子，对宝珠道："唱哪支呢？"催了几遍，宝珠长叹一声，用帕子拭去泪痕，才唱了一句"天淡云间"，文卿道："我最不听《小宴》。"紫云道："姑老爷点一句。"文卿道："我不懂得。"宝珠又唱《楼会》，文卿仍然不要，换了三次，唱了支《刺虎》，唱得悲壮淋漓，声泪俱下。

宝珠唱罢，闷闷而坐。文卿又要猜拳，宝珠又得勉强从事，心中总是不欢，粉颈频低，秋波懒盼。宝珠这副绝代花容，无论什么人见了他，百炼钢都要化做绕指柔。她此刻盘腿坐在炕上，一手摸着绣鞋尖，一手将个小指头咬在嘴里，低头无聊，脉脉含情。那种含羞带愧的样子，愈觉娇媚可怜。

文卿越看越爱，心都软了，不觉又怜惜起来，就一把抱在怀里，用手扯她颈上金练子，又弄她耳朵上金秋叶，想出几句闲话同她谈，问道："你会几支曲子？"宝珠道："也不多几句。"文卿道："你姐姐也会唱呢。"宝珠点点头。文卿道："你们姐姐难说话呢。"宝珠道："虽然难说话，却是理能服人,并不无缘无故的同人闹脾气。"

文卿嘻嘻的一笑。在她脸上闻了一闻道:"好香。"又握住她一只小金莲笑道:"你的脚真值一千两碎金子,瘦不盈指,全不现呆相,握在手中,又甚棉软,足可助兴。我见的小脚也不少,总不如你们姊妹两个,苗条飘逸,动人爱怜。"扯在膝上,赏鉴一回,笑道:"你还疼不疼?"宝珠摇摇头。文卿道:"这么一点子瘦,难道一些不疼的?"宝珠道:"我十二岁才裹脚,却是疼得难受,连走路都不便当,后来在外边习惯自然,也就罢了。"文卿道:"真吗? 我来捏捏。"说着,捏了一把。

宝珠双眉微皱,用手来推。文卿道:"到底叫你受不起了。"宝珠视了他一个白眼,绿云连忙走了开去。宝珠道:"酒也多了,可以放我下去散散罢。"文卿道:"很好,我也不能多饮了。"二人携手下炕,吃了几盏浓茶,摆上晚膳。文卿来扯宝珠同坐,宝珠道;"我心里不自在,你请用罢。"文卿道:"没有的话。"就一把扯了过来。

宝珠却不过他,只吃了几口,就不吃了。文卿用过饭,二人坐了一会,就睡了。次日,文卿进衙门,宝珠厌厌的坐在镜台前理妆,紫云在旁伺候,紫云笑道:"不知是种什么脾气,真不容易伺候呢。"宝珠道:"我久已知道有今日,不是早同你说过吗? 想起从前的事,好似一场春梦。"

说着,不觉珠泪双垂,紫云叹道:"事已如此,倒不必伤心,随遇而安罢了,况你身子不好,若出点长短来,不是自寻苦吃么? 凡事让他些,也就了事。"宝珠道:"我还不让他吗? 你是知道的,我在戎马丛中,出令如山,杀人如草,也没有怕过一个人,还不知多少人怕我呢! 就连那些蛮寇,都是亡命之徒,见了我个影儿,无不亡魂丧魄。到如今威风使尽了,也不知什么缘故,见了他好像怕他似的,一点都不敢强。"

紫云道;"这有一定道理,也非偶然。"宝珠道:"我见他同你倒好呢。"紫云道:"这是什么话,他同你何尝不好? 不过是这个古怪脾气。"宝珠道:"他同你为何不闹脾气呢?"紫云道:"也不见得。"宝珠道:"从来乐极生悲,我们也过于乐够了,想起来倒难以为情。但我明知不能长久,过一天是一天罢了,何必同人计较呢? 不然我……"

才说了半句,只听帘钩上金铃响动,走进来一个大丫头,笑嘻嘻道:"少奶奶,太太说这野鸡爪很好,送给少奶奶的,还有几枝人参,昨日人家孝敬太太的,说老山九天,很配少奶奶吃,也教送来。"宝珠见是夫人房中得用的丫环喜红，连忙拭去泪痕道："又要太太费心，前天给我的参还有呢，倒累你了。上去替我道谢。"紫云收了物件，喜红去了。

许夫人见喜红回房，问："少奶奶可曾起身？"喜红道："少奶奶梳头淌眼泪呢。"夫人大为诧异道："这是为何？"忙教喜红去唤紫云，少刻紫云到来，夫人问道："紫云，你小姐为何泪下？什么事不如意？"

紫云隐瞒不敢说，当不起夫人再三穷追，紫云只得将昨晚吃酒的话，细说一遍。夫人大怒，冷笑道："无缘无故的混闹，叫她怎么过得日子呢！"就一迭连声叫唤喜红，叫了桂儿进来。

紫云吓呆了，忙道："太太息怒，不要带累婢子。姑老爷不在家，到衙门去了。"夫人怒不可遏。只见宝珠走进房，笑盈盈的见过婆婆，夫人一把扯住手道："好孩子，你看我的面子，不必同这个畜生计较，我自然替你出气。"

宝珠勉强低头一笑。夫人道："这畜生脾气也是我惯成了，他以后再这样混账，你只管来告诉我，有我在一天，断不教你受点委屈！"宝珠道："太太的恩典，是真没有得说的。但恐我薄命之人，消受不起。"夫人道："孩子，别要挖苦我了，总怪这畜生不好，我总教你过得去。"

宝珠叹道："太太别替他加罪罢，他那人是不好惹的。"夫人道："怕什么？有我呢！他别糊涂，他哪一件配得过你？"宝珠不言语。夫人道："现在九天，你将那参多吃点子是好的，我这里不少呢，你可不必省。"

宝珠道："多谢太太费心，我的还有好些呢。前天娘同姐姐又送了一合来。"夫人道："今天寒冷，你衣服多加些，我给你那玄狐褥子，你用不用？夜里也要多盖被褥。你身子不好，不要由他的性儿，他很不是东西。"宝珠一一答应。

夫人对紫云道："少奶奶丸药，可是天天给她吃？"紫云道："天天临睡，就给她吃了。"夫人道："很好，怪不得你小姐爱你，连我也喜欢你。我看你倒知事，我就托你了。"紫云道："太太放心。"夫人道："就是饮食，你也要用心照管，天气冷，不是当耍的。"只听银屏喊进来道："嫂子在这里呢！"

宝珠忙迎出来。银屏笑道："教我各处寻遍了，谁知你躲在娘房里。"宝珠道："也是才来，早知道妹妹寻，我赶来就教了。"银屏道："好姐姐，你真会说话，我可当受不起。"夫人道："你有甚话讲么？"银屏道："话倒没有什么说的,要请姐姐替我代笔。"宝珠道:"你可不必取笑我。"银屏道:"真的,谁敢同你说笑话! 我实在弄不来。"

宝珠道:"妹妹弄不来,只怕我更弄不来。"银屏道:"好姐姐,你不必谦,你比我们高万倍呢。不是我说,就连哥哥也不及你。"夫人道:"你且说什么事?"银屏道:"昨日大雪,坑死我了。"夫人笑道:"什么话!"

银屏道:"今天爸爸见了我,出个对子给我对,好不为难,我说对不起来,爸爸不依,限今天成功。听说舅舅升了直隶,此刻出门打听去了,回来就要缴卷,不然只怕有挨打之苦呢! 姐姐你说冤不冤? 万分无奈,只得来请姐姐救我,免得妹子挨打。或者明天哥哥打起姐姐来,妹子还来讲个情呢。"说罢大笑。

夫人笑道:"你看这丫头可恨不可恨,她求人还拿人取笑呢!"宝珠道:"你且告诉我,什么对子?"不知银屏说出什么,且看下文分解。

第五十四回

识好歹慈姑怜爱媳　斗口角莽汉虐娇妻

前回说银屏请宝珠代笔作对,宝珠道:"你且告诉我什么对子?"银屏道:"道韫吟诗,何事三冬飞柳絮。姐姐,你说难不难?"宝珠道:"果然难,我竟对不出来。"银屏道:"姐姐,你总想得到,不要推辞,一定等我求了哥哥,那时令下来,再对就无趣了。"宝珠笑道:"太太你老人家瞧妹妹,没有个玩笑不开口。"夫人笑道:"她明日到你家说话,你也不要饶她。"宝珠道:"听见没有? 你可小心些。"

银屏道:"人家娘自然帮着女儿,没有见过尽替人家说话。"宝珠道:"你也算不得家里人,没多几天,倒给人家去了,还帮你干什么?"夫人大笑道:"狗急的乱咬人罢了,替她对了罢。"宝珠不假思索,说道:"江城弄笛,偏教五月落梅花。"

银屏拍案叫绝道:"姐姐天才,谁人能及!"谢了又谢,夫人点首得意,众丫环齐声附和。夫人问道:"舅舅升了,这话确不确?"银屏道:"不知道。"宝珠道:"今年夏天,舅太爷请我逛西湖,作了多少诗。"银屏笑道:"你同我舅舅讲得来吗?"夫人一笑。宝珠道,"说起西湖,我有个对子,请妹妹对。"银屏笑道:"又来难我了,请教罢。"宝珠道:"不难,很容易对。月漫西湖,送客绿波留别恨。"银屏应声答道:"春回南国,撩人红豆紧相思。"宝珠大赞。

夫人笑道:"你两个工力悉敌,真爱煞人。"银屏道:"我哪里比得姐姐,姐姐才貌两全,不知哥哥几生修来的香福!"夫人冷笑道:"你哥哥还不知足呢!"银屏道:"怎样?"夫人将昨晚之事,气愤愤的告诉一遍。银屏大为不然道:"这是哪里说起! 哥哥太不尽情。姐姐这种人,何处去选第二个? 也配糟踏的吗!"夫人道:"原是千人一见,我真不知你哥哥是副什么歪心肝!"

只见绿云进来道:"姑老爷回来了,请小姐呢。"宝珠道:"有甚事么?"绿云道:"只怕是要画么。"宝珠忙忙的辞去,紫云也跟着走。银屏叹道:

"她当日在家,是个什么气焰,如今竟肯做小服低,看她有好几分惧怕哥哥呢!"

夫人道:"怎样不是,一点同他不敢强,就同别人也是温温和和,毫不做作,何尝像个掌兵权的人呢?在我们长辈面前,更知道分量。我虽同她一些规矩都没有,她还是毕恭毕敬的,我实在心里疼她。"银屏道:"哥哥也该将她要紧些才是。她有个旧毛病,不久还发的,就是征南心血用空了,全要调养,着不得气恼。前天紫云同我闲谈,说她在南方做个梦,明明白白,很不吉祥,后来又遇见过老道士,说她是兰花仙女,花神祠还有她的像呢。赠她一首诗,说她不能长久的意思。我看哥哥也要留点神,如果借事生风,闹出乱子来,如何对得住她呢?"

夫人都听呆了,半晌说道:"她怎么没有对我讲过呢?"银屏道:"她不肯告诉人,紫云瞒着她讲的。"夫人道,"那也不足信。"银屏道:"娘倒不要这么讲,说破了倒也很像。娘可知道他身上有一股兰花香?这就是个征验。"夫人道:"你且细讲给我听。"银屏就将梦中之事同老道士言语叙述。

夫人大为惊异道:"如其是真,那怎么好呢?教我老人家,何以为情!"不觉滴下泪来。银屏道:"娘呆了,此刻就悲,烦愁到那一天为止?况且寿命也是借得来的。"夫人道:"我替她多做些福,再教老和尚替她念念长寿经,看好不好?"银屏一笑,点点头。

不说母女闲谈,再说宝珠进房,文卿道:"哪里去的?"宝珠道:"在太太房里。"文卿道:"有人请我画一幅岁朝画,我不耐烦画,又不好回他,请你替我代笔罢。"宝珠道:"我画的没有你好,而且笔路不同,这种冷天,不如回他好。"

文卿冷笑道:"我教你的事,不会爽快过一次。不画罢,并不一定求你!"宝珠道:"我不过说的话,你定要叫我画,我敢回个不字吗?"文卿也不回言,走了出去。心里正有气,又被夫人教人唤进去,痛斥一番,凑成十分大怒,回到房中,不言不语的一脸秋霜。

宝珠只当他还是为岁朝图,偷眼看看他,心想招呼几句。见他那严厉样子,倒不敢开口,吓得深浅不是。又见他摔这样砸那样,打鸡骂狗的,闹个不清,宝珠只得说道:"我也没有说不替你画,一点小事,也值得生气?你说要画些什么,我顷刻替你画。"文卿道:"不稀罕,谁要你假殷勤?你小心些,停回看我算账呢?"宝珠忙又赔笑道:"好哥哥,是我不是,你难道不看一点情分?"说着,扯过文卿手道:"画工笔罢,你去指点我。"

　　文卿大怒道:"我看不惯这种贱相,好不尊重的东西!"说罢,手一摔,宝珠这对窄窄金莲,如何站得稳? 跄了多远,幸亏紫云、红玉两个扶定。宝珠靠在桌边,双泪交流,一言不发。文卿已走出房,宝珠不免痛哭起来,紫云等劝了好一会才住,就躲在床上纳闷,连饮食都不吃。

　　到晚文卿进来,闭上房门,发起狠来,将宝珠叫了站在面前道:"我有句话问你,你这个紫云也该教训教训。"宝珠低着头,不敢回答。文卿道:"她专会搬弄是非,你可知道?"宝珠诧异,只得说道:"哪里来的话,她从来不是这个人。"文卿厉声道:"我难道冤她吗?"宝珠吓得倒退几步。文卿大呼紫云,紫云答应,战兢兢站了过来。文卿骂道:"好大胆的奴才,你敢在太太面前挑唆! 我昨日怎么得罪你小姐了? 你这奴才,信口去胡说,我难道怕你主仆两个狼狈为奸吗?"

　　紫云答道:"姑老爷别生气,听婢子告诉太太怎么晓得的,叫了婢子去问,我原隐瞒不敢说,当不起太太再三追问,不容婢子不说,这是太太追问,并非我敢去多言。总要求姑老爷原谅,实在不能怪婢子。"文卿道:"胡说! 既是你说的,就是搬弄是非。你只好在你松府里这个样儿,我姓许的家是不行的,你少要糊涂,那大架子使不去! 况且昨晚事,今早太太怎么就知道呢? 不是你,说是谁?"

　　紫云道:"姑老爷真冤枉死了,你只管去问太太,如果一开头是我讲的,听凭姑老爷处置。"文卿道:"不知分量的奴才,还同你对是非么? 你倒认不得自己了,还当你是从前的身份吗? 你们没有经过我的厉害呢,要叫你们死,一个也不得活!"又冷笑道:"竟忘却自己是个女人了,你们这些奴才,不打是不怕的!"取过一支戒尺,对宝珠道:"替我结实打。"

　　宝珠听他骂的话,句句关着自己,十分难受,又不敢辩白,又不敢走开,低着头,蹙着眉,一旁侍立。见文卿教她动手打紫云,只是不开口。文卿道:"你敢抗她吗! 不要连你没意思。"宝珠道:"要打你尽管打,一定要我打么? 难道你打她不得?"文卿道:"我还分什么彼此不成? 我要打还怕谁么? 谁还敢阻挡呢? 今日我偏不打,定要你打呢!"

　　宝珠埋怨紫云道:"我的姑太太,我教你各事不必多嘴,如今连我都带累了,你还当在家那日子各事由你么?"紫云见这光景,着实动气,冷笑道:"从来说家奴犯法,罪归家主,自然累你老人家受气。但这话本是太太问我才说的,小姐也知道,如今何必教小姐为难呢?姑老爷教打,你就打,有什么要紧!"宝珠道:"我几时打过你来?你我相处十多年,连骂也不曾骂一句。"紫云道:"这也说不得了,素患难行乎患难,小姐尚且如此,况我们当丫头的还在话下吗?"

文卿大怒,站起身,将紫云拳打脚踢。紫云咬了牙,一点眼泪都没有,也不求饶,听他乱打乱骂,倒把个宝珠吓得胆战心惊,心里舍不得,又不敢上前劝解。再看看文卿行凶模样,好不怕人。文卿打了几下,坐下来,竟将宝珠痛斥一番。

宝珠一句不敢开言,低着头,只是偷泣,倒是紫云不顾厉害,还代辩了几句,直闹到三更才睡。宝珠只得忍气上床,文卿还是刺刺不休,宝珠一味的承顺。到了一刻千金的时刻,文卿才有点笑容。

转眼已是年底,松、许各府都有礼物往来,他们富贵人家,自然格外忙乱,张灯结彩,挂紫悬红。宝珠房中也有送来物件,收饰得华彩异常,她本是新房,再点缀一番,更说不尽精工富丽。到了除夕,满房灯彩,照耀争光。宝珠、紫云等打扮得金装玉裹,翠绕珠围,格外娇柔妖艳,到堂上辞岁,陪着夫人家宴,合家欢乐异常。流星花炮放个不住。又庵同宝珠闲谈,去年今夜,正破狮子口,夫人赞叹笑乐。许公捻髯大笑道:"快哉!大有元夜夺昆仑之势,令人闻之,顿生壮志!合席当浮一大白。"众人都笑起来,吃了一杯。

又饮一会,宝珠回房,又庵特地到房中来辞岁,恭恭敬敬的叩头。宝珠连忙还礼,还坐了一会才去。文卿进房,又吃了几杯。宝珠说要进宫去朝贺,文卿倒难住了,又不敢不教她去,教她去又不放心,只管沉吟,不肯答应。停了好一会,勉强说道:"早些回来要紧。"宝珠知他的意思,笑了一笑。五更时候,文卿、宝珠都换了朝服,文卿拜过天地,就同宝珠在父母面前贺喜。弟兄两个随许公入朝去了。

宝珠同金铃、银屏在房中,陪着夫人谈谈笑笑,见日上三竿,宝珠辞了夫人要进宫。夫人吩咐多带衣服,派了护送八名跟班,四个女环随去,又叮嘱早早回来。宝珠答应,在垂花门上轿,由车道绕出来,却好许公父子下朝回府,宝珠的大轿让在一边,候许公等进去。丫环跟班,一个个上车上马,宝珠一直入宫,先见太后,然后见皇上、国母,都行朝贺礼,皇上颇为欢喜,倒同她谈了好半日,又问了些家事,关切非常;还说了几句体己话儿,吩咐赐宴。午后才放她回来,赏赐许多物件。

晚间,文卿细问宫中之事,盘了又盘,宝珠好不厌烦,又不敢不理他。次日初二,就回家拜年,到晚才回。过了财神日,宝珠满月,不免有一番热闹。松府吉期到,许府就忙银屏出嫁。初八日过妆奁,夫人做主,吩咐宝珠回娘家,宝珠乐极,很感激这位知趣的婆婆,单带了紫云等六个女环回家。

松府夫人见宝珠回来,喜不可言。少刻妆奁到门,都还成个局面,虽不如当日松府的陪奁,两家并起来,也就忙人。宝珠随处指点,宝林也随着妹子帮忙。这日墨卿回去办妹子喜事去了,晚间才来,宝珠仍在套房歇宿,抚今追昔,未免伤心,连紫云都有感慨。转眼已至吉期,许府原媒本是李公,今日另请两位朝贵领轿。李府媒人却是张山人,松蕃又请了桂柏华。百官贺喜,冠盖纷纭,花轿鼓乐,以及执事之类,都是格外热闹。新房在后两进,收拾得金碧辉煌,珠翠环绕。两位姑奶奶之外,另还有好些女客。西刻,花轿一齐进门,鼓乐喧天,笙箫彻地,请出新人,拜了天地,坐了花烛,两对佳人才子,美满异常,夫人好不欢喜,内外上了酒席。客散之后,送入洞房,真是一刻千金,千恩万爱。

次日又请了多少女客陪新,热闹一日,到晚宝珠辞了夫人要回去,夫人还不肯放,宝珠只得将苦情告诉姐姐,说明天是回门日期,不回去,文卿是要说话的。宝林也知妹子惧怕文卿,就唆掇夫人放她回去。三朝回门,接着会亲,忙个不了。银屏、翠凤都是美丽已极,贤淑无双,银屏尤为出色,夫人心满意足,佳儿佳妇,膝下承欢,足以娱此晚景。

夫人自松学士去后,到今日才真是安然享福。宝林也将家务渐渐交与银屏,银屏精敏异常,才智敏捷,虽不及宝林,也还支持得住,又有公主相帮,格外的井井有条,一丝不乱。宝林竟将个重担子,卸与两人,心里好不松快。她两人遇到疑难之事,还来请教宝林。从此松府竟是快乐光阴,富贵气象矣! 后事如何,且看下回分解。

第五十五回

松宝林酒令戏群芳　　许银屏新词翻妙语

前回说松府娶亲非常热闹,接后二十四日,李府娶金铃,二月十二日,许府娶红鸾,排场局面,也与松府大同小异。松勇已带了金子上任去了,夫人倒陪了好些妆奁。几家喜事办毕,众人都乏极了。

一日,宝珠同红鸾到后花园逛了几步,看看景致,虽不及自己家里,也还布置得清雅。二人走了几个亭台,有些乏了,就踱了回来,红鸾请她房里稍坐,宝珠信步进来。丫环茶送得来,姊妹闲谈一会,只见又庵走进房来,看见宝珠,忙抢步上前笑道:"嫂子今天高兴,贵人来踏贱地,难得难得。"

宝珠也起身笑道:"我倒是常来,不过没有见你罢了。"又庵又亲自换了一杯茶、旁边坐下,笑道:"哥哥今天出去早!"宝珠道:"一早出去,此刻还没有回来。"又庵道:"嫂子尽管放心,在此多坐一会,哥哥回来,只怕要到晚呢。今天是云竹林夫人大寿,同李大哥他们一同拜寿去了,昨日他们就约定的。"宝珠道:"不错,今天二十六,提起我也记得,年年请人。"

又庵道:"嫂子哪天回去走走呢?"宝珠道:"不定。"又庵道:"初三是要回去的。"宝珠道:"初三也没甚事。"又庵道:"昨日李大哥讲,说你们大姑奶奶请客流觞,哥哥没有回来说么?"宝珠道:"我不知道,你哥哥也没有说。请些什么人?"又庵道:"就是家里几个人,嫂子同她,还有大妹妹、三妹妹。"宝珠笑道:"你肯放你夫人去吗?"

又庵笑道:"大姑奶奶赏脸,我们难道不识抬举的? 明天叫她伺候嫂子就是了。"宝珠笑道:"好说。"又庵对红鸾道:"今天哥哥不在家里,何不请了三妹妹、紫云姑娘,来陪嫂子打牌要子?"红鸾答应,又庵就辞了出去。宝珠又坐了一刻,也就起身,红鸾要她打牌,宝珠不甚高兴,就亲自送她到前边来。

次日,宝林着人来请,呈上一封书柬,正值红鸾、宝珠陪着夫人闲话,夫人问了来人备细,又看了来笺,笑道:"好精工尺牍。"就替她们答应了。

宝林见诸客全到，心中畅快。到了上巳，宝林吩咐园中收拾，因为是个流觞题目，就在长堤外枕流吟舍，铺设一色的锦绸绣幙，翠羽珠帘。

宝林一早约了银屏、翠凤、公主，带了彩云、彩霞、彩岚、彩虹等群婢，既各房丫环，还有许多仆妇，先到园中漫漫玩赏。一路香草铺茵，鲜花似锦，鸟啼花落，风和景明。沿堤桃花盛开，衬着杨柳，红绿相间，大家游览不尽。到了枕流吟舍，见水色浸阶，花光映槛，微风一动，连几席上都有个五色之纹。宝林坐着闲话，慢慢候客。

已正一刻，金铃已到，下了车，在夫人房中坐了一坐，知道宝林等已进园中，就带了丫环到枕流吟舍，宝林等迎将出来，彼此见礼。金铃笑道："我今天卯正就起身，昨日姐姐说辰正毕集的，我生怕迟了，谁知我们两个嫂子还没有来。"宝林道："也差不多了。"银屏道："大姐姐天明就起来，教人来催我几次，辰刻就同我们进园。"翠凤道："教我们候了一个多时辰了。"

宝林让金铃入坐，大家闲谈。午初，只见红鸾独来，宝林等迎接进来，问道："大妹妹，怎么一个人来？我们二妹妹呢？"红鸾道："三妹妹是不肯来。我同二姐姐辰正就梳妆完了，原想早些回来，不知为什么事，大老爷在家生气，我候了多时，二姐姐吩咐紫云出来对我说，怕大姐姐性急不耐烦，教我先来，他要候大老爷出去才能来呢。"

宝林听罢，默然不语，不觉眉梢微竖起来。金铃、银屏同声说道："我哥哥也不知什么意思，老大的人，尽闹成小孩子脾气。"宝林冷笑，银屏道："娘也不知淘过多少气了。"众人看宝林一脸愁烦，不似前番欢喜。直到一点钟时候，听见仆妇报到："二小姐回来了，在太太房里呢。"

话未说完，只见宝珠领许多女环，姗姗而来，一群蝴蝶拥着一朵花王，莲步轻移，香风已到。宝林抢步迎上来，一把扯住手道："妹子，你来了。"就拉了进来。众人笑嘻嘻的上前见礼。略坐一会，已摆上酒席，大家推金铃坐首席，次席定要红鸾，红鸾哪里肯坐。就扯了宝珠过去，自己坐了三席，四席银屏，五席翠凤，定让宝林，又让公主，公主不敢僭越，翠凤也就不谦，公主末席。说不尽山珍海错，玉液琼浆。

众佳人酒量，虽不甚好，都还能饮几杯。宝林又叫彩云等陪了紫云众人暨各人随来的女鬟，在那遥亭子上饮酒，倒坐了好几桌。正席上用过三道菜，红鸾道："我们今天要流觞，必须移席到水边，或到船上去。"宝林道:"我不过借个流觞的名目,请诸位姊妹会会,谁当真去做那谬事?"众佳人大笑。银屏道:"流觞虽不必,空坐也无聊,大姐姐何不将前日大姑老爷拿回来那个隋唐酒令,今天取出来试试新?"

宝林也甚高兴,吩咐丫环到外间房里书架上,将那个象牙筹筒快些取来。宝珠道:"不行令罢,谈谈倒亦好。况我也要早些回去,闹开了怕迟。"银屏道:"怕什么! 我送你回去。不然我着人同你去,知会娘一声就是了。"宝林愤愤的道:"你也太小心了,今天就回去,又待怎样? 明日我着筠儿送你去。"真是一人向隅,满座不乐。

银屏知道宝林性躁,最不容情,还怕她说出别的话来,不好看相,就忙接口道:"大姐姐快人,出口如见。"少刻,丫环取了筹筒来,宝林对众人道:"这是隋唐上故事,筹筒上注明饮食格式,每人抽一枝,是最公道的。"说着,送到首席上来。金铃道:"我就抽了。你们别给我苦吃,我是不大行令的。"红鸾道:"这怕什么,难道抽出东西来咬手吗?"宝珠道:"妹妹不怕别的,想是怕痛呢。"众佳人始而不解,再这一想,不觉狂笑起来,一个个珠络低垂,明珰乱动,就如花枝招颤一般。

金铃笑道:"你这刻薄鬼,将来都要成个哑子。你此时会说会笑么,见了我哥哥,就不敢多话了。"银屏忙对她使个眼色道:"姐姐不必闲话了,快抽一枝罢。"金铃抽出筹来,是顺义村擂台逢敌手,下注对者为史大奈,对搳三拳。宝珠道:"这个便宜你了。"

金铃欢喜,看对面是宝珠,就搳了三拳,互相胜负。金铃道:"还是依坐次呢? 顺次序呢?"众佳人道:"顺衣领好。"金铃就将筹筒送到肩下红鸾面前。红鸾抽了一枝,是杨玉环承恩夺宠,下注并坐为玄宗,玉环跪敬三杯,又同玄宗吃了交杯。

众佳人笑道:"我们有好模样看了。"红鸾道:"我不来这个令,你们有意玩我的。"众佳人道:"什么话,是你自家抽的,怪得哪个呢?"红鸾道:"不然,让我另抽一枝。"宝林道:"好便宜事,酒令严如军令,那不行。"银屏道:"你别强,大帅现在这里呢!"红鸾挡不过众人七嘴八舌的逼迫,只得擎了一杯酒,对金铃屈了一膝,送将上来,金铃笑而受之。敬到第三杯,金铃又笑道:"妃子生受你。"众人叫好。

红鸾又取了一杯,吃了几口,送到金铃樱桃口边。银屏笑道:"你同我哥哥吃交杯,又和我姐姐饮交杯,到底给谁是好? 你只个逢人爱,不是事。"红鸾瞅了她一眼道："你们姐妹威风别使尽了。"筹筒轮到公主,抽了一枝,薛冶儿舞剑分欢,下注舞剑一回,不能者,跪敬合席三杯,另抽。众佳人道："好极了,偏偏是她抽着这枝,除了他,别人抽着,只好做磕头虫子了。"众佳人道："美人舞剑,真正奇观。"

宝林是格外投其所好,就吩咐丫环取剑。公主道："大小姐此刻已舞得上好,你们何不请她?"红鸾道："大姐姐今也会么?"宝林笑道："你别听她嚼蛆,我才学了几天,就说会舞剑了。"丫环捧过剑来,公主掣出鞘来,锋利非常,光华夺目。金铃道："我瞧这宝剑,倒有些害怕。我佩服你们在沙场上打仗,怎么这样大胆?"公主笑道："这怕什么,我们自幼儿杀人无算,全不动心。"宝珠道："你们没有见她同木都统那场恶战,连我看见,也觉骇然。"

公主一笑,移动金莲,走到台基上。众佳人都走出来看,连下席上丫环仆妇,听见舞剑,也围拢上来。公主笑盈盈,不急不徐,乍翔乍翱,逞弄些美人态度,犹如蜻蜓点水,蝴蝶穿花,渐渐的舞得紧了,就是一片彩云,在空中飞荡,舞到好处,剑也看不见,人也看不见,只见一道白光,在阶前滚来滚去,谡谡①风声。舞了好一会工夫,将剑收住,好似雪堆消尽,现出一个美人来。

众人都看呆了,个个称奇叹异。见她衣裳楚楚,笑容可掬,气不喘,面不红,头发一丝不乱,众佳人都说真是大观,今日见所未见矣。大家入座,恭贺三杯,又吃了几样菜,派银屏抽筹。银屏抽了一枝道："妙计一良友归唐,下注与对座者猜枚,猜得着,对座者饮一杯,猜不着,对座者问几件疑难故事,答不出来,罚十大杯。"看对座是红鸾,银屏道："好姐姐放宽松些。"红鸾道："难得你会取笑人。"银屏笑道："罢了,你看我哥哥分上罢。"红鸾道："谁同你讲闲话! 快背过脸去,我给你东西猜。"

银屏转过身来,红鸾取了一颗莲子,用酒杯盖好,道："你猜罢。"银屏道："教我猜什么呢?"宝珠就踢踢银屏的脚,银屏一时糊迷,心中不解,看着宝珠。宝珠又用牙箸在炖鸭子里拨了一拨,里面有些火腿、莲子、薏仁之类,银屏又会错了意,说道："火腿。"宝珠大笑起来,银屏道："很好,你们到底是妯娌两个,帮着她玩我。"

---

①　谡谡(sù)——象声词。

宝珠道:"我倒是好心,你说冤不冤? 不怪你自糊涂,还怪人呢。"红鸾掀开酒杯,飞两句诗道:"偷将莲子瞒人嚼,一点相思苦到心。"众佳人赞好。银屏道:"既是莲子,二姐姐为何踢我脚,教我如何得懂?"宝珠道:"你裙下难道不是一只金莲? 一定要算条火腿么?"众佳人哄然大笑。银屏道:"不谈了,请问罢。"翠凤道:"姐姐想几件顶难事问她。"银屏笑道:"你叫她难我作什么,无非要我罚十杯酒。"

翠凤嘻嘻的笑道:"就是这个意思。"银屏道:"你只管问我,不过正史十三经,旁搜廿二子,我都不惧。"红鸾道:"你别夸口,我虽个正史,却要算得个外史。孔圣人七十二门人,几个冠者? 几个童子?"银屏道:"三十个冠者,四十二个童子。"红鸾道:"何以见得?"银屏道:"冠者五六人,五六三十;童子六七人,六七四十二。"红鸾道:"三千门弟子,日后哪里去了?"

银屏道:"当兵去了。"红鸾道:"何以见得呢?"银屏道:"你没听二千五百人为师,五百人为旅?"红鸾道:"周瑜父亲同诸葛孔明的父亲,叫甚名字?"银屏道:"周瑜的父亲叫周既;孔明的父亲叫诸葛何。"红鸾道:"何以见得呢?"银屏道:"你不听见周瑜临死时,还说道:既生瑜,何生亮?"红鸾点头:"说得好,我吃一杯。"众佳人笑道:"真是强词夺理,这些话也只配你说说罢。"银屏掩着口,只是笑。金铃道:"我妹妹心里不知有多少乐处,只是她一个人笑。"

银屏笑道:"我是乐然后笑,人不厌其笑。"宝林道:"银屏这一笑,不但不讨人厌,而且令人爱看她,笑里藏娇,憨时转媚。"翠凤笑道:"我再替她添两句考语,除去二松,数卿为最。"宝珠笑道:"这个卿字下得有趣。"银屏道:"二妹妹口才,如今也好了。"红鸾道:"跟你陶熔出来了,说起笑来。我再问你,《四书》上有多少笑字,你能数得出,我才服你。"

银屏笑道:"你是数了来难我的,教我哪里知道? 待我想看。'不言不笑','不取乎乐然后笑','人不厌其笑'。倒是三个笑字。"红鸾道:"还有呢?"银屏道:"巧笑倩兮,夫子莞尔而笑曰。"红鸾道:"没有了?"银屏道:"急什么,等我慢慢想。"沉吟一会道:"王笑曰,王笑而不言,已有七个了。"红鸾道:"只有七个么?"银屏道:"以五十步笑百步。"红鸾道:"好了,八个了。"宝珠道:"好像十二个。"红鸾目视宝珠而笑。银屏道:"还有四个哪里去寻?"

　　凝了凝神道:"胁肩谄笑,其为士者笑之。"公主道:"只少两个了。"银屏道:"这两个真难。"想了一会,忽然笑道:"有了,则已谈笑而道之,岂可以声音笑貌为哉?"红鸾道:"亏你。"众佳人赞了几句。宝珠取过筹筒,笑道:"我抽枝好的。"顺手掣出来一看,道:"好累赘。"不知筹上写的什么,且看下文分解。

第五十六回

宴宾客李府设华筵　撒娇痴阿姐闹标劲

话说宝珠取过筹筒，顺手掣出一技，乃是李谪仙醉草《清平调》，下注上座者为玄宗、杨妃，并坐为高力士，玄宗亲手调羹，贵妃进酒，力士脱靴，谪仙饮三杯，力士问他爱的是酒么？吃了酒能做诗么？做了诗，还要饮酒么？吃醉了，还吃不吃么？每问一句，答一句诗，说不出来罚酒。

宝珠笑道："好累赘。"众佳人笑道："只怕难住你了。"金铃道："我是玄宗。"对红鸾道："你做妃子了，我们有例可循。"宝林道："大妹妹今日注定作妃子了。"众佳人一笑，金铃道："我是玄宗。"倒了半碗汤，调凉了递给宝珠，红鸾过来，敬了三杯，宝珠都饮干。银屏笑道："待奴婢来脱靴。"就低头将宝珠一只金莲握在手中。宝珠道："这样使劲，捻得人怪痛的。"银屏笑道，"好个女学士，这对尖尖金莲，不盈一握，真个香温玉软，我见犹怜。张君瑞定过价，足值一千两碎金子。"

宝珠道："不劳过誉，快些问罢，我的脚怕疼，受不起你捻。"银屏问道："你爱的什么酒？"宝珠答道："我爱的是——葡萄美酒夜光杯。"银屏问道："你吃了酒能做诗么？"宝珠答道："我怎么不能？——石上题诗扫绿苔。"银屏问道："你做了诗，还能吃酒么？"宝珠答道："怎么不能？——但使主人能醉客。"银屏问道："你吃醉了，还吃不吃呢？"宝珠答道："吃醉了还是要吃的，——一樽聊为晚凉开。"

众佳人齐声大赞道："真好心思，而且敏捷，我们不能不拜服。"宝珠也甚得意，到谦了两句。翠凤抽了一枝清夜游昭君出塞，下注弹琵琶一套，唱曲子一支，上座为炀帝，萧后贺三杯。这些乐器早已预备现成，送上琵琶，金铃道："我今天皇帝做够了。"对红鸾笑道："又要借重做皇后了。"红鸾道："此刻轮不到我，派二姐姐了。"宝珠道："筹上是上座，我是对席，怎么是我呢。"红鸾道："我们是开席坐的，你虽是对席，却是二席，你不信，问大姐姐。"宝林道："妹妹不必强，难逃公论。"

宝珠只得依了，同金铃贺了酒。翠凤年轻面嫩，弹了一会琵琶，一句唱不出口,脸涨得通红,众佳人,发笑。宝林道:"她实在为难,谁代她唱罢。"就唤了彩云过来。众人还不肯依,宝林道:"罚她一杯酒就是了。"彩云唱"出塞上一枝山坡羊",众佳人道:"好! 本地风光。"宝林道:"派我来了。"手里掣口里叫道"好的",看筹,是众娇娃剪彩为花,下注用"剪彩为花"四字流觞,集《毛诗》两句,说并头、叶底、参差、同心、连理并蒂各花名,合席贺双杯。宝林笑道:"好虽好,就是费心些。"想了一想道:"二月春风似剪刀——二妹妹吃酒。"宝珠饮了一杯。

宝林随口说道:"身无彩凤双飞翼——大妹妹吃酒。"红鸾笑道:"二妹妹支派到大妹妹的,姐姐太像意了,也想想这个彩字,是不是还要人吃酒呢? 好好替我罚一大杯。"宝林笑道:"一点不得放松,真正厉害。"又说道:"花为四壁船为家。"金铃、宝珠各一杯。宝林道:"桃花依旧笑春风。"金铃又饮了一杯。

宝林先说:"并头花了……"众佳人道:"自然。"宝林道:"长发其祥,春日载阳——长春是个并头花。"众人赞好道:"长春二字,妙出天然。"宝林道:"伐木丁丁,其香始升——丁香是叶底花。"众人道:"果然是个叶底花,我们恭贺一杯。"宝林笑道:"我说得好,派你们贺,为什么倒罚起我来了?"

众佳人笑道:"何尝是罚,不过替你助兴。"宝林只得饮了。又说:"春日迟迟,芄兰①之叶——春兰是个参差花。"接着说道:"日居月诸,有齐季女——月季是个同心花。"众佳人笑道:"她是那是想来的? 这般敏捷!"红鸾道:"这令你们行过几次了?"公主道:"还是头一回,前日大姑老爷在云府拿回来的,就是张山人新作出来的。"

宝林又说道:"南有樛木②,菫荼如饴③——木菫是个连理花。我说完了,你们贺酒罢。"红鸾道:"又要罚了。"宝林道:"我没有说错什么。"红鸾笑道:"你说完了么?"宝林道:"怎么样?"宝珠道:"姐姐还有并蒂花没

---

① 芄(wán)兰——多年生蔓草。
② 樛(jiū)木——一种木材。
③ 菫荼(jǐn tú)如饴(yí)——菫和荼均为味苦的草类。意为吃苦味的东西如吃糖一样。《诗·大雅·绵》:"菫荼如饴。"

有说呢。"宝林道："被你们闹昏了。"又想了想说道："朝宗于海，蔽芾①甘棠——海棠是个并蒂花。"

众佳人个个叹服。金铃问道："大姐姐，《诗经》上可有三个字的花名么？"宝林沉吟片刻，说道："吁嗟乎驺②虞，西方美人，南有樛木，赠之以芍药，这都是并蒂花。"金铃道："亏姐姐想得到。"宝珠道："并蒂花多呢，我还有两个：既见君子，吉日庚午。亦孔之将，彼黍离离。"

宝林愀然不乐道："园亭酌酒，姊妹论心，欢会正长，为何说出将离二字？"宝珠双泪溶溶，低头不语。众佳人见这光景诧异。银屏忙赔笑道："我们替大姐姐贺令，大家都吃两杯。"红鸾又故意打趣，笑道："大姐姐真是个狠人，顺口讲了几句白话，就教合席吃酒，我们这些小妹子真弄你不过。怪道我哥哥被你制得一强都不敢强。"

宝林才有点笑容道："你替他出气么？"银屏笑道："你不是替大姑爷出气，倒是替他加罪。"众佳人大笑。金铃道："我算算，今天席上有几个狠人？"红鸾道："真狠人只有三位。"宝林道："人都有点子间威，只有我二妹子是个可怜人。教我去一天，也不能相处。"银屏道："这话是真的，我不是唐突大姐姐，你们二位，换了转儿就好了，我们那个哥子，我就很不如意。他在家里，我为二姐姐，没有同他大闹过吗？我只恨二姐姐没有算计。"

说着，对公主努努嘴道："要把瑶姑娘带去，也振作多少威风。"宝林叹道："我姊妹当日何尝不计及到此？然而难呢！她是顾的家里，筠儿这东西，不是你两个，还了得吗？"红鸾笑道："世上女人总是像你三位，男子还过得日子么？个个人都要挂印了。"金铃笑道："怪道做元帅的掉了转儿，还是怕呢。"

众佳人说说笑笑，用了些点心散坐。红鸾就拉了金铃到内阁下棋，宝林在旁替金铃指点。红鸾道："你两个下我一个，就赢了也不算本事。"金铃道："我就不要人指点，也赢得你。"

宝林大笑，就同宝珠在一旁谈心。银屏在石栏钓鱼，翠凤同公主折了许多柳枝，在大桥石凳上编花篮儿。彩云、紫云立在个小亭前，叙一番的

---

①　蔽芾(fèi)——蔽芾：树小或叶子初生状。《诗·召南·甘棠》："蔽芾甘棠。"
②　驺(zōu)。

契阔。宝珠同姐姐说了一回家事,起身道:"我到娘房里去去就来。"唤了紫云进内,随身的一群丫环妇女,都跟在后面。

　　众佳人玩耍,看看时刻已有夕阳西下之时,宝林道:"请家里去坐罢,晚间园中不甚便当。"红鸾道:"二姐姐呢?"宝林道:"她先进去了,在娘房里呢。"众佳人携手入内,一路上衣香鬓影,意绿情红,穿过了好些雕栏画槛,曲径洞房,由明巷转到宝林第三进来,就在内外看了一遍。金铃笑道:"不是这个金屋,也不能贮姐姐这个阿娇。"宝林笑道:"看你是个老实人,也会说笑话。"银屏道:"她倒是老实话。"

　　众佳人又到两个套房里,同暗房里都看到了。出来坐下,着丫环前面去请宝珠。少刻丫环回来说道:"二小姐怕迟,先回去了。"宝林听了,长叹一声,凄然无语。众佳人个个点头叹息。红鸾道:"也怪不得她,气是难受呢! 今天早上就不愿意她来,不知怎样商议才得来的。"金铃道:"我哥哥未当不欢喜她,有时当个宝贝似的,有时又去寻事她。二姐姐倒都是这个样子,宠辱无惊。"

　　银屏道:"你们听将来有笑话闹呢! 我家这一位,发过几次狠了,他性子比火还烈,野蛮非常,虽拦他不听。况且他这两位姐姐,比娘还尊敬,只怕明日要闹到叩阍而后止。"说着自己失笑了。"宝林道:"我的妹子不中用,硬挣不来,有话又不肯家来讲,我所以不替她出气。"红鸾道:"大姐姐这话错了,这样正是她的贤惠。论她的身份儿,还怕谁? 此刻如果强起来,人未必不说现成话。"银屏道:"正是,久已就有人料她不安其室。"宝林道:"图个贤惠虚名,不知受多少委屈!"心里很不快乐,草草请客上席,用了晚饭,各散。

　　再说宝珠回去,幸喜文卿尚未回来,宝珠心里才安,就到上头,走了一走,进房更衣。晚间文卿到家,也没有深问,就含糊过了。三月内刘相疾故,许月庵入阁,李荣书推升吏部,未免又有一番庆贺。四月初一是李夫人寿辰,宝林一早打扮齐整,按品级大妆,约了银屏、翠凤、公主一同到李府来,金铃迎接进内,拜了寿。少刻就有女客来到。红鸾也回了,夫人问道:"你二姐姐为何不同你一齐来家呢?"

　　红鸾皱眉道:"只怕今天不得来。"夫人道:"怎样?"红鸾道:"大老爷不答应。"夫人道:"为什么不答应?"红鸾道:"大老爷是这个脾气,从来不愿意她出来。"夫人道:"没有的话。"吩咐仆妇去请。少刻回来说:"二姑奶奶来不成，今天有事呢。"夫人道："有什么事？"仆妇道："是这么回的，奴才也没有敢问。"夫人道："胡说！有何要事，连个舅母生日都不教回来！替我再去接，同她太太讲，说我的意思，一定请小姐呢！"仆妇又去，依旧空回。

夫人道："怎样？"仆妇道："紫姑娘出来说，小姐今天万不能来，改日补祝罢。"夫人道："到底今天有甚事？"仆妇道："奴才在外间，听见姑老爷好像骂人似的。"夫人道："你听见小姐讲什么？"仆妇道："没有听见小姐开口。"夫人道："我教你上去对她太太讲的呢？"仆妇道："紫姑娘挡住，不许我上去，又赶我快走。"夫人摇摇头，叹了一口气。

宝林见她往返几次，都没有开言，此刻激成十分大怒，蛾眉倒竖，凤眼斜睖，卷起大袖子，指环腕钏，叮珰乱响，厉声道："我妹子卖给他家的吗？太不是东西！他少要糊涂。难道我姓松的受人欺负过不成？他家也打听打听，谅他家几个芝麻官儿，我松、李两家，还拼他不过？那种不尽情的人家，如此混账，令人呕气，今天偏要接定了。"一片声教进去请二少爷来。

宝林怒极，也顾不得金铃、银屏的礼面，夹七夹八的发作一场。夫人见媳妇动怒，一句不敢阻拦，反在里面助兴，连忙附和道："我们大姑娘说话，一点不错，真是气人不过。他家现有姑娘在我两家，我们这般好，不讲礼吗？最好教筠儿去接，不然就教我们老爷同他老爷子讲讲去，太以势欺人了！他家也有两个耳朵，我们大姑娘从小到此，如今谁敢逆她一点子？今天引动我们大姑娘生气，只怕他没有分儿要了。"

银屏唬着了，忙赶紧止住仆妇，不必出去，就对宝林赔笑道："大姐姐真正别生气，我哥哥实在不好，我明天同娘说，告诉爹爹，总教我大姐姐过得去。我明天替舅太太做生日，请二姐姐回来，乐一天，何必定要今日呢？如果教了他去，有许多不便，他性子本来躁烈，又是奉大姐姐的命，还怕谁呢？我哥哥又是个不知事的，只一去，顷刻就闹出乱子来了。"

宝林道："我也不管！"银屏道："好姐姐，看妹子面上，给妹子留点地步，明日二姐姐不回来，听大姐姐处置。"夫人也劝道："这原是件难事，从来说打不断的亲，孩子要在人家过日子呢，我劝你就些罢。"金铃道："不怪太太、大姐姐生气，真是令人过不去。我妹子的话不错，明天我也回去，连娘都不得做主，定要告诉爹爹呢。况我二姐姐，哪一件配他不过？凡事又千依百顺的,我哥哥真个不知道好歹!"翠凤道:"我看倒不必胡闹,反替二姐姐加罪,就接回来一天,也不能不放她家去。"

宝林冷笑道:"我就不放她家去,人又能奈我何! 难道我家还养活不起她吗? 也还不至于要兄弟给她饭吃。她这几年,也曾替家里挣些家私呢。"红鸾瞅了翠凤一眼,说道:"哪里来这些闲话,不是火上添油吗? 不会说话,少要多口。"又对宝林赔笑道:"小孩子家不知事,说出话来又好气又好笑,大姐姐不要理她。"

夫人生怕媳妇生气,忙说道:"翠儿也不小了,还这么糊涂,一点不顾大局。"翠凤被众人说得满面桃花,走了开去。这里众人齐声劝解,宝林气略平些。只见墨卿、莲波陪了又庵进来拜寿。众佳人回避,不知进来怎样,且看下文分解。

第五十七回

重国色画阁看梳妆　赏名花芳园集词句

　　话说又庵进来拜寿，同夫人见过了礼，夫人在又庵面前，狠发作几句，又庵唯唯而已。金铃请了又庵进房，告诉他刚才之事，几乎闹出乱子来，说哥哥过于不尽情，恐怕激变，教又庵回去，悄悄禀知母亲，劝劝哥哥方好。银屏又说松筠蛮野性暴，加之刚强，这位大姐姐娇痴，性烈如火，都不是好惹的，万一闹起气来，大家面上总不好看。又庵一一答应，嘱咐妹子们在其中劝解。坐了一会，就到前边去了。

　　到午后，文卿才来祝寿，倒是吃了晚饭才去的。内里女客已散，宝林直等送过客辞了要走，又被李公叫住，扯了进房，调笑好一会，才放出去，已是三更。宝林到家，在夫人房中略坐，银屏等是先回来的，大家出来先谈了几句，宝林就回自己香闺。正坐在妆台上卸妆，墨卿也回来了，就坐在画屏东畔，捧了一枝水烟袋吸着烟，细细的赏鉴。见了宝林解了芙蓉帔，褪了鸳鸯百褶裙，摘去了满头珠翠，随意挽了个懒梳妆，斜插一股金钗，鬓边插一朵金凤花，天然俊俏。解去明珰，换上一对小金坠儿，身上单穿一件玉色绣袄，下边露出大红洋绉镶边大脚裤，双钩翘然，趿了一双瘦苗条四寸许妃色花鞋，越显得风流潇洒，妖媚妖娆。

　　墨卿动魄消魂，神摇目眩，眼不转睛的观看。宝林道"好没正经，你难道不认得我？"墨卿笑道："我看你月容花貌，千娇百媚，柳眉晕然，愈见风情，凤眼含威，转增媚态，就时时刻刻的看，也看不厌。"宝林嫣然一笑道："下作东西，嚼蛆呢，也亏你好意思。"墨卿见她这一笑，横波一顾，香靥洄涡，真个倾国倾城，无双绝品，爱得了不得，不由得站起身来，勾住双肩，温存一会。彩云等立在旁边，微微含笑。墨卿就将水烟袋装了几袋。

　　宝林起身进了房，正盘腿坐下，墨卿随后跟来。彩云送上一盖碗茶，宝林接在手中，慢慢的细品。抬头见壁上少了一枝宝剑，忙问道："我那枝剑呢？"彩云道："前天拿到花园里舞回来就搁在外间房里了。"宝林道："明天还挂在原处。"彩云答应。墨卿笑道："终日讲究宝剑，究竟心里想杀谁?"宝林道:"你替我小心些好。"墨卿道:"欺负我可以,杀我只怕不能。"宝林道:"杀你再商量,先给我欺负够了。"

墨卿笑道:"一定这么狠的,那笔账……"宝林微笑。墨卿道:"我明天送你一枝好宝剑。"宝林道:"你是哪里得来的? 明早就取来我看。"墨卿道:"太性急,要限我三天。"宝林道:"做什么?"墨卿笑道:"也待我着人到铁匠铺里去打。"宝珠啐了一口。墨卿道:"你这些剑,难道不是铁匠铺里造出来的?"宝林道:"你知道什么,我床上挂的这枝剑,真正是宝贝,砍铁如泥,吹毛得过,上品的,轻如风,明如月,红似朱砂,白似雪。"墨卿笑道:"赞语倒不坏,可惜白用的了。"宝林道:"不信,你取下来瞧,"

墨卿走进镜屏,将剑取在手中,见鞘子上七宝装成,金镶玉嵌,微笑道:"买椟还珠①,信不诬矣。"宝林道:"你别瞧不起,只怕你还掣不出来呢。"墨卿用手去拔,果然不动分毫。宝林道:"何如?"墨卿道:"这是什么缘故?"宝林笑道:"他欺生呢。"说着,随手掣出来笑道:"你就会拔剑么?你只知道几句烂文。"墨卿笑道:"你休轻视我,我也曾掌过兵权,立功沙漠。"宝林道:"不害臊,你这点功劳亏的谁? 敢还夸口呢!"墨卿笑道:"我被你轻薄极了。"

取过剑来一看,但见光华夺目,锋利非寻常,赞道:"果然好宝剑!"宝林道:"你是井底之蛙,同你难讲,我这个剑是我老祖太爷遗下来的,本是一对,那枝送给我妹子,她带去平南,杀人无算,算起来,这两枝剑决首千万,尚如新出于硎者②。到了天阴还啸呢,铮然有声,挣出鞘子几寸,你看见定要骇怕。我妹子那一枝,尤其作怪,时常吐光,上边新鬼故鬼,也不知多少。"墨卿道:"二妹妹威风真使尽了,当日在南,杀人如麻,动不动斩首示众,努努嘴,人头就献上来。那天杀那个讷都统,一军皆惊,好不厉害。"

宝林道:"你杀过人没有?"墨卿道:"怎么没有? 我在福州,获得两名奸细,那时二妹去亲夺龙岩,我未及通报,就吩咐杀了,后来还有些懊

---

① 买椟(dú)还珠——成语典故。《韩非子·外储说左上》:"楚人有卖其珠于郑者,为木兰之柜,熏以桂椒,缀以珠玉……郑人买其椟而还其珠。"椟:匣子,柜子。后来用以比喻舍本逐末,取舍失当。

② 硎(xíng)者——磨制的。

悔。"宝林笑道:"这就是你平南的经济。"墨卿笑道:"我却不能如二妹妹胆大好杀,她还亲手杀人呢!你没有见她那光景,满面威光,一团杀气,虽然姿容绝世,娇韵欲流,却是英气逼人,严威难犯。及至如今看起来,杀气化为柔情,威光变成媚态,当日令人可畏,今日令人生怜,而且贤淑无双,不像个掌兵权的,昔年气概,半点全无。文卿这样胡闹,她还曲意逢迎。"

宝林冷笑道:"天下事是这样的,不是东风压了西风,就是西风压了东风。人是贱的,况男人更不是东西,给一点脸就得意了。"墨卿道:"好厉害,怪道你来压我呢!"宝林道:"你少要说东指西的,我不受人挖苦,看你口里如今时常不逊,我都没有计较你,你要想来制服我,别要想迷了你那糊涂心。"墨卿赔笑道:"原是闲谈的,你倒会错了意,教人不敢多说话了。家庭之间,哪里没有个大意?"宝林道:"在我面前却要小心些,我是听不得一句话。我做了一世的兽医,难道狗肚皮里那点肠子还看不出来吗?"

墨卿笑道:"多承抬举,我竟当受不起。"宝林道:"你还同我阴三阳四的么?我受不得这气。"说着,眉梢微竖起来。彩云忙在旁边,使个眼色,墨卿赶紧赔罪,笑道:"哪里来的话,我气过你么?我们不谈了,想两句别的话说吧。"宝林道:"说得好容易,你得罪了人,就不谈了,还没有这么好讲话呢。"墨卿道:"好大姊妹,我赔罪,好不好?"就连连作揖。宝林也不理他,墨卿道:"人多多的,不好看相,不然就磕个头又何妨?"宝林道:"谁稀罕你的那几个狗头?"墨卿笑道:"本来也磕多了。"彩霞笑道:"我们走了出去,让姑老爷磕头。"彩云笑道:"他难道还怕人呢,连挨打我都见过的。"

墨卿笑道:"又胡说了,这丫头专会造言生事。"宝林道:"看你也不怕羞。"墨卿道:"这怕什么,自家夫人,又不是外人。"宝林不觉也笑了。又谈了一会,彩云已熏了绣被,两人一同安寝。墨卿不免又有一番恭维,自然竭力尽心地报效。

次日一早,银屏就赶回家,就将昨日宝林生气的话,告诉夫人。夫人并不知道,听见这话,也恨儿子不该,倒恶狠狠地骂了几句。银屏就到哥嫂房中,同文卿说要接嫂子玩一天。文卿见她亲自来接,心里疑惑,知道另有缘故,也不赞了,亦不深追,就答应了。银屏催宝珠妆饰,去辞夫人,夫人倒很不过意,安慰了好些话。银屏同宝珠一径到李府,红鸾、翠凤昨日都没有回去,只着人请了宝林、公主来。银屏自己吩咐,备了酒席,姊妹们谈谈笑笑,玩了一天,到晚才散。

一日,宝珠早起无事,文卿又出去了,知道园中芍药盛开,就带紫云、绿云想去逛逛,因红鸾感冒了,也不曾去约她主仆三人。慢慢踱进花园,首夏的时候,百卉争荣,万花齐放,浓荫积翠,好鸟依人。山不高而秀雅,水不深而澄清。宝珠细细观赏,乐而忘归。又在簪花馆看看芍药,红黄紫白,种种不同,香气袭人,花光耀目,宝珠凭栏而立,紫云在一边,绿云在花间小步,引得那些蜂蝶,在栏杆边飞来飞去,嗅味寻香。

且说文卿回来,不见宝珠,问道:“少奶奶呢?”红玉道:“少奶奶带了紫妹妹、绿妹妹到园里去了。”文卿就赶到园中,料定她们去看芍药,一直寻到簪花馆来。远远见宝珠凭着雕栏,柔情脉脉,若有所思,文卿反藏在花丛背后看她。但见衣香鬓影,人面花容,彼此迷离相映,细比起来,竟这些花相总不如她一朵花王。

听见宝珠唤紫云道:“我们也好回去了,少爷回来,知来看花,又要讲话呢。”紫云道:“还早,就知道也不要紧。”宝珠道:“我也乏了。”说着,就绕出画阑。文卿蓦地出来,宝珠看见文卿,就呆呆站住。文卿问道:“你又出来了?”宝珠不语。文卿道:“本来出来惯的,怎么坐得定呢。”宝珠道:“也是才出来的。”

文卿冷笑道:“早就该出了。”宝珠道:“回去就是了。”文卿道:“我来了,你自然要回去。”宝珠低头不语。文卿携着她的手,步进花丛,文卿见千红万紫,心里爽快起来,扶住宝珠的香肩,不住的赏玩。一时高兴,吩咐取酒来赏花,绿云赶忙去了。文卿又在花园走了几步,笑对宝珠道:“看你双脸微红,一肩香玉,这些名花虽好,总不及你这解语花儿。”宝珠低头一笑。

绿云已领了四个丫头,捧着酒肴来了。文卿就教台基上铺了锦毯,摆下酒肴,拉着宝珠,席地而坐,教紫云、绿云也坐了。饮过几杯,文卿不住的捻手捻脚,谑浪笑傲,颇为高兴。文卿道:“我对美人赏名花,二美具矣。”紫云道:“这类芍药花种类颇多,我们园内都不及。”绿云道:“不知今年我们家里芍药开得何如。”文卿道:“你大姐姐在家,也要赏花了。”宝珠道:“她最爱的是花,她时常到园里,今年多了几个人,格外有兴。”

文卿道:“你大姐姐真好,我就爱她。人说她脸上有威光,我说她全是媚态,这说堪为知者道,难为俗人言,你看得出看不出?"宝珠道:"我姐姐眉梢眼角,晕点杀气,更显得娇媚。"文卿道:"我说我是个赏鉴家,眼睛不得错的。她俊俏出自天然,娇柔隐在骨里,要非寻常美人,脂粉所能位置者也!"宝珠微笑道:"你想她吗?"文卿大笑。

宝珠道:"当日把她给你也配。"文卿笑道:"我有了你,又要她干什么?"宝珠道:"得陇望蜀,人之常情,况且她又比我好。"文卿道:"你又何尝不好?还要比她更好。你姊妹两个都是美人,但要分个界限,你是正途,她是异途,总是世间有一无二的。"宝珠笑道:"过誉了,我何能及她。"文卿道:"你还吃醋么?"宝珠道:"我也不敢,但她那性气,你受不来。"文卿道:"我有什么受不来,凡事让她些就罢了。"宝珠道:"你肯让人吗?"文卿道:"我也肯,看什么人。"

宝珠含笑道:"也不见得,这话我也听见说过的。"文卿一笑,不言语,又吃了两杯。文卿道:"那天我们说的那个集曲牌名,你说得很好,但是三句话不成体段,不如集他一首诗有趣些。"宝珠道:"过于费心,不做罢。"文卿道:"我最怕人败我的兴。你到今日,还不知道我的性格么?"宝珠道:"我不过怕你费心,你既高兴,我敢不奉陪?"文卿道:"你做不做呢?"宝珠道:"我倒说陪你。"

忽听旁边三个暖酒的老婆子,卿卿哝哝的道:"少爷少奶奶,终日吟诗作对,不知我们可能不能?"绿云道:"呸!你们还想吟诗作对,除非再去投胎。"三个老婆子堵住嘴不言语。文卿高兴,笑道:"你们既想做诗,过来和少奶奶做,你们每人做一句,请少奶奶替你收一句。"紫云笑道:"你们听见没有。"三人只得上来站着,好似雷打呆了一般。宝珠只是掩着口笑。紫云道:"每人快说一句。"老婆子道:"姑娘教我们说什么呢?"紫云道:"无论村言俗语,只要七个字就行了。"老婆子道:"什么叫村言俗语?"众人大笑。

有个老婆子道:"只要是七个字的俗套语就是了。"紫云笑道:"很好,你很明白,快说罢。"老婆子想了又想,用指头数了又数,说道:"我愿少爷少奶奶,富贵繁华到白头。"文卿赞道:"很说得去,底下派谁说呢?"两个推了又推,上来一个道:"我说什么是好?"紫云道:"下一字要押韵呢。"老婆子道:"什么押韵?"绿云道:"顺口就叫押韵。"紫云又教她一遍。老婆子道:"她底下是头字——头流油休。"老婆子道:"我有了,冤家相聚几时休,好不好?"绿云道:"好极了。"众人笑得打跌倒。

那一个老婆子道:"我连押韵都不能。"紫云道:"却好这一句不要押韵,随你讲完罢。"老婆子想了又想道:"今朝有酒今朝醉。"宝珠冲口接着道:"与尔同销万古愁。"文卿、紫云等大赞。文卿道:"倒有个趣儿,我也和他们做一首。"紫云道:"别胡闹罢,看她三个汗都作出来了,饶她罢。你们做两首好的。"

文卿道:"做得不好,我们议个罚下来。"宝珠道:"随你的意思。"文卿道:"我做得不好,罚我十大杯,你做得不好,照前天晚间做故事,再玩一回。"宝珠道:"可不能胡闹,在这里不比在……"说到此,脸一红,不说了。文卿笑道:"也吃十大杯罢。"宝珠道:"我量浅。"紫云道:"我们两人代消。"不知文卿依不依,且看下回分解。

第五十八回

泼天祸乱郎舅挥拳　平地风波夫妻反目

话说文卿议定罚酒，宝珠量浅，不能多饮，要紫云两个代消。文卿还不肯依，宝珠再三告免。文卿笑道："此刻饶了你，回去要听我摆布呢。"宝珠粉面通红，低下头去。紫云取过笔砚，磨了浓墨，将一幅花笺展开，送到文卿面前。文卿想了好一会写了两首七绝，递与宝珠，宝珠接过来一看：

> 锦衣香处系裙腰，为惜芳春步步娇。
> 人醉花阴双劝酒，凤凰台上忆吹箫。
> 斜傍妆台骂玉郎，海棠月上意难忘。
> 红娘子解双罗带，沉醉东风锦帐香。

宝珠看罢，赞道："这两首诗真好，集得一点痕迹没有。我哪里做得出来？珠玉在前，只好搁笔罢了！但是我不做，你又生气呢，勉强凑两句塞责罢。"就提起笔来，一挥而就，送将过来。文卿念道：

> 一时思君十二时，念奴娇亦惜奴痴。
> 销金帐里花心动，烛影摇红夜漏迟。
> 十二阑干忆旧游，石榴花放动新愁。
> 自从郎去朝天子，懒画眉峰上小楼。

文卿道："竟是黄绢幼妇，就不集词牌，也是妙极的了，我竟甘拜下风，做你不过，罚我十大杯。"吩咐紫云斟酒，紫云口虽答应，手中取个杯子，却不肯就斟。宝珠忙夺住酒杯，赔笑道："你的诗已就好极了，哪里还配罚？快不要这么着，自家人，不过做了取笑的。就是不好，也不要紧，况你的又是真好。"

文卿厉声道："你不许我吃酒么？"宝珠道："你要吃酒，我来敬你一杯，何必定要十杯八杯的吃呢？"说着斟了一杯，笑盈盈的，送文卿口边，身子一侧，坐在文卿怀里来，一把扯住手，横波一笑，以目送情。

文卿见她低着头，领如蝤蛴①，白而且腻，衬着一道贴箍，如乌云一般，掩映得黑白分明，再加上几道金链子，晶莹鉴影，文卿十分动情，一手理住明珰，在她项上闻了一闻，咬了一口，一股甜香，从脑门直打入心窝里去。见宝珠两颊红潮，登时泛起，眼角眉梢，隐含荡意，文卿此刻，心神俱醉，怒气全消，倒搂住宝珠，温存一会。又将她三人的金莲，并在一处，不住的把握赏玩。在紫云腿上脱下一只花鞋，缕绣嵌珠，异香扑鼻。

文卿将酒杯放在里边，吃了一口，笑对宝珠、紫云道：“你两人的脚，倒是一个模样。”紫云道：“小姐的脚，是我手里出的，自然同我一样。”文卿道：“她虽比你更瘦。”紫云道：“这叫做青出于蓝。”文卿道：“你两个是门户中的脚，良户人家，哪能这么苗条飘逸？”绿云道：“大小姐还更像呢。”宝珠道：“我家还有两个像呢。”绿云道：“大少奶奶同瑶姑娘。”文卿笑而不言。紫云笑道：“把鞋给我穿上罢，一回情，二回是例了。”

文卿也不理她，将鞋杯送到宝珠面前，紫云一把夺去，翻了宝珠一裙子酒，宝珠道：“不好，这丫头作怪了。”文卿狂笑不止。绿云忙用手帕子过来，揩抹干净。又坐了一会，文卿起身，宝珠等随在后边，丫环老婆子取了物件进去。文卿携着宝珠道：“我们绕那边过去。”带了紫云、绿云慢踱，又游几处亭台，已到畹香春圃，众人抬头一看，吃了一惊，见满地芳兰，俱皆枯死。文卿道：“这是什么意思？”宝珠竟看呆了。紫云道：“为何一齐都萎呢？”说罢，蛾眉紧锁，若有所思。

文卿对宝珠道：“你为什么不言不语？”宝珠长叹一声道：“天道如此，人事可知！”不觉感伤起来。文卿诧异道：“这不是无缘无故的！”宝珠摇头道：“此非外人所知也。”文卿唤了园丁来问，园丁也觉奇异，禀道：“昨日好好的，怎么过了一夜，就这个样子呢？”文卿道：“回去罢。”拉了宝珠入内。宝珠进房，闷闷不乐。文卿追问，宝珠不肯说明，再问时，宝珠盈盈欲泪。文卿不解，也不深追。从此，宝珠心中忽忽有如所失，紫云颇为忧烦，但不肯说明形之于色。

却说松筠自到顺天府任，微服察奸，提刀杀贼，圣眷又好，敢作敢为，风力非常，不避权势。他手下本有五百亲兵，加之宝珠帐下虎卫军，也归于他，无事就去操演。他这千人，自备军饷，不费国家口粮。他原是大家，

---

① 蝤（qiú）蛴（qí）——金龟子的幼虫，身长足短，白色。

不在乎此,而且慷慨好义,济弱锄强,势焰滔天,威权服众,人都称他为松二郎。但有一件僻行,专为狭邪之游,公余之暇,就换了便服,到门户中闲逛。也有一班谄淫之徒,趋炎附势,利诱他去玩笑。

一日,有个报新闻的来说:"佩香堂新到一个名妓,叫做茗香,是扬州人,色艺俱佳。"松筠听见,高兴已极,到晚穿了一身艳服,带了两名小童,上马到佩香堂来。他是来惯的人,都认得他,不敢怠慢,忙请了进去。他向来眼内无人,横冲直撞,见上首房里,有丝竹之音,就掀开门帘,跨步而入,见四个相公弹唱,炕上坐着一人,不看则已,看见吃了一惊,不是别人,就是姊丈许文卿。松筠脸涨得通红的,又退不出去,只得上前相见,倒是恭恭敬敬的。

文卿见他进来,心中不快,冷冷的不甚招呼。四个相公,忙起身请安。松筠一旁坐下,对文卿笑道:"大哥今天高兴出来逛逛。"文卿冷笑道:"你们做地方官,尚且来逛,难道我们逛不得?"松筠一笑。文卿就同茗香说笑,全不理他。松筠坐了一会,见他二人玩在一处,有些坐不住。正要起身告辞,也是合当有事,文卿见他在座,十分不快,只说他不肯就走,想出事来挖苦他,问松筠道:"前天我们舍亲送来那个盗案,至今未问,你到底办不办?"

松筠道:"已责成巡捕去查,三天内自有回话。"文卿道:"你哪有功夫办案子?你说不办,我就替他送九门提督。"松筠道:"他不过前天才送来,三天限是要宽的。大哥的亲戚即是我的亲戚,焉有个不尽力的吗?比外人事,我还着紧呢。"文卿道:"你终日花街柳巷,我就怕你没工夫问到正事。"松筠道:"我也是偶然逢场作戏。"文卿道:"你这个偶然,我到偏偏碰见你。不是我说,你这个官沾的谁的光?是你姐姐的功劳,倒不可白糟蹋了。这些地方,可以少到,你比不得我们。"松筠低头不语。文卿道:"你年纪已不小了,难道还像从前糊涂么?"

松筠心中久已有气,因为惧怕,不敢发作,权为忍耐。如今听他刺刺不休,竟耐不住,又想起姐姐的积忿来,格外恨他,就回道:"你哪里这些闲话,好琐碎!"文卿怒道:"你还敢强?不听我教训吗?"松筠道:"我为什么听你教训?"文卿道:"还了得!你敢不怕姐姐了?"松筠道:"我怕姐姐,无因怕你。"文卿道:"我不许你到这里来!"松筠道:"门户人家,谁来不得?"文卿道:"我办你职官挟妓!"松筠道:"你难道不是个官?你那意思,我也知道，我一进来，你就不愿意。"

文卿大叫道："我竟攥你出去！"站起来，直奔松筠，一手推来。松筠道："我可不同你交手，你放尊重些，别讨没意思。"文卿道："量你也不敢！"松筠大怒，见迎面是张大炕，口里说道："你当真要体面吗？"手略抬了一抬，文卿支持不住，跌跌跄跄，直撞到炕上，头在几上一碰，擦去游皮一层。松筠已转身出去。文卿扒起身要赶，松筠早已上马去远。众人将文卿劝转，将他抹了脸，摆酒与他消气。

松筠回到衙门，传了两个营官，吩咐领二百人到佩香堂围定，不问老少鸨母婊子，一齐捉来，不得违误，又传经历带二名番役协助。众人答应，知道本官性急，何敢怠慢！顷刻点齐二百名精勇，抬枪火炮，刀枪剑戟，纷纷的到佩香堂来，前后门围住。经历守门，营官打了进去，见一个捆一个，见两个捉一双，一家子鬼哭神号，鸦飞鹊乱。兵丁又到后进来，文卿正在吃酒，忽听一片哭声，忙着人来前边看，只见许多火把，拥进一起兵丁，将席上四个相公捉住，套上绳子，扯了就走。四人跪倒在地，哭道："求大王饶命？"兵丁喝道："休要胡说，府尹松大人坐在堂上等候，快不要迟。"

文卿吓得站立一旁，不敢开口。营官认得文卿是本官的姊丈，教兵丁不许啰唣，上前说道："你请出去，我们要封门呢。"文卿只得垂头丧气，走了出来。这里经历封了门，带着家人，到衙门回话。松筠即刻坐堂，问了几句口供，不分男女，一概四十大板，逐出境外。且说文卿一路回去，想筠儿这小畜生，如此无礼，他虽是我平辈，论科分却在我之后，竟敢目中无人，推我一跌不算，还要提了人去臊我面皮，可恶已极！我却斗他不过，只同他姐姐说讲便了。越想越气，到了家进房，非常之怒，坐下来，一片声叫宝珠。

宝珠吃了一惊，只得答应，走到面前，文卿拍案道："你这奴才，胆大极了，你没有法子奈何我，教你兄弟打我吗？"宝珠不知头绪，竟答不出来，怔怔的看着文卿。文卿道："我看你词穷理屈，今天不说个明白，也不干休。"宝珠道："你的话，我一句也不懂，为什么缘故这般生气？"文卿道："你少要装糊涂，你兄弟打了我，你难道不知道？"宝珠道："我兄弟也没来，这话从哪里说起？"文卿道："这奴才，还不信么？"宝珠道："你也不可破口伤人。"文卿道："我骂你，还要打你呢！"宝珠道："一发不讲理了。"

文卿道："你兄弟为什么不讲理呢？他举手打我，我就开口骂得你。"

宝珠道："他在何处打你？他未必有此胆子。"文卿道："我难道冤他不成？"宝珠道："为什么事，你也告诉我个头绪。"文卿道："我把情节告诉你，再定你的罪名，今天在佩香堂，你兄弟知道我在房里，故意闯将进来。我说他几句好话，他反挺撞我，要搀他出来，他竟回我的手，推我一跤，头都撞破了。他又领兵来恐吓我，将人家门户封了，人拿了去，臊我的面子。气坏我，你们也过不去，我这同你讲话就是了。"

宝珠听罢，脸都吓白了，暗想这事如何是好？我真难住了。心里埋怨松筠不该打他，只得劝道："筠儿本不是个东西，你看我面上，不必同他一般见识。我明日回去，告诉我大姐姐，结实打他，教他来与你赔礼，此刻我先招陪你。"文卿道："放你的狗屁！说得很容易，我不依，看你们怎样。"宝珠道："你要怎样呢？"文卿道："他既打得我，我就打得你。"宝珠道："我又没有犯法，打我干什么？我倒说明天请大姐姐打他，替你出气。"文卿道："好宽松话儿，我等得明天呢！你道我不敢打你吗？"

说着，取了一枝门闩赶过来。宝珠忙退几步道："你也不能过于胡闹，我姓松的未尝无人！"文卿道："奴才，你拿势力来欺压我么？偏打你，又待如何。"举起门闩就打。紫云、绿云等一齐忙上前夺住，劝道："姑老爷别生气，都怪二爷不好。至于我们小姐，坐在家里也不知道，打她无用，还是明天教小姐回去，同大小姐说，教我们二爷来替你老人家赔罪，再气他不过，就是打他两下，也是该的，何必伤了夫妻和气！"

文卿哪里肯依，被紫云等死命抱住，红玉夺了门闩，劝他坐下，又送上茶来。文卿将盖碗对宝珠劈面打来，不知可否受伤，且看下文分解。

第五十九回

许文卿反面即无情　松宝珠伤心怜薄命

话说文卿同宝珠大闹,将个盖碗连茶盘劈面打去,宝珠本来身体轻盈,金莲一侧,让了过去,已是流泪不止。文卿道:"奴才,谅你今天已跑不了,我定要你的好看。"

宝珠气急,哭道:"这是哪里说起? 他打了你,干我什么闲事,只管来寻事我。我在你家,也没有什么错处,时常受你的呕气,从不敢强。如今更好了,竟来打我了,这日子也教我过得去吗? 从前说'在家靠父母,出门靠丈夫',你哪里这般无情无义! 况且你们淘气,我又不知道,我有娘同姐姐在家,你也不去告诉,单同我混闹,教我亦无可如何。说替你出气,你又不行,故意刁难,与我作对,你也摸摸良心,休得欺人太甚。"说罢,痛哭起来。

文卿道:"你胆子更大了,居然同我强口。"宝珠只是哭,不言语。文卿道:"你哭就算了? 我难道怕你不成? 而且我不耐烦,你放明白些!"宝珠仍是不开口。文卿大怒,站起身一把扯了过来,宝珠支持不定,一直撞到文卿怀里,云鬟微松,金钗乱堕。宝珠生怕文卿打她,急声都叫出来,道:"紫云快来!"

紫云忙走上前道:"小姐别怕。"又对文卿道:"姑老爷,我们小姐年轻,胆子小,你老人家容点子情。"文卿喝道:"胡说! 谁要你多嘴!"宝珠道:"我的祖太爷,你能容得我,你就饶了我。一定不念当日情分,你也可以说,何必糟踏人呢? 你也想想从前,我哪一件对你不过,我做梦也想不到有今日……我满腹寒冰,说不出一个冷字。我提起从前光景,不由得我不伤心。"宝珠数数落落,哭个不止;文卿喊喊叫叫,闹个不清。

且说红鸾在后边,听得明白,见闹得太甚,暗想此时断然不了局,同又庵商议,就去告禀夫人,将情节一一说个明白,夫人大惊,骂道:"桂儿太不讲理,哪里这么混账!"就扶了喜红,匆匆的奔副宅子来,远远的听见文卿要打要骂的,叫得应天一般,夫人厉声道:"谁气坏我的媳妇,是不依的!"

文卿正骂得爽快,听见夫人进来,倒有些诧异,暗想道:"半夜三更,娘如何知道的?"正接出来,夫人早跨进房,指着文卿道:"不知足的畜生!什么大事,闹得翻天泼地的。"文卿道:"夜晚上惊动娘来做什么?"夫人也不回答,转身见宝珠哭得一个泪人,连忙抱住,惋惜道:"好孩子,不消害怕,有我呢。可曾吓坏了没有?"宝珠一言不发,倚在夫人怀里,呜呜咽咽,十分悲伤。

夫人对文卿道:"我知道你的尊意,不过我喜欢媳妇,你就故意糟蹋她,同娘作对,将她弄个长短出来,自然娘也死了,那你就遂心如意。"文卿道:"娘这个话,儿子当受不起。"夫人大喝道:"我一句话说,就当受不起,你这般胡闹,教媳妇这么当得起?下流种子!你折得慌,没福消受。"文卿道:"娘也问个明白,不能尽帮媳妇制服儿子。"

夫人拦脸啐了一口,道:"你还受人制服,我的媳妇倒被你制服定了。"文卿道:"娘且别着急,可知今天事吗?评评这个理,看怪谁?"夫人道:"请教!"文卿道:"他叫兄弟打我。"夫人道:"你在哪里见他兄弟?"文卿道:"在佩香堂。"夫人道:"他兄弟打你,你去打他兄弟,骂他做什么?不害羞,无法奈何别人,回来欺负老婆!"文卿道:"皮都擦了。"

夫人道:"该!该!谁教你到这些混账地方去呢?就是他,也不能无故的打你。"文卿道:"好意说他几句好话,他反挺撞我,是我搡他出去,他竟敢回手推我一跤。"夫人道:"照这样说,是你去打他兄弟,怎说他教兄弟打你呢?况他兄弟,又是你什么人?你同妹子讲话,也不至于同老婆混闹,欺善怕恶,无用极了,真不能算个人!"文卿道:"娘总说儿子不好,既帮媳妇,又护女婿,儿子告罪在先,今天同他闹定了。"

夫人拍案道:"谅你也不敢欺我的媳妇!"文卿道:"娘也不能跟定她。"夫人道:"我就带着我媳妇让你们,省得你们看不得我娘儿两个。"说罢起身,扯了宝珠的手道:"好孩子,跟我走,我娘儿们苦苦乐乐,一搭儿过活,不怕他父子们杀了我们!"扯着就走,文卿不敢拦住,无可如何,紫云忙掌纱灯来送,夫人道:"谁要你们假小心?这屋子里一个知事的没有,闹得这样,也不禀告我一声。你们小心些,小姐气出点缘故来,你们一个活的也没有,我就先是一个死!"喝退紫云,带了宝珠去了。

红鸾早已着人打听,忙赶上来到上房,适值许公回房,问是何故?夫人正气儿子,又舍不得媳妇,就借沟出水,说许公没有家教,儿子得罪媳妇。儿子是你的,媳妇是我的,欺媳妇就是欺我一样,骂得许公闭口无言,走出书房里睡去了。夫人安慰宝珠,倒说了好些话,又亲手取盏冰燕汤劝饮,还要煎参汤,取砂仁,剥桂元肉,切金橘糕,忙个不了。叫起三小姐来陪她,就送她上楼,同三小姐一房安歇。夫人同红鸾亲自相送,很劝了一番,还暗暗叮嘱玉钗,替她解闷,夫人带着红鸾才去。三小姐曲意奉承,请她安歇。

次日,宝珠妆饰完毕,到夫人房中,夫人摆下精致早点,不住的问长问短,引动她玩笑,就劝她进房。宝珠最是温和,无可无不可,夫人就着三小姐送了去。玉钗陪着宝珠进房,却值文卿在内,见了宝珠就骂道:"我道你这奴才不进这个门了,你怎好意又来?看你羞不羞。"宝珠满面通红,低头不语,玉钗道:"哥哥哪来这些闲话,是娘送她回来的,难道她进不得这个门么?"文卿道:"妹子知道什么,少要来多嘴。"

又骂宝珠道:"你以为仗太太势来欺负我,你做梦呢!你既出去,也不该来,快给我滚了出去!我这地方,没有你站的。"宝珠道:"昨晚是太太叫我去的,不能怪我。你到底要我怎样,才能消气呢?教我对你磕头也可以。你不说明白,但同我吵闹,就逼死我也无益。"文卿道:"你拿死挟制,我是不怕的,谅你兄弟也无可如何。"说着,又要撵她。

玉钗正在劝解,只见许公吩咐小书童来唤文卿,文卿只得同了出去,回头对宝珠道:"回来再摆布你。"文卿出房,宝珠方敢坐下,两泪交流。玉钗年轻,不会说话,见劝她不住,也在一旁陪哭,倒是紫云劝住了二人。坐了一会,玉钗辞去回房。

文卿被许公唤去,痛训了一番,说宝珠圣眷颇隆,主子亲口吩咐,如若轻慢宝珠,以违旨论,弄出事来,连我也受累。况她舅舅兄弟,都不是好惹的,不可当为儿戏。文卿不敢开口,陪着许公吃了饭。许公又说媳妇德容言工,幽闲贞静,世袭又是她挣的,我的官也是因她升的,在我看这种人,天下难选第二个,倒不可白糟踏她。絮絮叨叨,深劝了一番,才教他去。

文卿回房,见宝珠躺在床上,哼了一声道:"辛苦了,倒安闲呢。"文卿又道:"你别胡说,我是不怕的。"宝珠见文卿回来,忍着疼痛,挨了起来,长眉微蹙,一手掠着鬓,依稀春睡捧心之态。文卿道:"好个病西施,我瞧不惯这美人样儿,睡在我床上,太不顾体面,还不滚下来吗!"

宝珠好不惭愧，只得起身，走出玻璃屏，在桌边站住。文卿道："你们没有事了，你也度量就罢了不成？"宝珠道："你只管撵我走，教我哪里去？"文卿道："我知道吗？"宝珠道："好哥哥，也念念前情。"文卿道："我知道什么前情，和谁哥哥姐姐，很不爱脸！"宝珠道："千日不好，还有一日好；千般不好，还有一般好。"文卿道："我也知道你，你的意思，不过说世袭是你挣的，我不稀罕。你仗着圣眷，独须知不好看相，主子为什么独喜欢你？我倒不信。"

宝珠听这话，气得双泪交流道："你这话欺人太甚，令人太过不去。难道我就这等下作不成？我的官是我的功劳挣下的，性命拼的，你认做什么？你糟踏我可以，不可坏我的名节。"文卿冷笑道："好正经人儿。"

宝珠动了真气道："许文卿，你过于放肆！我难道有什么丑事在你面前不成？你这含血喷人，这到要同你到老爷、太太面前，讲个明白，不然就一同见驾。你当我真个可欺么？"宝珠心里恨极，双顿金莲，不顾厉害，竟过来扯他。文卿大怒道："你敢来压服我么？"文卿顺手一推，宝珠脚下虚浮，直跌到桌子上靠住。

宝珠含怨负屈，怨气冲天，一急一躁，心如油煎，眼中一黑，口内鲜红直喷，望后便到。紫云、绿云忙赶上扶，已来不及，一跤栽倒在地，人事不知，晕了过去。紫云一见都过慌唬了，个个大哭起来。文卿也吃了一惊，呆呆的不敢言语。红鸾在后进，听见前面哭声，这一惊非同小可，忙领了两个小丫环来，也顾不得回避大伯，就跨进房来。见宝珠躺在地下，都吓呆了。

她年纪也轻，没有见过，早已慌乱，不觉也哭起来。还是她有点主意，吩咐自己的丫环快请夫人。丫环不知头脑，奔到上房，冒冒失失的道："太太，不好了！大少奶奶死了，我们小姐同紫姐姐都哭了。"夫人听了这句话，好似劈开两片顶梁骨，倾下一盆雪水来，心里一阵抖，口中哭出"苦命的儿来"，忙忙的往外奔走、才跨门槛，脚一软，栽了一个筋斗，四个丫环扶将起来，三小姐也到，夫人扶住喜红飞走，一群的丫环随在后面。

夫人进副宅子到第三进，到了宝珠房外，见文卿反背着手，在堂前慢踱，房中一片哭声。夫人见了文卿，顿了两脚，垂泪道："冲了家了，冲了家了，我先同你拼掉了罢！"喜红忙扯住道："太太有话慢讲，看少奶奶去。"夫人进房，见了宝珠闷到在地，口中鲜血直流，扑上去放声大哭道：

"亲儿呀,你慢点走,我们婆媳一搭儿去!"哭着,就要撞头。

一个掌家婆道:"太太别慌,少奶奶不妨事,不过气闷住了,救得回来。"夫人忙道:"救得回来吗?那就好极了。你快救好了她,我重重赏你的。"众人听救得好,都止住了哭。许顺家在地板上一坐,将宝珠扶了起来,靠在怀里,拭去口边血痕,取姜汤过来,口对口度了几口。停了一会,宝珠悠悠舒醒,又吐了两口,涎痰带血,哭了一声"亲娘!"

夫人忙应道:"儿呀,娘来了。"许顺家抱住起身,夫人也来帮扶道:"好孩子,床上睡罢,我知道苦了你了。同这个畜生,万过不去的,我明天送你回去。不然我和你搬出去住,让他父子两个砍头的在家安享。"

将宝珠抱进内房,扶她睡下,宝珠只能流泪。夫人坐在床沿边,替她拍着,十分愧惜。宝珠哭道:"太太恩典,我就死了,也不能报答。太太也别为我操心,我是苦命之人,谅来不能长久。我想起来,心里好恨呀!"夫人也哭道:"好孩子,说哪里话,我是那一刻少得你的?你是我的亲儿,我是你的亲娘,我们娘儿们都是苦命,不曾嫁着个丈夫。你这光景,教我如何舍得你?若有点子长短,我还过这些日子么?"

婆媳两个,相抱大哭,到把紫云等吓怔了。不知如何了局,且看下文分解。

第 六 十 回

松小姐已得膏肓①病　许夫人枉费爱怜心

话说许夫人抱住宝珠痛哭一场，把紫云等都吓得怔怔的站住。红鸾上来劝道："太太，天气暖，别哭坏了身子。况且二姐姐才好些，不要引她伤心。"劝住夫人。绿云忙送上毛巾，夫人擦了脸，又替宝珠试去泪痕，吩咐快煎参汤伺候。喜红答应去了。少刻送来，夫人接在手中，亲手调了一会，直送到宝珠口边道："儿呀，你吃罢。"

宝珠却不过夫人情意，勉强吃了，倒又吐出血来，夫人忙送上漱盂，宝珠吐了两口，夫人取过来一看，见鲜滴滴的血，夫人双眉深锁，起身走出画屏，对红鸾、玉钗道："你们在此地陪伴着她，小心点子。"二人答应。

夫人到外间坐下，唤过紫云来问底细，紫云告诉一遍。夫人气极，骂了几声儿子，出了房门，吩咐喜红出去传话，教快请王太医来。喜红忙去说了。夫人见文卿在堂前闷坐，就骂道："下流东西，你此刻心里自在了，今天几乎一个天大的乱子。幸喜上天的保佑，祖宗的阴功，不然还了得吗？我这条老命，差点断送在你手里！人家养儿子干什么？好处没有得着，累到受尽了。现在病了，又是我的罪。天爷爷可怜见，教她快些好罢。"

忙忙的又走进去，问红鸾道："此刻怎样？"红鸾道："还是这样。"夫人又上床坐下，见宝珠脸色泛青，泪痕犹湿，夫人道："亲儿，娘的心撕碎了，你再伤心，我就去同他父子们把命拼了给你瞧。你肯好好养歇，我慢慢替你出气，我还和他们合得来吗？媳妇分给我，儿子分给他，我就算同他们分家，难道我们娘儿们还没处去么？我们家乡现成的好房子，比这里还要宽大几倍。"

回头对红鸾道："你也随我们去，陪着你二姐姐，好不好？"红鸾笑道：

---

① 膏肓(huāng)——我国古代医学把心尖脂肪叫膏，心脏与膈膜之间叫肓，认为膏肓之间是药力达不到的地方。

"很好，我是伺候二姐姐惯的，但愿她快些好罢，我们大家都是福。"少刻，陪着王太医进来，文卿也随在后。红鸾、玉钗都避进套间。

王大夫穿着六品服饰，先见夫人请安。紫云放下绿松绣花罗帐，金铃铿然，有丫环在玻璃屏里放一个凳子，一张矮几，放了几本书。王大夫告坐。紫云就在帐里取出宝珠一只玉腕，替她将金钏抹上些，又将戒指上金链子理清，手在书上搁好。王大夫低头凝神，诊了好一会脉，又换了手诊过。王太医起身，夫人忙问道："还不妨事么？"

王太医躬身答道："少奶奶是气恼攻心，急血拥上，晚生开个方子，引血归经，平肝降气。"夫人道："谁问你治法，只要好就是了。你且说要紧不要紧？"王太医忙答道："在晚生愚见，大事无妨。"夫人道："既不妨事，那就好了，请你赶快治好了她，我另有重谢。"王太医连说道："晚生敢不尽心！"辞了夫人，仍同又庵出房，开下药方去了。

夫人要进方子来，看了一遍，教人快去配好，仆妇答应而去，少刻账房里配了药方送进来，夫人要亲手自煎，紫云不肯，同喜红两个找了银吊子，煎了八分数送上去。夫人自己捧上床来，对宝珠道："好孩子，吃下去就好的。"宝珠道："又要太太费心，但我这个病，也无须服药，我知道吃下去也无用。"夫人道："什么话，为什么无用？吃下去包你好得。"

宝珠摇着头，双眉紧锁。夫人道："乖孩子，别凉掉了，你也要教娘放心呢。"红鸾也劝道："二姐姐吃点子就好的，太太为你这么操心，你也却不过上人的意思。"宝珠点了点头，意欲坐起身来，夫人忙止住道："别要动，看劳碌着。"自己俯下身子，伏在枕边，将药碗对着宝珠的樱唇，慢慢给她吃下。说道："儿呀，你千万别生气，躺着定定神，睡一觉就全好了。"亲手替她放下帐幔，走出外间。

文卿也在房中站了一会，夫人一见就骂，文卿只得躲开，走到内房躺着去了。夫人吩咐红鸾、玉钗在房中伺候，二人不敢违拗，就静悄悄的坐在房里。夫人斜靠在外间炕上，歇了一歇，吃了两杯茶，已有上灯时候，一会儿去听听，问问消息，又走出来问喜红道："我那里上等参，还有多少？"喜红道："参多呢，不知少奶奶补得补不得。"

夫人道："就忘了，没问声大夫。"喜红道："原是不知少爷问没有，他在套间里呢。"夫人道："谁同这畜生讲话，你去请了二爷来。"喜红忙去请又庵到来，夫人问道："你可曾问王大夫嫂子吃得参么？"又庵道："这倒没有问。"夫人大怒,骂道:"糊涂东西,一点用没有,要你们干什么! 我知你们这些畜生,心都巴你嫂子死呢! 她好了,是你父子们福气,不然,你们也休想安稳,我闹也闹死你们几个。"

又庵一句不敢开言,低头而立。夫人道:"混账行子,饭胀痴了,站在我面前干什么? 还不快去问呢?"又庵道:"我就着人去问。"夫人道:"你差谁去问? 回来说得不明不白的,我是不依。你难道折了腿子,不能去走一趟么?"又庵道:"我说就自去。"夫人道:"你就为嫂子尽点子心,也不为过,想想性命是谁救的,功名是谁保的。你们这些畜生,反面无情,将来定无好处。"又庵道:"我又没有敢说不去,我就骑匹快马去。"匆匆的就走。夫人道:"转来!"

又庵回身,垂手站住。夫人道:"她是你的救命恩人,你倒放心吗? 也该背后问问大夫,你明白么?"又庵道:"这个我理会得。"又庵出去,夫人进房,又看了一遍,见宝珠面朝里睡,星眸紧闭,也没有惊动,就吩咐玉钗在房守着。唤了红鸾、紫云到外间来商议道:"我的意思,也要给个信亲家太太去,才是道理。"

红鸾沉吟了一会道:"今天也不及了,明日再差人去。但大老爷同他斗气的话,一些讲不得。我那个大姐姐的性子,太太也知道。他知道这事,还了得吗? 顷刻就有乱子闹了。"夫人点头道:"我也这么想,就是我们二姑爷,好惹的吗?"又对紫云道:"这就在你们了,我堵得住谁的嘴?"紫云道:"太太只管放心,我们下人何敢多口?"红鸾道:"就怕二姐姐自己说出来。"夫人道:"这个不必虑,宝珠的贤惠,你们到如今还不知道? 不要吩咐,包管你不说。"

只见又庵进来,夫人忙迎上前问道:"你去问过了?"又庵道:"大夫说,气不平,参是不能多吃。"夫人点点头。又道:"那个话,你问没有?"又庵低声道:"大夫说拖久了都不好,看这一剂药下去怎样。"夫人长叹一声,闷闷不语。

少刻,喜红来请用晚膳,夫人问道:"少奶奶夜饭,预备不成?"喜红道:"太太讲笑话呢,少奶奶这个模样,如何能吃呢?"夫人满眼流泪道:"少奶奶既不能吃,我还吃什么劳食!"又顿足道:"我心如火焚,也不知恨谁是好!"红鸾劝道:"太太不要这么着急,二姐姐倒已好些,吐红也不过是个旧病,养息两天,自然痊愈,太太何必焦心?"

夫人道："她平日受点子凉,我都吃不下去,这比我害病不同。况今日被人气得这般光阴,教我焉得不焦?"红鸾道："天时不正,不进些饮食,不要生出事来吗?"夫人道："我还要重自己么? 我只求你二姐姐快些好,比吃什么还乐。不然,我即刻死,还嫌迟呢!"紫云道："太太这样,教我小姐不安。"夫人道："就勉强吃下去,也不好。"

说着,又走到床前,站了好一会,听见宝珠又要吐了,忙掀开绣幔,送上漱盂,问道："儿呀,你此刻好些么? 睡着了没有?"宝珠道："太太还在这里么?"夫人道："好孩子,我一刻也不敢离开。"宝珠发急,喘嘘嘘,欲言又止,用手抚心。

夫人忙住道："亲儿,急不得了,有什么事,我都依你,别着躁。"宝珠道："我也不怎么样,太太为什么不去安寝,只管在此操心。"夫人道："你要我去容易,但我也不放心,在房里睡不住。你吃点子什么?"宝珠摇摇头。夫人道："你吃点子汤,接接元气。"就努嘴叫人取来。

绿云将燕窝粥用净布拧了半碗汤来,夫人接过去,吹了一吹,笑道："吃罢。"宝珠颦眉道："我不吃。"紫云道："小姐勉强吃些,太太也没有用饭,要候你吃过了,才用晚膳呢。"宝珠点头,吃了两口,夫人还要强她,红鸾道："多吃下去,反停在心里不自在。"夫人只好由她,走出镜屏,红鸾、玉钗就将燕窝粥力劝夫人吃了一碗。

夫人吃着,眼泪只是不干。玉钗道："饮食伤感,易成疾病,娘要宽解些方好。就是嫂子有些缘故,也要你老人家办事呢!"夫人大怒,拦面啐了一口道："丫头家信口胡说,你难道是个阎君,不然就是个小鬼,你怎么知道她有缘故? 你去咒她,无事骂人,多遭罪,教你先死,你就死一百个,也不抵她一个。"

玉钗失言,自悔无及,被骂得目瞪口呆,不敢出气。夫人直忙到三更,还不肯去安息。红鸾等劝了几次,夫人道："我就回房去,也睡不安,好在天气热,辛苦了,随便哪里歪一歪就算了。"红鸾道："这断使不得,太太还是进去,这里人多,有事也够使唤的了。不然,我今夜在此罢。"夫人道："你在此不便。"议了好一会,才议定玉钗止宿。

夫人又上床看看宝珠,抚摩一番,很安慰几句,才带了喜红、红鸾出去。文卿见夫人已去,不敢相送,就蹀进正房,对玉钗道："倒劳动三妹妹了。"玉钗连忙起身道："好说。"文卿请她坐下,玉钗知趣,说道："我到外间去走走就来。"文卿见玉钗出去,就走上床沿坐下,扯过宝珠一支纤手来问道:"你好了?觉得哪里不自在?"

宝珠看见文卿,一阵心酸,泪珠满面,连忙拭去,就挣着道:"好些了,也没有什么大事。"文卿笑道:"哭什么?"宝珠不言语。文卿道:"吃点子东西么?"宝珠道:"太太给我吃过了。"文卿道:"你如今这么不识玩,一句话,就气得这般模样,教人以后不敢同你取笑了。你的清白,谁不知道?连主子都敬服,守宫砂辨玉珍,难道耍了玩的吗?"

宝珠微微一笑,文卿伏在枕上,在她脸上闻了一闻道:"什么好笑?"宝珠道:"我今天受不起你啰嗦,请你让开些,我要吐呢。"文卿道:"我递给你。"就将漱盂取过来。宝珠吐了两口鲜血,文卿看见,也觉惊心,深自懊悔,说道:"你好了罢?"宝珠道:"养歇两天就好了。"

文卿回头骂紫云道:"你们痴了,不来伺候少奶奶?"紫云便瞅了他一眼道:"伺候着呢。"文卿道:"也问问少奶奶吃什么。"宝珠道:"我不能吃,你不必怪他们。"文卿道:"你饿不饿?"宝珠道:"我心里饱闷,疼痛难当,你不必费心,请睡去罢。"文卿道:"我就上床来服侍你。"宝珠道:"说哪里话,我可不敢有劳,我今夜倒要定定神,当不起你的缠扰,你去同紫云睡罢。"

文卿道:"你放心,我断不干犯你,我就在你床沿上靠靠就是了。夜里要人,也有个照应。"宝珠道:"使不得,今夜三妹妹在这里,成个什么模样?"文卿道:"这怕什么,教她不进来就罢了。"就硬睡上床,搂住宝珠,倒是小心伺候,一会儿就起身,问茶问水的,竭力巴结。宝珠反有些过意不去,拦他又不肯听。三小姐也进前问过几次,天一明,夫人就到,细问昨宵的光景,玉钗一一回答。又问紫云,不知紫云说出什么话来,且看下文分解。

第六十一回

探姊病阿弟起疑心　请名医老人空缩手

话说许夫人问过玉钗，还不放心，又问紫云道："夜里可睡得安静？"紫云道："夜里吐了三四次，心里也觉得好些。"夫人欢喜。紫云道："夜里多亏少爷服侍。"就将文卿递茶递水的光景，说了一遍。夫人气极，倒笑起来，骂道："下作东西，他今知道害怕呢。你小姐还理他么？"紫云道："我小姐一点不形于色，还是如常。"夫人叹道："少有这等贤人。"说着，走进正房。

文卿已起身，叫了一声："娘！"夫人也不答他，就掀开罗帐，叫道："亲儿呀，你今天大好了。"宝珠道："太太这么早，我今天觉得清爽些。"夫人道："谢天谢地，娘一夜不曾合眼，整整盼到天明。"说话之间，红鸾已到，不免又有一番候问。夫人吩咐玉钗去睡，就着仆妇到松府去报信，夫人亲口嘱咐几句，说话千万要婉款些。

仆妇坐车到松府，见过夫人、小姐，禀道："我们少奶奶受了点子凉，发动旧病，大夫看过，说无甚大事。"松夫人听罢，心里着惊。宝林盘问仆妇发病的原由，仆妇如何敢说？只说受凉发旧病。夫人打发两个儿子速去看来回话。其时只有松筠在家，奉了夫人之命，不及坐车，就备了一匹快马，只带了四个亲随，一辔头赶到许府。一直进内，先奔副宅，见夫人也在房中，忙请了安。文卿就上来相见，松筠只得招呼。

走到床前，见宝珠歪在床上，松筠道："二姐姐，怎么受了凉，就会发动旧病？"宝珠见了兄弟，才要答话，喉中哽住，一阵伤心，不觉流泪满面。松筠有些诧异，说道："二姐姐，觉得怎样？"宝珠拭去泪痕，答道："今天好些了，你怎么知道的？娘同姐姐可知道么？"松筠道："娘和大姐姐都知道，吩咐兄弟来问候。"宝珠道："你回去对娘同姐姐说，就讲我不妨事，容易好的，不要教老人家焦心。"松筠道："兄弟理会得。但是二姐姐怎么好好就受凉呢？为何不保重？"宝珠不语，长叹一声。

夫人恐他姊弟谈出别的话，露出马脚来，就说道："二姑爷请下来坐罢,让你姐姐养息养息。"松筠答应,坐着不动,文卿也来相请,宝珠一眼看见文卿,就对松筠道:"筠儿,你如今胆子更大了,前天为什么得罪姐夫? 今日好好的替我赔礼。"松筠低首无言。宝珠道:"你在我面前还强吗? 定要告诉大姐姐呢。"文卿连忙笑道:"家里至亲,已过的事,还讲他干什么?"就趁势扯了松筠出来,外间坐下。

夫人同他闲谈,松筠细向宝珠的病原,夫人支吾了几句。松筠见文卿出去有事,起身入内,夫人要随进来,松筠道:"太太请自便,我同二姐姐说句话儿。"夫人只好由他。松筠走进房中,又问了几句话,宝珠无甚话说,唯有颦眉浩汉而已,松筠追紧了,她倒盈盈欲泪。松筠疑惑不定,道:"姐姐,你怎么无缘无故的,就会发病? 我看你有一肚子委屈说不出来。要有别的缘故,不妨直说,兄弟虽然无用,就将命拼掉了,也不依,都是要替姐姐出气的。"说着,也就滴下泪来。

宝珠强笑道:"你哪来这些话,谁敢给我委屈受? 你休得生疑。你们郎舅两个,也要和气些就是,前天也不该就打他。"正说着,文卿走进来。松筠告辞,对宝珠道:"停回完了公事,还来瞧姐姐。"宝珠点点头。文卿留他下住,走出外间,夫人也要留他吃饭。松筠道:"家母候信呢,我回去教老人家放心。"文卿只得送他上马。

再说松夫人自松筠去后,很不放心,对宝林道:"这病怎么又发了? 倒是个心事呢。"宝林道:"原是怎么无故的,就会发呢? 当发也不是件事。她就是平南这一遭,心用空了,拖久下来,就怕不好。"夫人点头叹息。正值墨卿回来,进房坐下,宝林道:"二妹妹红症又发了。"墨卿道:"怎么好好就发的?"

宝林冷笑道:"我知道吗?"墨卿起身道:"我去瞧瞧。"宝林道:"你多见她一面,心里也快乐。你们那些混账心,谁还不知道?"墨卿愕然道:"糊闹了! 自家兄妹,还要说出嫌疑来呢! 我们又是同年,当日好得什么似的。"宝林笑道:"说得倒冠冕堂皇。"墨卿道:"我就不去也可以。"宝林道:"我说破,你赌气不去了。"墨卿道:"这真难坏人,这么不好,那么又不是,教人难以处置。"夫人道:"果然有意刁难,林儿也太过了。"墨卿笑道:"姑母不知,我夹功气是受惯的。"夫人道:"你不会别理她的。"

宝林咬着指头,微笑道:"谅他也不敢。"墨卿道:"我竟被她降服定了。"夫人道:"这是李家的门风,但她姐妹两个,也要匀匀。"宝林道:"这些男人最贱,给他点脸,就像意了。"夫人道:"你别威风使尽了。"墨卿大笑。只见松筠回来,夫人忙问二姐姐怎样,松筠皱眉道:"有几分病呢。"夫人大惊道:"要紧么?"

松筠道:"要紧虽不要紧,这个却发得厉害。"宝林道:"你知道怎样发起来的?"松筠道:"都说是受了凉,我瞧二姐姐的光景,好像有说不出着处似的,见了我只是哭。"夫人道:"这是什么缘故?"宝林道:"在我的意见,其中定有隐情,他从来不是这个人,这回如此伤心,必然受了天大的委屈。文卿不是个东西,他别要将我妹子气出病来。他摸摸脑袋,少要发昏,我姓松的不是好说话的! 你这般无用,一点消息打探不出来。"松筠道:"兄弟也曾问过二姐姐,无如她总不肯说。"

宝林道:"她向来是这样,停回你再同了蕃儿去,背地里问问紫云。"松筠道:"是。"就同墨卿走了出去。夫人道:"今天好些就罢,不然你明天去走遭,瞧瞧神情,来回我。"母女商议已定。

且说许夫人见女婿同宝珠谈了好一会,匆匆要走,心内疑惑,捏着一把汗,生怕宝珠说出昨日之事。少刻,王太医进来诊脉,说今天脉平静些,就将原方加减一番。夫人吩咐快煎出药来,仍是亲手送给宝珠吃了,又劝她睡睡。夫人同红鸾等坐在房中,寸步不离。宝珠今天只吐了三次,觉得好些,就要起来,夫人立意不肯。宝珠睡不住,夫人就扶她坐在床沿上,总不许她出镜屏。夫人劝她吃了一碗燕窝粥,夫人道:"吃袋水烟,消消遣罢。"取过烟袋,亲手来装。宝珠连忙止住,夫人就教玉钗装了几袋。

文卿今日也不敢出门,在房殷勤服侍。午后松筠弟兄又来问候,见二姐姐好些,都觉欢喜,回去说与母亲、大姊放心。到晚宝珠又吐了两口,夫人陪着她坐到二更才去,就吩咐喜红、紫云等值宿。宝珠倒吐了几次,虽然有些烦躁,比昨日却好多了。文卿仍是忙了一夜。

次日,夫人照常早来,请医调治。松筠兄弟一早就来过了。宝珠觉得精神复振,一定要起身。夫人亲自伺候,扶到妆台,草草梳洗,看她面貌,竟清减了许多,柔情如水,脉脉含愁,略坐了一会,夫人就催她睡下。中晚饮食,都是夫人亲陪,医药等类,无不经心,闲时还来同她谈谈,引斗她玩笑,替她开心,真是曲意逢迎、鞠躬尽瘁之夫人。理了十余日,才算大好,元神虽复,病根不除;过两三日,或五七日,必发一次,有时吐三口,有时吐两口,脸上日见消瘦,夫人心里好不忧烦。换了几十个大夫,依然画饼。

　　文卿格外懊闷,自己深悔前非,从此竟不敢有一点狂暴。松筠、松蕃天天过来,仆妇丫环,来往不绝,其中夫人、宝林暨①李公媳妇,都来过几次,问起病原,宝珠只说受凉起见。宝林也曾细细盘问,无如宝珠总不肯直言。她生性本来温良,不说丈夫的过处,又见婆婆相待的诚心,文卿悔过的光景,何肯说出真话来,令他两下参商? 就是闹通了天,于我病也无益处,不如做个人情,留人想念。况我的生死,定数难逃者,道士的诗篇,金桥口的梦境,原说我是个花神转劫,不能久长,足见有个天心,非关人事,我又何必起这点衅端,伤他两家和气? 而且我的姐弟,娇痴已惯,暴烈非常,知道此事,怎肯甘休? 必然闹得叩阍②而后止。主子待我的恩情,不言而喻,如何舍得我受人欺凌? 天威震怒,许家几个官,断送定了,那我不是死有余辜么? 她主意已定,倒反吩咐紫云、红鸾等,不许混说,一家之人,个个叹道贤德。

　　夫人、文卿,格外感愧交集。延到七月下旬,不觉大发起来,一日竟吐十余次,大夫每天来看两三遍,药服下去,如石投大海。夫人、文卿,无法可施。紫云、绿云,日夜在面前服侍。松夫人、小姐、姨娘,轮流前来看视,松筠弟兄自然天天不离。

　　夫人对文卿说道:"媳妇病势,有增无减,看来难以收功,万一有点差池,我们如何对得她过?"说着,落下泪来。文卿也拭泪道:"真教人无法,大夫也算请遍了,吃下药,都不得投门。"夫人道:"原是我求神问卜,愿也不知许了多少,总是枉而无功。"文卿道:"我听说她在家有病,都是张山人看好的,我们何不请了他来? 从来说'药遇有缘人',或者他服他的药,也未可知。"夫人道:"既有这个救命星,你何不早说,就快些着人去请。"文卿道:"人去使不得,必得我自己亲自去走遭。"夫人道:"救命如救火,快别迟误了!"

　　文卿慌忙坐车,去请张山人。却好在家,就同了他来。文卿邀他进房,宝珠也周旋了几句,张山人诊脉,望、闻、问、切,颇为细致。老人家起身出厅坐下,口里连称可惜,许公也来相陪,先谢来步,说道:"小媳病症,在老先生看来,还可无妨么?"张山人摇头道:"心血已空,似难解救。老

---

①　暨(jì)——与、及,和。

②　叩阍(hūn)——叩,敲;阍,宫门。谓吏民向皇帝申诉。

夫愚昧,尊府另请高明罢。"许公道:"老先生就是高明,不必过逊,还求个良方,聊为援手,愚父子感恩不尽。"文卿也在旁苦求。

张山人道:"贤乔梓①差矣。这些草根树皮,何能返人的真本? 不如多服些参苓,补补元气。府上德门积善,或者人能胜天。"立意不肯开方,倒很叹惜了几句,告辞而去。许公父子忧愁,自不必说。文卿进来,将张山人的话禀过夫人,夫人呆了半晌,眼泪好似断线珍珠。却值松筠到来,夫人就告诉一遍。不必说许府忙乱,

再说银屏入夏以来,时常多病,宝珠自发病到如今,她并未回来问候。连日病已稍好,又听松筠来家说了张山人的话,吃惊不小,就扶病要回去看视。上去辞了夫人、大小姐,夫人叮嘱了几句,说明日自己还要去呢,又吩咐路上保重,不可劳碌。银屏答应,带了丫环仆妇上车,到了家里,进甬道垂花门首下车。红鸾、玉钗早来迎接进内。

银屏先见了母亲,就到嫂子房中,见宝珠盘腿坐在一张靠背椅上,并不像患病已久的人,浅淡梳妆,随意插了几枝钗钏,薄施脂粉,淡扫蛾眉,身上披了件松绿夹袄,露着里边大红衣襟,金镂罗襦,湘裙不掩,穿着桃红洋绉镶边大脚裤,面前放个银漱盂,亮得耀眼。银屏看他面目虽然清减,倒格外觉得娇媚可怜,抢步上前道:"二姐姐,妹子因为病了一夏,不能回来请安,深为抱歉。姐姐如今好些了?"宝珠忙要起身,不知二人谈些什么,且看下文分解。

---

① 乔梓(zǐ)——古代人对父子的称谓。乔为父,梓为子。

第六十二回

小银屏痴心怀侠义　老道士隐语破情关

话说宝珠见银屏进来,忙要起身,被银屏一把按住,紫云忙送上一张椅子,银屏在旁坐下,红玉送茶来。宝珠道:"又劳动妹妹,教我心里不安!况你才好,不怕受了风吗?至于我的病,大约暂且不能好,倒教妹妹记挂!"银屏道:"如今吃的是谁的药,还有效验么?"宝珠笑道:"大夫倒换遍了,也是枉而无功,又请了张山人瞧过,药还没有吃呢。"说着丫环来装水烟,银屏摇摇头。宝珠笑道:"妹妹只管请,我不怕烟。"

银屏吸着烟道:"张山人是有见识的,何不早请他?"宝珠道:"我看也未必有用。我倒向太太说过,常给我苦水吃干什么?"银屏道:"不服药,怎么好得快么?"宝珠道:"我就服药,难道还会好吗?"银屏道:"这是为何?"宝珠叹道:"妹妹你是明白人,何须多赘?"银屏道:"不必焦心,吉人天相。"宝珠道:"托妹妹的福。"

又庵进房,同银屏相见,说道:"大夫来了。"宝珠道:"一天看几遍,有何益处?我倒厌烦了。"银屏避了出去,就到夫人上房,母女说了一会。银屏说了宝珠这病难好,就问了病原,因何受凉,夫人不由的将他夫妻斗气之事,告知女儿。银屏听罢,怒从心上起,恶向胆边生,她性子本来娇痴,病后又有肝火,气得春山蹙黛,秋水含嗔,双泪交流,一言不发。

正思发作,却好文卿送药方进来,夫人才接在手中,银屏站起身,抢到文卿面前,一把掀住衣领,双顿金莲,放声大哭道:"你还我二姐姐来!"文卿道:"你疯了,这是什么原故?二姐姐不在里边么?"银屏道:"我二姐姐哪件事亏负你家?你将她气得这般模样,我今日预备一条性命,不拼个你死我活,也不得干休!"文卿道:"真正奇事,她有病,你来怪我?不是自己栽了筋斗,埋怨地皮吗?"

银屏道:"谁教你给她受气呢,看她这样儿,一定难好,我不教你偿她的命,我也不叫个银屏。今天回去告诉大姐姐,来要你们狗官的命!此刻且同你到爸爸面前去说话。"扯了就走。旁边丫环仆妇,又不敢劝。文卿不肯走,银屏就口咬手拉的打闹,将件崭新的外褂,撕得粉碎。

文卿气急骂道:"不爱脸的丫头,护着婆家,同自家哥哥混闹,还不撒了!"说着,将银屏一摔,银屏幸亏拉得紧,不曾跌倒。银屏道:"你敢打我吗?"一头撞去,翠钿金钗,纷纷乱坠。夫人喊道:"我的孩子,没有得给你打,你少要动手动脚的,还有我在世呢! 老婆欺得这般模样,又来欺妹子了。"文卿道:"娘不瞧见,她打我就是该的?"夫人道:"孙儿有理教太公,莫说妹子,为什么打不得?"

银屏格外打得高兴,还是玉钗同两个姨娘,带拖带拉的才劝开。文卿满身撕烂,膀子上抓了好几条血痕,还被咬了两口,文卿飞跑溜走。银屏还是哭个不了,睡倒在地,闹起孩子脾气来了,说今天不教二姐姐好了,就死在你家。哪个拦得她住? 闹得许公也进来查问,银屏是夫人惯成的,不顾什么尊长,竟跳起身来,揪住许公胡须哭骂。许公摇头:"无父无君,是禽兽也。"夫人反在旁冷笑冷语护短。

还是又庵进来道:"松老二已在那边,不能再闹了。"劝住银屏。两个姨娘拉进房,替她梳妆好了,顷刻要走,夫人苦留不住,红鸾、玉钗送她上车。银屏回家,上去见过夫人,竟痛哭起来。夫人不解,问她又不肯说,夫人惋惜道:"好孩子,受了谁的委屈了? 告诉我,不依他。"

银屏也不言语,哭了一回,就嚷头痛。翠凤扶他进房就睡。晚间松筠回来,公主却好在此。银屏一肚皮懊闷,说不出来,见了松筠,就骂道:"好个贼相,见了你,我就生气。"松筠道:"这是什么缘故?"银屏道:"我知道吗? 我就和你无缘,又待怎样?"松筠道:"无故的生气,岂不是笑话?"银屏道:"你别笑话了,你哭的日子在后面呢。"松筠道:"奇事,我好哭什么?"银屏道:"你这个下作脾气,专喜欢闹乱子。"松筠道:"我闹什么乱子?"银屏道:"我不知道。"

松筠心里明白道:"我知道了,你今天回去,听你哥子说我打了他,你也问清楚,是你哥子先打我的。"银屏啐道:"我问你们打不打,就打死一个,干我的屁事!"公主道:"为什么打起来呢?"银屏道:"你别问他们的闲事,谁管得许多!"松筠道:"既不为这事,因何同我寻闹呢? 难道欺负惯了?"银屏道:"我今天见了你,不由得生气。"松筠道:"这倒是晦气了,我走出去避一避,好不好? 今夜就到他房里去睡。"说着要走。

银屏拍案道:"你敢出去,还没有给我骂得够呢!"松筠只得站住,不敢移步。银屏道："我把你这下流种子,你为什么起事生端呢? 我真气你不过!"松筠道："你听了谁的话,来同我胡闹? 究竟为的那笔账?"银屏道："你自己犯法,自己知道。"松筠道："我在你家没有犯法,你可别石上栽桑,我可不答应!"银屏道："你不答应,又待如何?"松筠笑道："银丫头,我就打你,有何不可?"

　　银屏长眉剔翠,俊眼凝波,勃然大怒道："筠儿,我坏了什么事,你要打我?"起身就扑过来。松筠见来势凶勇,忙赔笑道："说笑话耍子,倒当真了。"说着就跑。公主小金莲一垫,飞到面前,一把好似饿鹰抓鸡,轻轻提将过来。松筠发急,喊道："你两个合起来打我吗?"公主微笑道："要打你不难。"松筠道："玩笑是玩笑,不能真打我呀!"公主笑道："也挨过的。"松筠视了她一个白眼。银屏道："你要打人的?"松筠道："好妹妹,我不过说笑话的。我敢打谁?"银屏道："谁和你说笑话,好不爱脸。"松筠对公主道："你就放我跑了罢,为什么助纣为虐?"

　　公主掩着口儿只是笑。松筠道："看你两个,狼狈为奸。"银屏道："你躲得过龙王,也躲不过庙。"公主笑道："少奶奶何不叫他跪下来。"松筠更急,顿足道："他想得到,不要你再来教导他。"公主笑道："少奶奶,今天看我面上,教他跪一会子,别打罢。"松筠道："你何必将你的虐政,又作为新传?"公主道："替你讲情,又不好?"松筠道："免劳照顾,倒费心得很,人家替人说好话,没有见过你这位瑶姑老太,尽替人下火种子。"引得两旁丫环都笑了。银屏喝道："怎样?"松筠只是赔笑,好不为难。

　　正在无可如何之际,彩霞进来道："少奶奶,我们小姐请您老人家讲句话。"银屏起身指着松筠道："回来同你再讲。"松筠舌头一伸道："几乎短了半截。"对彩霞作了一个揖道："你就是个救命王菩萨。"彩霞笑道："少奶奶回来,也过不去。"松筠道："到底挨一刻好一刻。"彩霞道："我救你命,也非止一次了,你还记得么?"松筠笑道："怎么不记得,受恩深重,浃髓沦肤。"彩霞脸一红,啐了一口。公主大笑,推了银屏出去。

　　再说宝珠的病势,日甚一日,她自己知道不起,就不肯服药。夫人以下,日夜忙乱,上下惊慌,把个紫云急得无可如何,终日偷泣,又不敢形之于色,还要服侍病人,片刻不敢稍懈。宝珠倒舍她不得,时常替她踌躇,紫云都是用话宽慰。其时已近八月中秋,宝珠渐渐着床,夫人、文卿几乎急杀,又请张山人来看过一次,还是不肯开方,说只好延延日期,谅也不得远去,倒吩咐替她快备后事。大人已接了松夫人、宝林过来,银屏、翠凤、姨娘等轮流在此。

十二日清晨,门上进来回话,说外边有个道士。夫人心里正烦,不等说完,就骂道:"不知事的奴才,既有道士,赏他几个钱就是了。"门上禀道:"粮食银钱他都不要,口出不逊的言语,奴才却不敢回。"夫人道:"这老奴才好不闷人,有话快讲就是了。"门上道:"他有个故人在府里,奴才们问他是谁,他说就是大少奶奶,他要进来见见。"

夫人啐了一口,骂道:"好混账东西,还不快赶他出去,也亏你们来回!"门上道:"奴才们赶他不动,夥计几十个都被他打倒,他倒走上正厅坐着呢。"文卿、又庵等个个诧异,适值松筠也在堂前,就说道:"我们大家出去瞧瞧。"

众人走出厅上,见个道士高坐厅前,仙风道骨,须鬓皆苍,飘飘乎有凌云之概。三人上前相见,道士举手道:"诸位大贵人请了,山人不揣冒昧,有妨起居。"松筠认得枫山道士松鹤山人,只说他来救姐姐的病,乐不可言,忙请他坐下道:"家姐正在沉疴①,幸喜有缘,得遇老先生下降,敢求仙术,起死回生。"道士道:"山人正欲一见故人,以偿渴思,故不远千里而来。"

文卿问道士的来历,道士笑而不言。松筠略述大概,就进内告知岳母。两位夫人喜极,忙来说与宝珠知道,宝珠教兄弟请他进来。松筠领道士入内,在堂前坐下,宝珠不能出房,紫云等移了一张靠背椅子,在房门边,四个丫环扶定,将她靠在椅上,紫云、绿云两边卫住。

道士举手道:"花史,相别又一年矣!"宝珠道:"老先生光降,不能远迎,敢求恕罪。"道士道:"花史已有归期,山人临别赠言,聊当雪泥鸿爪。"宝珠垂泪道:"愿老先生明垂宝训,指点迷途。"道士笑道:"痴儿有甚伤心来? 一失足成千古恨,再回头已百年身。情根不断,堕落甚矣! 敢问花史,何谓有情?"宝珠拭泪,定了定神,答道:

　　比翼鸟飞巢翡翠,并头莲放引鸳鸯。

道士道:"何谓无情?"宝珠道:

　　花如解语还多事,石不能言最可人。

---

①　沉疴(kē)——重病。

道士道:"情无尽乎?"宝珠道:

　　作茧春蚕丝已尽,成灰蜡烛泪将枯!

道士道:"情有尽乎?"宝珠道:

　　郎心已作沾泥絮,妾貌应同带雨花。

道士道:"有情者就无情乎?"宝珠道:

　　云飞岫①外难归岫,花落枝头不上枝。

道士道:"无情者就有情乎?"宝珠道:

　　泉流石上珠犹溅,月到花间镜更明。

道士道:"无情者遇有情,亦可情乎?"宝珠道:

　　一任飞时沾柳絮,再从系处解金铃。

道士道:"有情者遇无情,亦无情乎?"宝珠道:

　　举着画胶胶不断,抽刀断水水犹流。

道士点头道:

　　弱草轻尘,非真非幻,

　　镜花水月,是色是空。

宝珠接口叹道:

　　弱草轻尘真是幻,镜花水月色皆空。

　　从今解脱风流孽,始信浮生一梦中。

　　道士道:"花史悟矣,山人去也。"宝珠点点头,打了一个稽首。道士道:"前因具在,后会有期。"起身要走,紫云等扶了宝珠上床。文卿见道士告辞,忙上前拦住道:"老先生慢走,先生既与内子有缘,有劳仙踪降世,何不稍施法力,救彼沉疴?"道士笑道:"山野之人,有何法力?"

　　夫人也顾不得回避,忙走出来道:"道士老爷,你老人家既有法术,何不救救凡人? 要多少布施,我们都不吝惜,只求你老人家救好了她,就感恩不尽。老爷不知道我这个媳妇,比儿子强百倍,是我心头上块肉,如有别的缘故,我们也没有命,一条命就关乎几条命。你老爷是个出家人,慈悲为本,也要做点子好事。"说着流下泪来。道士道:"太夫人差矣! 生死有命,定数难逃,山人何能为力? 况且是王母的诏命,谁敢有违? 太夫人不须如此。"

----

①　岫(xiù)——山。

　　夫人双膝跪下,哭道:"我听我们二姑爷说,讲你在枫山专救人的苦难。你不来,我们也没处寻,你今天既来,就是我们的福气,为什么见死不救? 你老爷也太忍心了! 千不看,万不看,还看我这一家子几条性命。好老爷,你可怜见,救一救罢!"道士道:"太夫人请起。"不知夫人起身,道士救是不救,且看下回分解。

第六十三回

嘱遗言断肠弹恸泪　救恩主割股感诚心

　　话说众人围住道士，夫人跪在地下苦求，道士道："太太请起。"夫人道："老爷，你不救我媳妇，我就跪穿此地。"道士道："太夫人，且听山人一言。令媳忠孝两全，节义兼备，如今功成名遂，正宜及早回头。"夫人道："花枝般一个孩子，正好过呢。你老爷说的，不过王母娘娘那里要人，求你老爷施点法力，将我去替她，好不好呢？我是自己愿意，断无后悔就是了。"

　　道士道："太夫人虽然有福，却非瑶池会上人。"夫人道："我知道，是嫌我老了，瑶池上没有个有年纪的人，我就将我几个女儿，听凭拣一个，使得使不得？"道士只管摇头。夫人伏在地下痛哭，文卿、松筠等都来跪恩。道士忽然指手道："太夫人请看，那边王母已到，何不求她？"

　　夫人等回头一看，道士不见了，众人大惊，只得站起身来，都知道宝珠万无生理。且说宝珠经过一番点悟，心地光明，后果前因，俱皆明白，一悲一喜，喜的是仍登仙果，悲的是不舍众人。听见道士说情根不断，就要堕落，只得将心性镇定，不敢过于感伤。

　　到了晚间，请松夫人坐在床边，一把拉住手，哽哽咽咽的道："自从爹爹死后，姐姐和我支持家务，接续书香，领着两个兄弟成人。如今幸喜正好得了官，娘正好安享，我就死也闭了眼睛。娘是年老的人，切不可为我伤心，有损身体，那时更增我的罪过。"夫人哭得泪人一般，一句话答不出口，只把宝珠的手捏得好紧的，挣了好一会，说了一句道："我娘儿两个，一搭儿去！"说得也不甚清楚。

　　宝珠道："我知道娘还有后福享呢。我此刻各事都还放心，但丢不下这些亲人。我死之后，你第一要保重些。"夫人寸肠万断，竟支持不住，一个头晕，往后便倒，紫云等忙上来扶住。许夫人道："请了亲母下来罢。"松筠帮着，硬扶出了镜屏，夫人哪里肯走？抱住镜屏痛哭。宝珠秋波一转，遍视众人，叫道："大姐姐，你怎么不理我？"

宝林忙走上来，宝珠执着手，叫她坐下道："大姐姐，我姊妹两个最好，谁知今日同你分手。"宝林眼泪就似断线珍珠一般，宝珠也流了一回泪，就拭去泪痕道："大姐姐，你我相见不远，不必伤悲。妹子是瑶台上兰花仙史，姐姐是紫兰宫捧剑仙姬，我两个在天上好结为姊妹，时常相约会去游戏，因为误了差使，谪降人间，仍为姐妹，判了二十九年。妹子平南这一遭，杀戮过重，减寿十年，姐姐归期，尚在十年之后，妹子当早在紫兰宫相待也。"

宝林哭道："妹妹，我也离你不开，你何不此刻就带了我去？我姊妹也有个伴儿！你如今单留下我来，教我也当不起这个伤心。"宝珠道："事有前定，姐姐不必痴呆。娘年纪已高，全要姐姐侍奉，就是两个兄弟，还要姐姐拘管。"宝林道："这些事你都放心，但你撇下我们这些人来，还有个什么生趣？不如带了我们去好。不然，我就急也要急死。"宝珠叹道："事已如此，夫复何言！姐姐达人，还宜宽解。"

姊妹两个拉着手，大哭一场，宝珠喘息一会，又吐了两口血，见松筠站在床前拭泪，宝珠道："筠儿！"松筠、松蕃两个忙走过来，垂手而立。宝珠道："我死之后，你弟兄要听娘同姐姐的教训。筠儿的性气，过于刚强，恐是取祸之道，以后宜收敛为佳。"

二人跪下来，以头触着床沿，痛哭道："我家亏的哪个，功名富贵何处来的，我两个虽不知好歹，也不敢负义忘恩！姐姐教诲之言，敢不铭诸肺腑？但姐姐恩德，兄弟们一点没有报答，未免抱恨终天耳！"宝珠道："但愿你们尽心报国，竭力事亲，体恤军兵，遵我当年的旧制。处分家务，不改姐姐成规。我死后有知，亦当含笑。"

二人匍匐在地，血泪交流。宝珠吩咐起去，文卿拉了弟兄起来，走出外间，二人抚心顿足，放声大哭，松筠几乎碰死，幸喜松勇知道宝珠病重，赶了回来，却好也在堂前，才抱住松筠，不然别人也制他不住。宝珠又请了许夫人坐下道："我的亲娘，你白痛了我一场！"夫人哭道："亲儿，你好忍心呀！你丢下娘来，谁是我个知心合意的人？我一刻也过不下去。我的亲儿，你也要可怜我才是。"

宝珠道："娘也为我操心够了，再不能为我伤心。"夫人道："亲儿，我随着你去，料想你有个长短，我也不得活，我前生今世，作了多少罪孽，今日教我过这种伤心的日子！我的天爷爷，你倒是早些拿了我去的好。"宝珠道："太太福寿正长,不可痴心太过,我此刻只有两件事,很不放心。"

夫人道："孩子,你有甚心事,只管说出来,娘都依你。"宝珠道："一件是撇不下太太,恐怕太太为我感伤,有损身体。"夫人抱住大哭道："亲儿,你这不是和我讲话,是拿刀子割我的心肝!"宝珠摇摇头,夫人道："还有什么,你尽管讲。"

宝珠道："二则我舍不得紫云,这孩子事我最久,同我很合得来,如今撇下她来,有许多的愁思。她如今已有四个月身孕,还求太太照应她,就有甚不好之处,求太太看我的面子,不必计较她,她如若有福,生个男孩子,就请太太抬举她一点,我虽死也瞑目的了。她虽出自小家,身家也还清白,她父亲在日,曾做过宛平知县。因为父亲死后,继母不容,将她卖了出来,我老爷见她端庄凝重,故以重价赎之,同我相处十余年,十分信她得过,方敢替她请命,务求太太格外的垂青。"

夫人道："孩子,你的话我理会得,你只管放心,有我做主就是了。"宝珠点头道："紫云呢? 还不过来谢谢太太。"紫云走上来,对夫人磕了个头,又对宝珠磕头,竟站不起来,痛哭在地。宝珠叫丫环扶她床上坐了,道："姐姐,我同你相处十数年,一天没有离过,谁知今日丢下你来。你各事要小心些,比不得有我在庇护着。你姑老爷性子,你是知道的,讨了没意思,我死后心也不安。"

紫云忙跪下道："小姐说哪里话来,别说小姐还可以望好,就万一有个不吉,紫云在世伺候小姐,死后也是追随小姐,这话在家就同姐姐讲过的。"宝珠道："胡说! 你已有了四个月身孕,我将你重托太太,你尽管安心去过,我看你日后倒可享点子福呢。"紫云道："小姐也知道紫云的性格,我难道是个贪利忘义的人吗? 任他富贵荣华,也不在紫云心上。紫云只知道有个小姐,除外无人。"

宝珠怒道："你敢逆我吗? 你要这样,我不但不喜欢,反要怪你,你就死也赶我不上。"紫云道："小姐说得是,但紫云不愿过了,情愿将条性命报答小姐。"宝珠拍床大恨,宝林在旁低低的道："紫云,你引她着急罢。"紫云哽咽道："小姐别急,小姐吩咐就是了。"宝珠道："好姐姐,这才是。你身子要紧,去歇息罢。"

紫云出了玻璃屏,宝珠又同生母痛哭一场。又庵、红鸾来,吩咐了几句,他夫妻感宝珠的恩德,竟痛不欲生。宝珠对众人道："我的银妹妹呢?"绿云道:"才回去。"宝珠道:"去了? 明天还可见呢,我也要定定神了。"

众人知她要同文卿讲话,都走了出去。文卿伏在枕上哭道:"妹妹,你怎么就舍得我?"宝珠垂泪道:"咳,我又如何舍得你?"文卿道:"你既舍我不得,为何又舍我而去?"宝珠道:"死别生离,关乎定数,你这话未免不达。但我两人的姻缘,原非容易,由朋友而成夫妇,其中也经了多少风波。如今正好安享,谁知天命又终,命也数也,人何尤焉!"

文卿心如刀割,泪如泉涌,哭道:"你说到当日,教我格外的难受,我好容易才识破了你,成就好事,提起来如在目前。"宝珠道:"你到今日,还不明白,你就真识破我了,我阅人甚多,都是行云流水,过眼皆空,谁知见了你,就十分留情,这也是情恨未除,茧丝自缚,此中都有前因。我如今想起来,倒害了你。"文卿道:"你我相处半年,不知受我多少呕气,就是前天那件事,我如何对得你住? 想起来,我就抱恨。你再有个长短,不教我抱恨终天么?"

宝珠道:"死生有命,原不由人,已过的事,还讲他做什么? 我也不甚怪你。但我死后,你同别人不可如此,未必个个人都能像我,那时伤了夫妻的和气,还教太太不安。还有一件,我两个兄弟,很不是个东西,你总念我的前情,不必和他深较。至于紫云,是格外拜托的了。"

文卿只是点头,心里好不难受,相抱大哭。却值许公着人来唤文卿,宝珠喘嘘嘘的道:"我就和你谈到后日,也谈不完,我也真要静养了,夜里我们再谈。"文卿哭了出去,到了上房,父子商议要上个本章,先奏明了,免得后来讲话。

十三日一早,上了本,皇上知她这病因平南劳苦而起,心里着实惋惜,随即差了两名太医,前去看视,又赐了多少参苓。太医来诊过脉,只是摇头,方子都没有开,就复旨去了。且说紫云坐在套间里,饮食不进,哭泣不休。绿云道:"呆子,小姐的病,料想你替她不得,又有身孕,必须保重为佳。"紫云道:"绿妹妹,你听我讲。我们抛撇亲人,卖到人家做个使女,遇到这个恩主,千般体恤,万种爱怜,食则同器,寝则同床,十余年推食解衣,恩情备至,我们福享尽了,若遇见那种暴戾主人,非即打骂,不然就呼来喝去,受无限的波查。如今我们到这边来,就是个榜样,可显出高低来了。偏偏教她得了这个病症,看来难以收功,我等落在他人手中,还比得小姐吗？后来的日子，就不可深问了！"

　　说到此处，绿云也就哭了，道："想到小姐的好处，谁不伤心？又何在乎你一个？"紫云道："岂不闻豫让众人国士之论乎？"绿云道："我们晚间敬一炉香，哀告天地，愿减我等寿数，保佑小姐，或者诚能格天，也未可定。"紫云点头应允。到了二更以后，绿云、红玉就在套房天井里设了香案，三人默默祷告。站起身来，只见紫云进去取了一只银碗，身上拔出明晃晃的一把佩刀，双眸含泪，伸出一只云白粉腻的玉腕，一口咬定，一刀割下一块来，放在碗中，鲜血淋漓，流个不止。

　　紫云疼痛难熬，倒在地下。绿云抓了些香灰，替他掩上，红玉取块手帕扎好。紫云勉强起来，赶忙用参汤煎好，亲自捧到床前。宝珠已不能下咽，忽闻一阵异香，不觉吃了下去，就昏然睡去，从此血竟一口不吐了。两位夫人、文卿、紫云，坐在房中，静悄悄的，其余众人，只在外伺候。

　　约有三更，忽听宝珠哭道："爹爹，你撇得我好苦呀！"又哭道："我的命就送在你手里，我到这般光景，你还不肯饶我么？我的亲哥，你竟如此心狠，全没有一点夫妻之情！"文卿听见，犹如万箭攒心，不觉失声一哭！松夫人道："她讲些什么？"许夫人道："亲母，她此刻是信口胡言，还有个什么头绪？"

　　松夫人到床前叫了两声亲儿，宝珠睁开二目道："我害怕呢！"许夫人忙说道："我的好孩子别怕，娘在这里。"宝珠道："唤了松勇、筠儿进来。"夫人道："干什么？"宝珠道："我眼里瞧见无数断头缺足的人，同我要命呢，房里都塞满了。"夫人毛骨悚然道："孩子你定定神，没有这事。"宝珠道："你们不瞧见么？是邱廉领来的。我最怕呐信阿那厉害样儿，脑袋提在手里，好不怕人。"

　　夫人只得叫了松勇、松筠进来。宝珠道："都走出去了，站在窗外呢。替我把玻璃上幔子放下来。"说也奇怪，众人竟闻见一股血腥，随风而至。及至松勇等才走出去，又听宝珠叱喝道："本帅令重如山，看尔身轻似叶，辄敢如此无礼，乱我军规，擅闯辕门，该当何罪？况尔身为首逆，法所必诛，本帅利剑新磨，正好饱尔的颈血！"

　　停一会，又道："奴才，你生既无能，死犹为厉，本帅岂惧尔乎？本帅奉命征蛮，杀人如草，卧征鞍于马上，饮战血于刀头，华夷之人，闻风知畏，尔不过帐下一名小卒，而敢如此狂为耶！中军即将他手中脑袋，号令辕门!"松筠忙走上来,叫了两声道:"姐姐,姐姐,别害怕,兄弟在此。"宝珠倦眼微开道:"吓杀我也! 呐信阿这个奴才,竟将脑袋提起来掷我,不亏你来,几乎遭他毒手。"松筠道:"姐姐安心,有兄弟在,这些断头的奴才,怕他做甚?"宝珠点点头儿。

松筠对文卿道:"姐姐那支宝剑呢? 在苗疆杀人无数,何不挂在床头上,辟辟邪气?"文卿忙教人到内房,连上方剑一齐取来,挂在玻璃屏上。可煞作怪,才挂上去,就哏哏的啸将起来。不知后事如何,且看下文分解。

第六十四回

画眉人灯窗怀隐恸　司花女月夜返香魂

话说宝剑挂在屏上，唝唝啸将起来，一道电光，挣在鞘子六七寸，宝珠就觉得安静，模模糊糊，似睡非睡，到天明才清醒。十四日清晨，四名内宦来报，万岁爷命东宫阿哥亲来问疾。许公父子忙穿了朝服等候。少刻驾到，许公、文卿等迎接，先谢了恩。

东宫亲临卧室，许公拦阻，东宫笑道："既为兄妹，何别嫌疑？"许公道："病房污秽，不敢劳尊。"东宫立意要行，许公只得引他入内。文卿前一步进去报信。东宫进房，亲手掀开罗帐，见宝珠斜靠在枕上，云鬟惺忪，花容掩映，东宫饱看了一回。宝珠道："病躯不能为礼，还求殿下谅之。"东宫道："贤妹贵恙若何？父王很为惦记，特差愚兄前来问候。"

宝珠道："多感圣上眷念，又蒙殿下辱临，妾虽粉身碎骨，亦难图报。"东宫在怀中取出一幅手诏，小小一个封筒，封得甚固，递与宝珠。宝珠拆开看了又看，粉面通红，用手拉得粉碎，放在口中嚼烂，长叹一声道："陛下呀，你忘了宝珠罢！"又对东宫垂泪道："烦殿下回宫，上复主上，说宝珠今生不能报德，来世再来酬恩。"东宫道："贤妹保重，不必悲伤，吉人自有天相。"

东宫絮絮叨叨，亲爱非常，宝珠羞羞涩涩，应酬故事。许公催促几遍，东宫才走出房，在厅前略坐，就起驾去了。皇太后、皇后常差内监出来，一日探问几次，李公夫妇、墨卿弟兄，暨金铃、翠凤等，天天都是明来夜去。还有许多年谊、故旧、门生、同年，个个到府问安。终日厅上坐得满满的，都是许公、又庵陪客，问过一起，又是一起，一刻也不得消闲。内里除了松、李二夫人，宝林、银屏是住下的，其余也有许多女客，来往不绝，夫人无暇去陪，只教红鸾、玉钗接待。

自两位夫人以下，一个个面黄如蜡，血泪将枯。今日已是中秋佳节，又是宝珠的生辰，外客来的更多，看宝珠的风光，竟十分危急。文卿如何对得住她？一肚皮苦楚，一句说不出来，自怨自艾，只是干急，对夫人道：

"瞧这模样，也不得过去，不如将后事替她料理。"

这句话前天银屏也曾说过，无如夫人忌讳，人和她说，就要骂人，到了这个时候，也无可如何，听见儿子说到此话，双泪交流，沉吟半晌点头。文卿道："请娘示下，怎样办法？"夫人道："有什么办法，尽我的家私化消就是了。"吩咐喜红去取顶大的珍珠，传精巧匠人穿凤冠；又发出多少赤金，抽丝盘蟒服。其余绫罗缎匹，用折子到铺子里，只管取用，一件不许从省。

夫人内外支持，又不进饮食，闲时就哭泣，看看挣扎不来，还是勉力而为，扶着个丫环走来走去。晚间无心敬月，叫人应了个故事。不说外边忙乱，且说宝珠到黄昏时候，倒觉得清健了许多。又叫了文卿过来，气短声嘶的说了好些话。问道："有什么时候了？"紫云看过洋钟，回道八点一刻。

宝珠点头道："是其时矣。"吩咐众人都退出去，只留紫云、绿云在内伺候。夫人等只好依她，都在外房静听。宝珠见众人已去，就教紫云扶她起来，紫云道："别劳动罢。"宝珠发急。紫云、绿云慢慢扶她起身，宝珠要水净面，洗了手足，换了一身香艳服饰，床前点上几枝画烛，放下一张小炕几，焚了一炉好香，宝珠跏趺①而坐。紫云用两床锦被，替她靠好。宝珠教取笔砚，紫云送了过来，又送上一幅长花笺。绿云拧了一把手巾，替她擦过脸，看她虽瘦了好些，却丰姿如旧，美丽依然，更显得无双绝世，百媚千娇，不但不曾变相，倒反光彩顿生。紫云在房磨墨，宝珠定了定神，提起笔来写道：

> 妾以雄服，游戏人间。学绍书香，名驰艺院。一年鞅系，待罪三年。万里萍踪，成功二载。忆自出师以来，灭海寇，定南蛮，纵横天下，直抵苗疆，颇不负少年之志，即须眉男子，亦未必如斯。苟国家非妾身一人，正不知几人称帝，几人称王。方今天下承平，原欲与郎君共保富贵，不意期年未满，二竖忽侵。心血已空，死期将至，今当分手，未免有情。呜可称哀，言难尽善。愿郎君尽心报国，努力加餐，勿以妾为念。

> 紫云事我最久，相爱有年，贤淑无双，端庄得体，乞郎君看妾薄面，念妾痴情，与彼期订白头，聊垂青眼，妾死之日，犹生之年也。妾

---

① 跏趺(jiā fū)——佛教徒的一种坐法。

蒙宠诏,重返瑶台。种福无媒,升天有路。但形分一旦,影隔千秋。
唯望见性明心,丹成火熟,则紫金阙下,白玉楼中,未必不能相见也。
蓬山少雁,弱水无鱼,万劫难忘,一言永诀! 短歌代哭,临别赠言:

瑶台重返证仙班,手把花枝解笑颜。

一霎浮生春梦短,枉留恩怨在人间。

一轮明月浸蓬莱,十二重楼处处开。

认得西池王母鹤,来迎花史返瑶台。

宝珠写毕,面带笑容,掷笔而逝,正交十点三刻,空中音乐之声,鸾鸣
鹤泪,满室异香扑鼻。外房众人,俱皆听见,正在诧异,只听紫云急声都叫
出来,哭道:"不好了,小姐去了!"

众人一轰而入,都大哭起来。文卿分开众人,飞步上床,看了一看,顿
了两脚,往后便倒,闷绝于地。夫人等哪里还去顾他? 一齐上床抱定了痛
哭,喊声震天,哀声动地。又庵哭着叫道:"要救醒大少爷才好。"绿云、红
玉上前,那里扶他得动? 原来他日夜无眠,饮食不进,此刻伤心极了,清气
不接,晕了过去。

二人扶了好一会,还亏松勇上来抱起,绿云度了几口参汤,方才醒转。
他就推开绿云,又扑上床,抱尸大哭,一滴眼泪没有,只管干号,哭了一会,
跳起身来大恨道:"宝珠,宝珠! 你太狠心,一年未满,你就撇下我去了!
我偏不依,定要跟了你去!"顿了几脚,顺手在床栏上拔出宝剑,望项下一
横,幸亏松勇眼快,飞步上去,一把夺住道:"姑老爷不可如此!"

文卿还是大哭大闹的,口口声声,要相从地下。松勇守着他,相向而
哭。许夫人一跤栽倒在地,大叫道:"亲儿,你杀了我了!"松夫人正哭着,
一头向玻璃屏上触去,银屏、红鸾两个辣辣的将夫人拉到对间房里,窝伴
着她,三人哭成一处。翠凤、瑶珍也拉了宝珠的生母过来。

松筠顿足捶胸,跳进跳出,又滚在地下,撞得满面血流。松蕃、又庵失
魂落魄,呆呆的立在房中。宝林、紫云伏在床上,抱定宝珠双足,哭得泪
尽,继之以血。合家上下人等,以及男女奴仆,无不思念宝珠的好处,内外
号哭。许公也立在床前垂泪。李夫人哭一回,又来劝劝媳妇,寸步不离。

宝林整整哭了两个时辰,发昏的发昏,闷倒的闷倒,许府两位姨娘,同
些丫环仆妇苦劝,才略略止住。绿云就将宝珠写的遗书,送与文卿,依然
美女簪花,秀润无比。文卿念了一遍,又大哭起来,吩咐收好。早有人将

宝珠放平，看她颜色如生，仍然美丽，挂起大红帷幔，点上香烛，众人过来，哭拜一番，连许夫人也跪倒在地。

宝林忙扶起她来道："这不是罪过吗，我妹子如何当得起？"夫人道："大姑奶奶，什么话，固然是死者为尊。而且她又是个公主，论君臣礼，我也该磕个头儿。"银屏、翠凤恐怕婆婆伤心，一定不放她过来。松夫人气短声嘶，躺在榻上。这边众人拜罢，文卿、紫云叩谢。这一夜来的亲友就不少，自李公以下，都进来行礼。

许公大摇大摆，踱了进来，对着宝珠叹了两口气，滴了几点眼泪，恭恭敬敬作了三个揖，站了一站，摇摇头道："许门德薄，无福消受，我久已知之矣。"夫人正靠在一张靠背椅上，眼泪哭干，只张着口千儿万儿的干哭，听见许公这些话，赶过来拦脸啐了一口道："谁德薄？就是你这老混账德薄！谁无福？就是你这老奴才无福！坏事干多了，折毒到我媳妇身上。瞧你这种老奸臣的模样，到此刻还咬文嚼字的，我的孩子不要你和他举丧。"

许公怔了一怔，一言不发，在花厅上盘腿而坐，双睛紧闭，短叹长吁。五更自己入朝，奏明圣上，十分伤感。天一明，大小官员齐来吊唁，许公、又庵、李公等，都在外陪客。自东宫门官起，王公侯伯，六部九卿，以及各衙门文武百官，个个进房跪拜。还有些门生，暨京营将帅，受过恩的，如木纳庵、兀里木等人，大家放声大哭，文卿一一叩谢。

门外车填马塞，热闹非常。许府又将全副仪仗，排列起来，新做许多牌衔，尽用宝珠的官职，人声遍地，鼓乐喧天。夫人因宝珠曾封升平公主，吩咐一色用白，大门外扬起两首丧幡：

太子太保兵部尚书协办大学士兼都察院左都御史福建全省经略大臣一等南安智勇伯加一等轻车都尉冢媳松夫人之灵

经筵讲官内阁学士兼礼部右侍郎长男翰章元配诰封一品夫人升平公主之丧

其时众人都换了孝服。宝珠的凤冠蟒服，玉带朝裙，俱皆齐备，有丫环仆妇替宝珠穿好。只有棺木不曾看定，相了多少，夫人都嫌太薄，总说不佳。却好和亲王来吊，许公说起此事，和亲王道："这事何难，我就有一副板，是我们老福晋当日要用的。因她老人家回去，就在本国晏驾，路远取不及，又另看了好的，这一副至今还存着。此板是主子所赐，外国进贡来的,说出在聚铁山,已有两千多年,颜色墨而且香,做了棺枢,是永不坏身的,何不取来瞧瞧? 如其合用,就留着罢了。"

许公打一恭道:"老爷子说多少价目? 如命送过来。"和亲王道:"你们这些书呆子,好小气呀! 我等着银子使么? 前回刘捷三托人来说,要买我的,任凭我开个价儿,都不敢短少,我还没有大工夫理他呢。这种稀罕物件,就拿着二百万银子,哪里去买? 如今自家孩子要用,又不是外人,我搁着他也是闲,果然合你的意,吩咐人做起来,赏几两银子工钱就算了。"许、李两公都请安叩谢。

送过和亲王,忙进来告诉夫人,夫人心里欢喜道:"瞧你这老奴才不出,还能替媳妇出点子力,这事倒很亏你。"教文卿速去看来。松府见他家各事用心,也无话可说。宝林也教松筠同文卿去看棺木,可否真好。少刻二人回来,说果然是难得之物。两位夫人吩咐快做起来。

夜里做成功,抬回来,放在大厅上,众人都来看视,颜色微黑,香如兰麝,天然纹理,约有一尺多厚,叩之作金石之声,个个称奇,人人暗羡。

到有三更时候,皇上有旨意下来,赐了一床团栾锦被①,送了两名钦天监,予谥②文忠,敕封一品端淑夫人,顺天、浙、闽等处,建立专祠。许公父子谢恩。钦天监择定于十七日巳初一刻入殓。大家哭了一夜,各亲友都没有回去。

一早,文武百官都来候殓。许府人力齐备,各事俱全,看着已到时辰,文卿跪在宝珠面前,痛哭道:"妹妹,你我只有一刻相处了,我再要想见你,就是登天之难,你此刻在那瑶台上,也还记得我么?"横身放倒,咬定牙关,好像要哭死的一般。外边执事摆齐,鼓乐吹动,升了九通大炮,棺枢升堂。

许夫人先着红鸾、翠凤伴着松夫人,又教公主、绿云守定紫云,怕她跳动胎气,她哭了一天两夜,也没有住声,嗓子已哑,哭不出声来。钦天监报时辰已到,不知宝珠怎生入殓,且看下文分解。

---

① 团栾(luán)锦被——被面绣有月亮图案的被子。

② 谥(shì)——古代帝王或有地位的人死后,给他另起一个称号,叫谥号。

第六十五回

美二郎闹丧打松勇　贤使女殉节愧文卿

话说钦天监报时辰已到，旗伞仪仗，由堂下直排至大门外，两边分列。阶前两面金锣，一齐响动，皂隶叱喝，鼓乐齐鸣。又是九个大炮，请宝珠起身，八名仆妇服侍入棺，两位夫人以下，一个个哭得死去还魂。文卿、松筠两个，趴在棺上，痛哭流涕，松勇、墨卿等哭着扯着，将他们抱住。许夫人倒在地下，头发披在一边，满面流血。玉钗、喜红，领着几个丫环，搀扶宝珠的生母，暨宝林、银屏，都哭得人事不知。

有人将棺中收拾好了，又放了多少奇珍异宝，凡她平日所爱的玩器，一概与她带去。九炮升盖，八名家人才抬上来，松筠上去，一把抱定，大叫道："你们盖起来，我就见不着我姐姐了！谁敢来盖，我就要他的脑袋！"文卿也是不许。家人何敢违拗？又当不起松筠的神力，只好丢下了来。松勇、墨卿来劝，哪里肯依，二人倒又伏到棺边上来。松筠喊道："我二姐姐不曾死，你们搁她在这个里做什么？我接她回去。"说着，就要来抱宝珠。松勇着忙，就一把拉住，抱了过来。那边文卿也说道："当真没有死吗？我扶她起来。"又庵也拉住。

松勇按住松筠道："二爷不要糊闹，这不是当耍的。"回头向众人道："快盖上。"家人答应，将盖抬上去盖好。松筠大怒，跳起身来，心头火起，眼角流血，大骂道："大胆的奴才，忘恩负义，你不亏我二姐姐，你这狗官从哪里来？你今天不还我二姐姐，我把性命结识你罢！"话音未了，一张头号紫檀椅子在松勇头上飞来，松勇一手接住，松筠已到面前，飞起右脚，就是一腿。松勇身子一偏，早已让过，喊道："爷别动手，有话同松勇慢讲。今天让人进来祭奠。"

松筠不听，一拳又打来，松勇又避开去，还亏宝林出来喝住。松筠直急了，向棺上就是一头，道："我来伺候姐姐了！"松勇忙上去扯，还是来得快，已碰得鲜血直流，不然，真个要脑分八瓣，银屏忙着人扶他进房。文卿已死了过去，又庵同几个家人抱他入内，救了好一会才醒。

外边家人放下帷幔，设了香案，扶出文卿，立在幔外，紫云跪在幔里，叩谢众人，先是百官进来祭奠，然后是同年门生，营官旗员，以及亲戚朋友，一起一起的行礼，许、李两公，立在堂前谢客，直到天晚，还未吊毕，又轰进一起人来，都是神机营的营员哨官，领军队长，都是随征受过恩的，倒有好几千人，尽皆挂孝，将府里塞得满满的，装不下去，由孝堂直排到门外，许多职员，大的立在前面，其余都挤在后边。

这些粗人，哪里知道礼节？一齐趴倒了叩头，连门外都是跪的人，一个个伏在地下，放声大哭，这片哭声，惊天动地。哭了好一会，他们也不要人接待，站起身来，有职衔的在厅上坐了，余外就散了去。又有些兵丁，抬了无数的银锭纸锞，将府门外烧得火焰山似的，大家一哄而散。松筠弟兄就请松夫人回去，许夫人也不好强留。夫人、宝林抚棺大恸，许夫人忍泪解劝，母女止了哭，叫了紫云过来，吩咐一番。

紫云满眼垂泪，对夫人叩了个头道："太太回去了，紫云就此谢谢太太罢。"又对宝林磕头说道："大小姐放心，小姐都有紫云伺候，太太、大小姐保重要紧。"宝林道："瞧你这光景，莫非有别的想头？小姐吩咐的话，你不可忘了。"夫人道："痴丫头，你有孕在身，都要保重，别胡思乱想的辜负小姐的心。"紫云道："太太说得是，紫云知道。但紫云也没投奔了。"

夫人道："孩子，你尽管放心，小姐虽死，我照常接待，候你小姐满了七，我还叫你回去住几天呢。"紫云道："太太，我还要去干什么？除非紫云同了小姐回去瞧太太。"夫人道："孩子，你尽讲呆话，你小姐能回去倒好了。"紫云道："太太不必虑，紫云自能寻她回来。"夫人道："你少要混说，你伤心糊涂了。"

夫人、宝林、姨娘、翠凤告辞，文卿忙来叩谢，许夫人也跪下来，夫人连忙还礼。许夫人又对宝林等拜谢，宝林一把拖住道："太亲母快别如此，不折坏我了吗？"文卿与宝林等对拜了。夫人、宝林上轿，姨娘、翠凤上车，夫人、文卿、红鸾、银屏、金铃，玉钗直送出来，松筠、松蕃上马跟随。夫人回去就病了。许夫人送客回来，李夫人同众女客都辞去，许夫人一一相送。金铃、银屏就住下了。

许夫人歇了一歇，又哭起来，红鸾、银屏等死命劝住，劝她进点饮食，仍是不吃。文卿亲手供过晚膳，不觉又哭一场，就派了四名仆妇，在幔中守灵。夫人等也乏极了，回房躺在床上歇息，流了一回泪，不觉昏昏的睡去。上下人等俱皆辛苦，七横八竖，总睡熟了。

文卿在房中孤孤零零，踱了几步，又凄凄惨惨立了一回。走进内间，绿云、红玉早已归房，只有紫云坐在妆台上饮泣。旁边立着两个丫环。文卿道："你还不睡么？"紫云拭泪道："我睡不着，你请自便。"文卿道："你有孕在身，珍重为是。"紫云叹道："丫头罢了，何足为奇。此刻姑老爷也过于小心了。"文卿垂泪道："你也不必怨我，这都是气数使然。"紫云冷笑道："怨不怨，已经如此了。"

文卿呆呆的坐了一坐，就倒在紫云床上。紫云又哭了一回。吩咐小鬟退去，自己上床一看，见文卿鼻息如雷，听听里间套房，绿云等都无动静。此时紫云气哭交加，思念倍切，想起宝珠好处，又想想从前的日子，再想想未来的日子，心里十分难受。主意已定，提起笔来，写了两首绝命词：

> 杜鹃啼彻画房空，一点残灯惨淡红。
>
> 不耐断肠明月夜，梧桐庭院又秋风。
>
> 一腔心事总难言，洒尽斑斑血泪痕。
>
> 早向瑶台觅知己，青山何处吊芳魂？

紫云走入正房，见漆几银缸，半明半暗，各处看了一遍，叹了几声，衣柜书架排列依然，真个物在人亡，转增伤感！紫云芳心欲碎，珠泪不干，顾影自怜，回肠几断！又走进玻璃屏，流连感慨，止有空床寂寂，绣幔沉沉，对此凄凉景况，熬不过痛苦伤心。衣架上顺手取了一条绿汗巾，赶到堂前，莲步轻移，柳眉微竖，看灵前一盏琉璃灯，闪闪灼灼，窗外一轮明月，四壁寒虫，秋风吹来，夜凉如水，庭前梧叶萧瑟有声。

紫云掀开帏幔，跨进里边，听见那里有些鼻息，紫云伏在枢上，嘤嘤啼哭，说道："小姐，你我十余年相处，如同骨肉，赛过夫妻，我二人又何忍相离！小姐谅你也去得不远，你等我一等，紫云仍来伺候你了。"

抬头一看，看见一根挂灯的绳索，紫云点头道："很知趣，这就是我见小姐的介绍。"却好枢边有张方桌，就轻轻拖了过来，又取一张方凳子站上去，还是够不着，仍爬下来，寻了个小凳子垫脚，将汗巾打个活结，做成圈儿，就把那头在灯钩上扣紧，转身叹了口气，恨了一声，伸头套进圈里，身子一侧，两脚悬空，挂将起来。正是：

> 轻盈可比赵飞燕，侠烈还同虞美人。

再说那边有四个仆妇伴灵，听见哭声隐隐，有一个惊醒，暗道："不好了,大少奶奶回来了!"低声唤那三个,都已睡熟。她见叫唤不醒别个,心里害怕,蒙头而卧,却怕得睡不着。停了半晌,只听得扑通一声,如悬空物坠地,又像几凳倒了下来,这一响,把四个都惊醒了,齐问道:"什么地方响? 我们起来瞧瞧。"四人一齐起身,大着胆,点灯各处照了一遍。

到了帏幔处,先走的一个绊了一跤,将个烛台摔了多远,忙爬起来,后边人上前用灯一照,见紫云白沫涎痰,睡倒在地,梁间颈上残绫俨然。四个人舌头都吓硬了,大喊道:"了……了不得! 紫云姑娘吊死了!"也不顾规矩,一直喊了进房。文卿、绿云、红玉同许多丫环都惊起来,听见这个话,吃惊不小,绿云、红玉早哭出声。大家奔出房一看,试了试已无声息。

文卿顿了两脚道:"罢了罢了,我行到什么坏运了!"不觉放声大哭。绿云就要抱她进房,解去绳索,幸得红玉有些见识,忙立住道:"身手还没有凉,我才试心口里还跳呢,不解绳子,或者还有救。且别动他,快请太太来商议。"这一阵哭闹,后边早已听见,红鸾着人来问,知道这事,同又庵忙赶出来,二人连称可惜,不觉流下泪来。绿云就教巫云、湘云进去禀明夫人。

两个一进去敲开门,奔到上房,湘云喊道:"不好了! 太太,又是一条命,请太太呢!"夫人正在心疼头痛,倚在床上,喜红在旁捶腿,听见湘云这一声,魂飞天外,竟吓呆了。喜红骂道:"糊涂东西,什么话快讲明了,别大惊小怪的。"巫云道:"紫云姐姐吊死了!"

夫人心里一酸,眼睛一绰,几乎闷倒。喜红忙在背上拍了两下,夫人俯身,喜红送上漱盂,夫人哇的一声,吐出一口涎痰来,哭道:"紫云孩子,你也来要我的性命,你这一着,催得我好狠! 你主仆两个人,好忍心呀!"

说着,跳下床就走。喜红道:"穿件衣服,外边凉呢。"夫人道:"我死定了,不如快点子,还怕凉吗?"喜红顺手取了件棉背心,披在夫人身上,夫人道:"我火都冒几十丈了。"吩咐巫云等提灯引路,扶着喜红走进副宅。银屏姊妹俱皆赶上来。

夫人看看紫云,顿足捶胸,呼天抢地,只叫这日子一刻不能过了,竟顷刻逼死我才罢! 绿云道:"红玉说心头还跳,可以救呢。"夫人道:"何不早说,许顺家的呢?"许顺家答应走过来,细细一看,摸了一摸,对夫人道:"太太别哭,不妨事。"就坐在地下,抱起紫云,又拣了两个精细仆妇过来帮助,将紫云堵住窍门,扶了坐起来,口对口度气,慢慢解开汗巾,紫云肚里骨碌碌响了一阵,许顺家道:"好了。"又取姜汤灌了几口,紫云醒转,长叹一声道:"走得我好辛苦呀,小姐到底哪里去了?"

夫人见紫云舒醒,拭去泪痕,忙走上前道:"紫云孩子,你哪里这么呆? 你吓死太太了! 你一个就是两个呢。"紫云也不开口,只是哭泣。夫人吩咐抱她进房,在她床上躺下,夫人执着他的手劝道:"孩子,你小姐是个仙女,上天去了,你我凡人,就死也赶她不上。小姐吩咐的话,你忘了吗? 她的遗言,我是句句依的,你指日生个男孩子,我还有好处给你。我作了主,谁敢不依? 你若闹出乱子来,教我怎样对得住死的呢?"

紫云哭道:"太太恩典,紫云杀身难报。但紫云心上,只知道有个小姐,任什么事都不在紫云心上。况且富贵风光,小姐在日,带挈紫云,也享受够了。"银屏道:"紫云姐,你这就不是了,你也不可辜负太太的心。就是你小姐,又怎样吩咐你呢? 她在天上也不安。今天就是她显灵,不然这么粗的汗巾,也会断吗?"

红鸾、金铃也在旁苦劝,紫云只是流泪不言。文卿垂泪道:"你也可怜见我,你再死,教我更无生趣了! 我亦复想死,不如同你和点子毒药,我们一齐吃,一搭儿去寻你小姐。"紫云冷笑一声。

文卿叹道:"你主仆两个,真是狠心。我和你相处也将一年,难道一点子情谊没有? 你只知道有小姐,不知道有丈夫了。你小姐虽死,你尽管放心,我还能像从前吗? 经了这番苦处,我做梦都害怕的,你人还不要紧?"夫人道:"听见没有? 你也该放心了。"

紫云听了这番话,格外气苦,怒道:"姑老爷快别如此! 紫云难道为自己计么? 如果这样,不要说姑老爷对不住小姐,就连紫云也对不住小姐了!"文卿哭道:"我原对不住你小姐,但我也追悔不及。我早知道她这点子寿命,她就给我气受,我也愿意,还敢逆她一分吗? 我现在抱恨的了不得。你再这光景,教我不要顷刻死么? 唯我最有一件终身忘不了她。"不知是件什么事,且看下文分解。

第六十六回

荐亡媳许府大开丧　庆佳儿紫云新得子

话说文卿劝慰紫云，格外思念宝珠，对紫云道："你小姐的好处，也讲不完，唯我最有一件忘不了她。任凭受我多少怄气，哪怕就受了辱骂，一句都不强口，只低着头，不敢出声，即至丢下手来，还是一样，一些记恨心没有，从来不摆个气脸，有个怒容。那温柔劲儿，娇媚样子，令人死也记得她。"说罢顿足捶胸，放声痛哭。

夫人骂道："下流种子！你这些话真正气人。这是我媳妇命苦，候她死后，你又追悔了。快滚开去，我瞧见你生气呢！难道你逼死我媳妇，就干休了不成？我还没有空同你讲到这话呢，你替我小心些好！"金铃借着夫人这句话，就拉了文卿进套房，教红玉陪伴他。夫人等只管劝解紫云，夫人立意陪她住了一夜，可怜夫人避着人连什么话都同紫云说了。

天明，夫人将绿云叫过来，叮咛一番，走出房，又在宝珠灵前大哭一场。文卿取张杌凳，在帏幔里对着宝珠的棺椁呆坐，哭一回，叹一回，夫人教人请了四十九众高僧，在花厅上铺设道场，拜了四十九日皇梁刹，日日有人上祭。转眼首七已到，遍散讣闻，孝堂收拾得精致非常。许府不惜钱钞，一味奢华，孝堂接到大门外，一色的漫天帏幔，灯彩无数。

门外东西，扎成两座辕门，上面都有天篷遮住日色，吹鼓厅分列两旁。三餐上供，都升炮奏乐。家人个个挂孝，执事旗伞，并宝珠出征的节钺，大门仪门边排满了。灵前祭桌，层层叠叠，各处厅上祭幛无数，挂不下去，只好叠起来，单留个官衔，下款在外。说不尽许府热闹。孝堂里挽联甚多，不及细载，只将几个要急的录他几副：许公的对句：

尔何之，未来日月方长，忍教撒手？

吾老矣，此去桑榆已晚，不耐伤心！

文卿的对句：

朋友作夫妻,恨予福薄缘悭,一载鹍弦①惊短梦;

英雄即儿女,羡尔功名成立,五花鸳诰沐皇恩。

幼同案,长同年,生则同衾②死同穴;

出为将,入为相,继而为女始为男。

又庵的对句:

再造深恩,从前性命功名,皆劳援手;

终天抱恨,此后晦明风雨,总觉惊心。

松筠的对句:

吾家富贵功名,皆贤姊深恩所赐;

从此生离死别,令辱弟饮恨何穷!

松蕃的对句:

天上侍严君,父女转能当聚首;

人间抛阿母,弟兄从此益关心。

李公的对句:

南海访残碑,白叟黄童齐堕泪;

西池惊幻梦,人间天上总销魂!

治国治家,全忠全孝;

非男非女,何死何生?

李墨卿的对句:

乡会总同年,连番秋月春风,欣领众仙登紫阁;

邢潭关至戚,此后灯窗雨夕,忍听内子泣黄昏?

李莲波的对句:

断梦醒浮生,可怜一夜秋风,乘鸾仙去;

人间留幻想,转盼三更明月,化鹤归来。

京营将帅的对句:

一品夫人,享八座,掌六军,贵承七叶之荣,二载功勋垂竹帛;

---

① 鹍(kūn)弦——用鹍筋做的琵琶弦,泛指弦乐器。

② 衾(qīn)——被子。

九天仙子,遵三从,知四德,修到十全之美,五花官诰拜恩纶。

同年的对句:

巾帼仰奇人,想当年曲咏霓裳,引领风前倾雅范;

蓬莱颂宠诏,恸此日春停桑梓①,惊心月下拍乌啼。

门生的对句:

桃李入公门,马帐重开,方欣共坐春风,同沾化雨;

黑貀飞瀚海,蛮人不反,允矣名垂竹帛,功勒旗常。

东宫的对句:

离恨寄中秋,地惨天愁沉宝骜②;

功名垂万世,花容月貌绘凌烟。

御制:

粉黛亦奇男,不必问智勇何如,但看一二年令肃风清,允矣鞠躬尽瘁;

蛾眉肩国事,若非是焦劳太甚,何以十九岁心枯力竭,顿教坠泪留碑!

七七开丧受吊,各省督抚司道,俱差官送礼。七中松夫人正病,只有宝林来过几次,都是随来随去,许夫人苦留不住。转眼七终,就有许多亲友同年,请文卿释闷,文卿无精打采的,哪里有兴?只拣几处至亲好友,不好回的扰了,其余一概辞谢,倒反常到松府来走走,同夫人闲谈,不免愁人说与愁人,转添一番伤感。

有些同官相好,劝他续弦,他直言回绝。凡事俱振不起精神来,连自己衙门,都懒得去,每日里自怨自艾,短叹长吁,有咄咄书空的光景。提起宝珠来,就眼泪不干。将宝珠的绝笔并自绘的出塞图、花神图,裱成手卷,珍而藏之,以为世守,还题了许多诗在上。

闲时把宝珠所用的物件取出来逐件把玩,唧唧哝哝,哭一声,说两句,不疯不癫,如痴如醉。房中镜奁粉箧,位置俨然,书柜衣架,以及鞋脚香奁等件,都排列如生前一般。宝珠床上锦帐罗帏,鸾衾鸳被,红须绣带,金铃

---

① 桑梓——语出《诗经·小雅·小弁》:"维桑与梓,必恭敬止。"后人用来比喻故乡。

② 骜(ào)——骏马。

玉钩，铺设如新，不殊往日。

晚间必在床上焚一炉好香，静坐一会，闭着眼默默通诚，连玻璃屏里都不许人进去，生怕扰乱。口里常改《长恨歌》两句道：

"悠悠生死隔天人，魂魄不曾来入梦。"

把个紫云宠得了不得，常说："我见了你，又喜欢又愁烦，欢喜者，见了你好似见你小姐一般；烦恼者，见了你格外就想起你小姐来。你是小姐所爱，我待你好，就是报她的恩。我不咎既往，只好儆戒将来，你小姐有知，当不以我为负心人也。"倒被紫云冷一句热一句，百般挺撞，他全不介意，实在到那万分难耐之处，他倒哭起宝珠来。

此刻的文卿，竟与从前大不相同。夜间紫云借着身上有孕，又不肯与他同床，他也不和绿云等过夜，一人独宿在内间紫云床上，紫云反让了开去。文卿十分孤凄，常常饮泣。小丫环每天铺床叠被，见文卿的鸳枕，都要湿透了半边，已消瘦得不成模样，宝珠的灵柩，供在堂中，夫人舍不得就出，又想紫云生个男儿，替她做个孝子，议定今年不出柩，候来春再说。

光阴已过，不觉又到年底。许府今年这个年，比起去年来，就是霄壤。去岁花团锦簇，热闹非常，今年物在人亡，伤心万状。文卿整整哭了一夜，连饮食都不进。紫云是更不必说了，想起从前在家过年的光景，躲在内套间里哭得死去还魂。许公、夫人、又庵、红鸾、玉钗等，草草坐了家宴，连菜都没等上完，夫人就坐不住了。

就是松府也不高兴，松筠兄弟同墨卿，勉强陪侍夫人、宝林，替她解闷，银屏、翠凤、瑶珍在旁助兴，夫人、宝林满眼含泪，在席上闷坐，倒把个松筠引得大哭起来，瑶珍连忙劝止。到了五更，入朝庆贺。文卿强打精神，各处拜年，年酒一家没有吃，都推病辞了，只有同年团拜，这一日去应个故事，不等上席就去了。

此刻是正月，紫云月份已足，夫人预先叫了精细稳婆，自己常伴着紫云，怕她年轻不知保养。饮食寒暖，夫人件件经心。直到二月初五晚间，觉得腹中疼痛，夫人就守定她、着人到松府送信，吩咐就接了二小姐回来。早唤了稳婆前来伺候。稳婆诊脉试过，说："还早呢！"夫人亲手扶她上床，靠着歇息。文卿在旁，格外巴结。

夫人对稳婆道："凡事你小心些，不可有轻率。你保我大小平安，我自有重赏。"稳婆笑道："太太放心，都在老媳妇身上，包管平安。那边松府都是用的老媳妇，这位少奶奶认不得我，我是逢时过节，都到府里去的。"绿云道："这是我们姑娘，你少要胡说。"稳婆道："她老人家不是松府里小姐吗？我是见过的。听人讲，还挂过帅的，后来得了功，给你们做少奶奶了。"绿云道："小姐归天了，堂前的灵柩就是的。我们两个是随小姐过来的。"

夫人怕提起紫云苦来，对绿云瞅了一眼，绿云不敢言语。稳婆道："这位小姐不是我接的，两位少爷，都是用的老媳妇，到如今我都认识，算算已有十七八年了，少爷们不是都作了官吗？前天我在门外买东西，见大少爷骑着白马，戴着红顶子，拖着花翎子，许多的执事开路，好不威风！他老人家在马上赏我脸面，还对我笑呢！我又不敢理他，我问人，说官不小呢！我记不清叫什么名字了，只怕就是状元，不然是七省巡抚，才有那么威武呢！像我们间壁那家子，也在部里当差，到了衙门日期，踏双破皂靴，自己提个衣包，连个跟班都没有。家里娘儿们衣服都不全，终年的押当，和裕盛典倒成了主顾，我就瞧不起他！瞧他也戴个水晶顶子，说是什么郎中。我想郎中只能卖药，朝廷要他干什么？"说得大家好笑。

有个口快的小鬟道："你见的是我们二姑爷，哪里是状元、巡抚，是顺天府尹！"稳婆点头道："一点不错。我问人，也说是顺天府。你怎么知道的？怪道说宁娶大家奴，不娶小家女。你们些姑娘，这点年纪，连官衔都知道了，不教人爱煞了吗？"又对夫人道："阿弥陀佛！太太是修来的，这位好姑娘，年纪轻的很呢！"夫人道："不小了，十八岁了。"稳婆道："小姐几岁了？"夫人道："同岁。"

稳婆赔笑道："我今天接这位新生的少爷，日后就像他姑爹，十几岁做官做大人。"夫人笑道："生下来就是官，我家有世爵呢！"稳婆道："怎么叫做世爵？"夫人道："你不懂得。"稳婆道，"好太太，坐着也是闲，给老媳妇学个乖。"夫人道："上人功劳大了，生下孩子来，就给他官。"稳婆道："是老大人做宰相的功劳了？"夫人道："他有这能为倒好了。是我亲儿挣来的，可惜他见不着承袭的人了。"夫人说到此，满面流泪，又怕紫云看见，忙用帕子拭去。稳婆不解何意，就不敢追问。

不说夫人无事同稳婆闲谈，文卿已在天井里，焚了好几炉香，还磕了许多头。到天明，银屏已回来了。初六日正午刻才临盆，也是紫云的福气，竟生了个儿子，大小平安，上下欢喜。夫人亲自又侍紫云上床，倒走出来,伏在宝珠枢前,嘤嘤啼哭。文卿格外伤心,红鸾、银屏苦劝才止,就到松府去报喜。松夫人始而欢喜,继而感伤,也送了些花红、绣裸、金锁、玉圈之类。三朝内外请客作汤饼佳会。

夫人说这孩子是宝珠的承荫,格外替他热闹。众人试他啼声,竟是个英物! 皇上知道许家生子,念宝珠的功劳,又算得是干外孙,赏了许多珍物,又授新生儿四品京堂,承袭伯爵,赐名绍萱①,许府欢喜谢恩。满月后,乳娘抱了出来,粉装玉琢,好个孩子,同紫云一模无二样! 夫人先着他在宝珠灵前叩头,吩咐替她挂孝,文卿、紫云不免又是哭泣。

紫云又到松府走了一道,倒与夫人、宝林哭了一日。夫人见了孩子,想女儿,紫云见了套房,想小姐。各有心事,到晚才回去了。此时三月初旬,又要忙宝珠丧事。不知如何热闹,且看下回分解。

---

① 萱(xuān)。

第六十七回

赐诔文①天子重加恩　设路祭王侯亲执绋②

话说宝珠出柩，已有日期，钦天监择定四月二十六日卯正发引，二十七日辰正登位。一月前就开丧受吊，每日里官员来往，鼓乐喧天。初二日，皇上赐祭一坛，派了东宫主祭，庄敬王、宜政王陪祭，全副仪仗，迎着龙香亭，直到许府正厅上设定。许公父子谢恩，又跪止东宫、亲王，不敢劳驾。东宫立意不行，许公只得吩咐灵前换了跪像，陪着三人进来。松筠弟兄、李公父子，也随后边。

东宫见御祭摆设齐整，亲手上香，许、李二公谢了恩。东宫要自己跪拜，许公如何敢当？再三劝止，两位亲王代之，许公等一旁匍匐，又到东宫、二王面前叩谢。有人在龙香亭上取了御制的祭文过来，东宫、二王又上了香，在灵前拱手而立，早有礼部祠祭司官员上来，对灵叩了一叩，展开祭文，高声朗诵道：

维年月日时，皇帝御制祭文，致祭于升平公主之灵曰：卿之来兮，岳降而嵩生，卿之去兮，玉碎而珠沉。卿之容貌兮，花羞而月闭，卿之节烈兮，雪洁而冰清。卿之忠贞兮，鞠躬而尽瘁，卿之勋业兮，鼎勒而钟铭。卿之教士兮，黜华而崇实，卿之立朝兮，纬武而经文，杨柳如眉兮，芙蓉如面，芝兰幻象兮，莲花化身。朝野具瞻兮，华夷仰望，英雄之气兮，儿女之情。易钗而冠兮，全忠全孝；反冠为钗兮，克俭克勤。事君尽礼兮，精忠报国，以顺为正兮，黾勉同心。天上魂销兮，人间梦断；秋风鹤唳兮，夜月鸳鸣，朕本多情兮，吊卿魂魄；卿如有知兮，鉴朕真诚。慰尔阴灵兮，尚格来享。临楮泣涕兮，不知所云！

读罢祭文，粗细乐齐奏，焚帛焚文，幔内哭声震天。许公父子领着小公子绍萱，不免又是一番叩谢。请了东宫、二王出来，李公等陪着，坐了一

---

①　诔(lěi)文——古时叙述死者生平，表示哀悼的文章。
②　绋(fú)——大绳，特指牵引灵柩的大绳。

会辞去，许公父子直送上轿。接着就是王公大臣，同年门生，京营将帅，暨各亲友，整整祭了十多天。自二十日起，又是五天女祭。

许公父子，择定二十四夜开堂祭，只留了两班精细鼓乐，阴阳生赞礼，其余执事一概不用，洁治一桌祭筵，许公亲自上香奠酒，倒哭得老泪涔涔①。文卿、又庵下拜，痛哭一场。文卿吩咐止了鼓乐，从新跪下，展开祭文朗念道：

维销魂年、无情月、伤心日、断肠时，杖期服生许翰章，焚香酬酒，哭告诰封一品夫人、敕封端淑夫人、元配松夫人宝珠之灵曰：夫阴阳者，互结之根株；男女者，同开之跗萼②。同年若爸，共枕联衾。矢大义于山河，写深情于琴瑟。姻缘簿上，已订三生；温柔乡中，原期百岁。誓鸳鸯之不独宿，愿蝴蝶之必双飞。画阁藏春，亦任调脂弄粉；香闺似海，居然意绿情红。是以谊重唱随，而情无生死者也。若我松夫人者，始赓伐木，继咏天桃。交谊既深，恩情尤重。

回忆花晨月夕，订我同心；金榜瑶阶，与卿携手。重蒙雅意，别具深情。事属怜才，分同知己。描眉黛笔，偷评罗隐之诗；绕指红丝，欲绣平原之像。闺中爱宠，尤荣于流水高山；影里情郎，绝异乎朝云暮雨。素心如此，青眼非常。斯则性命之恩，不作形骸之论矣。然而柳虽有眼，竹却无心。虽识小姑无郎，自怜居处；不知木兰是女，莫辨雌雄。无如真伪难逃，婚姻前定。色相何殊幻相，花影迷离：山人忽作冰人，春光漏泄。始信移花接木，方知李代桃僵。本异苔而同岑③，亦求凰而得凤。雕窗寂寂，证来琼树双柯，削玉纤纤，露出金莲两瓣。冰言月下，赤绳来系足之缘；天宝风流，金钗亦定情之物。

不料姻盟始缔，恩命旋加。粉黛忽作奇男，风樯④皆成阵马。精忠报国，常存忧国之心；颜色倾城，足备干城之任。一朝分袂，未免有情；万里长征，谁能遣此？新愁旧恨，空教影逐秋风，燕地胡天，枉说心随明月。犹幸天从人愿，名立功成。燕子重来，秋老乌衣门巷；鱼

---

①　涔涔（cén）——流泪的样子。

②　跗萼（è）——花萼。跗：柎。

③　岑（cén）——小而高的山。

④　风樯（qiáng）——指帆船。

轩早发，春归红绣帘栊。璧合珠联，夜夜芙蓉帐里；香温玉软，朝朝翡翠衾中。方谓杨柳春长，梨花命永，蒹葭①倚玉，萧艾同香。岂知恶梦惊心，琼环堕劫？三秋离恨，孤镜里之青鸾；中道分飞，落钗头之白燕。歌残豆蔻②，香梦犹新；泪洒梅花，芳魂亦瘦。

　　凄风半夜，冷月中秋，又谁知珠胎碧海之辰，即玉返蓝田之日哉？仆本无情，卿何薄命！终风肆暴，空知煮鹤焚膏；阴雨赓诗，不解怜香惜玉。红绡掩泪，竟少人知；紫玉成烟，乃由我死。彩云易散，仍还鹤驭。乃降雪无丹，莫驻娥眉之寿。珊瑚衾箧，对影留情；玳瑁笔床，围香剩字。瑶林翠玉，谁怜傅粉何郎？茅屋牵萝，不舍卖珠侍婢。缘悭③菱镜，光分破镜之悲；梦醒兰花，肠断摧兰之惨。呜呼！人孤似月，情薄如云。自怜断雁鸣霜，忍听慈鸠泣雨？深闺桃李，空怨东风，大漠风云，徒悲南海。有怀欲白，重图再世之缘；虽悔何追，常抱终天之恨。愿冤禽而解语，比翼千秋；借拱木以还魂，相思百尺。我欲重寻旧约，觅卿于魂梦之中；卿其仍念前情，携我于蓬瀛④之上。呜呼哀哉！伏维尚飨⑤。

　　文卿读毕祭文，痛倒在地。又庵死命拖了起来，坐在一张大椅上，对灵放声大哭。众人哪里劝他得住？只待哭个尽兴，已经声泪俱尽，哭不出来，才略略止住。又庵亲手送上一盏桂圆参汤，文卿饮了两口，红玉又拧了手巾，替他擦脸，扶他进房歇息。

　　次日二十五，就有李夫人等多少内亲到来，夫人接待。着人到松府请太太、大小姐，少奶奶银屏早已在家，松夫人连日又病，松筠弟兄也不肯放他来，怕哭坏身子。许府仆妇请了三次，又庵亲自又去面请，将晚的时候，宝林才同了姨娘到来。二更以后，翠凤、瑶珍也到，都在宝珠对房坐下，等候辞灵。

　　这一夜灯火如同白昼，门外车马塞满，相府这条街，好似火龙一般。

---

① 蒹（jiān）葭（jiā）——芦苇。
② 豆蔻（kòu）——草本植物，喻少女。后谓女子十三四岁为豆蔻年华。
③ 悭（qiān）——小气。
④ 蓬瀛（yíng）——传说中的仙境。
⑤ 尚飨（xiǎng）——请死者享受祭品，古代祭文中多采用。

许夫人、宝林、姨娘、紫云、文卿、松筠等，众人整整哭了一夜。

四更后，辞过灵，撤去了帏幔，等候时辰。文卿、宝林等哭泣，人还劝得住，唯有紫云伏在柩上，疏疏落落，将宝珠同她如何相得，如何相处，许多私语，直诉出来，咬紧牙关，身横放倒，几乎突死，听得许夫人等格外伤心。总管许顺，在腰门外立着要回话，文卿吩咐传进来。许顺手中递上两个单帖，道："奴才着人去打探，由东宫小爷、宜政、和亲、庄敬各亲王以下王公大臣，皇亲侯伯，各衙门文武，以及亲友同年的路祭，凡是要紧的，倒有八百多家，奴才开个单子在此。其余交情淡的，分儿小的，奴才分别只开在一处，请爷过目。

文卿略看了一看，人太多了，哪里看得完？又递还许顺。许顺回道：路祭太多，路又绕得远，请爷的示下，早些请灵。怕路上耽搁，奴才已吩咐外面执事了。单是牌衔，倒有好几百对，又有松大人二姑爷队下靖海虎卫军，暨神机营将弁，再加上全副仪仗，也要排好一会工夫，只怕就有十多里长呢！"文卿不言语，许顺只管垂手站着。又庵道："知道了，候执事排齐，你来回声，我们里边也预备。"许顺答应几个是，斜着身子退出去。

天明的时候，各事齐备，九通大炮，鼓乐齐鸣，请柩出堂，夫人以下、合家号哭。有仆妇先将夫人、紫云硬扯上车，着人伴定，宝林姨娘、李夫人、金铃、银屏、红鸾、翠凤、瑶珍、绿云，都到大厅旁边，车到里面，坐车的上车，坐轿的坐轿，还有许多女客相送，不及细载。也有在半路候着的，也有在许府同走的，李公、墨卿、莲波、松筠、松蕃、松勇、桂伯华、张山人、云竹林这班至亲好友，都同许公、又庵在门外伺候。其余送的，车填马塞，也数不清。有两个老人家抱住小公子绍萱，乳娘坐车，随在一旁。

文卿哭得昏头奔脑，只得用两个家丁左右搀扶，他垂着头，拖着丧杖，一步步颠了出来，到了门外，他就瘫倒在地。少刻又是九炮，灵柩出门，六十四名抬夫，上了龙头凤尾的大杠，执事纷纷开路，头导抬着铭旌亭子，冲天般招摇而来。走了没多几步，前导停住，家人来报，宜政王设祭，就在面前。

许公父子领着小公子，忙向前来，家丁牵过马来，三人上马，在执事里倒走了好一会，才到了前边，见搭了一个布篷，摆着一张祭桌，旁边设着十几层黄垫子，宜政王盘腿坐在上边，见了许公进来，连忙起身立定。许公抢步上前叩谢，宜政王笑嘻嘻的一把扯住。文卿等也磕了头，宜政王着实优礼。许公道:"小媳早丧,劳动王驾,愚父子何以克当!"

宜政王笑道:"彼此通家,何须过逊?"许公道:"断不敢劳尊,以重死者的罪戾。"宜政王笑道:"令媳本是天人,从前我们就爱敬。况今日既归天界,我辈凡人,理当叩拜。"许公又叩头跪止,宜政王立意不行。许公只得吩咐掩锣息鼓,止了乐声,浩浩荡荡的过去。到了灵枢就停住,有王府官员设好祭桌,宜政王亲自上香奠酒,还要下拜,许公父子万不敢当,就着长史代礼,许公、文卿还礼,又到宜政王面前叩谢。

文卿亲手抱了小公子谢恩,宜政主倒细细看了一看,又摩弄了一番,对文卿道:"好个孩子!做得个承袭之人,尊夫人得此,可无憾矣!"许公、文卿齐声道:"全是主子的天恩,王驾的福庇。"许公就要请起,宜政王定要候灵枢过去,才肯起身。许公拗他不过,只得吩咐快些走动。六十四名抬夫,飞也似的抬了过去。

许公父子送了王驾,又领着小公子在枢前慢走。一路祭奠,多不可言,凡是主公侯伯,国戚皇亲,至亲好友,许公亲自去谢,余外官员,就单是文卿弟兄还礼。大殡就这么直过。无如人太多了,也耽搁了好半日。到将晚,才绕出城,点起灯火,照耀生辉。有一对执事夹一对高灯,幸喜坟墓不远,一刻就到了。

坟上搭了几十座篷,石人石马,排列满地,碑台华表,高耸接天,将灵枢供在中间篷里,上面凿成一个主穴。许公等进来歇息,也分个内外,紫云、绿云就在后面守灵,李夫人、桂夫人、宝林各亲友,另是一处。庄敬王妃、紫阳公主、海澄公、延恩侯、和硕额驸、镇西将军各位夫人等外客,又是一处。许夫人、红鸳两边周旋,备了酒席,管待各官员亲友男女客过了一宿。

次日,辰刻登位,大家拜过,外客纷纷各散。李夫人、宝林也来告辞,姨娘、翠凤、瑶珍随着去了,许夫人相送。俟伏了土,同紫云、银屏、金铃、红鸾大哭一场,带了孩子上车回城。许公父子送过客,随后也到。文卿见沉沉香关,寂寂空堂,物是人非,形单影只,不觉捶胸顿足,痛哭起来,引得紫云泪流不止。

又庵道:"大哥,你也要宽解些。要讲嫂子的好处,谁不思念? 一辈子也忘不了,哭一生都是该的! 但要图个忌讳,还有爹同娘呢!"文卿道:"我岂不知道? 但我泪出痛肠,要止也止不住。不知什么缘故,你嫂子的好处，就是钉在我心里一般，不由的教你想她，不由的教你对不住她！"说着又哭。文卿狠病了几天，整整一月，才能出门，就到各处谢孝。

　　转眼夏去秋来，李麟书内转了刑部右侍郎，家眷也进京来。李麟书就属意文卿，在侄儿面前示意，想把女儿与他续弦。墨卿恐宝林见怪，不敢去说，禀知父亲。李公也怕媳妇不好说话，再三踌躇，转请桂荣作伐。不知文卿允是不允，且看下文分解。

第六十八回

伤离别守义即多情　庆团圆偏房作正室

话说李公父子,惧怕宝林,不敢说媒,转请了桂荣去作伐,倒被文卿着实抢白了一场。伯华不好回复李府,又同许公当面说了。许公不敢自主,回府与夫人商量,却值文卿也在房中,许公就把桂荣替儿子为媒的话说出来。

夫人不等讲完,忙插口道:"你的意思何如?"许公道:"这亲事也是门当户对,李府本是世交,我又和李竹君同年,听说孩子也好,允亲也使得。"夫人流泪道:"我把你这老奴才,真是狼心狗肺!媳妇才出去几天,你倒存这样歹念,媳妇在天上也不容你!"许公道:"我不过和你商议。"夫人道:"倒承你的雅爱。"许公道:"不答应就是了,何须生气。"文卿道:"前天桂年兄已同我说过,我早就回绝了。"

夫人道:"这些话不必提起,只有我媳妇的遗言,是要遵的。况紫云这孩子真好,又有良心,瞧她端庄凝重,贞静幽闲,至于人品,更美貌极了!她又生了孩子,也还消受得起做个夫人。我今择个日子,知会松府一声,替你们做了正事,你道好不好?我这片心,也对得住我的媳妇了。"文卿点头不语。许公道:"恐怕使不得。"夫人道:"为什么做不得?你知道什么!我是遵的死者遗命作了主的,还怕你作难不成!"许公出去,夫人就着喜红去唤紫云。

少刻,紫云袅袅婷婷的走来,浅淡梳妆,一身缟素,更显得妩媚风流。后边乳娘抱着小公子。夫人教她一旁坐下,夫人将小公子抱了一会,就将方才讲的话对紫云说了。紫云泪珠交流,道"虽承太太的恩典,但紫云断不忍心!"夫人道:"不是这等讲,我们原是遵小姐的吩咐,你难道倒肯违她的话吗?"紫云道:"小姐虽然这么讲,我们丫头家也没这福分。况小姐出去,也没多天,紫云何敢背理丧心,妄自尊大?还求太太原情。"

夫人道:"说哪里话,你小姐是个什么人?也是看定了你人好,才有这番意见,你倒不可辜负她的心。你如今又生了孩子,也算替她争了光,她就在瑶台上也喜欢，"紫云道："这事断使不得。外人知道，也要议论。就是姑老爷面上，也无光辉。"

文卿接口道："那倒不妨事。既做这事，自然彰明较著，替你正起位来。"夫人道："我告诉你，我们做官的人家，不能没有个内助。如若娶个续弦来，反对不住你小姐。和你们好还罢了，再有别的缘故，欺负了你们，不但我心里过不去，你小姐在灵心上还能受吗？"紫云道："宁可替你姑老爷另娶，紫云总不敢当！"夫人道："你这孩子呆了，这是什么缘故呢？"

紫云道："太太的明见，紫云是个当丫头的，忽然抬举起来，人心也不服。不但紫云不安，还要教太太生气。"夫人道："我作了主，还怕谁？况你既正了位，就是个少奶奶，连少爷也不敢不敬你！如果有人轻视你，告诉我，尽管不依他！"紫云道："太太既说到这样，紫云再不依从，负了太太的恩，就是负了小姐的恩，紫云只好勉强从命，但心上总觉得不忍似的。"说罢，满面泪流。

夫人点头，叹道："好孩子，不必伤心，你依我的言语不错。你是小姐心爱的人，我们这番举动，原是替你小姐留个纪念下来，还同她在世一样。"紫云道："太太天恩，紫云杀身难报！"夫人道："只要你能继小姐之志，步步效着她法，就是许门有幸了！我明天还着人到你太太、大小姐那边请示呢。"

又对文卿道："倒要你亲自去走一遭。"文卿道："我去怎好启齿呢？"夫人道："这有什么要紧？横竖是她家小姐的遗言。"文卿道："太太还罢了，那位大姐姐的话真难讲呢！见面那副绝代花容，就可爱可畏，脸上也不知是威光，是媚态，令人眼光都捉不定。我见她，头也有些疼，在她面前一点都错不得。"

夫人带笑啐道："不爱脸！也不怕人笑话，她过于美貌了，你见她心里就怕起来，自然讲不出话来。亏你还有过美丽老婆，倒也这么饿眼鸡似的！"说得文卿笑将起来。紫云辞了夫人回房，不但不见欢喜，倒反十分伤感。上下人等，俱皆叹息，说她不忘故主，很有良心，并不以富贵荣华易其心志。夫人、文卿自然格外的爱敬。

停了一日，文卿亲到松府，却值松氏弟兄都不在家，就进夫人上房坐下。谈了一会，银屏也走进来相见，文卿道："你去请大姐姐来，我有话讲。"银屏诧异道："你同她有甚话讲？"文卿道："你去请来，少刻便知。"银屏一笑，就到宝林房中，见宝林在内房书写便面，彩云、彩霞立在桌边。银屏笑道："大姐姐很用功。"

宝林含笑起身道："你瞧瞧，好不好？"银屏取过来一看，蝇头小楷，写的《洛神赋》，美女簪花，秀媚已极，银屏啧啧称赏。再看那面，画着一个洛神，也是宝林的亲笔，风鬟云鬓，十分精工。银屏很赞了几句，宝林道："你何不题一题？"银屏道："改一天。"宝林道："我们请了瑶姑娘来下大棋罢。"银屏道："没有空，我哥哥奉请！"

宝林凝神道："他请我干什么？"银屏道："有话和你讲。"宝林道："我知道，必定为的续娶的事。前天我们二房托人去说亲呢。"银屏道："我看不见得。如果这件事，他断不敢当面同你讲！"宝林道："然则有何别事呢？"银屏道："必是紫云要扶正了，所以来知会一声，他才敢这等大模大样的请你呢。"

宝林笑道："你料得一点不错，我如今老了，竟不如你们小孩子聪明能料事了。"银屏道："大姐姐果然老了，怪道前天我在房外过去，听见大姑老爷说：'祖太太饶我罢！'既做了祖太太，还不老吗？"宝林笑骂道："我把你这促狭鬼，话到你嘴里，就听不得了，而且惯会听鬼话！"银屏道："你家那位姑太爷，还避人吗？只差在人前对你磕头了。"宝林道："我筠儿还不怕你么？"银屏道："似乎比大姑老爷略好一分，总不像他那鞠躬尽瘁的模样。"

二人说笑出来，进了房，文卿忙起身让坐。宝林同银屏一边坐下，文卿寒温几句，见宝林蛾眉贴翠，凤眼生娇，神光乍合而乍离，颜色宜嗔而宜喜。此时七月下旬，一身罗绮，格外显得妖媚娇柔，比起银屏，还觉得美丽几重，心中十分羡慕，暗想除了宝珠，竟没个人同她匹敌。如今我的宝珠已死，只好让她入无双谱了。喜一回，悲一回，看一回，爱一回，倒弄得眼光闪灼，心绪迷离。

宝林见他也没甚话讲，只管对着自己赏鉴，倒有些不好意思，转过脸去，同银屏闲谈。文卿道："前天李二年伯托人说媒，要同我们结亲，家母伤感得了不得，说小姐曾有遗言，吩咐把紫云扶正，我们何敢不遵？况紫云也有良心。目下父母的意思，做官的人，不可没有个内助，教我过来同太太、大姐姐商议，不知使得？使不得？如果使得，就请示下择个日期，替他正起名分来，也了件大事。"

夫人听了，沉吟不语。宝林道："这是太亲母的盛典，我们有什么不依？况且是我妹子的主意，我们格外没得说。二姑老爷回去，对太亲母讲，就这样罢。"夫人点点头，流下泪来。文卿道："这日子，就请太太、大姐姐定了。"夫人道："不必过谦，亲翁亲母做主就算了。"文卿道："家母说也要过一年了，大约总在九月里行事。那天还要请太太、大姐姐去替她光辉光辉。"

又嘻嘻笑道："家母讲紫云是小姐心爱的人，从小在府里长大的意思，还想太太抬举她一点子。我们心里虽这么想，总是不敢出口。只求太太的恩典，看小姐当日的面子，但不知紫云有这福没这福。"宝林道："这话且慢讲，再为商量罢。"文卿还想再说，宝林已起身，扯住银屏出去。

文卿颇为乏趣，坐了一会，也就辞了回去，到家禀过父母，夫人心里欢喜。转瞬中秋，是宝珠的周忌，又是二十冥寿，僧道追荐，热闹非常。宝林、翠凤一早来拜，略坐一坐，宝林就辞去再也留她不住。

晚间文卿备了一桌果菜，对了宝珠的容相，请她赏节。先斟了三杯酒供好，就执着壶自斟自饮，泪滴杯中，口里叹道："年年这个团圆佳节，皆我许文卿的断肠时也！"又看看容相，微吟道：

"霜绡虽是当年态，怎耐秋波不顾人！"

但凡酒落愁肠，一滴便醉。文卿饮了几杯闷酒，已吃得酩酊大醉，忽然捶台拍桌的大哭起来，倒把紫云等吓了一跳，忙走上来劝他，他倒在地下乱滚，醉眼模糊，狂言颠倒，闹个不清，大哭道："我见宝珠妹妹穿着霓裳羽衣，手里拈枝兰花，同许多执花的仙女，立在云端里望我笑，对我招手，教我和她到月宫里玩去呢！你们这些奴才，不容我去，扯我干什么！"

紫云道："你醉糊涂了，哪里来的话。"文卿道："明明白白，我亲见的。还是那个模样，格外美丽，她原要下来，那些仙女扯住她，不容她还着恼呢！"就千宝珠，万妹妹，哭叫不休，要死要活的混闹。还亏紫云带喝带哄的，扶他进房睡。紫云坐在床前伺候，听他睡了一刻，

约有三更，又哭起来，喊道："你等我一等！同我一搭儿去。怎么头也不回，就过去了呢？"紫云忙起来叫了几声，文卿倒又昏昏的睡去。紫云心中暗想：他今日虽是醉语，必非无因，或者梦寐相通，真诚所感，也未可定。次日问他，一点都不记得。许夫人已择定九月十五日，替紫云扶正。早几日，紫云出名，请僧道追荐宝珠。

当日，许夫人大排筵宴，请约李夫人、金铃、银屏等许多女客。又到松府请了几次，夫人、宝林俱皆推辞。文卿亲自上门两次，立意不来，单是翠凤、瑶珍到来。文卿无法，只得罢了。许夫人请李夫人、翠凤替紫云上头升冠①，先悬了宝珠的容相，紫云过来磕头。才跪下去，竟大哭起来，李夫人忙道："今日是喜事，忙别如此！"

紫云心中万分苦处，哪里止得住？红鸾、金铃苦劝，扯她起来，用手巾擦脸匀粉，又借了一天红，权且从吉，取了大红与她更换，又穿上补服朝珠。李夫人、翠凤替她升冠，又在宝珠面前行礼。就有人将容相放过一边，铺下红毡，敬过神，先拜许公夫妇，又与文卿平拜了。又庵、红鸾过来拜见嫂嫂姆姆，紫云还礼。金铃、银屏、玉钗一一相见，然后才拜李夫人等各外客。绿云、红玉，只得也来磕头，紫云连忙扯住，就有丫环仆妇，内外总管，带领大小男女，挤了一天井，都来叩贺，称呼少奶奶。

众人退去，夫人传命，账房里一概重赏。李夫人等又向许夫人道喜，礼毕撤毡。亲友送礼贺喜者，不计其数，外厅男客甚众，内外筵席，许夫人大行仪式，执杯安席，定了李夫人首座，其余依次而坐。众女眷欢呼畅饮，尽兴而散。晚间紫云就住了正房，虽是旧人，如同新娶，格外温存，异常欢恋。从此紫云位居正室，宠擅专房，夫妇齐眉，儿孙绕膝。

过了十年，宝林果然无疾而逝。李府也就效法许府，不忍另娶。那时彩云、彩霞已生了子女，就把彩云作了正室。后来绿云、红玉、银屏、翠凤、瑶珍、金铃、红鸾各生子女，三家互为婚姻。只有宝林、宝珠，是仙女临凡，不能生育。墨卿、文卿、松筠都做到极品，莲波、又庵、松蕃也做到侍郎督抚之职。一个个齿爵俱尊，富贵已极。为之诗曰：

消息如斯枉断肠，美人名士两相妨。
悲欢离合皆前定，富贵荣华空自忙！
莫道英雄具气短，还看儿女实情长。
从今唤醒兰花梦，为善常流百世芳。

---

①　升冠——除去帽子。